Schwesternmord

TESS GERRITSEN

SCHWESTERN-MORD

Roman

Aus dem Amerikanischen
von Andreas Jäger

Weltbild

Die amerikanische Originalausgabe erschien 2004
unter dem Titel *Body Double* bei Ballantine Books,
a division of Random House Inc., New York.

Besuchen Sie uns im Internet:
www.weltbild.de

Genehmigte Lizenzausgabe für Verlagsgruppe Weltbild GmbH,
Steinerne Furt, 86167 Augsburg

Übersetzung: Andreas Jäger
Umschlaggestaltung: Jarzina Kommunikations-Design, Köln
Umschlagmotiv: Bridgeman Art Library, Berlin
Gesamtherstellung: Bagel Roto-Offset GmbH & Co.KG,
Gewerbegebiet Sachsen-Anhalt Süd,
Kirchweg, 06721 Schleinitz
Printed in Germany

ISBN 3-8289-8661-7

2009 2008 2007 2006
Die letzte Jahreszahl gibt die aktuelle Lizenzausgabe an.

Für Adam und Danielle

Prolog

Dieser Junge beobachtete sie schon wieder.

Die vierzehnjährige Alice Rose versuchte, sich auf die Matrize mit den zehn Fragen zu konzentrieren, die vor ihr auf dem Tisch lag, doch ihre Gedanken waren nicht bei der englischen Literatur, die sie im ersten High-School-Jahr durchgenommen hatten, sie waren bei Elijah. Sie konnte den Blick des Jungen spüren wie einen Strahl, der auf ihr Gesicht gerichtet war; sie fühlte seine Wärme auf ihrer Wange – und merkte, wie sie errötete.

Konzentrier dich, Alice!

Die nächste Frage konnte sie nur mit Mühe entziffern, weil die Umdruckmaschine die Buchstaben verschmiert hatte.

Charles Dickens wählt für seine Figuren häufig Namen, die bestimmte Charakterzüge widerspiegeln. Nenne einige Beispiele und erkläre, warum die Namen zu den betreffenden Figuren passen.

Alice kaute auf ihrem Bleistift herum und kramte in ihrem Gedächtnis nach einer Antwort. Aber sie konnte einfach nicht denken, solange *er* am Pult neben ihr saß, so nahe, dass sie seinen Duft riechen konnte – eine Mischung aus Kiefernölseife und Holzrauch. Männliche Düfte. Dickens, Dickens – was interessierte sie dieser Charles Dickens mit seinem Nicholas Nickleby und überhaupt die ganze todlangweilige englische Literatur, solange der schöne Elijah Lank sie anschaute? Gott, er sah wirklich so unglaublich gut aus, mit seinen schwarzen Haaren und seinen blauen Augen. Tony-Curtis-Augen. Das hatte sie gleich gedacht, als sie Elijah zum ersten Mal gesehen hatte: Er sah wirklich aus wie Tony Curtis, dessen wunderhübsches Gesicht sie von den Seiten ihrer Lieblingszeitschriften *Modern Screen* und *Photoplay* anstrahlte.

Sie senkte den Kopf, so dass ihr das Haar ins Gesicht fiel, und warf verstohlene Seitenblicke durch den Vorhang aus blonden Strähnen. Und ihr Herz machte einen Sprung, als sie feststellte, dass er tatsächlich *sie* ansah – und zwar nicht so verächtlich und von oben herab wie all die anderen Jungen an ihrer Schule; diese gemeinen Kerle, die ihr nur das Gefühl gaben, beschränkt und schwer von Begriff zu sein. Diese Jungen, deren spöttisches Getuschel sie ständig begleitete – aber immer so leise, dass sie nicht verstehen konnte, was sie sagten. Sie wusste, dass sie von ihr redeten, weil sie dabei in ihre Richtung schauten. Das waren dieselben Jungen, die das Foto einer Kuh an die Tür ihres Schließfachs geheftet hatten; dieselben, die immer *Muuh!* machten, wenn sie auf dem Flur aus Versehen mit ihnen zusammenstieß. Aber Elijah – er sah sie ganz anders an. Mit schmachtenden Glutaugen. Wie ein Filmstar.

Ganz langsam hob sie den Kopf und erwiderte seinen Blick, nicht mehr durch den schützenden Schleier ihrer Haare, sondern offen und unverwandt. Er war schon fertig mit dem Test, hatte das Blatt mit den Fragen umgedreht und den Stift in sein Pult gelegt. Seine volle Aufmerksamkeit war auf sie gerichtet, und sein Blick schlug sie so in den Bann, dass es ihr fast den Atem raubte.

Er mag mich. Ich weiß es. Er mag mich.

Ihre Hand ging zu ihrem Hals, zum obersten Knopf ihrer Bluse. Ihre Finger strichen leicht über ihre Haut, und die Stelle, wo sie sie berührt hatten, war plötzlich ganz heiß. Sie dachte an Tony Curtis, wie er den Blick seiner Glutaugen auf Lana Turner richtete – diesen Blick, bei dem jedes Mädchen weiche Knie bekommen und vor Verlegenheit kein Wort herausbringen würde. Diesen Blick, der unmittelbar vor dem unvermeidlichen Kuss kam. Das war die Stelle, an der das Kinobild jedes Mal unscharf wurde. Warum musste das so sein? Warum verschwamm das Bild immer genau dann, wenn man unbedingt sehen wollte, was …

»Die Zeit ist um! Bitte alle abgeben.«

Schlagartig richtete Alices Blick sich wieder auf ihr Pult, auf die Matrize mit den zehn Testfragen, von denen sie erst die Hälfte beantwortet hatte. O nein! Wo war nur die Zeit geblieben? Sie *wusste* doch alle Antworten. Sie brauchte nur noch ein paar Minuten ...

»Alice. Alice!«

Sie blickte auf und sah Mrs. Meriweather vor sich stehen, die Hand ausgestreckt.

»Hast du nicht gehört, was ich gesagt habe? Du musst jetzt abgeben.«

»Aber ich ...«

»Keine Ausreden. Du musst endlich lernen *zuzuhören*, Alice.« Mrs. Meriweather schnappte sich Alices Arbeit und ging damit nach vorne. Obwohl Alice die Worte kaum verstehen konnte, wusste sie genau, dass die Mädchen in der Bank hinter ihr über sie tuschelten. Sie drehte sich um und sah, wie sie die Köpfe zusammensteckten, verstohlen kicherten und die Hände vor den Mund hielten. *Alice kann von den Lippen lesen, wir dürfen sie nicht sehen lassen, dass wir über sie reden.*

Jetzt fingen auch ein paar von den Jungen an zu lachen und zeigten mit den Fingern auf sie. Was war denn da so komisch?

Alice blickte nach unten. Zu ihrem Entsetzen sah sie, dass ihre Bluse oben weit offen stand. Der Knopf war abgefallen.

Es läutete zum Schulschluss.

Alice schnappte sich ihre Schultasche, presste sie fest an die Brust und verließ fluchtartig das Klassenzimmer. Sie wagte es nicht, irgendjemandem in die Augen zu schauen, während sie hinausstürmte, den Kopf gesenkt, mit einem dicken Kloß im Hals und Tränen in den Augen. Sie ging schnurstracks zur Toilette, wo sie sich in einer Kabine einschloss. Andere Mädchen kamen herein und drängten sich lachend und schwatzend vor dem Spiegel, um sich zurechtzumachen, während Alice sich hinter der verriegelten Tür versteckte. Sie konnte die verschiedenen Parfüms riechen, sie spürte den Luftzug, der jedes Mal durch den Raum wehte, wenn jemand die Tür aufstieß. Diese verwöhnten Mädchen mit ihren nagelneuen Twinsets. Die verloren niemals einen Knopf; die würden niemals mit billigen Röcken von der Stange und Schuhen mit Pappsohlen in die Schule kommen.

Geht weg. Könnt ihr nicht einfach alle verschwinden?

Endlich kehrte Ruhe ein.

Alice presste ein Ohr an die Tür der Kabine und horchte angestrengt, ob noch irgendjemand in der Toilette war. Dann spähte sie durch den Spalt und sah, dass niemand vor dem Spiegel stand. Erst jetzt wagte sie sich aus ihrem Versteck hervor.

Auch der Flur lag leer und verlassen, alle waren nach Hause gegangen. Niemand mehr da, der sie quälen konnte. Mit ängstlich hochgezogenen Schultern ging sie den Korridor entlang, vorbei an den verbeulten Schließfachtüren und den Plakaten, die den Halloween-Ball in zwei Wochen ankündigten. Ein Ball, zu dem sie ganz bestimmt nicht gehen würde. Die demütigende Erfahrung der Tanzveranstaltung von letzter Woche steckte ihr noch in den Knochen und würde sie wahrscheinlich bis ans Ende ihrer Tage verfolgen. Die zwei Stunden, die sie mutterseelenallein an der Wand gestanden hatte, vergeblich hoffend, dass einer der Jungen sie endlich auffordern würde. Als dann schließlich doch ein Schüler auf sie zugekommen war, hatte er sie nicht etwa auf die Tanzfläche gebeten. Stattdessen hatte er sich plötzlich zusammengekrümmt und ihr auf die Schuhe gekotzt. Das war's – das war ihr letzter Ball gewesen. Erst zwei Monate war sie in dieser Stadt, und schon wünschte sie sich, ihre Mutter würde ihre Sachen packen, ihre Familie schnappen und wieder von hier wegziehen, irgendwohin, wo sie ganz von vorne anfangen konnten. Wo endlich alles anders wäre.

Nur leider wird es nie anders.

Alice trat aus dem Haupteingang der Schule hinaus in die Herbstsonne. Sie beugte sich über ihr Fahrrad, um das Schloss aufzusperren, und war so vertieft in ihr Tun, dass sie gar nicht hörte, wie Schritte sich näherten. Erst als sein Schatten auf ihr Gesicht fiel, merkte sie, dass Elijah neben ihr stand.

»Hallo, Alice.«

Sie fuhr hoch, und das Fahrrad landete scheppernd auf der Seite. O Gott, sie war eine solche Idiotin. Wie konnte sie nur so ungeschickt sein?

»Das war ganz schön schwer, nicht wahr?« Er sprach langsam und deutlich. Das war noch etwas, was sie an Elijah mochte: Im Gegensatz zu ihren anderen Klassenkameraden war seine Aussprache immer klar; er nuschelte nie. Und er ließ sie immer seine Lippen sehen. Er kennt mein Geheimnis, dachte sie. Und trotzdem will er mein Freund sein.

»Und, hast du alle Fragen beantwortet?«, fragte er.

Sie bückte sich, um ihr Rad aufzuheben. »Die Antworten habe ich alle gewusst. Ich hätte bloß mehr Zeit gebraucht.« Als sie sich aufrichtete, bemerkte sie, dass sein Blick auf ihre Bluse gerichtet war. Auf die Stelle, wo der Knopf fehlte. Errötend verschränkte sie die Arme vor der Brust.

»Ich habe eine Sicherheitsnadel«, sagte er.

»Was?«

Er griff in die Hosentasche und zog eine Nadel hervor. »Ich verliere auch andauernd Knöpfe. Ich weiß, wie peinlich das ist. Komm, ich mach sie dir fest.«

Sie hielt den Atem an, als er nach dem Kragen ihrer Bluse griff, und sie konnte das Zittern kaum unterdrücken, als er seinen Finger unter den Stoff schob, um die Nadel zu schließen. Spürt er, wie mein Herz klopft? Weiß er, dass mir von seiner Berührung ganz schwindlig wird?

Als er zurücktrat, ließ sie die Luft aus ihren Lungen entweichen. Sie schaute nach unten und sah, dass die Bluse jetzt züchtig geschlossen war.

»Besser so?«, fragte er.

»Oh – ja!« Sie hielt kurz inne, um sich zu sammeln, ehe sie mit majestätischer Würde fortfuhr: »Vielen Dank, Elijah. Das war sehr aufmerksam von dir.«

Einige Sekunden verstrichen. Über ihnen krächzten die Krähen, und das Herbstlaub umhüllte die Äste der Bäume wie lodernde goldene Flammen.

»Ich wollte dich fragen, ob du mir vielleicht bei etwas helfen könntest, Alice«, sagte er.

»Wobei denn?«

Oh, was für eine dumme, dumme Antwort! Du hättest einfach Ja sagen sollen! Ja, ich würde alles für dich tun, Elijah Lank.

»Es geht um dieses Referat für Bio. Ich brauche einen Partner, der mir bei meinem Projekt hilft, und ich weiß nicht, wen ich sonst fragen könnte.«

»Was ist es denn für ein Projekt?«

»Ich zeig's dir. Wir müssen oben an unserem Haus vorbei.«

An seinem Haus. Sie war noch nie bei einem Jungen zu Hause gewesen.

Sie nickte. »Ich fahr nur schnell bei uns vorbei, um meine Tasche abzustellen.«

Er zog sein Rad aus dem Ständer. Es war fast so ramponiert wie ihres; die Schutzbleche waren rostig, der Kunststoffbezug des Sattels rissig. Dieser alte Drahtesel machte ihn in ihren Augen gleich noch sympathischer. Wir sind ein richtiges Paar, dachte sie. Tony Curtis und ich.

Sie fuhren zuerst zu ihrem Haus. Sie bat ihn nicht herein; es wäre ihr zu peinlich gewesen, wenn er ihre schäbigen Möbel gesehen hätte, die Wände, von denen die Farbe abblätterte. Sie lief nur rasch hinein, warf ihre Tasche auf den Küchentisch und stürmte wieder hinaus.

Leider hatte Buddy, der Hund ihres Bruders, in diesem Moment dieselbe Idee. Sie wollte gerade die Haustür hinter sich zumachen, als ein kleines schwarz-weißes Bündel an ihr vorbeischoss.

»Buddy!«, rief sie. »Komm sofort zurück!«

»Er folgt nicht besonders gut, wie?«, meinte Elijah.

»Weil er ein dummer Hund ist. *Buddy!*«

Der Köter sah sich kurz nach ihr um, wedelte mit dem Schwanz und trottete weiter die Straße hinunter.

»Ach, was soll's«, sagte sie. »Er wird schon irgendwann zurückkommen.« Sie stieg auf ihr Rad. »Wo wohnst du eigentlich?«

»Ganz oben an der Skyline Road. Warst du schon mal dort?«

»Nein.«

»Ist 'n ziemlich langer Anstieg. Meinst du, du schaffst das?«

Sie nickte. *Für dich tue ich alles.*

Sie radelten von ihrem Haus los. Alice hoffte, dass er durch die Main Street fahren würde, vorbei an der Milchbar, wo die Jungs und Mädels sich immer nach der Schule trafen, um die Jukebox laufen zu lassen und Limo zu trinken. Sie werden uns zusammen vorbeifahren sehen, dachte sie, und die Mädchen werden sich die Mäuler zerreißen. Sieh mal da: Alice – und Elijah mit den blauen Augen.

Aber er führte sie nicht die Main Street entlang. Stattdessen bog er ab und fuhr die Locust Lane hoch, wo es kaum Häuser gab, nur die Rückseiten von ein paar Geschäften und den Mitarbeiterparkplatz der Neptune's-Bounty-Konservenfabrik. Na ja, egal. Immerhin fuhr sie mit ihm, das war doch schon was. So dicht hinter ihm, dass sie zusehen konnte, wie seine Oberschenkel sich strafften, wenn er in die Pedale trat, und seinen Hintern auf dem Fahrradsitz bewundern konnte.

Er drehte sich zu ihr um, und sein schwarzes Haar flatterte im Wind. »Geht's noch, Alice?«

»Alles klar.« Dabei war sie in Wirklichkeit schon ziemlich außer Puste, denn inzwischen hatten sie den Ort hinter sich gelassen und fuhren den Berg hoch. Elijah musste jeden Tag mit dem Rad die Skyline Road hochfahren; für ihn war das also nichts Besonderes. Er schien kaum außer Atem, und seine Beine bewegten sich rhythmisch auf und ab wie die Kolben eines starken Motors. Aber sie keuchte schon heftig und musste verzweifelt strampeln, um überhaupt nachzukommen. Plötzlich erblickte sie im Augenwinkel ein schwarz-weißes Fellbündel. Sie schaute genauer hin und sah, dass Buddy ihnen gefolgt war. Auch er sah erschöpft aus, die Zunge hing ihm weit aus dem Maul, während er ihnen nachhetzte.

»Lauf nach Hause!«

»Was sagst du?« Elijah drehte sich zu ihr um.

»Es ist schon wieder dieser blöde Hund«, stieß sie atemlos hervor. »Er rennt uns immer noch nach. Er wird – er wird sich verlaufen.«

Sie warf Buddy einen finsteren Blick zu, doch das dumme Tier trabte weiter munter neben ihr her. Na schön – mach, was du willst, dachte sie. Renn dir nur die Lunge aus dem Leib. Ist mir doch egal.

Sie fuhren immer weiter den Berg hinauf. Die Straße wand sich in breiten Serpentinen, und ab und zu erhaschte sie zwischen den Bäumen hindurch einen Blick auf Fox Harbor unten im Tal, auf das Wasser, das wie getriebenes Kupfer in der Nachmittagssonne glitzerte. Dann wurde der Wald zu dicht, und sie konnte nur noch die Bäume in ihrem leuchtend roten und orangefarbenen Laubkleid sehen, und vor sich die kurvige, mit Blättern übersäte Straße.

Als Elijah endlich anhielt, waren Alices Beine so müde, dass sie kaum stehen konnte. Von Buddy war weit und breit nichts zu sehen; sie hoffte nur, dass er allein nach Hause finden würde, denn sie würde ganz bestimmt nicht nach ihm suchen. Nicht jetzt; nicht, wenn Elijah vor ihr stand und sie anlächelte, mit seinen funkelnden blauen Augen. Er lehnte sein Rad an einen Baum und warf seine Tasche über die Schulter.

»Wo ist denn nun euer Haus?«, fragte sie.

»Es ist die Einfahrt dort drüben.« Er deutete auf einen rostigen Briefkasten ein Stück weiter die Straße entlang.

»Gehen wir denn nicht zu euch?«

»Nein, meine Cousine ist krank; sie war heute nicht in

der Schule. Sie hat die ganze Nacht gekotzt, da gehen wir lieber nicht rein. Mein Projekt ist sowieso da draußen im Wald. Lass dein Rad einfach stehen; von hier ab müssen wir zu Fuß gehen.«

Sie stellte ihr Rad neben seines an den Baum und folgte ihm. Von dem langen Anstieg zitterten ihr immer noch die Beine. Sie stapften durch den Wald. Hier standen die Bäume dicht an dicht, der Boden war mit einer dicken Laubschicht bedeckt. Tapfer folgte sie ihm und wedelte sich die Mücken aus dem Gesicht. »Wohnt deine Cousine denn bei euch?«, fragte sie.

»Ja, sie ist letztes Jahr zu uns gezogen. Wahrscheinlich bleibt sie ganz bei uns. Sie kann ja sonst nirgends hin.«

»Haben deine Eltern denn nichts dagegen?«

»Es ist nur mein Dad. Meine Mutter ist tot.«

»Oh.« Sie wusste nicht, was sie erwidern sollte. Schließlich murmelte sie einfach nur: »Das tut mir Leid«, aber er schien es nicht gehört zu haben.

Das Unterholz wurde immer dichter, und die Dornen zerkratzten ihre nackten Beine. Sie hatte Mühe, mit ihm Schritt zu halten. Er marschierte einfach immer weiter, während sie mit ihrem Rock in einem Brombeerstrauch hängen blieb.

»Elijah!«

Er gab keine Antwort, sondern stapfte weiter durchs Unterholz wie ein unerschrockener Forscher, die Schultasche über die Schulter geworfen.

»Warte!«

»Willst du es nun sehen oder nicht?«

»Doch, aber ...«

»Dann *komm* jetzt.« Seine Stimme hatte mit einem Mal einen ungehaltenen Unterton angenommen, der sie erschreckte. Er war ein paar Meter vor ihr stehen geblieben und blickte sich zu ihr um. Ihr fiel auf, dass seine Hände zu Fäusten geballt waren.

»Okay«, erwiderte sie kleinlaut. »Ich komm ja schon.«

Nach wenigen Metern tat sich plötzlich eine Lichtung

auf. Sie erblickte ein paar steinerne Grundmauern – die einzigen Überreste eines alten, längst verfallenen Gehöfts. Elijah wandte sich zu ihr um. Die Nachmittagssonne, die durch die Baumkronen fiel, malte Lichtflecken auf sein Gesicht.

»Hier ist es«, sagte er.

»Was?«

Er bückte sich und zog zwei Holzplanken zur Seite, unter denen ein tiefes Loch zum Vorschein kam. »Schau mal da rein«, forderte er sie auf. »Ich habe drei Wochen gebraucht, um das auszuheben.«

Langsam trat sie an die Grube heran und blickte hinein. Die Sonne stand schon so tief, dass der Boden der Grube im Schatten lag. Nur mit Mühe konnte sie eine Schicht aus trockenem Laub erkennen, die sich in der Grube angesammelt hatte. Über den Rand hing ein Seil.

»Ist das eine Bärenfalle oder so was Ähnliches?«

»Wäre möglich. Wenn ich ein paar Zweige drauflegen würde, um das Loch zu verdecken, könnte ich alles Mögliche fangen. Sogar einen Hirsch.« Er zeigte in die Grube. »Schau mal genau hin – kannst du es sehen?«

Sie beugte sich weiter vor. Irgendetwas schimmerte ganz schwach in dem schwarzen Loch zu ihren Füßen; kleine weiße Flecken, die zwischen den Blättern hervorblitzten.

»Was ist das?«

»Das ist mein Projekt.« Er griff nach dem Seil und zog daran.

Das Laub am Boden der Grube raschelte und teilte sich. Alice sah mit großen Augen zu, wie das Seil sich straffte und Elijah einen Gegenstand aus der Grube zog. Einen Korb. Er hievte ihn hoch und stellte ihn auf den Boden. Dann fegte er das Laub zur Seite und legte das weiße Etwas frei, das sie am Boden der Grube hatte schimmern sehen.

Es war ein kleiner Schädel.

Er zupfte noch ein paar Blätter weg, und sie sah Büschel von schwarzem Fell und dürre Rippen. Eine höckrige Kette aus Knochen – das Rückgrat. Beinknochen, so zart und dünn wie kleine Zweige.

»Na, ist das nichts? Sie riecht schon gar nicht mehr«, sagte er. »Liegt jetzt schon fast sieben Monate da unten. Als ich das letzte Mal nachgeschaut habe, war noch ein bisschen Fleisch dran. Toll, wie auch das nach und nach verschwindet. Im Mai, kaum dass es ein bisschen warm geworden war, ging es plötzlich rasend schnell mit der Verwesung.«

»Was ist es?«

»Kannst du das nicht erkennen?«

»Nein.«

Er ergriff den Schädel und drehte ihn ein wenig, bis er sich von der Wirbelsäule löste. Sie zuckte zurück, als er ihn ihr zuwarf.

»Nicht!«, kreischte sie.

»Miau!«

»Elijah!«

»Na, du wolltest doch wissen, was es ist.«

Sie starrte die leeren Augenhöhlen an. »Es ist eine Katze?«

Er nahm eine Einkaufstüte aus seiner Schultasche und begann die Knochen hineinzulegen.

»Was willst du mit dem Skelett machen?«

»Das ist mein naturwissenschaftliches Projekt. Vom Kätzchen zum Knochengerüst in sieben Monaten.«

»Wie bist du an die Katze rangekommen?«

»Hab sie gefunden.«

»Du hast einfach so eine tote Katze *gefunden*?«

Er blickte auf. Mit einem Lächeln in seinen blauen Augen. Aber es waren keine Tony-Curtis-Augen mehr; diese Augen jagten ihr Angst ein. »Wer sagt denn, dass sie tot war?«

Ihr Herz pochte plötzlich wie wild. Sie trat einen Schritt zurück. »Du, ich glaube, ich muss jetzt nach Hause.«

»Warum?«

»Hausaufgaben. Ich muss meine Hausaufgaben machen.«

Er war behände aufgesprungen und stand jetzt vor ihr.

Das Lächeln war verschwunden, war einem Ausdruck ruhiger Erwartung gewichen.

»Wir … sehen uns dann in der Schule«, sagte sie. Sie wich zurück und blickte verstohlen nach links und nach rechts, doch der Wald sah nach jeder Richtung gleich aus. Von wo waren sie gekommen? Wohin sollte sie sich wenden?

»Aber du bist doch gerade erst gekommen, Alice«, sagte er. Er hielt etwas in der Hand. Erst als er es über den Kopf hob, sah sie, was es war.

Ein Stein.

Der Schlag zwang sie in die Knie. Sie kauerte auf der Erde, ihr wurde schwarz vor Augen, und ihre Arme und Beine waren ohne Gefühl. Sie spürte keinen Schmerz, nur eine dumpfe, ungläubige Verwunderung darüber, dass er sie geschlagen hatte. Sie begann zu kriechen, doch sie konnte nicht sehen, wohin sie sich bewegte. Dann packte er sie an den Fußgelenken und riss sie zurück. Ihr Gesicht schrammte über die Erde, als er sie mit den Füßen voran zu der Grube schleifte. Sie versuchte ihre Beine loszureißen, sie wand sich, wollte schreien, doch ihr Mund füllte sich mit Erde und kleinen Zweigen. In dem Moment, als ihre Füße über den Rand rutschten, bekam sie ein junges Bäumchen zu fassen und hielt sich krampfhaft daran fest, während ihre Beine schon über den Grubenrand hingen.

»Lass los, Alice«, befahl er.

»Zieh mich hoch! Zieh mich hoch!«

»Lass *los*, hab ich gesagt!« Er packte einen Stein und ließ ihn auf ihre Hand niederfahren.

Sie schrie auf und musste das Bäumchen loslassen; mit den Füßen voran rutschte sie in die Grube und landete auf einem Bett aus totem Laub.

»Alice. Alice.«

Benommen von ihrem Sturz blickte sie zu dem kreisförmigen Stück Himmel auf und sah die Umrisse seines Kopfes. Er beugte sich über den Rand der Grube und starrte auf sie herab.

»Warum tust du das?«, schluchzte sie. *»Warum?«*

»Es hat nichts mit dir zu tun. Ich will einfach nur sehen, wie lange es dauert. Sieben Monate bei einem Kätzchen. Was denkst du, wie lange es bei dir dauern wird?«

»Das kannst du nicht mit mir machen!«

»Bye-bye, Alice.«

»Elijah! *Elijah!*«

Die Holzplanken schoben sich über die Öffnung, und der Lichtfleck verfinsterte sich. Das letzte Stückchen Himmel verschwand vor ihren Augen. Das passiert nicht wirklich, dachte sie. Das ist nur ein schlechter Scherz. Er will mir Angst einjagen. Er wird mich ein paar Minuten hier unten schmoren lassen, und dann wird er zurückkommen und mich rausholen. Natürlich wird er zurückkommen.

Dann hörte sie plötzlich dumpfe Schläge auf der Abdeckung der Grube. *Steine. Er beschwert die Bretter mit Steinen.*

Alice rappelte sich auf und versuchte aus dem Erdloch zu klettern. Sie fand nur eine dürre, vertrocknete Ranke, die in ihren Händen sogleich zerfiel. Verzweifelt krallte sie ihre Finger in die Erde, doch sie fand nirgendwo Halt. Keine fünf Zentimeter konnte sie sich hochziehen, dann rutschte sie schon wieder ab. Ihre Rufe hallten schrill in der Dunkelheit.

»Elijah!«, schrie sie.

Doch die einzige Antwort war das Poltern der Steine, die schwer auf das Holz fielen.

1

Pensez le matin que vous n'irez peut-être
pas jusqu'au soir,
Et au soir que vous n'irez peut-être
pas jusqu'au matin.

Bedenke jeden Morgen, dass du vielleicht den Tag
nicht überleben wirst,
Und jeden Abend, dass du vielleicht die Nacht
nicht überleben wirst.

INSCHRIFT AUF EINER TAFEL IN DEN KATAKOMBEN VON PARIS

Über einer Mauer aus kunstvoll gestapelten Oberschenkel- und Schienbeinknochen starrten ihr die leeren Augenhöhlen einer Reihe von Schädeln entgegen. Es war Juni, und sie wusste, dass zwanzig Meter über ihr in den Straßen von Paris die Sonne schien. Dennoch fröstelte Dr. Maura Isles bei ihrem Gang durch die düsteren unterirdischen Passagen, deren Wände fast bis zur Decke von menschlichen Überresten gesäumt waren. Sie war vertraut mit dem Tod, stand mit ihm praktisch auf Du und Du; unzählige Male hatte sie ihm in ihrem Autopsiesaal ins Gesicht geblickt, doch selbst sie war von den Dimensionen dieser makabren Ausstellung überwältigt, von der schieren Menge von Knochen, die in diesem Tunnellabyrinth unter den Straßen der Stadt des Lichts lagerten. Der Rundgang von einem Kilometer Länge führte sie nur durch einen kleinen Teil der Katakomben. Zahlreiche Seitenstollen und mit Knochen gefüllte Kammern waren für Touristen nicht zugänglich, ihre dunklen Eingänge gähnten verlockend hinter verschlossenen Eisentoren. Hier ruhten die sterblichen Überreste von sechs Millionen Parisern, von Menschen, die einst die Sonnenwärme auf ihren Gesichtern gespürt, die Hunger und Durst und Liebe empfunden hatten, die das Pochen des Herzens in ihrer Brust und den Luftstrom ihres eigenen Atems gespürt hatten. Diese Menschen hätten sich wohl niemals vorstellen können, dass ihre Knochen einst aus ihrer Ruhestätte auf dem Friedhof ausgegraben und in dieses düstere Beinhaus unter der Stadt verfrachtet würden.

Dass sie eines Tages hier ausgestellt sein würden, wo Horden von Touristen sie begaffen konnten.

Um Platz für den stetigen Strom von Leichen zu schaffen, mit dem die überfüllten Pariser Friedhöfe nicht mehr fertig wurden, hatte man die Knochen vor über eineinhalb Jahrhunderten exhumiert und in das weit verzweigte Stollennetz dieser unterirdischen Steinbrüche verfrachtet. Die Arbeiter, die mit der Überführung der Gebeine betraut worden waren, hatten sie nicht einfach achtlos auf Haufen geworfen; nein, sie hatten sich ihrer makabren Aufgabe mit einem Sinn für Ästhetik entledigt; hatten die Knochen mühsam aufgeschichtet und zu wunderlichen Mustern zusammengesetzt. Wie pedantische Steinmetze hatten sie hohe Mauern errichtet, gegliedert durch abwechselnde Schichten von Schädeln und langen Knochen, und hatten so den Verfall in eine künstlerische Aussage umgewandelt. Und sie hatten Tafeln mit grimmigen Sinnsprüchen angebracht, die all jene, die durch diese Gänge schritten, daran erinnerten, dass der Tod niemanden verschont.

Mauras Blick fiel auf eine dieser Tafeln, und sie ließ den Strom der Besucher an sich vorbeiziehen, um die Inschrift zu lesen. Während sie sich mit ihrem lückenhaften Schulfranzösisch mühte, den Spruch zu übersetzen, hörte sie das Echo von Kinderlachen, das von den Wänden der düsteren Gänge widerhallte – ein Geräusch, das so gar nicht in diese Umgebung zu passen schien. Dann vernahm sie eine Männerstimme, die mit näselndem texanischem Akzent murmelte: »Das ist doch der glatte Wahnsinn, Sherry, findest du nicht? Da läuft's mir eiskalt den Rücken runter, wenn ich das sehe…«

Das texanische Ehepaar ging weiter, ihre Stimmen verhallten, und bald war kein Laut mehr zu hören. Jetzt war Maura ganz allein in der Kammer, wo sie den Staub der Jahrhunderte einatmete. Im schwachen Schein der Tunnelbeleuchtung war im Lauf der Jahrzehnte auf einer Gruppe von Schädeln Schimmel gewachsen und hatte sie mit einer grünlich glänzenden Schicht überzogen. In der Stirn eines Schädels klaffte ein einzelnes Einschussloch wie ein drittes Auge.

Ich weiß, wie du gestorben bist.

Die Kälte der Tunnelluft war ihr in die Glieder gekrochen. Doch sie verharrte an Ort und Stelle, fest entschlossen, diese Inschrift zu übersetzen und ihr Entsetzen zu unterdrücken, indem sie ihr Gehirn mit dieser banalen Quizaufgabe beschäftigte. Komm schon, Maura. Drei Jahre Französisch auf der High School, und du scheiterst an so einem simplen Satz? Es war jetzt eine persönliche Herausforderung, die alle Gedanken an Tod und Sterblichkeit vorübergehend vergessen ließ. Dann füllten sich die Worte allmählich mit Sinn, und ein kalter Schauer durchfuhr sie…

Glücklich, wer stets die Stunde seines Todes vor Augen hat
Und sich jeden Tag auf das Ende vorbereitet.

Plötzlich wurde ihr bewusst, wie still es geworden war. Keine Stimmen, keine hallenden Schritte. Sie machte kehrt und verließ die düstere Kammer. Wie hatte sie so weit hinter die anderen Touristen zurückfallen können? Sie war allein in diesem Tunnel, allein mit den Toten. Sie musste an plötzliche Stromausfälle denken und malte sich aus, wie sie in der völligen Dunkelheit in die falsche Richtung gehen würde. Sie hatte von einer Gruppe von Pariser Arbeitern gehört, die sich vor hundert Jahren in den Katakomben verirrt hatten und schließlich verhungert waren; und sie beschleunigte ihren Schritt, um zu den anderen aufzuschließen, sich wieder zu den Lebenden zu gesellen. Sie hatte das Gefühl, dass der Tod ihr in diesen dunklen Gängen allzu nahe auf den Leib rückte. Die Schädel schienen sie voller Grimm anzustarren, ein Chor von sechs Millionen Seelen, der sie für ihre morbide Neugier schalt.

Wir waren einmal so lebendig wie du. Glaubst du wirklich, dass du der Zukunft entkommen kannst, die du hier vor dir siehst?

Als sie endlich aus den Katakomben auftauchte und auf die sonnige Rue Remy Dumoncel hinaustrat, atmete sie tief durch. In diesem Moment genoss sie geradezu den Verkehrslärm und das Gedränge, als sei ihr soeben ein zweites Leben geschenkt worden. Die Farben schienen leuchtender, die Gesichter freundlicher. Mein letzter Tag in Paris, dachte sie, und jetzt erst weiß ich die Schönheit dieser Stadt so richtig zu schätzen. Sie hatte den größten Teil der vergangenen Woche hinter den geschlossenen Türen von Tagungssälen verbracht, als Teilnehmerin an der Internationalen Konferenz zur Forensischen Pathologie. Es war ihr kaum Zeit fürs Sightseeing geblieben, und selbst die Besichtigungen, die von den Veranstaltern der Tagung organisiert worden waren, hatten alle mit Tod und Krankheit zu tun gehabt: das Medizinmuseum, der alte Sektionssaal.

Die Katakomben.

Welch eine Ironie, dass die lebhafteste Erinnerung, die sie von ihrer Parisreise mit nach Hause nehmen würde, die an eine Ansammlung menschlicher Gebeine sein würde. Das ist doch irgendwie krank, dachte sie, als sie in einem Straßencafé saß, eine letzte Tasse Café noir schlürfte und sich ein Erdbeertörtchen munden ließ. In zwei Tagen werde ich wieder in meinem Autopsiesaal stehen, umgeben von blitzendem Edelstahl, in einem fensterlosen Raum, in den kein Sonnenstrahl dringt. Werde die kühle, gefilterte Luft aus der Klimaanlage atmen. Und dieser Tag wird mir wie eine ferne Erinnerung an das Paradies erscheinen.

Sie nahm sich Zeit, all die Eindrücke in sich aufzunehmen. Den Duft des Kaffees, den Geschmack des köstlichen Buttergebäcks. Den Anblick der geschniegelten Business-Typen mit Handy am Ohr, der Frauen mit ihren aufwendig geknoteten Schals, die im Wind flatterten. Sie gab sich der Fantasie hin, die gewiss im Kopf jedes Amerikaners herumspukte, der schon einmal in Paris gewesen war: Wie wäre es, wenn ich meinen Flug einfach Flug sein ließe? Wie wäre es, einfach hier zu bleiben, hier in diesem Café, in dieser wundervollen Stadt, und nie mehr wegzugehen?

Aber schließlich stand sie doch auf, verließ das Café und hielt ein Taxi an, um sich zum Flughafen bringen zu lassen. Sie riss sich von der Fantasie los, von Paris – aber nur, weil sie sich geschworen hatte, dass sie eines Tages wiederkommen würde. Sie wusste nur noch nicht, wann.

Ihr Rückflug hatte drei Stunden Verspätung. Die drei Stunden hätte ich auch mit einem Spaziergang an der Seine zubringen können, dachte sie, als sie verärgert in der Wartehalle von Charles de Gaulle saß. Drei Stunden, in denen ich das Marais erkunden oder in den Läden von Les Halles hätte stöbern können. Stattdessen saß sie hier im Flughafengebäude fest, wo sich so viele Passagiere drängten, dass sie Mühe hatte, überhaupt einen Sitzplatz zu ergattern. Als sie dann endlich an Bord der Air-France-Maschine gehen konnte, war sie müde und gründlich missgestimmt. Das eine Glas Wein, das sie zum Essen trank, genügte, um sie in einen tiefen, traumlosen Schlaf fallen zu lassen.

Sie wachte erst wieder auf, als das Flugzeug schon im Landeanflug auf Boston war. Ihr Kopf schmerzte, und die grellen Strahlen der untergehenden Sonne blendeten sie. Das Kopfweh wurde noch schlimmer, als sie in der Gepäckausgabe stand und zusah, wie ein Koffer nach dem anderen auf das Förderband rutschte – keiner davon ihrer. Und es steigerte sich zu einem gnadenlosen Hämmern, als sie wenig später in der Warteschlange stand, um eine Verlustanzeige für ihren verschwundenen Koffer aufzugeben. Als sie schließlich lediglich mit ihrem Handgepäck in ein Taxi stieg, war es schon dunkel, und sie wünschte sich nur noch ein heißes Bad und eine tüchtige Dosis Ibuprofen. Erschöpft ließ sie sich in die Polster sinken und schlief erneut ein.

Sie schreckte hoch, als das Taxi plötzlich bremste.

»Was ist denn hier los?«, hörte sie den Fahrer sagen.

Sie streckte sich, rieb sich den Schlaf aus den Augen und sah vor sich flackerndes Blaulicht. Es dauerte ein paar Sekunden, bis sie die Situation erfasst hatte. Dann erkannte sie, dass sie in ihre Straße eingebogen waren, und sie setzte sich mit einem Ruck auf, plötzlich hellwach und tief beunruhigt über das, was sie da sah. Am Straßenrand parkten vier Streifenwagen der Polizei von Brookline; das Flackern ihrer Rundumlichter durchschnitt die Dunkelheit.

»Sieht nach einem Notfall aus«, sagte der Fahrer. »Das ist doch Ihre Straße, oder?«

»Ja, und das da vorn ist mein Haus. Genau in der Mitte des Blocks.«

»Wo die ganzen Polizeiautos stehen? Ich glaube kaum, dass die uns durchlassen werden.«

Wie zur Bestätigung seiner Worte kam ein Streifenpolizist auf den Wagen zu und bedeutete ihnen umzukehren.

Der Taxifahrer steckte den Kopf aus dem Fenster. »Ich muss einen Fahrgast absetzen. Die Dame wohnt hier in der Straße.«

»Tut mir Leid, Kumpel. Der ganze Block hier ist abgesperrt.«

Maura beugte sich vor und sagte zum Fahrer: »Hören Sie, lassen Sie mich einfach hier raus.« Sie bezahlte, nahm ihre Tasche und stieg aus. Noch vor wenigen Sekunden hatte sie sich matt und benommen gefühlt; jetzt schien die Luft des warmen Juniabends förmlich vor Spannung zu vibrieren. Sie ging langsam auf die Gruppe der Schaulustigen zu, und ihre

Unruhe wuchs, als sie all die Einsatzfahrzeuge vor ihrem Haus erblickte. War einem ihrer Nachbarn etwas zugestoßen? Eine ganze Reihe furchtbarer Möglichkeiten schoss ihr durch den Kopf. Selbstmord. Mord. Sie dachte an Mr. Telushkin, den unverheirateten Ingenieur für Robotertechnik, der gleich nebenan wohnte. Hatte er nicht auffallend niedergeschlagen gewirkt, als sie ihn das letzte Mal gesehen hatte? Sie dachte auch an Lily und Susan, ihre Nachbarinnen auf der anderen Seite; zwei lesbische Anwältinnen, die wegen ihres Engagements für die Rechte von Homosexuellen oft im Rampenlicht standen und entsprechend gefährdet waren. Dann erblickte sie Lily und Susan, die am Rand des Menschenauflaufs standen und beide sehr lebendig aussahen, und ihre Befürchtungen konzentrierten sich wieder auf Mr. Telushkin, den sie nicht unter den Schaulustigen entdecken konnte.

Lily blickte sich um und sah Maura auf die Gruppe zukommen. Doch sie winkte ihr nicht zu, sondern starrte sie nur wortlos an und stieß Susan heftig in die Seite. Susan drehte sich um, und ihre Kinnlade klappte herunter. Jetzt richteten sich auch die verwunderten Blicke der anderen Nachbarn auf Maura.

Warum schauen sie mich alle so an?, fragte sich Maura. Was habe ich denn getan?

»Dr. Isles?« Ein Streifenpolizist vom Brookline-Revier stand plötzlich vor ihr und glotzte sie mit offenem Mund an. »Sie… Sie *sind* es doch, oder?«, fragte er.

Was für eine blöde Frage, dachte sie. »Das da ist mein Haus. Was geht hier eigentlich vor, Officer?«

Der Polizist ließ den Atem stoßartig entweichen. »Äh, ich denke, Sie sollten besser mitkommen.«

Er nahm sie am Arm und führte sie durch die Menge. Die Nachbarn wichen scheu zur Seite, wie um einem Todeskandidaten Platz zu machen, der auf dem Weg zur Hinrichtung war. Die Stille war unheimlich; das einzige Geräusch war das Knacken und Rauschen der Polizeifunkgeräte. Sie kamen zu einer Sperre aus gelbem Polizeiband; ein paar der Stangen, zwischen denen es gespannt war, steckten in Mr. Telushkins Vorgarten. *Er ist so stolz auf seinen Rasen; da wird er alles andere als begeistert sein* – das war ihr erster, absolut sinnloser Gedanke. Der Streifenpolizist hob das Band an, und sie schlüpfte mit gesenktem Kopf darunter hindurch. Es war der Tatort eines Verbrechens, den sie gerade betrat.

Das wurde ihr schlagartig klar, als sie eine vertraute Gestalt in der Mitte des abgesperrten Bereichs stehen sah. Obwohl noch der Vorgarten zwischen ihnen lag, hatte Maura Detective Jane Rizzoli von der Mordkommission sofort erkannt. Inzwischen im achten Monat schwanger, glich die kleine und zierliche Rizzoli einer reifen Birne in einem Hosenanzug. Ihre Anwesenheit war ein weiteres beunruhigendes Detail. Was hatte eine Ermittlerin des Boston Police Department hier in Brookline verloren, außerhalb ihres normalen Zuständigkeitsbereichs? Rizzoli sah Maura nicht kommen; ihr Blick war starr auf ein Auto gerichtet, das vor Mr. Telushkins Haus am Straßenrand geparkt war. Fassungslos schüttelte sie den Kopf, von dem ihre wirren schwarzen Locken wie immer in alle Richtungen abstanden.

Es war Rizzolis Partner Barry Frost, der Maura als Erster entdeckte. Er schaute kurz in ihre Richtung, wandte sich wieder ab und riss einen Sekundenbruchteil später den Kopf herum, um sie anzustarren. Sein Gesicht war kreidebleich. Wortlos zupfte er seine Partnerin am Ärmel.

Rizzoli erstarrte; das pulsierende Blaulicht der Streifenwagen erhellte ihre ungläubige Miene. Dann begann sie wie in Trance auf Maura zuzugehen.

»Doc?«, fragte Rizzoli leise. »Sind Sie es wirklich?«

»Wer soll ich denn sonst sein? Warum stellt mir eigentlich jeder hier diese Frage? Warum starrt ihr mich alle an, als wäre ich ein Geist?«

»Weil …« Rizzoli brach ab und schüttelte so heftig den Kopf, dass ihre zerzausten Locken flogen. »Mensch, einen Moment lang hab ich wirklich gedacht, Sie sind ein Geist.«

»Was?«

Rizzoli drehte sich um und rief: »Pater Brophy?«

Maura hatte den Priester noch gar nicht gesehen, der ein wenig abseits stand. Jetzt trat er aus dem Schatten; sein weißer Kragen leuchtete auffallend hell. Sein sonst so attraktives Gesicht wirkte eingefallen, seine Miene geschockt. *Wieso ist Daniel hier?* Normalerweise wurde ein Priester nur dann zum Tatort gerufen, wenn die Familie eines Opfers geistlichen Beistand wünschte. Ihr Nachbar Mr. Telushkin war aber nicht katholisch, er war Jude. Er hätte keinen Grund gehabt, nach einem Priester zu verlangen.

»Könnten Sie sie bitte ins Haus bringen, Pater?«, sagte Rizzoli.

»Will mir vielleicht mal jemand erklären, was hier vor sich geht?«, fragte Maura.

»Gehen Sie ins Haus, Doc. Bitte. Wir erklären es Ihnen gleich.«

Maura spürte, wie Brophy den Arm um ihre Hüfte legte; sein fester Griff ließ sie wissen, dass jetzt nicht der rechte Zeitpunkt war, sich zu sträuben. Dass sie sich ganz einfach Rizzolis Anweisungen fügen sollte. Und so ließ sie sich von ihm zu ihrer Haustür führen. Sie spürte seine Körperwärme, registrierte den heimlichen Kitzel, den seine physische Nähe in ihr auslöste. So verunsichert war sie durch seine Gegenwart, dass ihre Finger ihr nicht recht gehorchen wollten, als sie den Schlüssel ins Schloss steckte. Sie kannten sich nun schon einige Monate und verstanden sich sehr gut, aber sie hatte Daniel Brophy noch nie zu sich nach Hause eingeladen. Und ihre jetzige Reaktion erinnerte sie noch einmal daran, warum sie so strikt darauf geachtet hatte, eine gewisse Distanz zu wahren. Sie traten ein und gingen ins Wohnzimmer, wo dank der Zeitschaltuhr das Licht schon brannte. Sie blieb einen Moment lang vor der Couch stehen, unsicher über den nächsten Schritt.

Es war Pater Brophy, der das Kommando übernahm: »Setzen Sie sich«, sagte er und wies auf die Couch. »Ich bringe Ihnen etwas zu trinken.«

»*Sie* sind doch hier der Gast. Ich sollte Ihnen eigentlich etwas anbieten«, erwiderte sie.

»Nicht unter diesen Umständen.«

»Ich weiß ja gar nicht, was die Umstände sind.«

»Detective Rizzoli wird es Ihnen sagen.« Er ging hinaus und kam kurz darauf mit einem Glas Wasser zurück – nicht gerade das Getränk, für das *sie* sich in diesem Moment entschieden hätte; allerdings schien es irgendwie unangemessen, einen Priester zu bitten, ihr eine Flasche Wodka zu holen. Sie nahm einen kleinen Schluck von dem Wasser; sein Blick machte sie nervös. Er setzte sich in den Sessel gegenüber von ihr und ließ sie dabei keine Sekunde aus den Augen, als fürchtete er, sie könne sich in Luft auflösen.

Endlich hörte sie Rizzoli und Frost ins Haus kommen. Sie vernahm ihre Stimmen in der Diele; gedämpft unterhielten sie sich mit einer dritten Person, deren Stimme Maura nicht erkannte. Geheimnisse, dachte sie. Warum haben sie alle Geheimnisse vor mir? Was ist es, das ich nicht wissen darf?

Sie blickte auf, als die beiden Detectives ins Wohnzimmer traten. Bei ihnen war ein Mann, der sich als Detective Eckert vom Revier Brookline vorstellte – ein Name, den sie vermutlich in fünf Minuten wieder vergessen haben würde. Ihre ganze Aufmerksamkeit war auf Rizzoli gerichtet, mit der sie schon zusammengearbeitet hatte. Eine Frau, die sie mochte und respektierte.

Die Detectives nahmen Platz; und Rizzoli und Frost sahen Maura über den Couchtisch hinweg an. Sie fühlte sich in die Ecke gedrängt – vier gegen eine, alle Augen auf sie gerichtet. Frost zog Stift und Notizbuch aus der Tasche. Wieso machte er sich Notizen? Warum hatte sie plötzlich das Gefühl, dass ihr ein Verhör bevorstand?

»Wie geht es Ihnen, Doc?«, fragte Rizzoli mit sanfter, besorgter Stimme.

Maura musste über die banale Frage lachen. »Es ginge mir wesentlich besser, wenn ich wüsste, was hier gespielt wird.«

»Dürfte ich Sie fragen, wo Sie heute Abend gewesen sind?«

»Ich komme gerade vom Flughafen.«

»Was haben Sie da gemacht?«

»Ich war in Paris. Ich hatte einen Direktflug von Charles de Gaulle. Es war ein langer Flug, und ich bin absolut nicht in der Stimmung für irgendwelche Fragespielchen.«

»Wie lange waren Sie in Paris?«

»Eine Woche. Der Hinflug war letzten Mittwoch.« Maura glaubte einen anklagenden Unterton in Rizzolis direkten Fragen entdeckt zu haben, und aus ihrer leichten Verärgerung wurde allmählich Wut. »Wenn Sie mir nicht glauben, können Sie meine Sekretärin Louise fragen. Sie hat den Flug für mich gebucht. Ich habe dort an einer Konferenz teilgenommen …«

»An der Internationalen Konferenz zur Forensischen Pathologie. Ist das korrekt?«

Maura stutzte. »Das wissen Sie schon?«

»Louise hat es uns gesagt.«

Sie haben Fragen über mich gestellt. Schon vor meiner Rückkehr aus Paris haben sie mit meiner Sekretärin gesprochen.

»Sie hat uns gesagt, dass die Maschine um siebzehn Uhr in Logan landen sollte«, sagte Rizzoli. »Jetzt ist es fast zehn. Wo sind Sie in der Zwischenzeit gewesen?«

»Unser Abflug von Charles de Gaulle hat sich verspätet. Irgendwas mit zusätzlichen Sicherheitsmaßnahmen. Die Fluggesellschaften sind ja inzwischen so paranoid; wir konnten froh sein, dass wir nach drei Stunden endlich abheben durften.«

»Sie sind also mit drei Stunden Verspätung gestartet.«

»Das sagte ich doch gerade.«

»Um wie viel Uhr sind Sie gelandet?«

»Ich weiß es nicht genau. So gegen halb neun.«

»Sie haben für die Fahrt von Logan hierher anderthalb Stunden gebraucht?«

»Mein Koffer ist nicht aufgetaucht. Ich musste bei Air France eine Verlustanzeige aufgeben.« Maura brach ab; sie war mit ihrer Geduld am Ende. »Verdammt noch mal, ich will jetzt endlich wissen, was das alles soll! Ich habe ein Recht, das zu erfahren, ehe ich irgendwelche weiteren Fragen beantworte. Werfen Sie mir irgendetwas vor?«

»Nein, Doc. Wir werfen Ihnen gar nichts vor. Wir versuchen nur, den Zeitrahmen zu ermitteln.«

»Den Zeitrahmen für was?«

Jetzt schaltete Frost sich ein. »Haben Sie irgendwelche Drohungen erhalten, Dr. Isles?«

Sie sah ihn verwirrt an. »Was?«

»Kennen Sie irgendjemanden, der einen Grund haben könnte, Ihnen etwas anzutun?«

»Nein.«

»Sind Sie sicher?«

Maura lachte frustriert auf. »Na ja, kann man sich jemals absolut sicher sein?«

»Es muss doch den einen oder anderen Prozess gegeben haben, bei dem Sie sich mit Ihrer Aussage bei irgendjemandem extrem unbeliebt gemacht haben«, sagte Rizzoli.

»Nur, wenn man sich mit der Wahrheit unbeliebt macht.«

»Sie haben sich im Gerichtssaal Feinde gemacht. Sie haben geholfen, Täter hinter Gitter zu bringen.«

»Das haben Sie ja wohl auch, Jane. Einfach nur, indem Sie Ihren Job gemacht haben.«

»Haben Sie irgendwelche spezifischen Drohungen erhalten? Briefe oder Anrufe?«

»Meine Nummer steht nicht im Telefonbuch. Und Louise gibt niemals meine Adresse heraus.«

»Was ist mit der Post, die Sie im Rechtsmedizinischen Institut erhalten haben?«

»Dann und wann bekommen wir schon mal einen verrückten Brief. Das geht jedem von uns so.«

»Verrückt?«

»Ja, von Leuten, die irgendetwas von grünen Männchen aus dem Weltraum oder von Verschwörungen faseln. Oder die uns beschuldigen, die Wahrheit über eine Autopsie zu vertuschen. Solche Briefe legen wir einfach unter ›S‹ wie Spinner ab. Außer natürlich, wenn es sich um eine offene Drohung handelt; dann leiten wir das Schreiben an die Polizei weiter.«

Maura sah, wie Frost etwas in sein Notizbuch kritzelte, und sie fragte sich, was er wohl geschrieben hatte. Inzwischen war sie so sauer, dass sie am liebsten aufgesprungen wäre und ihm das verdammte Notizbuch aus der Hand gerissen hätte.

»Doc«, fragte Rizzoli mit leiser Stimme, »haben Sie eine Schwester?«

Die Frage traf sie wie ein Blitz aus heiterem Himmel. Sie starrte Rizzoli an; ihre Verärgerung war plötzlich wie weggeblasen. »Wie bitte?«

»Haben Sie eine Schwester?«

»Wieso fragen Sie mich das?«

»Ich muss es nun einmal wissen.«

Maura seufzte vernehmlich. »Nein, ich habe keine Schwester. Und Sie wissen genau, dass ich adoptiert wurde. Wann sagen Sie mir endlich, worum es hier überhaupt geht?«

Rizzoli und Frost tauschten einen kurzen Blick.

Frost klappte sein Notizbuch zu. »Ich denke, es wird Zeit, dass wir es ihr zeigen.«

Sie gingen zur Haustür, Rizzoli voran. Maura trat hinaus in die warme Sommernacht, grell erleuchtet wie ein Rummelplatz von den flackernden Lichtern der Streifenwagen. Ihre innere Uhr war noch auf Pariser Zeit eingestellt, und dort war es jetzt vier Uhr morgens; sie sah alles wie durch einen Schleier der Erschöpfung, und der ganze Abend kam ihr surreal vor, wie ein böser Traum. Kaum war sie zur Tür hinaus, richteten sich auch schon alle Blicke auf sie. Sie sah ihre Nachbarn, die sich auf der anderen Straßenseite hinter der Absperrung drängten und sie anstarrten. Als Gerichtsmedizinerin war sie es gewohnt, im Licht der Öffentlichkeit zu stehen, auf Schritt und Tritt von Polizei und Medien beobachtet zu werden, doch die Aufmerksamkeit, die ihr an diesem Abend entgegenschlug, war irgendwie anders. Aufdringlicher, geradezu beängstigend. Sie war froh, als Rizzoli und Frost sie in die Mitte nahmen, wie um sie vor neugierigen Blicken zu schützen. Zusammen gingen sie auf den dunklen Ford Taurus zu, der vor Mr. Telushkins Haus am Straßenrand stand.

Maura hatte den Wagen noch nie gesehen, doch den bärtigen Mann mit Latexhandschuhen an den fleischigen Händen, der daneben stand, erkannte sie sofort. Es war Dr. Abe Bristol, ihr Kollege aus der Gerichtsmedizin. Abe war ein echter Gourmand, und seine Leibesfülle spiegelte seine Vorliebe für üppige Speisen. Sein Gürtel konnte den überschüssigen Bauchspeck kaum im Zaum halten. Er starrte Maura an und sagte: »Junge, Junge; das ist wirklich verblüffend. Fast wäre ich selbst drauf reingefallen.« Er deutete mit dem Kopf auf den Wagen. »Ich hoffe, du bist darauf vorbereitet, Maura.«

Vorbereitet worauf?

Ihr Blick ging zu dem geparkten Taurus, und im Schein der Rundumleuchten konnte sie die Umrisse einer Gestalt erkennen, die zusammengesunken über dem Lenkrad hing. Die Windschutzscheibe war mit dunklen Spritzern übersät. *Blut.*

Rizzoli leuchtete mit ihrer Taschenlampe die Beifahrertür an. Maura verstand zuerst nicht, was sie ihr zeigen wollte; sie war noch ganz auf das blutbespritzte Fenster konzentriert. Dann sah sie, worauf der Lichtstrahl von Rizzolis Maglite gerichtet war. Direkt unter dem Türgriff waren drei parallele Schrammen zu sehen, tief in den Lack geritzt.

»Wie Spuren von Krallen«, sagte Rizzoli. Sie krümmte die Finger, als wollte sie die Kratzbewegung nachahmen.

Maura starrte die Schrammen an. Ein kalter Schauer lief ihr über den Rücken. Keine Krallen. *Die Klaue eines gewaltigen Raubvogels.*

»Und jetzt kommen Sie mal mit auf die Fahrerseite«, sagte Rizzoli.

Maura stellte keine Fragen, als sie mit Rizzoli um das Heck des Taurus herumging.

»In Massachusetts zugelassen«, sagte Rizzoli. Der Strahl ihrer Taschenlampe streifte das Nummernschild. Doch es war nur ein Detail, im Vorübergehen registriert; Rizzoli ging gleich weiter zur Fahrertür, wo sie stehen blieb und Maura ansah.

»Das ist es, was uns alle so fertig gemacht hat«, sagte sie. Sie leuchtete mit der Taschenlampe in den Wagen.

Der Strahl fiel direkt auf das Gesicht der Frau, das zum Fenster gewandt war. Ihre rechte Wange ruhte auf dem Lenkrad, ihre Augen waren offen.

Maura verschlug es die Sprache. Geschockt starrte sie auf die elfenbeinfarbene Haut, die schwarzen Haare, die vollen Lippen, die leicht geöffnet waren, als sei die Frau überrascht worden. Maura fuhr taumelnd zurück; ihr war, als seien ihre Knochen plötzlich aus Gummi, ihr wurde schwindlig, und sie hatte das Gefühl, hilflos zu treiben, ohne festen Boden unter den Füßen. Eine Hand packte sie am Arm, gab ihr Halt. Es war Pater Brophy, der unmittelbar hinter ihr stand. Sie hatte ihn gar nicht bemerkt.

Jetzt begriff sie, warum alle so fassungslos auf ihren Anblick reagiert hatten. Sie starrte die Leiche auf dem Fahrersitz an, das Gesicht im hellen Schein von Rizzolis Taschenlampe.

Das bin ich. Diese Frau da bin ich.

2

Sie saß auf der Couch und nahm einen Schluck von ihrem Wodka mit Soda. Die Eiswürfel klirrten im Glas. Zum Teufel mit klarem Wasser – dieser Schock verlangte nach einer härteren Medizin, und Pater Brophy war so verständnisvoll gewesen, ihr einen kräftigen Drink zu mixen und ihr das Glas kommentarlos in die Hand zu drücken. Es kommt schließlich nicht jeden Tag vor, dass man sich selbst als Leiche sieht. Dass man zu einem Tatort kommt und ohne Vorwarnung mit seinem leblosen Doppelgänger konfrontiert wird.

»Es ist nur ein Zufall«, flüsterte sie. »Die Frau gleicht mir eben, das ist alles. Viele Frauen haben schwarze Haare. Und ihr Gesicht – in dem Auto da draußen kann man ihr Gesicht doch gar nicht richtig erkennen.«

»Ich weiß nicht, Doc«, sagte Rizzoli. »Die Ähnlichkeit ist ziemlich erschreckend.« Sie ließ sich in den Sessel sinken und seufzte, als ihr hochschwangerer Leib in den weichen Kissen versank.

Arme Rizzoli, dachte Maura. Frauen im achten Monat sollten sich nicht mit Mordermittlungen herumschlagen müssen.

»Ihre Frisur ist anders«, sagte Maura.

»Die Haare sind ein bisschen länger, das ist alles.«

»Ich habe einen Pony. Die Frau nicht.«

»Finden Sie nicht, dass das ein ziemlich oberflächliches Detail ist? Sehen Sie sich doch ihr Gesicht an. Sie könnte Ihre Schwester sein.«

»Warten wir doch ab, bis wir sie bei besserem Licht sehen können. Vielleicht gleicht sie mir dann gar nicht mehr.«

»Die Ähnlichkeit ist nicht zu leugnen«, warf Pater Brophy ein. »Wir haben es alle gesehen. Sie gleicht Ihnen aufs Haar.«

»Und dazu kommt, dass sie in einem Wagen sitzt, der in Ihrer Straße geparkt ist«, fügte Rizzoli hinzu. »Praktisch vor Ihrer Haustür. Und das hier hatte sie auf dem Rücksitz.« Rizzoli hielt einen transparenten Plastikbeutel hoch. Maura konnte sehen, dass er einen Artikel aus dem *Boston Globe* enthielt. Die Schlagzeile war so groß, dass sie sie auch über den Couchtisch hinweg lesen konnte.

GERICHTSMEDIZINERIN:
RAWLINS-BABY
WURDE MISSHANDELT

»Das ist ein Foto von *Ihnen*, Doc«, sagte Rizzoli. »Die Bildunterschrift lautet: ›Pathologin Dr. Maura Isles beim Verlassen des Gerichtssaals nach ihrer Aussage im Rawlins-Prozess.« Sie sah Maura in die Augen. »Das Opfer hatte diesen Zeitungsausschnitt bei sich im Wagen.«

Maura schüttelte den Kopf. »Aber warum?«

»Das fragen wir uns auch.«

»Der Rawlins-Prozess – das war vor fast zwei Wochen.«

»Erinnern Sie sich daran, diese Frau im Gerichtssaal gesehen zu haben?«

»Nein. Ich habe sie noch nie im Leben gesehen.«

»Aber offenbar hat die Frau *Sie* gesehen. Zumindest in der Zeitung. Und dann taucht sie hier auf. Wollte sie mit Ihnen sprechen? Ihnen auflauern?«

Maura starrte auf ihr Glas. Der Wodka stieg ihr schon zu Kopf. Es ist noch keine vierundzwanzig Stunden her, dachte sie, da bin ich durch die Straßen von Paris spaziert. Habe den Sonnenschein genossen, die köstlichen Düfte aus den Straßencafés. Wie habe ich es geschafft, in so kurzer Zeit in diesen Albtraum hineinzuschlittern?

»Haben Sie eine Schusswaffe im Haus, Doc?«, fragte Rizzoli.

Mauras Miene verhärtete sich, sie straffte die Muskeln. »Was soll diese Frage?«

»Aber nein, ich will Sie doch gar nicht beschuldigen. Ich habe mich bloß gefragt, ob Sie eine Möglichkeit haben, sich zu verteidigen.«

»Ich besitze keine Waffe. Ich habe oft genug gesehen, was die Dinger mit einem menschlichen Körper anrichten können. So was kommt mir nicht ins Haus.«

»Okay. War ja nur eine Frage.«

Maura nahm noch einen Schluck von ihrem Wodka. Sie brauchte die flüssige Stärkung, ehe sie die nächste Frage stellte: »Was wissen Sie über das Opfer?«

Frost nahm sein Notizbuch zur Hand und blätterte es durch wie ein penibler Beamter. So vieles an Barry Frost erinnerte Maura an einen sanftmütigen Bürokraten, jederzeit bereit, den Bleistift zu zücken und sich eine Notiz zu machen. »Laut Führerschein, den wir in ihrer Handtasche gefunden haben, heißt sie Anna Jessop, ist vierzig Jahre alt und wohnt in Brighton. Der Wagen ist auch auf den Namen Jessop zugelassen.«

Maura hob den Kopf. »Das ist nur ein paar Meilen von hier.«

»Bei der Adresse handelt es sich um eine Wohnanlage. Die Nachbarn scheinen nicht viel über sie zu wissen. Wir versuchen zurzeit noch, die Vermieterin zu erreichen, damit sie uns in die Wohnung lässt.«

»Sagt Ihnen der Name Jessop irgendetwas?«, fragte Rizzoli.

Sie schüttelte den Kopf. »Ich kennen niemanden, der so heißt.«

»Kennen Sie irgendjemanden in Maine?«

»Wieso fragen Sie mich das?«

»Sie hatte ein Strafmandat wegen Geschwindigkeitsüberschreitung in der Tasche. Offenbar ist sie vor zwei Tagen von einer Streife angehalten worden, als sie auf dem Maine Turnpike in Richtung Süden fuhr.«

»Ich kenne niemanden in Maine.« Maura holte tief Luft. »Wer hat sie gefunden?«, fragte sie.

»Ihr Nachbar Mr. Telushkin hat die Polizei angerufen«, antwortete Rizzoli. »Er hat seinen Hund ausgeführt, und dabei ist ihm der Taurus aufgefallen, der vor seinem Haus parkte.«

»Wann war das?«

»Gegen zwanzig Uhr.«

Natürlich, dachte Maura. Nach Mr. Telushkin konnte man die Uhr stellen, wenn er jeden Abend um die gleiche Zeit seinen Hund ausführte. Typisch Ingenieur – immer korrekt und berechenbar. Aber heute Abend war er dem Unberechenbaren begegnet.

»Hat er denn nichts gehört?«

»Er sagt, er habe ungefähr zehn Minuten vorher ein Geräusch gehört, das er für eine Fehlzündung hielt. Aber niemand hat gesehen, wie es passierte. Nachdem er den Taurus entdeckt hatte, rief er die Polizei an und meldete, dass seine Nachbarin Dr. Isles gerade erschossen worden sei. Die Kollegen von Brookline waren als Erste am Tatort, zusammen mit Detective Eckert hier. Frost und ich sind gegen neun eingetroffen.«

»Warum eigentlich?«, entgegnete Maura. Das war die Frage, die sich ihr sofort gestellt hatte, als sie Rizzoli auf dem Rasen vor ihrem Haus entdeckt hatte. »Warum sind Sie in Brookline? Das ist doch gar nicht Ihr Revier.«

Rizzoli sah Detective Eckert an.

Ein wenig verlegen antwortete dieser: »Na ja, wissen Sie, wir hatten letztes Jahr nur einen einzigen Mord hier in Brookline. Da dachten wir, unter den gegebenen Umständen wäre es wohl sinnvoll, sich an Boston zu wenden.«

Ja, das schien allerdings sinnvoll, wie Maura zugeben musste. Brookline war kaum mehr als eine reine Schlafstadt, eine friedliche Oase inmitten der Metropole Boston. Das Boston Police Department hatte im vergangenen Jahr sechzig Tötungsdelikte untersucht. Übung macht den Meister, auch wenn es um Mordermittlungen geht.

»Wir hätten uns hier sowieso eingeschaltet«, erklärte Rizzoli. »Nachdem wir gehört hatten, wer das Opfer war. Wer *angeblich* das Opfer war.« Nach einer Pause fuhr sie fort: »Ich muss zugeben, ich bin gar nicht auf den Gedanken gekommen, dass Sie es vielleicht *nicht* sein könnten. Ich habe einen Blick auf das Opfer geworfen und ganz selbstverständlich angenommen …«

»Das ging uns allen so«, sagte Frost.

Es war eine Weile still.

»Wir wussten, dass Sie heute Abend aus Paris zurückkommen sollten«, sagte Rizzoli. »Das haben wir von Ihrer Sekretärin erfahren. Das Einzige, was wir uns nicht erklären konnten, war der Wagen. Wieso Sie in einem Auto sitzen, das auf eine andere Frau zugelassen ist.«

Maura leerte ihr Glas und stellte es auf dem Couchtisch ab. Ein Drink, mehr konnte sie heute Abend nicht vertragen. Schon jetzt fühlten ihre Arme und Beine sich taub an, und sie hatte Mühe, sich zu konzentrieren. Die Lampen tauchten den Raum in ein warmes Dämmerlicht, und sie nahm die Konturen nur noch verschwommen wahr. Das geschieht alles nicht wirklich, dachte sie. Ich sitze im Flugzeug, irgendwo über dem Atlantik, und schlafe – und wenn ich aufwache, werde ich feststellen, dass wir gerade gelandet sind. Dass das alles nie passiert ist.

»Wir wissen nichts über Anna Jessop«, sagte Rizzoli. »Wir wissen nur das, was wir alle mit eigenen Augen gesehen haben – dass sie Ihnen aufs Haar gleicht, Doc. Mag sein, dass ihre Haare ein bisschen länger sind. Mag sein, dass es den einen oder anderen Unterschied gibt. Aber die Sache ist die: Wir sind darauf hereingefallen. Wir alle, ohne Ausnahme. Und wir *kennen* Sie.« Sie hielt einen Moment inne. »Sie ahnen schon, worauf ich hinauswill, nicht wahr?«

Ja, Maura ahnte es, aber sie wollte es nicht aussprechen. Sie saß nur da, den Blick starr auf das Glas auf dem Couchtisch gerichtet. Auf die schmelzenden Eiswürfel.

»Wenn wir darauf hereingefallen sind, könnte es einem anderen ebenso gegangen sein«, sagte Rizzoli. »Auch der

Person, die ihr diese Kugel in den Kopf gejagt hat. Es war kurz vor zwanzig Uhr, als Ihr Nachbar die vermeintliche Fehlzündung hörte. Um die Zeit wurde es schon dunkel. Und da war sie; sie saß in einem geparkten Wagen, ein paar Meter von Ihrer Einfahrt entfernt. Jeder, der die Frau in diesem Wagen sah, musste annehmen, dass Sie es waren.«

»Sie glauben, dass der Anschlag mir galt«, sagte Maura.

»Das ist doch einleuchtend, oder?«

Maura schüttelte den Kopf. »Für mich ergibt das alles keinen Sinn.«

»Sie sind durch Ihren Job sehr exponiert. Sie sagen bei Mordprozessen aus. Sie stehen in der Zeitung. Sie sind unsere Königin der Toten.«

»Nennen Sie mich nicht so.«

»Alle Cops nennen Sie so. Auch die Presse. Das wissen Sie doch, oder nicht?«

»Das heißt noch lange nicht, dass mir dieser Spitzname gefällt. Ehrlich gesagt, ich kann ihn überhaupt nicht leiden.«

»Aber es ist unbestreitbar so, dass Sie auffallen. Nicht nur wegen Ihrer Tätigkeit, sondern auch wegen Ihres Aussehens. Sie wissen doch, dass die Männer sich nach Ihnen umdrehen, nicht wahr? Sie müssten ja blind sein, um das nicht zu bemerken. Eine so gut aussehende Frau kann sich der Aufmerksamkeit der Herren der Schöpfung immer gewiss sein. Hab ich Recht, Frost?«

Frost zuckte zusammen; offensichtlich hatte sie ihn mit ihrer Frage überrumpelt. Das Blut schoss ihm in die Wangen. Der arme Frost, bei jeder Gelegenheit lief er rot an. »Na ja, ist doch nur menschlich, oder?«, gab er zu.

Maura sah Pater Brophy an, der ihren Blick jedoch nicht erwiderte. Sie fragte sich, ob er den gleichen Anziehungskräften unterworfen war wie sie und alle anderen. Sie wollte, dass es so war; sie wollte glauben, dass Daniel nicht immun war gegen die Art von Gedanken, die ihr im Kopf herumgingen.

»Eine hübsche Frau, die im Licht der Öffentlichkeit steht«, sagte Rizzoli. »Ein Stalker heftet sich an ihre Fersen, sie wird vor ihrem eigenen Haus überfallen. Das passiert nicht zum ersten Mal. Wie hieß noch mal diese Schauspielerin drüben in L.A.? Die damals ermordet wurde?«

»Rebecca Schaefer«, sagte Frost.

»Genau. Und dann der Fall Lori Hwang hier bei uns. Sie erinnern sich doch, Doc.«

Ja, Maura erinnerte sich daran, denn sie selbst hatte die Leiche der Nachrichtenmoderatorin von Channel Six obduziert. Lori Hwang hatte die Sendung erst ein Jahr lang gemacht, als sie vor dem Fernsehstudio erschossen wurde. Sie hatte nicht gewusst, dass ein Stalker es auf sie abgesehen hatte. Der Täter hatte sie im Fernsehen gesehen und ihr ein paar Fanbriefe geschrieben. Und dann hatte er ihr eines Tages vor dem Studioeingang aufgelauert. Als Lori aus dem Gebäude gekommen und auf ihren Wagen zugegangen war, hatte er ihr eine Kugel in den Kopf geschossen.

»Das ist das Risiko, mit dem alle Prominenten leben müssen«, sagte Rizzoli. »Sie können nie wissen, wer Sie auf all den Fernsehbildschirmen sieht. Sie können nie wissen, wer in dem Wagen direkt hinter Ihnen sitzt, wenn Sie von der Arbeit nach Hause fahren. Wir kommen gar nicht auf die Idee, dass jemand uns verfolgen könnte. Dass jemand Fantasien über uns hat.« Rizzoli hielt inne. Und fuhr leise fort: »Ich habe es erlebt. Ich weiß, wie es ist, im Zentrum der Obsessionen eines kranken Gehirns zu stehen. Dabei bin ich ja nun nicht gerade attraktiv – aber trotzdem ist es mir passiert.« Sie hielt die Hände hoch und ließ sie die Narben auf ihren Handflächen sehen. Die unauslöschlichen Andenken an ihren Kampf mit dem Mann, der sie zweimal um ein Haar getötet hätte. Ein Mann, der immer noch am Leben war, wenn auch gefangen in einem querschnittgelähmten Körper.

»Deswegen habe ich Sie gefragt, ob Sie irgendwelche merkwürdigen Briefe erhalten hätten«, sagte Rizzoli. »Ich dachte dabei an Lori Hwang.«

»Ihr Mörder wurde gefasst«, sagte Pater Brophy.

»Ja.«

»Sie unterstellen also nicht, dass es sich um denselben Mann handelt.«

»Nein. Ich will nur auf die Parallelen hinweisen. Eine einzelne Schusswunde im Kopf. Frauen in öffentlichen Positionen. Da macht man sich so seine Gedanken.« Rizzoli hievte sich mühsam aus dem Sessel. Frost eilte sogleich herbei, um ihr seine Hilfe anzubieten, doch sie ignorierte seine ausgestreckte Hand. Auch im achten Monat dachte Rizzoli noch längst nicht daran, sich helfen zu lassen. Sie hängte sich die Handtasche über die Schulter und sah Maura prüfend an. »Möchten Sie heute Nacht lieber woanders schlafen?«

»Das hier ist mein Haus. Warum sollte ich woanders hingehen?«

»Ich frage ja nur. Wahrscheinlich muss ich Sie nicht daran erinnern, alle Türen abzuschließen.«

»Das mache ich sowieso immer.«

Rizzoli wandte sich an Eckert. »Kann das Brookline Police Department ihr Haus bewachen lassen?«

Er nickte. »Ich sorge dafür, dass eine Streife in regelmäßigen Abständen vorbeischaut.«

»Danke«, sagte Maura. »Ich weiß das wirklich zu schätzen.«

Maura begleitete die drei Detectives zur Haustür und sah ihnen nach, als sie zu ihren Fahrzeugen gingen. Inzwischen war es nach Mitternacht. Die Straße vor ihrem Haus hatte sich wieder in die ruhige Wohngegend verwandelt, die sie kannte. Die Streifenwagen des Reviers Brookline waren weggefahren, der Taurus bereits zur Untersuchung durch das kriminaltechnische Labor abgeschleppt worden. Auch das gelbe Absperrband war verschwunden. Ich werde morgen früh aufwachen, dachte sie, und ich werde glauben, dass ich mir das alles nur eingebildet habe.

Sie drehte sich um und sah sich Pater Brophy gegenüber, der immer noch in ihrer Diele stand. Noch nie hatte sie sich in seiner Gegenwart so unbehaglich gefühlt wie jetzt, da sie ganz allein mit ihm in ihrem Haus war. Die Gedanken an das, was passieren könnte, gingen ihnen gewiss beiden im Kopf herum. *Oder doch nur mir? Wenn du nachts allein in deinem Bett liegst, denkst du dann manchmal an mich, Daniel? So wie ich an dich denke?*

»Haben Sie auch ganz bestimmt keine Bedenken, allein hier zu bleiben?«, fragte er.

»Ich komme schon klar.« *Und was wäre denn die Alternative? Dass du die Nacht bei mir verbringst? Ist es nicht das, was du mir vorschlagen willst?*

»Wer hat Sie hierher gerufen, Daniel?«, fragte sie. »Woher wussten Sie, was passiert war?«

Er erwiderte ihren Blick. »Von Detective Rizzoli. Sie sagte mir …« Er hielt inne. »Wissen Sie, ich bekomme andauernd solche Anrufe von der Polizei. Ein Todesfall in der Familie; jemand, der einen Priester braucht. Aber diesmal …« Wieder machte er eine Pause. »Verschließen Sie Ihre Türen, Maura«, sagte er. »So einen Abend wie diesen will ich nicht noch einmal durchmachen müssen.«

Sie sah ihm nach, als er auf seinen Wagen zuging und einstieg. Er ließ den Motor nicht gleich an, sondern wartete, bis sie sicher im Haus war.

Sie schloss die Tür und legte den Riegel vor.

Durch das Wohnzimmerfenster sah sie Daniel davonfahren. Dann starrte sie noch eine Weile auf die leere Stelle am Straßenrand, und mit einem Mal fühlte sie sich einsam und verlassen. In diesem Moment wünschte sie sich, sie könnte ihn zurückrufen. Und was würde dann passieren? Was wollte sie von ihm, was erhoffte sie sich? Es ist besser, dachte sie, dass manche Verlockungen für uns in unerreichbarer Ferne liegen. Noch einmal ließ sie den Blick über die dunkle Straße schweifen, dann trat sie vom Fenster zurück, als ihr bewusst wurde, wie deutlich ihre Silhouette sich vor dem hell erleuchteten Wohnzimmer abzeichnen musste. Sie zog die Vorhänge zu und ging von Zimmer zu Zimmer, um alle Schlösser und Fensterriegel noch einmal zu überprüfen. In einer warmen Juninacht wie dieser hätte sie normalerweise bei offenem Fenster geschlafen. Aber heute verriegelte sie auch das Schlafzimmerfenster und schaltete die Klimaanlage ein.

Früh am Morgen erwachte sie, fröstelnd von dem kalten Luftzug, der aus der Anlage strömte. Sie hatte von Paris geträumt. Von Spaziergängen unter blauem Himmel, vorbei an Eimern voller Rosen und Lilien, und im ersten Moment wusste sie nicht, wo sie war. Dann fiel es ihr ein: Ich bin nicht mehr in Paris, sondern in meinem eigenen Bett. Und es ist etwas Schreckliches passiert.

Es war erst fünf Uhr morgens, und dennoch war sie hellwach. In Paris ist es elf Uhr vormittags, dachte sie. Dort scheint die Sonne, und wenn ich dort wäre, hätte ich jetzt schon meine zweite Tasse Kaffee getrunken. Sie wusste, dass der Jetlag sie im Lauf des Tages noch einholen würde, dass dieser frühmorgendliche Energieschub bis zum Nachmittag verflogen wäre, aber sie konnte sich einfach nicht dazu zwingen, noch länger zu schlafen.

Sie stand auf und zog sich an.

Die Straße vor ihrem Haus sah aus wie immer. Die ersten Strahlen der Morgenröte erhellten den Himmel. Maura sah, wie nebenan in Mr. Telushkins Haus die Lichter angingen. Er war ein Frühaufsteher, ging normalerweise mindestens eine Stunde vor ihr zur Arbeit, aber heute Morgen war sie als Erste aufgewacht, und sie betrachtete ihre Nachbarschaft plötzlich mit neuen Augen. Sie sah, wie sich gegenüber die automatischen Rasensprenger einschalteten und zischelnd zu kreisen begannen. Sie sah den Zeitungsjungen vorbeiradeln, den Schirm der Baseballkappe in den Nacken gedreht, und hörte das dumpfe Geräusch, mit dem der *Boston Globe* auf ihrer Veranda landete. Alles scheint so zu sein wie immer, dachte sie, aber der Schein trügt. Der Tod hat in meiner Straße zugeschlagen, und niemand, der hier wohnt, wird es je vergessen können. Sie werden aus ihren Wohnzimmerfenstern auf die Straße blicken und die Stelle sehen, wo der Taurus gestanden hat, und mit Schaudern werden sie daran denken, wie leicht es jeden von uns hätte treffen können.

Die Lichtkegel von Scheinwerfern bogen um die Ecke, ein Wagen näherte sich. Der Fahrer drosselte das Tempo, als er an ihrem Haus vorbeikam. Ein Streifenwagen des Reviers Brookline.

Nein, nichts ist mehr, wie es war, dachte sie, als sie dem Polizeifahrzeug nachsah.

Nichts wird je wieder so sein, wie es war.

Sie traf noch vor ihrer Sekretärin im Büro ein. Schon um sechs saß Maura an ihrem Schreibtisch und machte sich daran, den hohen Stapel von Diktaten und Laborberichten in ihrem Eingangskorb abzuarbeiten. Es hatte sich einiges angesammelt in der Woche, während sie in Paris an der Konferenz teilgenommen hatte. Sie hatte schon ein Drittel erledigt, als sie auf dem Flur Schritte hörte. Als sie aufblickte, sah sie Louise in der Tür stehen.

»Sie sind ja hier«, murmelte Louise.

Maura begrüßte sie mit einem Lächeln. »*Bonjour!* Ich dachte, ich fange lieber mal zeitig an mit dem ganzen Papierkram.«

Louise starrte sie eine Weile nur schweigend an, dann kam sie ins Zimmer und setzte sich auf den Stuhl vor Mauras Schreibtisch, als könnte sie sich plötzlich nicht mehr auf den Beinen halten. Trotz ihrer fünfzig Jahre schien Louise immer noch doppelt so viel Energie zu haben wie die zehn Jahre jüngere Maura. Doch heute Morgen wirkte sie erschöpft und ausgelaugt, ihr Gesicht hager und fahl im Schein des Neonlichts.

»Geht es Ihnen gut, Dr. Isles?«, fragte Louise leise.

»Ja, danke. Nur ein bisschen unausgeschlafen – der Jetlag, wissen Sie.«

»Ich meine – nach dem, was gestern Abend passiert ist.

Detective Frost schien sich so sicher zu sein, dass Sie es waren, in diesem Wagen …«

Maura nickte, und ihr Lächeln verflog. »Es war, als wäre ich irgendwie im falschen Film gelandet, Louise. Ich komme nichts ahnend nach Hause, und dann sehe ich plötzlich diese ganzen Streifenwagen vor meinem Haus stehen.«

»Es war schrecklich. Wir dachten alle …« Louise schluckte und senkte den Blick. »Ich war so erleichtert, als Dr. Bristol mich gestern Abend anrief, um mir zu sagen, dass es ein Irrtum war.«

In der folgenden Stille schien ein unausgesprochener Vorwurf in der Luft zu liegen. Und plötzlich dämmerte es Maura, dass sie selbst ihre Sekretärin hätte anrufen sollen. Es hätte ihr klar sein müssen, wie geschockt Louise war und dass sie sich freuen würde, Mauras Stimme zu hören. Ich lebe schon zu lange allein und ohne feste Bindungen, dachte sie, und komme gar nicht auf die Idee, dass es Leute geben könnte, denen es nicht gleichgültig ist, was mit mir passiert.

Louise stand auf. »Ich bin so froh, dass Sie wieder hier sind, Dr. Isles. Das wollte ich Ihnen nur sagen.«

»Louise?«

»Ja?«

»Ich habe Ihnen eine Kleinigkeit aus Paris mitgebracht. Ich weiß, das klingt jetzt wie eine lahme Ausrede, aber sie ist in meinem Koffer, und den hat die Fluggesellschaft leider verschlampt.«

»Oh.« Louise lachte. »Na ja, wenn es Pralinen sind – die wären sowieso ganz schlecht für meine Hüften.«

»Nichts Kalorienreiches, das verspreche ich Ihnen.« Sie warf einen Blick auf die Uhr auf ihrem Schreibtisch. »Ist Dr. Bristol schon im Haus?«

»Er ist gerade eben gekommen. Ich habe ihn auf dem Parkplatz gesehen.«

»Wissen Sie, wann er die Autopsie macht?«

»Welche? Er hat heute zwei.«

»Die tödliche Schussverletzung von gestern Abend. Die Frau.«

Louise sah sie eindringlich an. »Ich glaube, das ist die zweite auf seinem Terminplan.«

»Hat man sonst noch irgendetwas über die Frau herausgefunden?«

»Ich weiß es nicht. Da müssen Sie Dr. Bristol fragen.«

3

Obwohl sie selbst an diesem Tag keine Autopsien auf dem Dienstplan hatte, ging Maura um zwei Uhr hinunter ins Sektionsgeschoss und zog sich um. Sie war allein im Umkleideraum, und sie nahm sich Zeit, um ihre Straßenkleidung abzulegen, Bluse und Hose sorgfältig zusammenzufalten und alles ordentlich im Schließfach zu stapeln. Der Stoff des OP-Anzugs war kühl und glatt auf ihrer bloßen Haut, wie frisch gewaschene Laken, und sie empfand es als tröstlich und beruhigend, all die vertrauten Handgriffe zu vollführen, vom Verknoten der Kordel an der Hose bis zum Aufsetzen der Haube und dem Einstecken der Haare. In ihrer Uniform aus frisch gestärkter Baumwolle fühlte sie sich sicher und geschützt, wie auch in der Rolle, in die sie schlüpfte, wenn sie ihre Arbeitskleidung anlegte. Sie warf einen Blick in den Spiegel, und das Gesicht, das sie dort sah, war kühl und reserviert wie das einer Fremden, alle Emotionen sorgfältig unter Verschluss gehalten. Dann verließ sie die Umkleide, ging den Flur hinunter und stieß die Tür zum Autopsiesaal auf.

Rizzoli und Frost standen schon am Tisch, beide in Kittel, Überhose und Handschuhen, und versperrten Maura mit ihren Rücken die Sicht auf das Opfer. Dr. Bristol sah Maura als Erster. Er stand mit dem Gesicht zur Tür, angetan mit einem XXL-Kittel, den er mit seinem Leibesumfang ganz ausfüllte, und fing ihren Blick auf, als sie den Saal betrat. Sie registrierte, wie sich seine Augenbrauen über der Schutzmaske zusammenzogen, und las die unausgesprochene Frage in seinen Augen.

»Ich dachte, ich schaue mal vorbei«, sagte sie.

Jetzt drehte Rizzoli sich zu ihr um. Auch sie runzelte die Stirn. »Sind Sie sicher, dass Sie dabei sein wollen?«

»Wären Sie denn nicht neugierig?«

»Schon, aber ich bin mir nicht sicher, ob ich dabei zusehen wollte. Unter diesen Umständen.«

»Ich werde mich auf die Rolle der Beobachterin beschränken. Falls du nichts dagegen hast, Abe.«

Bristol zuckte mit den Achseln. »Na ja, ich wäre selbst wahrscheinlich auch verdammt neugierig, denke ich. Also bitte, tu dir keinen Zwang an.«

Sie ging um den Tisch herum zu Abe und konnte nun erstmals einen ungehinderten Blick auf die Leiche werfen. Ihre Kehle war plötzlich wie ausgedörrt. Sie war in diesem Saal schon so manchem entsetzlichen Anblick ausgesetzt gewesen, hatte Fleisch in allen Stadien der Verwesung gesehen, Leichen, die durch Feuer oder andere Gewalteinwirkung so entstellt waren, dass sie kaum noch als menschliche Überreste zu erkennen waren. Die Frau, die jetzt auf dem Tisch lag, war im Vergleich zu vielem, was sie schon erlebt hatte, erstaunlich unversehrt. Das Blut war bereits abgewaschen worden, und die Einschusswunde auf der linken Schädelseite war durch die dunklen Haare verdeckt. Das Gesicht war unverletzt, der Rumpf nur durch die fleckige Verfärbung der tiefer liegenden Partien verunstaltet. In Hals und Leistenbeuge waren frische Einstiche zu erkennen, wo der Obduktionsassistent Yoshima Blut für Labortests entnommen hatte, abgesehen davon waren keine Verletzungen zu erkennen. Abe hatte den ersten Schnitt mit dem Skalpell noch nicht vollführt. Wäre der Brustraum bereits eröffnet gewesen, die Innereien freigelegt, dann wäre es für Maura ein weitaus weniger verstörender Anblick gewesen. Geöffnete Leichen haben etwas Anonymes. Herz, Lunge und Leber sind einfach nur Organe; so wenig individuell, dass man sie von einem Körper in den anderen transplantieren kann, wie Ersatzteile eines Autos. Aber diese Frau war noch unversehrt, und ihre Züge schienen erschreckend vertraut. Letzte Nacht hatte Maura die Tote vollständig bekleidet und im Dunkeln gesehen, angestrahlt nur von Rizzolis Maglite. Jetzt war das

Gesicht von den grellen OP-Lampen gnadenlos ausgeleuchtet, keine Kleider verhüllten den Körper, und jedes Detail der Leiche kam Maura mehr als nur bekannt vor.

Mein Gott – das ist mein eigenes Gesicht; das ist mein eigener Körper, der da auf dem Tisch liegt.

Nur sie selbst wusste, wie groß die Ähnlichkeit tatsächlich war. Keiner der übrigen Anwesenden hatte je ihre nackten Brüste zu Gesicht bekommen, die Konturen ihrer Schenkel. Sie kannten nur, was sie ihnen zu sehen gestattete – ihr Gesicht, ihre Haare. Sie konnten unmöglich wissen, dass die Ähnlichkeit zwischen ihr und dieser Leiche sich bis in intime Details wie die rötlich-braunen Einsprengsel in ihrem Schamhaar erstreckte.

Maura betrachtete die Hände der Frau. Die Finger waren lang und schmal wie die ihren. Klavierspielerhände. Die Tinte an den Fingerkuppen zeigte an, dass bereits Fingerabdrücke von der Leiche genommen worden waren. Auch die Röntgenaufnahmen von Schädel und Gebiss waren gemacht; das Pantomogramm hing am Leuchtkasten an der Wand, zwei weißlich schimmernde Zahnreihen, die sie anzugrinsen schienen. Würden meine Röntgenaufnahmen genauso aussehen?, fragte sie sich. Sind wir ein und dieselbe Person, identisch bis auf den letzten Backenzahn?

Ihre Stimme kam ihr selbst unnatürlich ruhig vor, als sie fragte: »Haben Sie inzwischen mehr über sie herausgefunden?«

»Wir sind noch dabei, diesen Namen zu überprüfen – Anna Jessop«, antwortete Rizzoli. »Bis jetzt haben wir nichts als den Führerschein, der vor vier Monaten in Massachusetts ausgestellt wurde. Darin steht, dass sie vierzig Jahre alt ist, ein Meter siebzig groß, mit schwarzem Haar und grünen Augen. Gewicht fünfundfünfzig Kilo.« Rizzoli betrachtete die Leiche auf dem Tisch. »Ich würde sagen, die Beschreibung passt auf sie.«

Und auf mich auch, dachte Maura. Ich bin vierzig Jahre alt und eins siebzig groß. Nur das Gewicht weicht ein wenig ab;

ich wiege siebenundfünfzig Kilo. Aber welche Frau mogelt nicht, wenn sie bei der Führerscheinstelle ihr Gewicht angeben soll?

Sie sah wortlos zu, wie Abe die äußere Besichtigung abschloss. Ab und zu trug er etwas in eine vorgedruckte schematische Darstellung eines weiblichen Körpers ein. Einschusswunde in der linken Schläfe. Leichenflecke im unteren Teil des Rumpfs und an den Oberschenkeln. Blinddarmnarbe. Dann legte er das Klemmbrett weg und ging zum Fußende des Tischs, um Vaginalabstriche zu entnehmen. Während er mit Yoshimas Hilfe die Oberschenkel nach außen drehte, um den Damm freizulegen, richtete Maura den Blick auf den Bauch der Toten. Sie starrte die Blinddarmnarbe an, die sich als dünner weißer Strich auf elfenbeinfarbener Haut abzeichnete.

Ich habe auch eine.

Abe hatte inzwischen die Abstriche gemacht und ging zu dem Tablett mit den Instrumenten. Er nahm das Skalpell zur Hand.

Den ersten Schnitt konnte sie kaum mit ansehen. Maura fuhr sich sogar instinktiv mit der Hand an die Brust, als könne sie spüren, wie die Klinge sich in ihr eigenes Fleisch senkte. Das war ein Fehler, dachte sie, als Abe den Y-Schnitt machte. Ich weiß nicht, ob ich mir das ansehen kann. Aber dennoch blieb sie wie angewurzelt stehen, gebannt von einer Mischung aus Faszination und Entsetzen, während Abe die Haut von der Brustwand zurückschlug, sie behände abstreifte, als häutete er ein Stück Wild. So konzentriert war er damit beschäftigt, den Rumpf zu eröffnen, dass er Mauras schockierte Reaktion gar nicht bemerkte. Ein tüchtiger Pathologe kann eine einfache Autopsie in weniger als einer Stunde durchführen, und in diesem Stadium der Obduktion verlor Abe keine Zeit mit einer übertrieben eleganten Sektionstechnik. Maura hatte Abe immer sympathisch gefunden, mit seiner sinnlichen Freude am Essen und Trinken und seiner Liebe zur Oper, aber in diesem Augenblick wirkte er mit seinem Schmerbauch und seinem Stiernacken auf sie wie ein feister Metzger, der mit seinem Messer das Fleisch des Schlachttiers zerteilt.

Die Brusthaut war jetzt zurückgeschlagen, die Brüste von den umgeklappten Hautlappen verdeckt, Rippen und Muskeln lagen bloß. Yoshima beugte sich vor, die Gartenschere mit beiden Händen gepackt, und begann die Rippen zu durchtrennen. Bei jedem Schnitt zuckte Maura zusammen. Wie leicht ist doch ein menschlicher Knochen entzweigeschnitten, dachte sie. Wir bilden uns ein, dass unser Herz im stabilen Käfig der Rippen sicher geschützt ist, und doch genügt ein kurzer Druck, die Schere schnappt zu – und eine nach der anderen geben die Rippen unter dem gehärteten Stahl nach. Aus so zerbrechlichem Material sind wir gemacht.

Yoshima schnitt den letzten Knochen durch, und Abe durchtrennte die verbliebenen Knorpel- und Muskelstränge. Gemeinsam hoben sie den Brustschild heraus, als sei es der Deckel einer Kiste.

Herz und Lungen lagen glitzernd in der offenen Brusthöhle. Junge Organe, das war Mauras erster Gedanke. Aber nein, korrigierte sie sich; mit vierzig Jahren war man doch nicht mehr ganz jung, oder? Es war nicht leicht, sich einzugestehen, dass sie mit vierzig bereits den Zenit ihres Lebenswegs erreicht hatte. Dass sie, ebenso wie die Frau vor ihr auf dem Tisch, beim besten Willen nicht mehr als jung gelten konnte.

Die Organe, die sie in der offenen Brusthöhle erkennen konnte, schienen normal ausgebildet, ohne offensichtliche pathologische Befunde. Mit ein paar raschen Schnitten trennte Abe Lungen und Herz heraus und legte die Organe in eine Metallschale. Unter einer hellen Lampe machte er einige Querschnitte, um das Lungenparenchym zu begutachten.

»Nichtraucherin«, sagte er, an die beiden Detectives gewandt. »Keine Ödeme. Sauberes, gesundes Gewebe.«

Abgesehen von der Tatsache, dass es tot war.

Er ließ die Lungen wieder in die Schale fallen, wo sie sich zu einem rosafarbenen Hügel formten, und griff nach dem Herz. Es passte leicht in seine massige Hand. Maura musste unwillkürlich an das Herz denken, das in ihrer eigenen Brust schlug. Wie das der toten Frau würde Abe es mühelos mit einer Hand umfassen können. Ein Anflug von Übelkeit überkam sie, wenn sie sich vorstellte, dass er es hielt, dass er es befingerte und hin- und herdrehte, um die Koronargefäße zu inspizieren, wie er es jetzt mit dem der Toten machte. Obwohl rein mechanisch betrachtet nichts weiter als eine Pumpe, ist das Herz doch das zentrale Organ unseres Körpers, und beim Anblick dieses blutigen, allen Blicken schutzlos ausgesetzten Stücks Fleisch empfand sie selbst ein merkwürdig hohles Gefühl in der Brust. Sie atmete tief durch, doch der Geruch des Bluts verstärkte nur ihre Übelkeit. Sie wandte sich von der Leiche ab und sah sich plötzlich Auge in Auge mit Rizzoli. Rizzoli, der so gut wie nichts entging. Sie kannten sich nun seit fast zwei Jahren und hatten schon bei so vielen Fällen zusammengearbeitet, dass beide Hochachtung vor der Kompetenz und Professionalität der anderen empfanden. Aber diese Hochachtung ging mit einer gewissen vorsichtigen, respektvollen Zurückhaltung einher. Maura wusste sehr wohl, wie untrüglich Rizzolis Gespür war, und als sie einander über den Seziertisch hinweg anblickten, war ihr klar, dass die andere Frau ihr ansehen konnte, wie kurz Maura davor war, aus dem Saal zu stürzen. Doch als Antwort auf die wortlose Frage, die sie in Rizzolis Augen las, reckte sie nur trotzig das Kinn empor und biss die Zähne zusammen. Die Königin der Toten unterstrich wieder einmal ihre Unbesiegbarkeit.

Sie richtete den Blick wieder auf die Leiche.

Abe, der von den unterschwelligen Spannungen im Raum nichts mitbekam, hatte inzwischen die Herzkammern eröffnet. »Die Klappen sehen alle normal aus«, stellte er fest. »Arterien sind elastisch. Keine Verkalkungen. Mann, ich kann nur hoffen, dass mein Herz auch so gut aussieht.«

Das musste Maura doch sehr bezweifeln, wenn sie seinen gewaltigen Wanst betrachtete und an sein Faible für Gänseleberpastete und fette Soßen dachte. Genieße das Leben, solange du kannst, das war Abes Philosophie. Gib deinen Gelüsten *jetzt* nach, denn früher oder später ergeht es uns allen wie unseren Freunden auf dem Seziertisch. Was nützen einem die saubersten Herzkranzgefäße, wenn man sich im Leben sämtliche Freuden versagt hat?

Er legte das Herz in die Metallschale und wandte sich als Nächstes den Bauchorganen zu. Mit einem tiefen Schnitt des Skalpells durchtrennte er das Bauchfell. Zum Vorschein kamen Magen und Leber, Milz und Bauchspeicheldrüse. Der Gestank des Todes, der Geruch gekühlter Organe war nichts Neues für Maura, doch nie hatte er sie so gestört wie jetzt. Es war, als wohnte sie zum ersten Mal einer Autopsie bei. Nichts war übrig von der erfahrenen, mit allen Wassern gewaschenen Pathologin, als sie Abe zusah, wie er mit Schere und Messer hantierte. Die Brutalität der ganzen Prozedur schockierte sie. Mein Gott, ich mache so etwas doch selbst jeden Tag; aber wenn ich das Skalpell führe, schneide ich damit in das Fleisch von Fremden, von Menschen, die ich noch nie gesehen habe.

Dies Frau ist für mich keine Fremde.

Sie verfiel in eine benommene Starre, in der sie Abe wie aus großer Entfernung beobachtete. Erschöpft nach ihrer unruhigen Nacht, immer noch unter dem Jetlag leidend, hatte sie das Gefühl, innerlich von dem Geschehen auf dem Tisch zurückzuweichen, sich in eine sichere Ecke zurückzuziehen, aus der sie das Ganze mit abgestumpften Emotionen beobachten konnte. Es war nur ein toter Körper, der dort auf dem Tisch lag. Eine Frau, mit der sie nichts verband, die sie nie gekannt hatte. Bald hatte Abe den Dünndarm herausgelöst und ließ den verschlungenen Schlauch in eine Schüssel gleiten. Mit Schere und Küchenmesser bewaffnet räumte er die Bauchhöhle aus, bis nur eine leere Hülle zurückblieb. Dann trug er die schwer mit Gedärmen beladene Schüssel zu der Arbeitsfläche aus Edelstahl, wo er die Organe einzeln herausnahm, um sie genauer zu untersuchen.

Auf dem Schneidbrett schlitzte er den Magen auf und schüttete den Inhalt in eine kleinere Schüssel. Rizzoli und Frost wandten sich mit angewiderter Miene ab, als ihnen der Geruch unverdauten Essens entgegenschlug.

»Sieht nach den Resten eines Abendessens aus«, sagte Abe. »Ich würde auf einen Meeresfrüchtesalat tippen. Ich erkenne grünen Salat und Tomaten. Vielleicht Shrimps …«

»Wie kurz vor dem Tod hat sie die letzte Mahlzeit eingenommen?«, fragte Rizzoli. Ihre Stimme klang merkwürdig näselnd; sie hatte die Hand vors Gesicht geschlagen, um sich vor dem Gestank zu schützen.

»Eine Stunde, vielleicht auch länger. Ich vermute, dass sie in einem Restaurant gegessen hat; Meeresfrüchtesalat gehört nicht zu den Gerichten, die ich mir zu Hause machen würde.« Abe wandte sich an Rizzoli. »Haben Sie irgendwelche Restaurantquittungen in ihrer Tasche gefunden?«

»Nein. Vielleicht hat sie ja bar bezahlt. Wir warten immer noch auf die Kreditkarten-Informationen.«

»Mann«, stöhnte Frost, immer noch mit abgewandtem Gesicht. »Ich war ja nie ein großer Fan von Shrimps – aber jetzt ist mir der Appetit endgültig vergangen.«

»Das sollte Sie aber wirklich nicht stören«, meinte Abe, der nunmehr die Bauchspeicheldrüse aufschnitt. »Genau betrachtet bestehen wir doch alle aus den gleichen Grundbausteinen. Fett, Kohlehydrate und Eiweiß. Wenn Sie sich ein leckeres Steak zu Gemüte führen, essen Sie Muskelgewebe. Glauben Sie, ich würde je auf die Idee kommen, auf Steaks zu verzichten, bloß weil es das gleiche Gewebe ist, das ich jeden Tag seziere? Alle Muskeln bestehen aus den gleichen biochemischen Bestandteilen, nur riecht es halt nicht immer gleich gut.« Er griff nach den Nieren, sezierte sie fein säuberlich und ließ kleine Gewebeproben in ein

Glas mit Formalin fallen. »Bis jetzt sieht alles ganz normal aus«, sagte er. Er sah Maura an. »Stimmst du mir da zu?«

Sie nickte mechanisch, sagte aber nichts, abgelenkt durch den neuen Satz Röntgenaufnahmen, den Yoshima nun an den Leuchtkasten hängte. Es waren Schädelaufnahmen. In der Seitenansicht waren die Umrisse des weichen Gewebes zu erkennen, wie das schemenhafte Geisterbild eines Gesichts im Profil.

Maura trat vor den Leuchtkasten und starrte auf die sternförmige Verdichtung, die sich verblüffend hell von den weicheren Schatten des Knochens abhob. Die Kugel war in der Schädeldecke stecken geblieben. Die trügerisch kleine Eintrittsöffnung der Kugel in den Schädel ließ das Ausmaß der Verwüstungen, die dieses verheerende Geschoss im Gehirn des Opfers angerichtet hatte, kaum erahnen.

»Mein Gott«, murmelte sie. »Es ist ein Black-Talon-Geschoss.«

Abe blickte von der Schüssel mit den Organen auf. »So ein Ding habe ich schon länger nicht mehr zu Gesicht bekommen. Da werden wir höllisch aufpassen müssen. Die Metallspitzen der Kugel sind rasiermesserscharf. Die schneiden einem glatt durch den Handschuh.« Er wandte sich an Yoshima, der schon länger in der Rechtsmedizin arbeitete als jeder der zurzeit dort beschäftigten Pathologen und deshalb so etwas wie das wandelnde Gedächtnis des Instituts war. »Wann hatten wir das letzte Mal ein Opfer mit einem Black-Talon-Geschoss auf dem Tisch?«

»Ich würde sagen, das ist ungefähr zwei Jahre her.«

»Nicht länger?«

»Ich weiß noch, dass Dr. Tierney den Fall hatte.«

»Können Sie Stella bitten, einmal nachzusehen? Wäre gut zu wissen, ob der Fall damals abgeschlossen wurde. Das ist ein so ungewöhnliches Geschoss, dass man sich fragt, ob es da nicht eine Verbindung gibt.«

Yoshima streifte seine Handschuhe ab und ging zur Gegensprechanlage, um Abes Sekretärin anzurufen. »Hallo,

Stella? Dr. Bristol möchte, dass Sie ihm den letzten Fall mit einem Black-Talon-Geschoss heraussuchen. Die Autopsie hat wohl Dr. Tierney gemacht …«

»Ich hab von den Dingern gehört«, sagte Frost, der zum Leuchtkasten gegangen war, um sich die Röntgenaufnahmen aus der Nähe anzusehen. »Aber das hier ist das erste Mal, dass ich es mit einem Black-Talon-Opfer zu tun habe.«

»Es handelt sich um ein Hohlmantelgeschoss, hergestellt von der Firma Winchester«, erklärte Abe. »Ist so konstruiert, dass es sich nach dem Aufprall ausdehnt und das weiche Gewebe zerreißt. Wenn es in den Körper eindringt, fächert sich der Kupfermantel zu einem sechszackigen Stern auf. Jede einzelne Spitze ist so scharf wie eine Kralle.« Er ging zum Kopfende des Tisches. »Sie wurden 1993 vom Markt genommen, nachdem ein Irrer in San Francisco bei einem Amoklauf damit neun Menschen getötet hatte. Winchester bekam damals eine so schlechte Presse, dass man beschloss, die Produktion einzustellen. Aber ein paar von den Dingern sind noch im Umlauf. Es kommt immer mal wieder vor, dass wir eins aus einem Opfer herausholen, aber sie sind schon ziemlich selten geworden.«

Mauras Blick war noch immer auf die Röntgenaufnahmen geheftet, auf jenen tödlichen weißen Stern. Sie dachte an das, was Abe soeben gesagt hatte: *Jede Spitze so scharf wie eine Kralle.* Und sie erinnerte sich an die Kratzspuren am Wagen des Opfers. *Wie die Krallen eines Raubvogels.*

Sie drehte sich wieder zum Tisch um, als Abe gerade mit dem Kopfhautschnitt fertig war. In dem kurzen Moment, ehe er den Hautlappen nach unten zog, wurde Mauras Blick unwillkürlich vom Gesicht der Frau angezogen. Die Lippen hatten sich im Tod dunkelblau verfärbt. Die Augen waren offen, die ungeschützten Hornhäute vertrocknet und durch den Kontakt mit der Luft getrübt. Der Glanz in den Augen eines lebenden Menschen entsteht lediglich durch Lichtreflexe auf den feuchten Hornhäuten; wenn die Lider sich nicht mehr regelmäßig schließen, um die Hornhäute in Tränenflüssigkeit zu baden, werden die Augen trocken und stumpf. Der Eindruck, dass das Leben aus den Augen gewichen ist, hat also nichts damit zu tun, dass die Seele den Leib verlassen hat, sondern nur mit dem Wegfall des Lidschlussreflexes. Maura blickte auf die Augen mit den trüben Streifen über den Hornhäuten, und für einen Augenblick stellte sie sich vor, wie sie im Leben ausgesehen haben mussten. Es war ein erschütternder Blick in den Spiegel. Ihr schwanden fast die Sinne, als ihr plötzlich der Gedanke kam, dass in Wirklichkeit *sie* es war, die dort auf dem Tisch lag. Dass sie bei ihrer eigenen Autopsie zusah. Es hieß doch, dass die Geister der Toten dort spukten, wo sie die meiste Zeit ihres Lebens verbracht hatten. Und dieser Ort ist für mich der Autopsiesaal, dachte sie. Ich bin dazu verdammt, hier bis in alle Ewigkeit auszuharren.

Abe streifte die Kopfhaut herunter, und das Gesicht fiel in sich zusammen wie eine Gummimaske.

Maura schauderte. Sie wandte sich ab und bemerkte, dass Rizzoli sie wieder beobachtete. *Sieht sie mich an? Oder meinen Geist?*

Das Sirren der Stryker-Säge ging ihr durch Mark und Bein. Mit ihr trennte Abe die freigelegte Schädelkuppel ab, wobei er darauf achtete, das Stück mit der Einschussöffnung unversehrt zu lassen. Vorsichtig löste er die Knochenhalbkugel ab und legte sie zur Seite. Das Black-Talon-Geschoss fiel aus dem geöffneten Schädel und landete scheppernd in der Schüssel, die Yoshima darunterhielt. Glitzernd lag es da, mit den Metallspitzen, die sich in alle Richtungen spreizten wie die Blütenblätter einer tödlichen Blume.

Das Gehirn war mit dunklen Blutflecken gesprenkelt.

»Ausgedehnte Blutungen in beiden Hemisphären. Genau das, was man nach den Röntgenbildern erwarten konnte«, sagte Abe. »Die Kugel ist hier eingeschlagen, im linken Schläfenbein. Aber sie ist nicht wieder ausgetreten. Das können Sie dort auf den Aufnahmen sehen.« Er zeigte auf den Leuchtkasten, wo das Geschoss sich an der Innenseite des linken Hinterhauptknochens als heller Stern abzeichnete.

»Komisch, dass es auf derselben Seite des Kopfes stecken geblieben ist, wo es eingedrungen ist«, meinte Frost.

»Es war wahrscheinlich ein Querschläger. Die Kugel hat den Knochen durchschlagen und ist von der anderen Schädelwand zurückgeprallt, wobei sie das Gehirn zerfetzt hat. Die ganze Energie hat sich im weichen Gewebe entladen. Ein Effekt wie von den rotierenden Klingen eines Mixers.«

»Dr. Bristol?« Es war seine Sekretärin Stella, die sich über die Sprechanlage meldete.

»Ja?«

»Ich habe diesen Fall mit dem Black-Talon-Geschoss gefunden. Der Name des Opfers war Wassily Titow. Dr. Tierney hat die Autopsie durchgeführt.«

»Wer war der ermittelnde Beamte?«

»Hm... ja, hier steht es. Detective Vann und Detective Dunleavy.«

»Ich werde mich bei den beiden erkundigen«, sagte Rizzoli. »Mal sehen, woran sie sich noch erinnern.«

»Danke, Stella«, rief Bristol. Er wandte sich an Yoshima, der schon die Kamera gezückt hatte. »Okay, schießen Sie los.«

Yoshima begann Fotos von dem freigelegten Gehirn zu machen, um sein Erscheinungsbild festzuhalten, ehe Abe es aus dem Knochengehäuse entfernte. Da drin sind die Erinnerungen eines ganzen Lebens gespeichert, dachte Maura, als sie die glitzernden Windungen der grauen Substanz betrachtete. Das ABC aus der Grundschulzeit. Vier mal vier ist sechzehn. Der erste Kuss, der erste Freund, der erste Liebeskummer. Alles in Strängen von Boten-RNA in dieser komplexen Ansammlung von Neuronen niedergelegt. Die Erinnerung ist nur ein biochemischer Prozess, und doch macht sie die Individualität jedes einzelnen Menschen aus.

Mit ein paar raschen Skalpellschnitten löste Abe das Gehirn heraus und trug es in beiden Händen wie einen kostbaren Schatz zur Arbeitsplatte. Er würde es heute nicht mehr sezieren, sondern es in Fixiermittel einlegen, um es später zu zerlegen. Aber er brauchte keine mikroskopische Untersuchung, um die Spuren des Traumas zu erkennen; die blutige Verfärbung an der Oberfläche war nicht zu übersehen.

»Wir haben also die Einschussverletzung hier in der linken Schläfe«, sagte Rizzoli.

»Ja, und das Loch in der Haut deckt sich genau mit dem im Schädelknochen«, fügte Abe hinzu.

»Das steht im Einklang mit einem horizontalen Schuss in die Schläfe.«

Abe nickte. »Der Täter hat vermutlich aus kurzer Entfernung durch das Fahrerfenster gezielt. Und die Scheibe war heruntergedreht, so dass die Schussbahn nicht durch das Glas abgefälscht wurde.«

»Sie sitzt also da in ihrem Wagen«, sagte Rizzoli. »Es ist ein warmer Abend. Sie hat das Fenster offen. Acht Uhr, es wird schon dunkel. Und dann kommt er auf den Wagen zu. Zielt und drückt einfach ab.« Rizzoli schüttelte den Kopf. »Warum?«

»Die Handtasche hat er liegen lassen«, stellte Abe fest.

»Also kein Raubmord«, meinte Frost.

»Bleibt nur ein Verbrechen aus Leidenschaft. Oder ein Auftragsmord.« Rizzoli sah Maura an. Da war sie wieder – die Möglichkeit einer gezielten Tötung, einer Hinrichtung.

Hat er die Richtige erwischt?

Abe legte das Gehirn in einen Eimer mit Formalin. »So weit keine großen Überraschungen«, sagte er, während er sich wieder der Leiche zuwandte, um mit der Sektion des Halses fortzufahren.

»Werden Sie auch auf giftige Substanzen testen?«, fragte Rizzoli.

Abe zuckte mit den Achseln. »Wir können Proben einsenden, aber ich bin mir nicht sicher, ob das nötig ist. Die Todesursache liegt ja offen zutage.« Er wies mit dem Kopf auf den Leuchtkasten, wo sich die Umrisse des Geschosses deutlich vom Schattenbild des Schädels abhoben. »Haben Sie einen bestimmten Grund, weshalb Sie ein Toxikologie-Screening wünschen? Hat die Spurensicherung Drogen oder verdächtige Utensilien im Wagen gefunden?«

»Nein. Das Auto war ziemlich sauber. Bis auf das Blut, meine ich.«

»Und das stammt ausschließlich vom Opfer?«

»Es ist jedenfalls alles B positiv.«

Abe wandte sich an Yoshima. »Haben Sie bei unserem Opfer schon die Blutgruppe bestimmt?«

Yoshima nickte. »Es passt. Sie ist B positiv.«

Niemand sah Maura an. Niemand sah, wie sie zurückzuckte, niemand hörte, wie sie erschrocken nach Luft schnappte. Abrupt wandte sie sich ab, damit die anderen ihr Gesicht nicht sehen konnten, und band ihre Maske los, riss sie sich mit einem Ruck vom Mund.

Als sie zum Abfalleimer ging, rief Abe ihr zu: »Langweilen wir dich etwa schon, Maura?«

»Der Jetlag holt mich allmählich ein«, sagte sie, während sie den Kittel abstreifte. »Ich glaube, ich mache heute früher Schluss. Wir sehen uns dann morgen, Abe.«

Dann flüchtete sie aus dem Saal, ohne sich noch einmal umzudrehen.

Die ganze Heimfahrt über war sie wie in Trance. Erst als sie die Außenbezirke von Brookline erreichte, löste sich schlagartig die Sperre in ihrem Kopf. Erst jetzt gelang es ihr, aus dem Teufelskreis zwanghafter Gedanken auszubrechen, die ihr durch den Kopf wirbelten. *Denk nicht an die Autopsie. Schlag sie dir aus dem Kopf. Denk ans Abendessen, denk an alles Mögliche, nur nicht an das, was du heute gesehen hast.*

Vor dem Supermarkt hielt sie an. Ihr Kühlschrank war leer, und wenn sie sich heute Abend nicht von Thunfisch und tiefgefrorenen Erbsen ernähren wollte, dann musste sie etwas einkaufen. Es war eine Wohltat, sich auf etwas ganz anderes konzentrieren zu können. Wie eine Besessene warf sie einen Artikel nach dem anderen in ihren Einkaufswagen. Es war viel ungefährlicher, sich Gedanken über das Essen zu machen; zu planen, was sie in den nächsten Tagen kochen würde. *Hör auf, über Blutflecken und Organe von toten Frauen in Stahlschüsseln nachzudenken. Ich brauche Pampelmusen und Äpfel. Und diese Auberginen – sehen die nicht prächtig aus?* Sie griff nach einem Bündel frischem Basilikum und sog gierig den Duft ein, dankbar für das intensive Aroma, das – wenn auch nur vorübergehend – die Gerüche des Autopsiesaals verdrängte. Eine Woche mit relativ fader französischer Küche hatte in ihr eine unbändige Gier auf Gewürze geweckt. Heute Abend, dachte sie, werde ich mir ein Thai-Curry kochen – so scharf, dass es mir den Mund verbrennt.

Zu Hause schlüpfte sie in Shorts und ein altes T-Shirt und stürzte sich in die Zubereitung des Essens. Sie schnitt Hühnerfleisch, Zwiebeln und Knoblauch klein und nippte zwischendurch an einem Glas kühlen weißen Bordeaux. Die Küche füllte sich mit dem warmen Duft von Jasminreis. Keine Zeit, an Blutgruppe B positiv und schwarzhaarige Frauen zu denken; das Öl im Topf wurde schon heiß. Zeit, das Hühnerfleisch anzubraten und die Currypaste dazuzugeben. Die Dose Kokosmilch einzurühren. Sie deckte den Topf zu, um das Curry auf kleiner Flamme köcheln zu lassen. Als sie den Kopf hob, fiel ihr Blick auf ihr Spiegelbild in der Scheibe des Küchenfensters.

Ich sehe aus wie sie. Ich gleiche ihr aufs Haar.

Ein eiskalter Schauer überlief sie, als ob das Gesicht im Fenster kein Spiegelbild wäre, sondern eine Erscheinung, die sie anstarrte. Der Topfdeckel ratterte im aufsteigenden Dampf. Geister, die sich zu befreien versuchten. Die verzweifelt um ihre Aufmerksamkeit rangen.

Sie schaltete die Kochplatte aus, ging zum Telefon und wählte eine Pagernummer, die sie auswendig kannte.

Sekunden später rief Jane Rizzoli zurück. Im Hintergrund konnte Maura ein Telefon läuten hören. Rizzoli war also nicht zu Hause, sondern saß vermutlich noch an ihrem Schreibtisch im Präsidium.

»Entschuldigen Sie die Störung, Jane«, sagte Maura, »aber ich muss Sie etwas fragen.«

»Ist alles in Ordnung?«

»Ja, mir geht's gut. Ich möchte nur noch etwas über diese Frau wissen.«

»Über Anna Jessop?«

»Ja. Sie sagten, sie hatte einen Führerschein dabei, der in Massachusetts ausgestellt war.«

»Das stimmt.«

»Wie lautet das Geburtsdatum auf dem Führerschein?«

»Was?«

»Heute bei der Autopsie sagten Sie, sie sei vierzig Jahre alt. An welchem Tag ist sie geboren?«

»Wieso fragen Sie das?«

»Bitte. Ich will es einfach wissen.«

»Okay. Sekunde.«

Maura hörte das Rascheln von Papieren, dann meldete Rizzoli sich wieder. »Laut diesem Führerschein ist ihr Geburtstag der fünfundzwanzigste November.«

Eine Weile sagte Maura gar nichts.

»Sind Sie noch dran?«, fragte Rizzoli.

»Ja.«

»Was ist das Problem, Doc? Was ist los?«

Maura schluckte. »Sie müssen etwas für mich tun, Jane. Es klingt sicher verrückt.«

»Nur zu.«

»Ich will, dass das Labor meine DNA mit ihrer vergleicht.«

Das Telefon im Hintergrund war endlich verstummt. »Sagen Sie das noch mal«, forderte Rizzoli Maura auf. »Ich fürchte, ich habe Sie nicht richtig verstanden.«

»Ich will wissen, ob meine DNA mit der von Anna Jessop übereinstimmt.«

»Hören Sie, ich gebe zu, dass die Ähnlichkeit groß ist …«

»Das ist noch nicht alles.«

»Was meinen Sie?«

»Wir haben beide dieselbe Blutgruppe. B positiv.«

Rizzoli argumentierte vernünftig: »Wie viele Menschen außer Ihnen haben noch Blutgruppe B positiv? Vielleicht zehn Prozent der Bevölkerung?«

»Und dann ihr Geburtstag. Sie sagten, Anna Jessop sei am fünfundzwanzigsten November geboren. Jane, das ist auch mein Geburtstag.«

Das verschlug Rizzoli für einen Moment die Sprache. Schließlich sagte sie leise: »Okay, jetzt haben Sie mir wirklich eine Gänsehaut eingejagt.«

»Sie verstehen jetzt, warum ich den Test will, oder? Alles an ihr – vom Aussehen über die Blutgruppe bis hin zum Geburtsdatum ...« Maura hielt inne. »Das alles bin *ich*. Ich will wissen, wo diese Frau herkommt. Ich will wissen, wer sie ist.«

Eine lange Pause trat ein. Dann sagte Rizzoli: »Die Antwort auf diese Frage wird vermutlich sehr viel schwieriger zu finden sein, als wir geglaubt haben.«

»Wieso?«

»Wir haben heute Nachmittag eine Kreditauskunft über sie reinbekommen. Daraus geht hervor, dass ihr Mastercard-Konto erst sechs Monate alt ist.«

»Und?«

»Ihr Führerschein wurde vor vier Monaten ausgestellt. Und die Nummernschilder ihres Wagens wurden vor drei Monaten ausgegeben.«

»Was ist mit ihrer Wohnung? Sie hat doch eine Adresse in Brighton, nicht wahr? Sie müssen inzwischen mit ihren Nachbarn gesprochen haben.«

»Gestern am späten Abend haben wir endlich die Vermieterin erwischt. Sie sagt, sie habe die Wohnung vor drei Monaten an Anna Jessop vermietet. Sie hat uns die Tür aufgesperrt.«

»Und?«

»Die Wohnung ist leer, Doc. Keine Möbel, nicht ein Stück, keine Bratpfanne in der Küche, keine Zahnbürste im Bad. Irgendjemand hat die Kabelgebühren und den Telefonanschluss bezahlt, aber es ist nie jemand dort gewesen.«

»Was sagen die Nachbarn?«

»Keiner hat sie je gesehen. Sie nannten sie ›das Phantom‹.«

»Es muss doch eine frühere Adresse geben. Ein anderes Bankkonto …«

»Wir haben alles überprüft. Wir können *nichts* über diese Frau finden, was weiter als ein halbes Jahr zurückgeht.«

»Und was bedeutet das?«

»Es bedeutet«, sagte Rizzoli, »dass Anna Jessop bis vor sechs Monaten nicht existiert hat.«

4

Als Rizzoli J. P. Doyle's Pub betrat, fand sie die üblichen Verdächtigen an der Theke versammelt. Fast alles Polizisten, die bei Bier und Erdnüssen die Heldentaten des Tages austauschten. Man konnte wohl in ganz Boston keine sicherere Kneipe finden als diese, die nur einen Katzensprung vom Revier Jamaica Plain des Boston PD entfernt war. Eine falsche Bewegung, und sofort würden sich ein Dutzend Polizisten auf einen stürzen wie die Sturmreihe der New England Patriots. Sie kannte hier jeden, und jeder kannte sie. Alle machten eifrig Platz, um die schwangere Lady durchzulassen, und sie sah so manches grinsende Gesicht, als sie zwischen ihnen hindurchwatschelte, wobei sie ihren Bauch vor sich herschob wie einen Schiffsbug.

»Wow, Rizzoli«, rief jemand. »Wohl 'n bisschen zugenommen, wie?«

»Ja.« Sie lachte. »Aber im Gegensatz zu dir hab ich die Pfunde im August wieder runter.«

Sie bahnte sich ihren Weg zu den Detectives Vann und Dunleavy, die ihr schon von der Theke aus zuwinkten. Sam und Frodo – so wurden die beiden von allen genannt. Der dicke und der dünne Hobbit. Sie waren schon so lange ein Team, dass sie sich benahmen wie ein altes Ehepaar – und wahrscheinlich verbrachten sie tatsächlich mehr Zeit miteinander als mit ihren Frauen. Rizzoli sah so gut wie nie den einen ohne den anderen, und sie vermutete, dass es nur noch eine Frage der Zeit war, bis sie anfingen, im Partnerlook aufzutreten.

Sie grinsten und prosteten ihr mit ihren identischen Guinness-Gläsern zu.

»Hey, Rizzoli«, sagte Vann.

»Sie sind spät dran«, sagte Dunleavy.

»Wir sind schon beim zweiten Bier …«

»… möchten Sie auch eins?«

Gütiger Himmel, sie beendeten sogar füreinander die Sätze. »Hier ist es zu laut«, sagte sie. »Gehen wir in den Nebenraum.«

Sie steuerten den Restaurantbereich an und setzten sich in die Nische unter der irischen Flagge, Rizzolis Stammplatz. Dunleavy und Vann machten es sich Seite an Seite auf der Bank gegenüber von ihr bequem. Sie dachte an ihren eigenen Partner, Barry Frost – ein netter Kerl, ein richtiger Pfundskerl sogar, und doch hatte sie absolut nichts mit ihm gemeinsam. Nach Feierabend gingen sie beide ihrer Wege. Dabei verstanden sie sich wirklich gut, aber noch mehr Nähe, als der Dienst ohnehin schon mit sich brachte, hätte sie wohl nicht ertragen. Ganz im Gegensatz zu diesen beiden.

»Sie haben also ein Black-Talon-Opfer«, sagte Dunleavy.

»Es passierte gestern Abend in Brookline«, erwiderte sie. »Der erste Talon-Fall seit Ihrem damals. Wie lange ist das her – zwei Jahre?«

»Ja, ungefähr.«

»Abgeschlossen?«

Dunleavy lachte. »Wie eine Zelle im Hochsicherheitstrakt.«

»Wer war der Schütze?«

»Ein Kerl namens Antonin Leonow. Ukrainischer Einwanderer; Kleinkrimineller, versuchte aber ganz groß einzusteigen. Die Russenmafia hätte ihn irgendwann ausgeschaltet, wenn wir ihn nicht vorher verhaftet hätten.«

»Was für ein Volltrottel«, meinte Vann und schnaubte verächtlich. »Er hatte keine Ahnung, dass wir ihn beschatteten.«

»Was hat Sie dazu veranlasst?«

»Wir haben einen Tipp bekommen. Angeblich erwartete er eine Lieferung aus Tadschikistan«, antwortete Dunleavy. »Heroin. Ein Riesengeschäft. Wir sind ihm eine ganze Woche lang auf Schritt und Tritt gefolgt, und er hat nichts gemerkt. Und schließlich hat er uns zum Haus seines Partners geführt. Wassily Titow. Offenbar hat Titow Leonow irgendwie ans Bein gepinkelt. Jedenfalls sehen wir, wie Leonow Titows Haus betritt. Dann fallen Schüsse, und kurz darauf kommt Leonow wieder raus.«

»Und läuft uns direkt in die Arme«, setzte Vann hinzu. »Wie schon gesagt – ein Vollidiot.«

Dunleavy hob sein Guinness-Glas. »Sonnenklarer Fall. Täter mit der Waffe in der Hand gestellt. Wir beide als Zeugen. Ich weiß nicht, wieso er sich überhaupt die Mühe gemacht hat, auf nicht schuldig zu plädieren. Die Geschworenen haben keine Stunde gebraucht, um zu ihrem Urteil zu kommen. Prost.«

»Hat er Ihnen verraten, wie er an diese Black Talons rangekommen ist?«, fragte sie.

»Machen Sie Witze?«, sagte Vann. »Gar nichts hat er uns verraten. Er konnte ja kaum Englisch, aber vom ›Recht, die Aussage zu verweigern‹, hatte er wohl schon mal in einem amerikanischen Krimi gehört.«

»Wir haben mit einem Team sein Haus und seine Geschäftsräume durchsucht«, sagte Dunleavy. »Und was finden wir in seinem Lager? Sie werden's nicht glauben – acht Schachteln voll Black Talons. Keine Ahnung, wie er an die rangekommen ist, aber jedenfalls hatte er einen ordentlichen Vorrat.« Dunleavy zuckte mit den Achseln. »Das ist also die abenteuerliche Geschichte von Leonow. Wüsste nicht, wie die mit Ihrem Fall zusammenhängen könnte.«

»Es hat hier in den letzten fünf Jahren nur zwei Fälle von Schusswaffengebrauch mit Black Talons gegeben«, sagte sie. »Ihren und meinen.«

»Na gut, ein paar von den Dingern sind wahrscheinlich immer noch auf dem Schwarzmarkt im Umlauf. Schauen Sie halt mal bei eBay nach. Ich weiß nur eins – wir haben Leonow geschnappt, und er wurde verknackt.« Dunleavy leerte sein Pintglas. »Sie haben es da mit einem anderen Täter zu tun.«

Zu diesem Schluss war sie auch schon gekommen. Eine zwei Jahre zurückliegende Fehde zwischen russischen Kleingangstern schien für die Aufklärung des Mordes an Anna Jessop nicht unbedingt relevant zu sein. Das Black-Talon-Geschoss war eine Spur, die ins Leere führte.

»Könnte ich mir die Akte Leonow mal ausleihen?«, sagte sie. »Ich würde sie mir trotzdem gerne durchlesen.«

»Morgen haben Sie sie auf Ihrem Schreibtisch.«

»Danke, Jungs.« Sie rutschte herüber und hievte sich von der Bank hoch.

»Und, wann ist's so weit?«, fragte Vann und beäugte ihren Bauch.

»Später, als mir lieb ist.«

»Die Kollegen haben 'ne Wette laufen. Über das Geschlecht Ihres Babys.«

»Das soll wohl ein Witz sein.«

»Ich glaube, wir stehen im Moment bei siebzig Dollar, wenn's ein Mädchen wird, und vierzig für einen Jungen.«

Vann kicherte. »Und zwanzig«, sagte er, »gibt's für *Sonstige.*«

Als Rizzoli ihre Wohnungstür aufschloss, spürte sie, wie das Baby in ihrem Bauch ihr einen Tritt gab. Ruhe da drinnen, Junior, dachte sie. Schlimm genug, dass du mich den ganzen Tag als Punchingball missbrauchst, jetzt willst du auch noch die ganze Nacht so weitermachen? Sie wusste nicht, ob es ein Junge, ein Mädchen oder ein »Sonstiges« war; aber eines wusste sie: Dieses Kind konnte es kaum erwarten, geboren zu werden.

Aber versuch bitte nicht, dich mit Kung-Fu-Tritten selbst zu befreien, okay?

Sie warf ihre Handtasche und die Schlüssel auf die Anrichte, schleuderte die Schuhe in die Ecke und hängte ihren Blazer über einen Esszimmerstuhl. Vor zwei Tagen war

Gabriel, ihr Mann, nach Montana geflogen, wo er mit einem Team von FBI-Agenten ein paramilitärisches Waffenlager untersuchte. Jetzt glitt die Wohnung wieder in jenen Zustand gemütlicher Anarchie ab, der hier vor ihrer Heirat geherrscht hatte. Bevor Gabriel eingezogen war und zum ersten Mal so etwas Ähnliches wie Disziplin in ihrem Haushalt eingeführt hatte. Wenn man einen Ex-Marine heiratet, darf man sich nicht wundern, wenn er alle Töpfe und Pfannen der Größe nach sortiert.

Im Schlafzimmer fiel ihr Blick auf die Gestalt im Spiegel. Sie erkannte sich kaum wieder, mit ihren rosigen Bäckchen, dem Hohlkreuz und dem Bauch, der sich unter der Umstands-Stretchhose wölbte. Wann bin *ich* eigentlich von der Bildfläche verschwunden?, fragte sie sich. Oder bin ich noch da, irgendwo versteckt in diesem unförmigen Körper? Sie stand vor diesem Spiegelbild einer fremden Frau und erinnerte sich wehmütig daran, wie flach ihr Bauch einmal gewesen war. Es gefiel ihr ganz und gar nicht, wie drall ihr Gesicht geworden war, die Wangen rosig wie die eines kleinen Mädchens. Der strahlende Teint der Schwangerschaft, hatte Gabriel es genannt – ein charmanter Versuch, seine Frau davon zu überzeugen, dass sie nicht wie ein Walross mit glänzender Nase aussah. Diese Frau da im Spiegel, das bin doch nicht ich, dachte sie. Das ist nicht die unerschrockene Polizistin, die Türen eintreten und Mörder überwältigen kann.

Sie ließ sich hinterrücks aufs Bett fallen und streckte beide Arme aus, wie ein Vogel im Flug. Sie konnte Gabriels Duft noch in den Laken riechen. Heute Abend fehlst du mir, dachte sie. So hatten sie sich die Ehe nicht vorgestellt. Zwei Karrieren, zwei Workaholics. Gabriel unterwegs im Außendienst, sie allein in der Wohnung. Aber sie hatte gewusst, dass es nicht einfach sein würde, als sie sich zu dem Schritt entschlossen hatte. Dass es zu viele Abende und Nächte wie diese geben würde, in denen sie wegen seines oder auch wegen ihres Jobs nicht zusammen sein konnten. Sie spielte mit dem Gedanken, ihn wieder anzurufen, aber sie hatten heute Morgen schon zweimal telefoniert, und die Telefonrechnung verschlang auch so schon einen allzu großen Batzen ihres Einkommens.

Ach, was soll's.

Sie wälzte sich auf die Seite, stieß sich von der Matratze hoch und wollte gerade nach dem Telefon auf dem Nachttisch greifen, als es plötzlich läutete. Verblüfft warf sie einen Blick auf das Display mit der Anruferkennung. Eine unbekannte Nummer – es war jedenfalls nicht Gabriel.

Sie hob den Hörer ab. »Hallo?«

»Detective Rizzoli?«, fragte eine Männerstimme.

»Ja, am Apparat.«

»Entschuldigen Sie bitte die späte Störung. Ich bin erst heute Abend von einer Reise zurückgekommen, und …«

»Mit wem spreche ich, bitte?«

»Detective Ballard, Newton PD. Man hat mir gesagt, Sie seien die leitende Ermittlerin in dem Mordfall, der sich gestern Abend in Brookline ereignet hat. Das Opfer ist eine gewisse Anna Jessop.«

»Ja, das ist mein Fall.«

»Letztes Jahr hatte ich hier bei uns einen Fall zu bearbeiten, bei dem es ebenfalls um eine Frau namens Anna Jessop ging. Ich weiß nicht, ob es sich um dieselbe Person handelt, aber …«

»Sie sagten, Sie sind vom Department Newton?«

»Ja.«

»Könnten Sie Ms. Jessop identifizieren? Wenn Sie die Leiche zu Gesicht bekämen?«

Eine Pause. »Ich glaube, ich muss sie sehen. Ich muss sicher sein, dass sie es ist.«

»Und wenn sie es ist?«

»Dann weiß ich, wer sie getötet hat.«

Noch bevor Detective Rick Ballard seinen Dienstausweis gezückt hatte, war Rizzoli klar, dass er nur ein Cop sein konnte. Als sie den Empfangsbereich des Rechtsmedizinischen Instituts betrat, sprang er sofort auf, als wollte er vor ihr strammstehen. Der Blick seiner kristallblauen Augen war direkt, sein braunes Haar kurz geschnitten und konservativ gescheitelt, sein Hemd mit militärischer Präzision gebügelt. Er strahlte die gleiche ruhige Autorität aus wie Gabriel, und seine grundsolide Miene schien zu sagen: *Wenn's drauf ankommt, können Sie auf mich zählen.* Für einen kurzen Moment erweckte er in ihr den Wunsch, wieder gertenschlank und attraktiv zu sein. Sie gaben sich die Hand, und während sie seinen Dienstausweis in Augenschein nahm, spürte sie, wie er sie beäugte.

Hundertprozentig ein Cop, dachte sie.

»Sind Sie bereit, sich das anzutun?«, fragte sie. Als er nickte, wandte sie sich an die Frau am Empfang. »Ist Dr. Bristol unten?«

»Er ist noch mit einer Autopsie beschäftigt, aber er sagte, Sie können schon mal runtergehen.«

Sie fuhren mit dem Lift ins Kellergeschoss und betraten den Vorraum des Autopsiesaals, wo in Wandschränken Überschuhe, Masken und Papierhauben bereitlagen. Durch das große Sichtfenster konnten sie einen Blick in den Saal werfen, in dem Dr. Bristol und Yoshima an der Leiche eines hageren, grauhaarigen Mannes arbeiteten. Bristol erblickte sie durch die Scheibe und winkte ihnen zur Begrüßung zu. »Noch zehn Minuten!«, sagte er.

Rizzoli nickte. »Wir warten solange.«

Bristol hatte gerade die Kopfhaut eingeschnitten. Jetzt zog er sie über den Schädel nach vorn, so dass das Gesicht sich in Falten legte.

»Diesen Teil hasse ich wie die Pest«, sagte Rizzoli. »Wenn sie anfangen, das Gesicht so zuzurichten. Mit dem Rest habe ich keine Probleme.«

Ballard erwiderte nichts. Sie sah ihn an und bemerkte, dass er sich plötzlich ganz steif hielt und eine stoische, grimmig entschlossene Miene aufgesetzt hatte. Da er nicht bei der Mordkommission war, führte sein Weg ihn vermutlich eher selten in die Rechtsmedizin, und die Prozedur, die sich in diesem Moment auf der anderen Seite des Fensters abspielte, musste ihm gewiss entsetzlich vorkommen. Sie erinnerte sich noch an ihren allerersten Besuch hier als Polizeischülerin. Sie war mit einer Gruppe von der Akademie gekommen, als einzige Frau unter einem halben Dutzend stämmiger Kadetten, von denen jeder sie um mindestens einen Kopf überragte. Alle hatten erwartet, dass sie es sein würde, die sich zimperlich anstellen und irgendwann entsetzt das Gesicht abwenden würde. Doch sie hatte sich ganz vorne am Tisch aufgebaut und die gesamte Obduktion aus nächster Nähe mit angesehen, ohne mit der Wimper zu zucken. Und es war einer der Männer gewesen, der kräftigste von allen, der plötzlich kreidebleich geworden und zum nächsten Stuhl gewankt war. Sie fragte sich, ob es Ballard ebenso ergehen würde. Im grellen Neonschein hatte seine Haut eine ungesunde Blässe angenommen.

Im Autopsiesaal begann Yoshima, den Schädel aufzusägen. Das Sirren des Sägeblatts, das sich in den Knochen fraß, schien Ballard den Rest zu geben. Er wandte sich vom Fenster ab und richtete den Blick starr auf die Kartons mit Handschuhen, die nach Größen sortiert im Regal standen. Fast tat er Rizzoli ein wenig Leid. Ein gestandener Kerl wie Ballard musste es als beschämend empfinden, wenn er vor den Augen einer Kollegin plötzlich weiche Knie bekam.

Sie schob ihm einen Hocker hin und zog sich einen zweiten heran. Seufzend sank sie darauf nieder. »In letzter Zeit habe ich ziemliche Probleme, wenn ich länger stehen muss.«

Er setzte sich ebenfalls, offensichtlich dankbar für alles, was ihn vom schrillen Geräusch der Knochensäge ablenkte. »Ist das Ihr Erstes?«, fragte er und zeigte auf ihren Bauch.

»Ja.«

»Junge oder Mädchen?«

»Das weiß ich nicht. Aber wir sind mit beidem froh.«

»So ging's mir auch, als meine Tochter zur Welt kam. Zehn Finger und zehn Zehen sollte das Kind haben, alles andere war mir nicht so wichtig…« Er brach ab und schluckte krampfhaft, als im Hintergrund die Säge erneut aufheulte.

»Wie alt ist Ihre Tochter heute?«, fragte Rizzoli, bemüht, ihn auf andere Gedanken zu bringen.

»Ach, vierzehn – tut aber, als wäre sie dreißig. Macht einem nicht übermäßig viel Freude zurzeit.«

»Schwieriges Alter für ein Mädchen.«

»Sehen Sie die ganzen grauen Haare auf meinem Kopf?«

Rizzoli lachte. »Das hat meine Mutter auch immer gemacht. Hat auf ihren Kopf gezeigt und gesagt: ›Diese grauen Haare habe ich alle nur *dir* zu verdanken.‹ Ich muss gestehen, ich war mit vierzehn auch nicht gerade pflegeleicht. Das ist eben dieses gewisse Alter.«

»Na ja, es ist auch nicht so, als ob wir sonst keine Probleme hätten. Meine Frau und ich haben uns letztes Jahr getrennt. Und Katie sitzt zwischen allen Stühlen. Zwei berufstätige Elternteile, zwei Wohnungen.«

»Das ist sicher nicht leicht für ein Kind.«

Das Sirren der Knochensäge brach gnädigerweise ab. Durch das Fenster beobachtete Rizzoli, wie Yoshima die Hirnschale abhob. Sie sah, wie Bristol das Gehirn ablöste und es vorsichtig mit beiden Händen fasste, um es aus dem Schädel herauszuziehen. Ballard hielt das Gesicht weiter vom Fenster abgewandt und konzentrierte sich ganz auf Rizzoli.

»Ist auch nicht gerade einfach, wie?«, sagte er.

»Was denn?«

»Der Polizeijob. In Ihrem Zustand, meine ich.«

»Wenigstens erwartet jetzt niemand mehr von mir, dass ich Türen einrenne.«

»Meine Frau war ganz frisch bei der Truppe, als sie schwanger wurde.«

»Newton PD?«

»Boston. Sie wollten sie sofort vom Streifendienst suspendieren. Aber sie hat ihnen erklärt, als Schwangere habe man doch auch Vorteile. Die Täter wären dann viel netter zu einem.«

»Die Täter? Von denen ist noch keiner nett zu mir gewesen.«

Nebenan nähte Yoshima die Leiche mit Nadel und Faden zu – ein makabrer Schneider, der nicht Stoff, sondern menschliches Fleisch flickte. Bristol streifte seine Handschuhe ab, wusch sich die Hände und tapste dann schwerfällig hinaus, um seine Besucher zu begrüßen.

»Entschuldigen Sie die Verzögerung. Hat ein bisschen länger gedauert, als ich dachte. Der Mann hatte den ganzen Bauch voller Tumoren und war nie beim Arzt. Na ja, dafür ist er jetzt bei mir gelandet.« Er streckte Ballard seine fleischige, noch feuchte Hand zur Begrüßung entgegen. »Guten Tag, Detective. Sie sind also hier, um sich unsere Schusswunde anzuschauen.«

Rizzoli sah, wie Ballard die Gesichtsmuskeln anspannte. »Detective Rizzoli hat mich darum gebeten.«

Bristol nickte. »Also schön, dann wollen wir mal. Sie liegt im Kühlraum.« Er führte sie durch den Autopsiesaal und durch eine andere Tür in den geräumigen Kühlbereich. Er sah aus wie ein gewöhnlicher Kühlraum für Fleisch, mit Temperaturanzeigen und einer massiven Stahltür. Neben der Tür hing ein Klemmbrett mit einem Protokoll der Einlieferungen. Der Name des älteren Mannes, den Bristol gerade obduziert hatte, war der letzte auf der Liste, eingetroffen am Abend zuvor um dreiundzwanzig Uhr. Das war ein Plan, auf dem niemand gerne stehen wollte.

Bristol öffnete die Tür, und Wölkchen von Wasserdampf wehten ihnen entgegen. Sie traten ein. Rizzoli musste gegen den Brechreiz ankämpfen, als ihr der Geruch von gekühltem Fleisch in die Nase stieg. Seit sie schwanger war, konnte sie üble Gerüche längst nicht mehr so gut ertragen wie vorher; selbst der leiseste Hauch von Verwesung ließ sie sofort zum nächsten Waschbecken stürzen. Aber diesmal gelang es ihr, die aufsteigende Übelkeit zu unterdrücken, während sie mit grimmiger Entschlossenheit die im Kühlraum aufgereihten Rollbahren betrachtete. Sie zählte fünf in weiße Plastiksäcke gehüllte Leichen.

Bristol schritt die Reihe der Bahren ab und las dabei die angehängten Namensschilder. An der vierten blieb er stehen. »Da haben wir unser Mädchen«, sagte er. Er zog den Reißverschluss so weit auf, dass der Kopf und die obere Hälfte des Oberkörpers zu sehen waren, mit dem vernähten Y-Einschnitt – ein weiteres Beispiel von Yoshimas Kunstfertigkeit mit Nadel und Faden.

Als die Plastikhülle fiel, war Rizzolis Blick nicht auf die Tote, sondern auf Rick Ballard gerichtet. Schweigend starrte er auf die Leiche hinunter. Der Anblick der toten Anna Jessop ließ ihn zur Salzsäule erstarren.

»Und?«, sagte Bristol.

Ballard blinzelte, als habe die Frage ihn plötzlich aus seiner Trance gerissen. Er ließ die angehaltene Luft entweichen. »Das ist sie«, flüsterte er.

»Sind Sie sich absolut sicher?«

»Ja.« Ballard schluckte. »Was ist passiert? Was haben Sie herausgefunden?«

Mit dem stummen Blick, den Bristol Rizzoli zuwarf, holte er ihre Erlaubnis ein, die Informationen weiterzugeben. Sie nickte nur.

»Eine einzelne Schusswunde in der linken Schläfe«, sagte Bristol und deutete auf das Einschussloch in der Kopfhaut. »Ausgedehnte Zerstörungen des linken Schläfenlappens sowie beider Scheitellappen durch Querschläger im Schädelinneren. Massive intrakranielle Blutungen.«

»Das war die einzige Verletzung?«

»Genau. Sehr schnell, sehr effizient.«

Ballards Blick war zum Rumpf der Toten gewandert. Zu ihren Brüsten. Keine überraschende Reaktion für einen Mann, der sich einer nackten jungen Frau gegenübersah, und dennoch empfand Rizzoli sie als störend. Ob lebendig oder tot, Anna Jessop hatte ein Recht auf Wahrung ihrer Würde. Rizzoli war erleichtert, als Dr. Bristol mit ruhiger Hand den Reißverschluss des Leichensacks zuzog und die Tote so vor weiteren neugierigen Blicken schützte.

Sie verließen den Kühlraum, und Bristol schloss die schwere Stahltür. »Wissen Sie schon von irgendwelchen nahen Verwandten?«, fragte er. »Gibt es jemanden, den wir benachrichtigen müssen?«

»Es gibt niemanden«, antwortete Ballard.

»Sind Sie sicher?«

»Sie hat keine lebenden ...« Er brach abrupt ab und verharrte reglos, die Augen starr auf das Fenster zum Autopsiesaal gerichtet.

Rizzoli folgte seinem Blick und begriff sofort, was seine Aufmerksamkeit so fesselte. Maura Isles hatte soeben den Saal betreten, in der Hand einen Umschlag mit Röntgenaufnahmen. Sie ging auf den Leuchtkasten zu, klemmte die Filme daran und schaltete das Licht ein. Während sie dastand und die Aufnahmen gebrochener Arm- und Beinknochen betrachtete, registrierte sie nicht, dass sie beobachtet wurde. Dass drei Augenpaare sie durch das Sichtfenster anstarrten.

»Wer ist das?«, murmelte Ballard.

»Das ist eine unserer Pathologinnen«, antwortete Bristol. »Dr. Maura Isles.«

»Die Ähnlichkeit ist fast unheimlich, nicht wahr?«, sagte Rizzoli.

Ballard schüttelte betroffen den Kopf. »Einen Moment lang dachte ich ...«

»Das ging uns allen so, als wir das Opfer zum ersten Mal gesehen haben.«

Nebenan steckte Maura die Aufnahmen wieder in den Umschlag. Sie verließ den Autopsiesaal, ohne bemerkt zu haben, dass sie beobachtet worden war. Wie leicht es doch ist, einen anderen Menschen zu belauern und auszuspionieren, dachte Rizzoli. Wir haben keinen sechsten Sinn, der uns verrät, wenn wir angestarrt werden. Wir spüren die Blicke des Stalkers nicht im Rücken; erst wenn er zuschlägt, registrieren wir seine Gegenwart.

Rizzoli wandte sich an Ballard. »Okay, jetzt haben Sie Anna Jessop gesehen. Sie haben bestätigt, dass Sie sie gekannt haben. Und jetzt sagen Sie uns bitte, wer sie wirklich war.«

5

Das »ultimative Fahrerlebnis«. So hieß es immer in der Werbung, so sagte auch Dwayne dazu, und Mattie Purvis saß nun am Steuer dieses Kraftpakets und fuhr die West Central Street entlang, Tränen in den Augen und einen einzigen Gedanken im Kopf: Du musst da sein. Bitte, Dwayne, sei da. Aber sie wusste nicht, ob er wirklich da sein würde. Es gab in letzter Zeit so vieles, was sie an ihrem Mann nicht verstand; es war, als sei ein Fremder an seine Stelle getreten, ein Fremder, der sie kaum beachtete. Der sie fast nicht mehr anschaute. *Ich will meinen Mann wiederhaben. Dabei weiß ich noch nicht einmal, wie ich ihn verloren habe.*

Schon von weitem sah sie das riesige Schild mit der Aufschrift PURVIS BMW. Sie bog auf den Parkplatz ein, fuhr vorbei an Reihen anderer chromblitzender ultimativer Fahrzeuge und entdeckte schließlich Dwaynes Wagen, der neben der Tür des Ausstellungsraums geparkt war.

Sie fuhr auf den Platz neben seinem und stellte den Motor ab. Blieb einen Moment lang sitzen und atmete tief durch. Reinigende Atemzüge, so wie sie es in der Geburtsvorbereitung gelernt hatte. In dem Lamaze-Kursus, zu dem Dwayne seit einem Monat nicht mehr mitgegangen war, weil er ihn für reine Zeitverschwendung hielt. *Du kriegst doch schließlich das Baby, nicht ich. Was soll ich denn da?*

Hoppla, das war ein bisschen zu viel des Guten. Vom allzu tiefen Durchatmen wurde ihr plötzlich schwindlig, und sie ließ sich gegen das Lenkrad sinken. Aus Versehen löste sie die Hupe aus und fuhr erschrocken zusammen, als sie laut losschmetterte. Sie warf einen verschämten Blick aus dem Fenster und sah, wie einer der Mechaniker zu ihr herüberstarrte. Zu ihr, Dwaynes dussligem Weibchen, das nichts Besseres zu tun hatte, als für nichts und wieder nichts auf die Hupe zu drücken. Errötend stieß sie die Tür auf, bugsierte ihren dicken Bauch hinter dem Lenkrad hervor, stieg aus und betrat das Autohaus.

Drinnen roch es nach Leder und Autowachs. Ein Aphrodisiakum für echte Männer nannte Dwayne dieses Festmahl von Düften, das Mattie jetzt allerdings eher Übelkeit verursachte. Sie blieb zwischen den verführerischen Sirenen des Ausstellungsraums stehen – den neuen Modellen dieses Jahres mit ihren aufreizenden Kurven, blitzend vor poliertem Lack und Chrom im Schein der Spots. Hier konnte ein Mann schier seine Seele verlieren. Wenn er mit der Hand über eine metallic-blaue Flanke strich, wenn er zu lange sein Spiegelbild in einer Windschutzscheibe betrachtete, dann begann er irgendwann seine Träume zu sehen. Er sah den Mann, der er sein *könnte*, wenn er eines dieser Fahrzeuge besäße.

»Mrs. Purvis?«

Mattie drehte sich um und erblickte Bart Thayer, einen der Verkäufer ihres Mannes. Er winkte ihr zu.

»Oh. Hallo«, sagte sie.

»Suchen Sie vielleicht Dwayne?«

»Ja. Wo ist er?«

»Ich glaube – äh ...« Bart warf einen Blick in Richtung der Büros. »Ich sehe mal nach.«

»Kein Problem, ich finde ihn schon.«

»*Nein!* Ich meine – äh, warten Sie doch, ich gehe ihn holen, okay? Setzen Sie sich einfach hin und ruhen Sie sich ein bisschen aus. In Ihrem Zustand sollten Sie nicht so lange stehen.« Aus Barts Mund klang dieser Rat ziemlich komisch – sein Bauch war noch dicker als ihrer.

Sie brachte ein Lächeln zustande. »Ich bin doch nur schwanger, Bart. Nicht behindert.«

»Wann ist denn der große Tag?«

»In zwei Wochen. Das ist jedenfalls der Termin, den wir ausgerechnet haben. So genau weiß man das ja nie.«

»Das können Sie laut sagen. Mein erster Sohn, der wollte überhaupt nicht rauskommen. Mit drei Wochen Verspätung auf die Welt gekommen, und seitdem hat er es noch nie geschafft, pünktlich zu sein.« Er zwinkerte ihr zu. »Ich hole Ihnen Dwayne her, okay?«

Sie sah ihm nach, als er zu den Büros ging. Dann folgte sie ihm unauffällig, nur so weit, dass sie sehen konnte, wie er an Dwaynes Tür klopfte. Als keine Antwort kam, klopfte er noch einmal. Endlich ging die Tür auf, und Dwayne steckte den Kopf heraus. Er zuckte zusammen, als er Mattie erblickte, die ihm vom Ausstellungsraum aus zuwinkte.

»Kann ich mal mit dir reden?«, rief sie ihm zu.

Dwayne kam prompt aus seinem Büro und machte die Tür hinter sich zu. »Was machst du denn hier?«, schnauzte er sie an.

Barts Blick ging zwischen den beiden hin und her. Unauffällig begann er, in Richtung Seitenausgang zurückzuweichen. »Äh, Dwayne, ich denke, ich mach mal 'ne kurze Kaffeepause.«

»Ja, ja«, brummte Dwayne. »Von mir aus.«

Bart flüchtete aus dem Ausstellungsraum. Mann und Frau sahen einander an.

»Ich habe auf dich gewartet«, sagte Mattie.

»Wieso?«

»Mein Termin bei der Frauenärztin, Dwayne. Du hast gesagt, du würdest mitkommen. Dr. Fishman hat zwanzig Minuten gewartet, länger ging es nicht. Jetzt hast du die Ultraschallbilder nicht gesehen.«

»Oh. Ach Mensch, das hab ich glatt vergessen.« Dwayne strich sich das schwarze Haar glatt. Immer machte er so viel Aufhebens um seine Haare, sein Hemd, seine Krawatte. Wenn man mit einem Luxusprodukt handelt, pflegte Dwayne zu sagen, dann muss man auch entsprechend auftreten. »Tut mir echt Leid.«

Sie griff in ihre Handtasche und nahm ein Polaroidfoto heraus. »Willst du dir das Bild nicht wenigstens mal anschauen?«

»Was ist das denn?«

»Das ist unsere Tochter. Das ist ein Abzug von dem Ultraschallbild.«

Er warf einen kurzen Blick auf das Foto und zuckte mit den Achseln. »Viel kann man da ja nicht erkennen.«

»Du kannst hier ihren Arm sehen, und ihr Beinchen. Wenn du genau hinschaust, kannst du sogar fast das Gesicht erkennen.«

»Ja, super.« Er gab ihr das Bild zurück. »Ich komme heute Abend ein bisschen später heim, okay? Um sechs kommt noch ein Kunde wegen einer Testfahrt. Warte nicht mit dem Essen auf mich.«

Sie steckte das Polaroidfoto wieder in ihre Handtasche und seufzte. »Dwayne …«

Er gab ihr einen flüchtigen Kuss auf die Stirn. »Ich bring dich zum Wagen. Komm.«

»Können wir nicht einen Kaffee trinken gehen oder so?«

»Ich habe Kunden.«

»Aber außer uns ist doch kein Mensch im Ausstellungsraum.«

»Mattie, *bitte.* Lass mich doch einfach nur meinen Job machen, okay?«

Plötzlich ging Dwaynes Bürotür auf. Matties Kopf fuhr herum, als eine Frau aus dem Zimmer kam, eine hoch aufgeschossene Blondine, die rasch den Flur entlanghuschte und in einem anderen Büro verschwand.

»Wer ist das denn?«, fragte Mattie.

»Wer?«

»Na, die Frau, die gerade aus deinem Büro gekommen ist.«

»Ach, die.« Er räusperte sich. »Eine neue Angestellte. Ich dachte mir, es wird allmählich Zeit, dass wir mal eine Verkäuferin engagieren. Weißt du, als Ergänzung für unser Team. Sie hat sich wirklich als Bereicherung erwiesen. Hat im vergangenen Monat mehr Autos an den Mann gebracht als Bart, und das will schon was heißen.«

Mattie starrte auf die geschlossene Tür von Dwaynes Büro

und dachte: Genau, da hat es angefangen. Vergangenen Monat. Da ist zwischen uns plötzlich alles anders geworden; da hat dieser fremde Mann von Dwaynes Körper Besitz ergriffen.

»Wie heißt sie?«, fragte sie.

»Hör zu, ich muss mich jetzt wirklich wieder an die Arbeit machen.«

»Ich will doch nur wissen, wie sie heißt.« Sie drehte sich um und blickte ihrem Mann in die Augen, und sie sah das blanke schlechte Gewissen darin aufblitzen, grell wie Neonlicht.

»Ach, Scheiße.« Er wandte sich ab. »Das kann ich jetzt echt nicht gebrauchen.«

»Äh, Mrs. Purvis?« Es war Bart, der ihr vom Eingang des Ausstellungsraums aus zurief. »Wussten Sie, dass Sie einen Platten haben? Der Mechaniker hat's mir gerade gezeigt.«

Wie benommen drehte sie sich zu ihm um und starrte ihn an. »Nein. Ich… das wusste ich nicht.«

»Wie kann man denn nicht merken, dass man einen Platten hat?«, höhnte Dwayne.

»Na ja, kann sein, dass – er ließ sich vielleicht ein bisschen schwer lenken, aber…«

»Ich glaub's einfach nicht.« Dwayne war bereits auf dem Weg zur Tür.

Rennt los und lässt mich stehen, wie immer, dachte sie. Und jetzt ist er auch noch wütend. Wie kommt es, dass plötzlich alles nur noch meine Schuld ist?

Zusammen mit Bart folgte sie ihm zu ihrem Wagen. Dwayne hockte neben dem rechten Hinterrad und schüttelte den Kopf.

»Ist es denn zu fassen, dass sie das nicht gemerkt hat?«, sagte er zu Bart. »Sieh dir diesen Reifen an. Sie hat den Scheißreifen total zerfetzt!«

»Ach, so was kommt doch vor«, sagte Bart. Er warf Mattie einen mitfühlenden Blick zu. »Ich sage Ed, er soll einen neuen draufziehen. Kein Problem.«

»Aber guck dir doch die Felge an, die ist total ruiniert! Wüsste mal gerne, wie viele Meilen sie so gefahren ist. Wie kann ein Mensch nur so blöd sein?«

»Ach, komm schon, Dwayne«, meinte Bart. »Das ist doch keine große Sache.«

»Ich habe es einfach nicht gemerkt«, sagte Mattie. »Es tut mir Leid.«

»Bist du etwa so die ganze Strecke von der Arztpraxis bis hierher gefahren?« Dwayne sah sie über die Schulter an, und der Zorn, der in seinen Augen funkelte, jagte ihr Angst ein. »Hast du geträumt oder was?«

»Dwayne, ich *wusste* es nicht.«

Bart klopfte Dwayne auf die Schulter. »Vielleicht solltest du das Ganze mal ein bisschen lockerer sehen, wie wär's?«

»Halt du dich gefälligst da raus!«, fuhr Dwayne ihn an.

Bart zog sich zurück, die Hände in einer Geste der Kapitulation erhoben. »Okay, okay.« Er warf Mattie noch einen letzten Blick zu, als wollte er sagen: *Viel Glück, Mädel*; dann trollte er sich.

»Es ist doch nur ein Reifen«, sagte Mattie.

»Du musst ja Funken geschlagen haben, dass man es meilenweit sehen konnte. Was glaubst du, wie viele Leute dich gesehen haben, wie du so durch die Gegend gefahren bist?«

»Spielt das denn eine Rolle?«

»*Hallo!* Das hier ist ein *BMW*! Wenn du so einen Wagen fährst, hast du ein Image zu verlieren. Wenn die Leute so ein Auto sehen, erwarten sie, dass der Fahrer ein bisschen mehr auf dem Kasten hat, dass er einfach ein bisschen cooler ist. Und wenn du dann auf der blanken Felge rumgurkst, *ruinierst* du das Image. So was lässt jeden anderen BMW-Fahrer schlecht aussehen. Es lässt *mich* schlecht aussehen.«

»Es ist doch nur ein Reifen.«

»Ach, hör endlich auf.«

»Aber es stimmt doch.«

Dwayne schnaubte angewidert und richtete sich auf. »Ich geb's auf.«

Sie schluckte ihre Tränen hinunter. »Es geht gar nicht um den Reifen. Hab ich Recht, Dwayne?«

»Was?«

»Bei diesem Streit geht es doch in Wirklichkeit um uns. Irgendwas stimmt nicht zwischen *uns*.«

Sein Schweigen machte alles nur noch schlimmer. Er sah sie nicht an, sondern wandte sich zu dem Mechaniker um, der gerade auf sie zukam.

»He«, rief der Mechaniker. »Bart sagt, ich soll den Reifen da wechseln.«

»Ja, kümmere dich bitte drum.« Dwayne hielt inne; seine Aufmerksamkeit wurde plötzlich von einem Toyota abgelenkt, der soeben auf das Firmengelände gefahren war. Ein Mann stieg aus und blieb vor einem der BMWs stehen. Er beugte sich vor, um das Angebotsschild zu lesen. Dwayne strich seine Haare zurück, zog seine Krawatte stramm und ging auf den neuen Kunden zu.

»Dwayne?«, sagte Mattie.

»Ich habe einen Kunden.«

»Aber ich bin deine *Frau*.«

Er fuhr herum und giftete sie an: *»Treib's nicht auf die Spitze, Mattie.«*

»Was muss ich denn tun, damit du mich beachtest?«, schrie sie. »Dir ein Auto abkaufen? Drunter tust du's wohl nicht. Ich weiß jedenfalls nicht, was ich sonst noch tun soll.« Ihre Stimme versagte. »Ich weiß nicht mehr, was ich tun soll.«

»Dann solltest du es vielleicht ganz einfach aufgeben. Ich sehe nämlich keinen Sinn mehr darin.«

Sie sah ihm nach. Sah, wie er die Schultern straffte und ein strahlendes Lächeln aufsetzte. Dann hörte sie, wie er mit volltönender, herzlicher Stimme den neuen Kunden auf dem Gelände begrüßte.

»Mrs. Purvis? Ma'am?«

Sie blinzelte. Drehte sich um und sah den Mechaniker vor sich stehen.

»Ich brauche Ihre Schlüssel, wenn Sie nichts dagegen haben. Damit ich den Wagen in die Werkstatt fahren und Ihnen den Reifen wechseln kann.« Er hielt ihr seine ölverschmierte Hand hin.

Wortlos gab sie ihm ihren Schlüsselbund und wandte sich dann wieder zu Dwayne um. Doch er sah überhaupt nicht in ihre Richtung. Als ob sie unsichtbar wäre. Als ob sie ein Nichts wäre.

Sie wusste kaum noch, wie sie nach Hause gekommen war.

Irgendwann fand sie sich in der Küche wieder, die Schlüssel noch in der Hand, die Post vor sich auf dem Tisch. Oben auf dem Stapel lag die Kreditkartenabrechnung, adressiert an Mr. und Mrs. Dwayne Purvis. Mr. und Mrs. Sie erinnerte sich noch an das erste Mal, als jemand sie Mrs. Purvis genannt hatte, und wie sie sich gefreut hatte, als sie den Namen gehört hatte. Mrs. Purvis, Mrs. Purvis.

Mrs. Nobody.

Der Schlüsselbund landete klirrend auf dem Boden. Sie ließ den Kopf in die Hände sinken und fing an zu weinen. Sie weinte und weinte, während das Baby in ihrem Bauch strampelte; weinte, bis ihr der Hals wehtat und die Post nass von ihren Tränen war.

Ich will ihn wieder so, wie er früher war. Als er mich noch geliebt hat.

Da hörte sie zwischen ihren abgehackten Schluchzern plötzlich eine Tür quietschen. Das Geräusch kam aus der Garage. Sie riss den Kopf hoch; Hoffnung keimte in ihr auf.

Er ist gekommen! Er ist heimgekommen, um mir zu sagen, dass es ihm Leid tut.

Sie sprang so hastig auf, dass der Stuhl umkippte. Trunken vor Aufregung, riss sie die Tür auf und trat in die Garage. Im Halbdunkel blieb sie verwirrt stehen und blinzelte ungläubig. Das einzige Auto in der Garage war ihres.

»Dwayne?«, sagte sie.

Ein Streifen Sonnenlicht fiel ihr ins Auge; die Tür zum

Garten war nur angelehnt. Sie ging durch die Garage, um sie zu schließen. Kaum hatte sie die Klinke losgelassen, als sie hinter sich Schritte hörte. Sie erstarrte, ihr Herz hämmerte wie wild. In diesem Augenblick wurde ihr klar, dass sie nicht allein war.

Sie wollte sich umdrehen, doch mitten in der Bewegung wurde ihr plötzlich schwarz vor Augen.

6

Maura trat aus dem Nachmittagssonnenschein in das kühle Halbdunkel der Kirche Unserer lieben Frau vom Himmlischen Licht. Einen Moment lang konnte sie nur Schatten erkennen, die schemenhaften Umrisse von Bänken und die Silhouette einer Frau, die allein mit gesenktem Kopf in der ersten Reihe saß. Maura schlüpfte lautlos in eine Bank und setzte sich; sie ließ sich von der Stille umfangen, während ihre Augen sich langsam an die düstere Umgebung gewöhnten. In einem der Buntglasfenster, die hoch über ihr in satten, prächtigen Farben leuchteten, war eine Frau mit wallendem Lockenhaar zu sehen. Ihr sehnsuchtsvoller Blick war auf einen Baum gerichtet, an dem ein einzelner blutroter Apfel hing. Eva im Garten Eden. Die Frau als Versucherin, als Verführerin. Als Zerstörerin. Eine quälende Unruhe beschlich Maura, als sie zu der Darstellung aufblickte, und sie wandte den Blick zu einem anderen Fenster. Obwohl von katholischen Eltern erzogen, fühlte sie sich in der Kirche nicht zu Hause. Sie betrachtete die Darstellungen der Märtyrer in den Fenstern, bunt schimmernd wie Juwelen, und sie konnte sich des Gedankens nicht erwehren, dass diese Männer und Frauen, die heute als Heilige verehrt wurden, als lebendige Menschen aus Fleisch und Blut auch nicht ohne Fehler gewesen sein konnten. Dass ihre Zeit auf Erden mit Sicherheit nicht frei von Sünden, von falschen Entscheidungen und kleinlichen Begierden gewesen war. Sie wusste besser als viele andere, dass Vollkommenheit keine menschliche Eigenschaft war.

Maura stand auf, wandte sich zum Gang um und hielt plötzlich inne. Vor ihr stand Pater Brophy; das Licht, das durch die Buntglasfenster fiel, zeichnete ein farbiges Mosaik auf sein Gesicht. Er hatte sich so lautlos genähert, dass sie ihn nicht gehört hatte; jetzt standen sie da, sahen einander an, und keiner wagte es, das Schweigen zu brechen.

»Ich hoffe, Sie wollen noch nicht gehen«, sagte er schließlich.

»Ich bin nur gekommen, um ein paar Minuten zu meditieren.«

»Dann habe ich ja Glück gehabt, dass ich Sie noch erwischt habe. Möchten Sie reden?«

Sie blickte zum Ausgang, als ob sie mit dem Gedanken spielte, die Flucht zu ergreifen. Dann seufzte sie auf. »Ja, ich glaube, ich möchte reden.«

Die Frau in der ersten Bank hatte sich umgedreht und schaute in ihre Richtung. Und was sieht sie da?, fragte sich Maura. Den gut aussehenden jungen Priester. Eine attraktive Frau. Eifriges Getuschel unter den Augen der Heiligen.

Pater Brophy schien Mauras Unbehagen zu teilen. Mit einem Seitenblick auf die Frau sagte er: »Es muss ja nicht hier in der Kirche sein.«

Sie gingen im Jamaica Riverway Park spazieren und folgten dem Weg, der im Schatten der Bäume am Wasser entlangführte. An diesem warmen Nachmittag teilten sie sich den Park mit Joggern und Radlern sowie Müttern, die Kinderwagen vor sich herschoben. An einem so belebten Ort würde ein Priester, der sich die Probleme eines weiblichen Gemeindemitglieds anhörte, wohl kaum Anlass zu Klatsch und Tratsch geben. So ist es von Anfang an zwischen uns gewesen, dachte sie, während sie den Kopf einzog, um unter den tief hängenden Zweigen einer Weide hindurchzugehen. Nicht die Spur eines Skandals, nicht der leiseste Hauch von Sünde. Das, was ich mir am sehnlichsten von ihm wünsche, kann er mir nicht geben. Und doch bin ich hier.

Hier sind wir beide, Seite an Seite.

»Ich habe mich schon gefragt, ob Sie irgendwann vorbeikommen würden«, sagte er.

»Ich hatte es vor. Die vergangene Woche war ziemlich heftig.« Sie blieb stehen und blickte auf den Fluss hinaus. Der Verkehrslärm der nahen Straße übertönte das Rauschen des Wassers. »In den letzten Tagen ist mir erst so richtig bewusst geworden, dass ich sterblich bin.«

»War Ihnen das vorher nicht bewusst?«

»Nicht so unmittelbar. Letzte Woche, als ich bei dieser Autopsie zugesehen habe …«

»So etwas sehen Sie doch in Ihren Beruf andauernd.«

»Ich sehe nicht nur dabei zu, Daniel, ich obduziere selbst. Ich führe das Skalpell, ich seziere Leichen. Ich tue das beinahe täglich, und es hat mir noch nie etwas ausgemacht. Vielleicht bedeutet das ja, dass ich den Bezug zum Rest der Menschheit verloren habe. Ich bin mittlerweile so distanziert, dass ich gar nicht mehr wahrnehme, dass es menschliches Fleisch ist, das ich da zerschneide. Aber an diesem Tag, als ich meinem Kollegen dabei zuschaute, war es mit einem Mal ganz persönlich. Ich habe die Tote angesehen, und ich habe mich selbst dort auf dem Tisch liegen sehen. Jetzt kann ich kein Skalpell mehr zur Hand nehmen, ohne dass ich an sie denken muss. Ohne dass ich darüber nachdenke, wie ihr Leben ausgesehen haben mag, was ihr durch den Kopf gegangen sein mag, als …« Maura brach ab und seufzte. »Es ist mir einfach schwer gefallen, wieder an meine Arbeit zu gehen. Das ist alles.«

»Müssen Sie das denn unbedingt?«

Verblüfft über die Frage drehte sie sich zu ihm um. »Habe ich denn eine Wahl?«

»So, wie Sie es sagen, klingt es wie Schuldknechtschaft.«

»Es ist mein Beruf. Es ist das, was ich am besten kann.«

»Das allein ist noch kein Grund, es zu tun. Also, warum tun Sie es?«

»Warum sind Sie Priester?«

Jetzt war die Reihe an ihm, verdutzt zu schauen. Er dachte einen Moment lang darüber nach, während er regungslos neben ihr stand, das Blau seiner Augen vom Schatten der Weidenbäume verdunkelt. »Ich habe diese Entscheidung vor so langer Zeit getroffen«, sagte er, »dass ich mir kaum noch Gedanken darüber mache. Oder meine Wahl in Frage stelle.«

»Sie müssen fest an Gott geglaubt haben.«

»Das tue ich immer noch.«

»Ist das denn nicht genug?«

»Glauben Sie wirklich, dass ein fester Glaube allein ausreicht?«

»Nein, natürlich nicht.« Sie wandte sich ab und ging weiter den mit Flecken von Sonnenlicht gesprenkelten Weg entlang. Sie wagte nicht, seinen Blick zu erwidern, weil sie fürchtete, er könne zu viel in ihrem lesen.

»Manchmal ist es gut, wenn wir mit unserer eigenen Sterblichkeit konfrontiert werden«, sagte er. »Es zwingt uns, neu über unser Leben nachzudenken.«

»Das würde ich mir lieber ersparen.«

»Warum?«

»Selbsterforschung ist nicht gerade meine Stärke. Im Philosophieunterricht habe ich sehr schnell die Geduld verloren. All diese Fragen, auf die es keine Antwort gibt. Aber Physik und Chemie, das *konnte* ich verstehen. In diesen Fächern fühlte ich mich zu Hause, denn sie vermittelten reproduzierbare und geordnete Prinzipien.« Sie hielt inne und sah einer Frau zu, die auf Inlinern vorüberfuhr und ein Baby in einem Sportwagen vor sich herschob. »Das Unerklärliche ist nicht mein Fall.«

»Ja, ich weiß. Sie wollen, dass immer alle mathematischen Gleichungen aufgehen. Deswegen bereitet Ihnen der Mord an dieser Frau solche Probleme.«

»Es ist eine Frage ohne Antwort. Genau das, was ich so hasse.«

Sie setzte sich auf eine Holzbank am Flussufer. Das Tageslicht begann schon zu schwinden, und in der einsetzenden Dämmerung färbten sich die Fluten schwarz. Er ließ sich neben ihr nieder, und obwohl er sie nicht berührte, war sie sich seiner Nähe so bewusst, dass sie seine Körperwärme an ihrem nackten Arm zu spüren glaubte.

»Haben Sie von Detective Rizzoli irgendetwas Neues über den Fall gehört?«

»Man kann nicht gerade sagen, dass sie mich über die Entwicklungen auf dem Laufenden hält.«

»Würden Sie das denn von ihr erwarten?«

»Nicht von ihr als Polizistin.«

»Und als Freundin?«

»Das ist es ja eben – ich dachte, wir *wären* Freundinnen. Aber sie hat mir so wenig verraten.«

»Das können Sie ihr nicht verdenken. Das Opfer wurde vor Ihrem Haus gefunden. Da muss sie sich doch fragen …«

»Was – ob ich zu den Verdächtigen gehöre?«

»Oder ob der Anschlag nicht in Wirklichkeit Ihnen galt. Das haben wir alle an diesem Abend geglaubt. Wir dachten, das sind Sie in diesem Wagen.« Er starrte über den Fluss hinweg. »Sie sagten, Sie müssten immerzu an die Autopsie denken. Nun, und ich muss immerzu an diesen Abend denken, daran, wie ich in Ihrer Straße gestanden habe, mit all den Polizeiautos. Ich konnte nicht glauben, dass das alles wirklich passierte. Ich *weigerte* mich, es zu glauben.«

Dann schwiegen sie beide. Vor ihren Augen strömte der Fluss dunkel dahin, hinter ihnen rauschte der Autoverkehr.

Plötzlich fragte sie: »Möchten Sie heute Abend mit mir essen?«

Er antwortete nicht gleich, und sein Zögern trieb ihr die Schamröte ins Gesicht. Was für eine dumme Frage. Sie hätte sie am liebsten zurückgenommen, hätte am liebsten die Zeit um sechzig Sekunden zurückgespult. Wie viel besser wäre es doch gewesen, einfach auf Wiedersehen zu sagen und ihrer Wege zu gehen. Stattdessen war sie mit dieser unüberlegten Einladung herausgeplatzt, von der sie beide wussten, dass er sie nicht annehmen sollte.

»Es tut mir Leid«, murmelte sie. »Das ist wohl keine sehr gute …«

»Doch«, sagte er. »Ich hätte große Lust dazu.«

Sie stand in ihrer Küche und schnitt Tomaten für den Salat, und die Hand, mit der sie das Messer führte, zitterte. Auf dem Herd stand ein Topf mit Coq au Vin auf kleiner Flamme, und der Duft von in Rotwein eingelegtem Hühnerfleisch erfüllte den Raum. Ein einfaches, vertrautes Gericht, das sie ohne Rezept und ohne viel Nachdenken kochen konnte. Etwas Komplizierteres hätte sie an diesem Abend überfordert. Denn in Gedanken war sie nur bei dem Mann, der in diesem Augenblick zwei Gläser mit Pinot Noir füllte.

Er stellte ihr ein Glas auf die Anrichte. »Was kann ich sonst noch tun?«

»Gar nichts.«

»Die Salatsoße machen? Den Kopfsalat waschen?«

»Ich habe Sie nicht in meine Wohnung eingeladen, um Sie für mich schuften zu lassen. Ich dachte nur, es wäre Ihnen vielleicht lieber als in einem Restaurant, wo man doch nie ganz unter sich ist.«

»Sie sind es wohl leid, immer im Licht der Öffentlichkeit zu stehen«, sagte er.

»Ich dachte dabei eher an Sie.«

»Auch Priester essen ab und zu im Restaurant, Maura.«

»Nein, ich meinte …« Sie spürte, wie sie rot wurde, und attackierte aufs Neue die Tomate.

»Ich nehme an, die Leute würden sich schon so ihre Gedanken machen«, meinte er. »Wenn sie uns zusammen in einem Lokal sehen würden.« Er sah ihr eine Weile schweigend zu; das einzige Geräusch war das Klopfen ihrer Messerklinge auf dem Schneidbrett. Was macht man mit einem Priester in der Küche?, fragte sie sich. Bittet man ihn, das Essen zu segnen? Kein anderer Mann machte sie so nervös, keiner gab ihr so sehr das Gefühl, einfach nur ein Mensch mit allen Fehlern zu sein. Und was sind deine Fehler, Daniel?, fragte sie sich, als sie die gewürfelten Tomaten in die Schüssel kippte, Olivenöl und Balsamico dazugab und alles untermischte. Macht dich dieser weiße Kragen immun gegen alle Versuchungen?

»Lassen Sie mich wenigstens die Gurke schneiden«, sagte er.

»Sie können sich nicht einfach nur entspannen, wie?«

»Ich kann nun einmal schlecht untätig herumsitzen, während andere arbeiten.«

Sie lachte. »Willkommen im Club.«

»Ist das etwa der Club hoffnungsloser Workaholics? Da bin ich nämlich Gründungsmitglied.« Er zog ein Messer aus dem hölzernen Block und begann die Gurke in Scheiben zu schneiden. Ein frischer, sommerlicher Duft breitete sich aus. »Das bleibt nicht aus, wenn man fünf Brüder und eine Schwester hat und immer aushelfen muss.«

»Sie waren tatsächlich zu siebt zu Hause? Ach du lieber Gott.«

»Das hat mein Vater sicher auch jedes Mal gesagt, wenn er hörte, dass schon wieder eins unterwegs ist.«

»Und welcher von den sieben waren Sie?«

»Nummer vier. Genau in der Mitte. Was mich nach Auskunft der Psychologen zum geborenen Vermittler macht. Derjenige, der immer bemüht ist, Frieden zu stiften.« Er blickte zu ihr auf und lächelte. »Und es bedeutet auch, dass ich gelernt habe, in Rekordzeit zu duschen.«

»Und wie ist aus dem mittleren Kind dann der Priester geworden?«

Er senkte den Blick wieder auf das Schneidbrett. »Das ist eine lange Geschichte, wie Sie sich vielleicht denken können.«

»Eine Geschichte, über die Sie reden wollen?«

»Meine Gründe werden Ihnen vermutlich unlogisch vorkommen.«

»Na ja, es ist schon seltsam, dass die wichtigsten Entscheidungen in unserem Leben normalerweise am allerwenigsten mit Logik zu tun haben. Wie zum Beispiel die Wahl eines Ehepartners.« Sie trank einen Schluck Wein und stellte das Glas wieder ab. »Meine eigene Ehe könnte ich jedenfalls nicht mit logischen Argumenten verteidigen.«

Er blickte auf. »Vielleicht hatte es weniger mit Logik als mit Lust zu tun?«

»Das trifft es schon eher. So habe ich den größten Fehler meines Lebens gemacht. Meines bisherigen Lebens, genauer gesagt.« Sie nahm noch einen Schluck Wein. *Und du könntest mein nächster großer Fehler sein. Wenn Gott gewollt hätte, dass wir immer brav sind, hätte er nicht die Versuchung erschaffen dürfen.*

Er strich die Gurkenscheiben mit der Messerklinge in die Schüssel und spülte das Messer ab. Sie betrachtete ihn, als er mit dem Rücken zu ihr an der Spüle stand. Er hatte die hoch gewachsene, drahtige Figur eines Langstreckenläufers. Warum tue ich mir das an?, fragte sie sich. Warum muss es von allen Männern, zu denen ich mich hingezogen fühlen könnte, ausgerechnet dieser sein?

»Sie wollten wissen, warum ich mich für das Priesteramt entschieden habe«, sagte er.

»Und?«

Er drehte sich um und sah sie an. »Meine Schwester hatte Leukämie.«

Sie war so überrascht, dass ihr die Worte fehlten. Nichts, was sie hätte sagen können, schien wirklich angemessen.

»Sophie war sechs Jahre alt«, sagte er. »Das Nesthäkchen der Familie und das einzige Mädchen.« Er griff nach einem Küchentuch, um sich die Hände abzutrocknen, und hängte es anschließend sorgfältig zurück an die Stange, als brauchte er die Zeit, um seine nächsten Worte abzuwägen. »Es handelte sich um akute lymphatische Leukämie. Man könnte wohl sagen, das ist die gute Variante, falls man bei Leukämie überhaupt von ›gut‹ sprechen kann.«

»Es ist die Variante mit der besten Prognose bei Kindern. Eine Überlebensrate von achtzig Prozent.« Eine korrekte Aussage, und doch bereute sie ihre Worte, kaum dass sie sie ausgesprochen hatte. Die logische Dr. Isles, die auf menschliche Tragödien mit ihren üblichen hilfreichen Fakten und herzlosen Statistiken reagierte. So hatte sie sich schon immer beholfen, um mit den chaotischen Emotionen der Menschen um sie herum fertig zu werden – indem sie sich auf die Rolle der Wissenschaftlerin zurückgezogen hatte. Ein Bekannter ist gerade an Lungenkrebs gestorben? Eine Verwandte ist nach einem Autounfall querschnittgelähmt? Für jede Tragödie konnte sie eine passende Statistik zitieren, konnte Trost in der nüchternen Gewissheit der Zahlen finden. In dem Glauben, dass sich für jedes schreckliche Ereignis eine logische Erklärung finden lässt.

Sie fragte sich, ob Daniel sie wegen ihrer Reaktion für distanziert oder gar gefühllos hielt. Aber er schien keinen Anstoß daran zu nehmen. Er nickte nur und akzeptierte ihre statistische Information in dem Sinn, in dem sie gemeint war, als schlichte Tatsache.

»Damals sah die Fünfjahres-Überlebensrate noch nicht ganz so rosig aus«, sagte er. »Als wir die Diagnose bekamen, war sie bereits sehr krank. Ich kann Ihnen gar nicht sagen, wie furchtbar das für uns alle war. Ganz besonders für meine Mutter. Ihre einzige Tochter. Ihr Baby. Ich war damals vierzehn, und irgendwie war mir die Aufgabe zugefallen, auf Sophie aufzupassen. Sie wurde natürlich von allen verhätschelt, aber bei all der Zuwendung, die sie bekam, benahm sie sich niemals wie ein verzogenes Nesthäkchen. Sie war immer noch das süßeste und liebste Mädchen, das man sich vorstellen konnte.« Immer noch sah er Maura nicht in die Augen; er hielt den Blick gesenkt, als widerstrebte es ihm, das Ausmaß seines Schmerzes zu zeigen.

»Daniel?«, sagte sie.

Er holte tief Luft und richtete sich auf. »Ich weiß nicht recht, wie ich diese Geschichte einer gestandenen Skeptikerin wie Ihnen erzählen soll.«

»Was ist passiert?«

»Ihr Arzt teilte uns mit, dass sie unheilbar krank sei und nicht mehr lange zu leben habe. Und damals war es ja so, dass man das Urteil eines Arztes niemals anzuzweifeln gewagt hätte. An diesem Abend gingen meine Eltern und meine Brüder in die Kirche. Um für ein Wunder zu beten, denke ich. Ich blieb im Krankenhaus, damit Sophie nicht allein war. Sie war inzwischen ganz kahl. Durch die Chemotherapie waren ihr alle Haare ausgefallen. Ich weiß noch, wie sie auf meinem Schoß eingeschlafen ist. Und wie ich gebetet habe. Ich betete stundenlang, machte Gott alle möglichen Versprechungen. Ich glaube, wenn sie gestorben wäre, hätte ich nie wieder eine Kirche betreten.«

»Aber sie hat überlebt«, sagte Maura leise.

Er sah sie an und lächelte. »Ja, das hat sie. Und ich habe alle meine Versprechen gehalten. Jedes einzelne. Denn an diesem Tag hat *er* mich erhört. Daran habe ich keinen Zweifel.«

»Wo ist Sophie heute?«

»Sie ist glücklich verheiratet und lebt in Manchester. Hat zwei Adoptivkinder.« Er setzte sich ihr gegenüber an den Küchentisch. »Und so wurde ich zu dem, der ich bin.«

»Pater Brophy.«

»Jetzt wissen Sie, was der Grund für meine Entscheidung war.«

Und war es die richtige Entscheidung?, wollte sie ihn fragen, doch sie tat es nicht.

Sie schenkten sich Wein nach. Maura schnitt das frische Baguette auf und mischte den Salat noch einmal durch. Dann nahm sie einen Schöpflöffel und servierte den dampfenden Coq au Vin. Der Weg zum Herzen eines Mannes führt durch den Magen. War es das, was sie mit dieser Einladung erreichen wollte? War es wirklich das, was sie wollte? Daniel Brophys Herz?

Vielleicht glaube ich ihn ja gefahrlos begehren zu können, gerade weil *ich weiß, dass ich ihn nicht haben kann. Er ist unerreichbar für mich, und deshalb kann er mir nie so wehtun, wie Victor es getan hat.*

Aber als sie Victor geheiratet hatte, war sie sich auch sicher gewesen, dass er ihr nie wehtun würde.

Wir sind nie so unerschütterlich, wie wir glauben.

Sie waren gerade fertig mit dem Essen, als das Läuten der Türklingel sie beide erstarren ließ. Obwohl der Abend eigentlich ganz harmlos verlaufen war, tauschten sie nervöse Blicke wie in flagranti ertappte Ehebrecher.

Jane Rizzoli stand vor Mauras Tür. Die feuchte Sommerluft ließ ihre widerspenstigen Locken wirr vom Kopf abstehen. Trotz des warmen Abends hatte sie einen der seriösen dunklen Hosenanzüge an, die sie im Dienst stets trug. Das ist kein privater Besuch, dachte Maura, als sie Rizzolis ernste Miene bemerkte. Sie blickte an ihrer Besucherin herab und sah, dass sie eine Aktentasche bei sich trug.

»Tut mir Leid, dass ich Sie einfach so zu Hause überfalle, Doc. Aber wir müssen reden. Ich dachte, es wäre besser, wenn ich gleich hierher komme und nicht in Ihr Büro.«

»Geht es um den Fall?«

Rizzoli nickte. Es war nicht nötig, zu präzisieren, von welchem Fall die Rede war; sie wussten beide Bescheid. Maura und Jane respektierten einander im Beruf, doch sie hatten noch nicht die Schwelle zu einer ungezwungenen Freundschaft überschritten. Und nun beäugten sie sich mit spürbarem Unbehagen. Irgendetwas ist passiert, dachte Maura. Etwas, was ihren Argwohn geweckt hat.

»Bitte, kommen Sie rein.«

Rizzoli trat ein und blieb stehen, als ihr die Kochgerüche in die Nase stiegen. »Störe ich Sie etwa beim Essen?«

»Nein, wir sind gerade fertig.«

Das *Wir* war Rizzolis Aufmerksamkeit nicht entgangen. Sie warf Maura einen fragenden Blick zu. Im nächsten Moment hörte sie Schritte im Flur und erblickte Daniel, der gerade die leeren Weingläser in die Küche trug.

»Guten Abend, Detective«, rief er ihr zu.

Rizzoli blinzelte überrascht. »Pater Brophy.«

Er ging weiter in die Küche, und Rizzoli wandte sich wieder zu Maura um. Sie sagte nichts, doch es war nicht schwer zu erraten, was sie dachte. Das Gleiche, was die Frau in der Kirche gedacht hatte. *Ja, ich weiß – aber es ist viel harm-*

loser, als es aussieht. Außer Essen und Reden ist nichts passiert. Kein Grund, mich so komisch anzuschauen.

»Tja«, sagte Rizzoli. Das kleine Wörtchen war mit reichlich Bedeutung geladen. Sie hörten das Klappern von Geschirr und Besteck. Daniel räumte die Spülmaschine ein. Ein Priester, der sich in ihrer Küche wie zu Hause fühlte.

»Wenn's geht, würde ich gerne unter vier Augen mit Ihnen reden«, sagte Rizzoli.

»Ist das wirklich nötig? Pater Brophy ist ein guter Bekannter.«

»Es wird so schon nicht einfach sein, darüber zu reden, Doc.«

»Ich kann ihn doch nicht einfach vor die Tür setzen...« Sie brach ab, als sie Daniel aus der Küche zurückkommen hörte.

»Aber ich sollte jetzt wirklich gehen«, sagte er. Sein Blick ging zu Rizzolis Aktentasche. »Da Sie beide offenbar Dienstliches zu besprechen haben.«

»Ja, das stimmt«, sagte Rizzoli.

Er lächelte Maura an. »Danke für das Essen.«

»Warten Sie«, rief Maura. »Daniel.« Sie ging mit ihm vor die Tür und machte sie hinter sich zu. »Sie müssen nicht gehen«, sagte sie.

»Sie will sich unter vier Augen mit Ihnen unterhalten.«

»Es tut mir so Leid.«

»Wieso? Es war ein wunderbarer Abend.«

»Es kommt mir vor, als würden Sie aus meinem Haus vertrieben.«

Er fasste ihren Arm und drückte ihn kurz; eine warme, beruhigende Geste. »Rufen Sie mich an, wann immer Sie das Bedürfnis haben zu reden«, sagte er. »Zu jeder Tages- und Nachtzeit.«

Sie sah ihm nach, als er zu seinem Wagen ging; sein schwarzer Anzug verschmolz mit der Sommernacht. Als er sich umdrehte, um ihr noch einmal zuzuwinken, sah sie seinen weißen Kragen aufblitzen, ein letzter heller Schimmer in der Dunkelheit.

Sie ging zurück ins Haus und stellte fest, dass Rizzoli noch immer in der Diele stand und sie beobachtete. Natürlich, sie wunderte sich über Daniels Besuch. Sie war nicht blind; sie konnte sehen, dass sich da etwas zwischen ihnen entwickelte, was über eine reine Freundschaft hinausging.

»Kann ich Ihnen was zu trinken anbieten?«, fragte Maura.

»Das wäre prima. Aber nichts Alkoholisches.« Rizzoli tätschelte ihren Bauch. »Mein Untermieter ist für so was noch zu jung.«

»Natürlich.«

Maura zwang sich, die gute Gastgeberin zu spielen, und ging voran in die Küche, wo sie Eiswürfel in zwei Gläser warf und diese mit Orangensaft auffüllte. In ihres gab sie noch einen Schuss Wodka. Als sie sich umdrehte, um die Gläser auf den Küchentisch zu stellen, sah sie, wie Rizzoli einen Ordner aus der Aktentasche nahm und ihn auf den Tisch legte.

»Was ist das?«, fragte Maura.

»Setzen wir uns doch erst mal, Doc. Was ich Ihnen sagen werde, könnte Sie ein bisschen aus der Fassung bringen.«

Maura ließ sich auf einen Stuhl sinken, und auch Rizzoli setzte sich. Sie sahen sich über den Tisch hinweg an; zwischen ihnen lag der Aktenordner. Eine Büchse der Pandora, dachte Maura und starrte den Ordner an. Vielleicht will ich gar nicht so genau wissen, welche Geheimnisse darin verborgen sind.

»Erinnern Sie sich noch an das, was ich Ihnen letzte Woche über Anna Jessop gesagt habe? Dass wir fast keine Dokumente über sie finden konnten, die älter waren als sechs Monate? Und dass die einzige Adresse, die wir von ihr hatten, eine leere Wohnung war?«

»Sie nannten sie ein Phantom.«

»Das stimmt auch in gewisser Weise. Anna Jessop hat eigentlich nie existiert.«

»Wie ist das möglich?«

»Es gab keine Anna Jessop, weil das nur ein Deckname war. In Wirklichkeit hieß sie Anna Leoni. Vor ungefähr sechs Monaten hat sie eine völlig neue Identität angenommen. Sie begann ihre Konten aufzulösen und zog schließlich aus ihrem Haus aus. Unter dem neuen Namen mietete sie eine Wohnung in Brighton, ohne dass sie je die Absicht gehabt hätte, dort einzuziehen. Es war nur eine Sackgasse, eine falsche Spur, für den Fall, das irgendjemand ihren neuen Namen herausbekäme. Dann packte sie ihre Siebensachen und ging nach Maine. In eine Kleinstadt an der Küste, ungefähr auf halbem Weg zur kanadischen Grenze. Dort hat sie die letzten zwei Monate gelebt.«

»Wie haben Sie das alles herausgefunden?«

»Ich habe mit dem Polizisten gesprochen, der ihr dabei geholfen hat.«

»Ein Polizist?«

»Ein Detective Ballard vom Revier Newton.«

»Dieser Deckname – den hat sie also nicht angenommen, weil sie auf der Flucht vor der Polizei war?«

»Nein. Sie können wahrscheinlich erraten, wovor sie davongelaufen ist. Es ist eine alte Geschichte.«

»Ein Mann?«

»Ein sehr reicher Mann unglücklicherweise. Dr. Charles Cassell.«

»Der Name sagt mir nichts.«

»Castle Pharmaceuticals. Er hat die Firma gegründet. Anna hat in seinem Unternehmen in der Forschungsabteilung gearbeitet. Sie hatten ein Verhältnis, aber nach drei Jahren versuchte sie sich von ihm zu trennen.«

»Und er wollte sie nicht gehen lassen.«

»Dr. Cassell ist allem Anschein nach ein Mann, den man nicht einfach so verlässt. Eines Abends erschien sie mit einem blauen Auge in der Notaufnahme eines Krankenhauses in Newton. Und dann wurde es so richtig schlimm. Er hat ihr nachgestellt. Ihr Morddrohungen geschickt. Eines

Tages fand sie gar einen toten Kanarienvogel in ihrem Briefkasten.«

»Mein Gott.«

»Tja, das ist wahre Liebe. Manchmal gibt es nur zwei Möglichkeiten, einen Mann loszuwerden, der einem wehtut – ihn erschießen oder sich verstecken. Vielleicht wäre sie heute noch am Leben, wenn sie sich für die erste entschieden hätte.«

»Er hat sie gefunden.«

»Wir müssen es nur noch beweisen.«

»Und können Sie das?«

»Wir haben Dr. Cassell noch nicht vernehmen können. Praktischerweise hat er Boston am Morgen nach dem Mord verlassen. Er war die ganze letzte Woche geschäftlich unterwegs und wird erst morgen zurückerwartet.« Rizzoli hob das Glas Orangensaft an die Lippen, und das Klirren der Eiswürfel zerrte an Mauras Nerven. Nachdem sie das Glas wieder abgesetzt hatte, schwieg Rizzoli einen Moment. Sie schien zu zögern – aber wieso? Maura hielt es fast nicht mehr aus.

»Es gibt noch etwas, was Sie über Anna Leoni wissen sollten«, sagte Rizzoli. Sie wies auf den Ordner auf dem Tisch. »Das habe ich Ihnen mitgebracht.«

Maura schlug den Ordner auf, und der Schock des Wiedererkennens ließ sie zusammenfahren. Es war eine Farbkopie eines Fotos im Brieftaschenformat. Ein junges Mädchen mit schwarzen Haaren und ernstem Blick stand zwischen einem älteren Paar; der Mann und die Frau hatten die Arme schützend um das Kind gelegt. Leise sagte sie: »Dieses Mädchen könnte ich sein.«

»Das hatte sie in ihrer Brieftasche. Wir glauben, dass das Mädchen Anna im Alter von etwa zehn Jahren ist, mit ihren Eltern, Ruth und William Leoni. Sie leben beide nicht mehr.«

»Das sind ihre Eltern?«

»Ja.«

»Aber … sie sind so alt.«

»Ja, das waren sie tatsächlich. Ruth, die Mutter, war zweiundsechzig, als dieses Foto gemacht wurde.« Rizzoli machte eine Pause. »Anna war ihr einziges Kind.«

Ein Einzelkind. Relativ alte Eltern. Ich weiß, worauf das hinausläuft, dachte Maura, und ich habe Angst vor dem, was sie mir gleich sagen wird. Das ist der wahre Grund, weshalb sie mich heute aufgesucht hat. Es geht nicht nur um Anna Leoni und ihren prügelnden Ex, es geht um etwas viel Schockierenderes.

Maura blickte zu Rizzoli auf. »Sie wurde adoptiert?«

Rizzoli nickte. »Als Anna geboren wurde, war Mrs. Leoni zweiundfünfzig Jahre alt.«

»Zu alt nach den Kriterien der meisten Agenturen.«

»Und deshalb waren sie wahrscheinlich gezwungen, eine private Adoption über einen Anwalt in die Wege zu leiten.«

Maura dachte an ihre eigenen Eltern, die beide tot waren. Auch sie waren schon älter gewesen, in den Vierzigern.

»Was wissen Sie über Ihre eigene Adoption, Doc?«

Maura holte tief Luft. »Nach dem Tod meines Vaters habe ich meine Adoptionspapiere gefunden. Es lief alles über einen Anwalt hier in Boston. Ich habe ihn vor ein paar Jahren angerufen, um herauszufinden, ob er mir vielleicht den Geburtsnamen meiner Mutter verraten würde.«

»Und, hat er?«

»Er sagte, meine Unterlagen seien versiegelt. Er weigerte sich, irgendwelche Informationen herauszugeben.«

»Und haben Sie die Sache weiter verfolgt?«

»Nein.«

»War der Name des Anwalts Terence Van Gates?«

Maura blieb stumm. Sie musste die Antwort auf die Frage nicht aussprechen; sie wusste, dass Rizzoli sie an ihrem betroffenen Blick ablesen konnte. »Woher wissen Sie das?«, fragte Maura.

»Zwei Tage vor ihrem Tod hat Anna sich ein Zimmer im Tremont Hotel hier in Boston genommen. Von diesem

Zimmer aus hat sie zwei Telefonate geführt. Das erste mit Detective Ballard, der zu der Zeit nicht in der Stadt war. Das zweite mit Van Gates' Kanzlei. Wir wissen nicht, warum sie ihn kontaktiert hat – bis jetzt hat er auf meine Anrufe nicht reagiert.«

Jetzt kommt die Enthüllung, dachte Maura. Der wahre Grund, weshalb sie heute Abend hier in meiner Küche ist.

»Wir wissen, dass Anna Leoni adoptiert wurde. Sie hat Ihre Blutgruppe und ist am selben Tag geboren wie Sie. Und kurz bevor sie starb, hat sie mit Van Gates telefoniert – mit dem Anwalt, der *Ihre* Adoption abgewickelt hat. Eine erstaunliche Ansammlung von Zufällen.«

»Seit wann wissen Sie das alles?«

»Seit ein paar Tagen.«

»Und Sie haben es mir nicht gesagt? Sie haben mir diese Informationen vorenthalten.«

»Ich wollte nicht, dass Sie sich grundlos aufregen.«

»Aber ich *rege* mich auf, weil Sie so lange gewartet haben!«

»Das ging nicht anders, denn es gab da etwas, was ich vorher noch klären musste.« Rizzoli atmete tief durch. »Heute Nachmittag habe ich mit Walter de Groot vom DNA-Labor gesprochen. Anfang der Woche hatte ich ihn gebeten, so schnell wie möglich den Test durchzuführen, den Sie verlangt hatten. Und heute Nachmittag hat er mir die Autoradiogramme gezeigt, die er entwickelt hat. Er hat zwei separate VNTR-Profile angefertigt. Eines von Anna Leoni, das andere von Ihnen.«

Maura saß stocksteif da und wartete nur noch auf den Schlag, der sie jeden Moment treffen musste.

»Sie stimmen überein«, sagte Rizzoli. »Die beiden genetischen Profile sind identisch.«

7

Die Küchenuhr tickte an der Wand. In den Gläsern auf dem Tisch schmolzen langsam die Eiswürfel. Die Zeit verstrich, doch Maura hatte das Gefühl, in diesem einen Augenblick gefangen zu sein, während Rizzolis Worte wie eine Endlosschleife in ihrem Kopf abliefen.

»Es tut mir Leid«, sagte Rizzoli. »Ich wusste nicht, wie ich es Ihnen sonst beibringen sollte. Aber ich dachte mir, Sie haben ein Recht, zu erfahren, dass Sie…«

Dass ich eine Schwester hatte. Von deren Existenz ich nichts wusste. Und die jetzt tot ist.

Rizzoli streckte die Hand aus und ergriff Mauras Hand. Das war sonst nicht ihre Art; Rizzoli war nicht die Frau, die spontan Trost spendete oder einen mal eben in den Arm nahm. Aber da saß sie nun, hielt Mauras Hand und beobachtete sie mit besorgter Miene, als fürchtete sie, dass sie jeden Moment zusammenbrechen könnte.

»Erzählen Sie mir von ihr«, sagte Maura leise. »Sagen Sie mir, was für eine Frau sie war.«

»Vielleicht sollten Sie sich an Detective Ballard wenden.«

»An wen?«

»Rick Ballard. Vom Revier Newton. Er wurde mit ihrem Fall betraut, nachdem Dr. Cassell sie verprügelt hatte. Ich glaube, er hat sie ziemlich gut kennen gelernt.«

»Was hat er Ihnen über sie erzählt?«

»Sie ist in Concord aufgewachsen und war kurz verheiratet, mit fünfundzwanzig, aber die Ehe hat nicht lange gehalten. Es kam zu einer einvernehmlichen Scheidung; Kinder gab es keine.«

»Und der Exmann ist nicht verdächtig?«

»Nein. Er hat danach wieder geheiratet und lebt heute in London.«

Eine geschiedene Frau, genau wie ich. Gibt es ein Gen, das gescheiterte Ehen vorprogrammiert?

»Und gearbeitet hat sie, wie schon gesagt, in Charles Cassells Unternehmen Castle Pharmaceuticals. Als Mikrobiologin in der Forschungsabteilung.«

»Eine Wissenschaftlerin.«

»Ja.«

Wieder eine Parallele zu mir, dachte Maura, während sie das Gesicht ihrer Schwester auf dem Foto betrachtete. Ich weiß also, dass sie Vernunft und Logik geschätzt hat, genau wie ich. Wissenschaftler lassen sich von ihrem Intellekt leiten. Sie finden Trost in Fakten. Wir beide hätten uns verstanden.

»Ich weiß, es ist ein bisschen viel auf einmal, was Sie da verarbeiten müssen«, sagte Rizzoli. »Ich versuche mich in Ihre Lage zu versetzen, aber ich kann es mir nicht wirklich vorstellen. Es ist, als ob man plötzlich ein Paralleluniversum entdeckt, in dem es eine andere Version von einem selbst gibt. Zu erfahren, dass sie all die Jahre hier gelebt hat, in derselben Stadt. Wären Sie …« Rizzoli brach ab.

Gibt es etwas Sinnloseres als Sätze, die mit »Wäre« und »Hätte« anfangen?

»Es tut mir Leid«, sagte Rizzoli.

Maura atmete tief durch und setzte sich kerzengerade auf, gab durch ihre Körpersprache zu verstehen, dass sie kein Händchenhalten nötig hatte. Dass sie sehr wohl in der Lage war, damit umzugehen. Sie klappte den Ordner zu und schob ihn Rizzoli hin. »Ich danke Ihnen, Jane.«

»Nein, behalten Sie ihn nur. Die Kopie ist für Sie.«

Sie standen beide auf. Rizzoli griff in ihre Tasche und legte eine Visitenkarte auf den Tisch. »Und das können Sie vielleicht auch brauchen. Er sagte, Sie könnten ihn gerne anrufen, falls Sie noch Fragen hätten.«

Maura las den Namen auf der Karte: RICHARD T. BALLARD, DETECTIVE. NEWTON POLICE DEPARTMENT.

»Er ist derjenige, mit dem Sie reden sollten«, sagte Rizzoli.

Sie gingen zusammen zur Tür. Immer noch hatte Maura ihre Emotionen unter Kontrolle, immer noch spielte sie die perfekte Gastgeberin. Sie blieb auf der Veranda stehen, um Rizzoli zum Abschied zuzuwinken, dann schloss sie die Tür und ging ins Wohnzimmer. Dort stand sie und horchte auf das Geräusch von Rizzolis Wagen, bis es verstummt war und die Stille in ihre ruhige Wohnstraße zurückgekehrt war. Allein, dachte sie. Wieder einmal bin ich ganz allein.

Sie ging zum Bücherregal und nahm ein altes Fotoalbum heraus. Es war Jahre her, seit sie zuletzt darin geblättert hatte; das war nach dem Tod ihres Vaters gewesen, als sie ein paar Wochen nach der Beerdigung sein Haus ausgeräumt hatte. Sie hatte das Album auf dem Nachttisch gefunden, und sie hatte sich vorgestellt, wie er in der letzten Nacht seines Lebens allein in diesem großen Haus im Bett gesessen und die Fotos seiner jungen Familie betrachtet hatte. Das Letzte, was er gesehen hatte, ehe er das Licht ausgemacht hatte, waren diese Bilder von glücklichen Gesichtern gewesen.

Sie schlug das Album auf und blickte in diese Gesichter. Das Papier der Seiten war brüchig; einige der Fotos waren schon vierzig Jahre alt. Lange verweilte sie bei dem ersten Bild ihrer Mutter. Sie blickte strahlend in die Kamera, im Arm einen schwarzhaarigen Säugling. Im Hintergrund war das Haus zu sehen, an das Maura sich nicht mehr erinnerte, ein Haus mit viktorianischer Fassade und Erkerfenstern. Unter das Foto hatte Ginny, ihre Mutter, in ihrer typischen exakten Handschrift geschrieben: *Willkommen zu Hause, Maura!*

Keine Bilder aus dem Krankenhaus, keine von ihrer schwangeren Mutter. Und dann unvermittelt dieses gestochen scharfe Foto von Ginny, lächelnd im Sonnenschein, ihr Instant-Baby im Arm. Sie dachte an ein anderes dunkelhaariges Baby, im Arm gehalten von einer anderen Mutter. Vielleicht hatte just an diesem Tag in einer anderen Stadt ein anderer Vater ein Foto von seiner neuen Tochter geschossen. Einem Mädchen namens Anna.

Maura blätterte weiter. Sah sich vom kleinen Mädchen, das seine ersten wackligen Schritte machte, zum Kindergartenkind heranwachsen. Hier war sie auf ihrem nagelneuen Fahrrad zu sehen, gehalten von der Hand ihres Vaters. Dort bei ihrem ersten Klaviervortrag, das dunkle Haar mit einer grünen Schleife zusammengebunden, die Hände über den Tasten schwebend.

Sie schlug die letzte Seite auf. Weihnachten. Maura, sieben Jahre alt, stand da, umrahmt von Mutter und Vater, ihre Arme liebevoll ineinander verschlungen. Hinter ihnen der geschmückte Baum, glitzernd vor Lametta. Alle lächelten. Ein wunderbarer Augenblick, dachte Maura. Aber solche Augenblicke sind vergänglich; sie kommen und gehen, und wir können sie nicht zurückholen; wir können nur immer wieder neue schaffen.

Sie war am Ende des Albums angelangt. Es gab natürlich noch weitere, noch mindestens vier Bände, in denen Mauras Geschichte dokumentiert war; jedes Ereignis von ihren Eltern festgehalten und katalogisiert. Aber dies war das Album, das ihr Vater sich mit ans Bett genommen hatte, mit den Fotos seiner Tochter als Baby, mit ihm und Ginny als vitalen, vor Energie strotzenden Eltern; damals, als sich noch kein Grau in ihre Haare eingeschlichen hatte. Bevor das Leid in ihr Leben getreten war, bevor der Tod Ginny hinweggerafft hatte.

Sie blickte auf die Gesichter ihrer Eltern und dachte: Wie glücklich kann ich mich schätzen, dass ihr euch für mich entschieden habt. Ihr fehlt mir. Ihr fehlt mir beide so sehr. Sie schlug das Album zu und starrte durch einen Schleier von Tränen auf den Ledereinband.

Wenn ihr doch nur hier sein könntet. Wenn ihr mir nur sagen könntet, wer ich wirklich bin.

Maura ging in die Küche und nahm die Visitenkarte vom Tisch, die Rizzoli dort hingelegt hat. Vorne war Rick Ballards Dienstnummer im Revier Newton abgedruckt. Sie drehte die Karte um und sah, dass er auch seine Privatnummer aufgeschrieben hatte, dazu die Worte: »Rufen Sie mich jederzeit an. Tag oder Nacht. – R. B.«

Sie ging zum Telefon und wählte seine Privatnummer. Beim dritten Läuten meldete sich ein Mann: »Ballard.« Nur der Nachname, gesprochen mit fester, klarer Stimme. Das ist ein Mann, der ohne Umschweife zur Sache kommt, dachte sie. Er wird nicht gerade begeistert sein über den Anruf einer Frau, die kurz vor dem Nervenzusammenbruch steht. Im Hintergrund konnte sie eine Fernsehreklame hören. Er war zu Hause, genoss einen entspannten Feierabend; da konnte er eine solche Störung mit Sicherheit nicht gebrauchen.

»Hallo?«, sagte er, nun schon mit einem Anflug von Ungeduld.

Sie räusperte sich. »Entschuldigen Sie bitte, dass ich Sie zu Hause anrufe. Detective Rizzoli hat mir Ihre Karte gegeben. Mein Name ist Maura Isles, und ich …« *Und was? Ich will, dass Sie mir helfen, diese Nacht durchzustehen?*

»Ich habe Ihren Anruf schon erwartet, Dr. Isles«, sagte er.

»Ich weiß, ich hätte bis morgen früh warten sollen, aber …«

»Nicht doch. Sie müssen eine Menge Fragen haben.«

»Diese Sache geht mir wirklich an die Nieren. Ich habe nie gewusst, dass ich eine Schwester habe. Und auf einmal …«

»Ist für Sie nichts mehr wie vorher. Nicht wahr?« Die Stimme, die noch vor wenigen Sekunden so schroff geklungen hatte, war jetzt so ruhig, so verständnisvoll, dass ihr unvermittelt die Tränen in die Augen stiegen.

»Ja«, flüsterte sie.

»Wir sollten uns wohl besser treffen. Bei mir ginge es nächste Woche jeden Tag. Oder wenn es Ihnen lieber wäre, dass wir uns abends treffen …«

»Hätten Sie heute Abend Zeit für mich?«

»Meine Tochter ist hier. Ich kann im Moment nicht weg.«

Natürlich, er hat schließlich Familie, dachte sie. Sie

lachte verlegen. »Tut mir Leid. Ich habe nicht nachgedacht…«

»Also, warum kommen Sie nicht einfach zu mir?«

Sie schwieg einen Moment; das Blut pochte in ihren Schläfen. »Wo wohnen Sie?«, fragte sie.

Er wohnte in Newton, einem ruhigen Vorort im Westen von Boston, keine vier Meilen von Brookline entfernt. Sein Haus sah aus wie alle anderen in dieser Straße, unauffällig, aber gepflegt; ein schlichter, kastenförmiger Bau in einer Straße, in der kein Haus besonders hevorstach. Als sie auf der Veranda stand, konnte sie durch das Fenster das bläuliche Schimmern des Fernsehers sehen, und sie hörte das monotone Stampfen von Popmusik. MTV – dass ein Cop sich ausgerechnet diesen Sender anschaute, hätte sie nicht erwartet.

Sie läutete. Die Tür ging auf, und sie erblickte ein junges Mädchen mit blondem Haar, das zerrissene Jeans und ein nabelfreies T-Shirt trug. Ein provozierendes Outfit für ein Mädchen, das kaum älter als vierzehn sein konnte, nach den schmalen Hüften und den kaum entwickelten Brüsten zu schließen. Das Mädchen sagte kein Wort, starrte Maura nur trotzig an, als müsse sie die Schwelle des Hauses vor diesem ungebetenen Eindringling schützen.

»Hallo«, sagte Maura. »Ich bin Maura Isles, und ich möchte zu Detective Ballard.«

»Erwartet mein Dad Sie?«

»Ja.«

Eine Männerstimme rief: »Katie, das ist für mich.«

»Ich dachte, es wäre Mom. Sie sollte längst hier sein.«

Ballard erschien an der Tür. Er überragte seine Tochter um einige Handbreit. Maura fiel es schwer zu glauben, dass dieser Mann, mit seinem konservativen Haarschnitt und dem gebügelten Oxford-Hemd, der Vater eines pubertierenden Pop-Nymphchens sein sollte. Er begrüßte sie mit einem kräftigen Handschlag. »Rick Ballard. Kommen Sie doch rein, Dr. Isles.«

Als Maura ins Haus trat, schlappte das Mädchen zurück ins Wohnzimmer, um sich wieder vor den Fernseher zu fläzen.

»Katie, du könntest unseren Gast wenigstens begrüßen.«

»Ich verpass doch sonst die Sendung.«

»Es ist ja wohl nicht zu viel verlangt, sich einen Moment Zeit für eine höfliche Begrüßung zu nehmen, oder?«

Katie seufzte vernehmlich und nickte Maura widerwillig zu. »Hi«, sagte sie und wandte sich wieder dem Fernsehbildschirm zu.

Ballard fixierte seine Tochter einen Moment lang, als überlegte er, ob es die Mühe lohnte, auf bessere Manieren zu pochen. »Stell wenigstens den Ton leiser«, sagte er schließlich. »Dr. Isles und ich müssen etwas besprechen.«

Das Mädchen schnappte sich die Fernbedienung und richtete sie wie eine Waffe auf den Fernseher. Die Lautstärke veränderte sich nur minimal.

»Möchten Sie vielleicht einen Kaffee? Oder Tee?«, fragte Ballard Maura schließlich.

»Nein, danke.«

Er nickte verständnisvoll. »Sie möchten nur mehr über Anna erfahren.«

»Ja.«

»Ich habe eine Kopie ihrer Akte in meinem Arbeitszimmer.«

Falls das Büro auf den Charakter des Besitzers schließen ließ, dann war Rick Ballard ebenso solide und zuverlässig wie der Eichenholzschreibtisch, der das Zimmer beherrschte. Ballard zog es vor, sich nicht hinter dem Schreibtisch zu verschanzen; stattdessen bot er ihr ein Sofa an und nahm selbst in einem Sessel gegenüber davon Platz. Nichts stand zwischen ihnen außer einem niedrigen Beistelltisch, auf dem nur ein Aktenordner lag. Selbst durch die geschlossene Tür konnten sie das manische Gewummer des Fernsehers hören.

»Ich muss mich für die Unhöflichkeit meiner Tochter

entschuldigen«, sagte er. »Katie macht gerade eine schwierige Zeit durch, und ich weiß schon gar nicht mehr, wie ich sie noch in den Griff kriegen soll. Mit Schwerverbrechern werde ich locker fertig, aber mit einem vierzehnjährigen Mädchen?« Er lachte bitter.

»Ich hoffe, ich mache mit meinem Besuch nicht alles noch schlimmer.«

»Das hat gar nichts mit Ihnen zu tun, glauben Sie mir. Unsere Familie steckt zurzeit in einer schwierigen Übergangsphase. Meine Frau und ich haben uns letztes Jahr getrennt, und Katie weigert sich, diese Tatsache zu akzeptieren. Das führt zu allerhand Streitereien und Spannungen.«

»Tut mir Leid, das zu hören.«

»Eine Scheidung ist nie sehr erfreulich.«

»Meine war es jedenfalls nicht.«

»Aber Sie sind darüber hinweggekommen.«

Sie dachte an Victor, der vor gar nicht allzu langer Zeit wieder in ihr Leben geplatzt war. Dachte daran, wie er sie für eine kurze Weile dazu verleitet hatte, mit dem Gedanken an eine Versöhnung zu spielen. »Ich bin mir nicht sicher, ob man je ganz darüber hinwegkommt«, sagte sie. »Wenn Sie einmal mit einem Menschen verheiratet waren, ist er für immer ein Teil Ihres Lebens, im Guten wie im Schlechten. Der Schlüssel liegt darin, sich nur an die guten Seiten zu erinnern.«

»Das ist manchmal nicht so leicht.«

Sie schwiegen eine Weile. Das einzige Geräusch war der nervtötende Rhythmus trotziger Teenie-Musik aus dem Fernseher. Schließlich richtete er sich im Sessel auf, straffte die breiten Schultern und sah sie an. Es war ein Blick, dem sie schwerlich ausweichen konnte; ein Blick, der ihr signalisierte, dass sie seine ungeteilte Aufmerksamkeit besaß.

»Also. Sie sind gekommen, um etwas über Anna zu erfahren.«

»Ja. Detective Rizzoli sagte mir, dass Sie sie gekannt haben. Dass Sie versucht haben, sie zu schützen.«

»Den Job habe ich mehr schlecht als recht erledigt«, sagte er leise. Sie sah den gequälten Ausdruck in seinen Augen, ehe er den Blick auf den Ordner auf dem Couchtisch senkte. Er griff nach der Akte und reichte sie ihr. »Es ist kein sehr schöner Anblick. Aber Sie haben ein Recht, es zu sehen.«

Sie schlug den Ordner auf und starrte auf ein Foto von Anna Leoni, aufgenommen vor einer kahlen weißen Wand. Sie trug einen Krankenhauskittel aus Papier. Ein Auge war fast ganz zugeschwollen, und auf der Wange war ein lilafarbener Bluterguss zu sehen. Ihr unversehrtes Auge blickte geschockt in die Kamera.

»So hat sie ausgesehen, als ich ihr das erste Mal begegnet bin«, sagte er. »Dieses Foto wurde letztes Jahr in der Notaufnahme gemacht, nachdem der Mann, mit dem sie zusammenlebte, sie geschlagen hatte. Sie war gerade aus seiner Villa in Marblehead ausgezogen und hatte hier in Newton ein Haus gemietet. Eines Abends stand er vor ihrer Tür und wollte sie dazu überreden, zu ihm zurückzukehren. Sie sagte ihm, er solle verschwinden. Tja, man schreibt einem Charles Cassell nun mal nicht vor, was er zu tun und zu lassen hat. Und das war die Folge.«

Maura hörte den Zorn in seiner Stimme, und als sie aufblickte, sah sie, dass er die Lippen zusammenpresste. »Wie ich höre, hat sie ihn verklagt.«

»O ja, das hat sie. Ich habe ihr dabei von Anfang an mit Rat und Tat zur Seite gestanden. Ein Mann, der eine Frau schlägt, versteht nur eine einzige Sprache: Strafe. Ich wollte verdammt noch mal sichergehen, dass er die Konsequenzen seines Handelns zu spüren kriegt. Ich habe ständig mit häuslicher Gewalt zu tun, und es macht mich immer wieder aufs Neue wütend. Es ist, als ob in mir drin ein Schalter umgelegt wird – dann will ich nur noch eins: den Kerl einbuchten. Und das habe ich auch mit Charles Cassell versucht.«

»Und was ist daraus geworden?«

Ballard schüttelte angewidert den Kopf. »Eine einzige lächerliche Nacht hat er hinter Gittern verbracht. Wenn man

Geld hat, kann man sich von fast allem freikaufen. Ich hatte gehofft, damit wäre die Sache erledigt, und er würde sie in Zukunft in Ruhe lassen. Aber das ist ein Mann, der es nicht gewohnt ist zu verlieren. Er hat nicht aufgehört, sie anzurufen und an ihrer Haustür zu klingeln. Zweimal ist sie umgezogen, aber er hat sie jedes Mal wieder gefunden. Schließlich hat sie eine einstweilige Verfügung erwirkt, die ihm den Kontakt mit ihr untersagte, aber das hat ihn nicht daran gehindert, an ihrem Haus vorbeizufahren. Und dann, vor ungefähr sechs Monaten, wurde aus dem bösen Spiel tödlicher Ernst.«

»Wie?«

Er deutete mit dem Kopf auf die Akte. »Es ist alles da drin. Dieser Zettel hat eines Morgens an ihrer Haustür gesteckt.«

Maura blätterte um und erblickte ein fotokopiertes Blatt. Es waren nur drei gedruckte Worte, genau in die Mitte eines ansonsten leeren Bogens gesetzt.

Du bist tot.

Maura spürte die kalte Hand der Angst in ihrem Nacken. Sie stellte sich vor, wie sie eines Morgens aufwachte, ihre Haustür aufmachte und dieses weiße Blatt zu Boden flattern sah. Wie sie es aufhob, auseinander faltete und diese drei Worte las.

»Das war nur die erste Botschaft«, sagte er. »Danach kamen noch mehr.«

Sie blätterte weiter. Auf der nächsten Seite standen die gleichen Worte:

Du bist tot.

Ebenso auf dem dritten, dem vierten Blatt.

Du bist tot.

Du bist tot.

Ihre Kehle war plötzlich wie ausgedörrt. Sie sah Ballard an. »Konnten Sie denn nichts tun, um ihn daran zu hindern?«

»Wir haben es versucht, aber wir konnten nie wirklich beweisen, dass er diese Botschaften geschrieben hat. Ebenso wenig, wie wir beweisen konnten, dass er ihren Wagen zerkratzt oder die Fliegengitter an ihren Fenstern zerschnitten hat. Und dann öffnete sie eines Tages ihren Briefkasten – und fand einen toten Kanarienvogel. Sein Genick war gebrochen. Da wollte sie nur noch eins: so schnell wie möglich aus Boston verschwinden.«

»Und Sie haben ihr dabei geholfen.«

»Ich habe ihr immer geholfen. Ich war derjenige, den sie anrief, wenn Cassell sie wieder einmal terrorisiert hatte. Ich habe ihr geholfen, die einstweilige Verfügung zu erwirken. Und als sie dann beschloss, die Stadt zu verlassen, habe ich ihr auch dabei geholfen. Es ist gar nicht so leicht, einfach zu verschwinden, zumal, wenn jemand mit den Mitteln und Möglichkeiten eines Charles Cassell hinter einem her ist. Sie hat nicht nur ihren Namen geändert, sie hat unter diesem Pseudonym sogar einen Scheinwohnsitz bezogen. Sie hat eine Wohnung gemietet, ist aber nie dort eingezogen – das diente nur dazu, eventuelle Verfolger auf eine falsche Fährte zu locken. Es funktioniert nur, indem man ganz woanders hingeht und an diesem neuen Ort immer nur bar bezahlt. Man muss alles und jeden zurücklassen. So sollte es funktionieren.«

»Aber er hat sie trotzdem gefunden.«

»Ich glaube, das war der Grund, weshalb sie nach Boston zurückgegangen ist. Sie wusste, dass sie dort oben im Norden nicht mehr sicher war. Sie wissen doch, dass sie mich angerufen hat? Am Abend vor der Tat.«

Maura nickte. »Das hat Rizzoli erwähnt.«

»Sie hinterließ eine Nachricht auf meinem Anrufbeantworter, um mir zu sagen, dass sie im Tremont Hotel abgestiegen sei. Ich war zu der Zeit in Denver, zu Besuch bei meiner Schwester, und deshalb habe ich die Nachricht erst gehört, als ich wieder nach Hause kam. Aber da war Anna schon tot.« Er fing Mauras Blick auf. »Cassell wird natürlich alles leugnen. Aber wenn es ihm gelungen ist, sie in Fox Harbor aufzuspüren, dann muss es dort irgendjemanden geben, der ihn gesehen hat. Das wird mein nächster Schritt sein: Ich will beweisen, dass er dort war. Ich will herausfinden, ob sich irgendjemand da oben an ihn erinnert.«

»Aber sie wurde nicht in Maine getötet. Sie wurde vor *meinem* Haus getötet.«

Ballard schüttelte den Kopf. »Ich weiß nicht, wo Sie hier ins Spiel kommen, Dr. Isles. Aber ich glaube nicht, dass Annas Tod irgendetwas mit Ihnen zu tun hatte.«

Sie hörten die Türglocke läuten. Er machte keine Anstalten, aufzustehen und hinzugehen, sondern blieb in seinem Sessel sitzen, den Blick unverwandt auf Maura gerichtet. Es war ein so eindringlicher Blick, dass sie ihm nicht ausweichen konnte; sie konnte ihn nur erwidern, und sie dachte dabei: Ich *will* ihm glauben. Weil ich den Gedanken nicht ertragen kann, dass ich in irgendeiner Weise an ihrem Tod schuld sein könnte.

»Ich will Cassell hinter Gitter bringen«, sagte er. »Und ich werde alles tun, was in meiner Macht steht, um Rizzoli dabei zu helfen. Ich habe die ganze Geschichte von Anfang an verfolgt, und ich wusste vom ersten Moment an, wie es enden würde. Und dennoch konnte ich es nicht verhindern. Ich bin es ihr schuldig«, sagte er. »Ich bin es Anna schuldig, die Sache zu Ende zu bringen.«

Wütende Stimmen zogen plötzlich ihre Aufmerksamkeit auf sich. Der Fernseher im Nebenraum war verstummt, doch nun lieferte Katie sich einen heftigen Wortwechsel mit einer Frau. Ballard blickte zur Tür, als die Stimmen sich zu überschlagen begannen.

»Verdammt noch mal, was hast du dir bloß dabei gedacht?«, schrie die Frau.

Ballard stand auf. »Entschuldigen Sie mich bitte, ich sollte wohl mal nachschauen, was es mit diesem Theater auf sich hat.« Er ging hinaus, und Maura hörte ihn sagen: »Carmen, was ist denn los?«

»Das solltest du deine Tochter fragen«, antwortete die Frau.

»Ach, hör doch auf, Mom. Hör doch *bitte* auf.«

»Sag deinem Vater, was heute passiert ist. Los, sag ihm, was sie in deinem Schließfach gefunden haben.«

»Das ist doch voll unwichtig.«

»*Sag's* ihm, Katie.«

»Du überreagierst total.«

»Der Direktor hat mich heute Nachmittag angerufen. Sie haben in der Schule stichprobenartig die Schließfächer überprüft, und nun rate mal, was sie bei unserer Tochter gefunden haben? – Einen Joint. Was meinst du, was das für einen Eindruck macht? Beide Eltern im Polizeidienst, und sie hat Drogen in ihrem Schulschließfach. Wir können von Glück sagen, dass er die Sache uns überlassen hat. Was, wenn er sie angezeigt hätte? Ich habe mir schon ausgemalt, wie ich meine eigene Tochter verhaften muss.«

»Oh, verdammt.«

»Wir müssen das gemeinsam regeln, Rick. Wir müssen uns darüber einig sein, wie wir damit umgehen.«

Maura stand vom Sofa auf und ging zur Tür; sie wusste nicht recht, wie sie sich aus der Affäre ziehen sollte, ohne allzu unhöflich zu sein. Sie wollte sich nicht in die Privatangelegenheiten dieser Familie einmischen, aber sie war nun einmal hier und musste zwangsläufig ein Gespräch mit anhören, das sicher nicht für ihre Ohren bestimmt war. Ich sollte ganz einfach auf Wiedersehen sagen und gehen, dachte sie. Und diese geplagten Eltern ihrem Schicksal überlassen.

Sie trat auf den Flur hinaus und blieb stehen, als sie sich der offenen Wohnzimmertür näherte. Katies Mutter blickte erschrocken auf, als sie die unerwartete Besucherin erblickte. Wenn die Mutter einen Schluss darauf zuließ, wie Katie eines Tages aussehen würde, dann würde aus diesem mürrischen Teenager einmal eine stattliche Blondine werden. Die Frau war fast so groß wie Ballard und hatte den schlanken, feingliedrigen Körperbau einer Athletin. Die Haare hatte sie locker zu einem Pferdeschwanz gebunden, und sie trug kein bisschen Make-up; allerdings hatte eine Frau mit so umwerfenden Wangenknochen auch keine künstliche Verschönerung nötig.

»Entschuldigen Sie die Störung«, sagte Maura.

Ballard drehte sich zu ihr um und lachte müde auf. »Ich fürchte, Sie bekommen nicht gerade den besten Eindruck von uns. Das ist Katies Mutter, Carmen. Carmen, das ist Dr. Maura Isles.«

»Ich werde jetzt gehen«, sagte Maura.

»Aber wir haben doch noch kaum reden können.«

»Ich rufe Sie irgendwann später an. Mir ist klar, dass Sie jetzt andere Probleme haben.«

»Ich begleite Sie noch zur Tür«, sagte Ballard.

Sie gingen zusammen hinaus, und er seufzte auf, anscheinend erleichtert, seiner anstrengenden Familie für einen Moment entkommen zu sein.

»Tut mir Leid, dass ich in diese Situation hineingeplatzt bin«, sagte sie.

»Mir tut's Leid, dass Sie sich das anhören mussten.«

»Ist Ihnen schon aufgefallen, dass wir uns ständig beieinander entschuldigen?«

»Sie müssen sich für gar nichts entschuldigen, Maura.«

Sie waren an ihrem Wagen angelangt und blieben eine Weile schweigend stehen.

»Ich bin nicht dazu gekommen, Ihnen allzu viel über Ihre Schwester zu erzählen«, sagte er.

»Vielleicht bei unserem nächsten Treffen?«

Er nickte. »Das nächste Mal.«

Sie stieg ein und schlug die Tür zu. Dann drehte sie die Scheibe herunter, als sie sah, dass er sich zu ihr herabbeugte, um ihr etwas zu sagen.

»Eines sollen Sie aber noch über sie wissen«, sagte er.

»Ja?«

»Sie gleichen Anna so sehr, dass mir schier die Luft wegbleibt.«

Sie musste immerzu an diese Worte denken, als sie wieder in ihrem Wohnzimmer saß und das Foto der jungen Anna Leoni und ihrer Eltern betrachtete. All die Jahre, dachte sie, hast du in meinem Leben gefehlt, und ich hab nie etwas davon gewusst. Und doch muss ich etwas geahnt haben; irgendwie muss ich die Abwesenheit meiner Schwester gefühlt haben.

Sie gleichen Anna so sehr, dass mir schier die Luft wegbleibt.

Ja, dachte sie und berührte Annas Gesicht auf dem Foto. Sie und Anna hatten die gleiche DNA gehabt; was hatte sie sonst noch verbunden? Anna hatte eine wissenschaftliche Laufbahn eingeschlagen, hatte einen Beruf gewählt, in dem Vernunft und Logik den Ton angaben. Auch sie musste in Mathematik sehr gut gewesen sein. Hatte sie auch wie Maura Klavier gespielt? Hatte sie Bücher geliebt, australische Weine und Geschichtssendungen im Fernsehen?

Ich will noch so viel mehr über dich wissen.

Es war schon spät; sie schaltete das Licht aus und ging in ihr Schlafzimmer, um zu packen.

8

Stockfinstere Nacht. Dröhnende Kopfschmerzen. Der Geruch von Holz und feuchter Erde und… von etwas anderem, das keinen Sinn ergab. Schokolade. Sie roch Schokolade.

Mattie Purvis riss die Augen weit auf, doch sie hätte sie ebenso gut geschlossen lassen können, denn sie konnte nichts sehen. Nicht den kleinsten Lichtschimmer, nicht die leiseste Andeutung von Konturen in der Dunkelheit. *O Gott, bin ich etwa blind?*

Wo bin ich?

Sie war nicht in ihrem Bett. Sie lag auf etwas Hartem, das ihr im Rücken wehtat. Der Boden? Nein, das war kein glattes Parkett unter ihr, es waren ungehobelte Bretter, bedeckt mit grobkörnigem Sand.

Wenn doch bloß das Hämmern in ihrem Kopf aufhören würde!

Sie schloss die Augen und kämpfte gegen die aufsteigende Übelkeit an. Versuchte, die Schmerzen zu ignorieren und sich zu erinnern, wie sie an diesen fremden, dunklen Ort gelangt sein konnte, wo ihr nichts vertraut vorkam. Dwayne, dachte sie. Wir haben gestritten, und dann bin ich nach Hause gefahren. Angestrengt versuchte sie, die verlorenen Minuten zu rekonstruieren. Sie erinnerte sich an den Stapel Post auf dem Küchentisch. Sie erinnerte sich, wie sie geweint hatte, wie ihre Tränen auf die Kuverts getropft waren. Sie erinnerte sich, wie sie aufgesprungen war und wie der Stuhl umgekippt war.

Ich habe ein Geräusch gehört. Ich bin in die Garage gegangen. Ich habe ein Geräusch gehört, bin in die Garage gegangen und…

Nichts. Danach konnte sie sich an nichts mehr erinnern.

Sie schlug die Augen auf. Es war immer noch dunkel.

Oh, das ist schlimm, Mattie, dachte sie; das ist sehr, sehr schlimm. Dein Kopf tut weh, du hast dein Gedächtnis verloren, und du bist blind.

»Dwayne?«, rief sie. Sie hörte nichts als das Rauschen ihres eigenen Pulses.

Sie musste aufstehen. Sie musste Hilfe holen, musste wenigstens ein Telefon finden.

Sie wälzte sich auf die rechte Seite, um sich aufzurichten, und krachte mit dem Gesicht gegen eine Wand. Die Wucht des Aufpralls warf sie gleich wieder auf den Rücken. Benommen lag sie da, ihre Nase pochte schmerzhaft. Was hatte denn eine Wand hier zu suchen? Sie streckte die Hand aus und fühlte noch mehr raue Bretter. Okay, dachte sie, dann drehe ich mich halt in die andere Richtung. Sie wälzte sich nach links.

Und stieß wieder gegen eine Wand.

Ihr Herz hämmerte lauter, schneller. Wieder lag sie auf dem Rücken, dachte: Wände auf beiden Seiten. Das kann nicht sein. Das ist doch nicht wahr. Sie stemmte sich mit beiden Armen hoch, setzte sich auf – und stieß oben mit dem Kopf an. Fiel erneut kraftlos auf den Rücken.

Nein, nein, nein!

Panik ergriff sie. Wild ruderte sie mit den Armen, stieß überall gegen Hindernisse. Sie krallte sich an das Holz, Splitter bohrten sich in ihre Finger. Sie hörte Schreie, doch sie erkannte ihre eigene Stimme nicht. Überall Wände. Sie bäumte sich auf, schlug um sich, hämmerte blind mit den Fäusten drauflos, bis ihre Hände zerkratzt und zerschrammt waren und sie sich vor Erschöpfung nicht mehr rühren konnte. Die Schreie gingen allmählich in Schluchzer über. Und dann in geschocktes Schweigen.

Eine Kiste. Ich bin in einer Kiste gefangen.

Sie atmete tief durch, und der Geruch ihres eigenen Schweißes, ihrer eigenen Angst, stieg ihr in die Nase. Sie spürte, wie das Baby in ihrem Bauch zappelte; noch ein kleiner Gefangener, eingesperrt in einem engen Verlies. Sie dachte an die russischen Puppen, die ihre Großmutter ihr einmal geschenkt hatte. Eine Puppe in einer Puppe in einer Puppe.

Wir werden hier sterben. Wir werden beide sterben, mein Baby und ich.

Sie schloss die Augen und kämpfte gegen eine neue Panikwelle an. *Schluss jetzt. Schluss damit, und zwar sofort. Denk nach, Mattie.*

Sie streckte eine zitternde Hand nach rechts aus, ertastete eine Wand. Streckte die andere Hand nach links aus, ertastete die zweite Wand. Wie weit waren sie auseinander? Allenfalls einen Meter. Und wie lang war die Kiste? Sie griff hinter ihren Kopf und stellte fest, dass da noch etwa dreißig Zentimeter Luft waren. In der Richtung sieht's nicht ganz so schlimm aus. Da ist noch ein bisschen Platz. Ihre Finger streiften etwas Weiches, unmittelbar neben ihrem Kopf. Sie zog es näher und stellte fest, dass es eine Decke war. Als sie sie aufrollte, fiel etwas Schweres heraus und rollte über die Bohlen. Ein kalter Metallzylinder. Wieder pochte ihr Herz wie wild, aber diesmal war es nicht Panik, sondern Hoffnung, die sich in ihr regte.

Eine Taschenlampe.

Sie fand den Schalter und drückte darauf. Stieß einen erleichterten Seufzer aus, als ein Lichtstrahl die Finsternis durchschnitt. *Ich kann sehen, ich kann sehen!* Der Strahl glitt über die Wände ihres Gefängnisses. Mattie richtete ihn auf die Decke. Sie war so niedrig, dass sie sich gerade eben aufsetzen konnte, und das auch nur, wenn sie den Kopf einzog.

Mit ihrem dicken Bauch war sie schwerfällig und unbeholfen, und sie musste sich mühsam drehen und winden, bis sie sich endlich in eine sitzende Position manövriert hatte. Jetzt erst konnte sie sehen, was sich zu ihren Füßen befand: ein Plastikeimer und eine Bettpfanne. Zwei große Krüge voll Wasser. Eine Einkaufstüte. Sie rutschte näher an die Tüte heran und schaute hinein. Deswegen habe ich also Schokolade gerochen. Die Tüte war gefüllt mit Schokoriegeln, abgepacktem getrocknetem Rindfleisch und Salzkräckern. Und Batterien – drei Packungen Batterien zum Wechseln.

Sie ließ sich gegen die Wand sinken. Hörte sich plötzlich lachen. Ein irres, erschreckendes Lachen, das gar nicht von ihr zu kommen schien. Das Lachen einer Wahnsinnigen. *Na, das ist ja super. Ich habe alles, was ich zum Überleben brauche, außer…*

Luft.

Ihr Lachen erstarb. Sie saß reglos da und lauschte auf das Geräusch ihres eigenen Atems. Sauerstoff rein, Kohlendioxid raus. Reinigende Atemzüge. Aber irgendwann ist der Sauerstoff aufgebraucht. Die Menge, die so eine Kiste enthalten kann, ist begrenzt. War die Luft nicht schon ein bisschen abgestanden? Und dann ihr Panikanfall von vorhin – sie hatte wild um sich geschlagen, geschrien. Wahrscheinlich hatte sie den größten Teil des Sauerstoffs schon verbraucht.

Da spürte sie plötzlich den leisen, kühlen Luftzug in ihren Haaren. Sie schaute nach oben. Richtete den Strahl der Taschenlampe auf einen Punkt direkt über ihrem Kopf und sah den runden Gitterrost. Er maß nur wenige Zentimeter im Durchmesser, aber er war groß genug, um ihr von oben Frischluft zuzuführen. Verwirrt starrte sie den Rost an. Ich bin in einer Kiste gefangen, dachte sie. Ich habe zu essen, zu trinken, und ich habe Luft.

Wer auch immer sie hier eingesperrt hatte, wollte sie am Leben halten.

9

Rick Ballard hatte ihr gesagt, dass Dr. Charles Cassell wohlhabend sei, aber *das* hatte Jane Rizzoli nun nicht erwartet. Das Marblehead-Anwesen war von einer hohen Backsteinmauer umschlossen, und durch die Gitterstäbe des schmiedeeisernen Tors konnten sie und Frost das Haus sehen, einen riesigen weißen Bau im Stil des amerikanischen Klassizismus, umgeben von schätzungsweise einem knappen Hektar smaragdgrünem Rasen. Im Hintergrund glitzerte das Wasser der Massachusetts Bay.

»Wow«, meinte Frost. »Das kommt alles vom Pharmahandel?«

»Er hat mit einem einzigen Schlankheitsmittel angefangen«, sagte Rizzoli. »Innerhalb von zwanzig Jahren hat er daraus *das* da aufgebaut. Ballard sagt, er ist kein Typ, mit dem man sich gerne anlegt.« Sie sah Frost an. »Und wenn man eine Frau ist, sollte man sich hüten, ihn zu verlassen.«

Sie drehte ihr Fenster herunter und drückte auf den Knopf der Sprechanlage.

Es knackte im Lautsprecher, und eine Männerstimme meldete sich: »Name, bitte.«

»Detective Rizzoli und Detective Frost, Boston PD. Wir möchten zu Dr. Cassell.«

Das Tor öffnete sich mit leisem Quietschen, und sie fuhren hindurch. Der gewundene Zufahrtsweg endete vor einem imposanten Säulenportal. Rizzoli parkte hinter einem feuerwehrroten Ferrari – so nahe würde ihr alter Subaru wohl nie wieder an einen Vertreter der automobilen High Society herankommen. Die Haustür wurde geöffnet, noch ehe sie anklopfen konnten, und sie erblickten einen stämmigen Mann, dessen Blick weder freundlich noch unfreundlich war. Er trug ein Polohemd und eine hellbraune Freizeithose, doch die Art, wie er die beiden beäugte, strafte den lässigen Auftritt Lügen.

»Ich bin Paul, Dr. Cassells Sekretär«, sagte er.

»Detective Rizzoli.« Sie streckte die Hand aus, doch er würdigte sie keines Blickes.

Paul führte sie ins Haus, dessen Inneneinrichtung Rizzolis Erwartungen ganz und gar nicht entsprach. Im Gegensatz zu der Fassade im traditionellen Federal Style war die Inneneinrichtung sachlich-modern, eine Galerie abstrakter Kunst vor strahlend weißen Wänden. Die Eingangshalle wurde von einer Bronzeskulptur dominiert, deren verschlungene Kurven vage sexuelle Assoziationen weckten.

»Sie wissen doch, dass Dr. Cassell erst gestern Abend von einer Reise zurückgekehrt ist«, sagte Paul. »Er leidet unter Jetlag und fühlt sich nicht sehr wohl. Wenn Sie es also bitte kurz halten könnten.«

»War er geschäftlich verreist?«, fragte Frost.

»Ja. Und die Reise war bereits seit einem Monat geplant, falls es Sie interessiert.«

Was rein gar nichts zu bedeuten hatte, dachte Rizzoli, außer dass Cassell in der Lage war, seine Schritte im Voraus zu planen.

Paul führte sie durch ein in Schwarz und Weiß gehaltenes Wohnzimmer, in dem nur eine scharlachrote Vase einen optischen Blickfang setzte. Eine Wand wurde von einem Flachbild-Fernseher beherrscht, und eine Rauchglasvitrine enthielt eine beeindruckende Sammlung von Unterhaltungselektronik. Eine Junggesellen-Traumbude, dachte Rizzoli. Nirgends die Spur einer weiblichen Note, nur jede Menge Männerspielzeug. Sie hörte Musik und nahm an, dass sie von einer CD kam. Jazzige Akkorde verschmolzen in einer düsteren Abwärtsbewegung über die Tasten eines Klaviers. Keine Melodie, kein Gesang, nur diese Noten, die sich zu einer wortlosen Klage verbanden. Die Musik wurde lauter, als Paul sie zu einer Schiebetür führte. Er öffnete sie und meldete: »Die Polizei ist da, Dr. Cassell.«

»Danke.«

»Möchten Sie, dass ich dableibe?«

»Nein, Paul, Sie können uns allein lassen.«

Rizzoli und Frost betraten das Zimmer, und Paul schob die Türen hinter ihnen zu. Hier war es so düster, dass sie den Mann am Flügel kaum erkennen konnten. Es war also Livemusik gewesen, keine CD. Ein schwerer Vorhang war vor das Fenster gezogen und ließ nur einen dünnen Streifen Tageslicht herein. Cassell schaltete eine Lampe ein. Es war nur eine schwache Birne unter einem Schirm aus japanischem Reispapier, und dennoch kniff er die Augen zusammen, als ob sie ihn blendete. Auf dem Flügel stand ein Glas mit einer Flüssigkeit, die wie Whiskey aussah. Er war unrasiert, seine Augen blutunterlaufen – nicht das Gesicht eines eiskalten Geschäftemachers, sondern das eines Mannes, der so verzweifelt war, dass ihm sein Aussehen schon völlig gleichgültig war. Dennoch war es ein bemerkenswertes und nicht unattraktives Gesicht, mit einem so intensiven Blick, dass Rizzoli das Gefühl hatte, von ihm durchbohrt zu werden. Er war jünger, als sie es bei einem zum Großindustriellen aufgestiegenen Selfmademan erwartet hätte – vielleicht Ende vierzig. Noch jung genug, um an seine eigene Unbesiegbarkeit zu glauben.

»Dr. Cassell«, sagte sie, »ich bin Detective Rizzoli vom Boston PD. Und das ist Detective Frost. Sie wissen, weshalb wir hier sind?«

»Weil er sie mir auf den Hals gehetzt hat. Habe ich Recht?«

»Wer?«

»Dieser Detective Ballard. Er ist wie ein verdammter Pitbull.«

»Wir sind hier, weil Sie Anna Leoni gekannt haben. Das Opfer.«

Er griff nach seinem Whiskey. Seiner mitgenommenen Erscheinung nach zu urteilen, war es nicht sein erster Drink an diesem Tag. »Ich will Ihnen mal etwas über Detective

Ballard sagen, damit Sie nicht weiter alles für bare Münze nehmen, was er Ihnen erzählt. Der Mann ist ein Arschloch. Ein lupenreines Arschloch allererster Güte.« Er leerte sein Glas in einem Zug.

Sie musste an Anna Leoni denken, an ihr zugeschwollenes Auge, ihre lila angelaufene Wange. *Ich glaube, wir wissen, wer hier in Wirklichkeit das Arschloch ist.*

Cassell stellte das leere Glas ab. »Erzählen Sie mir, wie es passiert ist«, sagte er. »Ich muss es wissen.«

»Wir haben ein paar Fragen an Sie, Dr. Cassell.«

»Sagen Sie mir zuerst, was passiert ist.«

Deshalb war er also bereit, uns zu empfangen, dachte sie. Er will Informationen. Er will herausfinden, wie viel wir wissen.

»Ich habe gelesen, dass es ein Kopfschuss war«, sagte er. »Und sie wurde in ihrem Wagen gefunden?«

»Das stimmt.«

»Das weiß ich alles schon aus dem *Boston Globe.* Welche Waffe wurde verwendet? Welches Kaliber?«

»Sie wissen, dass ich Ihnen das nicht sagen kann.«

»Und es ist in Brookline passiert? Was zum Teufel hatte sie da verloren?«

»Auch das kann ich Ihnen nicht sagen.«

»Sie können es mir nicht sagen?« Er starrte sie an. »Oder wissen Sie es nicht?«

»Wir wissen es nicht.«

»War irgendjemand bei ihr, als es passierte?«

»Es gab keine weiteren Opfer.«

»Und wen haben Sie im Verdacht? Außer mir, meine ich?«

»Wir sind hier, um *Ihnen* Fragen zu stellen, Dr. Cassell.«

Cassell erhob sich mit unsicheren Bewegungen von der Klavierbank und ging zu einem Schrank. Er nahm eine Flasche Whiskey heraus und schenkte sich nach, wobei er es demonstrativ versäumte, seinen Gästen etwas zu trinken anzubieten.

»Wie wär's, wenn ich Ihnen einfach die eine Frage beantworte, wegen der Sie gekommen sind«, sagte er, indem er sich wieder an den Flügel setzte. »Nein, ich habe sie nicht getötet. Ich hatte sie schon seit Monaten nicht mehr gesehen.«

»Wann *haben* Sie Ms. Leoni das letzte Mal gesehen?«, fragte Frost.

»Das muss irgendwann im März gewesen sein, glaube ich. Ich bin eines Nachmittags an ihrem Haus vorbeigefahren. Sie stand an der Straße und holte gerade die Post aus dem Briefkasten.«

»War das, bevor sie die einstweilige Verfügung gegen Sie erwirkt hatte, oder danach?«

»Ich bin nicht ausgestiegen, okay? Ich habe sie noch nicht einmal angesprochen. Sie hat mich gesehen und ist gleich wieder ins Haus gegangen, ohne ein Wort zu sagen.«

»Und was war der Sinn und Zweck Ihrer Aktion?«, fragte Rizzoli. »Wollten Sie sie einschüchtern?«

»Nein.«

»Was dann?«

»Ich wollte sie einfach nur sehen, das ist alles. Ich habe sie vermisst. Ich …« Er brach ab und räusperte sich. »Ich vermisse sie immer noch.«

Jetzt wird er als Nächstes sagen, dass er sie geliebt hat.

»Ich habe sie geliebt«, sagte er. »Warum sollte ich ihr etwas antun?«

Als hätten sie so etwas noch nie aus dem Mund eines Mannes gehört.

»Und außerdem, wie hätte ich das machen sollen? Ich wusste doch gar nicht, wo sie war. Nachdem sie das letzte Mal umgezogen war, konnte ich sie nicht mehr ausfindig machen.«

»Aber Sie haben es versucht?«

»Ja, ich habe es versucht.«

»Wussten Sie, dass sie in Maine lebte?«, fragte Frost.

Eine Pause. Er blickte stirnrunzelnd auf. »Wo in Maine?«

»In einer kleinen Stadt namens Fox Harbor.«

»Nein, das wusste ich nicht. Ich hatte angenommen, dass sie noch irgendwo in Boston wohnte.«

»Dr. Cassell«, sagte Rizzoli, »wo waren Sie letzten Donnerstagabend?«

»Ich war hier, zu Hause.«

»Den ganzen Abend?«

»Seit fünf Uhr nachmittags. Ich habe für meine Reise gepackt.«

»Kann irgendjemand bestätigen, dass Sie hier waren?«

»Nein. Paul hatte an dem Abend frei. Ich gebe offen zu, dass ich kein Alibi habe. Ich war ganz allein hier, nur ich und mein Klavier.« Er schlug in die Tasten und ließ einen schrägen Akkord ertönen. »Am nächsten Morgen bin ich geflogen. Mit Northwestern Airlines, falls Sie es nachprüfen möchten.«

»Das werden wir.«

»Die Flüge wurden schon vor sechs Wochen gebucht. Ich hatte alle Termine bereits geplant.«

»Das hat Ihr Sekretär uns auch gesagt.«

»Hat er das? Nun, es ist die Wahrheit.«

»Besitzen Sie eine Schusswaffe?«, fragte Rizzoli.

Cassell verharrte völlig reglos, während seine dunklen Augen sie forschend ansahen. »Glauben Sie wirklich, dass ich es war?«

»Würden Sie bitte die Frage beantworten?«

»Nein, ich besitze keine Waffe. Weder eine Pistole noch eine Flinte noch ein Spielzeuggewehr. Und ich habe sie nicht getötet. Von den Sachen, die sie mir vorgeworfen hat, habe ich nicht die Hälfte getan.«

»Wollen Sie damit sagen, dass sie die Polizei angelogen hat?«

»Ich will damit sagen, dass sie übertrieben hat.«

»Wir haben das Foto von ihr gesehen, das in der Notaufnahme entstanden ist, an dem Abend, als Sie ihr das blaue Auge verpasst haben. War diese Anschuldigung auch übertrieben?«

Er blickte zu Boden, als könnte er ihren anklagenden Blick nicht ertragen. »Nein«, sagte er leise. »Ich leugne nicht, dass ich sie geschlagen habe. Ich bedaure es. Aber ich leugne es nicht.«

»Und was ist mit dem Vorwurf, dass Sie wiederholt an ihrem Haus vorbeigefahren seien? Dass Sie sie von einem Privatdetektiv beschatten ließen? Dass Sie ohne Vorwarnung an ihrer Haustür aufgekreuzt seien und sie zu sprechen verlangt hätten?«

»Sie hat ja nie auf meine Anrufe reagiert. Was hätte ich denn tun sollen?«

»Vielleicht den Wink mit dem Zaunpfahl kapieren?«

»Ich lege nicht einfach die Hände in den Schoß und lasse alles mit mir *geschehen*, Detective. Das habe ich noch nie gemacht. Und deshalb besitze ich heute dieses Haus, mit dieser Aussicht, die Sie dort sehen. Wenn ich etwas wirklich will, dann arbeite ich mit aller Kraft dafür. Und wenn ich es habe, halte ich es fest. Ich war nicht bereit, sie einfach aus meinem Leben verschwinden zu lassen.«

»Was war Anna eigentlich für Sie? Nur ein Stück in Ihrer Sammlung?«

»Nein.« Er erwiderte ihren Blick, und aus seinen Augen sprach die blanke Trauer um seinen Verlust. »Anna Leoni war die Liebe meines Lebens.«

Seine Antwort verblüffte Rizzoli. Diese schlichte Feststellung, mit ruhiger Stimme vorgebracht, hatte den Beigeschmack der Wahrheit.

»Wenn ich recht informiert bin, waren Sie drei Jahre zusammen«, sagte sie.

Er nickte. »Sie war Mikrobiologin und hat in meiner Forschungsabteilung gearbeitet. So haben wir uns kennen gelernt. Eines Tages tauchte sie in einer Vorstandssitzung auf, um uns über die Ergebnisse bestimmter Antibiotika-Tests zu informieren. Ich habe sie nur angeschaut und dachte sofort: *Das ist sie*. Wissen Sie, was das für ein Gefühl ist, wenn man einen Menschen so sehr liebt und dann hilflos zusehen muss, wie dieser Mensch einen verlässt?«

»Warum hat sie Sie verlassen?«

»Ich weiß es nicht.«

»Sie müssen doch eine Vermutung haben.«

»Nein. Sehen Sie sich doch an, was ihr hier geboten wurde! Sie hatte dieses Haus, sie hatte alles, was sie sich wünschen konnte. Ich denke, ich bin nicht gerade hässlich. Es gibt eine Menge junge Frauen, die sonst was dafür geben würden, mit mir zusammen zu sein.«

»Bis Sie dann angefangen haben, sie zu schlagen.«

Schweigen.

»Wie oft ist das vorgekommen, Dr. Cassell?«

Er seufzte. »Ich habe einen sehr anstrengenden Job...«

»Ist das Ihre Erklärung? Sie schlagen Ihre Freundin, weil Sie einen stressigen Tag im Büro hatten?«

Er gab keine Antwort. Stattdessen griff er nach seinem Glas. Und das war zweifellos ein Teil des Problems, dachte sie. Ein ehrgeiziger Mann in einer Führungsposition plus übermäßiger Alkoholgenuss ergibt eine Lebensgefährtin mit einem blauen Auge.

Er setzte sein Glas wieder ab. »Ich wollte nur, dass sie zu mir zurückkommt.«

»Und Ihre Methode, sie zu überreden, bestand darin, ihr Todesdrohungen durch den Briefschlitz zu werfen?«

»Das war ich nicht.«

»Sie hat sich deswegen mehrfach an die Polizei gewandt.«

»Das ist nicht wahr.«

»Detective Ballard sagt, das habe sie getan.«

Cassell schnaubte verächtlich. »Dieser Volltrottel hat alles geglaubt, was sie ihm erzählt hat. Er spielt gern den edlen Ritter, da kann er sich schön wichtig vorkommen. Wussten Sie, dass er eines Tages hier aufgekreuzt ist und mir gesagt hat, wenn ich sie noch einmal anrühren sollte, würde er mich windelweich prügeln? Ich finde das ganz schön erbärmlich.«

»Sie behauptete, Sie hätten die Fliegengitter an ihren Fenstern zerschnitten.«

»Das war ich nicht.«

»Wollen Sie behaupten, dass sie es selbst getan hat?«

»Ich sage nur, dass ich es nicht getan habe.«

»Haben Sie ihren Wagen zerkratzt?«

»Was?«

»Haben Sie ihre Wagentür verunstaltet?«

»Das höre ich jetzt zum ersten Mal. Wann soll das denn passiert sein?«

»Und der tote Kanarienvogel in ihrem Briefkasten?«

Cassell lachte ungläubig auf. »Sehe ich vielleicht aus wie ein Typ, der so perverse Sachen macht? Ich war ja noch nicht mal in der Stadt, als das passiert sein soll. Wo sind die Beweise dafür, dass ich es war?«

Sie sah ihn einen Moment lang an und dachte: Natürlich leugnet er es; wir können tatsächlich nicht beweisen, dass er ihr Auto zerkratzt oder einen toten Vogel in ihren Briefkasten geworfen hat. Dieser Mann hatte es nicht durch Dummheit so weit gebracht.

»Warum sollte Anna in diesem Punkt lügen?«, fragte sie.

»Ich weiß es nicht«, sagte er. »Aber sie hat gelogen.«

10

Gegen Mittag saß Maura bereits in ihrem Auto, und bald steckte sie in der Blechlawine der Wochenendurlauber fest, die wie Lemminge Richtung Norden strebten, auf der Flucht aus einer Stadt, wo der Asphalt jetzt schon vor Hitze flimmerte. Gefangen in ihren Autos, mit ihren quengeligen Kindern auf dem Rücksitz, kamen die Ausflügler nur im Schritttempo voran. Doch sie harrten geduldig aus, angelockt von der Aussicht auf kühle Strände und frische, salzige Seeluft. Das war auch die Vision, an der Maura sich festhielt, als sie im Stau steckte und auf eine Schlange von Autos blickte, die sich bis zum Horizont hinzog. Sie war noch nie in Maine gewesen. Sie kannte es nur als Kulisse im L.-L.-Bean-Katalog, wo braun gebrannte Männer und Frauen mit Parkas und Trekkingschuhen durch die Landschaft stapften, während ein Golden Retriever sich zu ihren Füßen im Gras wälzte. In der Welt von L. L. Bean war Maine das Land der Wälder und der nebligen Küsten, ein mythischer Ort, zu schön, um wahr zu sein, außer vielleicht als Hoffnung, als Traum. Ich werde bestimmt enttäuscht sein, dachte sie, als sie auf die endlose Reihe von Autos starrte, die im grellen Sonnenlicht funkelten. Aber dort sind nun einmal die Antworten auf meine Fragen.

Vor Monaten hatte Anna Leoni diese Reise in den Norden unternommen. Es musste ein Tag im Vorfrühling gewesen sein, noch recht kühl, der Verkehr längst nicht so dicht wie heute. Sie war vermutlich über die Tobin Bridge aus Boston herausgefahren und dann auf der Route 95 Richtung Norden, auf die Grenze von Massachusetts und New Hampshire zu.

Ich folge deinen Spuren. Ich muss wissen, wer du warst. Nur so kann ich herausfinden, wer ich selbst bin.

Gegen zwei überquerte sie die Grenze von New Hampshire nach Maine; und hier löste sich der Verkehr plötzlich auf wundersame Weise auf, als sei die Quälerei bis zu diesem Punkt nur eine Prüfung gewesen, nach der sich nun die Tore öffneten, um die wenigen Auserwählten einzulassen. Sie hielt nur kurz an einer Raststätte, wo sie sich ein Sandwich kaufte, und um drei hatte sie die Interstate bereits verlassen und fuhr weiter in Richtung Norden auf der Route 1, die sich an der Küste entlangschlängelte.

Auch du bist diesen Weg gefahren.

Die Szenerie, die sich Annas Blicken dargeboten hatte, war wohl eine andere gewesen; die Felder, die sich gerade grün zu färben begannen, die noch winterkahlen Bäume. Aber gewiss war auch Anna an genau dieser Hummerbude vorbeigekommen und an diesem Schrottplatz, wo alte Bettgestelle im Gras vor sich hin rosteten, und hatte wie Maura mit einem amüsierten Kopfschütteln reagiert. Vielleicht war auch sie in Rockport von der Straße abgefahren, um sich ein wenig die Beine zu vertreten, und war an der Statue von André, dem Seehund, stehen geblieben, um auf den Hafen hinauszublicken. Und hatte in der kühlen Brise, die vom Meer wehte, gefröstelt.

Maura stieg wieder in ihren Wagen und setzte die Fahrt nach Norden fort.

Als sie die Küstenstadt Bucksport erreicht hatte und dem Verlauf der Halbinsel nach Süden folgte, stand die Sonne bereits tief über den Bäumen. Sie konnte den Nebel über das Wasser heranwallen sehen, eine graue Wand, die sich auf die Küste zubewegte wie ein hungriges Ungetüm, das den Horizont verschlang. Bevor die Sonne untergeht, dachte sie, wird mein Auto ganz davon eingehüllt sein. Sie hatte sich nicht um eine Hotelreservierung in Fox Harbor gekümmert, sondern war einfach von Boston losgefahren mit der kuriosen Vorstellung im Hinterkopf, dass sie irgendein Motel an der Küste ansteuern und ein Bett für die Nacht finden könnte. Aber an diesem rauen Küstenabschnitt sah sie nur wenige

Motels, und die, an denen sie vorbeikam, hatten allesamt Schilder ausgehängt: BELEGT stand auf ihnen.

Die Sonne sank noch tiefer.

Die Straße beschrieb eine jähe Kurve, und sie packte das Lenkrad fester. Nur mit Mühe gelang es ihr, in der Spur zu bleiben, als sie einen Felsvorsprung umrundete, zwischen knorrigen Bäumen auf der einen und dem Meer auf der anderen Seite.

Und da lag es plötzlich vor ihr – Fox Harbor, in die schützende Rundung einer schmalen Bucht geschmiegt. So klein hatte sie sich die Stadt nicht vorgestellt – sie bestand eigentlich nur aus einem Hafen, einer Kirche und einer Reihe weißer Häuser entlang der Bucht. Im Hafenbecken tanzten die festgemachten Hummerboote wie angeleinte Opfertiere, die darauf warteten, von der heranrückenden Nebelbank verschluckt zu werden.

Sie fuhr langsam die Main Street ab und sah abgetakelte Veranden, die dringend einen neuen Anstrich nötig gehabt hätten, und Fenster mit verschlissenen Vorhängen. Ganz offensichtlich keine reiche Stadt, nach den rostigen Pickups in den Hauseinfahrten zu urteilen. Die einzigen neueren Modelle, die sie entdecken konnte, standen auf dem Parkplatz des Bayview-Motels – Autos mit Kennzeichen von New York, Massachusetts oder Connecticut. Stadtflüchtlinge, die die drückende Hitze gegen Hummersandwiches und ein Stückchen vom Paradies eingetauscht hatten.

Vor der Rezeption des Motels hielt sie an. Alles schön der Reihe nach, dachte sie; ich brauche zuerst mal ein Bett für die Nacht. Und das hier schien das einzige Haus am Ort zu sein. Sie stieg aus und streckte die steifen Glieder, sog die feuchte, salzige Luft in ihre Lungen. Obwohl auch Boston eine Hafenstadt war, konnte sie zu Hause nur selten das Meer riechen; dazu war jede Brise, die vom Hafen hereinwehte, zu sehr mit den städtischen Gerüchen von Diesel, Autoabgasen und heißem Asphalt vermischt. Hier jedoch konnte sie das Salz regelrecht schmecken, hier spürte sie es wie einen feinen Schleier, der sich auf ihre Haut legte. Sie stand auf dem Parkplatz des Motels, ließ sich den Wind ins Gesicht wehen und hatte das Gefühl, plötzlich aus einem tiefen Schlaf erwacht zu sein. Wieder frisch und munter und lebendig zu sein.

Die Inneneinrichtung des Motels entsprach genau ihren Erwartungen: Holztäfelung im Stil der sechziger Jahre, abgetretener grüner Teppichboden, die Wanduhr in ein Steuerrad eingefasst. Die Rezeption war nicht besetzt.

Sie beugte sich über den Tresen. »Hallo?«

Knarrend öffnete sich eine Tür, und ein dicker Mann mit schütterem Haar kam herein. Auf seiner Nase saß wie eine Libelle eine zierliche Nickelbrille.

»Haben Sie für heute Nacht noch ein Zimmer frei?«

Ihre Frage stieß auf hartnäckiges Schweigen. Der Mann glotzte sie nur an, die Kinnlade heruntergeklappt, den Blick starr auf ihr Gesicht geheftet.

»Entschuldigen Sie«, sagte sie, da sie annahm, dass er sie nicht verstanden hatte. »Haben Sie noch etwas frei?«

»Sie … Sie wollen ein Zimmer?«

Sagte ich das nicht gerade?

Er senkte den Blick auf das Meldebuch vor ihm auf dem Tisch, um ihn dann wieder auf Maura zu richten. »Ich … äh … es tut mir Leid. Wir sind heute voll belegt.«

»Ich komme gerade aus Boston und habe eine lange Fahrt hinter mir. Könnte ich vielleicht anderswo in der Stadt ein Zimmer bekommen?«

Er schluckte. »Ist ziemlich viel los an diesem Wochenende. Erst vor 'ner Stunde war ein Paar hier, die haben auch nach einem Zimmer gefragt. Ich hab rumtelefoniert, aber schließlich musste ich sie bis nach Ellsworth schicken.«

»Wo ist das?«

»Ungefähr dreißig Meilen von hier.«

Maura warf einen Blick auf die Uhr in dem Steuerrad. Es war schon Viertel vor fünf; die Suche nach einem Motelzimmer würde warten müssen.

»Können Sie mir sagen, wo ich das Büro von Land-and-Sea-Immobilien finde?«

»Main Street. Nach der zweiten Kreuzung auf der linken Seite.«

Maura betrat die Geschäftsstelle von Land-and-Sea-Immobilien und fand sich abermals in einem menschenleeren Empfangsraum. War denn in dieser Stadt niemand auf seinem Posten? Das Büro roch nach Zigaretten, und auf dem Schreibtisch stand ein Aschenbecher, der vor Kippen überquoll. An der Wand hingen die Immobilienangebote der Firma. Einige der Fotos waren bereits stark vergilbt – offensichtlich war das hier nicht gerade ein boomender Markt. Maura überflog die Offerten und entdeckte eine baufällige Scheune (PERFEKT FÜR EINE PFERDEZUCHT!), ein Haus mit windschiefer Veranda (PERFEKT FÜR HEIMWERKER!) und ein Foto von Bäumen – das war alles, nur Bäume und sonst nichts (RUHIG UND ABGESCHIEDEN! PERFEKTES GRUNDSTÜCK FÜR WOHNHAUS!). Gibt es in dieser Stadt auch irgendetwas, das nicht *perfekt* ist?, fragte sie sich.

Dann hörte sie, wie die Hintertür aufging, und als sie sich umdrehte, sah sie einen Mann mit einer tropfenden Kaffeekanne in der Hand hereinkommen, die er auf dem Tisch abstellte. Er war kleiner als Maura, hatte einen kantigen Kopf und kurz geschorenes graues Haar. Seine Kleider waren ihm ein paar Nummern zu groß; Hemdsärmel und Hosenbeine waren umgeschlagen, als trüge er die abgelegten Sachen eines Riesen. Der Schlüsselbund an seinem Gürtel klimperte, als er breitbeinig auf Maura zukam, um sie zu begrüßen.

»Entschuldigen Sie bitte, ich war gerade hinten und habe die Kaffeekanne ausgespült. Sie müssen Dr. Isles sein.«

Maura stutzte, als sie die Stimme hörte. Sie war zwar recht tief und rau, zweifellos von den ganzen Zigaretten dort im Aschenbecher, aber es war eindeutig die Stimme einer Frau. Erst jetzt bemerkte Maura die Brüste, die sich unter dem weiten Hemd abzeichneten.

»Sie sind … Mit Ihnen habe ich heute früh telefoniert?«, fragte Maura.

»Britta Clausen.« Sie begrüßte Maura mit einem knappen, energischen Händedruck. »Harvey sagte mir, dass Sie in der Stadt sind.«

»Harvey?«

»Drüben vom Bayview Motel. Er hat angerufen, um mir zu sagen, dass Sie auf dem Weg sind.« Die Frau musterte Maura von Kopf bis Fuß. »Na ja, ich denke, einen Ausweis müssen Sie mir nicht vorlegen. Wenn man Sie so anschaut, erübrigt sich wohl die Frage, wessen Schwester Sie sind. Möchten Sie mit mir zum Haus hochfahren?«

»Ich fahre Ihnen mit meinem Wagen nach.«

Miss Clausen sah die Schlüssel an ihrem Bund durch und brummte zufrieden, als sie den richtigen gefunden hatte. »Das ist er. Skyline Drive. Die Polizei ist mit ihren Untersuchungen fertig, also geht es wohl in Ordnung, wenn ich es Ihnen zeige.«

Maura folgte Miss Clausens Pick-up eine leicht ansteigende Straße entlang, die jäh landeinwärts schwenkte und sich in Serpentinen ein Steilufer hinaufwand. In den Kurven konnte sie in der Ferne die Felsenküste sehen, doch das Wasser war von einer dichten Nebeldecke verhüllt, und auch Fox Harbor war unter ihnen im wabernden Dunst verschwunden. Plötzlich leuchteten direkt vor ihr die Bremslichter von Miss Clausens Wagen auf. Maura konnte gerade noch rechtzeitig auf die Bremse steigen. Ihr Lexus schlitterte über feuchtes Laub und touchierte mit der Stoßstange ein am Wegrand eingeschlagenes Zu-verkaufen-Schild von Land-and-Sea-Immobilien, ehe er zum Stehen kam.

Miss Clausen steckte den Kopf aus dem Fenster. »He, alles in Ordnung da hinten?«

»Nichts passiert, danke. Tut mir Leid, ich hab einen Moment nicht aufgepasst.«

»Ja, die letzte Kurve kommt ziemlich überraschend. Da vorne rechts zweigt die Zufahrt ab.«

»Ich bleibe dicht hinter Ihnen.«

Miss Clausen lachte. »Aber nicht *zu* dicht, okay?«

Der ungeteerte Weg war so dicht von Bäumen überhangen, dass Maura durch einen grünen Tunnel zu fahren glaubte. Nach einer Weile lichtete sich der Wald unvermittelt und gab den Blick auf ein kleines, mit Zedernholzschindeln gedecktes Haus frei. Maura parkte den Lexus neben Miss Clausens Pick-up und stieg aus. Ein paar Sekunden stand sie auf der stillen Lichtung und betrachtete das Haus. Holzstufen führten auf eine überdachte Veranda, wo eine Hollywoodschaukel bewegungslos in der windstillen Luft hing. In einem kleinen schattigen Garten kümmerten Taglilien und Fingerhut vor sich hin. Von allen Seiten schien der Wald bedrohlich näher zu rücken, und Maura atmete unwillkürlich schneller, als sei sie in einem engen Raum gefangen. Die Luft selbst wirkte bedrückend.

»Es ist so still hier«, sagte Maura.

»Ja, liegt ein ganzes Stück außerhalb der Stadt. Das machte die Lage hier am Berg so attraktiv. Der Immobilienboom wird bald auch hier oben ankommen, glauben Sie mir. Ein paar Jahre noch, dann schießen hier an der Straße die Neubauten nur so aus dem Boden. Jetzt ist der ideale Zeitpunkt zum Kaufen.«

Weil es einfach *perfekt* ist, hätte Maura noch erwartet.

»Ich lasse gerade gleich hier nebenan ein Baugrundstück roden«, sagte Miss Clausen. »Nachdem Ihre Schwester eingezogen war, dachte ich mir, es wird Zeit, die anderen Grundstücke auch baufertig zu machen. Wenn die Leute mal sehen, dass hier oben jemand wohnt, bringt das die Sache gleich ins Rollen, und dann dauert es nicht lange, bis sie sich um die Nachbargrundstücke reißen.« Sie sah Maura nachdenklich an. »Was für ein Doktor sind Sie denn eigentlich?«

»Ich bin Pathologin.«

»Das heißt – was? Sie arbeiten in einem Labor?«

Die Frau ging ihr allmählich auf die Nerven. »Ich habe mit Leichen zu tun«, gab sie schroff zur Antwort.

Doch die Information schien die Frau nicht im Geringsten aus der Fassung zu bringen. »Tja, dann haben Sie ja bestimmt regelmäßige Arbeitszeiten. Viele freie Wochenenden. Da haben Sie doch vielleicht Interesse an einem Sommerhäuschen. Das Grundstück nebenan ist bald baufertig. Wenn Sie je mit dem Gedanken gespielt haben, sich ein kleines Ferienhäuschen zuzulegen – einen günstigeren Zeitpunkt zum Investieren werden Sie nie mehr finden.«

Jetzt wusste sie also, wie es war, einer Immobilienmaklerin hilflos ausgeliefert zu sein. »Ich habe kein Interesse, Miss Clausen«, sagte sie.

»Oh.« Die Frau stieß leicht indigniert etwas Luft aus, drehte sich um und stapfte die Stufen zur Veranda hinauf. »Na, dann kommen Sie mal rein. Wenn Sie schon hier sind, können Sie mir ja auch gleich sagen, was ich mit den Sachen Ihrer Schwester machen soll.«

»Ich bin mir nicht sicher, ob ich dazu befugt bin.«

»Ich weiß doch nicht, was ich mit dem ganzen Kram anfangen soll. Jedenfalls habe ich keine Lust, das Zeug auf meine Kosten einzulagern. Ich muss das Haus räumen, wenn ich es jemals verkaufen oder neu vermieten will.« Sie klimperte mit ihrem Schlüsselbund, bis sie den richtigen gefunden hatte. »Ich verwalte den größten Teil der Mietobjekte in dieser Stadt, und es war nicht gerade einfach, jemanden für dieses Haus zu finden. Ihre Schwester hatte einen Halbjahresvertrag unterschrieben, wissen Sie.«

Bedeutet Annas Tod ihr denn nicht mehr als das?, fragte sich Maura. Nur entgangene Mieteinnahmen und ein Objekt, für das ein neuer Mieter gefunden werden muss? Sie mochte diese Frau nicht, mit ihrem Schlüsselgerassel und den Dollarzeichen in den Augen. Die Immobilienkönigin von Fox Harbor, deren einzige Sorge es offenbar war, ihre monatlichen Mietzahlungen einzutreiben.

Endlich stieß Miss Clausen die Tür auf. »Bitte, gehen Sie nur rein.«

Maura betrat das Haus. Zwar hatte das Wohnzimmer recht große Fenster, aber wegen der dicht stehenden Bäume war es jetzt am Spätnachmittag schon ziemlich düster. Sie sah dunkle Kiefernholzböden, einen zerschlissenen Teppich, ein durchgesessenes Sofa. Die verblichene Tapete hatte ein Muster aus grünen Reben, die das ganze Zimmer umrankten und Mauras Gefühl, von wucherndem Grün erstickt zu werden, noch verstärkten.

»Es war komplett möbliert«, sagte Miss Clausen. »Dafür habe ich ihr wirklich einen guten Preis gemacht.«

»Wie viel?«, fragte Maura und blickte durch das Fenster auf eine Wand aus Bäumen.

»Sechshundert im Monat. Ich könnte viermal so viel verlangen, wenn das Haus näher am Wasser wäre. Aber der Mann, der es gebaut hat, wollte nun mal lieber ungestört sein.« Miss Clausen blickte sich prüfend im Wohnzimmer um, als ob sie es sich schon eine ganze Weile nicht mehr richtig angeschaut hätte. »Ich war ja ein bisschen überrascht, als sie anrief und sich nach dem Haus erkundigte, zumal ich unten am Strand noch andere Objekte frei hatte.«

Maura wandte sich zu ihr um. Es dämmerte schon, und Miss Clausen hatte sich in eine dunkle Ecke zurückgezogen. »Meine Schwester hat sich speziell nach diesem Haus erkundigt?«

Miss Clausen zuckte mit den Achseln. »Ich schätze mal, der Preis hat ihr zugesagt.«

Sie verließen das düstere Wohnzimmer und gingen einen Flur entlang. Falls es stimmte, dass man von einem Haus auf seine Bewohner schließen konnte, dann mussten noch Spuren von Anna Leoni in diesen Räumen zu finden sein. Aber auch andere Mieter hatten hier gewohnt, und Maura fragte sich, was von dem Nippes und den Bildern an den Wänden wohl Anna gehört hatte und was andere vor ihr zurückgelassen hatten. Dieses Pastellgemälde eines Sonnenuntergangs – das war bestimmt nicht von Anna. Eine Schwester von mir würde nie so etwas Scheußliches aufhängen. Und dieser abgestandene Zigarettengeruch, der in der Luft hing – es war doch gewiss nicht Anna gewesen, die hier geraucht hatte. Eineiige Zwillinge sind sich oft auf fast unheimliche Weise ähnlich; müsste Anna da nicht Mauras Abneigung gegen Zigaretten geteilt haben? Hätte sie nicht auch beim leisesten Hauch von Tabakrauch die Nase gerümpft und zu hüsteln begonnen?

Sie betraten ein Schlafzimmer mit einer abgezogenen Matratze.

»Dieses Zimmer hat sie wohl nicht benutzt, schätze ich«, sagte Miss Clausen. »Der Schrank und die Kommoden waren leer.«

Als Nächstes kam ein Badezimmer. Maura ging hinein und öffnete den Medikamentenschrank. Sie sah Paracetamol, Rhinopront und Ricola-Hustenpastillen – Markennamen, die sie durch ihre Vertrautheit erschreckten. Das waren genau die Produkte, die sie selbst zu Hause hatte. Sogar bei Kleinigkeiten wie der Marke des Hustenmittels waren wir praktisch identisch, dachte sie.

Sie schloss den Schrank und ging weiter zur letzten Tür auf dem Flur.

»Das war das Schlafzimmer, das sie benutzt hat«, sagte Miss Clausen.

Das Zimmer war sauber und aufgeräumt, die Bettdecke eingesteckt, die Kommode frei von Krimskrams. *Genau wie mein Schlafzimmer*, dachte Maura. Sie ging zum Schrank und öffnete die Tür. An der Stange hingen Hosen, gebügelte Blusen und Kleider. Größe 36. Mauras Größe.

»Die Staatspolizei war vorige Woche hier und hat das ganze Haus auf den Kopf gestellt.«

»Haben sie irgendetwas Interessantes gefunden?«

»Mir haben sie jedenfalls nichts gesagt. Sie hat hier nicht viele Sachen gehabt. Hat ja nur ein paar Monate in diesem Haus gewohnt.«

Maura wandte sich um und sah aus dem Fenster. Es war noch nicht dunkel, aber ein Blick auf die düstere Kulisse des Waldes verriet ihr, dass der Einbruch der Nacht unmittelbar bevorstand.

Miss Clausen stand in der Schlafzimmertür, als wollte sie einen Wegezoll kassieren, ehe sie Maura wieder hinausließ. »Ist wirklich kein schlechtes Haus«, sagte sie.

Doch, das ist es, dachte Maura. Es ist ein scheußliches kleines Haus.

»Um diese Jahreszeit ist nicht mehr viel frei. Praktisch alles belegt. Hotels, Motels. Kein Platz in der Herberge.«

Maura schaute weiter stur aus dem Fenster. Sie hätte alles getan, um sich nicht in weitere Gespräche mit dieser unangenehmen Frau verwickeln zu lassen.

»Na ja, war nur so eine Idee. Dann haben Sie wohl schon ein Zimmer gefunden für heute Nacht.«

Also darauf will sie hinaus. Maura drehte sich zu ihr um. »Wenn Sie schon fragen – nein, ich habe noch kein Zimmer gefunden. Im Bayview Motel war nichts mehr frei.«

Die Frau antwortete mit einem verkniffenen kleinen Lächeln. »Wie überall.«

»Man hat mir gesagt, in Ellsworth könnte ich noch etwas bekommen.«

»So? Na ja, wenn Sie die weite Strecke noch fahren wollen. Im Dunkeln werden Sie länger brauchen, als Sie meinen. Eine Kurve nach der anderen.« Miss Clausen deutete auf das Bett. »Ich könnte Ihnen frische Bettwäsche besorgen. Ich würde Ihnen auch nicht mehr berechnen als das Motel. Falls Sie Interesse haben.«

Maura sah das Bett an, und sie hatte plötzlich das Gefühl, dass eiskalte Finger ihr über den Rücken strichen. *Meine Schwester hat hier geschlafen.*

»Na, wie Sie wollen. Sie können es auch bleiben lassen.«

»Ich weiß nicht …«

»Wenn Sie mich fragen«, brummte Miss Clausen, »bleibt Ihnen nicht viel anderes übrig.«

Maura stand auf der Veranda und sah zu, wie die Rücklichter von Britta Clausens Pick-up vom dunklen Vorhang der Bäume verschluckt wurden. Sie blieb noch eine Weile in der heranrückenden Dunkelheit stehen und lauschte auf das Zirpen der Grillen, dem Rascheln des Laubs. Da hörte sie plötzlich hinter sich ein Quietschen. Sie fuhr herum und sah, dass die Schaukel sich bewegte – wie von einer Geisterhand angestoßen, schwang sie hin und her. Fröstelnd ging sie ins Haus zurück und wollte gerade die Tür zusperren, als sie plötzlich reglos verharrte. Wieder spürte sie diesen eisigen Hauch im Nacken.

Die Tür war mit vier Schlössern versehen.

Sie starrte auf zwei Ketten, einen Riegel und ein normales Türschloss. Die Messingplatten und Schrauben glänzten noch, als wären sie gestern erst montiert worden. *Neue Schlösser.* Sie schob den Riegel vor, sperrte ab und legte beide Ketten vor. Das Metall fühlte sich in ihren Fingern eiskalt an.

Sie ging in die Küche und schaltete die Lichter ein, sah stumpfes Linoleum am Boden, einen kleinen Esstisch mit abgestoßener Resopalbeschichtung. In einer Ecke grummelte ein alter Kühlschrank vor sich hin. Doch es war die Hintertür, die ihren Blick anzog. Drei Schlösser diesmal, die Messingplatten ebenfalls funkelnagelneu. Sie spürte, wie ihr Herz schneller hämmerte, als sie auch dort absperrte. Dann drehte sie sich um und entdeckte zu ihrer Verblüffung noch eine weitere verriegelte Tür, die von der Küche abging. Wo sie wohl hinführte?

Maura zog den Riegel zurück und öffnete die Tür. Sie erblickte eine enge Holztreppe, die in einen dunklen Keller hinabführte. Von unten wehte ihr kühle Luft entgegen, und sie roch feuchte Erde. Da war es wieder, das Kribbeln in ihrem Nacken.

Der Keller. Wie kommt jemand auf die Idee, die Tür zum Keller zu verriegeln?

Sie schloss die Tür und schob den Riegel vor. Da fiel ihr

auf, dass dieses Schloss anders war als die anderen; es war alt und verrostet.

Jetzt hatte sie plötzlich das Bedürfnis, zu überprüfen, ob die Fenster auch alle verriegelt waren. Anna hatte sich so sehr gefürchtet, dass sie dieses Haus in eine Festung verwandelt hatte, und Maura konnte ihre Angst immer noch spüren; sämtliche Zimmer waren davon durchdrungen. Sie vergewisserte sich, dass die Küchenfenster verschlossen waren, und ging weiter ins Wohnzimmer.

Erst als sie ganz sicher war, dass im ganzen Haus die Fenster fest verriegelt waren, machte sie sich endlich daran, das Schlafzimmer näher in Augenschein zu nehmen. Sie stand vor dem offenen Schrank und ließ den Blick über die Kleider schweifen. Eins nach dem anderen schob sie sie auf der Stange zur Seite, um sie zu begutachten, und sie stellte fest, dass sie alle genau ihre Größe hatten. Dann nahm sie eines vom Bügel – ein schwarzes Strickkleid in genau dem schlichten, klaren Schnitt, den sie selbst bevorzugte. Sie stellte sich vor, wie Anna im Kaufhaus gestanden und bei diesem Kleid verweilt hatte. Wie sie einen Blick auf das Preisschild geworfen und sich das Kleid vor dem Spiegel an den Körper gehalten hatte, und wie sie gedacht hatte: Das ist es, das nehme ich.

Maura knöpfte ihre Bluse auf, zog die Hose aus. Sie stieg in das schwarze Kleid, und als sie den Reißverschluss hochzog, fühlte sie, wie der Stoff sich wie eine zweite Haut an ihre Figur schmiegte. Sie drehte sich zum Spiegel um. Das ist es, was Anna gesehen hat. Das gleiche Gesicht, die gleiche Figur. Hat sie auch mit Bedauern registriert, wie sie in der Hüfte auseinander ging, ein untrügliches Zeichen, dass sie allmählich in die Jahre kam? Hatte sie sich auch zur Seite gedreht, um zu sehen, ob ihr Bauch noch flach genug war? Es gibt wohl keine Frau, die nicht vor dem Spiegel dieses kleine Ballett vollführt, wenn sie ein neues Kleid anprobiert. Einmal linksherum, einmal rechtsherum. Sehe ich von hinten auch nicht zu fett aus?

Sie hielt inne, als sie gerade die rechte Seite dem Spiegel zuwandte. Ihr Blick fiel auf ein Haar, das an dem Stoff hing. Sie zupfte es ab und hielt es gegen das Licht. Es war schwarz wie die ihren, aber länger. Das Haar einer toten Frau.

Das Läuten des Telefons ließ sie herumfahren. Sie ging zum Nachttisch und verharrte mit pochendem Herzen, während das Telefon noch ein zweites und drittes Mal läutete. Jedes schrille Rasseln zerriss jäh die Stille in dem leeren Haus. Bevor es ein viertes Mal läuten konnte, nahm sie den Hörer ab.

»Hallo?... Hallo?«

Ein Klicken, und dann das Freizeichen.

Verwählt, dachte sie. Weiter nichts.

Draußen frischte der Wind auf; das Rauschen der Blätter und das Ächzen der umgebogenen Äste drang selbst durch das geschlossene Fenster. Doch im Haus war es so still, dass sie ihren eigenen Herzschlag hören konnte. Hast du so deine Nächte verbracht?, fragte sie sich. In diesem Haus, umringt von dunklen Wäldern?

Bevor sie an diesem Abend ins Bett ging, schloss sie die Schlafzimmertür ab, dann stellte sie noch einen Stuhl unter die Klinke. Es war ihr fast ein bisschen peinlich. Es gab nichts, wovor sie sich fürchten musste, und doch fühlte sie sich hier stärker bedroht als in Boston, wo die Beutejäger Menschengestalt hatten und weitaus gefährlicher waren als jedes wilde Tier, das sich in diesen Wäldern verbergen mochte.

Anna hat sich hier auch gefürchtet.

Sie konnte die Angst spüren, die in diesem Haus mit seinen doppelt und dreifach gesicherten Türen noch immer in der Luft hing.

Ein schrilles Kreischen ließ sie aus dem Schlaf hochfahren. Mit wild pochendem Herzen lag sie da und rang nach Luft. Nur eine Eule – kein Grund zur Panik. Sie war mitten im

Wald, da war es doch wohl normal, dass man ab und zu einen Tierlaut hörte. Ihr Bettlaken war schweißnass. Sie hatte das Fenster verriegelt, ehe sie zu Bett gegangen war, und jetzt war es entsetzlich stickig im Zimmer. Ich kriege keine Luft mehr, dachte sie.

Sie stand auf und schob das Fenster hoch. Während sie die frische Luft tief in ihre Lungen sog, blickte sie hinaus auf die Bäume, deren Blätter im Mondschein silbrig glänzten. Nichts rührte sich; der Wald lag still da.

Sie legte sich wieder ins Bett, und diesmal schlief sie tief und fest bis zum Morgen.

Bei Tageslicht sah alles ganz anders aus. Sie hörte die Vögel zwitschern, und als sie aus dem Fenster schaute, entdeckte sie, wie zwei Hirsche durch den Garten huschten und in Richtung Wald davonsprangen, sah ihre weißen Schwänze aufblitzen, bis sie im Unterholz verschwunden waren. Helles Sonnenlicht fiel ins Zimmer, und als ihr Blick auf den Stuhl fiel, den sie am Abend unter die Türklinke gestellt hatte, kam ihr diese Vorsichtsmaßnahme plötzlich vollkommen irrational vor. Das werde ich keinem Menschen erzählen, dachte sie, als sie ihn herauszog.

Sie ging in die Küche, um sich Kaffee zu machen. Im Kühlschrank fand sie eine Tüte French Roast – Annas Kaffee. Sie goss heißes Wasser in den Filter und sog das intensive Aroma ein. Sie war umgeben von Dingen, die Anna gekauft hatte. Mikrowellen-Popcorn und Spaghetti. Pfirsichjoghurt und Milch, alles längst über das Verfallsdatum hinaus. Jeder Artikel stand für einen Augenblick im Leben ihrer Schwester, als sie vor dem Regal im Supermarkt gestanden und gedacht hatte: Das brauche ich auch noch. Und später, zu Hause angekommen, hatte sie die Tüten ausgepackt und ihre Einkäufe eingeräumt. Wenn Maura den Inhalt der Schränke betrachtete, war es die Hand ihrer Schwester, die sie sah, wie sie Tunfischdosen auf den mit geblümtem Papier bezogenen Regalbrettern stapelte.

Sie ging mit ihrem Kaffee auf die Veranda und trank ihn

dort im Stehen, während sie den Blick über den kleinen, mit Flecken von Sonnenlicht gesprenkelten Garten schweifen ließ. Alles ist so grün hier, dachte sie voller Staunen. Das Gras, die Bäume, selbst das Licht. Hoch oben im Laubdach sangen die Vögel. Jetzt verstehe ich allmählich, warum sie sich entschlossen hat, hier zu leben. Warum sie jeden Morgen beim Aufwachen den Duft des Waldes riechen wollte.

Plötzlich erhob sich in den Wipfeln ein wildes Geflatter; ein neues Geräusch hatte die Vögel aufgeschreckt – das dumpfe Grollen von Maschinen. Maura konnte den Bulldozer nicht sehen, aber hören konnte sie ihn umso deutlicher, irgendwo hinter den Bäumen, und er klang unangenehm nahe. Sie erinnerte sich an das, was Miss Clausen ihr gesagt hatte: dass das Grundstück nebenan gerade gerodet wurde. Das war's dann wohl mit dem friedlichen Sonntagmorgen.

Sie ging die Stufen hinunter und bog um die Hausecke, um zu versuchen, durch die Bäume einen Blick auf den Bulldozer zu erhaschen, doch das Unterholz war zu dicht, sie konnte nichts sehen. Dafür entdeckte sie Tierfährten im Waldboden direkt vor ihren Füßen, und sie erinnerte sich an die zwei Hirsche, die sie am Morgen vom Schlafzimmerfenster aus gesehen hatte. Sie folgte ihnen an der Seite des Hauses entlang und entdeckte noch weitere Spuren ihres Besuchs – die angeknabberten Blätter der Funkien, die nahe dem Haus wuchsen. Maura staunte über die Dreistigkeit dieser Tiere, die sich beim Äsen bis an die Hauswand vorgewagt hatten. Sie ging weiter nach hinten und blieb stehen, als sie erneut auf Spuren stieß. Aber das hier waren keine Hirsche gewesen. Einen Moment lang verharrte sie vollkommen reglos. Ihr Puls begann zu rasen, und die Hand, in der sie die Kaffeetasse hielt, wurde feucht und klamm. Langsam folgte ihr Blick den Spuren bis zu einer Stelle unter einem der Fenster, wo der Boden besonders weich war.

Eine Stiefelsohle hatte ihren Abdruck in der Erde hinterlassen, dort, wo jemand gestanden und durchs Fenster gespäht hatte.

In ihr Schlafzimmer.

11

Fünfundvierzig Minuten später holperte ein Streifenwagen der Polizei von Fox Harbor über den ungeteerten Zufahrtsweg heran. Vor ihrer Haustür hielt er an, und ein Cop stieg aus. Er war Mitte fünfzig, hatte einen Stiernacken und blondes Haar, das sich am Scheitel lichtete.

»Dr. Isles?«, sagte er und hielt ihr seine fleischige Pranke hin. »Roger Gresham. Ich bin der hiesige Polizeichef.«

»Ich hatte ja keine Ahnung, dass sie mir gleich den Chef vorbeischicken.«

»Tja nun, wir wollten sowieso gerade zu Ihnen raufkommen, als Sie anriefen.«

»Wir?« Sie runzelte fragend die Stirn, da sah sie auch schon einen zweiten Wagen, einen Ford Explorer, den Weg entlangkommen und neben Greshams Streifenwagen parken. Der Fahrer stieg aus und winkte ihr zu.

»Hallo, Maura«, sagte Rick Ballard.

Einen Augenblick lang starrte sie ihn nur an, verblüfft über sein unerwartetes Erscheinen. »Ich wusste gar nicht, dass Sie hier sind«, sagte sie schließlich.

»Ich bin gestern Abend gekommen. Seit wann sind Sie hier?«

»Seit gestern Nachmittag.«

»Sie haben die Nacht in diesem Haus verbracht?«

»Das Motel war ausgebucht. Miss Clausen – die Maklerin – hat mir angeboten, hier zu übernachten.« Nach einer Pause fügte sie in rechtfertigendem Ton hinzu: »Sie sagte mir ausdrücklich, die Polizei sei hier fertig.«

Gresham schnaubte verächtlich. »Ich wette, sie hat Sie für die Übernachtung auch noch bezahlen lassen. Hab ich Recht?«

»Ja.«

»Diese Britta – die ist wirklich ein Fall für sich. Wenn sie könnte, würde sie einem auch noch die Luft auf die Rechnung setzen.« Er wandte sich zum Haus um und fuhr fort: »Also, wo haben Sie denn nun diese Fußspuren gesehen?«

Maura führte die Männer an der Veranda entlang und um die Hausecke herum. Sie hielten sich am Rand des Fußpfads und suchten beim Gehen den Boden vor sich ab. Der Bulldozer war inzwischen verstummt, und das einzige Geräusch waren ihre Schritte auf dem Laubteppich.

»Da sind frische Hirschfährten«, sagte Gresham und zeigte darauf.

»Ja, heute Morgen sind zwei Hirsche hier vorbeigelaufen.«

»Das könnte die Erklärung für die Spuren sein, die Sie gesehen haben.«

»Chief Gresham«, sagte Maura seufzend, »ich kann sehr wohl einen Stiefelabdruck von Hirschspuren unterscheiden.«

»Nein, ich meine, dass vielleicht irgendjemand auf der Jagd hier vorbeigekommen ist. Illegal natürlich; ist ja jetzt Schonzeit. Kann doch sein, dass er den Hirschen aus dem Wald bis hierher gefolgt ist.«

Ballard blieb plötzlich stehen, den Blick starr auf den Boden gerichtet.

»Können Sie sie sehen?«, fragte sie.

»Ja«, antwortete er. Seine Stimme klang auffallend ruhig.

Gresham ging neben Ballard in die Hocke. Einige Sekunden verstrichen. Warum sagten sie nichts? Der Wind frischte plötzlich auf. Fröstelnd blickte sie zu den schwankenden Zweigen auf. Letzte Nacht war irgendjemand aus diesem Wald gekommen. Er hatte vor ihrem Zimmerfenster gestanden. Hatte hineingeschaut, während sie geschlafen hatte.

Ballard blickte zum Haus auf. »Ist das ein Schlafzimmerfenster?«

»Ja.«

»Ihres?«

»Ja.«

»Haben Sie gestern Abend die Vorhänge zugezogen?« Er sah sie über die Schulter an, und sie wusste genau, was er dachte: *Haben Sie dem Spanner, ohne es zu wissen, eine Peepshow geboten?*

Sie errötete. »In dem Zimmer gibt es keine Vorhänge.«

»Das können nicht Brittas Stiefel gewesen sein, dafür sind sie zu groß«, meinte Gresham. »Aber sie dürfte normalerweise der einzige Mensch sein, der hier oben herumtrampelt, wenn sie ab und zu nach dem Haus sieht.«

»Sieht nach einer Vibram-Sohle aus«, sagte Ballard. »Größe einundvierzig oder zweiundvierzig.« Sein Blick folgte den Spuren, die zum Wald zurückführten. »Die Hirschspuren überlagern sie.«

»Was bedeutet, dass der Kerl zuerst hier war«, sagte Maura. »Vor den Hirschen. Bevor ich aufgewacht bin.«

»Ja, aber wie lange vorher?« Ballard richtete sich auf und spähte durch das Fenster in ihr Schlafzimmer. Lange Zeit sagte er nichts, und wieder stellte das Schweigen dieser Männer ihre Geduld auf eine harte Probe, während sie auf eine Reaktion – irgendeine Reaktion – von ihnen wartete.

»Wissen Sie, es hat hier seit fast einer Woche nicht mehr geregnet«, sagte Gresham. »Vielleicht sind diese Spuren gar nicht mehr so frisch.«

»Aber wer sollte denn hier herumlaufen und durchs Fenster schauen?«, fragte sie.

»Ich kann Britta anrufen. Vielleicht hat sie ja einen Arbeiter raufgeschickt, der hier irgendwas reparieren sollte. Oder irgendjemand war einfach neugierig und hat einen Blick hineingeworfen.«

»Neugierig?«, echote Maura.

»Na, es hat doch jeder mitgekriegt, was unten in Boston mit Ihrer Schwester passiert ist. Da wollte vielleicht der eine oder andere mal einen Blick in ihr Haus riskieren.«

»Ich verstehe diese Art von morbider Neugier nicht. So etwas habe ich noch nie verstanden.«

»Rick sagt, Sie sind Gerichtsmedizinerin, nicht wahr? Also, dann müssen Sie das doch auch kennen – alle sind immer ganz wild nach den Details. Sie ahnen ja nicht, wie oft ich schon nach diesem Mord gefragt worden bin. Denken Sie nicht, dass einer dieser Leute, die ihre Nase überall reinstecken, auf die Idee gekommen sein könnte, sich mal das Haus anzuschauen?«

Sie starrte ihn ungläubig an. Mitten in ihr Schweigen hinein begann plötzlich das Funkgerät in Greshams Wagen zu quäken.

»Entschuldigen Sie mich«, sagte er und ging zum Auto zurück.

»Tja«, meinte Maura. »Damit haben sich meine Befürchtungen wohl als grundlos erwiesen, oder?«

»Zufällig nehme ich Ihre Befürchtungen sehr ernst.«

»Wirklich?« Sie sah ihn an. »Kommen Sie herein, Rick. Ich will Ihnen etwas zeigen.«

Er folgte ihr zur Veranda und weiter ins Haus. Sie zog die Tür zu und deutete auf die Batterie von Messingschlössern.

»Das ist es, was ich Ihnen zeigen wollte«, sagte sie.

Er betrachtete die Schlösser und Ketten und runzelte die Stirn. »Junge, Junge.«

»Das ist noch nicht alles. Kommen Sie mit.«

Sie führte ihn in die Küche, wo sie ihm die glänzenden Ketten und Riegel zeigte, mit denen die Hintertür gesichert war. »Die sind alle neu. Bestimmt hat Anna sie anbringen lassen. Sie hatte vor irgendetwas Angst.«

»Dazu hatte sie auch allen Grund. Die ganzen Todesdrohungen. Sie konnte nicht wissen, wann Cassell hier aufkreuzen würde.«

Sie sah ihn an. »Deswegen sind Sie hier, nicht wahr? Um herauszufinden, ob er es war?«

»Ich habe sein Foto in der Stadt herumgezeigt.«

»Und?«

»Bis jetzt hat sich noch niemand an ihn erinnert. Aber

das heißt noch nicht, dass er nicht hier war.« Er deutete auf die Schlösser. »Das hier verwundert mich ganz und gar nicht.«

Seufzend ließ sie sich auf einen Stuhl am Küchentisch sinken. »Wie kann es sein, dass unser beider Leben so unterschiedlich verlaufen ist? Ich komme gerade mit dem Flugzeug von einer Parisreise zurück, während sie …« Sie schluckte. »Was wäre passiert, wenn ich von klein auf an ihrer Stelle gewesen wäre? Wäre dann alles genauso gekommen? Vielleicht würde sie jetzt an meiner Stelle auf diesem Stuhl sitzen und sich mit Ihnen unterhalten.«

»Sie und Anna sind zwei verschiedene Menschen, Maura. Sie haben vielleicht ihr Gesicht, ihre Stimme. Aber Sie sind nicht Anna.«

Sie blickte zu ihm auf. »Erzählen Sie mir mehr von meiner Schwester.«

»Ich weiß nicht recht, wo ich anfangen soll.«

»Egal. Mich interessiert alles. Sie sagten gerade, dass ich mich anhöre wie sie.«

Er nickte. »Das stimmt. Tonfall und Tonhöhe – alles vollkommen identisch.«

»So gut erinnern Sie sich an sie?«

»Anna war eine Frau, die man nicht so leicht wieder vergisst«, sagte er, ohne den Blick von ihr zu wenden. Sie sahen einander in die Augen; auch dann noch, als sie schwere Schritte hörten, die sich von draußen näherten. Erst als Gresham in die Küche kam, brach sie schließlich den Blickkontakt ab und wandte sich dem Polizeichef zu.

»Dr. Isles«, sagte Gresham, »könnten Sie mir vielleicht einen kleinen Gefallen tun? Kommen Sie doch bitte mit mir ein Stück die Straße lang. Ich muss Ihnen da etwas zeigen.«

»Was ist es denn?«

»Dieser Funkruf eben, das war die Zentrale. Sie haben einen Anruf von dem Bautrupp bekommen, der hier nebenan zugange ist. Die haben mit ihrem Bulldozer etwas ausgebuddelt. Es sind – na ja, irgendwelche Knochen.«

Sie runzelte die Stirn. »Menschenknochen?«
»Das fragen die sich gerade auch.«

Maura fuhr mit Gresham im Streifenwagen, Ballard mit seinem Explorer gleich dahinter. Es lohnte sich kaum, für die kurze Strecke ins Auto zu steigen; sie fuhren einmal um die Kurve, und da sahen sie auch schon den Bulldozer auf dem frisch ausgeholzten Grundstück stehen. Vier Männer mit Schutzhelmen standen im Schatten neben ihren Lkws. Einer von ihnen kam auf Maura, Gresham und Ballard zu, als sie aus ihren Fahrzeugen ausstiegen.

»Hallo, Chief.«

»Hi, Mitch. Wo ist es denn?«

»Da drüben beim Bulldozer. Ich hab den Knochen gesehen und sofort den Motor ausgeschaltet. Auf dem Grundstück stand früher mal ein altes Bauernhaus. Ich habe wirklich keine Lust, da irgendwelche Familiengräber auszuheben.«

»Wir lassen Dr. Isles hier erst mal einen Blick drauf werfen, ehe ich anfange herumzutelefonieren. Ich will nicht den Gerichtsmediziner den langen Weg aus Augusta kommen lassen, nur um ihm einen Haufen Bärenknochen zu zeigen.«

Mitch führte sie über die Lichtung. Die frisch umgegrabene Erde machte den kurzen Fußmarsch zu einem Hindernislauf über Steine und Wurzeln, die ihnen die Knöchel zerkratzten. Mauras Pumps waren für solches Gelände nicht sonderlich geeignet, und so vorsichtig sie auch aufzutreten versuchte, sie konnte unmöglich verhindern, dass das schwarze Wildleder schmutzig wurde.

Gresham klatschte sich mit der flachen Hand auf die Wange. »Diese gottverdammten Kriebelmücken. Die scheinen nur auf uns gewartet zu haben.«

Die Lichtung war von dichten Baumgruppen umstanden; die Luft hier war drückend, und es war absolut windstill. Die Insekten hatten längst ihre Witterung aufgenommen und schwirrten in dichten Schwärmen um sie herum, gierig nach Blut. Maura war heilfroh, dass sie sich heute Morgen für eine lange Hose entschieden hatte; schon jetzt taten die Fliegen sich an ihren ungeschützten Armen und ihrem Gesicht gütlich.

Als sie endlich den Bulldozer erreicht hatten, waren ihre Hosenaufschläge völlig verdreckt. Im Schein der hoch stehenden Sonne glitzerten kleine Glasscherben am Boden. Ein ausgerissener alter Rosenstock lag in der Hitze und vertrocknete.

»Dort«, sagte Mitch und zeigte auf eine Stelle am Boden.

Noch ehe sie sich gebückt hatte, um sich den Gegenstand genauer anzusehen, wusste Maura bereits, was dort in der Erde steckte. Sie fasste es nicht an, sondern ging nur in die Hocke, um es besser sehen zu können. Ihre Schuhe versanken tief in der frisch aufgeworfenen Erde. Der Knochen, erst seit kurzem den Elementen ausgesetzt, schimmerte bleich durch die Kruste aus getrockneter Erde hindurch. Sie hörte ein Krächzen in den Bäumen und blickte auf. Ein Schwarm Krähen flatterte zwischen den Ästen umher wie eine finstere Geisterschar. *Sie wissen auch, was das hier ist.*

»Was meinen Sie dazu?«, fragte Gresham.

»Es ist ein Ilium.«

»Was ist das?«

»Das Darmbein – dieser Knochen hier.« Sie fasste sich an die Stelle, wo ihre Hose sich über dem Beckenknochen spannte. Mit einem Mal fühlte sie sich an die unerbittliche Wahrheit erinnert, dass auch sie selbst unter den Muskeln und der Haut nur ein Skelett war. Ein poröses Gerüst aus Kalzium und Phosphat, das überdauern würde, lange nachdem ihr Fleisch verrottet war. »Er stammt von einem Menschen«, sagte sie.

Einen Moment lang waren sie alle still. Das einzige Geräusch an diesem sonnigen Junitag kam von den Krähen, die sich in Scharen in den Baumkronen sammelten. Wie reife schwarze Früchte saßen sie auf den Ästen und starrten mit ihren verstörend intelligenten Augen auf die Menschen herab, während ihr Gekrächze zu einem ohrenbetäubenden Fortissimo anschwoll – und wie aufs Stichwort urplötzlich verstummte.

»Was wissen Sie über diesen Ort?«, fragte Maura den Bulldozerfahrer. »Was war hier vorher?«

»Ein paar alte Steinmauern«, antwortete Mitch. »Fundamente eines Hauses. Wir haben sie alle dort drüben hingekarrt; wir dachten uns, vielleicht kann ja jemand noch was damit anfangen.« Er deutete auf einen Haufen Steinbrocken am Rand der Lichtung. »Alte Mauern, das ist wirklich nichts Ungewöhnliches. Wenn Sie im Wald spazieren gehen, stoßen Sie immer wieder auf alte Fundamente wie die hier. Früher gab es hier entlang der Küste viel Schafzucht, aber die Höfe sind heute alle verschwunden.«

»Es könnte also ein altes Grab sein«, sagte Ballard.

»Aber der Knochen da liegt direkt neben der Stelle, wo eine von den Mauern war«, wandte Mitch ein. »Ich glaube kaum, dass irgendjemand seine alte Oma so nahe am Haus begraben würde. Bringt Unglück, würde ich meinen.«

»Manche Menschen haben gedacht, dass es Glück bringt.«

»Was?«

»Im Altertum glaubte man, dass ein unter dem Grundstein begrabener Säugling das Haus vor Unglück schützen würde.«

Mitch starrte sie an – ein Blick, der zu sagen schien: *Wer zum Teufel bist du eigentlich, Lady?*

»Ich will damit nur sagen, dass die Bestattungspraktiken sich im Lauf der Jahrhunderte verändert haben«, sagte Maura. »Hierbei könnte es sich durchaus um ein altes Grab handeln.«

Über ihnen erhob sich plötzlich lautes Geflatter. Alle Krähen waren gleichzeitig aufgeflogen und kreisten mit hektischen Flügelschlägen über ihnen. Maura sah zu ihnen auf; der Anblick so vieler schwarzer Schwingen, die sich wie auf Kommando gleichzeitig in die Luft erhoben, machte sie nervös.

»Eigenartig«, meinte Gresham.

Maura richtete sich auf und blickte zum Waldrand. Sie erinnerte sich an das Geräusch des Bulldozers am Morgen und daran, wie nahe es ihr vorgekommen war. »In welcher Richtung liegt das Haus? Das, in dem ich letzte Nacht geschlafen habe?«, fragte sie.

Gresham blickte zur Sonne auf, um sich zu orientieren, und streckte die Hand aus. »Da drüben. Sie schauen genau in die Richtung.«

»Wie weit ist es?«

»Gleich hinter den Bäumen dort. Sie könnten zu Fuß hingehen.«

Der Gerichtsmediziner aus Augusta traf anderthalb Stunden später ein. Als er mit seinem Instrumentenkoffer in der Hand aus dem Wagen stieg, erkannte Maura den Mann mit dem weißen Turban und dem gepflegten Vollbart sofort. Sie hatte Dr. Daljeet Singh vergangenes Jahr bei einer Pathologenkonferenz kennen gelernt, und im Februar hatten sie zusammen zu Abend gegessen, als er an einer regionalen Tagung zur forensischen Medizin in Boston teilgenommen hatte. Daljeet war nicht besonders groß gewachsen, doch seine würdevolle Haltung und sein traditioneller Sikh-Kopfschmuck ließen ihn stattlicher erscheinen, als er tatsächlich war. Sein ruhiges, sicheres Auftreten hatte Maura von Anfang an beeindruckt. Und seine Augen – Daljeet hatte glänzende braune Augen und die längsten Wimpern, die sie je bei einem Mann gesehen hatte.

Sie gaben sich die Hand, eine herzliche Begrüßung von zwei Kollegen, die einander ehrlich sympathisch waren. »Was bringt Sie denn hierher, Maura? Haben Sie in Boston nicht genug Arbeit? Müssen Sie deswegen in meinem Revier wildern?«

»Ich dachte, ich kann hier ein ruhiges Wochenende verbringen, aber die Arbeit hat mich anscheinend eingeholt.«

»Haben Sie die Überreste schon gesehen?«

Sie nickte, und ihr Lächeln verflog. »Es handelt sich um einen linken Beckenkamm, der noch teilweise in der Erde steckt. Wir haben ihn noch nicht angerührt. Mir war klar, dass Sie ihn zuerst in situ würden sehen wollen.«

»Keine anderen Knochen?«

»Bis jetzt nicht.«

»Also dann.« Er ließ den Blick über das gerodete Grundstück schweifen, wie um sich innerlich für den Marsch durchs Gelände zu wappnen. Ihr fiel auf, dass er das passende Schuhwerk mitgebracht hatte: edle Trekkingschuhe, die aussahen, als seien sie fabrikneu und sollten hier zum ersten Mal in matschigem Terrain erprobt werden. »Sehen wir uns mal an, was der Bulldozer zutage gefördert hat.«

Inzwischen war es früher Nachmittag, die Luft so schwül und mit Feuchtigkeit gesättigt, dass Daljeets Gesicht in kürzester Zeit mit einem Schweißfilm bedeckt war. Kaum waren sie ein paar Schritte über die Lichtung gegangen, da umschwärmten sie bereits die Fliegen und Mücken und begrüßten begeistert die neue Frischblutlieferung. Zwanzig Minuten zuvor waren Detective Corso und sein Partner Yates von der Staatspolizei Maine eingetroffen; sie schritten jetzt zusammen mit Ballard und Gresham das Gelände ab.

Corso winkte ihnen zu und rief: »Man kann sich angenehmere Beschäftigungen für so einen herrlichen Sonntag vorstellen, was, Dr. Singh?«

Daljeet winkte zurück, dann bückte er sich, um den Beckenknochen in Augenschein zu nehmen.

»Das Grundstück war einmal bebaut«, sagte Maura. »Die Arbeiter sagen, dass an dieser Stelle alte Fundamente waren.«

»Aber keine Sargreste?«

»Wir haben keine gefunden.«

Er ließ den Blick über die zerklüftete Landschaft aus schlammverkrusteten Steinen, entwurzelten Unkrautbüscheln und Baumstümpfen schweifen. »Dieser Bulldozer könnte die Knochen in alle Himmelsrichtungen verteilt haben.«

Plötzlich hörten sie Detective Yates rufen: »Ich habe noch etwas gefunden!«

»Wo – dort drüben?«, fragte Daljeet, während er und Maura schon quer über die Lichtung auf Yates zueilten.

»Als ich hier vorbeikam, bin ich mit dem Fuß in diesem Wirrwarr von Brombeerwurzeln hängen geblieben«, erklärte Yates. »Ich bin gestolpert, und dann ist das da plötzlich aus dem Boden aufgetaucht.« Während Maura neben ihm in die Hocke ging, teilte Yates vorsichtig das Gewirr von Dornenzweigen. Eine Wolke von Mücken erhob sich von der feuchten Erde und umschwirrte Mauras Gesicht, als sie den teilweise von Erde bedeckten Gegenstand betrachtete. Es war ein Schädel. Eine leere Augenhöhle blickte starr zu ihr auf. Brombeerranken schlängelten sich durch die Öffnung, in der einmal ein Auge gesessen hatte.

Sie sah Daljeet an. »Haben Sie eine Gartenschere?«

Er öffnete seinen Koffer und holte Handschuhe, eine Rosenschere und eine Pflanzschaufel hervor. Zusammen knieten sie nieder und machten sich daran, den Schädel freizulegen. Maura durchschnitt die Wurzeln, während Daljeet behutsam die Erde herausschaufelte. Die Sonne brannte auf sie herunter, und selbst der Boden schien Hitze auszustrahlen. Maura musste mehrmals innehalten, um sich den Schweiß von der Stirn zu wischen. Das Insektenschutzmittel, mit dem sie sich vor einer Stunde eingerieben hatte, hatte sich längst in Wohlgefallen aufgelöst, und wieder begannen die Kriebelmücken sie zu attackieren.

Sie und Daljeet legten ihre Werkzeuge beiseite, um mit den behandschuhten Händen zu graben, wobei sie so dicht nebeneinander knieten, dass sie mit den Köpfen zusammenstießen. Ihre Finger bohrten sich tief in kühlere Erde und lockerten sie. Zentimeter um Zentimeter legten sie den Schädel frei, und dann hielt sie inne und starrte das Schläfenbein an. Die schwere Fraktur, die nun sichtbar wurde.

Sie und Daljeet tauschten einen Blick, als beiden derselbe

Gedanke durch den Kopf schoss: *Das war kein natürlicher Tod.*

»Ich glaube, er liegt jetzt ganz frei«, sagte Daljeet. »Heben wir ihn heraus.«

Er breitete eine Plastikplane aus und griff dann tief in das Loch. Als er die Hände wieder herauszog, hielt er den Schädel darin, dessen Unterkiefer praktischerweise so von Brombeerwurzeln umrankt war, dass er an Ort und Stelle gehalten wurde. Daljeet bettete seinen Schatz auf die Plane.

Eine Weile sagte niemand ein Wort. Sie starrten alle den zerschmetterten Schläfenknochen an.

Detective Yates deutete auf einen der Backenzähne, in dem etwas metallisch glänzte. »Ist das nicht eine Plombe?«, fragte er. »In dem Zahn hier?«

»Ja. Aber schon vor hundert Jahren haben Zahnärzte Amalgamfüllungen eingesetzt«, sagte Daljeet.

»Es könnte also trotzdem ein altes Grab sein.«

»Aber wo sind die Sargfragmente? Wenn das hier eine förmliche Beisetzung war, müsste es einen Sarg geben. Und dann ist da dieses kleine Detail.« Daljeet wies auf die Kompressionsfraktur und blickte zu den beiden Detectives auf, die ihm über die Schulter schauten. »Ganz gleich, wie alt diese Überreste sein mögen, ich glaube, wir haben es hier mit einem Verbrechen zu tun.«

Die anderen Männer waren inzwischen näher gekommen und drängten sich um die kleine Gruppe, und Maura hatte plötzlich das Gefühl, als ob aller Sauerstoff aus der Luft herausgepumpt worden wäre. Das Summen der Fliegen schien zu einem pulsierenden Dröhnen anzuschwellen. Es ist so warm, dachte sie. Sie stand auf und ging mit unsicheren Schritten zum Waldrand, wo der Baldachin aus Eichen- und Ahornkronen willkommenen Schatten spendete. Dort ließ sie sich auf einen Stein nieder und vergrub das Gesicht in den Händen. Das habe ich nun davon, dass ich auf das Frühstück verzichtet habe, dachte sie.

»Maura?«, rief Ballard. »Fühlen Sie sich nicht wohl?«

»Es ist bloß die Hitze. Ich muss mich einen Moment abkühlen.«

»Möchten Sie einen Schluck Wasser? Ich habe welches in meinem Wagen – falls es Ihnen nichts ausmacht, mit mir aus einer Flasche zu trinken.«

»Danke. Das könnte ich jetzt gebrauchen.«

Sie sah ihm nach, als er auf seinen Geländewagen zuging, sah die flügelförmigen Schweißflecken auf seinem Hemdrücken. Er machte sich nicht die Mühe, den besten Weg durch das unebene Gelände zu suchen, sondern stapfte einfach querfeldein über das aufgeworfene Erdreich. Entschlossenheit – das war es, was Ballards Gang ausdrückte; es war der Gang eines Mannes, der wusste, was zu tun war, und es ganz einfach tat.

Die Flasche, die er ihr brachte, war warm vom langen Liegen im Wagen. Sie trank so gierig, dass ihr das Wasser übers Kinn rann. Als sie die Flasche absetzte, merkte sie, dass Ballard sie beobachtete. Für einen langen Augenblick nahm sie das Summen der Insekten nicht mehr wahr, ebenso wenig wie das Gemurmel der Männer, die ein paar Meter weiter mit dem Schädel beschäftigt waren. Hier, im Schatten der Bäume, konnte sie sich ganz auf ihn konzentrieren. Auf die leichte Berührung seiner Hand, als er ihr die Flasche abnahm. Auf das weiche Licht, das in seinen Haaren spielte, und das Netz von Lachfalten um seine Mundwinkel. Sie hörte, wie Daljeet ihren Namen rief, doch sie antwortete nicht, drehte sich nicht um; und auch Ballard reagierte nicht, schien wie sie in diesem Augenblick gefangen. Einer von uns muss den Bann brechen. Einer von uns muss sich endlich losreißen. Aber ich bringe es offenbar nicht fertig.

»Maura?« Daljeet stand plötzlich direkt neben ihr; sie hatte ihn gar nicht kommen gehört. »Wir haben da ein interessantes Problem«, sagte er.

»Was für ein Problem?«

»Kommen Sie mit und werfen Sie noch mal einen Blick auf diesen Beckenknochen.«

Zögernd stand sie auf. Jetzt fühlte sie sich schon besser, das Schwindelgefühl war verflogen. Der Schluck Wasser, die paar Minuten im Schatten, hatten ihr neue Kraft gegeben. Zusammen mit Ballard folgte sie Daljeet zu der Stelle, wo der Beckenknochen lag. Sie sah, dass er bereits einen Teil der Erde entfernt und ein größeres Stück des Knochens freigelegt hatte.

»Auf dieser Seite bin ich schon bis zum Kreuzbein vorgedrungen«, erklärte er. »Sie können gerade eben den Beckenausgang und den Sitzbeinhöcker erkennen.«

Sie ließ sich neben ihm in die Hocke sinken. Einen Augenblick lang sagte sie nichts, sondern starrte nur den Knochen an.

»Was ist denn das Problem?«, wollte Ballard wissen.

»Wir müssen es ganz freilegen«, sagte sie. Sie blickte zu Daljeet auf. »Haben Sie noch eine Schaufel?«

Er reichte ihr eine; es war, als drücke ihr jemand ein Skalpell in die Hand. Plötzlich war sie wieder im Dienst, voller Ernst und Entschlossenheit auf die Arbeit konzentriert. Daljeet und sie knieten wie zuvor Seite an Seite und schaufelten das steinige Erdreich zur Seite. Verschlungene Baumwurzeln waren durch die Beckenöffnungen gewachsen und fesselten die Knochen an das Grab. Sie mussten das Gestrüpp zerschneiden, um sie zu befreien. Je tiefer sie gruben, desto schneller schlug ihr Herz. Schatzsucher mochten nach Gold graben, sie grub nach Geheimnissen. Nach den Antworten, die nur ein Grab preisgeben kann. Mit jeder Schaufel voll Erde, die sie entfernten, kam mehr von dem Becken ans Licht. Sie arbeiteten jetzt wie im Fieber; Schicht um Schicht legten sie mit ihren Werkzeugen frei.

Als sie endlich auf das ausgegrabene Becken blickten, waren sie beide so verblüfft, dass ihnen die Worte fehlten.

Maura stand auf und ging zurück zu dem Schädel, der immer noch auf der Plastikplane lag. Sie kniete sich daneben, streifte die Handschuhe ab und fuhr mit den bloßen Fingern über den Stirnknochen, betastete die kräftig ausgeprägten Augenbrauenbogen. Dann drehte sie den Schädel um und betrachtete den Knochenvorsprung am Hinterhauptbein.

Das ergab keinen Sinn.

Sie ließ sich auf die Fersen sinken. Ihre Bluse war in dieser unangenehm feuchten Luft inzwischen schweißgetränkt. Bis auf das Summen der Fliegen war es auf der Lichtung jetzt vollkommen still. Ringsum ragten die Bäume auf, als bewachten sie diesen verschwiegenen Ort. Sie starrte auf die undurchdringliche grüne Wand und hatte das Gefühl, dass unsichtbare Augen zurückstarrten, als ob der Wald selbst sie beobachtete. Und auf ihren nächsten Schritt wartete.

»Was gibt's, Dr. Isles?«

Sie blickte zu Detective Corso auf. »Wir haben ein Problem«, sagte sie. »Dieser Schädel ...«

»Was ist damit?«

»Sehen Sie die dicken Wülste hier über den Augenhöhlen? Und dann schauen Sie mal hier, an der Schädelbasis. Wenn Sie mit dem Finger darüber fahren, können Sie einen Höcker fühlen. Er wird Protuberantia occipitalis genannt.«

»Und?«

»Dort ist das Nackenband verankert, das die Nackenmuskeln mit dem Schädel verbindet. Die Tatsache, dass dieser Höcker so ausgeprägt ist, verrät mir, dass dieses Individuum eine kräftige Muskulatur hatte. Das hier ist mit an Sicherheit grenzender Wahrscheinlichkeit der Schädel eines Mannes.«

»Und was ist das Problem dabei?«

»Das Becken dort drüben stammt von einer Frau.«

Corso starrte sie an. Er wandte sich zu Dr. Singh um.

»Ich stimme vollkommen mit Dr. Isles überein«, sagte Daljeet.

»Aber das würde ja bedeuten ...«

»... dass wir es mit den Überresten von zwei Menschen zu tun haben«, sagte Maura. »Ein Mann und eine Frau.« Sie stand auf und sah Corso in die Augen. »Die Frage ist: Wie viele Leichen sind hier noch verscharrt?«

Einen Moment lang schien Corso zu verblüfft, um antworten zu können. Dann drehte er sich um und ließ den Blick langsam über die Lichtung schweifen, als sähe er sie zum ersten Mal bewusst.

»Chief Gresham«, sagte er, »wir werden Freiwillige brauchen. Und zwar eine Menge. Polizei, Feuerwehr. Ich lasse unser Team aus Augusta kommen, aber das wird nicht reichen. Nicht für die Aufgabe, die uns hier bevorsteht.«

»Von wie vielen Helfern reden Sie?«

»So viele, wie es braucht, um dieses Gelände zu durchkämmen.« Corso blickte auf die Bäume, die sie umringten. »Wir werden jeden Quadratzentimeter im Umkreis absuchen. Die Lichtung, den Wald. Wenn hier wirklich mehr als zwei Menschen begraben sind, werde ich sie finden.«

12

Jane Rizzoli war in Revere aufgewachsen, einem nördlichen Vorort von Boston. Es war ein Arbeiterviertel mit schlichten Einfamilienhäusern auf briefmarkengroßen Grundstücken, wo jeden Sommer am Nationalfeiertag Hot Dogs auf dem Gartengrill gebrutzelt wurden und man auf den Veranden stolz das Sternenbanner hisste. Die Rizzolis hatten schon so manche Höhen und Tiefen durchlebt, darunter auch ein paar schreckliche Monate, als Jane zehn Jahre alt gewesen war und ihr Vater seinen Job verloren hatte. Sie war alt genug gewesen, um die Angst ihrer Mutter spüren zu können und von der zornigen Verzweiflung ihres Vaters angesteckt zu werden. Sie und ihre zwei Brüder wussten genau, wie es war, auf dem schmalen Grat zwischen einem angenehmen Auskommen und dem finanziellen Ruin zu existieren, und obwohl sie inzwischen ein regelmäßiges Gehalt bezog, konnte sie die warnende Stimme aus den unsicheren Tagen ihrer Kindheit nie ganz zum Verstummen bringen. In ihren Augen würde sie immer das Mädchen aus Revere bleiben, das davon geträumt hatte, eines Tages ein großes Haus in einem feineren Viertel zu besitzen, ein Haus, in dem es reichlich Badezimmer gab, so dass sie nicht mehr jeden Morgen an die Tür hämmern müsste, um auch endlich mal mit dem Duschen dranzukommen. Es würde einen gemauerten Kamin haben, eine Haustür mit zwei Flügeln und einen Türklopfer aus Messing. Das Haus, das sie jetzt von ihrem Wagen aus betrachtete, hatte alle diese Vorzüge, und noch mehr: den Türklopfer aus Messing, die Doppelhaustür und nicht nur *einen* gemauerten Kamin, sondern deren zwei. All das, wovon sie immer geträumt hatte.

Und doch war es das hässlichste Haus, das sie je gesehen hatte.

Die anderen Häuser in dieser Straße in East Dedham entsprachen dem, was man in einem solchen ruhigen, gediegenen Mittelschicht-Wohnviertel erwarten würde: Doppelgaragen und gepflegte Vorgärten. Die Autos in den Einfahrten allesamt neuere Modelle. Aber nichts Extravagantes. Nichts, was einen aufforderte: *Schau mich an*. Aber dieses Haus – nun, es verlangte nicht nur, beachtet zu werden. Es schrie regelrecht danach.

Es war, als sei Tara, das Herrenhaus aus *Vom Winde verweht*, von einem Wirbelsturm erfasst und auf einem Stadtgrundstück wieder fallen gelassen worden. Das Haus hatte keinen Garten, der diesen Namen verdient gehabt hätte, nur links und rechts einen Streifen Grün, gerade breit genug, dass man mit dem Rasenmäher zwischen der Hauswand und dem Zaun zum Nachbargrundstück hindurchfahren konnte. Weiße Säulen säumten wie Wachposten eine Veranda, auf der Scarlett O'Hara hätte Hof halten können, mit einem einmaligen Blick auf den Verkehr, der über die Sprague Street rauschte. Das Haus erinnerte sie irgendwie an Johnny Silva, einen Jungen aus ihrer alten Straße, der seinen ersten Gehaltsscheck gleich in eine kirschrote Corvette investiert hatte. »Der will bloß nicht als Loser dastehen«, hatte ihr Vater gesagt. »Der Knabe wohnt immer noch bei seinen Eltern im Keller, aber er kauft sich einen schicken Sportwagen. Die größten Nieten müssen immer die dicksten Autos haben.«

Oder das größte Haus in der Straße, dachte sie, als sie dieses Tara an der Sprague Street bestaunte.

Sie manövrierte ihren Bauch hinter dem Lenkrad hervor und spürte, wie das Baby einen Stepptanz auf ihrer Blase vollführte, als sie die Verandastufen hinaufging. Das Wichtigste zuerst, dachte sie. Frag, ob du die Toilette benutzen darfst. Die Türklingel klingelte nicht einfach, sie *tönte* wie die Glocke einer Kathedrale, die die Gläubigen zur Messe ruft.

Die Blondine, die ihr die Tür aufmachte, schien sich in

den falschen Film verirrt zu haben. Sie war keine Scarlett O'Hara, sie sah eher aus, als ob sie Barbie hieße – aufgedonnerte Frisur, große Oberweite, der kurvenreiche Körper in ein hautenges rosa Spandex-Outfit gezwängt wie eine Wurst in die Pelle. Das Gesicht so unnatürlich ausdruckslos, dass es mit Botox aufgespritzt sein musste.

»Ich bin Detective Rizzoli. Ich möchte zu Terence Van Gates. Wir haben telefoniert.«

»Oh, ja. Terry erwartet Sie.« Eine hohe, piepsige Mädchenstimme. In kleinen Dosen noch erträglich, aber nach einer Stunde würde sie sich anhören wie Fingernägel, die über eine Schiefertafel kratzen.

Rizzoli trat in die Eingangshalle und stand sogleich vor einem gewaltigen Ölgemälde. Es zeigte Barbie, die in einem grünen Abendkleid neben einer riesigen Vase voller Orchideen stand. Alles in diesem Haus schien überdimensioniert. Die Bilder, die Decken, die Brüste.

»Sein Bürogebäude wird gerade renoviert, deshalb arbeitet er heute zu Hause. Den Gang entlang, auf der rechten Seite.«

»Entschuldigen Sie bitte – tut mir Leid, ich habe Ihren Namen nicht verstanden.«

»Bonnie.«

Bonnie – Barbie. Kein großer Unterschied.

»Also... Mrs. Van Gates – richtig?«, fragte Rizzoli.

»M-hm.«

Die klassische Vorzeigefrau. Van Gates musste auf die siebzig zugehen.

»Dürfte ich Ihre Toilette benutzen? Neuerdings scheine ich alle zehn Minuten eine zu brauchen.«

Erst jetzt schien Bonnie zu registrieren, dass Rizzoli schwanger war. »Oh, *Honey*! Aber selbstverständlich! Den Flur entlang, auf der rechten Seite.«

Rizzoli hatte noch nie eine bonbonrosa gestrichene Toilette gesehen. Die Schüssel stand auf einer Plattform, wie ein kleiner Thron, und direkt daneben war ein Wandtelefon installiert. Als ob irgendjemand Geschäftsverhandlungen führen wollte, während er – nun ja – sein Geschäft erledigte. In dem rosa Waschbecken wusch sie sich mit rosa Seife die Hände, trocknete sie an einem rosa Handtuch ab und ergriff schleunigst die Flucht.

Bonnie war verschwunden, doch Rizzoli konnte aus dem Obergeschoss das Wummern von Aerobic-Musik hören, dazu das rhythmische Stampfen von Füßen. Bonnie bei ihren regelmäßigen Fitnessübungen. Ich müsste auch mal was für meine Figur tun, dachte Rizzoli. Aber ich weigere mich, es in rosa Spandexklamotten zu tun.

Sie machte sich auf die Suche nach Van Gates' Büro. Als Erstes warf sie einen Blick in ein riesiges Wohnzimmer mit einem weißen Flügel, einem weißen Teppich und weißen Möbeln. Weißes Zimmer, rosa Zimmer. Was erwartete sie als Nächstes? Im Flur kam sie an einem weiteren Porträt von Bonnie vorbei. Hier posierte sie als griechische Göttin in einem weißen Gewand, unter dessen durchscheinendem Stoff sich ihre Nippel deutlich abzeichneten. Verdammt, diese Leute gehörten nach Las Vegas.

Endlich gelangte sie zu einem Büro. »Mr. Van Gates?«, sagte sie.

Der Mann, der hinter dem Kirschholzschreibtisch saß, blickte von seinen Papieren auf, und sie sah wasserblaue Augen, ein Gesicht, das im Alter weich und hängebackig geworden war, und dann die Haare – ja, was war das eigentlich für ein Farbton? Irgendwo zwischen Gelb und Orange. Das konnte keine Absicht sein; da war wohl beim Färben ein kleines Malheur passiert.

»Detective Rizzoli?«, sagte er. Sein Blick fiel auf ihren Bauch. Und blieb dort hängen, als hätte er noch nie eine schwangere Polizistin gesehen.

Red mit mir, nicht mit meinem Bauch. Sie ging auf den Schreibtisch zu und schüttelte ihm die Hand. Dabei fielen ihr die verräterischen Transplantate auf, mit denen seine Kopfhaut übersät war. Wie kleine gelbe Grasbüschel sprossen sie aus seinem Kopf; ein letztes verzweifeltes Aufbäumen seiner schwindenden Männlichkeit. Das hat man davon, wenn man unbedingt eine Vorzeigefrau heiraten muss. »Bitte, setzen Sie sich doch«, sagte er.

Sie machte es sich in einem glänzenden Ledersessel bequem und sah sich in dem Büro um. Dabei stellte sie fest, dass die Einrichtung sich radikal von dem unterschied, was sie bisher in diesem Haus zu Gesicht bekommen hatte. Das hier war der klassische Anwaltskanzlei-Stil, mit viel dunklem Holz und Leder. Mahagoniregale voller juristischer Fachzeitschriften und Gesetzestexte. Kein Hauch von Rosa. Das hier war eindeutig sein Reich, eine bonniefreie Zone.

»Ich weiß nicht so recht, wie ich Ihnen helfen kann, Detective«, sagte er. »Die Adoption, nach der Sie gefragt haben, liegt vierzig Jahre zurück.«

»Also nicht gerade in grauer Vorzeit.«

Er lachte. »Ich bezweifle, dass Sie damals überhaupt schon auf der Welt waren.«

War das ein kleiner Seitenhieb? Seine Art, ihr zu verklickern, dass sie zu jung war, um ihn mit solchen Fragen zu belästigen?

»Sie erinnern sich nicht an die beteiligten Personen?«

»Ich will damit nur sagen, dass es sehr lange her ist. Damals war ich gerade erst mit dem Studium fertig. Ich habe in einem gemieteten Büro mit gemieteten Möbeln gearbeitet, ohne Sekretärin. Bin selbst ans Telefon gegangen. Ich habe jeden Fall angenommen, der mir angetragen wurde – Scheidungen, Adoptionen, Fahren unter Alkoholeinfluss. Alles, was mir half, die Miete zu zahlen.«

»Und diese Akten haben Sie natürlich immer noch. Die von Ihren damaligen Fällen.«

»Die müssten alle eingelagert sein.«

»Wo?«

»Firma File-Safe, in Quincy. Aber bevor wir weiterreden, muss ich Ihnen etwas sagen. Die an dem besagten Fall beteiligten Parteien haben auf absoluter Verschwiegenheit bestanden. Die leibliche Mutter wollte anonym bleiben.

Die Unterlagen wurden schon vor vielen Jahren versiegelt.«

»Es handelt sich hier um Ermittlungen in einem Mordfall, Mr. Van Gates. Eines der beiden Adoptivkinder ist tot.«

»Ja, ich weiß. Aber ich kann nicht erkennen, was das mit ihrer Adoption vor vierzig Jahren zu tun haben soll. Inwiefern ist das für Ihre Ermittlungen relevant?«

»Warum hat Anna Leoni Sie angerufen?«

Sie konnte sehen, wie er erschrak. Nichts, was er danach sagte, konnte diese anfängliche Reaktion vertuschen, diesen Ausdruck, der das mimische Äquivalent eines *Ups!* darstellte.

»Pardon?«, sagte er.

»Am Tag, bevor sie ermordet wurde, hat Anna Leoni aus dem Tremont Hotel in Ihrer Kanzlei angerufen. Wir haben gerade die Anruflisten hereinbekommen. Das Gespräch dauerte siebenunddreißig Minuten. Also, über *irgendetwas* müssen Sie ja geredet haben in diesen siebenunddreißig Minuten. Sie können die arme Frau doch nicht die ganze Zeit in der Warteschleife gehalten haben?«

Er schwieg.

»Mr. Van Gates?«

»Dieses – dieses Gespräch war vertraulich.«

»Ms. Leoni war Ihre Mandantin? Sie haben ihr das Telefonat in Rechnung gestellt?«

»Nein, aber …«

»Dann sind Sie also nicht an die anwaltliche Schweigepflicht gebunden.«

»Aber ich bin einer anderen Mandantin gegenüber zur Verschwiegenheit verpflichtet.«

»Der leiblichen Mutter.«

»Nun, sie *war* meine Mandantin. Sie hat ihre Kinder unter einer Bedingung hergegeben – ihr Name sollte nie genannt werden.«

»Das war vor vierzig Jahren. Vielleicht hat sie inzwischen ihre Meinung geändert.«

»Ich habe keine Ahnung. Ich weiß nicht, wo sie ist. Ich weiß noch nicht einmal, ob sie überhaupt noch am Leben ist.«

»Hat Anna Sie deswegen angerufen? Um Sie nach ihrer Mutter zu fragen?«

Er lehnte sich zurück. »Adoptivkinder sind oft neugierig auf ihre Herkunft. Bei manchen wächst sich das zu einer wahren Besessenheit aus. Also machen sie sich auf die Jagd nach Dokumenten. Investieren Tausende von Dollar und eine Menge Seelenqualen in die Suche nach Müttern, die gar nicht gefunden werden möchten. Und *wenn* sie sie finden, gibt es nur äußerst selten das erhoffte Happy End. Das war es, was ihr vorschwebte, Detective. Ein Happy End wie im Märchen. Manchmal ist es für diese Leute besser, wenn sie die Sache einfach vergessen und ihr Leben weiterleben wie zuvor.«

Rizzoli dachte an ihre eigene Kindheit, ihre eigene Familie. Sie hatte immer gewusst, wer sie war. Sie konnte ihre Großeltern, ihre Eltern anschauen und die Blutsverwandtschaft in ihren Gesichtern erkennen. Sie war eine von ihnen, bis in ihre DNA hinein, und auch wenn ihre Verwandten sie bisweilen noch so sehr ärgerten oder blamierten, sie wusste doch stets, dass sie ihre Familie waren.

Aber Maura Isles hatte sich selbst nie in den Augen einer Großmutter oder einer Mutter gesehen. Wenn Maura durch die Stadt ging, studierte sie dann die Gesichter der Passanten, suchte sie darin nach einem Echo ihrer eigenen Züge? Nach einem Mund oder einer Nase, deren Formen und Konturen ihr vertraut vorkamen? Rizzoli konnte diesen unbändigen Wunsch, die eigene Herkunft zu kennen, sehr gut verstehen. Zu wissen, dass man nicht nur ein abgebrochener Zweig ist, sondern der Ast eines fest verwurzelten Baumes.

Sie sah Van Gates direkt in die Augen. »Wer ist Anna Leonis Mutter?«

Er schüttelte den Kopf. »Ich sage es noch einmal. Das ist nicht relevant für Ihre …«

»Das lassen Sie mal mich entscheiden. Nennen Sie mir einfach nur den Namen.«

»Warum? Damit Sie Unruhe in das Leben einer Frau bringen können, die vielleicht lieber nicht an ihre Jugendsünde erinnert werden möchte? Was hat das mit dem Mordfall zu tun?«

Rizzoli beugte sich vor und legte beide Hände auf seinen Schreibtisch, ein aggressiver Übergriff auf seinen persönlichen Bereich. Süße kleine Barbies taten so etwas vielleicht nicht, aber weibliche Cops aus Revere ließen sich nicht so leicht einschüchtern.

»Wir können Ihre Akten beschlagnahmen lassen. Oder ich kann Sie höflich darum bitten.«

Sie starrten einander ein paar Sekunden lang finster an. Dann signalisierte er mit einem tiefen Seufzer seine Kapitulation. »Na ja, ich muss mir das ja nicht noch einmal antun. Ich sag's Ihnen ganz einfach, okay? Der Name der Mutter war Amalthea Lank. Sie war damals vierundzwanzig Jahre alt. Und sie brauchte Geld – dringend.«

Rizzoli runzelte die Stirn. »Wollen Sie damit sagen, dass sie dafür bezahlt wurde, dass sie ihre Babys hergab?«

»Nun ...«

»Wie viel?«

»Es war eine beträchtliche Summe. Genug, um ihr einen Neuanfang zu ermöglichen.«

»Wie viel?«

Er blinzelte nervös. »Es waren je zwanzigtausend Dollar.«

»Für jedes *Kind*?«

»Zwei überglückliche Familien bekamen je ein Kind. Und sie bekam das Geld. Glauben Sie mir, heute bezahlen Adoptiveltern wesentlich höhere Summen. Wissen Sie, wie schwierig es ist, heutzutage ein gesundes weißes Baby zu bekommen? Es gibt einfach nicht genug für alle. Es ist eine Sache von Angebot und Nachfrage, sonst nichts.«

Rizzoli ließ sich in den Sessel zurücksinken. Die Vorstellung, dass eine Mutter es fertig brachte, ihre Kinder für klingende Münze zu verscherbeln, schockierte sie.

»Das ist alles, was ich Ihnen sagen kann«, fuhr Van Gates fort. »Wenn Sie mehr wissen wollen – tja, dann sollten Sie vielleicht mal ein bisschen mehr mit Ihren Kollegen kommunizieren. Das würde Ihnen eine Menge Zeit sparen.«

Die letzte Bemerkung machte sie stutzig. Dann fiel ihr ein, was er kurz zuvor gesagt hatte: *Ich muss mir das ja nicht noch einmal antun.*

»Wer hat sich sonst noch bei Ihnen nach dieser Frau erkundigt?«, fragte sie.

»Ihr Polizisten seid doch alle gleich. Ihr platzt hier herein, ihr droht, mir das Leben zur Hölle zu machen, wenn ich nicht kooperiere...«

»Es war ein Polizist?«

»Ja.«

»Wer?«

»Das weiß ich nicht mehr. Es ist Monate her. Ich muss seinen Namen verdrängt haben.«

»Warum wollte er den Namen von Ihnen wissen?«

»Weil sie ihn dazu angestiftet hatte. Sie waren zusammen hier.«

»Anna Leoni war zusammen mit diesem Polizisten bei Ihnen?«

»Er hat es für sie getan. Aus reiner Gefälligkeit.« Van Gates schnaubte verächtlich. »Wir sollten alle einen Polizisten an unserer Seite haben, der uns Gefälligkeiten erweist.«

»Das war vor einigen Monaten? Und sie waren zusammen hier?«

»Das sagte ich doch gerade.«

»Und Sie haben ihr den Namen ihrer Mutter genannt?«

»Ja.«

»Und wieso hat Anna Sie dann letzte Woche angerufen? Wenn sie doch den Namen ihrer Mutter schon kannte?«

»Sie hatte ein gewisses Foto im *Boston Globe* gesehen. Von einer Dame, die ihr aufs Haar glich.«

»Dr. Maura Isles.«

Er nickte. »Ms. Leoni hat mich direkt danach gefragt, also habe ich es ihr gesagt.«

»Was haben Sie ihr gesagt?«

»Dass sie eine Schwester hatte.«

13

Die Knochen warfen all ihre Pläne über den Haufen.

Maura hatte vorgehabt, noch an diesem Abend nach Boston zurückzufahren. Stattdessen kehrte sie nur rasch zum Haus zurück, um ihre unpassende Kleidung gegen Jeans und ein T-Shirt zu tauschen, und fuhr dann mit ihrem eigenen Wagen zur Lichtung. Ich bleibe noch ein bisschen hier, dachte sie, und um vier fahre ich dann. Aber je weiter der Nachmittag vorrückte, desto mehr verlor Maura jedes Gefühl für die Zeit. Das Spurensicherungsteam aus Augusta rückte an, und Suchtrupps begannen das Gitternetz abzuschreiten, mit dem Corso die Lichtung in Rasterquadrate eingeteilt hatte. Maura machte nur einmal eine kurze Pause, um eines der Hähnchen-Sandwiches hinunterzuschlingen, die freiwillige Helfer für die Einsatzkräfte gebracht hatten. Alles schmeckte nach dem Insektenschutzmittel, das sie sich in Unmengen aufs Gesicht geklatscht hatte, aber sie war so hungrig, dass sie auch einen trockenen Brotkanten mit Genuss verzehrt hätte. Nachdem sie ihren Hunger gestillt hatte, zog sie ihre Handschuhe wieder an, griff nach einer Schaufel und kniete sich neben Dr. Singh auf die Erde.

Es wurde vier Uhr, und noch immer dachte sie nicht an Aufbruch.

Die Pappkartons begannen sich mit Knochen zu füllen. Rippen und Rückenwirbel. Oberschenkel- und Schienbeinknochen. Der Bulldozer hatte die Knochen tatsächlich nicht sehr weit verteilt. Die Überreste der Frau fanden sich alle innerhalb eines Radius von zwei Metern; die des Mannes, verbunden durch ein Gewirr von Brombeerranken, lagen noch dichter beieinander. Es schien sich wirklich nur um zwei Individuen zu handeln, doch sie brauchten den ganzen Nachmittag, um sie freizulegen. Maura, gepackt vom Ausgrabungsfieber, konnte sich einfach nicht losreißen – nicht, solange jede Schaufel Erde, die sie unter die Lupe nahm, irgendeine neue Entdeckung bringen konnte. Einen Knopf, eine Gewehrkugel oder einen Zahn. Als Studentin an der Stanford University hatte sie einmal in den Sommersemesterferien auf einer Ausgrabungsstätte in Baja California gearbeitet. Obwohl die Temperaturen dort im Lauf des Tages auf fast vierzig Grad angestiegen waren und ein breitkrempiger Hut ihr einziger Schutz vor der Sonne gewesen war, hatte sie bis in die heißesten Mittagsstunden hinein durchgearbeitet, getrieben von jenem Fieber, das alle Schatzsucher befällt, wenn sie überzeugt sind, dass sie nur noch Zentimeter vom nächsten Fundstück entfernt sind. Und dieses Fieber durchlebte sie jetzt wieder, als sie zwischen Farnwedeln kniete und mechanisch nach Mücken schlug. Dieses Fieber war es, das sie dazu trieb, den ganzen Nachmittag und bis in den Abend hinein immer weiter zu graben, auch dann noch, als am Himmel Gewitterwolken aufzogen und in der Ferne das erste Donnergrollen zu hören war.

Dieses Fieber und das leise Kribbeln, das sie immer empfand, wenn Rick Ballard sich ihr näherte.

Die ganze Zeit, während sie in der Erde wühlte und vorsichtig Wurzeln herauszog, war sie sich seiner Anwesenheit bewusst. Sie hörte seine Stimme, spürte seine Nähe. Er war es, der ihr eine neue Flasche Wasser brachte, der ihr das Sandwich in die Hand drückte. Der stehen blieb, um ihr eine Hand auf die Schulter zu legen und sie zu fragen, wie sie sich fühlte. Ihre männlichen Kollegen im Rechtsmedizinischen Institut fassten sie nur selten an. Vielleicht war es ihre distanzierte Art oder irgendein stummes Signal, das sie aussandte und das ihnen zu verstehen gab, dass sie keinen Wert auf Körperkontakt legte. Aber Ballard zögerte nicht, sie am Arm zu fassen oder ihr die Hand auf den Rücken zu legen.

Seine Berührungen trieben ihr das Blut in die Wangen.

Als das Team der Spurensicherung mit der Arbeit fertig

war und sich daran machte, die Geräte zu verpacken, registrierte sie verblüfft, dass es bereits sieben Uhr war; es begann schon zu dämmern. Ihre Muskeln schmerzten, ihre Kleider waren verdreckt. Als sie aufstand, zitterten ihre Knie vor Erschöpfung. Sie sah Daljeet zu, wie er die zwei Kartons mit den Gebeinen mit Klebeband verschloss. Dann nahmen sie jeder einen Karton und stapften über die Lichtung zu seinem Wagen.

»Ich glaube, nach dem heutigen Tag schulden Sie mir ein Essen, Daljeet«, sagte sie.

»Restaurant Julien. Versprochen. Wenn ich das nächste Mal in Boston bin.«

»Und ich verspreche Ihnen, dass ich vorhabe, die Einladung wahrzunehmen.«

Er lud die Kartons in sein Auto und schlug die Tür zu. Zum Abschied reichten sie sich die mit Erde verkrusteten Hände, und sie winkte ihm nach, als er davonfuhr. Die meisten Teilnehmer der Suchaktion waren bereits gegangen; nur noch ein paar Fahrzeuge standen am Wegrand.

Eines davon war Ballards Explorer.

In der heraufziehenden Dämmerung blieb sie noch eine Weile stehen und ließ den Blick über die Lichtung schweifen. Er stand am Waldrand, mit dem Rücken zu ihr, und sprach mit Detective Corso. Sie zögerte immer noch und hoffte, er würde irgendwann merken, dass sie aufbrechen wollte.

Und was dann? Was wollte sie eigentlich von ihm?

Sieh zu, dass du hier fortkommst, bevor du dich vollkommen lächerlich machst.

Abrupt drehte sie sich um und ging zu ihrem Wagen. Ließ den Motor an und trat so heftig aufs Gaspedal, dass die Räder durchdrehten.

Im Haus riss sie sich sogleich die verschmutzten Kleider vom Leib und duschte ausgiebig. Zweimal seifte sie sich von Kopf bis Fuß ein, um auch noch die letzten Reste des öligen Insektenschutzmittels abzuwaschen. Als sie aus dem Bad kam, musste sie feststellen, dass sie keine sauberen Sachen mehr hatte. Sie hatte ja ursprünglich nur eine Nacht in Fox Harbor verbringen wollen.

Sie öffnete den Schrank und blickte auf Annas Garderobe. Die Kleider hatten alle ihre Größe. Was sollte sie denn sonst anziehen? Sie nahm ein Sommerkleid heraus. Es war aus weißer Baumwolle, ein bisschen mädchenhaft für ihren Geschmack, aber für diesen warmen, schwülen Abend schien es ihr genau das Richtige zu sein. Als sie das Kleid über den Kopf zog, schmiegte der hauchdünne Stoff sich sanft an ihre Haut, und sie fragte sich, wann Anna dieses Kleid wohl zum letzten Mal über ihren Hüften glatt gestrichen, wann sie sich zum letzten Mal den Gürtel um die Taille geschlungen hatte. Die Falten im Stoff waren noch zu sehen, dort, wo Anna den Knoten gebunden hatte. Alles, was ich sehe oder berühre, trägt noch ihre Spuren, dachte sie.

Als das Telefon klingelte, fuhr sie herum und ging rasch zum Nachttisch. Irgendwie wusste sie, noch ehe sie den Hörer abhob, dass es Ballard war.

»Ich habe Sie gar nicht wegfahren sehen«, sagte er.

»Ich bin zum Haus zurückgefahren, um zu duschen. Ich war von oben bis unten voll gesaut.«

Er lachte. »Ich komme mir auch ziemlich dreckig vor. Wann fahren Sie zurück nach Boston?«

»Es ist ja schon ziemlich spät. Ich denke, da kann ich auch gleich noch eine Nacht hier bleiben. Und Sie?«

»Ich habe auch keine große Lust, heute Abend noch zu fahren.«

Ein paar Sekunden verstrichen.

»Haben Sie denn schon ein Hotel gefunden?«, fragte sie.

»Ich habe mein Zelt und meinen Schlafsack mitgenommen. Ich werde auf einem Campingplatz hier in der Nähe übernachten.«

Sie brauchte fünf Sekunden, um zu einem Entschluss zu kommen. Fünf Sekunden, um die Möglichkeiten abzuwägen. Und die Folgen.

»Hier im Haus ist noch ein Schlafzimmer frei«, sagte sie. »Das können Sie gerne benutzen.«

»Ich möchte Ihnen nicht zur Last fallen.«

»Das Bett steht hier, Sie müssen sich einfach nur reinlegen, Rick.«

Eine Pause. »Das wäre prima. Aber nur unter einer Bedingung.«

»Und die wäre?«

»Sie lassen mich das Essen besorgen. Unten in der Main Street gibt es ein Restaurant mit Straßenverkauf. Nichts Ausgefallenes, vielleicht nur ein bisschen gekochten Hummer.«

»Ich weiß ja nicht, was Sie für Vorstellungen haben, Rick, aber für mich ist Hummer schon etwas ziemlich Ausgefallenes.«

»Möchten Sie lieber Wein oder Bier?«

»Heute Abend ist mir, glaube ich, mehr nach Bier zumute.«

»Ich bin in etwa einer Stunde bei Ihnen. Ich hoffe, Sie haben reichlich Appetit.«

Sie legte auf, und in diesem Moment merkte sie, dass sie einen Bärenhunger hatte. Noch vor wenigen Minuten war sie zu müde gewesen, um in die Stadt zu fahren, und hatte mit dem Gedanken gespielt, aufs Abendessen zu verzichten und einfach früh zu Bett zu gehen. Jetzt hatte sie plötzlich großen Appetit – nicht nur auf Essen, sondern auch auf Gesellschaft.

Ruhelos irrte sie im Haus umher, getrieben von allen möglichen widerstreitenden Wünschen und Begierden. Es war erst ein paar Tage her, dass sie mit Daniel Brophy zu Abend gegessen hatte. Aber die Kirche hatte Daniel schon vor langer Zeit für sich beansprucht, und bei ihm würde sie nie eine ernsthafte Chance haben. Hoffnungslose Fälle hatten vielleicht ihren besonderen Reiz, aber sie machten einen nur selten glücklich.

Sie hörte Donnergrollen und eilte zur Tür. Draußen war

die Dämmerung inzwischen in die Nacht übergegangen. Sie konnte keine Blitze sehen, und dennoch schien die Luft wie elektrisiert. Aufgeladen mit Möglichkeiten. Regentropfen begannen auf das Dach niederzuprasseln. Anfangs war es nur ein zögerndes Plätschern, doch dann öffnete der Himmel seine Schleusen, und es war, als schlügen hundert Kodo-Trommler gleichzeitig auf das Dach ein. Seltsam erregt durch die Urgewalt des Gewitters, stand sie auf der Veranda und sah dem Wolkenbruch zu, genoss die kühle Brise, die sich in ihrem Kleid fing und in ihren Haaren spielte.

Ein Scheinwerferpaar brach durch den silbrigen Regenvorhang.

Sie stand regungslos auf der Veranda, und ihr Herz hämmerte ebenso heftig wie der Regen, als der Wagen vor dem Haus anhielt. Ballard stieg aus, beladen mit einer großen Tüte und einem Sechserpack Bier. Mit gesenktem Kopf sprintete er durch den prasselnden Regen zur Veranda und die Stufen hinauf.

»Wenn ich gewusst hätte, dass ich hierher schwimmen muss …«, sagte er.

Sie lachte. »Kommen Sie rein, ich hole Ihnen ein Handtuch.«

»Hätten Sie was dagegen, wenn ich kurz unter die Dusche springe? Ich bin noch nicht dazu gekommen, mir den Dreck abzuwaschen.«

»Nur zu.« Sie nahm ihm die Tüte mit dem Essen ab. »Das Bad ist am Ende des Flurs. Im Schrank finden Sie frische Handtücher.«

»Ich hole nur noch rasch meine Tasche aus dem Auto.«

Sie trug die Sachen in die Küche und stellte das Bier in den Kühlschrank. Kurz darauf hörte sie die Tür zuschlagen und wenig später das Rauschen der Dusche.

Sie setzte sich an den Tisch und atmete zunächst einmal durch. Das ist nur ein Essen, dachte sie. Eine einzige Nacht, die wir unter einem Dach verbringen. Sie dachte an das Essen, das sie erst vor wenigen Tagen für Daniel gekocht hatte, und daran, wie anders sie jenen Abend von Anfang an empfunden hatte. Wenn sie Daniel angeschaut hatte, dann hatte sie das Unerreichbare gesehen. *Und was sehe ich, wenn ich Rick anschaue? Vielleicht mehr, als ich sehen sollte.*

Die Duschgeräusche waren verstummt. Sie saß vollkommen reglos da und lauschte, alle Sinne plötzlich so geschärft, dass sie den leisesten Luftzug auf ihrer Haut spüren konnte. Das Knarren der Schritte auf den Dielen kam näher, und dann stand er vor ihr. Er trug Jeans und ein frisches Hemd, und er roch nach Seife.

»Ich hoffe, Sie haben nichts dagegen, mit einem barfüßigen Mann zu Abend zu essen«, sagte er. »Meine Schuhe sind so verdreckt, dass ich sie im Haus nicht anziehen kann.«

Sie lachte. »Dann lasse ich die Schuhe auch weg. Wir werden uns vorkommen wie bei einem Picknick.« Sie schlüpfte aus ihren Sandalen und ging zum Kühlschrank. »Können Sie schon ein Bier vertragen?«

»Ich hätte schon vor Stunden eins vertragen können.«

Sie öffnete zwei Flaschen und reichte ihm eine. Während sie an ihrem Bier nippte, sah sie ihm zu, wie er den Kopf in den Nacken legte und einen tiefen Zug nahm. So werde ich Daniel niemals erleben, dachte sie. Locker und entspannt, barfuß, die Haare noch feucht vom Duschen.

Sie wandte sich ab, um einen Blick in den Einkaufsbeutel zu werfen. »Na, was haben Sie uns denn zum Essen mitgebracht?«

»Warten Sie, ich zeig's Ihnen.« Er trat zu ihr an die Anrichte, griff in die Tüte und nahm mehrere in Alufolie verpackte Kartons heraus. »Ofenkartoffeln. Zerlassene Butter. Maiskolben. Und dann das Hauptereignis.« Er hob einen großen Styroporbehälter heraus und klappte den Deckel auf. Zum Vorschein kamen zwei knallrote, dampfende Hummer.

»Und wie kriegen wir die geknackt?«

»Sie wissen wirklich nicht, wie man den Viechern zu Leibe rückt?«

»Ich hoffe, Sie wissen es.«

»Da ist doch nichts dabei.« Er nahm zwei Nussknacker aus der Tüte. »Bereit für die OP, Frau Doktor?«

»Jetzt machen Sie mich wirklich nervös.«

»Es ist alles nur eine Frage der Technik. Aber zuerst müssen wir unsere OP-Kittel anlegen.«

»Wie bitte?«

Er griff noch einmal in die Tüte und nahm zwei Plastiklätzchen heraus.

»Sie machen doch Witze.«

»Meinen Sie, die Restaurants geben die Dinger nur aus, damit ahnungslose Touristen sich lächerlich machen können?«

»Ja.«

»Ach, nun seien Sie mal keine Spielverderberin. So kriegen Sie auch keine Flecken auf Ihr hübsches Kleid.« Er ging um sie herum und legte ihr das Lätzchen um den Hals. Sie spürte seinen Atem in ihren Haaren, als er ihr die Schnüre im Nacken verknotete. Seine Hände verweilten ein wenig länger als unbedingt notwendig, und die Berührung ließ sie erschauern.

»Jetzt sind Sie an der Reihe«, sagte sie leise.

»An der Reihe? Womit?«

»Ich werde ganz bestimmt nicht als Einzige so ein albernes Teil tragen.«

Er seufzte resigniert und band sich selbst das zweite Lätzchen um den Hals. Sie schauten sich an, mit ihren identischen Hummer-Comicbildchen auf der Brust, und mussten plötzlich schallend lachen. Sie lachten immer noch, als sie sich schließlich an den Tisch setzten, um zu essen. Ein paar Schlucke Bier auf leeren Magen, und schon habe ich mich nicht mehr unter Kontrolle, dachte sie. *Und es ist ein unglaublich gutes Gefühl.*

Er nahm einen Nussknacker zur Hand. »So, Dr. Isles. Sind wir bereit zur Operation?«

Sie griff nach ihrem eigenen und hielt ihn wie eine Chirurgin, die zum ersten Schnitt ansetzt. »Bereit.«

Der Regen trommelte im Hintergrund unermüdlich seine Begleitmusik, während sie Scheren abdrehten, Panzer knackten und Stück für Stück köstlichen weißen Fleisches herauspulten. Sie verzichteten auf Gabeln und aßen einfach mit den Fingern, öffneten mit butterverschmierten Händen neue Bierflaschen und zerteilten die Ofenkartoffeln, um das lockere, köstlich duftende Innere herauszulöffeln. An diesem Abend waren Tischmanieren vollkommen unwichtig; es war ein Picknick, sie saßen barfuß am Tisch und leckten sich ungeniert die Finger ab. Und tauschten dabei verstohlene Blicke.

»Das macht viel mehr Spaß, als mit Messer und Gabel zu essen«, sagte sie.

»Haben Sie denn noch nie Hummer mit den Fingern gegessen?«

»Ob Sie's glauben oder nicht, das ist das erste Mal, dass ich es mit einem zu tun hatte, der noch in seinem Panzer steckte.« Sie griff nach einer Serviette und wischte sich die Butter von den Fingern. »Sie müssen bedenken, dass ich ja nicht aus Neuengland stamme. Ich bin erst vor zwei Jahren aus San Francisco hierher gezogen.«

»Das überrascht mich ein wenig.«

»Wieso?«

»Sie wirken auf mich wie die typische Nordstaatlerin.«

»Und das heißt was?«

»Verschlossen. Zurückhaltend.«

»Das versuche ich auch zu sein.«

»Wollen Sie damit sagen, dass Sie in Wirklichkeit ganz anders sind?«

»Wir spielen alle unsere Rollen. Ich setze meine offizielle Maske auf, wenn ich im Dienst bin. Die Maske, die ich immer trage, wenn ich Dr. Isles bin.«

»Und wenn Sie mit Freunden zusammen sind?«

Sie nahm einen Schluck von ihrem Bier und setzte die

Flasche behutsam ab. »Bis jetzt habe ich noch nicht so viele Freunde in Boston.«

»Es dauert eben eine Weile, wenn man fremd ist.«

Fremd. Ja, so kam sie sich vor, jeden Tag aufs Neue. Sie sah Cops, die sich gegenseitig auf die Schultern klopften. Hörte sie von Grillpartys und Softballpartien reden, zu denen sie nie eingeladen würde, weil sie keine von ihnen war, kein Cop. Das Kürzel *Dr.* vor ihrem Namen war wie eine Mauer zwischen ihr und den anderen. Und ihre Kollegen in der Rechtsmedizin, allesamt verheiratet, wussten auch nicht so recht etwas mit ihr anzufangen. Attraktive geschiedene Frauen waren unbequem, brachten ihre Mitmenschen in Verlegenheit. Entweder wurden sie als Bedrohung gesehen oder als Versuchung, der niemand erliegen wollte.

»Und was hat Sie nach Boston gebracht?«, fragte er.

»Ich denke, ich musste einfach mal mein Leben tüchtig umkrempeln.«

»Sie hatten Ihren Job satt?«

»Nein, das war es nicht. Ich war eigentlich ganz glücklich dort an der medizinischen Fakultät. Ich war als Pathologin in der Uniklinik beschäftigt. Und ich hatte Gelegenheit, mit all diesen hoch begabten jungen Assistenzärzten und Studenten zusammenzuarbeiten.«

»Also, wenn es nicht der Job war, dann muss es wohl die Liebe gewesen sein.«

Sie senkte den Blick, starrte die Überreste ihres Abendessens an. »Gut geraten.«

»Und das ist jetzt die Stelle, wo Sie mir sagen, ich soll mich nicht in Ihre Privatangelegenheiten einmischen.«

»Meine Ehe wurde geschieden, das ist alles.«

»Irgendwas, worüber Sie gerne reden möchten?«

Sie zuckte mit den Achseln. »Was soll ich sagen? Victor war hoch begabt, unglaublich charismatisch …«

»Mensch, ich bin jetzt schon ganz eifersüchtig.«

»Aber mit so einem Mann kann man auf Dauer nicht

verheiratet sein. Es ist zu intensiv. Es brennt einen so schnell aus, dass man am Ende keine Kraft mehr hat. Und er…«

Sie brach ab.

»Was?«

Sie griff nach ihrem Bier. Bedächtig trank sie einen kleinen Schluck und setzte es wieder ab. »Er war nicht ganz aufrichtig zu mir«, sagte sie. »Das ist alles.«

Sie wusste, dass er gerne mehr gehört hätte, doch der bestimmte, endgültige Ton ihrer letzten Bemerkung war ihm nicht entgangen. *Bis hierher und nicht weiter.* Er stand auf und ging zum Kühlschrank, um noch zwei Flaschen Bier zu holen, öffnete sie und reichte ihr eine.

»Wenn wir über unsere Expartner reden wollen«, meinte er, »werden wir noch wesentlich mehr Bier brauchen.«

»Dann lassen wir es lieber. Wenn es wehtut.«

»Vielleicht tut es ja nur weh, weil Sie *nicht* darüber reden.«

»Niemand will die Geschichte meiner Scheidung hören.«

Er setzte sich und sah sie über den Tisch hinweg an. »Ich schon.«

Kein Mann, dachte sie, hat mir je so viel ungeteilte Aufmerksamkeit geschenkt. Er sah sie unverwandt an, und sie konnte den Blick nicht von ihm wenden. Sie merkte, wie sie tiefer atmete, den Geruch des Regens einsog, das satte, sinnliche Aroma der geschmolzenen Butter. Sie sah Dinge an ihm, die ihr bisher noch nicht aufgefallen waren. Die blonden Strähnen in seinem Haar. Die Narbe an seinem Kinn, nur ein schwacher weißer Strich unter seiner Unterlippe. Ich bin diesem Mann vor ein paar Tagen zum ersten Mal begegnet, aber er schaut mich an, als hätte er mich schon immer gekannt. Sie hörte das Handy in ihrer Tasche leise klingeln, doch sie wollte das Gespräch nicht annehmen. Sie ließ es klingeln, bis es verstummte. Es war sonst nicht ihre Art, nicht ans Telefon zu gehen, aber heute Abend schien alles anders zu sein. *Sie* schien anders zu sein als sonst. Unbekümmert, leichtsinnig. Eine Frau, die ihr Telefon ignorierte und mit den Fingern aß.

Eine Frau, die vielleicht drauf und dran war, mit einem Mann zu schlafen, den sie kaum kannte.

Das Telefon begann erneut zu läuten.

Diesmal gelang es dem aufdringlichen Geräusch endlich, ihre Aufmerksamkeit auf sich zu ziehen. Sie konnte es nicht länger ignorieren. Widerstrebend stand sie auf. »Ich denke, ich sollte besser drangehen.«

Bis sie das Schlafzimmer erreicht hatte, war das Handy schon wieder verstummt. Sie rief ihre Mailbox an und hörte zwei verschiedene Nachrichten, beide von Rizzoli.

»Doc, ich muss mit Ihnen reden. Rufen Sie mich zurück.«

Beim zweiten Anruf klang die Stimme schon leicht ungehalten. »Ich bin's noch mal. Warum melden Sie sich nicht?«

Maura setzte sich aufs Bett. Ihr Blick fiel auf die Matratze, und sie konnte nicht umhin zu registrieren, dass sie gerade groß genug für zwei war. Sie schlug sich den Gedanken aus dem Kopf, atmete tief durch und wählte Rizzolis Nummer.

»Wo sind Sie?«, fragte Rizzoli schroff.

»Ich bin immer noch in Fox Harbor. Tut mir Leid, ich habe es nicht geschafft, rechtzeitig ans Telefon zu gehen.«

»Haben Sie Ballard dort oben schon getroffen?«

»Ja, wir sind gerade fertig mit dem Essen. Woher wussten Sie, dass er hier ist?«

»Weil er mich gestern angerufen hat, um zu fragen, wo Sie hingefahren seien. Er klang, als hätte er vor, Ihnen nachzufahren.«

»Er ist nebenan in der Küche. Soll ich ihn holen?«

»Nein, ich will mit Ihnen sprechen.« Rizzoli schwieg einen Moment. »Ich war heute bei Terence Van Gates.«

Rizzolis abrupter Themenwechsel überraschte Maura so, dass sie fast ein mentales Schleudertrauma davongetragen hätte. »Was?«, fragte sie verwirrt.

»Ich war bei Van Gates. Sie sagten mir doch, er sei der Anwalt, der …«

»Ja, ich weiß, wer er ist. Was hat er Ihnen gesagt?«

»Etwas sehr Interessantes. Über die Adoption.«

»Er hat tatsächlich mit Ihnen darüber geredet?«

»Tja, es ist schon erstaunlich, wie gesprächig manche Leute werden, wenn man ihnen eine Dienstmarke unter die Nase hält. Er erzählte mir, dass Ihre Schwester ihn vor ein paar Monaten aufgesucht habe. Genau wie Sie war sie auf der Suche nach ihrer leiblichen Mutter. Er hat natürlich zuerst um den heißen Brei herumgeredet, wie bei Ihnen auch. Die Unterlagen seien versiegelt, die Mutter bestehe auf Vertraulichkeit, bla, bla, bla. Also kam sie mit einem Freund wieder, dem es schließlich gelang, Van Gates davon zu überzeugen, dass es in seinem eigenen Interesse sei, den Namen der Mutter herauszurücken.«

»Und hat er ihn herausgerückt?«

»Ja.«

Maura hielt den Hörer so fest ans Ohr gepresst, dass sie das Hämmern ihres eigenen Pulsschlags hörte. Leise sagte sie: »Sie wissen, wer die Mutter ist.«

»Ja. Aber da ist noch etwas …«

»Sagen Sie mir ihren Namen, Jane.«

Eine Pause. »Lank. Ihr Name ist Amalthea Lank.«

Amalthea. Der Name meiner Mutter ist Amalthea.

Eine Woge der Dankbarkeit durchströmte Maura, und sie atmete erleichert auf. »Danke!«, stieß sie hervor. »O Gott, ich kann es kaum fassen, dass ich endlich …«

»Warten Sie. Ich bin noch nicht fertig.«

Rizzolis warnender Tonfall kündigte etwas Unangenehmes an. Etwas, das Maura bestimmt nicht gefallen würde.

»Was ist es?«

»Dieser Freund von Anna, der mit Van Gates geredet hat …«

»Ja?«

»Das war Rick Ballard.«

Maura verharrte vollkommen reglos. Aus der Küche drang das Klappern von Geschirr, das Rauschen von fließendem Wasser. Ich habe gerade einen ganzen Tag mit ihm verbracht, und plötzlich wird mir klar, dass ich überhaupt nicht weiß, was für ein Mensch er eigentlich ist.

»Doc?«

»Und warum hat er mir das nicht gesagt?«

»Ich weiß, warum.«

»Sagen Sie es mir.«

»Fragen Sie lieber *ihn*. Er soll Ihnen den Rest der Geschichte selbst erzählen.«

Als sie in die Küche zurückkam, sah sie, dass er inzwischen den Tisch abgeräumt und die Hummerschalen in eine Abfalltüte geworfen hatte. Er stand am Spülbecken und wusch sich die Hände, ohne zu merken, dass sie ihn von der Tür aus beobachtete.

»Was wissen Sie über Amalthea Lank?«, fragte Maura.

Er wurde stocksteif. Wandte ihr weiter den Rücken zu und schwieg lange. Schließlich griff er nach einem Geschirrtuch und trocknete sich betont langsam die Hände ab. Er versucht Zeit zu gewinnen, bevor er mir antwortet, dachte sie. Aber es gab keine Ausrede, die sie akzeptieren würde; nichts, was er sagte, konnte das Misstrauen zerstreuen, das in ihr geweckt worden war.

Endlich drehte er sich zu ihr um. »Ich hatte gehofft, dass Sie es nicht herausfinden würden. Amalthea Lank ist eine Frau, die Sie lieber nicht kennen lernen möchten, Maura.«

»Ist sie meine Mutter? Verdammt noch mal, sagen Sie mir die Wahrheit!«

Ein widerstrebendes Nicken. »Ja. Das ist sie.«

So, jetzt war es heraus. Er hatte es bestätigt. Wieder verstrichen einige Sekunden, während sie die Tatsache zu verarbeiten suchte, dass er ihr eine so bedeutende Information vorenthalten hatte. Die ganze Zeit über beobachtete er sie mit besorgter Miene.

»Warum haben Sie mir das nicht gesagt?«, fragte sie.

»Ich habe nur an Sie gedacht, Maura. An das, was in Ihrem eigenen Interesse wäre…«

»Die Wahrheit soll nicht in meinem Interesse sein?«

»In diesem Fall nicht, nein.«

»Was zum Teufel soll das nun wieder heißen?«

»Bei Ihrer Schwester habe ich einen Fehler gemacht – einen schweren Fehler. Sie wünschte sich so sehr, ihre Mutter kennen zu lernen, und ich dachte, ich könnte ihr den Gefallen tun. Ich hatte ja keine Ahnung, dass es so enden würde.« Er ging einen Schritt auf sie zu. »Ich habe versucht, Sie zu beschützen, Maura. Ich habe gesehen, welche Folgen es für Anna hatte. Ich wollte nicht, dass Ihnen das Gleiche zustößt.«

»Ich bin nicht Anna.«

»Aber Sie sind genau wie sie. Sie sind ihr so ähnlich, dass es mir Angst macht. Nicht nur vom Aussehen her, sondern auch in der Art, wie Sie denken.«

Sie lachte höhnisch. »Jetzt können Sie also schon meine *Gedanken* lesen?«

»Nicht Ihre Gedanken. Ich meine Ihre Persönlichkeit. Anna war hartnäckig. Wenn sie etwas wissen wollte, ließ sie nicht locker. Und Sie – Sie graben und graben, bis Sie auf eine Antwort stoßen. So wie Sie heute dort drüben im Wald gegraben haben. Es war nicht Ihr Job, Sie waren für den Fall nicht zuständig. Sie hatten überhaupt keinen Grund, da draußen zu sein, außer der blanken Neugier. Und Ihrer Halsstarrigkeit. Sie wollten diese Knochen finden, also haben Sie sie gefunden. Anna war genauso.« Er seufzte. »Und ich bedaure zutiefst, dass sie gefunden hat, wonach sie gesucht hat.«

»Wer war meine Mutter, Rick?«

»Sie ist eine Frau, die Sie nicht kennen lernen wollen.«

Es dauerte ein paar Sekunden, bis Maura die volle Bedeutung dieser Antwort erfasste. *Er hat in der Gegenwart gesprochen.* »Meine Mutter ist am Leben?«

Er nickte zögernd.

»Und Sie wissen, wo ich sie finden kann.«

Er gab keine Antwort.

»Herrgott noch mal, Rick«, fuhr sie auf. »Warum *sagen* Sie es mir nicht einfach?«

Er ging zum Tisch und setzte sich, als sei er urplötzlich zu erschöpft, um sich weiter mit ihr zu streiten. »Weil ich weiß, dass es Sie schmerzen wird, die Fakten zu erfahren. Ganz besonders Sie – bei Ihrem Beruf.«

»Was hat denn mein Beruf damit zu tun?«

»Sie arbeiten mit der Polizei und der Staatsanwaltschaft zusammen. Sie helfen, Mörder vor Gericht zu bringen.«

»Ich bringe niemanden vor Gericht. Ich liefere lediglich die Fakten. Und manchmal sind die Fakten nicht das, was ihr Cops hören wollt.«

»Aber Sie arbeiten auf *unserer* Seite.«

»Nein. Auf der Seite des *Opfers*.«

»Also gut, auf der Seite des Opfers. Und deswegen wird es Ihnen nicht gefallen, was ich Ihnen über sie zu sagen habe.«

»Bis jetzt haben Sie mir noch gar nichts gesagt.«

Er seufzte. »Okay. Vielleicht sollte ich damit anfangen, dass ich Ihnen sage, wo sie wohnt.«

»Nur zu.«

»Amalthea Lank – die Frau, die Sie zur Adoption freigegeben hat – ist in der Justizvollzugsanstalt des Staates Massachusetts in Framingham inhaftiert.«

Ihre Beine schienen ihr plötzlich den Dienst versagen zu wollen, und sie ließ sich gegenüber von ihm auf einen Stuhl sinken. Dabei verschmierte sie mit dem Arm einen Klecks verschütteter Butter, der auf dem Tisch erstarrt war. Spuren des ausgelassenen Festmahls, das sie vor weniger als einer Stunde zusammen genossen hatten – bevor ihre Welt einen Riss bekommen hatte.

»Meine Mutter sitzt im Gefängnis?«

»Ja.«

Maura starrte ihn nur an; sie brachte es nicht fertig, die

nächste Frage zu stellen, die sich geradezu aufdrängte, denn sie hatte Angst vor seiner Antwort. Doch sie hatte nun einmal den ersten Schritt getan, und obwohl sie nicht wusste, wohin der Weg sie führte, konnte sie jetzt nicht mehr umkehren.

»Was hat sie getan?«, fragte Maura. »Warum ist sie im Gefängnis?«

»Sie verbüßt eine lebenslange Haftstrafe«, sagte er. »Wegen Doppelmord.«

»Das war es, was ich Ihnen nicht zumuten wollte«, sagte Ballard. »Ich habe gesehen, was es mit Anna angerichtet hat – zu erfahren, welche Schuld ihre Mutter auf sich geladen hat. Zu wissen, wessen Blut in ihren Adern floss. Das ist ein Stammbaum, den niemand haben will – eine Mörderin in der Familie. Natürlich wollte sie es zunächst nicht glauben. Sie dachte, es müsse ein Irrtum sein; ihre Mutter sei vielleicht doch unschuldig. Und nachdem sie sie gesehen hatte…«

»Moment mal. Anna hat unsere Mutter getroffen?«

»Ja. Ich bin mit ihr nach Framingham rausgefahren. Ins Frauengefängnis. Das war der zweite Fehler, denn dieser Besuch verstärkte noch ihre Verwirrung über die Schuld ihrer Mutter. Sie konnte die Tatsache ganz einfach nicht akzeptieren, dass ihre Mutter ein Mons…« Er brach ab.

Ein Monster. Meine Mutter ist ein Monster.

Der Regen hatte nachgelassen, nur noch vereinzelt trommelten die Tropfen auf das Dach der Hütte. Obwohl das Gewitter inzwischen in Richtung Meer weitergezogen war, konnte sie in der Ferne noch das dumpfe Grollen des Donners hören. Doch in der Küche war alles totenstill. Sie saßen einander am Tisch gegenüber. Rick musterte sie mit stiller Sorge, als fürchte er, sie könne jeden Moment zusammenbrechen. Er kennt mich nicht, dachte sie. Ich bin nicht Anna. Ich werde schon nicht schlappmachen. Und ich brauche keinen Aufpasser, Himmel noch mal.

»Erzählen Sie mir auch den Rest.«

»Den Rest?«

»Sie sagten, Amalthea Lank sei wegen Doppelmord verurteilt worden. Wann war das?«

»Vor etwa fünf Jahren.«

»Wer waren die Opfer?«

»Es fällt mir schwer, Ihnen das zu erzählen. Und Ihnen wird es auch nicht gerade leicht fallen, es anzuhören.«

»Sie haben mir schon gesagt, dass meine Mutter eine Mörderin ist. Ich glaube, ich nehme es bislang ziemlich gefasst auf.«

»Besser als Anna jedenfalls«, gab er zu.

»Also, nun sagen Sie mir schon, wer die Opfer waren, und lassen Sie nur ja nichts aus. Wenn ich eines nicht ausstehen kann, Rick, dann sind es Menschen, die mir die Wahrheit vorenthalten. Ich war mit einem Mann verheiratet, der zu viele Geheimnisse vor mir hatte. Das hat unsere Ehe zerstört. So etwas werde ich mir nicht noch einmal bieten lassen – von niemandem.«

»Okay.« Er beugte sich vor und sah ihr in die Augen. »Sie wollen die Details wissen, also werde ich brutal offen sein. Weil die Details nun einmal brutal *sind.* Die Opfer waren zwei Schwestern, Theresa und Nikki Wells, fünfunddreißig beziehungsweise achtundzwanzig Jahre alt, aus Fitchburg, Massachusetts. Sie saßen mit einer Reifenpanne am Straßenrand fest. Es war Ende November, und sie waren von einem Schneesturm überrascht worden. Die beiden müssen heilfroh gewesen sein, als schließlich ein Auto anhielt, um sie mitzunehmen. Zwei Tage darauf wurden ihre Leichen etwa dreißig Meilen entfernt in einem ausgebrannten Schuppen gefunden. Eine Woche später hielt eine Polizeistreife in Virginia Amalthea Lank wegen eines Verkehrsdelikts an. Die Beamten stellten fest, dass sie mit gestohlenen Kennzeichen unterwegs war. Dann bemerkten sie Blutflecken an der hinteren Stoßstange. Als sie den Wagen durchsuchten, fanden sie im Kofferraum die Brieftaschen der

Opfer und dazu ein Montiereisen mit Amaltheas Fingerabdrücken darauf. Später wurden bei Tests Blutspuren an dem Montiereisen gefunden. Das Blut stammte von Nikki und Theresa. Den letzten Beweis lieferte eine Überwachungskamera an einer Tankstelle in Massachusetts. Auf dem Film ist Amalthea zu sehen, wie sie einen Plastikkanister mit Benzin füllt – mit dem Benzin, das sie später dazu benutzte, die Leichen der Opfer zu verbrennen.« Er sah ihr in die Augen. »So. Ich war brutal ehrlich. Ist es das, was Sie wollten?«

»Was war die Todesursache?«, fragte sie. Ihre Stimme klang seltsam, ja erschreckend ruhig. »Sie sagten, die Leichen seien verbrannt worden, aber wie wurden die Opfer getötet?«

Er starrte sie ein paar Sekunden lang an, als nähme er ihr ihre Gefasstheit nicht ganz ab. »Die Röntgenaufnahmen der verkohlten Leichen ließen bei beiden Frauen Schädelfrakturen erkennen, die ihnen höchstwahrscheinlich mit dem besagten Montiereisen beigebracht wurden. Die jüngere Schwester, Nikki, wurde mit solcher Wucht ins Gesicht geschlagen, dass die Gesichtsknochen eingedrückt wurden und nur ein Krater zurückblieb. Da sehen Sie, was für ein teuflisches Verbrechen es war.«

Sie dachte über das Szenario nach, das er soeben vor ihr ausgebreitet hatte. Die verschneite Straße, am Straßenrand die beiden Schwestern. Als eine Frau anhält, um zu helfen, haben sie allen Grund, ihrer guten Samariterin zu vertrauen – zumal, wenn sie älter ist. Schon ergraut. Eine Frau, die Frauen hilft.

Sie sah Ballard an. »Sie sagten, Anna habe nicht an ihre Schuld geglaubt.«

»Ich habe Ihnen gerade erzählt, was den Geschworenen beim Prozess präsentiert wurde. Das Montiereisen, das Video von der Tankstelle. Die gestohlenen Brieftaschen. Sie wäre von jedem Gericht verurteilt worden.«

»Das ist jetzt fünf Jahre her. Wie alt war Amalthea damals?«

»Ich weiß es nicht mehr genau. Jedenfalls über sechzig.«

»Und sie hat es fertig gebracht, zwei Frauen zu überwältigen und zu töten, die Jahrzehnte jünger waren als sie?«

»Mein Gott, jetzt tun Sie schon genau dasselbe wie Anna. Sie zweifeln das Offensichtliche an.«

»Weil das Offensichtliche nicht immer die Wahrheit ist. Jeder normale Mensch hätte sich gewehrt oder wäre davongelaufen. Warum haben Theresa und Nikki das nicht getan?«

»Sie müssen überrascht worden sein.«

»*Beide?* Warum ist nicht wenigstens die zweite geflohen?«

»Eine der beiden war nicht gerade im Vollbesitz ihrer Kräfte.«

»Wie meinen Sie das?«

»Die jüngere Schwester, Nikki. Sie war im neunten Monat schwanger.«

14

Mattie Purvis wusste nicht, ob es Tag oder Nacht war. Ohne Uhr konnte sie nicht feststellen, wie viele Stunden oder Tage schon vergangen waren. Das war das Schwerste überhaupt – nicht zu wissen, wie lange sie bereits in dieser Kiste gefangen war. Wie viele Herzschläge, wie viele Atemzüge lang sie bereits hier festsaß, allein mit ihrer Angst. Sie hatte versucht, die Sekunden zu zählen, dann die Minuten, aber schon nach fünf hatte sie aufgegeben. Es war eine sinnlose Beschäftigung, auch wenn es half, sie von ihrer Verzweiflung abzulenken.

Sie hatte schon jeden Quadratzentimeter ihres Gefängnisses erkundet, doch sie hatte keine Schwachstellen entdeckt, keine Ritzen oder Spalten, die sie hätte vertiefen oder erweitern können. Sie hatte die Decke unter sich ausgebreitet, ein willkommenes Polster zwischen ihr und dem harten Holz; sie hatte gelernt, die Plastik-Bettpfanne zu benutzen, ohne dass allzu viel daneben ging. Auch wenn man in einer Kiste gefangen ist, stellt sich irgendwann eine Art Routine ein: Schlafen. Wasser trinken. Pinkeln. Das Einzige, woran sie einigermaßen ablesen konnte, wie viel Zeit vergangen war, waren ihre Lebensmittelvorräte. Wie viele Schokoriegel sie schon gegessen hatte und wie viele noch übrig waren.

Es waren noch zwölf Riegel in der Tüte.

Sie schob sich ein Stück Schokolade in den Mund, kaute aber nicht, sondern ließ es auf der Zunge zergehen, bis nur noch das herb-süße Aroma zurückblieb. Sie hatte Schokolade immer geliebt, hatte nie an einem Süßwarengeschäft vorbeigehen können, ohne die Trüffeln zu bewundern, die wie dunkle Juwelen in ihren Papiernestern lagen. Sie dachte an bitteres Kakaopulver, an Pralinen mit Kirschfüllung und Rumsirup, der ihr übers Kinn lief – nicht zu vergleichen mit dieser schlichten Milchschokolade. Aber Schokolade war Schokolade, und sie genoss das, was sie hatte.

Es würde nicht ewig reichen.

Sie sah auf die zerknüllten Papierchen hinunter, mit denen der Boden ihres Gefängnisses übersät war, und registrierte entsetzt, wie viel sie von ihren Vorräten schon verzehrt hatte. Was würde passieren, wenn alles aufgebraucht war? Sicherlich würde sie noch mehr bekommen. Warum sollte ihr Entführer sie mit Essen und Wasser versorgen, nur um sie ein paar Tage später verhungern und verdursten zu lassen?

Nein, nein, nein. Er will, dass ich lebe, nicht sterbe.

Sie hob das Gesicht an das Lüftungsgitter und atmete tief ein. Ich soll leben, sagte sie sich immer wieder. Soll leben.

Warum?

Sie ließ sich wieder gegen die Seitenwand sinken, während ihr dieses eine Wort im Kopf herumspukte. *Warum?* Die einzige Antwort, die ihr einfiel, war: *Lösegeld.* Oh, was für ein dummer Entführer. Du bist auf Dwaynes Show hereingefallen. Die BMWs, die Breitling-Uhr, die Designer-Krawatten. *Wenn du so einen Wagen fährst, hast du ein Image zu verlieren.* Sie begann hysterisch zu lachen. Ich bin wegen eines Images entführt worden, das auf geborgtem Geld aufgebaut ist. Dwayne kann überhaupt kein Lösegeld aufbringen.

Sie stellte sich vor, wie er ins Haus zurückkam und feststellte, dass sie verschwunden war. Er wird sehen, dass mein Wagen in der Garage steht und dass der Stuhl am Boden liegt, dachte sie. Er wird nicht verstehen, was das zu bedeuten hat, bis sein Blick auf die Lösegeldforderung fällt. Bis er sieht, dass sie Geld von ihm wollen. *Du wirst doch bezahlen, nicht wahr?*

Nicht wahr?

Das Licht der Taschenlampe wurde plötzlich schwächer. Sie packte sie und schlug sie ein paar Mal gegen ihren Handteller. Das Licht flackerte für einen Moment heller auf, nur um gleich darauf wieder dunkler zu werden. O Gott, die Batterien. Du dumme Kuh, du hättest sie nicht so lange brennen lassen dürfen! Sie kramte in der Einkaufstüte und riss eine neue Packung Batterien auf. Die Batterien fielen heraus und rollten in alle Richtungen davon.

Dann wurde es dunkel.

Das Geräusch ihres eigenen Atems erfüllte die Finsternis. Dann leises Wimmern, als ihre Panik wuchs. Okay, okay, Mattie, hör auf damit. Du weißt, dass du neue Batterien hast. Du musst sie nur richtig herum einlegen.

Sie tastete den Boden ab, klaubte die losen Batterien zusammen, atmete tief durch, schraubte die Taschenlampe auf und legte den Deckel vorsichtig auf einem ihrer Knie ab. Dann ließ sie die alten Batterien herausgleiten und legte sie zur Seite. Jede Bewegung musste sie in völliger Dunkelheit vollführen. Wenn sie ein wichtiges Teil verlor, würde sie es ohne das Licht vielleicht nie wieder finden. Ganz ruhig, Mattie. Das ist doch nicht das erste Mal, dass du Taschenlampenbatterien wechselst. Leg sie einfach ein, mit dem Pluspol voraus. Eins, zwei. Jetzt den Deckel aufgeschraubt…

Plötzlich strömte Licht hervor, wunderbar helles Licht. Mattie seufzte erleichtert auf und sank zurück, so erschöpft, als wäre sie gerade eine Meile gerannt. So, jetzt hast du dein Licht wieder, und nun vergeude es nicht. Lass die Batterien nicht wieder leer werden. Sie schaltete die Taschenlampe aus und saß in völliger Dunkelheit da. Doch jetzt ging ihr Atem langsam und regelmäßig. Keine Panik. Im Augenblick war sie vielleicht blind, aber sie hatte den Finger auf dem Schalter und konnte das Licht jederzeit einschalten. *Ich habe alles im Griff.*

Was sie jedoch nicht im Griff hatte, während sie so im Dunkeln saß, das waren die Ängste, die sie nun bedrängten. Inzwischen muss Dwayne doch wissen, dass ich entführt worden bin, dachte sie. Er hat die Nachricht gelesen oder den Anruf bekommen. *Ihr Geld oder Ihre Frau.* Er wird bezahlen, natürlich wird er bezahlen. Sie stellte sich vor, wie er voller Panik die anonyme Stimme am Telefon anflehte: *Tun Sie ihr nichts, bitte tun Sie ihr nichts!* Sie malte sich aus, wie er schluchzend am Küchentisch saß und wie ihm plötzlich all die gemeinen Dinge, die er ihr an den Kopf geworfen hatte, sehr, sehr Leid taten. Die hundert verschiedenen Arten, wie er ihr das Gefühl gegeben hatte, klein und unbedeutend zu sein. Jetzt wünschte er nur, er könnte all das zurücknehmen, könnte ihr sagen, wie viel sie ihm bedeutete...

Du träumst, Mattie.

Sie kniff die Augen zusammen und kämpfte gegen die Angst an, die sich in ihre Brust zu bohren und ihr Herz mit eiserner Faust zu packen schien.

Du weißt, dass er dich nicht liebt. Du weißt es schon seit Monaten.

Sie schlang die Arme um ihren Bauch, um ihr Baby. Lag zusammengerollt in einer Ecke ihres Gefängnisses und konnte der Wahrheit nicht länger ausweichen. Sie erinnerte sich an seinen angewiderten Blick, als sie eines Abends aus der Dusche gestiegen war und er ihren Bauch angestarrt hatte. Oder die Abende, wenn sie sich von hinten an ihn herangeschlichen hatte, um seinen Nacken zu küssen, und er sie mit einer unwirschen Geste verscheucht hatte. Oder die Party bei den Everetts vor zwei Monaten, als sie ihn aus den Augen verloren hatte. Schließlich hatte sie ihn im Gartenpavillon entdeckt – beim Flirten mit Jen Hockmeister. Es hatte Warnzeichen gegeben, so viele Warnzeichen, und sie hatte sie alle ignoriert, weil sie an die wahre Liebe geglaubt hatte. Sie hatte daran geglaubt seit dem Tag, an dem sie Dwayne Purvis bei einer Geburtstagsparty vorgestellt worden war und sofort gewusst hatte, dass er der Richtige war, trotz all der Dinge, die sie von Anfang an hätten stutzig machen sollen. Wie zum Beispiel, dass er immer auf getrennten Rechnungen bestand, wenn sie zusammen ausgingen, oder dass er an keinem Spiegel vorbeigehen konnte, ohne eitel an seiner Frisur herumzumachen. Kleinigkeiten, die letzten Endes nicht so wichtig waren, weil sie doch die Liebe hatten, die sie zusammenhielt. Das hatte sie sich jedenfalls eingeredet – nette kleine Lügen, die vielleicht ihren Platz in irgendeiner romantischen Liebesgeschichte hatten, vielleicht in einer, die sie im Kino gesehen hatte, aber nicht in ihrer. Nicht in ihrem Leben.

Ihr Leben war das hier. Gefangen in einer Kiste zu hocken und darauf zu warten, von einem Ehemann ausgelöst zu werden, der sie gar nicht wiederhaben wollte.

Sie dachte an den echten Dwayne – nicht den aus ihrer Scheinwelt –, wie er am Küchentisch saß und die Lösegeldforderung las. *Wir haben Ihre Frau. Wenn Sie uns nicht eine Million Dollar zahlen …*

Nein, das war viel zu viel Geld. Kein normaler Kidnapper würde so viel fordern. Was verlangten Entführer heutzutage für eine Ehefrau? Hunderttausend Dollar – das klang schon wesentlich vernünftiger. Aber trotzdem würde Dwayne sich sträuben. Er würde seine Besitztümer gegeneinander aufrechnen. Die BMWs, das Haus. Wie viel ist eine Ehefrau wert?

Wenn du mich liebst, wenn du mich je geliebt hast, wirst du bezahlen. Bitte, bitte, bezahle.

Sie glitt zu Boden, die Arme um den Leib geschlungen, und verkroch sich in ihre Verzweiflung. Ein Verlies in ihr drin, tiefer und dunkler als jedes Gefängnis, in das irgendjemand sie sperren konnte.

»Lady, Lady.«

Sie erstarrte mitten im Schluchzen – hatte sie das Flüstern wirklich gehört? Jetzt hörte sie schon Stimmen. Sie verlor allmählich den Verstand.

»Reden Sie mit mir, Lady.«

Sie schaltete die Taschenlampe ein und richtete sie nach oben. Da kam die Stimme her – aus dem Lüftungsgitter.

»Können Sie mich hören?« Es war eine Männerstimme. Leise, einschmeichelnd.

»Wer sind Sie?«, fragte sie.
»Haben Sie das Essen gefunden?«
»Wer sind Sie?«
»Gehen Sie sparsam damit um. Sie müssen noch länger damit auskommen.«
»Mein Mann wird Sie bezahlen. Ich weiß es. Bitte, lassen Sie mich doch hier raus!«
»Haben Sie irgendwelche Schmerzen?«
»Was?«
»Irgendwelche Schmerzen?«
»Ich will einfach nur raus hier! Lassen Sie mich *raus*!«
»Wenn es so weit ist.«
»Wie lange wollen Sie mich hier festhalten? Wann lassen Sie mich endlich raus?«
»Später.«
»Was soll das heißen?«
Keine Antwort.
»Hallo? Mister, *hallo*? Sagen Sie meinem Mann, dass ich am Leben bin. Sagen Sie ihm, er *muss* Ihnen das Geld geben!«
Die Schritte entfernten sich knarrend.
»Gehen Sie nicht weg!«, schrie sie. »Lassen Sie mich raus!« Sie streckte die Hand aus und hämmerte an die Decke, schrie aus Leibeskräften: »Sie müssen mich *rauslassen*!«
Die Schritte verstummten. Sie starrte zu dem Gitterrost hoch. Er hat gesagt, dass er wiederkommt, dachte sie. Morgen wird er wiederkommen. Sobald Dwayne ihm das Geld gegeben hat, lässt er mich raus.
Da fiel es ihr plötzlich auf. *Dwayne.* Die Stimme im Lüftungsschacht hatte nicht ein einziges Mal ihren Mann erwähnt.

15

Jane Rizzoli war eine waschechte Bostonerin, und so fuhr sie auch – unter großzügigem Gebrauch der Hupe manövrierte sie ihren Subaru auf dem Weg zum Turnpike geschickt an den in zweiter Reihe parkenden Autos vorbei. Die Schwangerschaft hatte ihre Aggressivität keineswegs gedämpft; sie schien eher noch ungeduldiger als sonst, wenn sie wieder einmal an einer Kreuzung im Verkehr feststeckten.

»Ich weiß nicht recht, Doc«, sagte sie, als sie an einer roten Ampel warteten, und trommelte mit den Fingern nervös auf dem Lenkrad herum. »Damit machen Sie sich doch selbst bloß verrückt. Ich meine, was soll dieser Besuch denn bringen?«

»Immerhin werde ich wissen, wer meine Mutter ist.«

»Sie kennen ihren Namen. Sie wissen, welches Verbrechen sie begangen hat. Reicht das nicht?«

»Nein, das reicht nicht.«

Hinter ihnen ertönte eine Hupe. Die Ampel war auf Grün gesprungen.

»Arschloch«, brummte Rizzoli, während sie über die Kreuzung bretterte.

Sie nahmen den Massachusetts Turnpike Richtung Westen, um nach Framingham zu gelangen. Rizzolis Subaru wurde zwischen Konvois von Sattelschleppern und wuchtigen Geländewagen bedrohlich eingezwängt. Nach nur einem Wochenende auf den ruhigen Straßen von Maine war es ein regelrechter Schock für Maura, sich wieder auf einem viel befahrenen Highway zu finden, wo ein winziger Fehler, ein Sekundenbruchteil der Unaufmerksamkeit, den Unterschied zwischen Leben und Tod bedeuten konnte. Rizzolis schneller und furchtloser Fahrstil machte Maura nervös; gerade ihr, die nie ein unnötiges Risiko einging, die immer nur das sicherste Auto mit doppelten Airbags fuhr, die ihre Tankanzeige nie unter ein Viertel fallen ließ, fiel es schwer, die Kontrolle abzugeben. Besonders, wenn tonnenschwere Lastzüge nur Zentimeter an ihrem Fenster vorbeibrausten.

Erst als sie vom Turnpike auf die Route 126 Richtung Framingham abgefahren waren, konnte Maura sich ein wenig entspannen, erst jetzt konnte sie sich zurücklehnen und war nicht ständig versucht, sich am Armaturenbrett festzuklammern. Aber jetzt bedrängten sie andere Ängste: nicht mehr rasende Kolosse aus Stahl, sondern die bevorstehende Begegnung mit – ihr selbst.

Davor fürchtete sie sich; und davor, dass sie hassen würde, was sie sah.

»Sie können es sich jederzeit noch anders überlegen«, sagte Rizzoli, als hätte sie ihre Gedanken gelesen. »Sie müssen nur etwas sagen, dann kehre ich sofort um. Wir können stattdessen ins Friendly's gehen und einen Kaffee trinken. Und vielleicht ein Stück Apfelkuchen essen.«

»Denken schwangere Frauen eigentlich immer nur ans Essen?«

»Jedenfalls *diese* schwangere Frau.«

»Ich werde es mir aber nicht anders überlegen.«

»Okay, okay.« Rizzoli fuhr eine Weile schweigend weiter. »Ballard war heute Morgen bei mir.«

Maura sah sie an, doch Rizzolis Blick war starr auf die Straße gerichtet. »Wieso?«

»Er wollte mir erklären, warum er uns nicht von Ihrer Mutter erzählt hat. Hören Sie, ich weiß, dass Sie sauer auf ihn sind, Doc. Aber ich glaube wirklich, dass er versucht hat, Sie zu schützen.«

»Hat er Ihnen das gesagt?«

»Ich glaube ihm. Vielleicht bin ich in dieser Sache sogar seiner Meinung. Ich habe auch daran gedacht, Ihnen diese Information vorzuenthalten.«

»Aber Sie haben es nicht getan. Sie haben mich angerufen.«

»Ich will doch nur sagen, dass ich verstehen kann, warum er es Ihnen nicht sagen wollte.«

»Er hatte kein Recht, mir diese Information vorzuenthalten.«

»Ach, wissen Sie, das ist eben typisch Mann. Vielleicht auch typisch Cop. Sie wollen alle immer die kleine Lady beschützen...«

»Und deshalb halten sie mit der Wahrheit hinterm Berg?«

»Ich sage bloß, dass ich verstehe, was ihn dazu gebracht hat.«

»Würden *Sie* sich denn nicht darüber ärgern?«

»Aber klar doch.«

»Also, warum verteidigen Sie ihn dann?«

»Weil er so ein toller Typ ist?«

»Oh, bitte!«

»Ich sage Ihnen nur, dass es ihm Leid tut. Aber ich denke, das hat er Ihnen selbst auch schon zu sagen versucht.«

»Ich war nicht in der Stimmung, eine Entschuldigung zu akzeptieren.«

»Also sind Sie einfach weiter sauer auf ihn?«

»Warum müssen wir das so ausführlich diskutieren?«

»Ich weiß nicht. Vielleicht ist es wegen der Art und Weise, wie er über Sie geredet hat. Als wäre da oben zwischen Ihnen beiden etwas gelaufen. War es so?«

Maura spürte, wie Rizzoli sie mit ihren wachen Polizistinnenaugen beobachtete, und sie wusste, dass Rizzoli es sofort merken würde, wenn sie log.

»Ich kann im Moment keine komplizierten Beziehungskisten gebrauchen.«

»Was ist daran denn so kompliziert? Ich meine, abgesehen von der Tatsache, dass Sie sauer auf ihn sind?«

»Eine Tochter. Eine Exfrau.«

»Die Männer in seinem Alter sind doch alle nicht mehr fabrikneu. Da gibt's immer irgendwo eine Ex.«

Maura blickte nach vorne auf die Straße. »Ach, wissen Sie, Jane, nicht jede Frau ist zum Heiraten bestimmt.«

»Das habe ich auch immer gedacht, und Sie sehen ja, was daraus geworden ist. Zuerst kann ich den Kerl nicht ausstehen, und am nächsten Tag geht er mir schon nicht mehr aus dem Kopf. Ich hätte nie gedacht, dass es mal so weit kommen würde.«

»Gabriel ist einer von den Guten.«

»Ja, er ist wirklich eine ehrliche Haut. Aber die Sache ist doch die: Er hat bei mir genau die gleiche Nummer abzuziehen versucht wie Ballard bei Ihnen – diese Macho-Beschützer-Nummer. Und ich war stinksauer auf ihn. Ich will damit sagen, dass man nicht immer vorher wissen kann, ob ein Typ auf Dauer etwas taugt.«

Maura dachte an Victor. An das Desaster ihrer Ehe. »Nein, das kann man nicht.«

»Aber für den Anfang kann man sich schon mal auf das Mögliche konzentrieren, auf Beziehungen, die eine Chance haben. Und die Typen vergessen, mit denen es sowieso nie was werden kann.« Obwohl sie seinen Namen nicht erwähnt hatte, wusste Maura, dass Rizzoli ebenso wie sie an Daniel Brophy dachte. Das Unmögliche, das Unerreichbare in Person. Ein verführerisches Trugbild, das sie über Jahre hinweg locken konnte, über Jahrzehnte, bis sie eine alte Frau war. Alt, einsam und verlassen.

»Hier ist die Abzweigung«, sagte Rizzoli und bog in den Loring Drive ein.

Mauras Herz begann zu hämmern, als sie das Schild mit der Aufschrift JUSTIZVOLLZUGSANSTALT FRAMINGHAM erblickte. *Die Zeit ist gekommen, meinem wahren Ich ins Auge zu sehen.*

»Sie können es sich immer noch anders überlegen«, sagte Rizzoli.

»Das haben wir doch schon mal durchgekaut.«

»Ja, schon klar. Ich wollte Ihnen nur sagen, dass wir jederzeit umkehren können.«

»Würden Sie das tun, Jane? Nachdem Sie sich ein Leben lang gefragt haben, wer Ihre Mutter ist, wie sie aussieht, würden Sie es dabei bewenden lassen? Wenn Sie so kurz davor stünden, die Antworten auf sämtliche Fragen zu bekommen, die Sie sich je gestellt haben?«

Rizzoli blickte sich zu ihr um. Rizzoli, die ständig auf Achse zu sein schien, die immer im Auge irgendeines Sturms zu stehen schien, blickte Maura nun ruhig und voller Verständnis an. »Nein«, sagte sie. »Das würde ich auch nicht tun.«

Im Verwaltungstrakt des Betty Smith Cole Building zeigten sie beide ihre Ausweise vor und trugen sich in die Besucherliste ein. Wenige Minuten später holte Superintendent Barbara Gurley, die Direktorin, sie am Empfang ab. Maura hatte eine Achtung gebietende Gefängniskommandantin erwartet, doch die Frau, die sie nun vor sich sah, glich eher einer Bibliothekarin. Ihr kurzes Haar war schon mehr grau als braun, sie war zierlich gebaut, trug einen hellbraunen Rock und eine rosa Baumwollbluse.

»Freut mich, Sie kennen zu lernen, Detective Rizzoli«, sagte Gurley. Sie wandte sich an Maura. »Und Sie sind Dr. Isles?«

»Ja. Danke, dass Sie sich Zeit für mich nehmen.« Maura gab ihr die Hand. Den Händedruck der Direktorin empfand sie als kühl und reserviert. Sie weiß, wer ich bin, dachte Maura. Sie weiß, warum ich hier bin.

»Gehen wir nach oben in mein Büro. Ich habe ihre Akte für Sie herausgesucht.«

Gurley ging mit festem, entschlossenem Schritt voran. Keine überflüssige Bewegung, kein Blick über die Schulter, um zu sehen, ob die Besucherinnen ihr folgen konnten. Sie betraten einen Aufzug.

»Das hier ist eine Stufe-Vier-Einrichtung, nicht wahr?«, sagte Rizzoli.

»Ja.«

»Das ist doch nur eine mittlere Sicherheitsstufe?«, fragte Maura.

»Wir richten zurzeit versuchsweise einen Stufe-Sechs-Trakt ein. Das hier ist die einzige Vollzugsanstalt für Frauen im Staat Massachusetts; außer uns gibt es im Moment weit und breit nichts. Wir sind also für das gesamte Spektrum von Straftaten zuständig.«

»Einschließlich Massenmord?«, fragte Rizzoli.

»Wenn die Taten von einer Frau begangen wurden und diese Frau verurteilt wird, dann kommt sie hierher. Wir haben nicht ganz dieselben Sicherheitsprobleme, mit denen Anstalten für männliche Täter zu kämpfen haben. Und unser Ansatz ist auch ein wenig anders. Wir legen mehr Gewicht auf Behandlung und Resozialisierung. Einige unserer Insassinnen leiden unter psychischen Problemen und Drogenabhängigkeit. Eine weitere Komplikation ergibt sich daraus, dass viele von ihnen Mütter sind; wir haben es also mit all den emotionalen Folgen der Trennung von Mutter und Kind zu tun. Wenn die Besuchszeit zu Ende ist, bleiben jedes Mal viele weinende Kinder zurück.«

»Und was ist mit Amalthea Lank? Haben Sie besondere Probleme mit ihr?«

»Wir haben …« Gurley zögerte, den Blick starr geradeaus gerichtet. »Ein paar.«

»Welcher Art?«

Die Fahrstuhltür ging auf, und Gurley trat hinaus. »Das ist mein Büro.«

Sie durchquerten einen Vorraum. Die beiden Sekretärinnen sahen Maura mit großen Augen an, dann senkten sie rasch den Blick und starrten wieder auf ihre Computerbildschirme. Alle vermeiden es, mir in die Augen zu schauen, dachte sie. Wovor haben sie Angst?

Gurley führte die Besucherinnen in ihr Büro und schloss die Tür. »Bitte, setzen Sie sich.«

Das Zimmer war eine Überraschung. Maura hatte geglaubt, dass es ein Abbild von Gurley selbst sein würde, funktional und schmucklos. Stattdessen sah sie überall Fotos von lächelnden Gesichtern. Frauen mit Babys auf dem Arm,

Kinder, die mit fein säuberlich gekämmten Haaren und gebügelten Hemden für die Kamera posierten. Ein frisch vermähltes Paar, umringt von einer vielköpfigen Kinderschar. Seine, ihre, unsere.

»Meine Mädels«, sagte Gurley und blickte lächelnd auf die mit Fotos gepflasterte Wand. »Das sind diejenigen, die den Weg zurück in die Gesellschaft gefunden haben. Diejenigen, die die richtigen Entscheidungen getroffen und ihr Leben selbst in die Hand genommen haben. Leider«, fuhr sie fort, und ihr Lächeln verflog, »leider wird Amalthea Lanks Bild nie an dieser Wand hängen.« Sie setzte sich an ihren Schreibtisch und sah Maura an. »Ich bin mir nicht sicher, ob Ihr Besuch hier wirklich eine gute Idee ist, Dr. Isles.«

»Ich habe meine leibliche Mutter nie kennen gelernt.«

»Das ist ja gerade der Grund für meine Bedenken.« Gurley lehnte sich in ihrem Stuhl zurück und betrachtete Maura eine Weile. »Wir möchten alle unsere Mütter lieben. Wir wollen, dass sie ganz besondere Frauen sind, weil das *uns* als ihre Töchter zu etwas Besonderem macht.«

»Ich erwarte nicht, dass ich sie lieben werde.«

»Was erwarten Sie dann?«

Die Frage zwang Maura innezuhalten. Sie dachte an die imaginäre Mutter, die sie als Kind in ihrer Fantasie heraufbeschworen hatte, seit ihre Cousine eines Tages mit der brutalen Wahrheit herausgeplatzt war – dass Maura adoptiert war. Dass dies der Grund war, weshalb sie als Einzige in einer Familie von Blondschöpfen schwarze Haare hatte. Sie hatte sich eine Märchenmutter zusammengebastelt, basierend auf ihrer dunklen Haarfarbe. Eine italienische Erbin, die gezwungen war, ihr unter skandalösen Umständen empfangenes Kind wegzugeben. Oder eine spanische Schönheit, im Stich gelassen von ihrem Geliebten, tragischerweise gestorben an gebrochenem Herzen. Immer hatte sie sich, wie Gurley es angedeutet hatte, eine ganz besondere, ja außergewöhnliche Frau vorgestellt. Jetzt war sie im Begriff, statt der Fantasiegestalt der echten Frau aus Fleisch und Blut gegenüberzutreten, und beim Gedanken daran war ihr Mund wie ausgetrocknet.

Rizzoli wandte sich an Gurley: »Wieso glauben Sie, dass sie ihre Mutter nicht sehen sollte?«

»Ich möchte sie lediglich bitten, bei diesem Besuch Vorsicht walten zu lassen.«

»Wieso? Ist die Insassin gefährlich?«

»Nicht in dem Sinne, dass sie plötzlich aufspringen und einen Besucher physisch attackieren würde. Im Gegenteil, nach außen hin ist sie sogar lammfromm.«

»Und innen drin?«

»Bedenken Sie, was die Frau getan hat, Detective. Wie viel blinde Wut braucht es, um mit einer Eisenstange derart zuzuschlagen, dass man den Schädel einer Frau zerschmettert? Und jetzt beantworten *Sie* mir die Frage: Was verbirgt sich unter Amaltheas friedlicher Fassade?« Gurley sah Maura an. »Sie müssen mit offenen Augen an diese Sache herangehen, und Sie müssen sich im Klaren darüber sein, mit wem Sie es zu tun haben.«

»Die Hälfte meines Erbguts stammt von ihr«, sagte Maura. »Aber ich habe keine emotionale Beziehung zu dieser Frau.«

»Dann sind Sie also einfach nur neugierig.«

»Ich muss dieses Kapitel abschließen. Ich muss es hinter mir lassen.«

»Das hat Ihre Schwester wahrscheinlich auch gedacht. Sie wissen doch, dass sie Amalthea hier besucht hat?«

»Ja, ich habe es gehört.«

»Ich glaube nicht, dass es ihr den erhofften Seelenfrieden gebracht hat. Ich glaube, es hat sie nur aufgewühlt.«

»Wieso?«

Gurley schob Maura einen Aktenordner über den Schreibtisch zu. »Das ist Amaltheas psychiatrische Krankenakte. Alles, was Sie über sie wissen müssen, steht da drin. Warum lesen Sie nicht einfach die Akte, anstatt sie zu besuchen? Lesen Sie, und dann gehen Sie und vergessen Sie sie ganz einfach.«

Maura rührte die Akte nicht an. Es war Rizzoli, die nach dem Ordner griff und fragte: »Sie ist in psychiatrischer Behandlung?«

»Ja«, antwortete Gurley.

»Weshalb?«

»Weil Amalthea schizophren ist.«

Maura starrte die Gefängnisdirektorin entgeistert an. »Aber wieso wurde sie dann wegen Mordes verurteilt? Wenn sie schizophren ist, sollte sie nicht im Gefängnis sitzen. Sie sollte in einer Klinik sein.«

»Das trifft auf eine ganze Reihe unserer Insassinnen zu. Erzählen Sie das den Gerichten, Dr. Isles; ich habe es schon vergeblich versucht. Das System selbst ist verrückt. Auch wenn es noch so offensichtlich ist, dass Sie einen Mord unter dem Einfluss einer Psychose begangen haben – es wird Ihnen kaum je gelingen, die Geschworenen von Ihrer Unzurechnungsfähigkeit zu überzeugen.«

»Sind Sie ganz sicher, dass sie tatsächlich unzurechnungsfähig ist?«, fragte Rizzoli leise.

Maura wandte sich zu Rizzoli um und sah, dass ihr Blick auf die aufgeschlagene Psychiatrieakte der Insassin geheftet war. »Gibt es denn Zweifel an ihrer Diagnose?«

»Ich kenne die Psychiaterin, die sie untersucht hat. Dr. Joyce O'Donnell. Die vergeudet ihre Zeit normalerweise nicht mit Nullachtfünfzehn-Schizophrenen.« Sie sah Gurley an. »Warum ist sie mit diesem Fall befasst?«

»Das scheint Sie zu beunruhigen«, meinte Gurley.

»Wenn Sie Dr. O'Donnell kennen würden, wären Sie auch beunruhigt.« Rizzoli klappte die Akte zu und atmete tief durch. »Gibt es noch irgendetwas, was Dr. Isles wissen muss, bevor sie die Gefangene besucht?«

Gurley sah Maura an. »Ich nehme an, dass es mir nicht gelungen ist, es Ihnen auszureden?«

»Nein. Ich bin bereit, sie zu sehen.«

»Dann gehe ich jetzt mit Ihnen zum Besuchereinlass.«

16

Ich kann immer noch zurück.

Das war der Gedanke, der Maura unentwegt durch den Kopf ging, während sie die Besucherschleuse passierte. Während sie ihre Uhr abnahm und sie zusammen mit ihrer Handtasche in ein Schließfach legte. Weder Schmuck noch Portemonnaies durften in den Besuchsraum mitgenommen werden, und ohne ihre Geldbörse kam sie sich nackt vor, aller Identitätsnachweise beraubt, ohne all die kleinen Plastikkarten, die der Welt verrieten, wer sie war. Sie klappte das Schließfach zu, und der metallische Klang rief ihr schlagartig ins Gedächtnis, was für ein Ort es war, an dessen Schwelle sie nun stand: ein Ort, wo beständig Türen knallten, wo das Leben sich in vergitterten Käfigen abspielte.

Maura hatte auf ein Gespräch unter vier Augen gehofft, doch als die Aufseherin ihr die Tür des Besuchsraums öffnete, sah sie gleich, dass dies ein Ding der Unmöglichkeit war. Die nachmittägliche Besuchszeit hatte bereits vor einer Stunde begonnen, und der Raum war erfüllt von lärmenden Kinderstimmen und dem Trubel von Familien, die ihr Wiedersehen feierten. Münzen fielen klirrend in Verkaufsautomaten, die abgepackte Sandwiches, Chips und Schokoriegel ausspuckten.

»Amalthea ist jetzt auf dem Weg nach unten«, sagte die Aufseherin. »Suchen Sie sich doch schon mal einen Platz.«

Maura ging zu einem freien Tisch und setzte sich. Die Plastiktischplatte war klebrig von verschüttetem Saft. Sie hielt die Hände im Schoß verschränkt und wartete mit pochendem Herzen und trockener Kehle. Die klassische Kampf-oder-Flucht-Reaktion, dachte sie. Warum bin ich eigentlich so nervös?

Sie stand auf und ging zu einem Waschbecken. Dort füllte sie einen Pappbecher mit Wasser und trank ihn mit gierigen Schlucken aus. Immer noch fühlte ihre Kehle sich trocken an. Diese Art von Durst ließ sich nicht mit Wasser allein stillen; der Durst, der beschleunigte Puls, die schwitzenden Hände – all das war Teil ein und desselben Reflexes, mit dem der Körper sich auf eine unmittelbare Bedrohung einstellte. Entspann dich, entspann dich. Du begrüßt sie, redest ein bisschen mit ihr, befriedigst deine Neugier und gehst wieder. Das kann doch nicht so schwer sein, oder? Sie zerdrückte den Pappbecher, drehte sich um und erstarrte.

Sie sah, wie eine Tür aufging und eine Frau eintrat. Die Schultern gestrafft, das Kinn in einer herrisch-selbstbewussten Pose emporgereckt. Ihr Blick fiel auf Maura und verweilte dort einen Moment. Doch dann, gerade als Maura dachte: *Das ist sie*, wandte die Frau sich ab, lächelte und breitete die Arme aus, um ein Kind zu begrüßen, das auf sie zugestürmt kam.

Maura hielt verwirrt inne; sie wusste nicht, ob sie sich setzen oder stehen bleiben sollte. Dann öffnete die Tür sich erneut, und Maura erblickte die Aufseherin, mit der sie zuvor gesprochen hatte. Die Frau, die sie am Arm hereinführte, ging nicht, sondern schlurfte; mit eingezogenen Schultern und gesenktem Kopf starrte sie auf den Boden, als ob sie wie besessen nach einem verlorenen Gegenstand suchte. Die Aufseherin führte sie an Mauras Tisch, rückte einen Stuhl zurecht und platzierte die Gefangene darauf.

»So ist's gut, Amalthea. Die Dame dort ist gekommen, um dich zu besuchen. Warum unterhältst du dich nicht ein bisschen mit ihr, hmm?«

Amalthea hielt den Kopf immer noch gesenkt, den Blick starr auf die Tischplatte gerichtet. Wirre, fettige Haarsträhnen fielen ihr in die Stirn und bedeckten die Augen wie ein Vorhang. Obwohl schon stark mit Grau durchsetzt, war das Haar früher eindeutig schwarz gewesen. Genau wie meines, dachte Maura. Wie Annas.

Die Aufseherin zuckte mit den Achseln und sah Maura an. »Tja, dann lasse ich Sie beide mal allein. Wenn Sie fertig sind, winken Sie einfach, dann bringe ich Amalthea zurück.«

Amalthea blickte nicht einmal auf, als die Aufseherin sich entfernte. Und ebenso wenig schien sie die Besucherin zu bemerken, die sich gerade ihr gegenüber an den Tisch gesetzt hatte. Ihre Haltung blieb erstarrt, ihr Gesicht hinter dem Schleier aus schmutzigen Haaren verborgen. Der Gefängniskittel hing ihr lose um die Schultern, als ob ihre Kleider ihr mit der Zeit zu groß geworden wären. Die Hand, die sie auf den Tisch gelegt hatte, wurde von einem unaufhörlichen Tremor geschüttelt.

»Hallo, Amalthea«, sagte Maura. »Weißt du, wer ich bin?«

Keine Antwort.

»Mein Name ist Maura Isles. Ich...« Maura schluckte. »Ich habe sehr lange nach dir gesucht.« *Mein ganzes Leben lang.*

Der Kopf der Frau zuckte zur Seite. Keine Reaktion auf Mauras Worte, nur ein unwillkürliches Zucken. Ein verirrter Impuls, der durch Nerven und Muskeln schoss.

»Amalthea, ich bin deine Tochter.«

Maura beobachtete sie, lauerte auf eine Reaktion. Sehnte sie regelrecht herbei. In diesem Augenblick schien alles um sie herum plötzlich verschwunden. Sie hörte nicht die Kakophonie der Kinderstimmen, das Geräusch der Vierteldollarmünzen, die in den Schlitz des Automaten gesteckt wurden, das Scharren der Stuhlbeine auf dem Linoleum. Sah nichts als diese müde, gebrochene Frau.

»Kannst du mich ansehen? Bitte, sieh mich *an*!«

Endlich hob sich der Kopf, in kleinen, ruckartigen Bewegungen, wie bei einer beweglichen Puppe, deren Mechanismus verrostet ist. Das ungekämmte Haar teilte sich, und die Augen richteten sich auf Maura. Unergründliche Augen. Maura sah nichts darin. Kein bewusstes Erkennen, keine Seele. Amaltheas Lippen bewegten sich, doch es war kein

Laut zu hören. Wieder nur ein unwillkürliches Muskelzucken, ohne Absicht, ohne Bedeutung.

Ein kleiner Junge kam vorbeigewackelt und zog einen Hauch von nassen Windeln hinter sich her. Am Nebentisch saß eine Frau mit schmutzig blonden Haaren in einem Drillichanzug, das Gesicht in den Händen vergraben, und schluchzte leise, während ihr männlicher Besucher sie mit ausdrucksloser Miene anstarrte. In dieser Minute spielten sich ringsumher ein Dutzend Familiendramen wie Mauras ab; sie war nur eine unter vielen Statistinnen und Statisten, die nicht über den Tellerrand ihrer eigenen Krise hinausblicken konnten.

»Meine Schwester hat dich besucht«, sagte Maura. »Sie sah genauso aus wie ich. Erinnerst du dich an sie?«

Amaltheas Unterkiefer bewegte sich nun, als ob sie etwas kaute. Eine imaginäre Mahlzeit, die nur sie selbst schmecken konnte.

Nein, natürlich erinnert sie sich nicht daran, dachte Maura und blickte frustriert in Amaltheas ausdrucksloses Gesicht. Sie begreift nicht, wer ich bin oder warum ich hier bin. Ich rufe in eine leere Höhle hinein, und als Antwort höre ich nur das Echo meiner eigenen Stimme.

Entschlossen, eine Reaktion aus ihr herauszuholen, ganz gleich welche, sagte Maura mit bewusster, fast brutaler Direktheit: »Anna ist tot. Deine andere Tochter ist tot. Hast du das gewusst?«

Keine Antwort.

Warum gebe ich mir überhaupt noch Mühe? Da drin ist niemand zu Hause. In diesen Augen brennt kein Licht.

»Tja«, sagte Maura. »Ich komme später noch mal vorbei. Vielleicht willst du ja dann mit mir reden.« Mit einem Seufzer stand Maura auf und blickte sich nach der Aufseherin um. Sie entdeckte sie am anderen Ende des Raumes. Maura hatte gerade die Hand gehoben, um sie herbeizuwinken, als sie die Stimme hörte. Ein Flüstern, so leise, dass sie es sich auch eingebildet haben könnte.

»Verschwinde.«

Verblüfft starrte Maura auf Amalthea hinunter, die in vollkommen unveränderter Haltung dasaß, ein Zucken um die Mundwinkel, der Blick so leer wie zuvor.

Langsam ließ Maura sich wieder auf den Stuhl sinken. »Was hast du gesagt?«

Amalthea hob die Augen und sah sie an. Und für einen kurzen Moment erkannte Maura darin einen Funken von Klarheit. Von Intelligenz. »Verschwinde. Bevor er dich sieht.«

Maura riss die Augen auf. Ein kalter Schauer lief ihr über den Rücken, und ihre Nackenhaare richteten sich auf.

Die Frau mit den schmutzig blonden Haaren am Nebentisch weinte immer noch. Ihr Besucher stand auf und sagte: »Es tut mir Leid, aber du musst das einfach akzeptieren. So ist es nun mal.« Dann ging er hinaus, zurück zu seinem Leben außerhalb der Gefängnismauern, wo die Frauen hübsche Blusen und nicht grobe Baumwollkittel trugen. Wo man verschlossene Türen jederzeit aufsperren konnte.

»Wer?«, fragte Maura leise. Amalthea gab keine Antwort. »Wer wird mich sehen, Amalthea?«, bedrängte Maura sie. »Was meinst du damit?«

Aber erneut hatte sich ein Schleier über Amaltheas Augen gelegt. Das kurze Aufflackern war verloschen, und Maura blickte wieder ins Leere.

»Na, sind wir fertig mit unserem Besuch?«, fragte die Aufseherin munter.

»Ist sie immer so?«, fragte Maura, während sie zusah, wie Amaltheas Lippen lautlos Worte formten.

»Mehr oder weniger. Sie hat gute und schlechte Tage.«

»Sie hat so gut wie nicht mit mir geredet.«

»Das wird schon noch, wenn sie Sie mal besser kennt. Die meiste Zeit ist sie sehr verschlossen, aber dann und wann kommt sie auch raus aus ihrem Schneckenhaus. Schreibt Briefe, telefoniert sogar.«

»Wen ruft sie an?«

»Das weiß ich nicht. Ihre Therapeutin, nehme ich an.«

»Dr. O'Donnell?«

»Die blonde Lady. Sie war schon öfter hier, deshalb ist Amalthea schon ganz vertraut mit ihr. Nicht wahr, Schätzchen?« Die Aufseherin nahm die Gefangene am Arm und sagte: »Hopp, auf! Jetzt geht's zurück in die gute Stube.«

Gehorsam erhob sich Amalthea und ließ sich von der Aufseherin vom Tisch wegführen. Doch schon nach wenigen Schritten blieb sie stehen.

»Na komm schon, Amalthea.«

Doch die Gefangene rührte sich nicht vom Fleck. Sie stand da, als seien ihre Muskeln urplötzlich erstarrt.

»Schätzchen, ich hab nicht den ganzen Tag Zeit. Komm jetzt.«

Ganz langsam drehte Amalthea sich um. Ihre Augen waren immer noch leer. Die Stimme, mit der sie die nächsten Worte sprach, hatte etwas Mechanisches, nicht ganz Menschliches. Die Stimme eines fremdartigen Wesens, die durch eine Maschine sprach. Sie sah Maura an.

»Jetzt wirst du auch sterben«, sagte sie. Dann wandte sie sich ab und schlurfte davon, zurück in ihre Zelle.

»Sie leidet unter tardiver Dyskinesie«, sagte Maura. »Deshalb hat Superintendent Gurley versucht, mir den Besuch auszureden. Sie wollte nicht, dass ich Amalthea in diesem Zustand zu Gesicht bekomme. Ich sollte nicht erfahren, was sie mit ihr gemacht haben.«

»Und was genau haben sie mit ihr gemacht?«, fragte Rizzoli. Sie saß wieder am Steuer und lenkte den Wagen unerschrocken an Lastzügen vorbei, die den Asphalt erbeben ließen und den kleinen Subaru durchschüttelten, wenn er aus ihrem Windschatten herausfuhr. »Wollen Sie andeuten, dass sie sie in eine Art Zombie verwandelt haben?«

»Sie haben doch ihre Psychiatrieakte gesehen. Ihre ersten Ärzte haben sie mit Phenothiazinen behandelt. Das ist eine Gruppe von Medikamenten, die gegen Psychosen eingesetzt werden. Bei älteren Patientinnen können diese Medikamente verheerende Nebenwirkungen haben. Eine davon nennt sich tardive Dyskinesie – unfreiwillige Bewegungen des Gesichts und des Mundes. Die Patientin kann nicht aufhören zu kauen, die Backen aufzublasen oder die Zunge herauszustrecken. Sie kann diese Bewegungen nicht kontrollieren. Stellen Sie sich nur mal vor, wie das ist. Alle starren Sie an, weil Sie so seltsame Grimassen schneiden. Sie werden begafft wie eine Jahrmarktsattraktion.«

»Wie kann man diese Bewegungen abstellen?«

»Das kann man nicht. Sie hätten die Medikamente absetzen sollen, sobald die ersten Symptome auftraten. Aber sie haben zu lange gewartet. Dann befasste Dr. O'Donnell sich mit dem Fall. Sie war es, die die Medikation endlich absetzte, als ihr klar wurde, was da passiert war.« Maura seufzte verärgert. »Die tardive Dyskinesie ist wahrscheinlich irreversibel.« Sie blickte aus dem Fenster auf den dichter werdenden Verkehr. Diesmal machte es ihr keine Angst, die tonnenschweren Stahlungetüme vorüberdonnern zu sehen. Sie dachte nur an Amalthea Lank, an diese Lippen, die sich unaufhörlich bewegten, als flüsterten sie Geheimnisse.

»Soll das heißen, dass sie diese Medikamente gar nicht gebraucht hätte?«

»Nein. Ich will damit nur sagen, dass man sie früher hätte absetzen müssen.«

»Also, ist sie nun verrückt oder nicht?«

»Das war die anfängliche Diagnose. Schizophrenie.«

»Und wie lautet Ihre Diagnose?«

Maura dachte an Amaltheas stieren Blick, ihre rätselhaften Worte. Worte, die keinen Sinn ergaben, jedenfalls nicht außerhalb der Wahnwelt eines paranoiden Gehirns. »Ich muss mich wohl anschließen«, sagte sie und lehnte sich seufzend zurück. »Ich erkenne mich selbst nicht in ihr, Jane. Ich sehe nichts von mir in dieser Frau.«

»Na, das muss ja eine Erleichterung sein. Unter den Umständen.«

»Aber es gibt sie dennoch, diese Verbindung zwischen uns. Man kann seine eigenen Gene nicht verleugnen.«

»Sie kennen doch den alten Spruch – Blut ist dicker als Wasser? Das ist totaler Quatsch, Doc. Sie haben nichts, aber auch gar nichts mit dieser Frau gemeinsam. Sie hat Sie zur Welt gebracht und gleich nach der Geburt weggegeben. Das ist alles. Ende der Beziehung.«

»Sie kennt so viele Antworten. Sie weiß, wer mein Vater ist. Wer ich bin.«

Rizzoli warf ihr einen strengen Seitenblick zu und wandte sich dann wieder der Straße zu. »Ich will Ihnen einen guten Rat geben. Ich weiß, Sie werden sich fragen, wie ich dazu komme. Glauben Sie mir, ich schüttele das nicht einfach so aus dem Ärmel. Aber Sie müssen die Finger von dieser Frau lassen, von dieser Amalthea Lank. Sie dürfen Sie nicht besuchen, Sie dürfen nicht mit ihr reden. Nicht einmal an sie denken dürfen Sie. Sie ist gefährlich.«

»Sie ist bloß eine ausgebrannte Schizophrene.«

»Da bin ich mir nicht so sicher.«

Maura sah Rizzoli an. »Was wissen Sie über sie, was ich nicht weiß?«

Einen Moment lang fuhr Rizzoli schweigend weiter. Es war nicht der Verkehr, der sie ablenkte; sie schien ihre Antwort sorgfältig abzuwägen, schien nach den passenden Worten zu suchen. »Erinnern Sie sich noch an Warren Hoyt?«, fragte sie schließlich. Obwohl sie den Namen ohne erkennbare Gefühlsregung ausgesprochen hatte, spannten sich ihre Kiefermuskeln an, und ihre Hände umklammerten das Lenkrad fester.

Warren Hoyt, dachte Maura. *Der Chirurg.*

So hatte die Polizei ihn genannt. Den Spitznamen hatten ihm die Gräuel eingebracht, die er an seinen Opfern verübt hatte. Seine Instrumente waren Klebeband und ein Skalpell, seine Opfer Frauen, die in ihren Betten schliefen – die nicht ahnten, dass der Eindringling schon in der Dunkelheit vor ihnen stand und die Vorfreude auf den ersten Schnitt auskostete. Zuletzt hatte er es auf Jane Rizzoli abgesehen gehabt, seine Widersacherin in einem geistigen Kräftemessen, von dem er nie geglaubt hatte, dass er es verlieren könnte.

Doch es war Rizzoli gewesen, die ihn mit einem einzigen Schuss niedergestreckt hatte. Das Geschoss hatte sein Rückenmark durchschlagen, und seitdem war er querschnittgelähmt. Hilflos ans Bett gefesselt, mit einem Körper, der ihm nicht mehr gehorchte, war für Warren Hoyt die Welt auf ein Krankenhauszimmer zusammengeschrumpft, und die wenigen Genüsse, die ihm in dieser Welt blieben, waren geistiger Natur – denn sein Verstand war noch so messerscharf und gefährlich wie eh und je.

»Natürlich erinnere ich mich an ihn«, sagte Maura. Sie hatte die Folgen seiner Taten gesehen, die schrecklichen Verstümmelungen, die sein Skalpell im Leib eines seiner Opfer angerichtet hatte.

»Ich habe ihn im Auge behalten«, sagte Rizzoli. »Nur um mich zu vergewissern, dass das Ungeheuer immer noch in seinem Käfig ist. Und er ist noch da – er liegt immer noch auf der Station für Rückenmarksverletzte. Und seit acht Monaten bekommt er jeden Mittwochnachmittag Besuch von einer bestimmten Person. Dr. Joyce O'Donnell.«

Maura runzelte die Stirn. »Warum?«

»Sie behauptet, es sei ein Teil ihrer Forschungen zu gewalttätigem Verhalten. Ihre Theorie ist, dass die Mörder nicht für ihre Taten verantwortlich sind. Dass irgendeine Beule am Kopf, die sie sich als Kind eingefangen haben, sie so gewaltbereit macht. Kein Wunder, dass alle Strafverteidiger ihre Nummer im Handy gespeichert haben. Sie wird Ihnen vermutlich erzählen, dass Jeffrey Dahmer einfach nur missverstanden war, dass John Wayne Gacy nur ein paarmal zu oft eins über den Schädel gekriegt hat. Sie würde jeden verteidigen.«

»Jeder tut nun mal das, wofür er bezahlt wird.«

»Ich glaube nicht, dass sie es wegen des Geldes tut.«

»Weswegen dann?«

»Weil sie die Nähe und den persönlichen Kontakt zu Menschen sucht, die getötet haben. Sie sagt, es sei ihr Fachgebiet, sie tue es nur für die Wissenschaft. Na klar – Josef Mengele hat es auch nur für die Wissenschaft getan. Das ist nur eine Ausrede, um dem Ganzen einen respektablen Anstrich zu geben.«

»Was reizt sie daran?«

»Sie sucht den Nervenkitzel. Es macht sie an, den Fantasien eines Killers zu lauschen. Es macht ihr Spaß, sich in seinen Kopf zu versetzen, sich mit seinen Gedanken vertraut zu machen, zu sehen, was er sieht. Zu wissen, was es für ein Gefühl ist, ein Monstrum zu sein.«

»So, wie Sie das beschreiben, klingt es, als wäre sie eine von ihnen.«

»Das wäre sie vielleicht gerne. Ich habe die Briefe gesehen, die sie Hoyt ins Gefängnis geschrieben hat. Sie hat ihn aufgefordert, ihr in allen Details von seinen Morden zu erzählen. O ja, sie ist ganz scharf auf die Details.«

»Viele Leute sind neugierig auf makabre Details.«

»Sie ist mehr als nur neugierig. Sie will wissen, wie es ist, die Haut aufzuschlitzen und zuzusehen, wie das Opfer verblutet. Wie es ist, diese absolute Macht zu spüren. Sie giert nach Details, wie ein Vampir nach Blut giert.« Rizzoli hielt inne und lachte verblüfft auf. »Wissen Sie was, mir ist gerade etwas klar geworden. Das trifft den Nagel auf den Kopf – sie ist ein Vampir. Sie und Hoyt zehren voneinander. Er erzählt ihr seine Fantasien; sie sagt ihm, dass es in Ordnung ist, wenn er sich darin ergeht. Dass es okay ist, sich an dem Gedanken aufzugeilen, dass man einem Menschen die Kehle durchschneidet.«

»Und jetzt besucht sie meine Mutter.«

»Tja.« Rizzoli sah sie an. »Ich frage mich, welche Fantasien *die* beiden austauschen.«

Maura dachte an die Verbrechen, für die Amalthea Lank verurteilt worden war. Sie fragte sich, was ihr wohl durch den Kopf gegangen war, als sie die beiden Schwestern am

Straßenrand aufgelesen hatte. Hatte sie einen Schauer der Vorfreude empfunden, den Schwindel erregenden Rausch der Macht?

»Allein die Tatsache, dass O'Donnell es für lohnend hält, Amalthea zu besuchen, sollte Ihnen etwas verraten.«

»Was denn?«

»O'Donnell vergeudet ihre Zeit nicht mit gewöhnlichen Mördern. Sie verschwendet keinen Gedanken an den Kerl, der bei einem Raubüberfall den Kassierer eines Supermarkts erschossen hat. Oder den Mann, der sich über seine Frau geärgert und sie die Treppe hinuntergestoßen hat. Nein, sie verbringt ihre Zeit mit den perversen Killern, die nur morden, weil es ihnen Spaß macht. Mit denen, die das Messer noch einmal extra herumdrehen, weil sie so gerne spüren, wie es über den Knochen kratzt. Sie verbringt ihre Zeit mit diesen ganz speziellen Mördern. Mit den Monstern.«

Meine Mutter, dachte Maura. Ist sie auch ein Monster?

17

Dr. Joyce O'Donnell bewohnte ein großes weißes Haus im Kolonialstil in der Battle Street, in einem gehobenen Wohnviertel von Cambridge. Ein schmiedeeiserner Zaun umschloss einen Garten mit makellosem Rasen und Beeten mit Rindenmulch, in denen Strauchrosen pflichtschuldig blühten. Es war ein disziplinierter Garten, in dem keinerlei Unordnung gestattet war, und während Maura über den mit Granitplatten gepflasterten Pfad zur Haustür ging, konnte sie sich die Bewohnerin des Hauses schon lebhaft vorstellen. Tadellos gepflegt, adrett gekleidet. Die Gedanken ebenso akkurat geordnet wie die Beete im Garten.

Die Frau, die ihr die Tür öffnete, war genau so, wie Maura sie sich vorgestellt hatte.

Dr. O'Donnell hatte aschblondes Haar und einen blassen, lupenreinen Teint. Der Schnitt ihrer blauen Oxford-Bluse, die in einer frisch gebügelten weißen Freizeithose steckte, betonte ihre schlanke Taille. Sie musterte ihre Besucherin kühl. Maura konnte in ihren Augen keine Herzlichkeit entdecken, nur den harten Glanz der Neugier. Es war der Blick einer Wissenschaftlerin, die ein neues Forschungsobjekt inspiziert.

»Dr. O'Donnell? Ich bin Maura Isles.«

O'Donnell begrüßte sie mit einem forschen Händedruck. »Kommen Sie herein.«

Maura betrat das Haus, das den gleichen unterkühlten Charme ausstrahlte wie seine Besitzerin. Das Einzige, was ein wenig Wärme hineinbrachte, waren die Orientteppiche auf dem dunklen Teakholzboden. O'Donnell führte sie durch die Eingangshalle in einen eleganten Salon. Dort nahm Maura ein wenig beklommen auf einer mit weißer Seide bezogenen Couch Platz. O'Donnell wählte den Sessel gegenüber. Zwischen ihnen stand auf einem Beistelltisch aus Rosenholz ein digitales Aufnahmegerät, daneben lag ein Stapel Akten. Der Rekorder war nicht eingeschaltet, und dennoch war seine Präsenz ein weiteres einschüchterndes Detail, das Mauras Unbehagen noch verstärkte.

»Danke, dass Sie sich Zeit für mich nehmen«, sagte Maura.

»Ich war neugierig. Ich habe mich gefragt, was Amaltheas Tochter wohl für ein Mensch ist. Ich habe von Ihnen gehört, Dr. Isles, aber ich weiß nur, was ich in der Zeitung gelesen habe.« Sie lehnte sich in ihrem Sessel zurück, augenscheinlich vollkommen entspannt. Heimvorteil. Sie war diejenige, die ihrer Besucherin einen Gefallen gewähren konnte, Maura dagegen war bloß eine Bittstellerin. »Über Sie persönlich weiß ich rein gar nichts. Aber es würde mich interessieren, mehr zu erfahren.«

»Wieso?«

»Ich kenne Amalthea sehr gut. Da stellt sich mir unwillkürlich die Frage …«

»Wie die Mutter, so die Tochter?«

O'Donnell zog eine Augenbraue hoch. »Das haben Sie gesagt, nicht ich.«

»Das ist der Grund, weshalb Sie neugierig auf mich sind. Nicht wahr?«

»Und was ist der Grund für Ihre Neugier? Wieso sind Sie hier?«

Mauras Blick ging zu dem Gemälde über dem Kamin. Es war ein streng modernistisches Werk, eine Komposition aus roten und schwarzen Pinselstrichen. »Ich will wissen, wer diese Frau wirklich ist.«

»Sie wissen, wer sie ist. Sie wollen es nur nicht glauben. Ihre Schwester wollte es auch nicht glauben.«

Maura sah sie fragend an. »Sie sind Anna begegnet?«

»Nein, das nicht. Aber vor etwa vier Monaten habe ich einen Anruf von einer Frau bekommen, die sich als Amaltheas Tochter vorstellte. Ich war gerade auf dem Sprung zu einem zweiwöchigen Prozess in Oklahoma, deswegen konnte ich mich nicht mit ihr treffen. Wir haben uns nur am Telefon unterhalten. Sie hatte ihre Mutter in der Haftanstalt Framington besucht, daher wusste sie, dass ich Amaltheas Psychiaterin war. Sie wollte mehr über sie erfahren. Über Amaltheas Kindheit, ihre Familie.«

»Und Sie wissen das alles?«

»Manches steht in ihren Schulakten. Manches konnte sie mir auch selbst sagen, in ihren lichten Momenten. Ich weiß, dass sie in Lowell geboren wurde. Als sie etwa neun Jahre alt war, starb ihre Mutter, und sie zog zu ihrem Onkel und ihrem Cousin in Maine.«

Maura blickte auf. »In Maine?«

»Ja. Sie machte ihren High-School-Abschluss in einer Stadt namens Fox Harbor.«

Jetzt verstehe ich, warum Anna sich diese Stadt ausgesucht hat. Ich bin Annas Spuren gefolgt; sie folgte den Spuren unserer Mutter.

»Nach der High School gibt es kaum noch Unterlagen«, sagte O'Donnell. »Wir wissen nicht, wohin sie von dort gezogen ist oder wie sie ihren Lebensunterhalt verdient hat. In jenen Jahren ist bei ihr höchstwahrscheinlich die Schizophrenie ausgebrochen. Sie manifestiert sich gewöhnlich im frühen Erwachsenenalter. Vermutlich hat sie sich über Jahre hinweg ziellos von Ort zu Ort treiben lassen, bis sie schließlich so wurde, wie Sie sie heute erleben. Ausgebrannt und von Wahnvorstellungen verfolgt.« O'Donnell sah Maura an. »Es ist ein ziemlich düsteres Bild. Es ist Ihrer Schwester sehr schwer gefallen, zu akzeptieren, dass Amalthea tatsächlich ihre Mutter ist.«

»Ich sehe nichts Vertrautes an ihr. Nichts von mir.«

»Aber *ich* sehe die Ähnlichkeit. Ich sehe dieselbe Haarfarbe. Die gleiche Kieferform.«

»Wir gleichen uns ganz und gar nicht.«

»Sie sehen es wirklich nicht?« O'Donnell beugte sich vor und fixierte Maura. »Verraten Sie mir etwas, Dr. Isles. Wieso haben Sie sich für die Pathologie entschieden?«

Die Frage verblüffte Maura so, dass sie O'Donnell nur stumm anstarren konnte.

»Sie hätten jedes beliebige medizinische Fachgebiet wählen können. Obstetrik, Pädiatrie. Sie könnten mit lebenden Patienten arbeiten, doch Sie haben sich für die Pathologie entschieden. Genauer gesagt, für die forensische Pathologie.«

»Worauf zielt Ihre Frage ab?«

»Darauf, dass Sie sich irgendwie von den Toten angezogen fühlen.«

»Das ist absurd.«

»Und warum haben Sie dann dieses Fachgebiet gewählt?«

»Weil ich gerne eindeutige Antworten habe. Ratespiele mag ich nicht besonders. Ich ziehe es vor, wenn ich die Diagnose durch die Linse meines Mikroskops *sehen* kann.«

»Sie mögen keine Ungewissheit.«

»Wer mag die schon?«

»Dann hätten Sie sich auch für Mathematik oder Ingenieurwesen entscheiden können. Es gibt so viele andere Fächer, in denen es auf Präzision ankommt. In denen es eindeutige Antworten gibt. Aber nein, Sie arbeiten im Rechtsmedizinischen Institut, auf Du und Du mit Leichen.« O'Donnell hielt inne. Und fragte mit leiser Stimme: »Bereitet es Ihnen manchmal Vergnügen?«

Maura sah ihr direkt in die Augen. »Nein.«

»Sie haben einen Beruf gewählt, der Ihnen keinen Spaß macht?«

»Ich habe die Herausforderung gewählt. Darin liegt schon eine Befriedigung. Auch wenn die Arbeit selbst nicht besonders angenehm ist.«

»Aber verstehen Sie denn nicht, worauf ich hinauswill? Sie erzählen mir, dass Sie in Amalthea Lank nichts Vertrautes erkennen können. Sie schauen sie an, und wahrscheinlich sehen Sie etwas Entsetzliches. Oder zumindest eine Frau, die entsetzliche Dinge getan hat. Es gibt Leute, Dr. Isles, die vermutlich das Gleiche von Ihnen denken, wenn sie Sie anschauen.«

»Sie können mich doch unmöglich mit ihr vergleichen.«

»Wissen Sie, weswegen Ihre Mutter verurteilt wurde?«

»Ja, das hat man mir gesagt.«

»Aber haben Sie auch die Autopsieberichte gesehen?«

»Noch nicht.«

»Aber ich. Während der Verhandlung wurde ich von der Verteidigung um ein Gutachten über den Geisteszustand Ihrer Mutter gebeten. Ich habe die Fotos gesehen und mir ein Bild von der Beweislage gemacht. Wussten Sie, dass die beiden Opfer Schwestern waren? Junge Frauen, die unterwegs eine Autopanne hatten.«

»Ja.«

»Und die jüngere war im neunten Monat schwanger.«

»Das weiß ich alles.«

»Dann wissen Sie also auch, dass Ihre Mutter diese beiden Frauen am Highway aufgelesen hat. Sie fährt sie dreißig Meilen weiter bis zu einem Schuppen im Wald, wo sie ihnen mit einem Montiereisen den Schädel einschlägt. Und dann tut sie etwas überraschend, ja erschreckend Logisches. Sie fährt zu einer Tankstelle und füllt einen Kanister mit Benzin. Fährt dann zurück zum Schuppen und steckt ihn in Brand, mit den zwei Leichen darin.« O'Donnell neigte den Kopf zur Seite. »Finden Sie das nicht interessant?«

»Ich finde es widerwärtig.«

»Ja, aber auf einer bestimmten Ebene empfinden Sie vielleicht doch etwas anderes – etwas, das Sie sich selbst nicht eingestehen wollen. Nämlich, dass diese Handlungen Ihre Neugier wecken, und zwar nicht nur als anspruchsvolle Denksportaufgabe. Irgendetwas daran fasziniert Sie, erregt Sie sogar.«

»So, wie es Sie ganz offensichtlich erregt?«

O'Donnell schien Maura die Bemerkung keineswegs übel zu nehmen. Vielmehr registrierte sie sie mit einem entspannten Lächeln. »Mein Interesse ist rein fachlicher Natur. Es gehört zu meinem Beruf, mich mit Mordhandlungen zu befassen. Ich frage mich lediglich, was die Gründe für *Ihr* Interesse an Amalthea Lank sind.«

»Vorgestern habe ich noch nicht gewusst, wer meine Mutter ist. Jetzt versuche ich mich mit der Wahrheit auseinander zu setzen. Ich versuche zu begreifen ...«

»Wer Sie sind?«, fragte O'Donnell leise.

Maura erwiderte ihren Blick. »Ich *weiß*, wer ich bin.«

»Sind Sie sicher?« O'Donnell beugte sich noch weiter vor. »Wenn Sie in Ihrem Autopsiesaal stehen und die Wunden eines Opfers untersuchen, wenn Sie die Messerstiche eines Killers beschreiben, verspüren Sie da nicht manchmal eine leise Erregung?«

»Wie kommen Sie darauf?«

»Sie sind Amaltheas Tochter.«

»Das ist ein biologischer Zufall. Sie hat mich nicht großgezogen.«

O'Donnell lehnte sich in ihrem Sessel zurück und musterte Maura mit kalten, abschätzenden Blicken. »Sie wissen doch, dass Gewalttätigkeit auch eine genetische Komponente hat? Dass sie bei manchen Familien in der DNA angelegt ist?«

Maura erinnerte sich an das, was Rizzoli ihr über Dr. O'Donnell gesagt hatte. *Sie ist mehr als nur neugierig. Sie will wissen, wie es ist, die Haut aufzuschlitzen und zuzusehen, wie das Opfer verblutet. Wie es ist, diese absolute Macht zu spüren. Sie giert nach Details, wie ein Vampir nach Blut giert.* In diesem Moment konnte Maura diese Gier in O'Donnells Augen aufblitzen sehen. Dieser Frau macht es Spaß, mit Ungeheuern in Menschengestalt Zwiesprache zu halten. Und sie hofft, in mir ein neues Exemplar gefunden zu haben.

»Ich bin gekommen, um mich mit Ihnen über Amalthea zu unterhalten«, sagte Maura.

»Haben wir denn nicht die ganze Zeit über sie gesprochen?«

»In Framingham sagte man mir, Sie hätten sie mindestens

ein Dutzend Mal besucht. Warum so oft? Erzählen Sie mir nicht, dass es Ihnen dabei um Amaltheas Wohl ging.«

»Ich interessiere mich als Forscherin für Amalthea. Ich will verstehen, was Menschen dazu treibt, Morde zu begehen. Warum es ihnen Vergnügen bereitet.«

»Wollen Sie damit sagen, dass sie es zum Vergnügen getan hat?«

»Wissen *Sie* denn, warum sie gemordet hat?«

»Sie ist eindeutig eine Psychotikerin.«

»Die überwiegende Mehrheit der Psychotiker begeht keine Morde.«

»Aber Sie stimmen mir zu, dass sie eine ist?«

O'Donnell zögerte. »Es hat allerdings den Anschein.«

»Sie scheinen sich nicht ganz sicher zu sein. Und das nach all den Besuchen?«

»Das Verhalten Ihrer Mutter lässt sich nicht durch die Psychose allein erklären. Und hinter ihrem Verbrechen steckt auch mehr, als es zunächst den Anschein hat.«

»Wie meinen Sie das?«

»Sie sagen, dass Sie bereits wissen, was sie getan hat. Oder zumindest, was sie laut Aussage der Staatsanwaltschaft getan haben soll.«

»Die Beweise waren stichhaltig genug für eine Verurteilung.«

»O ja, es gab reichlich Beweise. Ihr Nummernschild, das von der Überwachungskamera der Tankstelle gefilmt wurde. Das Blut der Frauen an dem Montiereisen. Ihre Brieftaschen im Kofferraum. Aber das hier haben Sie wahrscheinlich noch nicht gewusst.« O'Donnell griff nach einer der Aktenmappen auf dem Couchtisch und reichte sie Maura. »Das stammt vom kriminaltechnischen Labor in Virginia, wo Amalthea verhaftet wurde.«

Maura schlug die Akte auf und erblickte das Foto einer weißen Limousine mit Kennzeichen aus Massachusetts.

»Das ist der Wagen, den Amalthea gefahren hat«, sagte O'Donnell.

Maura blätterte zur nächsten Seite um. Es war eine Auflistung der sichergestellten Fingerabdrücke.

»In diesem Wagen wurden diverse Abdrücke gefunden«, sagte O'Donnell. »Beide Opfer, Nikki und Theresa Wells, haben auf den Gurtschnallen im Fond Fingerabdrücke hinterlassen, was darauf schließen lässt, dass sie hinten eingestiegen sind und sich angeschnallt haben. Und es fanden sich natürlich Abdrücke von Amalthea auf dem Lenkrad und am Schalthebel.« O'Donnell machte eine Kunstpause. »Und dann gibt es da noch einen vierten Satz von Abdrücken.«

»Einen vierten Satz?«

»Es steht alles da drin, in diesem Bericht. Sie wurden am Handschuhfach gefunden. An beiden Türen und ebenso am Lenkrad. Diese Abdrücke konnten nie identifiziert werden.«

»Das hat nichts zu bedeuten. Vielleicht hat ein Mechaniker an dem Wagen gearbeitet und dabei Fingerabdrücke hinterlassen.«

»Durchaus möglich. Und nun sehen Sie sich einmal den Bericht über die Haar- und Faseranalyse an.«

Maura blätterte weiter und las, dass auf dem Rücksitz blonde Haare gefunden worden waren. Die Haare konnten Theresa und Nikki Wells zugeordnet werden. »Ich kann nichts Überraschendes daran erkennen. Wir wissen doch, dass die Opfer im Wagen waren.«

»Aber Sie werden bemerken, dass kein Haar von den beiden auf den Vordersitzen gefunden wurde. Denken Sie doch mal darüber nach. Zwei Frauen sitzen mit einer Autopanne am Straßenrand fest. Jemand hält an und bietet ihnen an, sie mitzunehmen. Und was tun die Schwestern? Sie steigen *beide* hinten ein. Das scheint mir doch reichlich unhöflich, finden Sie nicht? Die Fahrerin ganz allein vorne sitzen zu lassen? Es sei denn …«

Maura blickte zu ihr auf. »Es sei denn, auf dem Beifahrersitz saß schon jemand.«

O'Donnell lehnte sich mit einem zufriedenen Lächeln

auf den Lippen zurück. »Das ist die Frage, die mir keine Ruhe lässt. Eine Frage, die während des Prozesses nie beantwortet wurde. Das ist der Grund, warum ich Ihre Mutter immer und immer wieder aufsuche. Ich will herausfinden, was die Polizei nie ermittelt hat: Wer saß neben Amalthea auf dem Beifahrersitz?«

»Sie hat es Ihnen nicht gesagt?«

»Seinen Namen hat sie mir nicht genannt.«

Maura starrte sie an. »*Seinen* Namen?«

»Was das Geschlecht betrifft, rate ich nur. Aber ich bin davon überzeugt, dass jemand mit Amalthea im Wagen saß, als sie die beiden Frauen am Straßenrand entdeckte. Jemand hat ihr geholfen, die Opfer zu überwältigen. Jemand, der stark genug war, um ihr zu helfen, die Leichen in den Schuppen zu schaffen und sie in Brand zu stecken.« O'Donnell hielt inne. »*Er* ist es, für den ich mich interessiere, Dr. Isles. *Er* ist es, den ich finden will.«

»Also ging es Ihnen bei all diesen Besuchen gar nicht wirklich um Amalthea.«

»Ich interessiere mich nicht für Geisteskrankheiten. Sondern für das Böse.«

Maura starrte sie an und dachte: Ja, das glaube ich gerne. Du findest Gefallen daran, mit dem Bösen auf Tuchfühlung zu gehen – so nahe, dass du es riechen kannst. Es ist nicht Amalthea, von der du dich angezogen fühlst. Sie ist nur die Mittlerin, diejenige, die dich mit dem wahren Objekt deiner Begierde zusammenbringen kann.

»Ein Partner«, sagte Maura.

»Wir wissen nicht, wer er ist oder wie er aussieht. Aber Ihre Mutter weiß es.«

»Und warum verrät sie dann nicht seinen Namen?«

»Das ist die Frage – warum versteckt sie ihn? Hat sie vielleicht Angst vor ihm? Oder will sie ihn beschützen?«

»Sie wissen doch gar nicht, ob diese Person wirklich existiert. Sie haben nichts als ein paar unidentifizierte Fingerabdrücke. Und eine Theorie.«

»Mehr als eine Theorie. Die Bestie ist eine Realität.« O'Donnell beugte sich wieder vor und sagte in leisem, fast vertraulichem Ton: »Das ist der Name, den sie benutzt hat, als sie in Virginia verhaftet wurde. Als die Polizei dort sie verhörte. Sie sagte wörtlich: ›Die Bestie hat mir befohlen, es zu tun.‹ Ende des Zitats. *Er* hat ihr befohlen, diese Frauen zu töten.«

In der Stille, die nun folgte, hörte Maura ihr eigenes Herz schlagen wie einen immer schneller werdenden Trommelwirbel. Sie schluckte. »Wir reden hier von einer Schizophrenen«, sagte sie schließlich. »Von einer Frau, die vermutlich auditorische Halluzinationen hat.«

»Oder aber sie spricht von einer realen Person.«

»Die *Bestie*?« Maura rang sich ein Lachen ab. »Ein persönlicher Dämon vielleicht. Ein Monster aus ihren Albträumen.«

»Ein Monster, das Fingerabdrücke hinterlässt.«

»Die Geschworenen hat das offensichtlich nicht beeindruckt.«

»Sie haben die Beweise ignoriert. Ich war bei dem Prozess dabei. Ich habe zugesehen, wie die Staatsanwaltschaft ihre Beweise gegen eine Frau zusammengetragen hat, die so eindeutig psychotisch war, dass selbst der Anklage klar sein musste, dass sie für ihre Taten nicht verantwortlich war. Aber sie war eine leichte Beute; es war ein Kinderspiel, eine Verurteilung zu erreichen.«

»Obwohl sie offensichtlich geistesgestört war.«

»Oh, niemand hat bezweifelt, dass sie psychotisch war und Stimmen hörte. Und wenn die Stimmen noch so laut auf Sie einschreien, dass Sie der Frau dort den Schädel einschlagen sollen, dass Sie ihre Leiche verbrennen sollen, dann gehen die Geschworenen immer noch davon aus, dass Sie zwischen Gut und Böse unterscheiden können. Amalthea war ein gefundenes Fressen für die Anklage, und sie hat zugeschlagen. Und dabei die Falsche erwischt. Denn *er* ist ihr durch die Lappen gegangen.« O'Donnell lehnte sich in ihrem Sessel zurück. »Und Ihre Mutter ist der einzige Mensch, der weiß, wo er zu finden ist.«

Es war schon fast sechs, als Maura auf den Parkplatz hinter dem Gebäude der Rechtsmedizin fuhr. Zwei andere Autos standen noch dort – Yoshimas blauer Honda und Dr. Costas' schwarzer Saab. Es ist wohl noch eine außerplanmäßige Autopsie reingekommen, dachte sie mit einem Anflug von schlechtem Gewissen. Heute hätte sie eigentlich Bereitschaftsdienst gehabt, doch sie hatte ihre Kollegen gebeten, für sie einzuspringen.

Sie sperrte die Hintertür auf, betrat das Gebäude und ging direkt in ihr Büro, ohne unterwegs irgendjemandem zu begegnen. Auf ihrem Schreibtisch fand sie das, weswegen sie gekommen war: zwei Aktenordner, versehen mit einem gelben Haftzettel, auf den Louise geschrieben hatte: *Hier sind die gewünschten Akten.* Sie setzte sich an ihren Schreibtisch, holte tief Luft und schlug den ersten Ordner auf.

Es war die Akte von Theresa Wells, der älteren Schwester. Auf dem Deckblatt waren der Name des Opfers, die Fallnummer sowie das Datum der Autopsie vermerkt. Der Name des Pathologen, Dr. James Hobart, war ihr unbekannt, aber sie arbeitete ja auch erst seit zwei Jahren in diesem Institut, und der Autopsiebericht, der vor ihr lag, war fünf Jahre alt. Sie blätterte weiter zu dem von Dr. Hobart diktierten Bericht.

Bei der Verstorbenen handelt es sich um eine normal genährte weibliche Person von äußerlich unbestimmbarem Alter, Größe ein Meter fünfundsechzig, Gewicht zweiundfünfzig Kilogramm. Eindeutige Identifizierung erfolgte durch Röntgenaufnahmen des Gebisses; Abnehmen von Fingerabdrücken nicht möglich. Ausgedehnte Verbrennungen an Rumpf und Extremitäten mit schweren Verkohlungen der Haut und Freilegung des Muskelgewebes. Gesicht und Brust etwas weniger stark betroffen. Reste von Kleidung noch vorhanden, im Einzelnen: eine Gap-Jeans, Größe

38, Reißverschluss und Druckknöpfe geschlossen, ebenso ein angekohlter weißer Pullover und ein BH, Häkchen ebenfalls geschlossen. Untersuchung der Atemwege ergab keinerlei Rußablagerungen, Carboxyhämoglobin-Sättigung minimal.

Zu dem Zeitpunkt, als ihr Körper in Brand gesteckt worden war, hatte Theresa Wells nicht mehr geatmet. Die Todesursache ging aus Dr. Hobarts Interpretation der Röntgenaufnahmen klar hervor.

Laterale und AP-Schädelaufnahmen zeigen Trümmer- und Impressionsfraktur des rechten Scheitelbeins mit vier Zentimeter breitem keilförmigem Fragment.

Ein Schlag auf den Kopf, der sie höchstwahrscheinlich getötet hatte.

Am Ende des maschinegeschriebenen Berichts, unter Dr. Hobarts Unterschrift, entdeckte Maura ein vertrautes Namenskürzel. Louise hatte das Diktat abgetippt. Pathologen mochten kommen und gehen, doch in diesem Institut war Louise eine feste Größe.

Maura überflog die nächsten Seiten der Akte. In einem Vordruck waren sämtliche Röntgenaufnahmen eingetragen, die man von der Leiche angefertigt hatte, dazu alle abgenommenen Blut- und Körperflüssigkeitsproben sowie sichergestellte Mikrospuren. Auf den folgenden Seiten wurde der Verbleib der Beweismaterialien lückenlos dokumentiert, die persönlichen Gegenstände der Toten aufgelistet sowie die Namen der bei der Autopsie anwesenden Personen genannt. Yoshima hatte Dr. Hobart assistiert. Von der Polizei Fitchburg war ein gewisser Detective Swigert zugegen gewesen; Maura kannte ihn nicht.

Sie blätterte zum Ende der Akte weiter, wo sie auf ein Foto stieß. Was sie sah, ließ sie entsetzt zurückprallen. Die Flammen hatten Theresa Wells' Gliedmaßen verkohlt und die Rumpfmuskeln bloßgelegt, doch ihr Gesicht war seltsam unversehrt, und es war eindeutig das einer Frau. Erst fünfunddreißig, dachte Maura. Ich habe jetzt schon fünf Jahre länger gelebt als Theresa Wells. Sie wäre heute genauso alt wie ich, wenn sie nicht ermordet worden wäre. Wenn sie an jenem Tag im November nicht eine Reifenpanne gehabt hätte.

Sie schloss Theresas Akte und griff nach der zweiten. Wieder hielt sie inne, bevor sie den Ordner aufschlug, als widerstrebte es ihr, sich den Schreckensbildern auszusetzen, die er enthielt. Sie dachte an das Brandopfer, das sie selbst vor einem Jahr obduziert hatte, und an den Geruch, der sich in ihren Haaren und Kleidern festgesetzt hatte und darin hängen geblieben war, lange nachdem sie den Saal verlassen hatte. Für den Rest dieses Sommers hatte sie darauf verzichtet, im Garten zu grillen, weil sie den Geruch gerösteten Fleischs nicht mehr ertragen konnte. Und jetzt, als sie Nikki Wells' Akte aufschlug, war die Erinnerung an diesen Geruch so lebhaft, dass sie fast glaubte, ihn wieder zu wittern.

Die Flammen hatten Theresas Gesicht weitgehend verschont, doch das galt nicht für ihre jüngere Schwester. Das Feuer, das Theresas Körper nur teilweise verbrannt hatte, schien sich umso wütender auf Nikki Wells gestürzt zu haben.

Leichnam ist stark verkohlt, Brustwand und Bauchdecke teilweise gänzlich zerstört, so dass innere Organe frei liegen. Weiches Gewebe von Gesicht und Kopfhaut ebenfalls verbrannt. Schädelhöhle teilweise sichtbar, Trümmerbrüche des Gesichtsskeletts erkennbar. Keine Kleidungsreste vorhanden, jedoch sind auf der Röntgenaufnahme in Höhe der fünften Rippe kleine metallartige Verdichtungen zu erkennen, bei denen es sich um Verschlüsse eines Büstenhalters handeln könnte, ebenso ein einzelnes metallisches Fragment über dem Schambein. Röntgenaufnahme des Abdomens zeigt zudem weitere Skelettknochen, die zu einem Fetus gehören; Schädeldurchmesser entspricht in etwa einer Schwangerschaftsdauer von sechsunddreißig Wochen…

Dass Nikki Wells schwanger war, musste für den oder die Täter deutlich zu erkennen gewesen sein. Und doch hatte ihr Zustand ihr und ihrem ungeborenen Kind keine Gnade, keine Zugeständnisse eingebracht. Nur einen gemeinsamen Scheiterhaufen im Wald.

Maura blätterte weiter. Stirnrunzelnd hielt sie inne, als sie den nächsten Satz des Autopsieberichts las.

Im Röntgenbild fällt das Fehlen von rechtem Oberschenkelknochen, Wadenbein und Fußwurzelknochen des Fetus auf.

Mit Kugelschreiber war ein Sternchen hinter den Satz gesetzt, dazu die handgeschriebene Anmerkung: »Siehe Anhang«. Sie blätterte zu der angehängten Seite weiter.

**Anomalie des Fetus ist in den Unterlagen der Geburtsklinik vermerkt, datiert vor drei Monaten. Eine im zweiten Trimester durchgeführte Sonographie ließ erkennen, dass dem Fetus die rechte untere Extremität fehlte, höchstwahrscheinlich infolge Amniotic-Band-Syndrom.*

Eine Missbildung des Fetus. Monate vor ihrem Tod hatte Nikki Wells erfahren, dass ihr Kind ohne rechtes Bein zur Welt kommen würde, und doch hatte sie sich entschlossen, die Schwangerschaft nicht abzubrechen, ihr Kind zu behalten.

Maura wusste, dass die letzten Seiten der Akte am schwersten zu ertragen sein würden. Sie hätte liebend gerne auf die Fotos verzichtet, dennoch zwang sie sich weiterzublättern. Sie sah Rumpf und Gliedmaßen, alles schwarz verkohlt. Nichts mehr zu sehen von der hübschen jungen Frau, vom rosigen Glanz der Schwangerschaft; nur ein Totenschädel, der hinter einer verkohlten Maske hervorlugte, die Gesichtsknochen durch den tödlichen Schlag eingedrückt.

Das hat Amalthea Lank getan. Meine Mutter. Sie hat ihnen den Schädel eingeschlagen und ihre Leichen in einen Schuppen geschleift. Als sie sie mit Benzin übergossen und das Streichholz entfacht hat, als sie zugesehen hat, wie die Flammen zischend aufloderten, hat sie da einen Kitzel der Lust empfunden? Ist sie noch eine Weile neben dem bren-

nenden Schuppen stehen geblieben, um den Gestank von versengtem Haar und verbranntem Fleisch einzuatmen?

Als sie den Anblick nicht länger ertragen konnte, schlug sie die Akte zu und wandte ihre Aufmerksamkeit den beiden großen Röntgenfilmumschlägen zu, die ebenfalls auf ihrem Schreibtisch lagen. Sie ging damit zum Leuchtkasten, wo sie zunächst die Schädel- und Halsaufnahmen von Theresa Wells aufhängte. Das Licht flackerte auf und ließ die gespenstischen Konturen von Knochen aufleuchten. Der Anblick der Röntgenaufnahmen waren viel leichter zu ertragen als der von Fotos. Ohne das Fleisch, das einem Menschen das individuelle Aussehen verleiht, büßen Leichen viel von ihrem Schrecken ein. Ein Skelett sieht aus wie das andere. Der Schädel, den sie nun am Leuchtkasten erblickte, hätte jeder beliebigen Frau gehören können, einer Verwandten oder einer völlig Fremden. Sie betrachtete den zertrümmerten Schädel, das eingedrückte Knochendreieck. Der Schlag hatte den Kopf nicht nur gestreift – um diesen Knochensplitter so tief in den Schläfenlappen hineinzutreiben, musste der Täter gezielt und mit brutaler Wucht zugeschlagen haben.

Sie nahm Theresas Röntgenbilder ab und griff in den zweiten Umschlag, um zwei neue Aufnahmen an den Kasten zu hängen. Wieder ein Schädel – diesmal Nikkis. Wie ihre Schwester hatte auch Nikki einen Schlag auf den Kopf bekommen, doch er hatte sie von vorne getroffen und das Stirnbein zerschmettert. Beide Augenhöhlen waren so stark eingedrückt, dass die Augäpfel regelrecht zerplatzt sein mussten. Nikki Wells hatte den Schlag mit Sicherheit kommen sehen.

Maura nahm die Schädelaufnahmen ab und klemmte ein neues Paar Röntgenbilder an, die Nikkis Rückgrat und Becken zeigten, erstaunlich unversehrt unter dem vom Feuer verwüsteten Fleisch. Über den Beckenknochen war das Skelett des Fetus zu erkennen. Obwohl die Flammen Mutter und Kind zu einer einzigen verkohlten Masse verschmolzen hatten, konnte Maura auf der Röntgenaufnahme klar erkennen, dass es sich um zwei verschiedene Individuen handelte. Zwei Skelette, zwei Opfer.

Und sie sah noch etwas anderes: einen hellen Fleck, der sich trotz des Gewirrs von ineinander verschränkten Knochen deutlich abhob. Es war nur ein nadeldünner Strich über Nikki Wells' Schambein. Ein winziger Metallsplitter? Vielleicht ein Fragment ihrer Bekleidung – ein Stück von einem Reißverschluss oder einer Sicherheitsnadel –, das an der verbrannten Haut klebte?

Maura griff erneut in den Umschlag und fand eine Seitenansicht des Rumpfs, die sie neben die Vorderansicht hängte. Auch auf diesem Bild war der Metallsplitter zu erkennen, doch nun konnte sie sehen, dass er nicht *über* dem Schambein lag, sondern im Knochen selbst zu stecken schien.

Jetzt zog sie alle Filme aus Nikkis Umschlag und hängte sie auf, immer zwei zugleich. Sie entdeckte die Verschattungen, die Dr. Hobart in der Brustaufnahme gesehen hatte; gebogene Metallstücke, hinter denen sich Haken und Ösen eines BH-Verschlusses verbargen. Auf den Seitenansichten waren die gleichen Metallringe deutlich im überlagernden weichen Gewebe zu erkennen. Nun hängte sie wieder die Beckenaufnahmen an den Kasten und fixierte jenen rätselhaften Metallsplitter, der in Nikki Wells' Schambein steckte. Dr. Hobart hatte ihn zwar in seinem Bericht erwähnt, doch in seinem Fazit hatte er nichts weiter dazu gesagt. Vielleicht hatte er ihn als unbedeutendes Detail eingestuft. Durchaus verständlich angesichts all der Gräuel, die an diesem Opfer verübt worden waren.

Yoshima hatte Hobart bei der Autopsie assistiert; vielleicht erinnerte er sich noch an den Fall.

Sie verließ ihr Büro, ging die Treppe hinunter und stieß die Doppeltür zum Autopsiesaal auf. Sie fand ihn verlassen, alle Arbeitsflächen sauber gewischt für den nächsten Tag.

»Yoshima?«, rief sie.

Sie zog sich Überschuhe an und durchquerte den Autopsiesaal, ging vorbei an den leeren Sektionstischen aus Edelstahl und durch eine weitere Doppeltür in die Anlieferung. Sie zog die Tür zum Kühlraum auf und warf einen Blick hinein. Doch hier war niemand außer den zwei Toten, die in weißen Leichensäcken nebeneinander auf Rollbahren lagen.

Maura schloss die Tür und verharrte einen Moment in der menschenleeren Halle, lauschte auf Stimmen, Schritte, irgendetwas, das ihr verraten hätte, dass noch jemand im Gebäude war. Doch sie hörte nichts als das Brummen der Kühlaggregate und, ganz schwach, das Heulen einer Sirene draußen auf der Straße.

Costas und Yoshima hatten wohl schon Feierabend gemacht und waren nach Hause gefahren.

Als sie fünfzehn Minuten später das Gebäude verließ, sah sie, dass der Saab und der Toyota tatsächlich nicht mehr auf dem Parkplatz standen; die einzigen Fahrzeuge neben ihrem schwarzen Lexus waren drei Leichenwagen des Rechtsmedizinischen Instituts. Die Dunkelheit war hereingebrochen, und ihr Wagen stand allein im gelben Lichtkegel einer Straßenlampe.

Die Bilder von Theresa und Nikki Wells verfolgten sie immer noch. Als sie auf ihren Lexus zuging, registrierte sie bewusst jeden Schatten, jedes zufällige Geräusch, jede Andeutung einer Bewegung. Ein paar Schritte vor ihrem Wagen blieb sie abrupt stehen und starrte auf die Beifahrertür. Ihre Nackenhaare richteten sich auf; der Aktenstapel, den sie mitgenommen hatte, glitt ihr aus den Händen, und die Papiere flatterten kreuz und quer über den Asphalt.

Drei parallele Schrammen verunstalteten den glänzenden Lack ihres Wagens. Wie von Klauen gezogen.

Nur weg von hier. Zurück ins Haus.

Sie wirbelte herum und rannte zurück zum Eingang. An der verschlossenen Tür hantierte sie nervös mit den Schlüsseln. Wo war er, welcher war der richtige? Endlich fand sie ihn, schob ihn ins Schloss, sperrte auf und stieß die Tür auf. Sofort schlug sie sie hinter sich zu und lehnte sich mit dem Rücken dagegen, wie um sie zusätzlich zu verbarrikadieren.

In dem menschenleeren Gebäude war es so still, dass sie ihre eigenen panischen Atemzüge hören konnte.

Sie lief den Flur entlang zu ihrem Büro und schloss sich ein. Erst jetzt, in dieser vertrauten Umgebung, wurde ihr rasender Puls allmählich langsamer, ließ das Zittern ihrer Hände nach. Sie ging an ihren Schreibtisch, griff nach dem Telefon und rief Jane Rizzoli an.

18

»Sie haben genau das Richtige getan. Die Beine in die Hand genommen und sich an einen sicheren Ort zurückgezogen«, sagte Rizzoli.

Maura saß an ihrem Schreibtisch und starrte auf die zerknitterten Papiere, die Rizzoli für sie auf dem Parkplatz aufgelesen hatte. Ein jetzt ziemlich unordentlich wirkender Stapel aus Nikki Wells' Akte, mit Schmutzflecken verziert, weil sie in ihrer Panik darauf getreten war. Noch jetzt, in der Geborgenheit ihres Büros und mit Rizzoli an ihrer Seite, fühlte sie die Nachwirkungen des Schocks.

»Haben Sie irgendwelche Fingerabdrücke an meiner Autotür gefunden?«, fragte Maura.

»Ein paar. Was man eben so an einer Autotür findet.«

Rizzoli rollte einen Stuhl an Mauras Schreibtisch heran, setzte sich und legte die verschränkten Hände auf ihren vorspringenden Bauch. Mama Rizzoli, schwanger und bewaffnet, dachte Maura. Eine merkwürdige Retterin in der Not habe ich mir da ausgesucht.

»Wie lange stand Ihr Wagen auf dem Parkplatz? Sie sagten, Sie seien so gegen achtzehn Uhr gekommen.«

»Aber die Schrammen könnten auch schon angebracht worden sein, bevor ich hier ankam. Ich benutze die Beifahrertür ja nicht jeden Tag. Nur wenn ich Einkaufstüten oder Ähnliches transportiere. Ich habe sie heute Abend nur gesehen, weil das Auto zufällig so geparkt war. Und es stand direkt unter der Lampe.«

»Wann haben Sie sich die Tür zuletzt bewusst angeschaut?«

Maura presste die Handflächen gegen ihre Schläfen. »Ich weiß, dass gestern Morgen noch alles in Ordnung war. Als ich von Maine losgefahren bin, habe ich meine Reisetasche auf den Vordersitz gestellt. Da wären mir die Kratzer bestimmt aufgefallen.«

»Okay. Sie sind also gestern nach Hause gekommen. Und dann?«

»Der Wagen stand die ganze Nacht in meiner Garage. Und heute Morgen bin ich zu Ihnen ins Präsidium gefahren.«

»Wo haben Sie geparkt?«

»In einem Parkhaus in der Nähe. An der Columbus Avenue.«

»Der Wagen stand also den ganzen Nachmittag in diesem Parkhaus. Während unseres Besuchs im Gefängnis.«

»Ja.«

»Dieses Parkhaus ist komplett videoüberwacht.«

»Wirklich? Das ist mir gar nicht aufgefallen …«

»Und wohin sind Sie anschließend gefahren? Nach unserer Rückkehr aus Framingham?«

Maura zögerte.

»Doc?«

»Ich war bei Joyce O'Donnell.« Sie erwiderte Rizzolis Blick. »Schauen Sie mich nicht so an. Ich musste sie unbedingt sprechen.«

»Hatten Sie vor, mir davon zu erzählen?«

»Natürlich. Hören Sie, ich musste einfach mehr über meine Mutter herausfinden.«

Rizzoli lehnte sich zurück, die Lippen zu einem dünnen Strich zusammengepresst. Sie ist nicht gerade begeistert von meiner Aktion, dachte Maura. Sie hat mir gesagt, ich soll O'Donnell aus dem Weg gehen, und ich habe ihren Rat ignoriert.

»Wie lange waren Sie in ihrem Haus?«, fragte Rizzoli.

»Ungefähr eine Stunde. Jane, sie hat mir etwas gesagt, was ich noch nicht wusste. Amalthea ist in Fox Harbor aufgewachsen. Deshalb ist Anna nach Maine gezogen.«

»Und nachdem Sie O'Donnells Haus verlassen hatten? Was ist danach passiert?«

Maura seufzte. »Ich bin direkt hierher gefahren.«

»Sie haben nicht zufällig bemerkt, dass Ihnen jemand folgte?«

»Warum hätte ich darauf achten sollen? Ich habe zurzeit wirklich andere Probleme.«

Eine Zeit lang sahen sie sich nur an, ohne dass ein Wort gesprochen wurde; die Verstimmung über Mauras Besuch bei O'Donnell stand immer noch zwischen ihnen.

»Wussten Sie, dass Ihre Überwachungskamera kaputt ist?«, fragte Rizzoli. »Die auf dem Institutsparkplatz?«

Maura lachte und zuckte mit den Achseln. »Wissen Sie, um wie viel unser Budget dieses Jahr gekürzt wurde? Diese Kamera ist schon seit Monaten kaputt. Sie können fast schon die Drähte raushängen sehen.«

»Worauf ich hinauswill, ist die Tatsache, dass diese Kamera die meisten Vandalen abgeschreckt hätte.«

»Leider nicht alle.«

»Wer weiß sonst noch, dass diese Kamera außer Betrieb ist? Alle, die hier am Institut arbeiten, nicht wahr?«

Maura reagierte betroffen. »Was Sie da andeuten, gefällt mir ganz und gar nicht. Viele Leute haben bemerkt, dass die Kamera kaputt ist. Polizisten. Die Fahrer der Leichenwagen. Jeder, der in letzter Zeit eine Leiche hier abgeliefert hat. Man muss nur nach oben schauen, dann sieht man es.«

»Sie sagten, es hätten zwei Autos vor dem Institut geparkt, als Sie kamen. Die von Dr. Costas und von Yoshima.«

»Ja.«

»Und als Sie gegen zwanzig Uhr das Gebäude verließen, waren sie nicht mehr da.«

»Sie sind vor mir gegangen.«

»Verstehen Sie sich gut mit den beiden?«

Maura lachte ungläubig. »Sie machen doch Witze, oder? Diese Fragen sind absolut lächerlich.«

»Es macht mir auch nicht gerade Spaß, sie zu stellen.«

»Und warum tun Sie es dann? Sie kennen Dr. Costas, Jane. Und Sie kennen Yoshima. Sie können die zwei doch nicht als Verdächtige behandeln.«

»Sie sind beide über diesen Parkplatz gegangen. Und sind dabei an Ihrem Wagen vorbeigekommen. Dr. Costas ist als Erster gefahren, so gegen achtzehn Uhr fünfundvierzig. Yoshima ist ein wenig später aufgebrochen, vielleicht um neunzehn Uhr fünfzehn.«

»Sie haben mit ihnen gesprochen?«

»Beide haben mir gesagt, sie hätten keine Kratzer an Ihrem Wagen bemerkt. Man sollte denken, dass sie ihnen aufgefallen wären. Zumindest Yoshima müsste sie gesehen haben, denn sein Wagen stand schließlich direkt neben Ihrem.«

»Wir sind seit zwei Jahren Kollegen. Ich kenne ihn. Und Sie kennen ihn auch.«

»Wir glauben ihn zu kennen.«

Hör auf, Jane, dachte sie. Bring mich nicht dazu, dass ich mich vor meinen eigenen Kollegen fürchten muss.

»Er arbeitet seit achtzehn Jahren in diesem Gebäude«, sagte Rizzoli.

»Abe ist schon fast genauso lange hier. Und Louise auch.«

»Wussten Sie, dass Yoshima allein lebt?«

»Genau wie ich.«

»Er ist achtundvierzig, war nie verheiratet und lebt allein. Jeden Tag kommt er hierher, und Sie arbeiten eng mit ihm zusammen. Sie haben beide mit Leichen zu tun. Sie müssen so einiges aushalten in Ihrem Job. Dass muss Sie beide doch irgendwie zusammenschweißen. All die schrecklichen Dinge, die nur Sie und er gesehen haben.«

Maura dachte an die vielen Stunden, die sie und Yoshima zusammen im Autopsiesaal verbracht hatten, mit seinen Edelstahltischen und den scharfen Instrumenten. Immer schien er zu erahnen, was sie gerade brauchte, noch ehe sie es selbst wusste. Ja, es war ein besonderes Verhältnis, das sie verband, und das war auch nur natürlich – sie waren schließlich ein Team. Aber nachdem sie ihre OP-Kittel ausgezogen und die Überschuhe abgestreift hatten, gingen sie beide zur Tür hinaus und zurück in ihr jeweils eigenes Leben. Außerhalb der Arbeit pflegten sie keinen Kontakt; nie waren sie auch nach Feierabend zusammen etwas trinken gegangen. In dieser Beziehung ähneln wir uns, dachte sie. Zwei Einzelgänger, die sich nur treffen, um zusammen Leichen zu sezieren.

»Hören Sie«, Rizzoli seufzte. »Ich mag Yoshima. Es ist mir äußerst unangenehm, auch nur die Möglichkeit anzusprechen. Aber es ist nun einmal etwas, was ich in Betracht ziehen muss, wenn ich meinen Job richtig machen will.«

»Und was ist Ihr Job? Mich verrückt zu machen? Ich bin so schon mit den Nerven am Ende, Jane; da müssen Sie mir nicht auch noch Angst vor den Menschen einjagen, denen ich vertrauen muss.« Maura raffte die Papiere von ihrem Schreibtisch auf. »Sind Sie fertig mit meinem Wagen? Ich würde jetzt gerne nach Hause fahren.«

»Ja, wir haben alles erledigt. Aber ich bin mir nicht so sicher, ob Sie wirklich nach Hause fahren sollten.«

»Was soll ich denn sonst tun?«

»Es gibt noch andere Möglichkeiten. Sie könnten in ein Hotel gehen. Sie können auch auf meiner Couch schlafen. Ich habe gerade mit Detective Ballard gesprochen, und er hat erwähnt, dass in seinem Haus noch ein Bett frei ist.«

»Wieso telefonieren Sie mit Ballard?«

»Er fragt jeden Tag nach, wie die Ermittlungen laufen. Vor einer Stunde hat er wieder angerufen, und ich habe ihm erzählt, was mit Ihrem Auto passiert ist. Er hat sich gleich ins Auto gesetzt, um es sich anzusehen.«

»Er ist jetzt gerade unten auf dem Parkplatz?«

»Ist vor ein paar Minuten gekommen. Er macht sich Sorgen, Doc. Und ich auch.« Rizzoli hielt inne. »Also, was wollen Sie tun?«

»Ich weiß nicht…«

»Na ja, ein paar Minuten haben Sie noch Zeit zum Überlegen.« Rizzoli hievte sich aus dem Stuhl hoch. »Kommen Sie, ich gehe mit Ihnen raus.«

Wenn das keine absurde Situation ist, dachte Maura, als

sie zusammen den Flur entlanggingen. Eine Frau, die kaum noch aus dem Sessel hochkommt, macht für mich den Bodyguard. Aber Rizzoli ließ keinen Zweifel daran aufkommen, dass sie hier die Verantwortung hatte, dass sie bereit war, die Rolle der Beschützerin zu übernehmen. Sie war es, die die Tür öffnete und als Erste ins Freie trat.

Maura folgte ihr über den Parkplatz zu ihrem Lexus. Neben dem Wagen warteten Frost und Ballard.

»Wie geht es Ihnen, Maura?«, fragte Ballard. Er stand im Schein der Straßenlampe, doch seine Augen lagen im Schatten; sie blickte in ein Gesicht, dessen Ausdruck sie nicht deuten konnte.

»Gut, danke.«

»Das hätte wesentlich schlimmer ausgehen können.« Er wandte sich an Rizzoli. »Haben Sie ihr gesagt, was wir denken?«

»Ich habe ihr gesagt, dass sie heute Abend vielleicht besser nicht nach Hause gehen sollte.«

Mauras Blick fiel auf ihren Wagen. Die drei Schrammen waren sehr auffallend und noch hässlicher, als sie sie in Erinnerung hatte; wie von den Krallen eines Raubtiers geschlagene Wunden. *Annas Mörder spricht mit mir. Und ich kann nicht wissen, wie nahe er mir wirklich gekommen ist.*

Frost wandte sich an sie. »Die Spurensicherung hat eine kleine Delle in der Fahrertür gefunden.«

»Die ist alt. Da ist mir vor ein paar Monaten jemand auf einem Parkplatz ins Auto gefahren.«

»Okay, also sind es nur diese Kratzer. Sie haben ein paar Abdrücke sichergestellt. Sie werden auch welche von Ihnen brauchen, Doc. Sie sollten sie so bald wie möglich ins Labor schicken.«

»Geht in Ordnung.« Sie dachte an all die Finger, von denen sie im Autopsiesaal bereits Abdrücke genommen hatten, an all das erkaltete Fleisch, das dort routinemäßig auf Pappkarton gepresst wurde. *Meine bekommen sie schon ein bisschen eher. Noch zu meinen Lebzeiten.* Sie verschränkte die Arme vor der Brust; trotz der warmen Abendluft fröstelte sie. Sie stellte sich vor, wie sie ihr leeres Haus betrat, wie sie sich in ihrem Schlafzimmer einschloss. Aber auch mit all den Schlössern und Riegeln war es immer noch ein Haus und keine Festung. Ein Haus mit Fensterscheiben, die man mühelos einschlagen, mit Fliegengittern, die man mit einem schlichten Taschenmesser zerschneiden konnte.

»Sie sagten, es sei Charles Cassell gewesen, der Annas Wagen zerkratzt hat.« Maura sah Rizzoli an. »*Das* da dürfte er wohl nicht gewesen sein. Nicht bei meinem Wagen.«

»Nein, dazu hätte er keinen Grund. Das soll eindeutig eine Warnung an *Sie* sein«, sagte Rizzoli leise. »Vielleicht war Anna das Opfer einer Verwechslung.«

Ich bin es. Ich bin diejenige, die sterben sollte.

»Wohin wollen Sie gehen, Doc?«, fragte Rizzoli.

»Ich weiß nicht«, erwiderte Maura. »Ich weiß nicht, was ich tun soll …«

»Dürfte ich vielleicht vorschlagen, dass Sie nicht die ganze Nacht auf dem Parkplatz herumstehen, wo jeder Sie sehen kann?«, warf Ballard ein.

Mauras Blick ging zur Straße. Sie sah die Silhouetten der Menschen, die das flackernde Rundumlicht des Streifenwagens angelockt hatte. Menschen, deren Gesichter sie nicht sehen konnten, weil sie im Schatten waren, während sie hier im hellen Schein der Straßenlampe stand wie ein Star auf der Bühne.

»Ich habe zu Hause noch ein Zimmer frei«, sagte Ballard.

Sie sah ihn nicht an, hielt den Blick stattdessen starr auf jene gesichtslosen Schatten gerichtet. Und dachte dabei: Das geht alles viel zu schnell. Zu viele Entscheidungen, die ich Hals über Kopf treffen muss. Und die ich hinterher vielleicht bereuen werde.

»Doc?«, fragte Rizzoli. »Was denken Sie?«

Schließlich sah Maura Ballard in die Augen. Und fühlte sich sofort wieder auf verstörende Weise zu ihm hingezogen. »Ich weiß nicht, wo ich sonst hingehen soll«, sagte sie.

Er fuhr direkt hinter ihr; so dicht, dass das grelle Licht seiner Scheinwerfer im Rückspiegel sie blendete. Es war, als hätte er Angst, sie zu verlieren; als fürchte er, dass sie versuchen könnte, ihn im dichten Verkehrsgewühl abzuschütteln. Er ließ den Abstand auch dann nicht größer werden, als sie sich schon dem ruhigen Vorort Newton näherten und Maura wenig später zweimal um seinen Block fuhr, wie er sie angewiesen hatte, um sich zu vergewissern, dass ihnen kein Auto folgte. Als sie schließlich vor seinem Haus anhielt, stand er fast sofort neben ihrem Wagen und klopfte an die Scheibe.

»Fahren Sie in meine Garage«, sagte er.

»Da nehme ich Ihnen doch den Platz weg.«

»Das ist schon in Ordnung. Ich will nicht, dass Ihr Wagen hier offen auf der Straße herumsteht. Ich mache Ihnen das Tor auf.«

Sie bog in die Auffahrt ein und sah zu, wie das Tor sich polternd öffnete und den Blick auf eine ordentlich aufgeräumte Garage freigab. An einer Holztafel mit Haken war fein säuberlich das Werkzeug aufgehängt, und in Einbauregalen standen Farbeimer in Reih und Glied. Sogar der Betonboden glänzte wie frisch poliert. Sie lenkte den Wagen in die Garage, und sofort schloss sich das Tor hinter ihr und versperrte die Sicht auf ihren Wagen von der Straße aus. Sie blieb einen Moment lang sitzen und bereitete sich innerlich auf den vor ihr liegenden Abend vor. Noch vor wenigen Minuten war ihr der Plan, in ihr eigenes Haus zurückzukehren, unklug vorgekommen, viel zu riskant. Jetzt fragte sie sich, ob diese Alternative so viel klüger war.

Ballard öffnete ihre Tür. »Kommen Sie rein. Ich zeige Ihnen, wie Sie die Alarmanlage scharfschalten können, falls ich mal nicht da sein sollte.«

Er führte sie ins Haus und durch einen kurzen Flur in die Diele. Dort wies er auf ein Tastenfeld, das neben der Haustür angebracht war.

»Ich habe sie erst vor ein paar Monaten auf den neuesten Stand bringen lassen. Zuerst geben Sie den Sicherheitscode ein, dann drücken Sie auf EIN. Wenn die Anlage aktiviert ist und irgendjemand eine Tür oder ein Fenster öffnet, wird sofort ein Alarm ausgelöst, der so laut ist, dass Ihnen die Ohren abfallen. Gleichzeitig wird automatisch die Sicherheitsfirma alarmiert, und die ruft dann hier im Haus an. Zum Ausschalten müssen sie denselben Code eingeben und dann auf AUS drücken. So weit alles klar?«

»Ja. Möchten Sie mir den Code verraten?«

»Dazu wollte ich gerade kommen.« Er warf ihr einen Blick zu. »Ihnen ist ja wohl klar, dass ich gerade im Begriff bin, Ihnen den numerischen Schlüssel zu meinem Haus anzuvertrauen.«

»Überlegen Sie, ob Sie mir trauen können?«

»Versprechen Sie mir nur, den Code nicht an irgendwelche zwielichtigen Bekannten weiterzugeben.«

»Von denen habe ich weiß Gott eine Menge.«

»Klar.« Er lachte. »Und die haben vermutlich alle Polizeimarken. Also, der Code ist zwölf-siebzehn. Siebzehnter Dezember – der Geburtstag meiner Tochter. Meinen Sie, dass Sie sich das merken können, oder wollen Sie es sich lieber aufschreiben?«

»Das kann ich mir merken.«

»Gut. Also, dann schalten Sie sie mal ein; ich nehme doch an, dass wir das Haus heute nicht mehr verlassen.«

Während sie die Zahlenfolge eintippte, stand er so dicht neben ihr, dass sie seinen Atem in ihren Haaren spüren konnte. Sie drückte auf EIN und hörte ein leises Piepsen. Das Display zeigte nun an: ANLAGE AKTIVIERT.

»Jetzt ist die Festung gesichert«, sagte er.

»Das war ja einfach.« Sie wandte sich zu ihm um, und als sie seinen intensiven Blick bemerkte, wollte sie instinktiv einen Schritt zurückweichen, um wieder auf sichere Distanz zu ihm zu gehen.

»Haben Sie schon etwas gegessen?«, fragte er.

»Dazu bin ich überhaupt nicht gekommen. Die Ereignisse haben sich derart überstürzt.«

»Dann kommen Sie mal mit. Das geht ja nicht an, dass Sie hier Hunger leiden.«

Seine Küche sah genauso aus, wie Maura sie sich vorgestellt hatte, mit robusten Ahornschränken und Arbeitsplatten aus Massivholz. Töpfe und Pfannen hingen nach Größe geordnet an einem Deckengestell. Kein überflüssiger Firlefanz, einfach nur der Arbeitsbereich eines praktisch veranlagten Mannes.

»Machen Sie sich meinetwegen bloß keine Umstände«, sagte sie. »Eier mit Toast wären vollkommen okay.«

Er öffnete den Kühlschrank und nahm einen Karton Eier heraus. »Rühreier?«

»Lassen Sie mich das doch machen, Rick.«

»Wie wär's, wenn Sie uns inzwischen ein paar Scheiben Toast machen? Das Brot ist da drüben. Ich möchte auch welchen.«

Sie nahm zwei Scheiben aus der Packung und steckte sie in den Toaster. Dann drehte sie sich um und sah ihm zu, wie er am Herd stand und die Eier in einer Schlüssel verrührte. Sie musste an ihr letztes gemeinsames Essen denken – beide barfuß, fröhlich lachend. Sie hatten den Abend genossen – so lange, bis Janes Anruf ihr Misstrauen gegen ihn geweckt hatte. Und wenn Jane nicht angerufen hätte, was wäre dann in jener Nacht zwischen ihnen passiert? Sie sah zu, wie er die Eier in eine Pfanne goss und die Herdplatte einschaltete. Und ihr wurde plötzlich ganz heiß, als hätte er auch in ihr ein Feuer entfacht.

Sie wandte sich ab und betrachtete stattdessen die Kühlschranktür, die mit Fotos von Ballard, seiner Frau und seiner Tochter beklebt war. Katie als Säugling im Arm ihrer Mutter. Als Zwei- oder Dreijährige in einem Hochstuhl. Eine ganze Sequenz, endend mit dem Foto eines mürrisch lächelnden blonden Teenagers.

»Sie verändert sich so rasend schnell«, sagte er. »Ich kann

gar nicht glauben, dass das alles Fotos von ein und demselben Kind sind.«

Sie sah ihn über die Schulter an. »Was haben Sie wegen dieses Joints in ihrem Schließfach entschieden?«

»Ach, diese Geschichte.« Er seufzte. »Carmen hat ihr Hausarrest verpasst. Und was noch schlimmer ist: Sie hat sie zu einem Monat Fernsehverbot verdonnert. Jetzt muss ich meinen eigenen Apparat wegschließen, nur damit Katie nicht heimlich zum Fernsehschauen herkommt, wenn ich nicht zu Hause bin.«

»Sie und Carmen schaffen es ja ganz gut, gegenüber Ihrer Tochter eine gemeinsame Linie zu vertreten.«

»Wir haben doch im Grunde keine andere Wahl. Ganz gleich, wie bitter die Scheidung ist, man muss einfach zusammenhalten, im Interesse des Kindes.« Er schaltete den Herd aus und ließ die dampfenden Rühreier auf zwei Teller gleiten. »Haben Sie keine Kinder?«

»Nein, zum Glück nicht.«

»Zum Glück?«

»Victor und ich hätten das nie so gesittet über die Bühne bringen können wie Sie beide.«

»Es ist nicht so leicht, wie es aussieht. Erst recht, seit …«

»Ja?«

»Es gelingt uns, den Schein zu wahren, das ist alles.«

Sie deckten den Tisch, stellten die Teller mit den Eiern, Toast und Butter darauf und setzten sich einander gegenüber. Das Gespräch über ihre gescheiterten Ehen hatte die Stimmung etwas gedrückt. Wir haben beide emotionale Wunden, die noch nicht ganz verheilt sind, dachte sie. Sosehr wir uns auch zueinander hingezogen fühlen – es ist jetzt nicht der richtige Zeitpunkt, etwas miteinander anzufangen.

Doch als er sie später nach oben auf ihr Zimmer begleitete, wusste sie genau, dass ihm dieselben Möglichkeiten im Kopf herumspukten wie ihr.

»Hier schlafen Sie«, sagte er und öffnete die Tür von Katies Zimmer. Sie trat ein und blickte in Britney Spears' Schlafzimmeraugen, die sie von einem großen Poster an der Wand anstarrten. Die Regale waren voll mit Britney-Puppen und -CDs. In diesem Zimmer werde ich Albträume bekommen, dachte Maura.

»Sie haben Ihr eigenes Bad – es ist die Tür dort drüben«, sagte er. »Im Schrank müssten noch ein paar neue Zahnbürsten sein. Und Sie können Katies Bademantel benutzen.«

»Wird sie auch nichts dagegen haben?«

»Sie ist diese Woche bei Carmen. Sie wird gar nicht erfahren, dass Sie hier waren.«

»Danke, Rick.«

Er zögerte, als wartete er darauf, dass sie noch etwas sagte. Auf die Worte, die alles verändern würden.

»Maura«, sagte er.

»Ja?«

»Ich passe auf Sie auf. Ich will nur, dass Sie das wissen. Was Anna zugestoßen ist – ich werde nicht zulassen, dass es Ihnen auch so ergeht.« Er wandte sich zum Gehen. Sagte leise »Gute Nacht« und machte die Tür hinter sich zu.

Ich passe auf Sie auf.

Wünschen wir uns das nicht alle?, dachte sie. Jemanden, der uns beschützt. Sie hatte ganz vergessen, wie es war, zu wissen, dass jemand über einen wachte. Auch in ihrer Ehe mit Victor hatte sie sich nie von ihm beschützt gefühlt; er war zu sehr mit sich selbst beschäftigt gewesen, als dass er auf einen anderen Menschen hätte Acht geben können.

Später lag sie im Bett und lauschte dem Ticken des Weckers auf dem Nachttisch. Hörte das Knarren der Dielen, als Ballard im Nebenzimmer auf und ab ging. Allmählich wurde es still im Haus. Sie sah zu, wie die Zeiger der Uhr vorrückten, Stunde um Stunde. Mitternacht. Ein Uhr. Und noch immer konnte sie nicht einschlafen. Morgen früh würde sie völlig erschöpft sein.

Liegt er auch noch wach?

Sie kannte diesen Mann kaum, wie sie auch Victor kaum

gekannt hatte, als sie ihn geheiratet hatte. Und was für eine katastrophale Fehlentscheidung war das gewesen – drei Jahre ihres Lebens vergeudet, nur weil es kurz gefunkt hatte. Wenn es um Männer ging, konnte sie ihrem eigenen Urteil nicht vertrauen. Der Mann, mit dem du am liebsten sofort ins Bett gehen würdest, könnte sich als die allerschlechteste Wahl herausstellen.

Zwei Uhr.

Die Scheinwerferkegel eines Autos glitten am Fenster vorüber. Auf der Straße tuckerte ein Motor im Leerlauf. Sie erstarrte, dachte: Es ist nichts weiter, wahrscheinlich nur ein Nachbar, der spät nach Hause kommt. Dann hörte sie Schritte auf der Veranda. Sie hielt den Atem an. Plötzlich zerriss ein Kreischen die Stille der Nacht. Sie schoss aus dem Bett hoch.

Die Alarmanlage. Es ist jemand im Haus.

Ballard hämmerte schon an ihre Tür. »Maura? *Maura!*«, schrie er.

»Mir ist nichts passiert!«

»Schließen Sie die Tür ab! Kommen Sie nicht raus!«

»Rick?«

»Bleiben Sie einfach nur im Zimmer!«

Sie kletterte hastig aus dem Bett, lief zur Tür und drehte den Schlüssel um. Dann sank sie in die Hocke und hielt sich die Ohren zu. Das Schrillen der Alarmanlage übertönte jedes andere Geräusch. Sie dachte an Ballard, sah ihn die Treppe hinuntergehen. Irgendjemand wartete da unten auf ihn. *Wo bist du, Rick?* Sie konnte nichts hören, nur diesen durchdringenden Alarm. Sie war in diesem dunklen Zimmer gefangen, blind und taub für alles, was draußen vorging, was sich in diesem Moment vielleicht ihrer Tür näherte.

Das Kreischen brach plötzlich ab. In der nun einsetzenden Stille konnte sie ihre eigenen panischen Atemzüge hören, das Pochen ihres Herzens.

Und Stimmen.

»Herrgott noch mal!«, rief Rick aufgeregt. »Ich hätte dich erschießen können! Was hast du dir nur dabei gedacht?«

Dann eine Mädchenstimme. Verletzt, verärgert. »Du hast die Türkette vorgelegt! Ich konnte nicht rein, um die Alarmanlage auszuschalten!«

»Schrei mich nicht an!«

Maura schloss ihre Tür auf und trat hinaus auf den Flur. Die Stimmen waren jetzt lauter, beide voller Zorn. Als sie sich über das Geländer beugte, sah sie Rick unten stehen, in Jeans und mit nacktem Oberkörper; der Revolver, nach dem er gegriffen hatte, bevor er hinuntergegangen war, steckte in seinem Hosenbund. Seine Tochter starrte ihn finster an.

»Es ist zwei Uhr früh, Katie. Wie bist du hierher gekommen?«

»Jemand hat mich gefahren.«

»Mitten in der Nacht?«

»Ich bin gekommen, um meinen Rucksack zu holen, okay? Ich hab vergessen, dass ich ihn morgen brauche. Ich wollte Mom nicht aufwecken.«

»Sag mir, wer dieser Jemand ist. Wer hat dich gefahren?«

»Na, jetzt ist er jedenfalls weg! Bei dem Alarm hat er wahrscheinlich die Panik gekriegt.«

»Es ist ein Junge? Wer?«

»Ich werde ihn nicht auch noch in Schwierigkeiten bringen!«

»Wer ist dieser Junge?«

»Lass das, Dad. Bitte, *lass das.*«

»Du bleibst jetzt hier und stehst mir Rede und Antwort. Katie, geh nicht nach oben …«

Schwere Schritte stapften die Stufen hoch und brachen dann plötzlich ab. Katie stand auf der Treppe und sah Maura mit großen Augen an.

»Komm sofort wieder runter!«, schrie Rick.

»Alles klar, Dad«, murmelte Katie, ohne den Blick von Maura zu wenden. »Jetzt versteh ich, warum du die Kette vorgelegt hast.«

»Katie!« Rick brach ab, als das Telefon zu läuten begann. Er ging hin und nahm den Hörer ab. »Hallo? Ja, hier spricht Rick Ballard. Alles okay hier. Nein, Sie müssen niemanden herschicken. Meine Tochter ist nach Hause gekommen und hat die Alarmanlage nicht rechtzeitig abgeschaltet...«

Das Mädchen starrte Maura noch immer mit unverhohlener Feindseligkeit an. »Sie sind also seine neue Freundin.«

»Bitte reg dich nicht auf, das ist wirklich nicht nötig«, sagte Maura ruhig. »Ich bin nicht seine Freundin. Ich brauchte nur ein Bett für die Nacht.«

»Ach ja? Und warum schlafen Sie dann nicht bei meinem Dad?«

»Katie, das ist die Wahrheit...«

»In dieser Familie sagt keiner je die Wahrheit.«

Unten läutete das Telefon erneut. Wieder hob Rick ab. »Carmen. Carmen, beruhige dich! Katie ist hier bei mir. Ja, es geht ihr gut. Irgendein Junge hat sie hergefahren, weil sie ihren Rucksack vergessen hatte...«

Das Mädchen schleuderte Maura einen letzten giftigen Blick zu und ging die Treppe hinunter.

»Deine Mutter ist am Telefon«, sagte Rick.

»Willst du ihr nicht von deiner neuen Freundin erzählen? Wie kannst du ihr das bloß *antun*, Dad?«

»Darüber werden wir noch reden müssen. Du musst einfach die Tatsache akzeptieren, dass deine Mutter und ich nicht mehr zusammen sind. Die Situation hat sich nun mal verändert.«

Maura ging wieder ins Zimmer und schloss die Tür. Während sie sich anzog, konnte sie hören, wie die beiden sich unten weiter stritten – Ricks Stimme ruhig und fest, die des Mädchens schrill vor Zorn. Maura brauchte nur ein paar Sekunden, um in ihre Kleider zu schlüpfen. Als sie nach unten ging, fand sie Ballard und seine Tochter im Wohnzimmer. Katie hatte sich auf dem Sofa zusammengerollt wie ein missgelaunter Igel.

»Rick, ich gehe jetzt«, sagte Maura.

Er sprang auf. »Das dürfen Sie nicht.«

»Nein, das ist schon okay. Sie brauchen jetzt Zeit für Ihre Familie.«

»Sie können nicht nach Hause fahren, das ist viel zu gefährlich.«

»Ich fahre nicht nach Hause. Ich nehme mir ein Hotelzimmer. Bitte, machen Sie sich um mich keine Sorgen.«

»Maura, warten Sie…«

»Sie will gehen, *okay*?«, fauchte Katie. »Also lass sie schon gehen.«

»Ich rufe Sie an, wenn ich im Hotel bin«, sagte Maura.

Als sie aus der Garage herausfuhr, kam Rick aus dem Haus und blieb in der Einfahrt stehen. Ihre Blicke trafen sich durch das Autofenster, und er kam auf sie zu, als wollte er noch einmal versuchen, sie zum Bleiben zu bewegen, zur Rückkehr in die Sicherheit seines Hauses.

Wieder erhellte ein Scheinwerferpaar die Straße. Carmens Wagen hielt am Straßenrand, und sie stieg aus; das blonde Haar wild zerzaust, in einen Bademantel gehüllt, unter dem der Saum des Nachthemds hervorlugte. Auch sie aus dem Bett gerissen von diesem ungehorsamen Teenager, wie der Vater. Carmen warf Maura einen bösen Blick zu, sagte ein paar Worte zu Ballard und ging ins Haus. Durch das Wohnzimmerfenster konnte Maura sehen, wie Mutter und Tochter sich umarmten.

Ballard blieb immer noch in der Einfahrt stehen. Er blickte zum Haus, dann wieder zu Maura, offensichtlich hin- und hergerissen.

Sie nahm ihm die Entscheidung ab. Legte den Gang ein, trat aufs Gaspedal und fuhr davon. Das Letzte, was sie von ihm im Rückspiegel sah, war, wie er sich abwandte und ins Haus ging. Zurück zu seiner Familie. Auch eine Scheidung, dachte sie, kann die Bande nicht zerreißen, die in Jahren der Ehe geschmiedet wurden. Lange nachdem die Papiere unterzeichnet sind, nachdem das Scheidungsurteil rechtskräftig geworden ist, bleiben diese Bande bestehen. Und die stärksten Bande sind die des Blutes, die Eltern mit ihrem Kind verknüpfen.

Sie atmete tief durch. Und spürte, wie die Versuchung plötzlich von ihr abfiel. Sie war frei.

Wie sie es Ballard versprochen hatte, fuhr sie nicht nach Hause, sondern auf der Route 95 Richtung Westen. Die Straße führte in einem weiten Bogen an den Außenbezirken von Boston entlang. Am ersten Motel, das sie erblickte, hielt sie an. Das Zimmer, das man ihr zuwies, roch nach Zigaretten und Ivory-Seife. Über den Toilettendeckel war ein Papierband mit der Aufschrift »Frisch desinfiziert« gespannt, und die Zahnputzbecher aus Plastik waren in Folie eingeschweißt. Der Lärm des nahen Highways drang durch die dünnen Wände. Sie konnte sich nicht erinnern, wann sie zuletzt in einem so billigen und schäbigen Motel übernachtet hatte. Sie rief Rick an, nur ein knappes Gespräch, um ihm mitzuteilen, wo sie war. Dann schaltete sie ihr Handy aus und schlüpfte unter die zerschlissene Bettdecke.

In dieser Nacht schlief sie so tief und fest wie seit einer Woche nicht mehr.

19

Nobody likes me, everybody hates me, think I'll go eat worms. Worms, worms, worms.

Denk nicht dauernd daran!

Mattie schloss die Augen und biss die Zähne zusammen, aber sie bekam die Melodie dieses albernen Kinderliedes einfach nicht aus dem Kopf. Immer wieder hörte sie das Gedudel, und immer wieder kam dieser Refrain mit den Würmern.

Nur dass nicht ich die Würmer essen werde, sondern sie mich.

Mensch, denk halt an was anderes. An was Nettes, Schönes. Blumen, Kleider. Weiße Kleider mit Chiffon und Perlen. Dein Hochzeitstag. Ja, denk lieber daran.

Sie rief sich in Erinnerung, wie sie im Brautzimmer der St. John's Methodist Church gesessen, sich im Spiegel betrachtet und gedacht hatte: Heute ist der schönste Tag meines Lebens. Ich heirate den Mann, den ich liebe. Sie erinnerte sich, wie ihre Mutter hereingekommen war, um ihr zu helfen, den Schleier anzulegen. Wie ihre Mutter sich zu ihr herabgebeugt und ihr mit einem Seufzer der Erleichterung ins Ohr geflüstert hatte: »Ich hätte nie geglaubt, dass ich diesen Tag noch mal erleben würde!« Den Tag, an dem endlich ein Mann ihre Tochter zur Frau nahm.

Jetzt, sieben Monate später, dachte Mattie über die Worte ihrer Mutter nach, und sie fand, dass es eigentlich keine besonders nette Bemerkung war. Aber an dem Tag hatte nichts ihr Glück trüben können. Nicht die morgendliche Übelkeit, nicht die hohen Absätze, die sie fast umbrachten, und auch nicht die Tatsache, dass Dwayne am Abend der Hochzeit so viel Champagner in sich hineingeschüttet hatte, dass er auf ihrem Hotelbett einschlief, während sie noch im Bad war.

Das hatte alles nichts zu bedeuten – das einzig Wichtige war, dass sie jetzt Mrs. Purvis war und dass ihr Leben, ihr wahres Leben, nun beginnen konnte.

Und jetzt wird es hier enden, hier in dieser Kiste, wenn Dwayne mich nicht rettet.

Das wird er doch, oder nicht? Er will mich doch wiederhaben?

Oh, das war ja noch schlimmer als der Gedanke, von Würmern aufgefressen zu werden. Themenwechsel, Mattie!

Und wenn er mich nun gar nicht wiederhaben will? Wenn er die ganze Zeit nur gehofft hat, dass ich einfach verschwinde, damit er mit dieser Frau zusammen sein kann? Wenn er selbst derjenige ist, der…

Nein, nicht Dwayne. Wenn er ihren Tod gewollt hätte, wieso hätte er sie dann in diese Kiste gesperrt? Und sie am Leben gehalten?

Sie holte tief Luft, und ihre Augen füllten sich mit Tränen. Sie wollte leben. Sie hätte alles getan, nur um am Leben zu bleiben, aber sie wusste nicht, wie sie sich aus dieser Kiste befreien sollte. Sie hatte schon viele Stunden damit zugebracht, über dieses Problem nachzudenken. Sie hatte mit Fäusten auf die Wände eingeschlagen, hatte ein ums andere Mal mit den Füßen gegen die Decke getreten. Sie hatte daran gedacht, die Taschenlampe zu zerlegen, um vielleicht aus den Einzelteilen etwas bauen zu können – aber was?

Eine Bombe.

Sie konnte beinahe hören, wie Dwayne sie auslachte, sie verhöhnte. Na klar, Mattie, wir wissen doch alle, dass du ein zweiter MacGyver bist.

Aber was soll ich denn tun?

Würmer…

Schon bohrten sie sich wieder in ihre Gedanken. Sie blickte in ihre Zukunft, und da sah sie sie unter ihre Haut schlüpfen, an ihrem Fleisch nagen. Sie warteten da draußen in dem Erdreich, das ihre Kiste umschloss. Warteten nur darauf, dass sie endlich starb. Dann würden sie hereingekrochen kommen, und das Festmahl würde beginnen.

Sie drehte sich zitternd auf die Seite.

Es muss doch eine Möglichkeit geben, hier rauszukommen.

20

Yoshima stand vor der Leiche, eine Spritze mit einer 16-er Nadel in der Hand. Die Tote war eine junge Frau, so abgemagert, dass ihre Bauchhaut wie eine schlaffe Zeltbahn zwischen den Hüftknochen hing. Yoshima zog die Haut an der Leiste straff und schob die Nadel schräg in die Oberschenkelvene. Dann zog er den Kolben zurück, und die Spritze füllte sich langsam mit dunklem, fast schwarzem Blut.

Er blickte nicht zu Maura auf, als sie den Saal betrat, sondern konzentrierte sich weiter auf seine Arbeit. Sie sah schweigend zu, wie er die Nadel herauszog und das Blut auf mehrere Glasröhrchen verteilte, alles mit den ruhigen, sicheren Handgriffen eines Mannes, der schon zahllose Probenröhrchen mit dem Blut unzähliger Leichen gefüllt hatte. Wenn ich die Königin der Toten bin, dachte sie, dann ist Yoshima zweifellos der König. Er hat sie entkleidet, hat sie gewogen, hat ihre Leistenbeugen und Hälse nach Venen abgesucht und ihre Organe in Formalin eingelegt. Und wenn die Autopsie beendet ist, wenn ich mit dem Sezieren fertig bin, dann ist er derjenige, der zu Nadel und Faden greift und ihre zerschnittenen Leiber wieder zusammennäht.

Yoshima trennte die Nadel ab und warf die gebrauchte Spritze in den Abfall. Dann hielt er inne und blickte auf die Frau hinunter, der er soeben Blut abgenommen hatte. »Sie wurde heute Morgen eingeliefert«, sagte er. »Ihr Freund hat sie beim Aufwachen tot auf dem Sofa gefunden.«

Maura bemerkte die Einstichnarben an den Armen der Toten. »Tragisch.«

»Das ist es immer.«

»Wer macht die Autopsie?«

»Dr. Costas. Dr. Bristol ist heute im Gericht.« Er schob einen Rolltisch heran und begann, die Instrumente bereitzulegen. In der beklommenen Stille wirkte das Klirren des Metalls unangenehm laut. Der Ton ihrer Unterhaltung war wie stets nüchtern und sachlich gewesen, doch heute sah Yoshima ihr nicht in die Augen. Er schien ihrem Blick auszuweichen, schien es sogar zu vermeiden, in ihre Richtung zu schauen. Und er verlor auch kein Wort über die Vorfälle auf dem Parkplatz am Abend zuvor. Doch es war nicht möglich, dem Thema einfach aus dem Weg zu gehen; unausgesprochen stand es zwischen ihnen.

»Wie ich höre, hat Detective Rizzoli Sie gestern Abend zu Hause angerufen«, sagte sie.

Yoshima hielt inne. Er wandte ihr sein Profil zu, seine Hände ruhten reglos auf dem Tablett mit den Instrumenten.

»Yoshima«, sagte sie. »Es tut mir Leid, wenn sie in irgendeiner Weise unterstellt haben sollte ...«

»Wissen Sie, wie lange ich schon in diesem Institut arbeite, Dr. Isles?«, unterbrach er sie.

»Ich weiß, dass Sie schon länger hier sind als alle anderen.«

»Achtzehn Jahre. Dr. Tierney hat mich gleich nach meiner Entlassung aus der Armee hier eingestellt. Ich war dort in der so genannten ›Leichenhallen-Einheit‹. Es war nicht gerade einfach, wissen Sie, ständig mit so jungen Menschen zu tun zu haben. Die meisten waren Unfallopfer oder Selbstmörder, aber das ist nun einmal so in der Armee. Junge Männer gehen oft hohe Risiken ein. Sie schlagen sich und gehen mit dem Messer aufeinander los, sie fahren zu schnell. Oder ihre Frauen verlassen sie, und sie greifen zur Waffe und jagen sich eine Kugel durch den Kopf. Ich dachte mir, etwas kann ich immerhin für sie tun – ich kann sie mit dem Respekt behandeln, der einem Soldaten gebührt. Und manche von ihnen waren ja fast noch Kinder, kaum alt genug, um sich rasieren zu müssen. Das war das Erschütterndste an der ganzen Sache – wie jung sie waren. Aber ich bin damit klargekommen, so wie ich auch hier damit klarkomme, denn es ist nun mal mein Job. Ich kann mich nicht erinnern, wann ich mich das letzte Mal krankgemeldet habe.« Er hielt inne. »Aber heute habe ich ernsthaft daran gedacht, zu Hause zu bleiben.«

»Warum?«

Er wandte sich um, und jetzt sah er sie an. »Wissen Sie, wie das ist, wenn man nach achtzehn Jahren in diesem Institut plötzlich das Gefühl haben muss, unter Verdacht zu stehen?«

»Es tut mir Leid, wenn sie Ihnen diesen Eindruck vermittelt hat. Ich weiß, sie kann ziemlich brüsk sein ...«

»Nein, das war sie eigentlich gar nicht. Sie war sehr höflich, sehr freundlich. Es war die *Art* der Fragen, die sie mir stellte – daran habe ich erkannt, was gespielt wurde. *Wie ist es, mit Dr. Isles zusammenzuarbeiten? Verstehen Sie sich gut mit ihr?*« Yoshima lachte. »Also, was glauben Sie, wieso sie mich das gefragt hat?«

»Sie hat nur ihren Job gemacht, nichts weiter. Das war keine Anschuldigung.«

»So habe ich es aber empfunden.« Er ging zur Arbeitsplatte und begann, die Gläser mit Formalin zur Aufnahme der Gewebeproben aufzustellen. »Wir arbeiten jetzt schon fast zwei Jahre zusammen, Dr. Isles.«

»Ja.«

»Und in dieser Zeit sind Sie – zumindest, soweit ich das beurteilen kann – nie mit meiner Leistung unzufrieden gewesen.«

»Nein, nie. Ich kenne niemanden, mit dem ich lieber zusammenarbeiten würde als mit Ihnen.«

Er wandte sich um und sah sie an. Im harten Schein des Neonlichts sah sie, wie stark sein schwarzes Haar schon mit Grau gesprenkelt war. Sie hatte ihn anfangs auf Mitte dreißig geschätzt. Mit seinem glatten Teint, seiner stets freundlichen Miene und seinem schlanken Körperbau wirkte er irgendwie alterslos. Doch jetzt, als sie die Sorgenfalten um seine Augen erblickte, sah sie, was er wirklich war: Ein

Mann, der langsam, aber sicher in die Jahre kam. *Genau wie ich.*

»Ich habe nicht eine Minute – nicht eine *Sekunde* wirklich geglaubt, dass Sie ...«

»Aber jetzt *müssen* Sie darüber nachdenken, nicht wahr? Seit Detective Rizzoli Sie darauf gebracht hat, müssen Sie die Möglichkeit in Betracht ziehen, dass ich es war, der Ihren Wagen mutwillig beschädigt hat. Dass ich es bin, der Sie terrorisiert.«

»Nein, Yoshima. Das muss ich nicht, und das tue ich auch nicht. Ich weigere mich ganz einfach, das zu glauben.«

Er fixierte sie unverwandt. »Dann sind Sie nicht ehrlich gegenüber sich selbst, und damit auch mir gegenüber. Denn gedacht haben müssen Sie es. Und solange auch nur ein Quäntchen Misstrauen da ist, werden Sie mir gegenüber befangen sein. Ich kann es spüren, und Sie spüren es auch.« Er streifte seine Handschuhe ab, drehte sich um und begann den Namen der Verstorbenen auf Etiketten zu schreiben. Sie konnte die Anspannung in seinen Schultern sehen, in seinen steifen Nackenmuskeln.

»Wir werden darüber hinwegkommen«, sagte sie.

»Vielleicht.«

»Nicht vielleicht. Sicher. Wir müssen schließlich zusammenarbeiten.«

Sie beobachtete ihn eine Weile und fragte sich, wie es ihr wohl gelingen könnte, das herzliche Verhältnis wiederherzustellen, das sie vor diesen Ereignissen verbunden hatte. Vielleicht ist es ja nie wirklich herzlich gewesen, dachte sie. Ich habe das einfach angenommen, während er die ganze Zeit seine wahren Gefühle vor mir verborgen hat, so wie ich die meinen verberge. Was sind wir doch für ein Paar – das Pokerface-Duo. Jede Woche bekommen wir die Opfer irgendwelcher Tragödien auf den Autopsietisch, und doch habe ich ihn noch nie weinen sehen, und er mich ebenso wenig. Wir betreiben das Geschäft des Todes so ungerührt wie zwei Fabrikarbeiter am Fließband.

Er war mit dem Etikettieren der Probenbehälter fertig, und als er sich umwandte, sah er, dass sie immer noch hinter ihm stand. »Brauchen Sie etwas Bestimmtes, Dr. Isles?«, fragte er, und nichts in seinem Tonfall oder seiner Miene verriet irgendetwas von dem, was sich soeben zwischen ihnen abgespielt hatte. Das war der Yoshima, den sie kannte, der still und effizient im Hintergrund arbeitete, jederzeit bereit, ihr zur Hand zu gehen.

Sie reagierte entsprechend. Statt einer Antwort zog sie die Röntgenaufnahmen aus dem Umschlag, den sie mitgebracht hatte, und klemmte die Filme von Nikki Wells' Leiche an den Leuchtkasten. »Ich hoffe, dass Sie sich noch an diesen Fall erinnern«, sagte sie und schaltete das Licht ein. »Es ist fünf Jahre her. Der Fall ereignete sich in Fitchburg.«

»Wie lautet der Name?«

»Nikki Wells.«

Konzentriert betrachtete er die Aufnahme. Sein Blick fiel sofort auf das Skelett des Fetus, das die Beckenknochen der Mutter überlagerte. »Das war diese schwangere Frau, die zusammen mit ihrer Schwester ermordet wurde?«

»Sie erinnern sich also daran.«

»Beide Leichen waren verbrannt?«

»Richtig.«

»Ich erinnere mich; das war Dr. Hobarts Fall.«

»Ich habe Dr. Hobart nie kennen gelernt.«

»Nein, das ist auch kein Wunder. Er hat uns ungefähr zwei Jahre, bevor Sie hier anfingen, verlassen.«

»Wo arbeitet er jetzt? Ich würde mich gerne mit ihm unterhalten.«

»Nun, das dürfte schwierig sein. Er ist nämlich tot.«

Sie sah ihn stirnrunzelnd an. »Was?«

Yoshima schüttelte betrübt den Kopf. »Es war wirklich nicht leicht für Dr. Tierney. Er fühlte sich verantwortlich, dabei hatte er doch gar keine andere Wahl.«

»Was ist passiert?«

»Es gab gewisse … Probleme mit Dr. Hobart. Zuerst waren

es nur ein paar Objektträger, die ihm abhanden kamen. Dann verlegte er einige Organe, und die Familie des Verstorbenen kam dahinter. Sie haben unser Institut verklagt. Es war eine ziemliche Katastrophe, ein Desaster für den Ruf des Instituts, doch Dr. Tierney stellte sich hinter ihn. Und dann verschwanden Medikamente aus einer Tasche mit dem persönlichen Besitz eines Verstorbenen, und diesmal hatte er keine Wahl. Er forderte Dr. Hobart auf, seine Kündigung einzureichen.«

»Und was geschah dann?«

»Dr. Hobart fuhr nach Hause und schluckte eine Hand voll Oxycontin. Sie haben ihn erst nach drei Tagen gefunden.« Yoshima schwieg einen Moment. »Um diese Autopsie hat sich niemand hier im Haus gerissen.«

»Gab es Zweifel an seiner fachlichen Kompetenz?«

»Mag sein, dass ihm ein paar Fehler unterlaufen sind.«

»Schwere Fehler?«

»Ich bin mir nicht sicher, was Sie damit meinen.«

»Ich frage mich, ob er das hier übersehen haben könnte.« Sie deutete auf das Röntgenbild. Auf den hellen Splitter im Schambein. »Sein Bericht über Nikki Wells erklärt nicht diese metallische Verdichtung hier.«

»Es gibt noch weitere metallische Schatten auf dieser Aufnahme«, stellte Yoshima fest. »Ich kann hier einen BH-Verschluss erkennen. Und das hier sieht wie ein Druckknopf aus.«

»Ja, aber sehen Sie sich mal die laterale Ansicht an. Dieser Metallsplitter steckt *im* Knochen. Nicht darüber. Hat Dr. Hobart Ihnen gegenüber etwas darüber gesagt?«

»Nein, soweit ich mich erinnern kann. Steht nichts davon in seinem Bericht?«

»Nein.«

»Dann hat er es wohl für nicht so wichtig gehalten.«

Was bedeutete, dass es wahrscheinlich bei Amalthea Lanks Prozess nicht zur Sprache gekommen war. Yoshima wandte sich wieder seinen Vorbereitungen zu, stellte Schalen und Eimer bereit, arrangierte Formulare auf seinem Klemmbrett. Obwohl nur wenige Schritte entfernt eine tote junge Frau lag, galt Mauras Aufmerksamkeit nicht ihrer Leiche, sondern nur der Röntgenaufnahme von Nikki Wells und ihrem ungeborenen Kind, die das Feuer zu einer einzigen verkohlten Masse verschmolzen hatte.

Warum hast du sie verbrannt? Was hast du damit bezweckt? Hatte Amalthea Lust verspürt, als sie zusah, wie die Flammen die Leichen verzehrten? Oder hatte sie gehofft, dass diese Flammen etwas anderes vernichten würden, irgendeine Spur von ihr, die nicht gefunden werden sollte?

Ihr Blick wanderte von der Schädelwölbung des Fetus zu dem hellen Splitter in Nikkis Schambein. Ein Splitter, so dünn wie …

Eine Messerklinge. Die abgebrochene Spitze einer Klinge.

Aber Nikki war durch einen Schlag auf den Kopf getötet worden. Warum ein Opfer mit dem Messer attackieren, nachdem man ihm gerade mit einer Eisenstange den Schädel eingeschlagen hat? Sie starrte diesen Metallsplitter an, und schlagartig wurde ihr seine Bedeutung klar – eine Erkenntnis, die ihr einen eisigen Schauer über den Rücken jagte.

Sie ging zum Telefon und drückte auf den Knopf der Gegensprechanlage. »Louise?«

»Ja, Dr. Isles?«

»Können Sie mich bitte mit Dr. Daljeet Singh verbinden? Rechtsmedizinisches Institut in Augusta, Maine.«

»Einen Augenblick.« Und kurze Zeit später: »Ich habe Dr. Singh in der Leitung.«

»Daljeet?«, sagte Maura.

»Nein, ich habe das Essen, das ich Ihnen schulde, nicht vergessen!«, erwiderte er.

»Vielleicht schulde ich bald *Ihnen* ein Essen, wenn Sie mir diese Frage beantworten können.«

»Welche Frage?«

»Diese Skelettreste, die wir in Fox Harbor ausgegraben haben – haben Sie die schon identifiziert?«

»Nein. Das könnte noch eine Weile dauern. Weder in Waldo noch in Hancock County liegen Vermisstenmeldungen vor, die zu diesen Überresten passen könnten. Entweder sind diese Knochen sehr alt, oder die Leute waren nicht aus der Gegend.«

»Haben Sie schon eine NCIC-Suche beantragt?«, fragte sie. Das vom FBI verwaltete National Crime Information Center unterhielt eine Datenbank, in der Fälle von vermissten Personen aus dem ganzen Land gesammelt wurden.

»Ja, aber da ich die Suche nicht auf ein bestimmtes Jahrzehnt einschränken kann, hat das System mir seitenweise Namen ausgespuckt. Sämtliche aktenkundigen Fälle aus dem Bereich Neuengland.«

»Vielleicht kann ich Ihnen helfen, die Suchkriterien einzuengen.«

»Wie?«

»Geben Sie nur die Vermisstenmeldungen aus den Jahren 1955 bis 1965 ein.«

»Dürfte ich fragen, wie Sie gerade auf diese Dekade kommen?«

Weil das die Zeit ist, in der meine Mutter in Fox Harbor gelebt hat, dachte sie. *Meine Mutter, die noch mehr Menschen ermordet hat.*

Aber was sie sagte, war nur: »Es ist nur eine Vermutung, doch ich habe meine Gründe.«

»Sie sprechen in Rätseln.«

»Ich werde Ihnen alles erklären, wenn wir uns sehen.«

Diesmal überließ Rizzoli Maura das Steuer, aber nur, weil es Mauras Lexus war, mit dem sie in nördlicher Richtung auf den Maine Turnpike zufuhren. In der Nacht war von Westen her eine Gewitterfront aufgezogen, und als Maura aufgewacht war, hatte der Regen auf ihr Dach getrommelt. Sie hatte Kaffee gekocht, die Zeitung gelesen, all die üblichen morgendlichen Aktivitäten. Wie schnell man doch wieder in die alte Routine verfällt, selbst im Angesicht der Angst. Sie hatte die letzte Nacht nicht im Motel verbracht, sondern war nach Hause zurückgekehrt. Dort hatte sie alle Türen verriegelt und die Außenbeleuchtung brennen lassen – ein dürftiger Schutz gegen die Gefahren der Nacht, aber dennoch hatte sie friedlich geschlafen, während der Sturm ums Haus gefegt war, und sie war mit dem Gefühl erwacht, dass sie ihr Leben wieder im Griff hatte.

Ich habe es satt, ständig in Angst zu leben. Ich lasse mich davon nicht länger aus meinem eigenen Haus vertreiben.

Und jetzt, als sie mit Rizzoli nach Maine unterwegs war, wo noch dunklere Regenwolken am Himmel hingen, war sie bereit, sich zur Wehr zu setzen, den Spieß umzudrehen. *Wer du auch sein magst, ich werde dich so lange hetzen, bis ich dich zur Strecke gebracht habe. Ich war die Gejagte, aber ich kann auch zur Jägerin werden.*

Es war zwei Uhr nachmittags, als sie das Gebäude des Rechtsmedizinischen Instituts von Maine in Augusta erreichten. Dr. Daljeet Singh empfing sie in der Eingangshalle und ging mit ihnen nach unten in den Autopsiesaal, wo die zwei Kartons mit den Knochen schon bereitstanden.

»Der Fall hatte bei mir nicht die oberste Priorität«, gab er zu, während er eine Plastikplane auf dem Stahltisch ausbreitete. Sie senkte sich mit einem leisen Rascheln herab, wie Fallschirmseide. »Sie sind vermutlich schon seit Jahrzehnten unter der Erde; da dürften ein paar Tage mehr oder weniger nicht so entscheidend sein.«

»Haben Sie schon die neuen Suchergebnisse vom NCIC?«, fragte Maura.

»Heute Morgen. Ich habe die Liste der Namen ausgedruckt. Sie liegt dort auf dem Schreibtisch.«

»Und die Röntgenaufnahmen der Gebisse?«

»Ich habe die Dateien heruntergeladen, die man mir geschickt hat. Bin noch nicht dazu gekommen, sie mir anzusehen. Ich dachte, das kann warten, bis Sie beide hier sind.« Er öffnete den ersten Pappkarton und begann die Knochen herauszunehmen, um sie vorsichtig auf die Plastikplane zu legen. Zuerst ein Schädel, an der Seite eingedrückt. Dann ein schmutzverkrustetes Becken, lange Knochen und Stücke der Wirbelsäule. Ein Bündel Rippen, die klappernd aneinander stießen wie die Stäbe eines Bambus-Windspiels. Bis auf dieses Geräusch war es vollkommen still in Daljeets Labor, das ebenso funktional eingerichtet, sauber und hell erleuchtet war wie Mauras Autopsiesaal in Boston. Gute Pathologen sind immer geborene Perfektionisten, und dieser Aspekt seiner Persönlichkeit kam nun zum Vorschein. Er schien geradezu um den Tisch herumzutanzen, als er mit eleganten, fast feminin wirkenden Bewegungen die Knochen in ihren anatomisch korrekten Positionen arrangierte.

»Welches Skelett ist das?«, fragte Rizzoli.

»Das männliche«, antwortete er. »Aus der Länge der Oberschenkelknochen lässt sich schließen, dass er ungefähr einen Meter achtzig groß war. Deutlich erkennbare Kompressionsfraktur des rechten Schläfenbeins. Und es liegt auch eine Colles-Fraktur vor, allerdings gut verheilt.« Er bemerkte Rizzolis perplexe Miene. »Das ist ein Bruch des Handgelenks.«

»Warum macht ihr Mediziner das eigentlich?«

»Was?«

»Den Dingen so ausgefallene Namen geben. Warum nennen Sie es nicht einfach ein gebrochenes Handgelenk?«

Daljeet lächelte. »Auf manche Fragen gibt es nun mal keine einfachen Antworten, Detective Rizzoli.«

Rizzoli betrachtete die Knochen. »Was wissen wir sonst noch über ihn?«

»Es sind keine offensichtlichen osteoporotischen oder arthritischen Veränderungen des Rückgrats zu erkennen. Es handelte sich um einen jungen weißen Erwachsenen. Er hatte ein paar Zahnbehandlungen – ich sehe Amalgamfüllungen in drei-sechs und drei-sieben.«

Rizzoli deutete auf das eingedrückte Schläfenbein. »Ist das die Todesursache?«

»Das war mit Sicherheit ein tödlicher Schlag.« Er wandte sich zu dem zweiten Karton um. »Und jetzt zu der weiblichen Person. Sie wurde knapp zwanzig Meter vom ersten Skelett entfernt gefunden.«

Er bedeckte einen weiteren Tisch mit einer Plane. Dann legte er mit Mauras Hilfe den zweiten Satz Knochen in ihrer anatomischen Anordnung aus. Die beiden wirkten wie zwei überkorrekte Oberkellner, die eine Festtafel deckten. Knochen rollten klappernd über den Stahltisch. Das Becken, noch mit Erde verkrustet. Ein weiterer Schädel, kleiner als der erste, die Augenbrauenbögen weniger ausgeprägt als bei dem Mann. Arm- und Beinknochen, Brustbein. Ein Bündel Rippen, und dann noch zwei Papiertüten, die lose Hand- und Fußwurzelknochen enthielten.

»Das ist also unsere unbekannte Tote«, sagte Daljeet und blickte auf das fertige Arrangement. »In diesem Fall kann ich Ihnen zur Todesursache nichts sagen, da wir keinerlei Anhaltspunkte haben. Sie scheint jung zu sein, ebenfalls eine Weiße. Zwischen zwanzig und fünfunddreißig. Größe zirka ein Meter sechzig, keine alten Frakturen. Gebiss in sehr gutem Zustand. Hier haben wir einen etwas angeschlagenen Eckzahn, und auf eins-fünf sitzt eine Goldkrone.«

Mauras Blick ging zum Leuchtkasten, an dem zwei Filme hingen. »Sind das die Kieferaufnahmen der beiden?«

»Die rechte ist von dem Mann, die linke von der Frau.«

Daljeet ging zum Waschbecken, wusch sich den Schmutz von den Händen und riss ein Papierhandtuch aus dem Spender. »Also, da haben Sie Ihre beiden Kandidaten.«

Rizzoli griff nach dem Ausdruck der Namensliste, die das NCIC Daljeet am Morgen gemailt hatte. »Mein Gott, das sind ja Dutzende von Einträgen. So viele Vermisste.«

»Und das sind nur die aus der Region Neuengland. Alle Weißen zwischen zwanzig und fünfundvierzig Jahren.«

»Die Meldungen stammen alle aus den Fünfziger- und Sechzigerjahren.«

»Das ist der Zeitraum, den Maura mir genannt hat.« Daljeet ging zu seinem Laptop. »Okay, schauen wir uns mal ein paar der Röntgenaufnahmen an, die sie uns geschickt haben.« Er öffnete die Datei, die ihm das NCIC gemailt hatte. Es erschien eine Reihe von Icons, jedes mit einer Fallnummer versehen. Er klickte das erste an, und gleich darauf füllte eine Röntgenaufnahme den ganzen Bildschirm aus. Eine schiefe Zahnreihe, wie wild durcheinander purzelnde weiße Dominosteine.

»Also, das ist mit Sicherheit keiner von unseren beiden«, sagte er. »Sehen Sie sich bloß diese Zähne an! Ein Albtraum für jeden Kieferorthopäden.«

»Oder eine Goldgrube«, meinte Rizzoli.

Daljeet klickte das Bild weg und ging auf das nächste Icon. Eine neue Röntgenaufnahme, die ein Gebiss mit einer klaffenden Lücke zwischen den Schneidezähnen zeigte. »Eher nicht«, sagte er.

Mauras Aufmerksamkeit wurde wieder von dem Tisch angezogen, auf dem die Knochen der namenlosen Frau lagen. Sie blickte auf den Schädel mit seiner grazil geformten Stirn und den fein geschwungenen Jochbeinbögen. Es musste einmal ein wohlproportioniertes Gesicht gewesen sein, mit weichen Zügen.

»Nanu«, hörte sie Daljeet sagen. »Diese Zähne kenne ich doch irgendwoher.«

Sie blickte sich zum Computerbildschirm um und sah eine Röntgenaufnahme von unteren Backenzähnen mit hell leuchtenden Füllungen.

Daljeet stand auf und ging zu dem Tisch, auf dem das männliche Skelett ausgebreitet war. Er nahm den Unterkiefer und ging damit zum Computer zurück, um die Gebisse zu vergleichen.

»Amalgamfüllungen in drei-sechs und drei-sieben«, stellte er fest. »Ja. Ja, das passt…«

»Wie lautet der Name auf dem Röntgenbild?«, fragte Rizzoli.

»Robert Sadler.«

»Sadler… Sadler…« Rizzoli blätterte die ausgedruckten Seiten durch. »Okay, hab's gefunden. Sadler, Robert. Weiß, männlich, Alter neunundzwanzig Jahre. Eins achtzig, braunes Haar, braune Augen.« Sie sah Daljeet an, und dieser nickte.

»Das passt zu unseren Skelettresten.«

Rizzoli las weiter. »Er hatte eine Baufirma. Zuletzt gesehen in seiner Heimatstadt Kennebunkport in Maine. Als vermisst gemeldet am dritten Juli 1960, zusammen mit…« Sie brach ab. Wandte sich zu dem Tisch um, auf dem die Knochen der Frau ausgelegt waren. »Zusammen mit seiner Ehefrau.«

»Wie war ihr Name?«, fragte Maura.

»Karen. Karen Sadler. Hier steht auch die Fallnummer.«

»Geben Sie sie mir«, sagte Daljeet und wandte sich wieder dem Computer zu. »Wollen mal sehen, ob wir ihre Röntgenaufnahmen hier haben.« Maura stand direkt hinter ihm und sah ihm gespannt über die Schulter, als er das entsprechende Icon anklickte und ein Bild auf dem Monitor auftauchte. Es war eine Röntgenaufnahme, die gemacht worden war, als Karen Sadler noch gesund und munter gewesen war und bei ihrem Zahnarzt auf dem Stuhl gesessen hatte. Vielleicht ein wenig besorgt wegen eines Lochs im Zahn, das den Einsatz des Bohrers wohl unvermeidlich machte. Als sie auf den Pappstreifen gebissen hatte, damit der unbelichtete Film nicht verrutschte, konnte sie nicht geahnt haben, dass die Aufnahme, die ihr Zahnarzt an diesem Tag machte, eines Tages auf dem Computerbildschirm eines Pathologen aufleuchten würde.

Maura sah eine Reihe von Backenzähnen und das helle Schimmern einer Metallkrone. Sie ging hinüber zum Leuchtkasten, an den Daljeet das von ihm angefertigte Pantomogramm des Gebisses der unidentifizierten Toten geklemmt hatte. Leise sagte sie: »Das ist sie. Diese Knochen gehörten Karen Sadler.«

»Dann hätten wir sie also beide identifiziert«, sagte Daljeet. »Ein Ehepaar.«

Hinter ihnen blätterte Rizzoli immer noch den Computerausdruck durch, nun auf der Suche nach Karen Sadlers Vermisstenanzeige. »Okay, da haben wir sie. Weiß, weiblich, Alter fünfundzwanzig. Blondes Haar, blaue Augen…« Sie brach unvermittelt ab. »Da stimmt etwas nicht. Sie sollten sich die Röntgenaufnahmen noch einmal ganz genau ansehen.«

»Wieso?«, fragte Maura.

»Sehen Sie einfach noch mal nach.«

Maura studierte das Pantomogramm noch einmal eingehend und verglich es dann mit dem Bild auf dem Computermonitor. »Sie stimmen überein, Jane. Wo liegt das Problem?«

»Da fehlt noch ein Skelett.«

»Wessen Skelett?«

»Das eines Fetus.« Rizzoli sah sie an; ihre Miene verriet Fassungslosigkeit. »Karen Sadler war im achten Monat schwanger.«

Es war lange still.

»Wir haben keine anderen Überreste gefunden«, sagte Daljeet schließlich.

»Vielleicht haben Sie sie übersehen«, entgegnete Rizzoli.

»Wir haben das ganze Erdreich durchsiebt. Wir sind so gründlich vorgegangen wie bei einer archäologischen Ausgrabung.«

»Die Knochen könnten von wilden Tieren verschleppt worden sein.«

»Ja, diese Möglichkeit besteht immer. Aber das da *ist* Karen Sadler.«

Maura ging zum Tisch und betrachtete das Becken der Frau. Sie dachte an die Knochen einer anderen Frau, die sie auf einer Röntgenaufnahme hatte aufleuchten sehen. *Nikki Wells war auch schwanger.*

Sie schob den Schwenkarm mit dem Vergrößerungsglas über den Tisch und schaltete die Lampe ein. Dann richtete sie die Linse genau auf das Schambein aus. Die Symphyse, wo die beiden Schambeinäste sich trafen und durch Knorpelgewebe verbunden waren, war mit rötlicher Erde verkrustet. »Daljeet, könnte ich bitte ein feuchtes Wattestäbchen oder einen Mulltupfer haben? Irgendwas, womit ich diesen Schmutz entfernen kann.«

Er füllte Wasser in eine Schale, riss eine Packung Q-Tips auf und stellte beides auf ein Tablett am Tisch. »Wonach suchen Sie?«

Sie gab keine Antwort. Zu sehr war sie darauf konzentriert, die Erdschicht abzuwischen und das, was sich darunter verbarg, freizulegen. Während die Kruste dahinschmolz, ging ihr Puls immer schneller. Plötzlich fiel auch der letzte Krümel ab, und sie starrte gebannt durch die Lupe. Dann richtete sie sich auf und sah Daljeet an.

»Was ist es?«, fragte er.

»Sehen Sie selbst. Es ist direkt an der Fuge, wo die Knochen aufeinander stoßen.«

Er beugte sich über das Vergrößerungsglas. »Sie sprechen von dieser kleinen Kerbe? Haben Sie die gemeint?«

»Ja.«

»Sie ist kaum zu erkennen.«

»Aber sie ist da.« Sie holte tief Luft. »Ich habe eine Röntgenaufnahme mitgebracht. Sie ist in meinem Wagen. Die sollten Sie sich mal ansehen.«

Regen prasselte auf ihren Schirm, als sie hinaus auf den Parkplatz ging. Sie drückte auf den Knopf an ihrem Schlüsselbund, um die Zentralverriegelung zu öffnen, und dabei fiel ihr Blick unweigerlich auf die Schrammen im Lack der Beifahrertür. Eine Kratzspur wie von Krallen, die ihr Angst einjagen sollte. *Aber du hast damit nur erreicht, dass ich voller Wut bin. Bereit, zurückzuschlagen.* Sie nahm den

Umschlag vom Rücksitz und steckte ihn unter ihre Jacke, um ihn vor dem Regen zu schützen, als sie zum Haus zurückging.

Daljeet sah verwundert zu, wie sie Nikki Wells' Röntgenaufnahmen an den Leuchtkasten steckte. »Was ist das für ein Fall, den Sie mir zeigen wollen?«

»Ein Mord, der sich vor fünf Jahren in Fitchburg, Massachusetts, ereignet hat. Das Opfer wurde durch einen Schlag auf den Kopf getötet und später verbrannt.«

Daljeet betrachtete stirnrunzelnd die Röntgenaufnahme. »Eine schwangere Frau. Offenbar kurz vor dem Geburtstermin.«

»Aber was mich so stutzig gemacht hat, ist das hier.« Sie deutete auf den hellen Splitter in Nikki Wells' Schambeinfuge. »Ich glaube, es handelt sich um die abgebrochene Spitze einer Messerklinge.«

»Aber Nikki Wells wurde mit einem Montiereisen getötet«, warf Rizzoli ein. »Man hat ihr den Schädel eingeschlagen.«

»Das stimmt«, sagte Maura.

»Und warum hätte der Täter dann noch zusätzlich ein Messer benutzen sollen?«

Maura zeigte auf das Röntgenbild. Auf das Skelett des Fetus, der zusammengekrümmt über Nikki Wells' Becken lag. »Deshalb. Das ist es, worauf es der Mörder eigentlich abgesehen hatte.«

Daljeet schwieg. Doch auch ohne dass er ein Wort sagte, wusste sie, dass er verstanden hatte, in welche Richtung ihre Gedanken gingen. Er wandte sich wieder den Überresten von Karen Sadler zu und hob das Becken auf. »Ein Schnitt entlang der Körperlängsachse, von oben nach unten durch die Bauchdecke«, sagte er. »Die Klinge würde genau an der Stelle, wo die Kerbe ist, auf Knochen treffen ...«

Maura dachte an Amalthea, wie sie mit einem Messer den Bauch einer jungen Frau aufschlitzte, ein so brutaler Schnitt, dass die Klinge erst zum Stillstand kommt, wenn sie auf Knochen stößt. Sie dachte an ihren eigenen Beruf, in dem Messer eine so große Rolle spielten, an die vielen Tage, die sie schon im Autopsiesaal gestanden, die sie mit dem Zerschneiden von Haut und Organen zugebracht hatte. *Wir wissen beide mit dem Messer umzugehen, meine Mutter und ich. Aber ich schneide totes Fleisch, während sie lebende Menschen zerstückelt hat.*

»Deshalb haben Sie keine Fetenknochen in Karen Sadlers Grab gefunden«, sagte sie.

»Aber in diesem anderen Fall ...« Er wies auf das Röntgenbild von Nikki Wells. »Da wurde der Fetus nicht herausgenommen. Er wurde zusammen mit der Mutter verbrannt. Warum macht man einen Einschnitt, um ihn herauszuholen, und tötet ihn dann doch noch?«

»Weil Nikki Wells' Baby einen Geburtsdefekt hatte. Verursacht durch einen Amnionstrang.«

»Was ist das?«, fragte Rizzoli.

»Das sind Verwachsungen der inneren Eihaut, die sich quer durch die Fruchtblase ziehen können«, erklärte Maura. »Wenn sie sich um eine Gliedmaße des Fetus wickeln, kann die Durchblutung unterbunden werden, und es kann sogar zu Amputationen kommen. Der Defekt wurde bei Nikki im zweiten Trimester diagnostiziert.« Sie zeigte auf die Röntgenaufnahme. »Sie können sehen, dass dem Fetus der rechte Unterschenkel fehlt.«

»Das ist aber kein lebensbedrohlicher Defekt?«

»Nein, das Kind hätte überlebt. Aber die Täterin dürfte den Defekt sofort bemerkt haben. Sie muss gesehen haben, dass es kein gesundes Baby war. Ich glaube, dass sie es deshalb nicht haben wollte.« Maura wandte sich um und sah Rizzoli an. Es war unmöglich, in diesem Moment die Tatsache von Rizzolis Schwangerschaft zu ignorieren. Den angeschwollenen Bauch, die kräftig durchbluteten Wangen. »Sie wollte ein perfektes Baby.«

»Aber Karen Sadlers Kind wäre doch auch nicht perfekt gewesen«, bemerkte Rizzoli. »Sie war erst im achten Monat, nicht wahr? Da sind die Lungen doch noch nicht voll ausgebildet, oder? Es hätte nur im Brutkasten überleben können.«

Maura sah auf Karen Sadlers Knochen hinunter. Sie dachte an den Ort, an dem sie gefunden worden waren. Und an das Skelett des Mannes, das zwanzig Meter weiter vergraben worden war. Aber nicht im selben Grab – an einer anderen Stelle. Warum zwei verschiedene Gräber graben? Warum nicht Mann und Frau in einer Grube verscharren?

Plötzlich wurde ihr Mund ganz trocken. Die Antwort traf sie wie ein Schlag.

Sie wurden nicht zur gleichen Zeit begraben.

21

Das kleine Haus duckte sich unter den regenschweren Ästen der Bäume, als wiche es vor ihrer Berührung zurück. Als Maura es vor einer Woche zum ersten Mal gesehen hatte, da hatte es auf sie nur deprimierend gewirkt, eine dunkle kleine Hütte, die der von allen Seiten heranrückende Wald langsam erdrückte. Als sie es jetzt vom Wagen aus betrachtete, schienen die Fenster sie anzustarren wie hasserfüllte Augen.

»Das ist das Haus, in dem Amalthea aufgewachsen ist«, sagte Maura. »Es dürfte Anna nicht schwer gefallen sein, an diese Information heranzukommen. Sie musste nur einen Blick in Amaltheas Akten von der High School werfen. Oder den Namen Lank in einem alten Telefonbuch nachschlagen.« Sie wandte sich zu Rizzoli um. »Miss Clausen, die Vermieterin, hat mir gesagt, dass Anna ausdrücklich dieses Haus und kein anderes mieten wollte.«

»Anna muss also gewusst haben, dass Amalthea früher hier gewohnt hat.«

Und genau wie ich war sie begierig darauf, mehr über ihre Mutter zu erfahren, dachte Maura. Die Frau zu verstehen, die uns das Leben geschenkt und uns dann im Stich gelassen hat.

Der Regen prasselte auf das Autodach und floss in silbrigen Bahnen die Windschutzscheibe hinab.

Rizzoli zog den Reißverschluss ihrer Regenjacke zu und die Kapuze über den Kopf. »Also, dann wollen wir uns mal umsehen.«

Sie sprinteten durch den Regen und sprangen die Stufen zur Veranda hoch, wo sie sich zuerst einmal das Wasser von den Jacken schüttelten. Maura nahm den Schlüssel aus der Tasche, den sie zuvor in Miss Clausens Büro abgeholt hatten, und steckte ihn ins Schloss. Beim ersten Versuch ließ er sich nicht drehen, als ob das Haus sich wehrte, als ob es entschlossen sei, sie nicht einzulassen. Und als es ihr endlich gelang, die Tür zu öffnen, knarrte sie noch einmal warnend, ehe sie endgültig ihren Widerstand aufgab.

Drinnen war es noch düsterer und beengter, als sie es in Erinnerung hatte. In der Luft hing ein säuerlicher Modergeruch, als ob die Feuchtigkeit des Waldes durch die Wände gedrungen wäre und sich in Vorhängen und Möbeln festgesetzt hätte. Das Licht, das durch das Wohnzimmerfenster fiel, tauchte den Raum in triste Grautöne. Dieses Haus will uns nicht hier haben, dachte sie. Es will nicht, dass wir seine Geheimnisse lüften.

Sie fasste Rizzoli am Arm. »Sehen Sie mal«, sagte sie und zeigte auf die zwei Riegel und die Messingketten.

»Nagelneue Schlösser.«

»Die hat Anna anbringen lassen. Das gibt einem doch zu denken, nicht? Man fragt sich, wen sie damit aussperren wollte.«

»Wenn es nicht Charles Cassell war.« Rizzoli trat ans Fenster und blickte auf den von Regen triefenden Laubvorhang hinaus. »Also, dieses Haus ist ja schon arg isoliert. Keine Nachbarn. Nichts als Bäume. Da würde ich auch auf ein paar zusätzlichen Schlössern bestehen.« Sie lachte nervös. »Ich muss zugeben, im Wald habe ich mich noch nie sonderlich wohl gefühlt. Als ich auf der High School war, sind wir mal mit einer Gruppe zelten gegangen. Wir sind nach New Hampshire gefahren und haben uns im Wald mit unseren Schlafsäcken ums Lagerfeuer gelegt. Aber ich habe die ganze Nacht kein Auge zugetan. Immer musste ich denken: Wie soll ich wissen, was da draußen lauert und mich beobachtet? Sich oben in den Bäumen oder im Gebüsch versteckt.«

»Kommen Sie«, sagte Maura. »Ich zeige Ihnen den Rest des Hauses.« Sie ging voran in die Küche und schaltete das Licht ein. Die Neonröhren begannen zu summen und leuchteten flackernd auf. In dem harten Licht war jeder Kratzer, jede Unebenheit in dem uralten Linoleumboden deutlich zu sehen. Sie blickte auf das Schachbrettmuster, die weißen Felder durch lange Abnutzung vergilbt, und dachte an all die verschüttete Milch, den an Schuhen hereingetragenen Dreck, der über die Jahre seine mikroskopischen Rückstände in diesem Fußboden hinterlassen haben musste. Was war sonst noch in seine rissige, schrundige Oberfläche eingezogen? Welche schrecklichen Ereignisse hatten hier ihre Spuren zurückgelassen?

»Das sind auch ganz neue Sicherheitsschlösser«, sagte Rizzoli, die vor der Hintertür stand.

Maura ging zur Kellertür. »Das hier wollte ich Ihnen eigentlich zeigen.«

»Noch ein Riegel?«

»Aber sehen Sie, wie verrostet der ist? Der ist nicht neu. Dieser Riegel ist schon sehr lange dort. Miss Clausen sagt, er war schon an der Tür, als sie das Haus und das Grundstück vor achtundzwanzig Jahren bei einer Auktion erworben hat. Und jetzt kommt das Merkwürdige.«

»Was?«

»Diese Tür führt nur hinunter in den Keller.« Sie sah Rizzoli an. »Es ist eine Sackgasse.«

»Wieso hat jemand es für nötig gehalten, diese Tür zu verriegeln?«

»Die Frage habe ich mir auch gestellt.«

Rizzoli öffnete die Tür, und der Geruch von feuchter Erde wehte ihnen aus der Dunkelheit entgegen. »O Mann«, murmelte sie. »Wie ich es liebe, in finstere Keller hinunterzusteigen.«

»Da ist eine Kette fürs Licht, direkt über Ihrem Kopf.«

Rizzoli griff nach der Kette und zog daran. Die Glühbirne leuchtete auf, und in ihrem schwachen Schein war die enge Stiege zu erkennen, die nach unten führte. Das untere Ende lag in völliger Dunkelheit. »Sind Sie sicher, dass kein anderer Weg in diesen Keller führt?«, fragte sie, während sie angestrengt in das Halbdunkel starrte. »Eine Kohlenluke oder so was?«

»Ich bin einmal ganz ums Haus herumgegangen. Mir sind keine Türen oder Luken aufgefallen, die in den Keller führen könnten.«

»Sind Sie mal unten gewesen?«

»Dazu hatte ich keinen Grund.« *Bis heute.*

»Okay.« Rizzoli zog eine Minitaschenlampe heraus und holte tief Luft. »Ich denke, wir sollten besser mal nachsehen.«

Die Glühbirne schwankte über ihren Köpfen und ließ ihre Schatten erzittern, als sie die knarrende Treppe hinabstiegen. Rizzoli ging langsam, als ob sie jede einzelne Stufe testen wollte, ehe sie ihr ihr Gewicht anvertraute. Maura hatte Rizzoli noch nie so zögerlich, so vorsichtig erlebt, und dieses furchtsame Gebaren nährte ihre eigene Angst. Als sie den Fuß der Treppe erreicht hatten, schien die Küchentür weit, weit über ihnen zu sein, in einer anderen Welt.

Die Glühbirne am unteren Ende der Stiege war kaputt. Rizzoli ließ den Strahl ihrer Maglite über den gestampften Lehmboden schweifen, der von durchsickerndem Regenwasser feucht war. Im Schein der Lampe erblickten sie einen Stapel Farbdosen und einen zusammengerollten Teppich, der an einer Wand vor sich hin moderte. In einer Ecke stand eine Kiste mit Bündeln von Holzspänen für den Kamin im Wohnzimmer. Nichts, was sie hier sahen, schien den Rahmen des Gewöhnlichen zu sprengen, nichts rechtfertigte das Gefühl der Bedrohung, das Maura empfunden hatte, als sie oben in der Kellertür gestanden hatte.

»Also, Sie haben offenbar Recht«, sagte Rizzoli. »Es scheint keinen anderen Ausgang zu geben.«

»Nur die Küchentür, durch die wir gekommen sind.«

»Und das heißt doch, dass der Riegel da oben völlig sinnlos ist. Es sei denn …« Der Strahl von Rizzolis Lampe stoppte plötzlich an der gegenüberliegenden Wand.

»Was ist denn?«

Rizzoli ging auf die Wand zu und starrte sie an. »Was hat *das* Ding denn hier zu suchen? Wozu könnte der wohl benutzt worden sein?«

Maura trat näher. Und es überlief sie eiskalt, als sie sah, worauf Rizzolis Maglite gerichtet war. Es war ein Eisenring, eingelassen in einen der massiven Mauersteine des Kellers. *Wozu könnte der wohl benutzt worden sein?*, hatte Rizzoli gefragt. Die Antwort ließ Maura zurückweichen, abgestoßen von den Bildern, die der Anblick heraufbeschwor.

Das ist kein Keller; es ist ein Verlies.

Rizzoli riss plötzlich die Taschenlampe hoch. »Da ist jemand im Haus«, flüsterte sie.

Maura lauschte mit pochendem Herzen – und hörte die Dielen über ihnen knarren. Schwere Schritte, die im Haus auf und ab gingen. Sie näherten sich der Küche. Plötzlich tauchte eine Silhouette in der Tür auf, und der Lichtstrahl einer Taschenlampe, der in den Keller fiel, war so grell, dass Maura sich geblendet abwenden musste.

»Dr. Isles?«, rief eine Männerstimme.

Maura blickte blinzelnd nach oben. »Ich kann Sie nicht sehen.«

»Detective Yates. Die Spurensicherung ist auch gerade eingetroffen. Wollen Sie uns noch kurz durchs Haus führen, ehe wir anfangen?«

Maura ließ den angehaltenen Atem stoßartig entweichen. »Wir kommen rauf.«

Als Maura und Rizzoli aus dem Keller auftauchten, standen vier Männer in der Küche. Maura war den Detectives Corso und Yates von der Staatspolizei Maine schon vor einer Woche draußen auf der Waldlichtung begegnet. Jetzt waren sie in Begleitung von zwei Spurensicherungsexperten, die sich einfach nur als Pete und Gary vorstellten.

Nach einer Runde Händeschütteln sagte Yates: »Na, soll das hier so eine Art Schatzsuche werden?«

»Es gibt keine Garantie, dass wir irgendetwas finden werden«, erwiderte Maura.

Die beiden Männer von der Spurensicherung sahen sich in der Küche um und beäugten den Fußboden. »Dieses Linoleum sieht ziemlich ramponiert aus«, meinte Pete. »Um welche Zeitperiode geht es denn?«

»Die Sadlers sind vor fünfundvierzig Jahren verschwunden. Damals müsste die Verdächtige noch hier gelebt haben, zusammen mit ihrem Cousin. Nach ihrem Auszug stand das Haus jahrelang leer, ehe es bei einer Auktion verkauft wurde.«

»Fünfundvierzig Jahre? Na ja, dieses Linoleum könnte wirklich so alt sein.«

»Ich weiß, dass der Teppichboden im Wohnzimmer nicht ganz so alt ist, nur etwa zwanzig Jahre«, sagte Maura. »Wir müssten ihn rausreißen, wenn wir den Fußboden dort untersuchen wollen.«

»Wir haben das noch nie an Objekten ausprobiert, die älter als fünfzehn Jahre waren. Das wäre ein neuer Rekord für uns.« Pete warf einen Blick aus dem Küchenfenster. »Es wird noch mindestens zwei Stunden dauern, bis es richtig dunkel ist.«

»Dann fangen wir doch unten im Keller an«, schlug Maura vor. »Da ist es auf jeden Fall dunkel genug.«

Sie packten alle mit an und schleppten die Ausrüstung aus dem Transporter ins Haus: diverse Kameras und Stative, Kisten mit Schutzausrüstungen, Sprühdosen und destilliertem Wasser, eine Kühlbox mit Flaschen voller Chemikalien, dazu Elektrokabel und Taschenlampen. All das trugen sie die enge Treppe hinunter in den Keller, in dem es mit sechs Leuten und der kompletten Kameraausrüstung plötzlich sehr eng war. Noch vor einer halben Stunde hatte dieser düstere Raum in Maura Unbehagen ausgelöst. Jetzt, als sie zusah, wie die Männer nüchtern und sachlich ihre Stative aufstellten und Kabel entrollten, konnte der Raum ihr keine Angst mehr einjagen. Das sind bloß feuchte Steine und gestampfter Lehmboden, dachte sie. Hier unten gibt es keine Gespenster.

»Ich weiß nicht recht«, sagte Pete und drehte den Schirm seiner Baseballkappe in den Nacken. »Das ist ein Lehmboden hier. Der hat vermutlich einen hohen Eisengehalt. Da könnte es an allen möglichen Stellen aufleuchten. Das wird schwer zu interpretieren sein.«

»Ich interessiere mich mehr für die Wände«, sagte Maura. »Flecken, Schlieren, Spritzmuster.« Sie deutete auf den Granitblock mit dem Eisenring. »Fangen wir mit dieser Wand an.«

»Wir brauchen zuerst ein Referenzfoto. Lassen Sie mich rasch das Stativ aufstellen. Detective Corso, könnten Sie bitte den Maßstab dort an der Wand festmachen? Es ist fluoreszierendes Material. Damit bekommen wir einen Bezugspunkt.«

Maura sah Rizzoli an. »Sie sollten nach oben gehen, Jane. Sie fangen jetzt an, das Luminol zu mischen. Ich denke, Sie sollten sich dem nicht aussetzen.«

»Ich dachte, das ist gar nicht so giftig.«

»Trotzdem, das Risiko sollten Sie nicht eingehen. Nicht mit dem Baby.«

Rizzoli seufzte. »Na gut.« Langsam stieg sie die Treppe hinauf. »Aber ich verpasse nur äußerst ungern eine Light-Show.« Die Kellertür fiel hinter ihr ins Schloss.

»Mann, sollte die nicht schon längst im Mutterschutz sein?«, meinte Yates.

»Sie hat noch sechs Wochen«, erwiderte Maura.

Einer der Techniker lachte. »Wie diese eine Polizistin in *Fargo*, was? Wie kann man denn Verbrecher jagen, wenn man einen solchen Bauch mit sich rumschleppt?«

Durch die geschlossene Kellertür hörten sie Rizzoli rufen: »He, ich bin vielleicht schwanger, aber taub bin ich nicht!«

»Und sie ist bewaffnet«, sagte Maura.

»Können wir jetzt vielleicht mal anfangen?«, warf Detective Corso ein.

»In der Kiste da sind Atemmasken und Schutzbrillen«, sagte Pete. »Am besten teilen Sie die gleich mal aus.«

Corso reichte Maura eine Atemschutzmaske und eine Schutzbrille. Sie setzte beides auf und sah zu, wie Gary die Chemikalien abzumessen begann.

»Wir gehen mit einer Weber-Lösung ran«, sagte er. »Die ist ein bisschen empfindlicher, und ich glaube, auch sicherer. Das Zeug kann die Haut und die Augen ganz schön reizen.«

»Sind das vorbereitete Lösungen, die Sie da mischen?«, fragte Maura. Durch die Maske klang ihre Stimme gedämpft.

»Ja, die bewahren wir bei uns im Labor im Kühlschrank auf. Vor Ort werden dann alle drei mit destilliertem Wasser zusammengemixt.« Er schraubte den Deckel auf den Behälter und schüttelte ihn kräftig. »Trägt hier irgendjemand Kontaktlinsen?«

»Ja, ich«, sagte Yates.

»Dann sollten Sie vielleicht lieber rausgehen, Detective. Sie werden empfindlicher darauf reagieren, auch mit der Schutzbrille.«

»Nein, ich will mir das ansehen.«

»Dann halten Sie wenigstens Abstand, wenn wir mit dem Sprühen anfangen.« Er schwenkte die Flasche noch einmal und schüttete den Inhalt anschließend in eine Sprühdose. »Okay, jetzt kann's losgehen. Ich mache erst mal ein Foto. Detective, würden Sie bitte von der Wand weggehen?«

Corso trat zur Seite, und Pete drückte auf den Auslöser. Das Blitzlicht erhellte die Wand, die mit Luminol eingesprüht werden sollte, und das Referenzfoto war im Kasten.

»Sollen wir jetzt das Licht ausschalten?«, fragte Maura.

»Lassen Sie Gary zuerst seine Position einnehmen. Sonst rennen wir uns im Dunkeln doch nur gegenseitig um. Also, jeder sucht sich jetzt einen Platz und bleibt da, okay? Außer Gary rührt sich keiner vom Fleck.«

Gary ging zur Wand und hielt die Sprühflasche mit dem Luminol hoch. Mit Schutzbrille und Maske sah er aus wie ein Kammerjäger, der gerade einer Kakerlake den Garaus machen wollte.

»Machen Sie das Licht aus, Dr. Isles.«

Maura streckte die Hand nach dem Scheinwerfer aus, der neben ihr stand, und knipste ihn aus. Sofort war es stockfinster im Keller.

»Schieß los, Gary.«

Sie hörten das Zischen der Sprühflasche. Plötzlich tauchten grünlich-blaue Flecken in der Dunkelheit auf, wie Sterne am Nachthimmel. Dann wurde ein schemenhafter Kreis sichtbar, der frei in der Luft zu hängen schien. Der Eisenring.

»Es ist vielleicht gar kein Blut«, sagte Pete. »Luminol reagiert mit einer ganzen Reihe von Dingen. Rost, Metall. Laugenlösungen. Dieser Eisenring würde wahrscheinlich so oder so aufleuchten, ob mit Blut oder ohne. Gary, kannst du mal eben zur Seite gehen, während ich die Aufnahme mache? Die Belichtungszeit ist vierzig Sekunden, also bitte nicht bewegen.« Als der Verschluss endlich klickte, sagte er: »Licht, Dr. Isles.«

Maura tastete im Dunkeln nach dem Schalter des Scheinwerfers. Als das Licht anging, starrte sie auf die kahle Steinwand.

»Was meinen Sie?«, fragte Corso.

Pete zuckte mit den Achseln. »Nicht gerade umwerfend. Wir werden hier unten eine Menge irreführende Resultate bekommen. Allein schon die ganze Erde, die an den Mauersteinen hängt. Wir versuchen es noch an den anderen Wänden, aber wenn nicht irgendwo ein Handabdruck oder ein größerer Spritzer auftaucht, wird es nicht gerade leicht sein, auf diesem Hintergrund Blutspuren zu erkennen.«

Maura bemerkte, dass Corso verstohlen auf seine Uhr sah. Es war eine lange Fahrt gewesen für die beiden Detectives aus Maine, und sie konnte sehen, dass er sich allmählich fragte, ob das Ganze nicht reine Zeitverschwendung war.

»Machen wir weiter«, sagte sie.

Pete stellte das Stativ um und richtete die Kamera auf die nächste Wand aus. Er machte eine Blitzlichtaufnahme und sagte dann: »Licht aus!«

Wieder wurde es stockfinster.

Die Sprühflasche zischte. Wieder tauchten blaugrüne Flecken auf, wie Glühwürmchen, die in der Dunkelheit blinkten – eine Folge der Reaktion des Luminols mit Metalloxiden in den Mauersteinen, die punktuelle Luminiszenzen hervorbrachte. Gary führte die Düse ein weiteres Mal im Bogen über die Wand, und ein neues sternenfunkelndes Band erschien. Gleich darauf wurden die Lichtpunkte von Garys Silhouette verdeckt, als er davor vorbeiging. Plötzlich war ein lautes Krachen zu hören, und die Silhouette machte einen Satz nach vorne.

»Mist.«

»Haben Sie sich wehgetan, Gary?«, fragte Yates.

»Bin mit dem Schienbein gegen irgendwas gerannt. Die Treppe, glaube ich. Es ist ja so zappenduster hier, dass man…« Er brach ab. Und murmelte: »He, guckt euch das mal an!«

Als er zur Seite trat, wurde ein blaugrüner Fleck sichtbar, wie eine gespenstische Ektoplasma-Lache.

»Was ist das denn?«, fragte Corso.

»Licht!«, rief Pete.

Maura schaltete den Scheinwerfer ein, und der blaugrüne Fleck verschwand. An seiner Stelle erblickte sie nur die Stufen der Holztreppe, die zur Küche führte.

»Es war auf dieser Stufe hier«, sagte Gary. »Als ich gestolpert bin, hat sie etwas von dem Sprühstrahl abbekommen.«

»Warte, ich richte die Kamera neu aus. Und dann gehst du bitte die Treppe rauf bis zur obersten Stufe. Was denkst du, kannst du dich Stufe für Stufe nach unten tasten, wenn wir das Licht ausschalten?«

»Ich weiß nicht. Wenn ich langsam genug gehe…«

»Und beim Runtergehen sprühst du dann eine Stufe nach der anderen ein.«

»Nein. Nein, ich glaube, ich fange besser unten an und arbeite mich langsam hoch. Der Gedanke, im Dunkeln rückwärts die Treppe runterzugehen, gefällt mir nicht so besonders.«

»Egal, mach's, wie's dir am besten passt.« Der Blitz leuchtete auf. »Okay, Gary, ich habe mein Referenzfoto. Von mir aus kann's losgehen.«

»Gut. Sie können ausschalten, Doc.«

Maura knipste den Scheinwerfer aus.

Wieder hörten sie das Zischen der Düse, die das Luminol in einem feinen Nebel versprühte. Nahe dem Boden tauchte ein blaugrüner Klecks auf, dann ein weiterer darüber – wie geisterhafte Wasserpfützen. Sie konnten Gary unter seiner Maske keuchen hören, dazu das Knarren der Treppe, als er Stufe um Stufe hinaufstieg und dabei ununterbrochen sprühte. Eine Stufe nach der anderen leuchtete auf, und vor ihren Augen entstand ein intensiv leuchtender Wasserfall.

Nur dass es kein Wasser ist, sondern Blut.

Es kann überhaupt nichts anderes sein, dachte sie. Jede einzelne Stufe war damit verschmiert, und Rinnsale davon flossen an den Seiten der Treppe hinab.

»Mein Gott«, murmelte Gary. »Hier auf der obersten Stufe ist es sogar noch heller. Sieht aus, als wäre es aus der Küche gekommen. Es scheint unter der Tür durchgesickert und die Treppe runtergeflossen zu sein.«

»Nicht von der Stelle rühren! Ich mache jetzt die Aufnahme. Fünfundvierzig Sekunden.«

»Inzwischen ist es draußen vielleicht schon dunkel genug«, meinte Corso. »Dann können wir uns den Rest des Hauses vornehmen.«

Rizzoli wartete in der Küche auf sie, als sie mit den Geräten beladen die Kellertreppe hochkamen. »Scheint ja eine tolle Light-Show gewesen zu sein«, sagte sie.

»Ich glaube, wir haben noch längst nicht alles gesehen«, erwiderte Maura.

»Wo sollen wir weitermachen?«, fragte Pete Detective Corso.

»Gleich hier. Auf dem Fußboden vor der Kellertür.«

Diesmal verließ Rizzoli nicht den Raum, als das Licht ausging. Sie hielt sich nur im Hintergrund und sah aus sicherer Entfernung zu, wie der Boden mit dem Luminol-Nebel eingesprüht wurde. Plötzlich sahen sie zu ihren Füßen ein geometrisches Muster schimmern – ein blaugrünes Schachbrett, gebildet aus dem Blut, das vor Jahren in den schwarz-weißen Linoleumboden eingesickert war. Das Schachbrett wuchs rasant an, als ob ein bläulicher Feuersturm sich über eine Felderlandschaft ausbreitete. Jetzt schoss es eine vertikale Fläche hinauf, in breiten Wischern und Schlieren, in geschwungenen Bahnen leuchtender Tröpfchen.

»Licht an«, sagte Yates. Corso drückte auf den Schalter.

Die Flecken verschwanden. Sie starrten auf die Küchenwand, die plötzlich nicht mehr bläulich schimmerte. Auf das abgestoßene Linoleum mit seinem Muster aus schwarzen und weißen Quadraten. Sie sahen nichts Erschreckendes, nur eine Küche mit einem vergilbten Fußboden und alten, abgenutzten Geräten. Und doch war es derselbe Raum, in dem ihnen noch vor wenigen Augenblicken die Blutflecken ins Auge gesprungen waren, wohin sie auch geblickt hatten.

Maura starrte immer noch die Wand an; das Nachbild dessen, was sie gesehen hatte, war tief in ihr Gedächtnis eingebrannt. »Das waren arterielle Spritzer«, sagte sie leise. »Das ist der Raum, in dem es passierte. Hier sind sie gestorben.«

»Aber ihr habt auch im Keller Blut gesehen«, sagte Rizzoli.

»Auf den Stufen.«

»Okay. Wir wissen also, dass mindestens ein Opfer hier in diesem Raum getötet wurde, da wir dort an der Wand ein arterielles Spritzmuster haben.« Rizzoli ging in der Küche auf und ab, den Blick zum Boden gesenkt, so dass ihre widerspenstigen Locken die Augen verdeckten. »Woher wissen wir, dass es nicht noch weitere Opfer gab? Woher wissen wir, dass dieses Blut von den Sadlers stammt?«

»Wir wissen es nicht.«

Rizzoli ging zur Kellertür und öffnete sie. Eine Weile stand sie nur da und blickte in den Keller hinunter. Dann drehte sie sich um und sah Maura an. »Dieser Keller hat einen Lehmboden.«

Einige Sekunden verstrichen in allgemeinem Schweigen.

Dann sagte Gary: »Wir haben ein Bodenradargerät in unserem Auto. Das haben wir erst vor zwei Tagen auf einer Farm draußen in Macias eingesetzt.«

»Bringen Sie es rein«, sagte Rizzoli. »Wir wollen doch mal sehen, was unter diesem Lehmboden ist.«

22

Beim Bodenradar, auch Georadar oder GPR genannt, werden elektromagnetische Wellen zur Untersuchung von Untergrundstrukturen eingesetzt. Das SIR-System-2, das die Techniker nun aus ihrem Wagen luden, hatte zwei Antennen: Eine, mit der ein hochfrequenter elektromagnetischer Impuls in die Erde gesendet wurde, und eine zweite, um die Wellen aufzufangen, die von den unterirdischen Konturen zurückgeworfen wurden. Auf einem Monitor wurden die gewonnenen Daten dargestellt, wobei die verschiedenen Schichten als horizontale Linien erschienen. Während Pete und Gary die Ausrüstung in den Keller trugen, brachten Yates und Corso im Abstand von je einem Meter Markierungen auf dem Kellerboden an, um ein Suchraster zu erstellen.

»Bei diesem Mistwetter«, meinte Pete, während er das Kabel entrollte, »dürfte der Boden hier ziemlich feucht sein.«

»Macht das denn etwas aus?«, fragte Maura.

»Die Georadarmessung wird stark vom Wassergehalt des Bodens beeinflusst. Man muss die Frequenz der elektromagnetischen Wellen entsprechend justieren.«

»Zweihundert Megahertz?«, fragte Gary.

»Ja, damit würde ich mal anfangen. Höher sollten wir nicht gehen, weil wir sonst zu viele Details kriegen.« Pete verkabelte das Gerät, das auf dem Rücken getragen werden konnte, und fuhr den Laptop hoch. »Das dürfte hier draußen problematisch werden, zumal wir ringsum von Wald umgeben sind.«

»Was haben die Bäume denn damit zu tun?«, fragte Rizzoli.

»Dieses Haus steht auf einer Waldlichtung. Vermutlich befinden sich unter dem Fundament Hohlräume, die von verrotteten Wurzeln herrühren. Das wird das Bild verwirren.«

»Hilf mir mal, den Rucksack aufzusetzen«, sagte Gary.

»Passt's so? Oder soll ich die Riemen noch verstellen?«

»Nein, sitzt prima.« Gary atmete durch und blickte sich im Keller um. »Ich fange dort drüben an.«

Während Gary mit dem Radargerät den Lehmboden abschritt, erschienen die unterirdischen Strukturen als wellenförmige Linien auf dem Bildschirm des Laptops. Durch ihre medizinische Ausbildung war Maura mit Ultraschall- und CT-Untersuchungen des menschlichen Körpers vertraut, doch diese Wellenlinien konnte sie nicht deuten.

»Was sehen Sie da?«, fragte sie Gary.

»Diese dunklen Bereiche hier sind positive Radarechos. Negative Echos erscheinen weiß. Was wir suchen, sind eventuelle Anomalitäten, wie zum Beispiel eine hyperbolische Reflexion.«

»Was ist das?«, wollte Rizzoli wissen.

»Es sieht aus wie ein Buckel, der sich durch die diversen Schichten nach oben drückt. Verursacht durch ein in der Erde vergrabenes Objekt, das die Radarwellen in alle Richtungen abstrahlen lässt.« Er hielt inne und betrachtete konzentriert den Monitor. »Okay, sehen Sie das hier? Da haben wir etwas in rund drei Meter Tiefe, das eine hyperbolische Reflexion bewirkt.«

»Was denken Sie?«, fragte Yates.

»Könnte bloß eine Baumwurzel sein. Markieren wir es, und dann machen wir weiter.«

Pete schlug an der bezeichneten Stelle einen Pflock als Markierung in den Boden.

Gary ging weiter, eine Gitterreihe nach der anderen schritt er ab, während die Radarechos als Wellen über den Monitor flimmerten. Ab und zu blieb er stehen und forderte Pete auf, einen Pflock einzuschlagen, um eine Stelle zu markieren, die sie beim zweiten Durchgang noch einmal unter die Lupe nehmen würden. Er hatte gerade kehrtgemacht und seinen Weg entlang der Mitte des Rasters fortgesetzt, als er plötzlich innehielt.

»Also, das ist jetzt interessant«, sagte er.

»Was sehen Sie?«, fragte Yates.

»Sekunde. Ich gehe noch mal über diesen Abschnitt.« Gary trat ein paar Schritte zurück und führte das Radargerät ein zweites Mal über die Stelle, die er gerade untersucht hatte. Ganz langsam, Zentimeter für Zentimeter, den Blick starr auf den Bildschirm gerichtet. Wieder hielt er inne. »Da ist eine ausgeprägte Anomalie.«

Yates ging auf ihn zu. »Zeigen Sie mal.«

»In weniger als einem Meter Tiefe. Da zeichnet sich ein großer Hohlraum ab. Sehen Sie es?« Gary zeigte auf den Bildschirm, wo ein Buckel die Linien des Radarechos verzerrte. Er blickte auf den Boden und sagte: »Genau hier drunter ist etwas. Und es liegt nicht besonders tief.« Er sah Yates an. »Was wollen Sie tun?«

»Habt ihr Spaten im Auto?«

»Ja, einen haben wir. Und noch ein paar kleine Handschaufeln.«

Yates nickte. »Okay. Holen wir sie her. Und wir brauchen mehr Licht.«

»Wir haben noch einen Scheinwerfer im Auto. Und Verlängerungskabel.«

Corso eilte schon die Treppe hoch. »Ich hole sie.«

»Ich helfe Ihnen«, sagte Maura und folgte ihm nach oben.

Draußen hatte der Regen inzwischen nachgelassen, und es nieselte nur noch. Sie gingen zum Transporter der Spurensicherung und fanden nach kurzer Suche die Schaufel und die Scheinwerfer, die Corso ins Haus trug. Maura schlug die Tür des Transporters zu und wollte ihm gerade mit der Werkzeugkiste folgen, als sie zwischen den Bäumen Scheinwerfer aufblitzen sah. Sie blieb in der Einfahrt stehen und beobachtete, wie ein wohl bekannter Pick-up den Zufahrtsweg entlangkam und neben dem Transporter anhielt.

Miss Clausen stieg aus. Sie war in einen viel zu großen Regenmantel gehüllt, der wie ein Cape hinter ihr herflatterte. »Ich dachte, Sie sind längst fertig. Hab mich schon gefragt, wieso Sie mir den Schlüssel nicht zurückbringen.«

»Wir werden noch eine Weile brauchen.«

Miss Clausen beäugte die Fahrzeuge, die vor dem Haus parkten. »Ich dachte, Sie wollten sich nur noch mal umsehen. Was hat denn die Spurensicherung hier verloren?«

»Es wird ein wenig länger dauern, als ich dachte. Möglicherweise die ganze Nacht.«

»Wieso? Die Sachen Ihrer Schwester sind doch gar nicht mehr hier. Ich hab sie in eine Kiste gepackt, damit Sie sie mitnehmen können.«

»Es geht hier nicht nur um meine Schwester, Miss Clausen. Die Polizei ist wegen einer anderen Sache hier. Etwas, was sich vor sehr langer Zeit hier zugetragen hat.«

»Wie lange?«

»Es müsste vor fünfundvierzig Jahren gewesen sein. Noch bevor Sie das Haus gekauft haben.«

»Fünfundvierzig Jahre. Das wäre ja zu der Zeit gewesen, als ...« Die Frau brach ab.

»Als was?«

Miss Clausens Blick fiel plötzlich auf die Kiste mit Spaten und Schaufeln, die Maura in den Händen hielt. »Wofür sind denn die Schaufeln? Was machen Sie da eigentlich in meinem Haus?«

»Die Polizei durchsucht den Keller.«

»Durchsucht? Sie meinen, die wollen da unten *graben*?«

»Das werden sie möglicherweise müssen.«

»Das habe ich Ihnen nicht erlaubt.« Sie wandte sich ab und stapfte die Verandatreppe hinauf, wobei sie ihr Regencape wie eine Schleppe über die Stufen zog.

Maura folgte ihr ins Haus und in die Küche, wo sie die Kiste auf der Anrichte abstellte. »Warten Sie. Sie müssen verstehen ...«

»Ich will nicht, dass irgendjemand in meinem Keller herumbuddelt!« Miss Clausen riss die Kellertür auf und starrte wütend auf Detective Yates hinab, der einen Spaten in den Händen hielt. Er hatte damit begonnen, ein Loch in dem Lehmboden auszuheben, und neben seinen Füßen lag bereits ein kleiner Erdhaufen.

»Miss Clausen, lassen Sie die Männer ihre Arbeit machen«, sagte Maura.

»Dieses Haus gehört mir!«, schrie die Frau hinunter. »Ohne meine Erlaubnis dürfen Sie hier nicht graben!«

»Ma'am, ich verspreche Ihnen, dass wir das Loch wieder zuschütten, wenn wir fertig sind«, sagte Corso. »Wir müssen hier nur mal kurz nachsehen.«

»Wieso?«

»Unser Radargerät zeigt eine größere Anomalie.«

»Was soll das heißen, eine *Anomalie*? Was ist denn da unten?«

»Das versuchen wir ja gerade herauszufinden. Wenn Sie uns einfach nur weitermachen lassen würden.«

Maura zog die Frau von der Kellertür weg und schloss sie. »Bitte, lassen Sie sie arbeiten. Wenn Sie sich weigern, zwingen Sie sie nur, sich einen Durchsuchungsbeschluss zu besorgen.«

»Aber was hat sie überhaupt auf die Idee gebracht, da unten zu graben?«

»Blut.«

»Welches Blut?«

»Diese Küche ist voller Blut.«

Die Frau senkte den Blick und suchte den Linoleumboden ab. »Ich sehe nichts.«

»Das können Sie auch nicht. Man braucht ein chemisches Spray, um es sichtbar zu machen. Aber glauben Sie mir, es ist da. Mikroskopische Spuren nur, aber die finden sich überall am Boden und an der Wand. Es ist unter der Kellertür hindurchgesickert und die Treppe hinuntergeflossen. Irgendjemand hat versucht, es vom Boden aufzuwischen und die Wand abzuwaschen. Vielleicht hat diese Person geglaubt, sie hätte alles beseitigt, weil nichts mehr zu sehen war. Aber das Blut ist immer noch hier. Es sickert in Ritzen und Spalten und bleibt dort über Jahre und Jahrzehnte. Es lässt sich einfach nicht entfernen. Es steckt in diesem Haus drin, im Boden und in den Wänden.«

Miss Clausen drehte sich zu ihr um und starrte sie an. »Wessen Blut?«, fragte sie leise.

»Das wüsste die Polizei auch gerne.«

»Sie glauben doch nicht, dass ich etwas damit zu tun …«

»Nein. Wir denken, dass das Blut sehr alt ist. Es war wahrscheinlich schon da, als Sie das Haus gekauft haben.«

Die Frau wirkte wie benommen, als sie sich auf einen Küchenstuhl niedersinken ließ. Die Kapuze des Regenmantels war ihr vom Kopf gerutscht, so dass ihr stachliger grauer Haarschopf zum Vorschein kam. Zusammengesunken auf dem Küchenstuhl, in ihren übergroßen Regenmantel gehüllt, wirkte sie noch kleiner, noch älter. Wie eine verhutzelte alte Frau, die schon mit einem Bein im Grab stand.

»Jetzt wird mir niemand mehr dieses Haus abkaufen wollen«, murmelte sie. »Nicht, wenn das rauskommt. Dann bleibe ich auf der verdammten Bude sitzen, bis ich schwarz werde.«

Maura setzte sich zu ihr an den Tisch. »Warum wollte meine Schwester ausgerechnet dieses Haus mieten? Hat sie Ihnen das gesagt?«

Keine Antwort. Miss Clausen schüttelte nur stumm den Kopf; sie schien geschockt.

»Sie sagten, sie habe das ›Zu verkaufen‹-Schild vor dem Haus gesehen und Sie in Ihrem Büro angerufen.«

Endlich ein Nicken. »Einfach so, aus heiterem Himmel.«

»Was hat sie Ihnen gesagt?«

»Sie wollte mehr über das Haus wissen. Wer dort gewohnt hat, wem es vorher gehört hat. Sie sagte, sie sei dabei, sich Objekte hier in der Gegend anzuschauen.«

»Haben Sie ihr von den Lanks erzählt?«

Miss Clausen verkrampfte sich plötzlich. »Sie wissen von ihnen?«

»Ich weiß, dass dieses Haus ihnen einmal gehört hat. Vater und Sohn. Und dazu die Nichte des Mannes, ein Mädchen namens Amalthea. Hat meine Schwester auch nach ihnen gefragt?«

Die Frau seufzte. »Sie wollte eben Bescheid wissen. Das konnte ich verstehen. Wenn Sie darüber nachdenken, ein Haus zu kaufen, wollen Sie doch wissen, wer es gebaut hat. Wer darin gewohnt hat.« Sie sah Maura an. »Es geht um sie, nicht wahr? Um die Lanks.«

»Sind Sie hier in Fox Harbor aufgewachsen?«

»Ja.«

»Dann müssen Sie die Lanks ja gekannt haben.«

Miss Clausen antwortete nicht gleich. Stattdessen stand sie auf und zog ihren Regenmantel aus. Mit bedächtigen Bewegungen hängte sie ihn an einen Garderobenhaken neben der Tür. »Er war in meiner Klasse«, sagte sie, immer noch mit dem Rücken zu Maura.

»Wer?«

»Elijah Lank. Seine Cousine Amalthea kannte ich nicht so gut, weil sie fünf Jahre jünger war als wir – noch ein kleines Kind. Aber Elijah haben wir alle gekannt.« Sie hatte die Stimme zu einem Flüstern gesenkt, als scheute sie davor zurück, den Namen laut auszusprechen.

»Wie gut kannten Sie ihn?«

»So gut, wie es eben nötig war.«

»Hört sich an, als hätten Sie ihn nicht sonderlich gemocht.«

Miss Clausen drehte sich um und sah ihr in die Augen. »Es ist schwer, jemanden zu mögen, der einem solche Angst einjagt.«

Durch die Kellertür hörten sie das dumpfe Geräusch des Spatens, der in die Erde gerammt wurde. Tiefer und tiefer, auf der Suche nach den Geheimnissen, die dieses Haus barg. Ein Haus das auch nach so vielen Jahren noch ein stummer Zeuge eines furchtbaren Geschehens war.

»Fox Harbor war damals ein kleines Kaff, Dr. Isles. Anders

als heute, wo die Leute von überall her kommen und sich Sommerhäuser kaufen. Damals waren die Einheimischen noch unter sich, und es war wichtig, dass man jeden kannte. Man musste wissen, welche Familien anständig waren und welchen man besser aus dem Weg ging. Über Elijah Lank wusste ich schon Bescheid, als er erst vierzehn Jahre alt war. Er war einer von den Jungs, um die man besser einen großen Boden machte.« Sie kam wieder an den Tisch und ließ sich auf den Stuhl fallen, als sei sie vollkommen erschöpft. Sie starrte auf die Resopal-Tischplatte hinab; es schien, als betrachtete sie ihr Spiegelbild im Wasser. Das Bild eines vierzehnjährigen Mädchens, das in Angst vor diesem Jungen lebte, der oben auf dem Berg wohnte.

Maura wartete, den Blick auf den gesenkten Kopf mit dem struppigen grauen Bürstenhaar gerichtet. »Warum hatten Sie Angst vor ihm?«

»Ich war nicht die Einzige. Wir hatten alle Angst vor Elijah Lank. Nachdem …«

»Nachdem was?«

Miss Clausen hob den Kopf. »Nachdem er dieses Mädchen lebendig begraben hatte.«

In dem Schweigen, das nun folgte, konnte Maura das Gemurmel der Männer hören, die sich immer tiefer in den Kellerboden vorarbeiteten. Und sie spürte, wie ihr eigenes Herz gegen die Rippen pochte. Mein Gott, dachte sie. Was sie da unten wohl finden werden?

»Sie war eine von den Neuen in der Stadt«, sagte Miss Clausen. »Alice Rose. Die Mädels auf den hinteren Bänken haben immer über sie geredet. Haben Witze über sie gerissen. Man konnte alle möglichen Gemeinheiten über Alice sagen und ungestraft davonkommen, denn sie konnte einen nicht hören. Sie hat nie mitgekriegt, wenn wir uns über sie lustig gemacht haben. Ich weiß, wir waren grausam, aber so sind Vierzehnjährige nun mal. Bevor sie lernen, sich in die Lage des anderen zu versetzen. Bevor sie am eigenen Leib erfahren, wie das ist.« Sie seufzte schwer, ein Ausdruck des

Bedauerns über ihre Jugendsünden, über allzu spät gelernte Lektionen.

»Was ist mit Alice passiert?«

»Elijah behauptete, es sei bloß ein Scherz gewesen. Er sagte, er habe von Anfang an vorgehabt, sie nach ein paar Stunden wieder rauszuziehen. Aber können Sie sich vorstellen, wie das gewesen sein muss, in einem Erdloch gefangen zu sein? So voller Panik, dass Sie sich in die Hosen machen? Niemand hört Sie schreien, niemand weiß, wo Sie sind, außer dem Jungen, der Sie in diese Lage gebracht hat.«

Maura wartete schweigend. Ihr graute davor, das Ende der Geschichte zu hören.

Miss Clausen sah die Besorgnis in ihren Augen und schüttelte den Kopf. »O nein, Alice ist nicht gestorben. Der Hund hat sie gerettet. Er wusste, wo sie war. Hat sich die Lunge aus dem Leib gekläfft und die Leute zu der Stelle geführt.«

»Dann hat sie also überlebt.«

Die Frau nickte. »Sie haben sie am späten Abend gefunden. Da hatte sie schon stundenlang in der Grube gesessen. Als sie sie rausgezogen haben, hat sie kaum ein Wort gesprochen. Sie war wie ein Zombie. Ein paar Wochen darauf ist ihre Familie weggezogen. Ich weiß nicht, wohin sie gegangen sind.«

»Was wurde aus Elijah?«

Miss Clausen zuckte mit den Achseln. »Was glauben Sie denn, was passiert ist? Er hat steif und fest behauptet, es sei nur ein dummer Streich gewesen. Nichts anderes als das, was wir tagtäglich in der Schule mit Alice machten. Und es ist wahr, wir haben sie alle gequält. Wir haben ihr alle das Leben zur Hölle gemacht. Aber Elijah hat noch eins draufgesetzt mit seiner Aktion.«

»Wurde er denn nicht bestraft?«

»Wenn einer erst vierzehn ist, kriegt er immer noch eine zweite Chance. Besonders, wenn sie einen zu Hause brauchen. Wenn der Vater ständig betrunken ist und noch eine neunjährige Cousine mit im Haus wohnt.«

»Amalthea«, sagte Maura leise.

Miss Clausen nickte. »Stellen Sie sich doch mal vor, wie das gewesen sein muss, als kleines Mädchen in diesem Haus. In einer Familie von Monstern aufzuwachsen.«

Monster.

Die Luft im Raum schien plötzlich wie geladen. Mauras Hände waren eiskalt. Sie dachte an Amaltheas wirres Gerede. *Geh weg, bevor er dich sieht.*

Und sie dachte an die Schrammen in ihrer Autotür, wie von Klauen gezogen. *Das Zeichen der Bestie.*

Maura schreckte hoch, als sie hinter sich ein Knarren hörte. Sie drehte sich um und sah Rizzoli in der Tür stehen.

»Sie sind auf etwas gestoßen«, sagte Rizzoli.

»Was ist es?«

»Holz. Eine Art Platte, gut einen halben Meter unter dem Boden. Sie sind gerade dabei, sie freizuschaufeln.« Sie deutete auf die Kiste mit den Schaufeln. »Jetzt brauchen wir die da.«

Maura trug die Kiste in den Keller. Sie sah, dass die ausgehobene Erde nun schon einen Wall bildete, der einen Graben von knapp zwei Metern Länge säumte.

Die Länge eines Sarges.

Detective Corso, der jetzt den Spaten schwang, blickte zu Maura auf. »Die Holzplatte fühlt sich ziemlich dick an. Aber hören Sie mal.« Er schlug mit dem Spaten darauf. »Das Ding ist nicht massiv. Da ist Luft drunter.«

»Soll ich dich ablösen?«, fragte Yates.

»Ja, mein Rücken macht nicht mehr lange mit.« Corso übergab ihm den Spaten.

Yates sprang in die Grube, und seine Schuhe landeten mit einem dumpfen, hohlen Geräusch auf dem Holz. Wild entschlossen begann er, das Erdreich zu beackern, schaufelte es auf einen rapide anwachsenden Haufen. Niemand sprach ein Wort, während die Holzplatte Stück für Stück freigelegt wurde. Die zwei Scheinwerfer tauchten den Graben in ein grelles Licht, und Yates' Silhouette tanzte wie eine Marionette an der Kellerwand. Die anderen sahen ihm dabei zu, stumm wie Grabräuber, die gebannt darauf warten, den ersten Blick in die Kammer mit dem Sarkophag werfen zu können.

»So, jetzt habe ich die eine Ecke freigelegt«, sagte Yates schwer atmend, während der Spaten über das Holz kratzte. »Sieht aus wie eine Art Kiste. Ich hab schon mit dem Spaten eine Kerbe reingehauen. Ich will das Holz nicht noch mehr beschädigen.«

»Ich habe die Handschaufeln und die Besen«, sagte Maura.

Yates richtete sich keuchend auf und kletterte aus dem Loch. »Okay. Vielleicht können Sie inzwischen die lose Erde rausschaufeln. Wir machen zuerst ein paar Fotos, bevor wir die Kiste aufstemmen.«

Maura und Gary sprangen in die Grube, und sie spürte, wie die Platte unter ihrem Gewicht erzitterte. Sie fragte sich, welche Schrecken sich wohl unter den schmutzverkrusteten Brettern verbargen, und sie hatte plötzlich die grässliche Vision, dass das morsche Holz einbrechen und sie auf moderndes Fleisch fallen könnte. Doch sie ignorierte das wilde Klopfen ihres Herzens, kniete sich hin und begann, die Erde von der Platte zu kehren.

»Gebt mir auch so einen Handbesen«, sagte Rizzoli und wollte schon zu ihnen in die Grube springen.

»Nein, Sie nicht«, sagte Yates. »Warum schalten Sie nicht mal einen Gang zurück?«

»Ich bin nicht behindert. Ich will nicht einfach nur rumstehen und gar nichts tun.«

Yates lachte nervös. »Tja, und wir wollen nicht, dass Sie da unten plötzlich die Wehen kriegen. Und ich habe auch keine große Lust, das später Ihrem Mann erklären zu müssen.«

»Hier unten ist sowieso nicht genug Platz, Jane«, sagte Maura.

»Na, dann lasst mich wenigstens die Lampen neu ausrichten, damit ihr seht, was ihr tut.«

Rizzoli verstellte einen der Scheinwerfer, und nun fiel der Lichtstrahl genau in die Ecke, in der Maura gerade arbeitete. Als sie die Stelle mit dem Handbesen von Erde gereinigt hatte, kamen kleine Rostflecken zum Vorschein. »Ich kann hier alte Nagelköpfe erkennen«, sagte sie.

»Ich habe ein Stemmeisen im Auto«, sagte Corso. »Ich gehe es rasch holen.«

Maura kehrte weiter Erde weg und legte die verrosteten Köpfe weiterer Nägel frei. In der engen Grube konnte sie sich kaum rühren, und ihr Nacken und ihre Schultern begannen zu schmerzen. Sie richtete sich auf, um ihren Rücken zu strecken, und hörte ein klirrendes Geräusch hinter sich.

»Hey«, sagte Gary. »Seht euch das mal an.«

Maura drehte sich um und sah, dass Gary mit seiner Schaufel gegen ein zwei oder drei Zentimeter langes Stück eines abgebrochenen Rohrs gestoßen war.

»Kommt hier am Rand senkrecht durch die Holzplatte hoch, wie's scheint«, sagte Gary. Mit bloßen Händen betastete er vorsichtig das rostige Rohrstück und durchstieß dabei den Pfropfen aus Erde, der es oben verschloss. »Warum steckt jemand ein Stück Rohr in eine …« Er hielt inne und sah Maura an.

»Es ist ein Luftloch«, sagte sie.

Gary schaute perplex auf die Bretter unter seinen Knien. Leise stieß er hervor: »Was zum Teufel ist da drunter?«

»Kommt mal da raus, ihr beiden«, sagte Pete. »Wir machen jetzt die Fotos.«

Yates streckte die Hand aus, um Maura herauszuhelfen, und als sie aus der Grube stieg, wurde ihr plötzlich ein wenig schwindlig, weil sie zu schnell aufgestanden war. Sie blinzelte, benommen vom Blitzlicht der Kamera. Vom unwirklich hellen Glanz der Scheinwerfer und den Schatten, die an den Wänden tanzten. Sie ging zur Treppe und setzte sich. Zu spät fiel ihr ein, dass die Stufe, auf der sie sich niedergelassen hatte, mit Blut getränkt war.

»Okay«, sagte Pete. »Machen wir sie auf.«

Corso kniete sich neben das Loch und klemmte die Spitze des Stemmeisens unter eine Ecke des Deckels. Dann versuchte er mit aller Kraft, den Deckel anzuheben. Sie hörten die rostigen Nägel kurz quietschen.

»Da rührt sich nichts«, sagte Rizzoli.

Corso machte eine Verschnaufpause. Er wischte sich mit dem Ärmel den Schweiß vom Gesicht und hinterließ dabei einen Schmutzfleck auf seiner Stirn. »Mann, dafür wird mein Rücken morgen tüchtig büßen.« Wieder klemmte er die Spitze des Eisens unter den Deckel. Diesmal gelang es ihm, sie ein Stück weiter hineinzustoßen. Er holte tief Luft und warf sein ganzes Gewicht auf das Hebelende.

Die Nägel lösten sich mit einem hässlichen Kreischen.

Corso warf das Stemmeisen hin. Er und Yates beugten sich über die Kiste, packten den Rand des Deckels und hoben ihn an. Einen Moment lang sagte keiner ein Wort. Sie starrten alle in den Hohlraum, der im grellen Schein der Lampen offen dalag.

»Ich kapier's nicht«, sagte Yates.

Die Kiste war leer.

Als sie an diesem Abend nach Boston zurückfuhren, glänzte der Highway regennass, und die Scheibenwischer von Mauras Wagen schlugen einen langsamen, hypnotisierenden Rhythmus auf der beschlagenen Windschutzscheibe.

»All das Blut in der Küche«, sagte Rizzoli. »Sie wissen, was das bedeutet. Amalthea hat schon vorher gemordet. Nikki und Theresa Wells waren nicht ihre ersten Opfer.«

»Sie war nicht allein in diesem Haus, Jane. Ihr Cousin Elijah hat auch dort gewohnt. Es könnte genauso gut er gewesen sein.«

»Sie war neunzehn, als die Sadlers verschwanden. Da muss sie doch gewusst haben, was in ihrer eigenen Küche vorging.«

»Das heißt noch lange nicht, dass sie es auch getan hat.«

Rizzoli sah sie von der Seite an. »Sie glauben an O'Donnells Theorie? Über die Bestie?«

»Amalthea ist schizophren. Erklären Sie mir doch bitte, wie jemand mit einer so gestörten Psyche zwei Frauen ermorden und dann den absolut logischen Schritt vollziehen kann, die Leichen zu verbrennen und so ihre Spuren zu verwischen.«

»So geschickt hat sie sich dabei nun auch wieder nicht angestellt. Sie wurde geschnappt, haben Sie das schon vergessen?«

»Die Polizei in Virginia hatte einfach Glück. Dass sie ihnen bei einer routinemäßigen Verkehrskontrolle aufgefallen ist, war nicht gerade ein Beispiel für brillante Ermittlungsarbeit.« Maura blickte starr geradeaus auf die leere Straße, über die Nebelschwaden waberten. »Sie hat alle diese Frauen nicht allein umgebracht. Jemand muss ihr dabei geholfen haben – jemand, der seine Fingerabdrücke in ihrem Wagen hinterlassen hat. Jemand, der von Anfang an dabei war.«

»Ihr Cousin?«

»Elijah war erst vierzehn, als er dieses Mädchen lebendig vergrub. Welcher Junge tut so etwas? Zu was für einem Mann muss so ein Teenager heranwachsen?«

»Das mag ich mir gar nicht vorstellen.«

»Ich glaube, wir wissen es beide«, sagte Maura. »Wir haben beide das Blut in dieser Küche gesehen.«

Der Lexus surrte über den Asphalt. Der Regen hatte aufgehört, doch die Luft dampfte noch, und feine Tröpfchen legten sich auf die Windschutzscheibe.

»Wenn sie die Sadlers wirklich auf dem Gewissen haben«, sagte Rizzoli, »dann stellt sich doch die Frage …« Sie sah Maura an. »Was haben sie mit Karen Sadlers Baby gemacht?«

Maura schwieg. Sie starrte unverwandt auf den Highway. Immer geradeaus, keine Abstecher, keine Umwege. *Fahr einfach weiter.*

»Sie wissen doch, worauf ich hinauswill?«, sagte Rizzoli. »Vor fünfundvierzig Jahren haben die Lanks, Cousin und Cousine, eine schwangere Frau ermordet. Von dem Baby fehlt jede Spur. Fünf Jahre später taucht Amalthea Lank in Van Gates' Kanzlei in Boston auf und hat zwei neugeborene Töchter zu verkaufen.«

Maura hielt das Lenkrad mit tauben Fingern umklammert.

»Was, wenn es gar nicht ihre Babys waren?«, sagte Rizzoli. »Was, wenn Amalthea in Wahrheit gar nicht Ihre Mutter ist?«

23

Mattie Purvis saß in völliger Dunkelheit und fragte sich, wie lange es wohl dauerte, bis ein Mensch verhungert war. Sie brauchte ihre Essensvorräte zu schnell auf. Nur noch sechs Riegel Schokolade, eine halbe Packung Kräcker und ein paar Streifen Trockenfleisch waren in der Tüte. Ich muss es mir einteilen, dachte sie. Es muss reichen, bis …

Bis was? Bis ich stattdessen verdurstet bin?

Sie biss ein kostbares Stückchen Schokolade ab und war schwer versucht, noch einmal hineinzubeißen, doch ihre Willenskraft war stärker als der Hunger. Sorgfältig wickelte sie den Rest des Riegels für später ein. Im äußersten Notfall kann ich immer noch das Papier essen, dachte sie. Papier ist doch essbar, oder nicht? Es wird aus Holz gemacht, und Hirsche fressen die Rinde von den Bäumen, wenn sie hungrig sind, also muss es einen gewissen Nährwert haben. Ja, heb das Papier auf. Halt es sauber. Widerstrebend legte sie die angebrochene Schokoladentafel in die Tüte zurück. Sie schloss die Augen und dachte an Hamburger und Brathähnchen und all die anderen verbotenen Köstlichkeiten, auf die sie verzichtet hatte, seit Dwayne einmal gesagt hatte, schwangere Frauen erinnerten ihn an Kühe. Womit er sagen wollte, dass *sie* ihn an eine Kuh erinnerte. Danach hatte sie zwei Wochen lang nur noch Salat gegessen, bis ihr eines Tages schwindlig geworden war und sie sich auf den Boden hatte setzen müssen, mitten im Kaufhaus. Dwayne war knallrot geworden, während die besorgten Damen sich um sie geschart und ihn immer wieder gefragt hatten, ob seiner Frau nicht gut sei. Er hatte sie alle abgewimmelt und Mattie ins Ohr gezischt, sie solle gefälligst aufstehen. Das Image war alles, wie er zu sagen pflegte, und nun musste Mr. BMW zusehen, wie sich seine Kuh von einer Frau in ihrer Umstands-stretchhose auf dem Boden des Kaufhauses wälzte. *Ja, ich bin eine Kuh, Dwayne. Eine dicke, fette, prächtige Kuh, die dein Baby im Bauch trägt. Und jetzt komm schon und rette uns, verdammt noch mal. Rette uns, rette uns.*

Über ihr knarrte eine Diele.

Sie blickte auf, als ihr Entführer sich näherte. Inzwischen konnte sie ihn schon am Gang erkennen – er war leicht und leise wie der einer anschleichenden Katze. Bei jedem seiner Besuche hatte sie ihn angefleht, sie doch freizulassen. Und jedes Mal war er einfach wieder gegangen und hatte sie in ihrer Kiste zurückgelassen. Und jetzt wurde das Essen allmählich knapp, und das Wasser auch.

»Lady.«

Sie antwortete nicht. Soll er doch ruhig ein bisschen rätseln, dachte sie. Er wird sich besorgt fragen, ob ich wohlauf bin, und er wird die Kiste wohl oder übel aufmachen müssen. Er muss mich am Leben halten, sonst entgeht ihm doch sein kostbares Lösegeld.

»Antworten Sie mir, Lady.«

Sie schwieg beharrlich. Alles andere hat nicht funktioniert, dachte sie. Vielleicht wird das ihm Angst einjagen. Vielleicht wird er mich jetzt endlich rauslassen.

Ein Stampfen auf der Erde über ihr. »Sind Sie da?«

Wo soll ich denn sonst sein, du Arschloch?

Eine lange Pause. »Also, wenn Sie schon tot sind, hat's ja wenig Sinn, Sie auszugraben. Oder?« Die Schritte entfernten sich.

»Warten Sie! *Warten Sie!*« Sie schaltete die Taschenlampe ein. Begann mit den Fäusten an die Decke zu hämmern. »Kommen Sie zurück, verdammt! Kommen Sie zurück!« Sie lauschte mit pochendem Herzen. Und lachte fast vor Erleichterung, als sie hörte, wie sich die Schritte wieder näherten. Konnte man sich etwas Erbärmlicheres vorstellen? Jetzt war sie schon so weit, dass sie um seine Aufmerksamkeit betteln musste, wie eine verschmähte Geliebte.

»Sie sind wach«, sagte er.

»Haben Sie mit meinem Mann geredet? Wann wird er Sie bezahlen?«

»Wie geht es Ihnen?«

»Warum beantworten Sie nicht meine Fragen?«

»Beantworten Sie zuerst meine.«

»Oh, mir geht's einfach *blendend*!«

»Und dem Baby?«

»Ich habe bald nichts mehr zu essen. Ich brauche mehr Lebensmittel.«

»Sie haben genug.«

»Entschuldigen Sie bitte, aber *ich* hocke schließlich hier unten und nicht Sie! Ich bin am Verhungern. Wie wollen Sie denn an Ihr Geld kommen, wenn ich tot bin?«

»Regen Sie sich nicht auf, Lady. Ruhen Sie sich schön aus. Alles wird gut.«

»Von wegen! Das hier ist alles *andere* als gut!«

Keine Antwort.

»Hallo? *Hallo?*«, schrie sie.

Die Schritte entfernten sich wieder.

»Warten Sie!« Sie schlug an die Decke. »Kommen Sie zurück!« Mit beiden Fäusten bearbeitete sie die Bretter. Eine rasende Wut erfüllte sie plötzlich. Noch nie in ihrem Leben war sie so wütend gewesen. »Das können Sie nicht mit mir machen!«, schrie sie. »Ich bin doch kein *Tier*!« Sie ließ sich gegen die Kistenwand sinken, mit wunden, schmerzenden Händen, von heftigen Schluchzern geschüttelt. »Ich scheiß auf dich«, stieß sie hervor. »Ich scheiß auf dich. Und auf Dwayne. Und auf alle anderen dreckigen Schweine auf dieser Welt!«

Erschöpft brach sie zusammen. Sie lag auf dem Rücken, fuhr sich mit dem Arm über die Augen, um die Tränen zu trocknen. Was will er von uns? Inzwischen muss Dwayne ihm doch längst das Lösegeld bezahlt haben. Warum bin ich dann immer noch hier unten? Worauf wartet er noch?

Das Baby gab ihr einen Tritt. Sie presste die Hand auf ihren Bauch, eine beruhigende Geste, übertragen durch die

Hautschichten, die sie trennten. Sie spürte, wie ihre Gebärmutter sich verkrampfte; die ersten Zuckungen einer Wehe. Armes Ding. Armes …

Baby.

Ein Gedanke ließ sie erstarren. Sie erinnerte sich an ihre Gespräche mit dem Entführer durch den Lüftungsschlitz. Kein einziges Mal hatte er Dwayne erwähnt. Nie hatte er von Geld gesprochen. Das ergab keinen Sinn. Wenn dieses Schwein Geld wollte, musste er sich doch an Dwayne wenden. Aber er stellt keine Fragen über meinen Mann. Er spricht nie über Wayne. Was, wenn er ihn noch gar nicht angerufen hat? Was, wenn er gar kein Lösegeld von ihm verlangt hat?

Aber was will er dann?

Das Licht der Taschenlampe wurde schwächer. Der zweite Satz Batterien würde bald leer sein. Zweimal konnte sie noch wechseln, dann würde sie in permanenter Dunkelheit versinken. Diesmal geriet sie nicht in Panik, als sie in die Einkaufstüte griff und eine neue Packung aufriss. Ich habe das schon einmal gemacht; ich schaffe es auch ein zweites Mal. Sie schraubte den Deckel ab, ließ mit ruhiger Hand die alten Batterien herausgleiten und setzte die neuen ein. Helles Licht strahlte hervor, gewährte ihr eine kurze Gnadenfrist vor der ewigen Nacht, von der sie befürchtete, dass sie bald hereinbrechen würde.

Alle Menschen müssen sterben. Aber ich will nicht in dieser Kiste sterben und begraben sein, wo niemand je meine Knochen finden wird.

Schon die Batterien, spar dir das Licht auf, so lange es geht. Sie schaltete die Lampe aus und lag im Dunkeln, spürte, wie die Angst langsam näher rückte und ihre Fangarme immer fester um sie schlang. Niemand weiß etwas, dachte sie. Niemand weiß, dass ich hier bin.

Hör auf damit, Mattie. Reiß dich zusammen. Du bist die Einzige, die dir jetzt helfen kann.

Sie drehte sich auf die Seite und schlang die Arme um die

Brust. Da hörte sie etwas über den Boden rollen. Eine der verbrauchten Batterien. Nutzloser Ballast.

Was ist, wenn niemand weiß, dass ich entführt worden bin? Wenn niemand weiß, dass ich noch am Leben bin?

Sie dachte an die Gespräche, die sie mit ihrem Entführer gehabt hatte. *Wie geht es Ihnen?* Das hatte er sie jedes Mal gefragt; immer hatte er sich nach ihrem Befinden erkundigt. Als ob ihn das interessierte. Als ob ein Mensch, der eine schwangere Frau in eine Kiste sperrte, sich die Bohne dafür interessierte, wie es ihr ging. Aber immer hatte er diese Frage gestellt, und immer hatte sie ihn angefleht, sie doch endlich herauszulassen.

Er will eine andere Antwort hören.

Sie zog die Knie an und stieß dabei mit dem Fuß an einen Gegenstand, der darauf ins Rollen kam. Sie setzte sich auf, schaltete die Lampe ein und begann die lose herumliegenden Batterien aufzusammeln. Sie hatte vier alte, und dazu die zwei neuen, die noch in der Verpackung waren. Sie schaltete das Licht wieder aus. Sparsam mit dem Licht; immer sparsam mit dem Licht.

Im Dunkeln machte sie sich daran, ihre Schnürsenkel aufzubinden.

24

Dr. Joyce P. O'Donnell kam in den Besprechungsraum der Mordkommission gerauscht, als ob der ganze Laden ihr gehörte. Ihr schickes St.-John's-Kostüm hatte vermutlich mehr gekostet, als Rizzoli in einem ganzen Jahr für Klamotten ausgab. Acht Zentimeter hohe Absätze unterstrichen ihre ohnehin schon majestätische Statur. Dass drei Kriminalbeamte sie kritisch beäugten, als sie am Tisch Platz nahm, schien sie nicht im Geringsten aus der Fassung zu bringen. Sie hatte die Gabe, sofort das Kommando zu übernehmen, wenn sie einen Raum betrat, und Rizzoli konnte nicht umhin, sie für dieses Talent zu bewundern, wenngleich sie die Frau im Grunde verachtete.

Die Antipathie beruhte offenbar auf Gegenseitigkeit. O'Donnell warf Rizzoli einen eisigen Blick zu, sah dann flüchtig in Barry Frosts Richtung und wandte schließlich ihre ganze Aufmerksamkeit Lieutenant Marquette zu, dem ranghöchsten Beamten der Mordkommission. Klar, dass sie sich auf Marquette konzentrierte; eine Frau wie O'Donnell hielt sich nicht mit Untergebenen auf.

»Mit dieser Einladung hatte ich nicht gerechnet, Lieutenant«, sagte sie. »Es kommt nicht oft vor, dass ich ins Präsidium gebeten werde.«

»Der Vorschlag kam von Detective Rizzoli.«

»Umso erstaunlicher – in Anbetracht der Umstände.«

Besonders des Umstands, dass wir auf verschiedenen Seiten stehen, dachte Rizzoli. Ich fange die Ungeheuer, du verteidigst sie.

»Aber wie ich Detective Rizzoli bereits am Telefon sagte«, fuhr O'Donnell fort, »kann ich Ihnen nur helfen, wenn Sie auch mir helfen. Wenn Sie wollen, dass ich Ihnen helfe, die ›Bestie‹ zu finden, dann müssen Sie mir sämtliche Informationen zur Verfügung stellen, die Ihnen vorliegen.«

Statt einer Antwort schob Rizzoli O'Donnell eine Akte zu. »Das ist alles, was wir bislang über Elijah Lank wissen.« Sie bemerkte das begierige Glänzen in den Augen der Psychiaterin, als sie nach der Mappe griff. Das war es, was O'Donnell antrieb: die Hoffnung, einen Blick auf das Ungeheuer zu erhaschen. Die Chance, so nahe wie möglich an das schlagende Herz des Bösen heranzukommen.

O'Donnell schlug die Akte auf. »Seine High-School-Unterlagen.«

»Aus Fox Harbor.«

»Ein IQ von 136. Aber nur durchschnittliche Noten.«

»Der typische ›Underachiever‹.« *Könnte Großes leisten, wenn er sich nur anstrengt*, hatte eine Lehrerin geschrieben, ohne zu ahnen, auf welchem Gebiet Elijah Lank sich einmal hervortun würde. »Nach dem Tod seiner Mutter hat sein Vater Hugo ihn allein großgezogen. Der Vater hat sich nie lange in einem Job gehalten. Anscheinend hat er mehr Zeit mit der Schnapsflasche verbracht als mit irgendetwas sonst, und er starb an Pankreatitis, als Elijah achtzehn Jahre alt war.«

»Und das ist der Haushalt, in dem auch Amalthea aufgewachsen ist.«

»Genau. Sie kam mit neun zu ihrem Onkel, nachdem ihre Mutter gestorben war. Niemand wusste so genau, wer ihr Vater war. Da haben wir also die Lank-Familie aus Fox Harbor. Ein alkoholkranker Onkel, ein soziopathischer Cousin und ein Mädchen, das zur Schizophrenen heranwuchs. Ganz die glückliche, gesunde amerikanische Familie.«

»Sie nannten Elijah einen Soziopathen?«

»Wie würden Sie denn einen Jungen nennen, der nur so aus Spaß eine Klassenkameradin lebendig begräbt?«

O'Donnell blätterte zur nächsten Seite um. Jedem anderen hätte bei der Lektüre dieser Akte das Entsetzen im Gesicht gestanden, doch ihre Miene verriet nur eines: Faszination.

»Das Mädchen, das er begrub, war damals erst vierzehn«, sagte Rizzoli. »Alice Rose war die Neue an der Schule. Und sie war zudem hörbehindert, weshalb sie von den anderen Kindern gemobbt wurde. Wahrscheinlich war das auch der Grund, weshalb Elijah auf sie verfiel. Sie war verletzlich, eine leichte Beute. Er lud sie zu sich nach Hause ein, und dann führte er sie durch den Wald zu einer Grube, die er gegraben hatte. Er warf sie hinein, deckte die Grube mit Brettern ab und schichtete Steine obenauf. Als man ihn später dazu befragte, sagte er, das Ganze sei nur ein dummer Streich gewesen. Aber ich glaube, dass er ernsthaft vorhatte, sie zu töten.«

»Laut diesem Bericht hat das Mädchen den Vorfall unbeschadet überstanden.«

»Unbeschadet? Das stimmt ja wohl nicht ganz.«

O'Donnell blickte auf. »Aber sie hat es überlebt.«

»Für die nächsten fünf Jahre bestand Alice Roses Leben hauptsächlich aus Therapien wegen ihrer schweren Depressionen und Angstattacken. Mit neunzehn stieg sie dann in die Badewanne und öffnete sich die Pulsadern. Wenn Sie mich fragen, ist Elijah Lank für ihren Tod verantwortlich. Sie war sein erstes Opfer.«

»Können Sie beweisen, dass es noch andere gab?«

»Vor fünfundvierzig Jahren verschwand ein Ehepaar aus Kennebunkport, Karen und Robert Sadler. Karen Sadler war damals im achten Monat schwanger. Ihre sterblichen Überreste und die ihres Mannes wurden vorige Woche in ebenjenem Waldstück gefunden, in dem Elijah Lank damals Alice Rose lebendig begraben hatte. Ich glaube, dass die Sadlers auf Elijahs Konto gehen. Auf seines und Amaltheas.«

O'Donnell hörte sich das alles vollkommen reglos an, es schien, als hielte sie den Atem an.

»Sie haben diesen Gedanken doch als Erste aufgebracht, Dr. O'Donnell«, sagte Lieutenant Marquette. »Sie sagten, Amalthea habe einen Partner gehabt, den sie ›die Bestie‹

nannte. Jemand, der ihr half, Theresa und Nikki Wells zu töten. Das haben Sie doch zu Dr. Isles gesagt, nicht wahr?«

»Niemand sonst hat an meine Theorie geglaubt.«

»Aber jetzt glauben wir daran«, sagte Rizzoli. »Wir glauben, dass die Bestie Amaltheas Cousin Elijah ist.«

O'Donnell zog amüsiert eine Augenbraue hoch. »Cousin und Cousine als Mörderpärchen?«

»Es wäre nicht das erste Mal, dass Cousins gemeinsam morden«, bemerkte Marquette.

»Das ist wahr«, erwiderte O'Donnell. »Kenneth Bianchi und Angelo Buono – die Hillside-Würger –, das waren Cousins.«

»Es gibt also Präzedenzfälle«, sagte Marquette. »Cousins als Partner im Töten.«

»Das konnten Sie auch ohne mich herausfinden.«

»Sie wussten früher als irgendwer sonst von der Bestie«, sagte Rizzoli. »Sie haben versucht, ihn zu finden; Sie haben versucht, über Amalthea Kontakt mit ihm aufzunehmen.«

»Aber ohne Erfolg. Ich wüsste also nicht, wie ich Ihnen helfen kann, ihn zu finden. Ich weiß auch nicht, warum Sie mich überhaupt herbestellt haben, Detective, da Sie offenbar so wenig von meiner Forschungsarbeit halten.«

»Ich weiß, dass Amalthea mit Ihnen spricht. Als ich sie gestern besucht habe, hat sie kein Wort herausgebracht. Aber von den Aufseherinnen weiß ich, dass sie mit *Ihnen* spricht.«

»Unsere Therapiesitzungen sind vertraulich. Sie ist meine Patientin.«

»Aber ihr Cousin nicht. Er ist derjenige, hinter dem wir her sind.«

»Wo wurde er denn zuletzt gesehen? Sie müssen doch irgendwelche Informationen haben, auf die Sie sich stützen können.«

»Wir haben so gut wie nichts. Seit Jahrzehnten ist nichts mehr über seinen Aufenthaltsort bekannt.«

»Wissen Sie überhaupt, ob er noch am Leben ist?«

Rizzoli seufzte. Und gab zu: »Nein.«

»Er müsste inzwischen fast siebzig sein, nicht wahr? Ein bisschen arg betagt für einen Serienmörder.«

»Amalthea ist fünfundsechzig«, antwortete Rizzoli. »Und doch hat nie irgendjemand bezweifelt, dass sie Theresa und Nikki Wells ermordet hat. Dass sie ihnen den Schädel eingeschlagen, ihre Leichen mit Benzin übergossen und angezündet hat.«

O'Donnell lehnte sich in ihrem Stuhl zurück und betrachtete Rizzoli einen Moment lang schweigend. »Erzählen Sie mir doch mal, wieso das Boston Police Department überhaupt nach Elijah Lank fahndet. Das sind doch alte Mordfälle – und sie haben sich noch nicht einmal in Ihrem Zuständigkeitsbereich ereignet. Welches Interesse haben Sie daran?«

»Es gibt möglicherweise eine Verbindung zu dem Mord an Anna Leoni.«

»Wie das?«

»Kurz bevor sie ermordet wurde, hat Anna auffällig viele Fragen über Amalthea gestellt. Vielleicht hatte sie zu viel herausgefunden.« Rizzoli schob O'Donnell eine weitere Akte zu.

»Was ist das?«

»Kennen Sie das National Crime Information Center des FBI? Dort gibt es eine Datenbank mit vermissten Personen aus dem ganzen Land.«

»Ja, ich habe vom NCIC gehört.«

»Wir haben eine Suchanfrage mit den Stichwörtern *weiblich* und *schwanger* eingereicht. Das haben wir daraufhin vom FBI bekommen. Sämtliche dort registrierten Fälle, von den Sechzigerjahren an. Jede einzelne schwangere Frau, die in diesem Zeitraum im Gebiet der USA verschwunden ist.«

»Wieso haben Sie die Suche auf schwangere Frauen eingeschränkt?«

»Weil Nikki Wells im neunten Monat schwanger war. Karen Sadler war im achten Monat. Finden Sie nicht, dass das ein bisschen zu unwahrscheinlich ist, um ein reiner Zufall zu sein?«

O'Donnell schlug die Akte auf und erblickte seitenweise Computerausdrucke. Sie sah überrascht auf. »Das sind ja Dutzende von Namen.«

»Sie müssen bedenken, dass in diesem Land jedes Jahr tausende Menschen als vermisst gemeldet werden. Wenn dann und wann auch einmal eine schwangere Frau darunter ist, geht das angesichts dieser Gesamtmenge praktisch unter; jedenfalls löst es noch keinen Alarm aus. Aber wenn über einen Zeitraum von vierzig Jahren eine Frau pro Monat verschwindet, dann summiert sich das zu einer beträchtlichen Zahl.«

»Können Sie irgendeine dieser vermissten Personen mit Amalthea Lank oder ihrem Cousin in Verbindung bringen?«

»Das ist der Grund, weshalb wir Sie herbestellt haben. Sie hatten mehr als ein Dutzend Sitzungen mit ihr. Hat sie Ihnen je etwas über ihre Reisen erzählt? Wo sie gewohnt hat, wo sie gearbeitet hat?«

O'Donnell klappte die Akte zu. »Sie verlangen von mir, gegen meine Schweigepflicht zu verstoßen. Warum sollte ich das tun?«

»Weil das Morden noch nicht zu Ende ist. Es geht weiter.«

»Meine Patientin kann niemanden töten. Sie sitzt im Gefängnis.«

»Aber ihr Partner nicht.« Rizzoli beugte sich vor, rückte näher an diese Person heran, die sie so verachtete. Aber sie brauchte O'Donnell jetzt, und es gelang ihr, ihren Abscheu zu unterdrücken. »Die Bestie fasziniert Sie, nicht wahr? Sie wollen mehr über diesen Mann wissen. Sie möchten sich in ihn hineinversetzen können, möchten herausfinden, was ihn antreibt. Sie wollen alle Einzelheiten hören. Und deshalb sollten Sie uns helfen. Damit Sie Ihrer Sammlung von Ungeheuern noch ein weiteres Exemplar hinzufügen können.«

»Was ist, wenn wir beide falsch liegen? Vielleicht ist die Bestie ja nur ein Produkt unserer Fantasie.«

Rizzoli sah Frost an. »Schalt doch mal bitte den Overheadprojektor ein.«

Frost rollte den Projektor in Position und schaltete ihn ein. In diesem Zeitalter der Computer und der PowerPoint-Präsentationen wirkte der Overheadprojektor wie ein Relikt aus der Steinzeit der Technologie. Aber sie und Frost hatten sich für die schnellste und direkteste Methode entschieden, um ihre Argumentation vorzubringen. Frost griff nach einer Mappe und entnahm ihr mehrere Folien, auf denen sie mit verschiedenfarbigen Textmarkern Datenpunkte eingetragen hatten.

Frost legte ein Blatt auf den Projektor, und auf der Leinwand erschien eine Karte der USA. Nun platzierte er die erste Folie darüber. Sechs schwarze Punkte tauchten auf der Landkarte auf.

»Wofür stehen die Punkte?«, fragte O'Donnell.

»Das sind die Fallberichte aus dem NCIC für das erste Halbjahr 1984«, antwortete Frost. »Wir haben dieses Jahr gewählt, weil es das erste volle Kalenderjahr nach Einführung der FBI-Computerdatenbank ist. Die Daten dürften also einigermaßen vollständig sein. Jeder dieser Punkte steht für eine als vermisst gemeldete schwangere Frau.« Er richtete einen Lichtzeiger auf die Leinwand. »Wir haben hier eine gewisse räumliche Streuung – ein Fall oben in Oregon, ein anderer in Atlanta. Aber Sie sehen, dass es hier unten im Südwesten eine kleine Häufung gibt.« Frost kreiste den Bereich auf der Karte mit dem Lichtzeiger ein. »Eine vermisste Frau in Arizona, eine in New Mexico, zwei in Südkalifornien.«

»Und was soll mir das sagen?«

»Nun, schauen wir uns einmal das nächste Halbjahr an. Juli bis Dezember 1984. Vielleicht wird die Sache dann klarer.« Frost legte die nächste Folie über die Karte. Diesmal waren die Punkte rot. »Auch hier sehen Sie eine gewisse Streuung über das gesamte Land, aber Sie werden ebenso feststellen, dass es wieder eine regionale Ballung gibt.« Er zog einen Kreis um eine Gruppe von drei roten Punkten. »San Jose, Sacramento und Eugene, Oregon.«

»Allmählich wird's interessant«, sagte O'Donnell leise.

»Warten Sie ab, bis Sie die nächsten sechs Monate gesehen haben«, sagte Rizzoli.

Mit der dritten Folie wurde wiederum eine Gruppe von Punkten hinzugefügt, diesmal in Grün. Nun war das Muster nicht mehr zu übersehen. Ungläubig starrte O'Donnell die Karte an.

»Mein Gott«, sagte sie. »Der Cluster wandert immer weiter.«

Rizzoli nickte und fixierte mit grimmiger Miene die Leinwand. »Von Oregon rückt er nach Nordosten vor. In den nächsten sechs Monaten verschwinden zwei schwangere Frauen im Staat Washington, und dann eine dritte zwei Staaten weiter in Montana.« Sie wandte sich zu O'Donnell um. »Aber da ist noch lange nicht Schluss.«

O'Donnell rutschte auf ihrem Stuhl vor, angespannt wie eine Katze vor dem Sprung. »Wohin wandert der Cluster als Nächstes?«

Rizzoli sah wieder auf die Karte. »Im Sommer und Herbst dieses Jahres bewegt er sich in gerader Linie über Illinois und Michigan nach New York und Massachusetts. Dann macht er einen abrupten Schwenk nach Süden.«

»In welchem Monat?«

Rizzoli sah Frost an, der daraufhin die ausgedruckten Seiten durchblätterte. »Der nächste Fall ereignet sich in Virginia, am vierzehnten Dezember«, sagte er.

»Die Route folgt dem Wetter«, sagte O'Donnell.

Rizzoli sah sie erstaunt an. »Was?«

»Dem Wetter. Sehen Sie nicht, wie der Cluster sich in den Sommermonaten quer durch den oberen Mittelwesten zieht? Im Herbst erreicht er Neuengland. Und im Dezember zieht er dann plötzlich nach Süden. Genau zu der Zeit, als es kalt wird.«

Rizzoli betrachtete stirnrunzelnd die Karte. Mein Gott, dachte sie. Die Frau hat Recht. Warum haben wir das nicht gesehen?

»Was passiert dann?«, fragte O'Donnell.

»Der Cluster bewegt sich einmal ganz im Kreis«, antwortete Frost. »Zieht durch den Süden, von Florida nach Texas, um am Ende wieder in Arizona zu landen.«

O'Donnell stand auf und ging zur Leinwand. Dort blieb sie eine Weile stehen und betrachtete die Karte. »Wie war noch mal der Zeitablauf? Wie lange dauerte es, bis der Kreis sich geschlossen hatte?«

»In diesem Fall dauerte die Rundreise durch das ganze Land dreieinhalb Jahre«, sagte Rizzoli.

»Ein eher gemächliches Tempo.«

»Schon. Aber Sie sehen, dass die Täter nie sehr lange in einer bestimmten Region bleiben. Nie gibt es in ein und derselben Gegend allzu viele Opfer auf einmal. Sie ziehen immer weiter, und so bleibt das Muster lange unbemerkt; niemand kommt dahinter, dass das schon seit vielen Jahren so geht.«

»Was?« O'Donnell drehte sich zu ihr um. »Der Zyklus wiederholt sich?«

Rizzoli nickte. »Es fängt wieder ganz von vorne an und folgt der gleichen Route. So ähnlich, wie die Nomadenvölker früher den Büffelherden gefolgt sind.«

»Und den Behörden ist das Muster nie aufgefallen?«

»Nein, weil diese Menschenjäger ständig in Bewegung waren. Immer unterwegs, von Staat zu Staat, von einem Distrikt zum nächsten. Ein paar Monate in einer bestimmten Gegend, dann zogen sie schon wieder weiter. Zu den nächsten Jagdgründen. An bestimmten Orten tauchen sie immer wieder auf.«

»Vertrautes Gelände.«

»*Wohin wir gehen, hängt davon ab, was wir wissen. Und was wir wissen, hängt davon ab, wohin wir gehen*«, zitierte Rizzoli einen der Grundsätze der geografischen Täterprofilerstellung.

»Sind jemals Leichen gefunden worden?«

»Nein, in keinem einzigen dieser Fälle. Sie sind alle bis heute ungelöst.«

»Sie müssen also ihre Verstecke haben, wo sie die Leichen vergraben. Wo sie sie unbemerkt verschwinden lassen können.«

»Wir nehmen an, dass es sich dabei um sehr abgelegene Orte handelt«, sagte Frost. »Ländliche Gegenden, oder auch Gewässer. Denn keine dieser Frauen ist je wieder aufgetaucht.«

»Aber Nikki und Theresa Wells wurden gefunden«, sagte O'Donnell. »Ihre Leichen wurden nicht vergraben, sie wurden verbrannt.«

»Die Schwestern wurden am fünfundzwanzigsten November gefunden. Wir haben die Wetterdaten für den betreffenden Zeitraum recherchiert. In dieser Woche gab es einen unerwarteten Schneesturm – an einem einzigen Tag fielen fast fünfzig Zentimeter. Massachusetts wurde davon völlig überrascht, und mehrere Straßen mussten gesperrt werden. Vielleicht konnten sie nicht zu ihrem gewohnten Begräbnisplatz gelangen.«

»Und deshalb haben sie die Leichen verbrannt?«

»Wie Sie ja schon festgestellt haben, scheinen die Fälle dem Wetter zu folgen«, sagte Rizzoli. »Wenn es kalt wird, treten sie plötzlich verstärkt im Süden auf. Aber in diesem November wurde Neuengland vom Wintereinbruch überrascht. Niemand hatte so früh im Jahr mit Schnee gerechnet.« Sie wandte sich zu O'Donnell um. »Da haben Sie Ihre Bestie. Das ist seine Fährte dort auf der Karte. Ich bin überzeugt, dass Amalthea ihn auf Schritt und Tritt begleitet hat.«

»Was verlangen Sie von mir – soll ich ein psychologisches Profil erstellen? Erklären, warum sie gemordet haben?«

»Wir wissen, warum sie es getan haben. Sie haben nicht zum Vergnügen getötet oder wegen des Kicks. Es handelt sich nicht um typische Serienmörder.«

»Was war dann ihr Motiv?«

»Ganz banal, Dr. O'Donnell. Für eine Monsterjägerin wie Sie muss ihr Motiv furchtbar langweilig sein.«

»Ich finde Mord keineswegs langweilig. Warum haben sie Ihrer Meinung nach getötet?«

»Wussten Sie, dass es von den beiden keinerlei Beschäftigungsnachweise gibt? Weder in Amaltheas noch in Elijahs Fall haben wir irgendwelche Hinweise darauf finden können, dass sie irgendwann über längere Zeit irgendwo beschäftigt waren, in die Sozialversicherung eingezahlt oder eine Steuererklärung abgegeben haben. Sie besaßen keine Kreditkarten, hatten keine Bankkonten. Über Jahrzehnte waren sie quasi unsichtbar; sie lebten am äußersten Rand der Gesellschaft. Also, wie haben sie ihren Lebensunterhalt bestritten? Wie haben sie das Geld für Essen, Benzin und Miete aufgebracht?«

»Sie haben alles bar bezahlt, nehme ich an.«

»Aber wo kam das Bargeld her?« Rizzoli deutete auf die Landkarte. »Ihren Lebensunterhalt haben sie *damit* bestritten.«

»Ich kann Ihnen nicht folgen.«

»Der eine fängt Fische, der andere pflückt Äpfel. Auch Amalthea und ihr Partner haben geerntet, ohne zu säen.« Sie fixierte O'Donnell. »Vor vierzig Jahren hat Amalthea zwei neugeborene Mädchen, angeblich ihre Töchter, an Adoptiveltern verkauft. Sie bekam für die beiden Babys vierzigtausend Dollar. Ich glaube nicht, dass sie berechtigt war, die Kinder wegzugeben.«

O'Donnell runzelte die Stirn. »Sprechen Sie von Dr. Isles und ihrer Schwester?«

»Ja.« Rizzoli verspürte eine klammheimliche Befriedigung, als sie O'Donnells verblüfften Gesichtsausdruck sah. Diese Frau hatte keine Ahnung, womit sie es zu tun hatte, dachte Rizzoli. Die Psychiaterin, die so regelmäßig mit Monstern verkehrt – damit hätte sie nicht gerechnet.

»Ich habe Amalthea untersucht«, sagte O'Donnell. »Ich war mit Fachkollegen einer Meinung, dass …«

»... sie an einer Psychose litt?«

»Ja.« O'Donnell atmete hörbar aus. »Was Sie mir hier zeigen – das ist ein völlig anderer Mensch.«

»Keine Geisteskranke.«

»Ich weiß nicht. Ich weiß nicht, was sie ist.«

»Sie und ihr Cousin haben für Geld gemordet. Für harte Dollars. Das klingt mir ganz und gar nicht nach Geisteskrankheit.«

»Möglich...«

»Sie kommen doch gut zurecht mit Mördern, Dr. O'Donnell. Sie reden mit ihnen, Sie verbringen Stunden mit Leuten wie Warren Hoyt.« Rizzoli machte eine Pause. »Sie verstehen sie.«

»Ich versuche es.«

»Also, was für eine Art Mörderin ist Amalthea? Ist sie ein Monster? Oder einfach nur eine skrupellose Geschäftsfrau?«

»Sie ist meine Patientin. Mehr möchte ich dazu nicht sagen.«

»Aber Sie stellen Ihre eigene Diagnose inzwischen in Frage, nicht wahr?« Rizzoli deutete auf die Leinwand. »*Das* ist logisches Handeln, was Sie da sehen. Nomadische Jäger, die ihrer Beute folgen. Glauben Sie immer noch, dass sie verrückt ist?«

»Ich wiederhole, sie ist meine Patientin. Ich muss ihre Interessen schützen.«

»Amalthea interessiert uns nicht. Wir sind hinter dem anderen her. Hinter Elijah.« Rizzoli trat näher an O'Donnell heran, bis sie sich fast Auge in Auge gegenüberstanden. »Er ist nämlich immer noch auf der Jagd.«

»Was?«

»Amalthea ist jetzt seit fast fünf Jahren in Haft.« Rizzoli sah Frost an. »Zeig ihr die Datenpunkte seit Amalthea Lanks Verhaftung.«

Frost nahm die drei Folien weg und ersetzte sie durch eine neue. »Der Monat Januar«, sagte er. »Eine schwangere

Frau verschwindet in South Carolina. Im Februar ist es eine Frau in Georgia. Im März eine in Daytona Beach.« Er legte eine weitere Folie auf. »Sechs Monate später passiert es in Texas.«

»Amalthea Lank war während dieser ganzen Zeit im Gefängnis«, sagte Rizzoli. »Aber die Entführungen nahmen kein Ende. Die Bestie hat weiter gewütet.«

O'Donnell starrte auf die gnadenlos vorrückenden Datenpunkte. Jeder Punkt eine Frau. Ein Menschenleben. »Wo stehen wir gerade in dem Zyklus?«, fragte sie leise.

»Vor einem Jahr«, antwortete Frost, »hat er Kalifornien erreicht und ist von dort nach Norden weitergewandert.«

»Und jetzt? Wo ist er jetzt?«

»Die letzte Entführung wurde vor einem Monat gemeldet. In Albany, New York.«

»Albany?« O'Donnell wandte sich zu Rizzoli um. »Das bedeutet...«

»...dass er inzwischen in Massachusetts ist«, sagte Rizzoli. »Die Bestie steht vor der Tür.«

Frost schaltete den Overheadprojektor aus, und nach dem plötzlichen Verstummen des Ventilators trat eine fast unheimliche Stille ein. Die Leinwand war jetzt wieder leer, und doch sahen sie alle noch diese Karte vor sich; die Punkte hatten sich in das Gedächtnis jedes Einzelnen eingebrannt. Das Läuten von Frosts Handy zerriss die Stille und ließ sie alle zusammenfahren.

»Entschuldigen Sie mich«, sagte Frost und verließ den Raum.

Rizzoli wandte sich an O'Donnell. »Sagen Sie uns etwas über die Bestie. Wie können wir ihn finden?«

»Genauso, wie Sie jeden anderen Menschen aus Fleisch und Blut finden können. Ist das nicht Ihr Job? Sie haben doch schon einen Namen. Benutzen Sie den als Ausgangspunkt.«

»Er hat keine Kreditkarte, kein Bankkonto. Das macht es sehr schwer, ihn aufzuspüren.«

»Ich bin kein Spürhund.«

»Sie haben mit dem Menschen gesprochen, der ihm am nächsten steht. Der einzigen Person, die wissen könnte, wie er zu finden ist.«

»Unsere Gespräche waren vertraulich.«

»Hat sie ihn je beim Namen genannt? Gibt sie Ihnen irgendwie zu verstehen, dass es sich tatsächlich um ihren Cousin Elijah handelt?«

»Es steht mir nicht frei, irgendetwas weiterzugeben, was zwischen mir und meiner Patientin unter vier Augen gesprochen wurde.«

»Elijah Lank ist nicht Ihr Patient.«

»Aber Amalthea ist meine Patientin, und Sie versuchen auch gegen sie Beweise zu sammeln. Sie wollen sie wegen Massenmordes vor Gericht bringen.«

»Amalthea interessiert uns nicht. *Ihn* will ich in die Finger kriegen.«

»Es ist nicht meine Aufgabe, Ihnen bei der Suche nach Ihrem Tatverdächtigen zu helfen.«

»Und was ist mit Ihrer gottverdammten Verantwortung als Staatsbürgerin?«

»Detective Rizzoli«, mahnte Marquette.

Rizzoli fixierte weiter O'Donnell. »Denken Sie an diese Karte. An all die Punkte, all die Frauen. Er ist hier, in diesem Moment. Auf der Jagd nach der nächsten.«

O'Donnell senkte den Blick zu Rizzolis kugelrundem Bauch. »Dann sollten Sie wohl ganz besonders vorsichtig sein, Detective. Nicht wahr?«

Rizzoli sah in erstarrtem Schweigen zu, wie O'Donnell nach ihrer Aktenmappe griff. »Ich glaube kaum, dass ich Ihren Beobachtungen noch etwas Entscheidendes hinzufügen könnte«, sagte die Psychiaterin. »Wie Sie schon sagten – der Täter wird von logischen, praktischen Erwägungen getrieben, nicht von Wollust. Er tötet nicht aus Freude am Töten; er muss schlicht und einfach seinen Lebensunterhalt bestreiten. Nur dass er sich dafür eine etwas ungewöhnliche

Methode ausgesucht hat. Mit Profilanalysen werden Sie ihn jedenfalls nicht schnappen. Denn er ist kein Monster.«

»Und mit denen kennen Sie sich ja aus.«

»Ich habe gelernt, sie zu erkennen. Aber Sie doch auch.« O'Donnell wandte sich zum Gehen. An der Tür hielt sie inne und blickte sich mit einem gekünstelten Lächeln auf den Lippen um. »Übrigens, da wir gerade von Monstern sprechen, Detective – Ihr alter Freund fragt immer nach Ihnen. Jedes Mal, wenn ich ihn besuche.«

O'Donnell musste seinen Namen nicht aussprechen; Rizzoli wusste auch so, dass die Rede von Warren Hoyt war. Dem Mann, der sie immer noch in ihren Albträumen verfolgte; dem Mann, der vor fast zwei Jahren mit seinem Skalpell die Wunden in ihre Handflächen geschlagen hatte, deren Narben noch immer zu sehen waren.

»Er denkt noch an Sie«, sagte O'Donnell. Wieder ein Lächeln, leise und verschlagen. »Ich wollte nur, dass Sie es wissen: Er hat Sie nicht vergessen.« Sie ging zur Tür hinaus.

Rizzoli spürte, wie Marquette sie ansah und auf ihre Reaktion wartete. Würde sie explodieren, würde sie einen Wutanfall bekommen? Sie war erleichtert, als er ebenfalls hinausging und sie mit dem Overheadprojektor allein ließ. Sie sammelte die Folien ein, zog den Stecker und rollte das Kabel zusammen. Mit ruckartigen Bewegungen schlang sie es um ihre Hand, reagierte ihre ganze aufgestaute Wut an diesem unschuldigen Kabel ab. Dann rollte sie den Projektor hinaus auf den Gang und wäre fast mit Frost zusammengestoßen, der gerade sein Handy zuklappte.

»Komm, wir fahren«, sagte er.

»Wohin?«

»Nach Natick. Da wird eine Frau vermisst.«

Rizzoli sah ihn fragend an. »Ist sie …«

Er nickte. »Sie ist im neunten Monat schwanger.«

25

»Wenn Sie mich fragen«, sagte Detective Sarmiento vom Polizeirevier Natick, »haben wir es hier mit einem zweiten Laci-Peterson-Fall zu tun. Ehe im Eimer, Mann hält sich heimlich eine Geliebte.«

»Gibt er zu, dass er eine Freundin hat?«, fragte Rizzoli.

»Noch nicht, aber ich habe ein Gespür für so was, müssen Sie wissen.« Sarmiento tippte sich mit dem Finger an die Nase und lachte. »Ich wittere da eine andere Frau.«

Ja, das glaube ich sofort, dachte Rizzoli, als Sarmiento sie und Frost an Schreibtischen mit flimmernden Computerbildschirmen vorbeiführte. Er sah aus wie ein Mann, der den Duft der Frauen kannte. Er hatte diesen breitbeinigen, selbstbewussten Gang, der verkündete: *Hier kommt ein cooler Typ.* Sein rechter Arm schwang in einem weiten Bogen, konditioniert durch das jahrelange Tragen einer Waffe am Gürtel, was dem Betrachter zusätzlich verriet, dass dieser coole Typ ein Cop war. Barry Frost hatte sich dieses großspurige Auftreten nie angewöhnt. Neben dem muskelbepackten, dunkelhaarigen Sarmiento wirkte Frost mit seinem Kugelschreiber und seinem Notizbuch wie ein blasser Bürohengst.

»Der Name der Vermissten ist Matilda Purvis«, sagte Sarmiento. Er blieb an seinem Schreibtisch stehen und griff nach einer Akte, die er Rizzoli reichte. »Einunddreißig, weiß, seit sieben Monaten mit Dwayne Purvis verheiratet. Er hat die BMW-Vertretung hier in der Stadt. Hat seine Frau zuletzt am Freitag gesehen, als sie bei ihm in der Firma vorbeischaute. Offenbar hatten sie einen Streit, denn Zeugen sagen aus, dass die Frau das Firmengelände weinend verlassen hat.«

»Und wann hat er sie als vermisst gemeldet?«, fragte Frost.

»Am Sonntag.«

»Er hat zwei volle Tage gebraucht, um sich dazu aufzuraffen?«

»Angeblich wollte er nach dem Streit erst mal abwarten, bis die Dinge sich beruhigt hatten, und ist deshalb in ein Hotel gegangen. Ist erst am Sonntag wieder nach Hause zurückgekehrt. Dort fand er den Wagen seiner Frau in der Garage, die Samstagspost lag noch im Briefkasten. Da schwante ihm, dass irgendwas nicht stimmte. Wir haben seine Anzeige am Sonntagabend aufgenommen. Heute Morgen haben wir dann Ihren Rundruf über das gehäufte Verschwinden schwangerer Frauen gesehen. Ich bin mir aber nicht sicher, ob die hier in Ihr Schema passt. Sieht mir eher nach einem klassischen Fall von eskaliertem Ehestreit aus.«

»Haben Sie das Hotel überprüft, in dem er übernachtet hat?«, fragte Rizzoli.

Sarmiento antwortete mit einem Grinsen. »Als ich das letzte Mal mit ihm gesprochen habe, hatte er Probleme, sich zu erinnern, welches Hotel es war.«

Rizzoli schlug die Akte auf und erblickte ein Foto von Matilda Purvis und ihrem Mann, aufgenommen an ihrem Hochzeitstag. Wenn sie erst sieben Monate verheiratet waren, dann war sie zum Zeitpunkt der Aufnahme bereits im zweiten Monat schwanger gewesen. Die Braut sah reizend aus, mit braunen Locken, braunen Augen und mädchenhaft runden Wangen. Ihr süßes Lächeln spiegelte reines, ungetrübtes Glück. Sie sah aus wie eine Frau, die sich gerade ihren Lebenstraum erfüllt hat. Neben ihr wirkte Dwayne Purvis müde und matt, beinahe gelangweilt. Das Foto hätte die Überschrift tragen können: *Ärger vorprogrammiert.*

Sarmiento führte sie über einen Flur in einen abgedunkelten Raum. Durch einen venezianischen Spiegel konnten sie in das angrenzende Vernehmungszimmer sehen, in dem sich zu diesem Zeitpunkt niemand aufhielt. Es hatte kahle weiße Wände und enthielt lediglich einen Tisch und drei Stühle; hoch oben in einer Ecke war eine Videokamera montiert. Ein Raum, der nur einem Zweck diente: die Wahrheit aus einem Verdächtigen herauszuquetschen.

Durch das Fenster sahen sie, wie die Tür aufging und zwei Männer den Raum betraten. Der eine war ein Cop, mit breiter Brust, lichtem Haar und einem ausdruckslosen Gesicht. Die Art von Gesicht, in der man vergeblich nach dem kleinsten Aufflackern einer Gefühlsregung suchte.

»Detective Ligett übernimmt diesmal das Verhör«, murmelte Sarmiento. »Mal sehen, ob wir noch was Neues aus ihm rauskriegen.«

»Nehmen Sie Platz«, hörten sie Ligett sagen. Dwayne setzte sich mit dem Gesicht zum Fenster, das von seiner Seite aus betrachtet lediglich ein Spiegel war. War ihm bewusst, dass mehrere Augenpaare ihn durch diese Glasscheibe beobachteten? Für einen Augenblick schien es, als schaue er Rizzoli direkt in die Augen. Sie unterdrückte den Impuls, einen Schritt zurückzutreten, sich weiter in die Dunkelheit zurückzuziehen. Dabei sah Dwayne Purvis gar nicht besonders bedrohlich aus. Er war Anfang dreißig und salopp gekleidet: weißes Hemd mit Button-down-Kragen, keine Krawatte, beigefarbene Chinos. Am Handgelenk trug er eine Breitling-Uhr – ein klarer taktischer Fehler; wenn man zum Verhör bestellt wurde, protzte man nicht mit Schmuck, den sich ein gewöhnlicher Polizist niemals leisten konnte. Dwayne sah nicht schlecht aus, auf eine nichts sagende, weich gespülte Art, und zusammen mit seinem großspurig-selbstbewussten Auftreten mochte ihn das in den Augen mancher Frauen durchaus attraktiv machen – wenn sie auf Männer standen, die mit teuren Armbanduhren angaben.

»Muss ja eine Menge BMWs verkaufen, der Typ«, sagte sie.

»Bis über beide Ohren verschuldet«, erwiderte Sarmiento. »Das Haus gehört der Bank.«

»Lebensversicherung auf seine Frau?«

»Zweihundertfünfzigtausend.«

»Nicht genug, um deswegen seine Frau zu ermorden.«

»Na ja, sind immerhin zweihundertfünfzig Riesen. Aber ohne Leiche wird er die schwerlich kassieren können. Und bis jetzt haben wir keine.«

Im Nebenzimmer sagte Detective Ligett: »Okay, Dwayne, ich möchte gerne noch mal auf ein paar Punkte zurückkommen.« Ligetts Stimme war ebenso ausdruckslos wie seine Miene.

»Ich hab doch schon mit diesem anderen Polizisten gesprochen«, sagte Dwayne. »Ich weiß nicht mehr, wie er hieß. Dieser Typ, der so aussieht wie der eine Schauspieler. Sie wissen schon – Benjamin Bratt.«

»Detective Sarmiento?«

»Genau.«

Rizzoli registrierte, wie Sarmiento, der direkt neben ihr stand, ein zufriedenes kleines Grunzen von sich gab. Hört man doch immer wieder gern, dass man aussieht wie Benjamin Bratt.

»Ich weiß nicht, wieso Sie Ihre Zeit hier mit mir vergeuden«, sagte Dwayne. »Sie sollten lieber zusehen, dass Sie meine Frau finden.«

»Das tun wir, Dwayne.«

»Und wozu soll das hier dann gut sein?«

»Man kann nie wissen. Vielleicht erinnern Sie sich ja doch an irgendein kleines Detail, das für unsere Suche entscheidend sein könnte.« Ligett machte eine Kunstpause. »Zum Beispiel ...«

»Was?«

»Das Hotel, in dem Sie sich ein Zimmer genommen haben. Ist Ihnen der Name inzwischen wieder eingefallen?«

»Es war halt irgendein Hotel.«

»Wie haben Sie die Rechnung bezahlt?«

»Das spielt doch keine Rolle!«

»Haben Sie eine Kreditkarte benutzt?«

»Ich glaube schon.«

»Sie glauben?«

Dwayne schnaubte genervt. »Okay, na schön. Ich hab mit meiner Kreditkarte bezahlt.«

»Dann müsste der Name des Hotels ja auf Ihrer Abrechnung stehen. Wir brauchen bloß nachzuschauen.«

Schweigen. »Okay, jetzt fällt's mir wieder ein. Es war das Crowne Plaza.«

»In Natick?«

»Nein, drüben in Wellesley.«

Sarmiento griff plötzlich nach dem Telefon an der Wand und zischte in den Hörer: »Hier Detective Sarmiento. Ich brauche das Crowne Plaza Hotel in Wellesley…«

Im Vernehmungszimmer sagte Ligett: »Wellesley – das ist nicht gerade bei Ihnen um die Ecke, nicht wahr?«

Dwayne seufzte. »Ich musste halt mal ein bisschen verschnaufen. Ich brauchte Zeit für mich selbst. Mattie hat in letzter Zeit immer so geklammert, wissen Sie. Und dann fahr ich in die Firma, und da wollen sie auch alle ständig irgendwas von mir.«

»Man hat's nicht leicht, wie?«, sagte Ligett, ohne die Miene zu verziehen, obwohl die Bemerkung mit Sicherheit sarkastisch gemeint war.

»Alle wollen sie ein Schnäppchen machen. Ich muss immer schön freundlich bleiben und lächeln, wenn die Kunden Unmögliches von mir verlangen. Aber ich bin doch nicht der Weihnachtsmann. Wenn man ein Spitzenauto wie einen BMW haben will, muss man auch bereit sein, einen angemessenen Preis dafür zu zahlen. Und sie haben ja alle das nötige Kleingeld – das ist es, was mich so nervt. Sie haben das Geld, und trotzdem müssen sie auch noch um den letzten Cent mit mir feilschen.«

Seine Frau wird vermisst, wahrscheinlich ist sie tot, dachte Rizzoli. Und er regt sich auf über irgendwelche BMW-Schnäppchenjäger?

»Deswegen bin ich so ausgeflippt. Darum ging's bei dem Streit.«

»Mit Ihrer Frau?«

»Ja. Es ging gar nicht um *uns*. Sondern ums Geschäft. Wir hatten einige finanzielle Probleme in letzter Zeit, verstehen Sie? Das ist alles. Da liegen die Nerven nun mal blank.«

»Die Mitarbeiter, die den Streit beobachtet haben …«

»Welche Mitarbeiter? Mit wem haben Sie geredet?«

»Mit einem Verkäufer und einem Mechaniker. Sie sagen beide, Ihre Frau habe ziemlich aufgelöst gewirkt, als sie das Firmengelände verließ.«

»Na ja, sie ist eben schwanger. Sie regt sich über die unmöglichsten Sachen auf. Das sind die Hormone, da flippen die Weiber völlig aus. Mit einer schwangeren Frau kannst du einfach nicht vernünftig reden.«

Rizzoli schoss das Blut in die Wangen. Sie fragte sich, ob Frost genauso über *sie* dachte.

»Und dann ist sie die ganze Zeit müde«, sagte Dwayne. »Heult beim geringsten Anlass gleich los. Ihr Rücken tut weh, ihre Füße tun weh. Sie muss alle zehn Minuten aufs Klo rennen.« Er zuckte mit den Achseln. »Ich glaube, alles in allem gehe ich ganz gut damit um.«

»Sympathischer Bursche«, meinte Frost.

Sarmiento hängte den Hörer ebenso schnell wieder ein, wie er ihn geschnappt hatte, und ging hinaus. Kurz darauf sahen sie, wie er den Kopf zur Tür des Vernehmungsraums hineinsteckte und Ligett ein Zeichen gab. Ligett ging hinaus. Dwayne blieb allein am Tisch zurück. Er sah auf seine Uhr und rutschte nervös auf seinem Stuhl hin und her. Er blickte zum Spiegel und runzelte die Stirn. Dann zog er einen Kamm aus der Tasche und machte sich an seinen Haaren zu schaffen, bis jede Strähne millimetergenau ausgerichtet war. Der trauernde Gatte, der sich für seinen Auftritt in den Fünf-Uhr-Nachrichten fein machte.

Sarmiento schlüpfte wieder zur Tür herein und zwinkerte Rizzoli und Frost viel sagend zu. »Erwischt!«, sagte er.

»Was haben Sie herausgefunden?«

»Sehen Sie selbst.«

Durch die Scheibe sahen sie, wie Ligett den Raum wieder

betrat. Er schloss die Tür, blieb stehen und sah Dwayne einfach nur an. Dwayne verharrte vollkommen reglos, doch es war deutlich zu erkennen, wie die Halsschlagader über seinem Hemdkragen zuckte.

»Also«, sagte Ligett. »Wollen Sie mir jetzt vielleicht die Wahrheit sagen?«

»Worüber?«

»Über diese zwei Nächte im Crowne Plaza Hotel.«

Dwayne lachte – eine ziemlich unpassende Reaktion unter den Umständen. »Ich weiß nicht, was Sie meinen.«

»Detective Sarmiento hat gerade mit dem Crowne Plaza telefoniert. Das Hotel bestätigt, dass Sie dort zwei Nächte zu Gast waren.«

»Na bitte, was wollen Sie denn? Ich sagte Ihnen doch ...«

»Wer war die Frau, die zusammen mit Ihnen im Crowne Plaza abgestiegen ist, Dwayne? Blond, gut aussehend. Hat an beiden Tagen mit Ihnen im Hotel gefrühstückt.«

Dwayne schwieg. Er schluckte krampfhaft.

»Weiß Ihre Frau von der Blondine? War es das, worüber sie mit Mattie gestritten haben?«

»Nein ...«

»Sie wusste also von nichts?«

»Nein! Ich wollte sagen, darum ging es nicht bei unserem Streit!«

»Natürlich ging es darum.«

»Sie versuchen doch nur, alles zu meinen Ungunsten auszulegen!«

»Wie, existiert diese Freundin etwa nicht?« Ligett trat näher, blickte Dwayne direkt in die Augen. »Es dürfte nicht sehr schwer sein, sie zu finden. Wahrscheinlich wird sie sogar *uns* anrufen. Sie wird Ihr Gesicht in den Nachrichten sehen und sich denken, dass es das Beste für sie ist, wenn sie freiwillig mit der Wahrheit rausrückt.«

»Das hat überhaupt nichts damit zu tun – ich meine, mir ist klar, dass das keinen guten Eindruck macht, aber ...«

»Das können Sie laut sagen.«

»Okay.« Dwayne seufzte. »Okay, ich bin ein bisschen fremdgegangen, ja? Das machen viele Männer in meiner Situation. Es ist ja auch nicht einfach, wenn deine Frau so auseinander geht, dass im Bett nichts mehr läuft. Da ist immer dieser Riesenbauch im Weg, und außerdem hat sie sowieso kein Interesse.«

Rizzoli blickte starr geradeaus; sie fragte sich, ob Frost und Sarmiento wohl in ihre Richtung sahen. Ja, schaut mich nur an. Noch so eine mit dickem Bauch. Und einem Mann, der zurzeit verreist ist. Sie starrte Dwayne an, und sie stellte sich vor, dass Gabriel auf diesem Stuhl säße und diese Worte spräche. Herrgott, tu dir das doch nicht an, dachte sie. Mach dich nicht selbst verrückt. Das ist nicht Gabriel, sondern irgendein Versager namens Dwayne Purvis, der mit seiner Geliebten ertappt wurde und mit den Konsequenzen nicht klarkommt. *Deine Frau kommt dahinter, dass du etwas mit einer Tussi hast, und du denkst: Das war's dann – keine Breitling-Uhren mehr, die Hälfte vom Haus futsch, und dazu noch achtzehn Jahre Unterhalt zahlen. Dieses Schwein ist hundertprozentig schuldig.*

Sie sah Frost an. Er schüttelte den Kopf. Sie konnten beide erkennen, dass dies nur die Neuauflage einer uralten Tragödie war, die sie schon Dutzende Male gesehen hatten.

»Sie hat Ihnen also nicht mit Scheidung gedroht?«, fragte Ligett.

»Nein. Mattie hat nichts von ihr gewusst.«

»Sie kreuzt einfach bei Ihnen in der Firma auf und bricht einen Streit vom Zaun?«

»Es war wirklich saublöd. Ich habe das alles schon Sarmiento erklärt.«

»Warum haben Sie sich so aufgeregt, Dwayne?«

»Weil die dumme Kuh mit einem Platten in der Gegend rumgefahren ist und es noch nicht mal gemerkt hat! Ich meine, wie blöd muss man denn sein, um nicht zu merken, dass man schon auf den Felgen fährt? Der andere Verkäufer hat es gesehen. Nagelneuer Reifen, total zerfetzt, und die

Felge völlig ruiniert. Ich hab das gesehen und hab sie angeschrien. Und sie heult natürlich gleich wieder los, und das hat mich noch wütender gemacht, weil ich mir wieder mal wie das letzte Arschloch vorkomme.«

Du *bist* das letzte Arschloch, dachte Rizzoli. Sie sah Sarmiento an. »Ich denke, wir haben genug gehört.«

»Was habe ich Ihnen gesagt?«

»Sie sagen uns Bescheid, falls sich irgendetwas Neues ergibt?«

»Ja, klar.« Sarmiento sah wieder Dwayne an. »Es ist leicht, wenn die Kerle sich so blöd anstellen.«

Rizzoli und Frost wandten sich zum Gehen.

»Wer weiß, wie viele Meilen sie schon so rumgefahren ist«, sagte Dwayne gerade. »Würde mich nicht wundern, wenn er schon platt war, als sie zu ihrem Arzttermin gefahren ist.«

Rizzoli hielt plötzlich inne. Sie drehte sich um und betrachtete Dwayne nachdenklich. Plötzlich spürte sie, wie die Pulsader in ihrer Schläfe zu pochen begann. *Mein Gott. Fast hätte ich es übersehen.*

»Von welchem Arzt spricht er?«, fragte sie Sarmiento.

»Es ist eine Ärztin – Dr. Fishman. Ich habe gestern mit ihr gesprochen.«

»Warum war Mrs. Purvis bei ihr?«

»Eine routinemäßige Ultraschalluntersuchung, absolut nichts Ungewöhnliches.«

Rizzolio sah Sarmiento an. »Dr. Fishman ist Geburtshelferin?«

Er nickte. »Sie hat ihre Praxis in der Frauenklinik. Drüben in der Bacon Street.«

Dr. Susan Fishman war fast die ganze Nacht in der Klinik auf den Beinen gewesen, und ihr Gesicht war von Erschöpfung gezeichnet. Ihr ungewaschenes braunes Haar war zu einem Pferdeschwanz gebunden, und die Taschen des weißen Laborkittels, den sie über ihrem zerknitterten grünen

OP-Anzug trug, waren so schwer mit diversen Untersuchungsinstrumenten beladen, dass sie die Frau mit ihrem Gewicht zu Boden zu ziehen schienen.

»Larry vom Sicherheitsdienst hat mir die Überwachungsvideos vorbeigebracht«, sagte sie, als sie Rizzoli und Frost von der Anmeldung abholte und sie über einen Flur zum hinteren Teil des Klinikgebäudes führte. Die Sohlen ihrer Tennisschuhe quietschten auf dem Linoleum. »Er baut gerade im Besprechungsraum die Geräte auf. Gott sei Dank erwartet niemand von mir, dass ich das selber mache. Ich habe noch nicht mal einen Videorekorder zu Hause.«

»Hat Ihre Klinik noch die Aufzeichnungen von letzter Woche?«, fragte Frost.

»Wir haben einen Vertrag mit Minute Man Security. Die heben die Bänder mindestens eine Woche lang auf. Wir haben sie darum gebeten, wegen all der Drohungen, die wir erhalten.«

»Welche Drohungen?«

»Sie müssen wissen, dass das hier eine besondere Klinik ist. Wir treten für das Recht auf Abtreibung ein, wenn wir auch selbst keine Schwangerschaftsabbrüche durchführen. Aber allein die Tatsache, dass wir uns *Frauenklinik* nennen, scheint die rechten Aktivisten auf den Plan zu rufen. Deswegen schauen wir uns die Leute, die unser Gebäude betreten, gerne ganz genau an.«

»Sie haben in der Vergangenheit schon Probleme gehabt?«

»Ach, das Übliche. Drohbriefe, Umschläge mit falschem Anthrax-Pulver. Miese Typen, die sich vor der Klinik herumtreiben und unsere Patientinnen fotografieren. Wir wollen jeden im Auge behalten, der sich dem Eingang nähert.« Sie führte die Besucher einen weiteren Flur entlang, dessen Wände mit den gleichen bunten Standardplakaten geschmückt waren, wie man sie anscheinend in jeder Geburtsklinik findet: Schaubilder zum Stillen, zur mütterlichen Ernährung, eine Liste der »fünf Warnzeichen dafür, dass Ihr Partner Sie hintergeht«. Eine anatomische Darstellung einer schwangeren Frau, mit einem Schnittbild der Bauchhöhle. Es bereitete Rizzoli körperliches Unbehagen, mit Frost an diesem Poster vorbeigehen zu müssen – es war, als sei dort ihre eigene Anatomie zur Schau gestellt. Darm, Blase, Uterus. Der Fetus, zusammengerollt und mit ineinander verschränkten Gliedmaßen. Erst letzte Woche war Mattie Purvis an ebendiesem Plakat vorbeigegangen.

»Die Sache mit Mattie geht uns allen hier sehr zu Herzen«, sagte Dr. Fishman. »Sie ist so eine liebenswerte Frau. Und sie freut sich so unbändig auf ihr Baby.«

»Bei ihrer letzten Untersuchung – war da alles in Ordnung?«, fragte Rizzoli.

»O ja. Deutliche fetale Herztöne, gute Lage. Es sah alles ganz prima aus.« Fishman drehte sich zu Rizzoli um. Mit Zorn in der Stimme fragte sie: »Glauben Sie, dass es der Ehemann war?«

»Wieso fragen Sie?«

»Ist es denn nicht meistens der Ehemann? Er war nur ein einziges Mal mit ihr hier, gleich zu Anfang. Und die ganze Zeit über hat er heraushängen lassen, wie sehr er sich langweilte. Danach ist Mattie immer allein zu ihren Terminen gekommen. Das ist für mich immer der entscheidende Hinweis. Wenn zwei Leute zusammen ein Baby machen, sollten sie gefälligst auch zusammen hier erscheinen. Aber das ist nur meine persönliche Meinung.« Sie öffnete eine Tür. »Das ist unser Besprechungsraum.«

Larry von der Sicherheitsfirma Minute Man wartete schon auf sie. »Ich habe das Video für Sie vorbereitet«, sagte er. »Ich habe es auf den Zeitrahmen eingeschränkt, für den Sie sich interessieren. Dr. Fishman, Sie müssten sich dann bitte die Aufnahme ansehen und mir Bescheid sagen, wenn Sie Ihre Patientin auf dem Video erkennen.«

Dr. Fishman seufzte und nahm auf einem Stuhl vor dem Bildschirm Platz. »Das ist das erste Mal, dass ich mir so was ansehen muss.«

»Da können Sie froh sein«, meinte Larry. »Meistens sind diese Filme einfach nur todlangweilig.«

Rizzoli und Frost nahmen links und rechts von Fishman Platz. »Okay«, sagte Rizzoli, »dann zeigen Sie uns mal, was Sie haben.«

Larry drückte die Starttaste.

Auf dem Monitor war der Haupteingang der Klinik zu sehen. Es war ein schöner Tag, das Sonnenlicht glitzerte auf den Dächern einer Reihe von Autos, die vor dem Gebäude parkten.

»Diese Kamera sitzt am Ende eines Laternenpfahls auf dem Parkplatz«, erklärte Larry. »Unten sehen Sie die Zeit eingeblendet. Vierzehn Uhr zwei.«

Ein Saab tauchte auf und fuhr in eine Parklücke. Die Fahrertür ging auf, und eine groß gewachsene, brünette Frau stieg aus. Sie ging gemächlich auf den Eingang zu und verschwand im Gebäude.

»Matties Termin war um halb zwei«, sagte Dr. Fishman. »Vielleicht sollten Sie ein Stück zurückspulen.«

»Warten Sie noch einen Moment«, sagte Larry. »Da. Vierzehn Uhr dreißig. Ist sie das?«

Eine Frau hatte gerade das Gebäude verlassen. Sie trat ins Freie, blieb kurz stehen und hielt sich die Hand vor die Augen, als ob die Sonne sie blendete.

»Das ist sie«, sagte Dr. Fishman. »Das ist Mattie.«

Mattie entfernte sich jetzt von der Klinik; sie bewegte sich mit jenem unbeholfenen Watschelgang, der so charakteristisch für hochschwangere Frauen ist. Sie ging langsam und kramte im Gehen in ihrer Handtasche nach dem Autoschlüssel. Dabei wirkte sie abwesend, achtete nicht auf ihre Umgebung. Plötzlich blieb sie stehen und blickte sich verwirrt um, als hätte sie vergessen, wo sie geparkt hatte. Ja, das ist eine Frau, der man auch zutrauen würde, dass sie nicht merkt, wenn sie einen Platten hat, dachte Rizzoli. Jetzt machte Mattie kehrt und ging in eine ganz andere Richtung, bis sie schließlich aus dem Blickfeld der Kamera verschwand.

»Ist das alles, was Sie haben?«, fragte Rizzoli.

»Das war es doch, was Sie wollten, oder?«, fragte Larry. »Eine Bestätigung für die Uhrzeit, um die sie das Gebäude verlassen hat?«

»Aber wo ist ihr Wagen? Wir sehen nicht, wie sie in ihren Wagen einsteigt.«

»Gibt es denn irgendwelche Zweifel daran, dass sie das getan hat?«

»Ich will einfach nur sehen, wie sie den Parkplatz verlässt.«

Larry stand auf und ging zum Videorekorder. »Da gibt es noch eine andere Perspektive, die ich Ihnen zeigen kann, von einer Kamera, die ganz am anderen Ende des Parkplatzes steht«, sagte er, während er die Kassette wechselte. »Aber ich glaube nicht, dass Ihnen das sehr viel bringt, weil sie so weit weg ist.« Er nahm die Fernbedienung und drückte wieder die Starttaste.

Ein neues Bild tauchte auf. Diesmal war nur eine Ecke des Klinikgebäudes zu sehen; der größte Teil des Bildschirms war mit parkenden Autos ausgefüllt.

»Die Klinik teilt sich den Parkplatz mit der Chirurgischen Klinik gegenüber«, sagte Larry. »Deshalb sehen Sie hier so viele Autos. Okay, schauen Sie mal. Das ist sie doch, nicht wahr?«

In der Ferne war Matties Kopf zu erkennen; sie ging an einer Reihe von Autos vorbei. Dann verschwand sie von der Bildfläche, und kurz darauf setzte ein blaues Auto rückwärts aus einer Parklücke und fuhr aus dem Bild.

»Das ist alles, was wir haben«, sagte Larry. »Sie kommt aus dem Gebäude, steigt in ihren Wagen und fährt davon. Was immer ihr zugestoßen ist, es ist nicht auf unserem Gelände passiert.« Er griff nach der Fernbedienung.

»Warten Sie«, sagte Rizzoli.

»Was?«

»Spulen Sie zurück.«

»Wie weit?«

»Ungefähr dreißig Sekunden.«

Larry drückte auf eine Taste, und auf dem Monitor wirbelten die Digitalpixel für ein paar Sekunden wild durcheinander, um sich dann wieder zu dem Bild des Parkplatzes zusammenzusetzen. Und da war Mattie; sie bückte sich gerade, um in ihren Wagen einzusteigen. Rizzoli stand auf, ging zum Monitor und sah gebannt zu, wie Mattie davonfuhr – und wie kurz darauf etwas Weißes aufblitzte und in einer Ecke des Bildausschnitts vorüberhuschte, in derselben Richtung wie Matties BMW.

»Stopp«, sagte Rizzoli. Das Bild hielt an, und Rizzoli tippte mit dem Finger auf den Bildschirm. »Da. Der weiße Lieferwagen.«

»Er bewegt sich parallel zum Wagen des Opfers«, sagte Frost. *Des Opfers.* Er ging bereits vom Schlimmsten aus, was Matties Schicksal betraf.

»Ja, und?«, fragte Larry.

Rizzoli sah Fishman an. »Kennen Sie dieses Fahrzeug?«

Die Ärztin zuckte mit den Achseln. »Ich sehe mir Autos nie so genau an. Mit Marken und Modellen kenne ich mich überhaupt nicht aus.«

»Aber haben Sie diesen weißen Lieferwagen schon einmal gesehen?«

»Ich weiß nicht. Für mich sieht er aus wie jeder andere weiße Lieferwagen.«

»Warum interessieren Sie sich für diesen Lieferwagen?«, fragte Larry. »Ich meine, Sie können doch sehen, dass sie unbehelligt in ihren Wagen steigt und wegfährt.«

»Spulen Sie noch einmal zurück«, sagte Rizzoli.

»Wollen Sie diese Sequenz noch einmal sehen?«

»Nein, ich will noch weiter zurückgehen.« Sie sah wieder Fishman an. »Sie sagten, Matties Termin sei um halb zwei gewesen?«

»Ja.«

»Gehen Sie zurück auf dreizehn Uhr.«

Larry betätigte die Fernbedienung. Wieder löste das Bild

sich in einzelne Pixel auf, wieder setzten sie sich neu zusammen. Die Uhr in der Bildecke stand auf 13:02.

»Das passt schon«, sagte Rizzoli. »Lassen wir es von hier ab laufen.«

Während die Sekundenanzeige vorrückte, sahen sie, wie verschiedene Autos ins Bild rollten und wieder verschwanden. Wie eine Frau zwei kleine Kinder aus ihren Sitzen hob und mit ihnen über den Parkplatz ging, eins an jeder Hand.

Um 13:08 tauchte der weiße Lieferwagen auf. Er fuhr langsam an der Reihe der geparkten Fahrzeuge vorbei, dann verschwand er aus dem Gesichtsfeld der Kamera.

Um 13:25 kam Mattie Purvis' blauer BMW auf den Parkplatz gefahren. Sie war teilweise verdeckt von den Autos, die zwischen ihr und der Kamera standen, und sie sahen nur den oberen Teil ihres Kopfes, als sie ausstieg und entlang der Parkreihe zum Klinikeingang ging.

»Reicht das?«, fragte Larry.

»Lassen Sie es noch weiterlaufen.«

»Wonach suchen wir denn?«

Rizzoli merkte, wie ihr Puls schneller ging. »Danach«, sagte sie leise.

Der weiße Lieferwagen war wieder zu sehen. Im Schritttempo fuhr er die Reihe der geparkten Autos ab. Und hielt dann zwischen der Kamera und dem blauen BMW an.

»Mist!«, platzte Rizzoli heraus. »Er versperrt uns die Sicht! Wir können nicht sehen, was der Fahrer macht.«

Sekunden später fuhr der Lieferwagen weiter. Das Gesicht des Fahrers war in keiner Einstellung zu erkennen gewesen, und auch das Kennzeichen hatten sie nicht sehen können.

»Was hat das alles zu bedeuten?«, fragte Dr. Fishman.

Rizzoli sah Frost an. Sie musste kein Wort sagen; er wusste genauso gut wie sie, was sich auf diesem Parkplatz abgespielt hatte. *Der Platte. Theresa und Nikki Wells hatten auch einen Platten.*

So findet er sie, dachte sie. Der Parkplatz einer Klinik. Schwangere Frauen, die zu ihren Arztterminen kommen.

Mit einem raschen Schnitt den Reifen aufgeschlitzt, und dann heißt es nur noch warten. Und dem Opfer folgen, wenn es den Parkplatz verlässt. Und wenn sie dann am Straßenrand anhält, bist du schon da, direkt hinter ihr.

Bereit, ihr deine Hilfe anzubieten.

Während Frost fuhr, saß Rizzoli schweigend neben ihm und dachte über das Leben nach, das sie in ihrem Leib barg. Daran, wie dünn die Wand aus Haut und Muskelgewebe war, die ihr Baby umhüllte. Eine Messerklinge würde nicht allzu tief schneiden müssen. Ein rascher Schnitt, von oben nach unten durch die Bauchdecke geführt, vom Brustbein bis zur Schamgegend, ohne Rücksicht auf Narben, denn die Wunden würden ohnehin nie verheilen. Die Gesundheit der Mutter spielt keine Rolle. Sie ist nur eine Hülle, die man aufschneidet, um an den Schatz heranzukommen, den sie birgt; damit hat sie ihre Schuldigkeit getan. Sie presste die Hände auf ihren Bauch, und ihr wurde ganz schlecht bei dem Gedanken an das, was Mattie Purvis vielleicht gerade in diesem Moment durchmachte. Mattie selbst waren solche grotesken Bilder mit Sicherheit nicht durch den Kopf gegangen, wenn sie sich im Spiegel betrachtet hatte. Vielleicht hatte sie das Netz der Schwangerschaftsstreifen gesehen, das sich über ihren Bauch zog, und hatte den Verlust ihrer Attraktivität bedauert. Hatte voller Kummer daran gedacht, dass ihr Mann sie jetzt nur noch mit Desinteresse betrachtete, nicht mehr wie früher mit Begehren. Nicht mehr mit Liebe.

Hast du gewusst, dass Dwayne eine Affäre hatte?

Sie sah Frost an. »Er muss einen Mittelsmann haben.«

»Was?«

»Wenn er sich ein neues Baby beschafft hat, was tut er dann damit? Er muss es zu einem Mittelsmann bringen. Zu jemandem, der die Adoption unter Dach und Fach bringt, der die Papiere aufsetzt. Und ihm das Geld auszahlt.«

»Van Gates.«

»Wir wissen, dass er es schon mindestens ein Mal für sie getan hat.«

»Das war vor vierzig Jahren.«

»Wie viele weitere Adoptionen hat er seitdem organisiert? Wie viele Babys hat er in Familien untergebracht, die dafür teuer bezahlt haben? Da muss eine Menge Geld drinstecken.« *Geld für die teuren Fitnessklamotten der Vorzeigefrau.*

»Van Gates wird nicht bereit sein, uns da weiterzuhelfen.«

»Keine Chance. Aber wir wissen jetzt, wonach wir Ausschau halten müssen.«

»Nach dem weißen Lieferwagen.«

Frost fuhr eine Weile schweigend weiter. »Weißt du was«, sagte er, »wenn dieser weiße Lieferwagen vor seinem Haus auftaucht, dann bedeutet das wahrscheinlich…« Er verstummte.

Dass Mattie Purvis nicht mehr am Leben ist, dachte Rizzoli.

26

Mattie lehnte sich mit dem Rücken gegen die eine Kistenwand, stemmte die Füße gegen die andere und drückte. Sie zählte die Sekunden, so lange, bis ihre Beine zitterten und ihr die Schweißperlen im Gesicht standen. *Komm schon, noch fünf Sekunden. Zehn.* Sie entspannte sich, lag keuchend da und registrierte befriedigt das Kribbeln, das leichte Brennen in ihren Waden- und Oberschenkelmuskeln. Sie hatte sie so gut wie gar nicht bewegt, seit sie in dieser Kiste steckte; zu viele Stunden hatte sie einfach nur in der Ecke gelegen und sich in Selbstmitleid gesuhlt, während ihre Muskeln langsam verkümmert waren. Sie erinnerte sich an die schwere Grippe, mit der sie sich einmal angesteckt hatte. Tagelang hatte sie auf der Nase gelegen, gebeutelt von Fieber und Schüttelfrost. Als sie endlich wieder aus dem Bett gekrochen war, hatte sie sich so schwach gefühlt, dass sie auf allen vieren ins Bad krabbeln musste. Das war das Fatale am langen Liegen: Es raubte einem alle Kraft. Aber sie würde diese Muskeln bald brauchen; sie musste bereit sein, wenn er wiederkam.

Denn er würde bestimmt wiederkommen.

Genug geruht. Los, die Füße an die Wand. Und drücken!

Sie ächzte; der Schweiß rann ihr von der Stirn. Sie dachte an den Film *Die Akte Jane* und daran, wie geschmeidig und muskulös Demi Moore als GI Jane beim Krafttraining ausgesehen hatte. Dieses Bild hielt Mattie sich vor Augen, während sie sich gegen die Wände ihres Gefängnisses stemmte. Denk an Muskeln. Und ans Zurückschlagen. Stell dir vor, wie du das Schwein niedermachst.

Keuchend ließ sie sich wieder gegen die Wand sinken und ruhte sich aus, atmete tief durch, während der Schmerz in ihren Beinen langsam nachließ. Sie wollte die Übung gerade wiederholen, als sie spürte, wie sich in ihrem Bauch etwas verkrampfte.

Eine neue Wehe.

Sie wartete mit angehaltenem Atem und hoffte nur, dass es schnell vorbeigehen würde. Da, es ließ bereits nach. Die Gebärmutter ließ nur ihre Muskeln spielen, genau wie sie selbst. Es war nicht schmerzhaft, aber es war ein Zeichen dafür, dass ihr Termin näher rückte.

Warte noch, Baby. Ein bisschen musst du dich schon noch gedulden.

27

Wieder musste Maura sich von sämtlichen Nachweisen ihrer Identität trennen. Sie stellte ihre Handtasche ins Schließfach, legte ihre Armbanduhr dazu, ihren Gürtel und ihre Autoschlüssel. Aber selbst mit meiner Kreditkarte, meinem Führerschein und meiner Sozialversicherungsnummer, dachte sie, weiß ich noch immer nicht, wer ich wirklich bin. Der einzige Mensch, der die Antwort kennt, wartet auf der anderen Seite dieser Absperrung auf mich.

Sie betrat die Besucherschleuse, zog die Schuhe aus, stellte sie zur Inspektion auf die Ablage und ging dann durch den Metalldetektor.

Eine Aufseherin nahm sie in Empfang. »Dr. Isles?«

»Ja.«

»Sie haben um einen Raum für ein persönliches Gespräch gebeten?«

»Ich muss die Gefangene unter vier Augen sprechen.«

»Sie werden trotzdem per Video überwacht werden. Ist Ihnen das klar?«

»Solange unser Gespräch vertraulich bleibt.«

»Es ist derselbe Raum, in dem die Insassinnen sich mit ihren Anwälten treffen. Sie werden also ungestört sein.« Die Aufseherin führte Maura durch den Tagesraum und weiter einen Flur entlang, an dessen Ende sie eine Tür aufsperrte und Maura durchwinkte. »Wir bringen sie her. Nehmen Sie schon mal Platz.«

Maura betrat den Besprechungsraum und erblickte einen Tisch und zwei Stühle. Sie nahm auf dem Stuhl Platz, von dem aus sie die Tür im Blick hatte. In die Wand zum Flur war ein Plexiglasfenster eingelassen, und aus zwei gegenüberliegenden Ecken des Zimmers blickten Überwachungskameras auf sie herab. Sie wartete. Trotz der Klimaanlage waren ihre Hände schweißnass. Als sie nach einer Weile aufblickte, fuhr sie erschrocken zurück. Durch das Fenster starrten Amaltheas dunkle, ausdruckslose Augen sie an.

Die Aufseherin führte Amalthea ins Zimmer und ließ sie auf dem anderen Stuhl Platz nehmen. »Sie redet heute nicht viel. Ich kann Ihnen nicht garantieren, dass Sie auch nur ein Wort aus ihrem Mund hören werden, aber bitte, hier ist sie.« Die Aufseherin bückte sich, legte eine Stahlschelle um Amaltheas Knöchel und schloss sie am Tischbein fest.

»Ist das wirklich nötig?«, fragte Maura.

»Das ist nun mal Vorschrift – nur zu Ihrer Sicherheit.« Die Aufseherin richtete sich auf. »Wenn Sie fertig sind, drücken Sie diesen Knopf hier an der Sprechanlage. Dann kommen wir und holen sie.« Sie tätschelte Amalthea die Schulter. »So, jetzt unterhältst du dich schön mit der Dame, Schätzchen, okay? Sie ist den ganzen weiten Weg gekommen, nur um *dich* zu sehen.« Mit einem stummen Blick wünschte sie Maura viel Glück, verließ den Raum und schloss die Tür hinter sich zu.

Ein paar Sekunden verstrichen.

»Ich war letzte Woche hier, um dich zu besuchen«, sagte Maura. »Erinnerst du dich?«

Amalthea saß zusammengesunken auf ihrem Stuhl und starrte schweigend auf die Tischplatte.

»Du hast etwas zu mir gesagt, als ich gerade gehen wollte. Du hast gesagt: *Jetzt wirst du auch sterben.* Was hast du damit gemeint?«

Schweigen.

»Du wolltest mich warnen, nicht wahr? Du wolltest mir sagen, dass ich dich in Ruhe lassen soll. Du wolltest nicht, dass ich in deiner Vergangenheit herumwühle.«

Wieder Schweigen.

»Niemand hört uns zu, Amalthea. Wir sind hier ganz unter uns.« Maura legte die Hände auf den Tisch, um zu demonstrieren, dass sie keinen Kassettenrekorder hatte, kein Notizbuch. »Ich bin keine Polizistin. Ich bin keine Staatsanwältin. Du kannst mir alles sagen, was du willst, und außer mir wird es niemand hören.« Sie beugte sich weiter vor und fügte leise hinzu: »Ich weiß, dass du alles verstehst, was ich sage, jedes Wort. Also sieh mich gefälligst an. Ich habe dieses Spielchen jetzt gründlich satt.«

Obwohl Amalthea den Kopf nicht hob, war die plötzliche Anspannung in ihren Armen nicht zu übersehen, das Zucken der Muskeln. *Sie hört mir sehr wohl zu. Sie ist gespannt, was ich als Nächstes sagen werde.*

»Das war eine Drohung, nicht wahr? Als du mir sagtest, ich würde sterben, wolltest du mir zu verstehen geben, dass ich die Finger von der Sache lassen soll, wenn ich nicht wie Anna enden will. Ich dachte, es sei nur das wirre Gerede einer Psychotikerin, aber du hast es ernst gemeint. Du schützt ihn, habe ich Recht? Du schützt die Bestie.«

Ganz langsam hob Amalthea den Kopf. Die dunklen Augen richteten sich auf Maura, und ihr Blick war so kalt, so leer, dass ein Frösteln sie überlief. Sie wich zurück.

»Wir wissen Bescheid über ihn«, sagte Maura. »Wir wissen alles über euch beide.«

»Was wisst ihr?«

Maura hatte nicht damit gerechnet, dass sie etwas sagen würde. Sie hatte die Worte so leise geflüstert, dass Maura sich fragte, ob sie sich nicht verhört hatte. Sie schluckte. Atmete tief durch. Der Blick dieser unergründlichen schwarzen Augen ging ihr durch Mark und Bein. In ihnen lag kein Wahnsinn, nur unendliche Leere.

»Du bist genauso wenig verrückt wie ich«, sagte Maura. »Aber du hast Angst, dass irgendjemand dahinter kommen könnte. Es ist viel leichter, sich einfach hinter der Maske der Schizophrenie zu verstecken. Es ist leichter, die Psychotikerin zu spielen, weil Verrückte in der Regel in Ruhe gelassen werden. Niemand macht sich die Mühe, jemanden wie dich zu verhören. Sie bohren nicht weiter, weil sie glauben, dass alles sowieso nur Hirngespinste sind. Und jetzt geben sie dir noch nicht einmal mehr Medikamente, weil du es so gut verstehst, die Nebenwirkungen zu simulieren.« Maura zwang sich, tiefer in diesen Abgrund hineinzublicken. »Sie wissen nicht, dass die Bestie wirklich existiert. Aber du weißt es. Und du weißt auch, wo er ist.«

Amalthea saß weiter vollkommen reglos da, doch ihre Gesichtszüge hatten sich gestrafft. Die Muskeln um ihren Mund herum waren angespannt, und die Sehnen an ihrem Hals traten hervor wie stramme Taue.

»Das war deine einzige Chance, nicht wahr? Auf Unzurechnungsfähigkeit zu plädieren. Du konntest die Beweise nicht wegdiskutieren – das Blut an deinem Montiereisen, die gestohlenen Brieftaschen. Aber wenn du sie davon überzeugst, dass du an einer Psychose leidest, dann bleiben dir vielleicht genauere Nachforschungen erspart. Vielleicht bleiben ihnen dann deine ganzen anderen Opfer verborgen. Die Frauen, die du in Florida und in Virginia ermordet hast. In Texas und in Arkansas. In Staaten mit der Todesstrafe.« Maura beugte sich noch weiter vor. »Warum lieferst du ihn nicht einfach ans Messer, Amalthea? Schließlich hat er *dich* alles allein ausbaden lassen. Und er ist immer noch auf freiem Fuß und mordet weiter. Er macht ohne dich weiter, zieht weiter auf eurer alten Route und sucht dieselben Jagdgründe auf. Gerade erst hat er wieder eine Frau entführt, in Natick. Du könntest ihm das Handwerk legen, Amalthea. Du könntest dem Ganzen ein Ende machen.«

Amalthea schien mit angehaltenem Atem zu warten.

»Schau dich doch an – hier sitzt du im Gefängnis«, sagte Maura und lachte. »Was für eine Versagerin du doch bist. Warum musst du hier schmoren, während Elijah frei herumläuft?«

Amalthea blinzelte. Von einer Sekunde auf die andere schien alle Erstarrung von ihren Muskeln abzufallen.

»Sprich mit mir«, drängte Maura. »Außer uns ist niemand hier im Zimmer. Nur du und ich.«

Amaltheas Blick richtete sich auf die Videokamera, die in der Zimmerecke montiert war.

»Ja, sie können uns sehen«, sagte Maura. »Aber hören können sie uns nicht.«

»Alle können uns hören«, flüsterte Amalthea. Sie fixierte Maura. Der Blick aus den unergründlichen Augen war jetzt kalt und beherrscht. Und erschreckend klar – so, als blickte mit einem Mal ein völlig neues Wesen aus diesen Augen. »Warum bist du hier?«

»Weil ich es wissen will. Hat Elijah meine Schwester getötet?«

Eine lange Pause. Und dann, zu Mauras Befremden, ein amüsiertes Blitzen in diesen kalten Augen. »Warum hätte er das tun sollen?«

»Du weißt, warum Anna ermordet wurde. Nicht wahr?«

»Warum fragst du mich nicht etwas, worauf ich eine Antwort weiß? Die Frage, wegen der du eigentlich gekommen bist.« Amaltheas Stimme war leise, ihr Ton vertraulich. »Es geht um dich, Maura, nicht wahr? Was ist es, was *du* wissen willst?«

Maura starrte sie an, ihr Herz hämmerte wild. Eine einzige Frage stieg in ihrer Kehle auf wie ein würgender Schmerz. »Ich will von dir wissen …«

»Ja?« Nur ein Murmeln, leise wie eine Stimme in Mauras Kopf.

»Wer ist meine wahre Mutter?«

Ein Lächeln zuckte um Amaltheas Mundwinkel. »Willst du behaupten, dass du die Ähnlichkeit nicht siehst?«

»Sag mir ganz einfach die Wahrheit.«

»Sieh mich an. Und dann schau in den Spiegel. Da hast du deine Wahrheit.«

»Ich kann nichts von mir in dir erkennen.«

»Aber ich erkenne mich in *dir*.«

Maura lachte auf und war selbst überrascht, dass das Lachen ihr nicht im Hals stecken blieb. »Ich weiß wirklich nicht, warum ich überhaupt gekommen bin. Dieser Besuch ist die reinste Zeitverschwendung.« Sie stieß ihren Stuhl zurück und begann aufzustehen.

»Macht es dir Spaß, mit Leichen zu arbeiten, Maura?«

Die Frage verblüffte Maura so, dass sie in der Bewegung innehielt.

»Das tust du doch, nicht wahr?«, sagte Amalthea. »Du schneidest sie auf. Entnimmst ihre Organe. Zerlegst ihre Herzen. Warum tust du das?«

»Mein Beruf verlangt es.«

»Und warum hast du diesen Beruf gewählt?«

»Ich bin nicht hier, um über mich zu reden.«

»O doch. Es geht nur um dich. Darum, wer du wirklich bist.«

Langsam ließ Maura sich wieder auf den Stuhl sinken. »Warum sagst du es mir nicht einfach?«

»Du schlitzt Bäuche auf. Tauchst deine Hände in ihr Blut. Wieso glaubst du, dass wir so völlig verschieden sind?« Die Frau war so unmerklich näher gerückt, dass Maura erschrak, als sie aufblickte und Amalthea so dicht vor sich sah. »Schau in den Spiegel. Und du wirst *mich* sehen.«

»Wir gehören noch nicht einmal derselben Spezies an.«

»Wenn du das unbedingt glauben willst, warum soll ich mich dann abmühen, um dich vom Gegenteil zu überzeugen?« Amalthea starrte Maura an, ohne mit der Wimper zu zucken. »Es gibt ja schließlich noch die DNA-Analyse.«

Maura verschlug es den Atem. Ein Bluff, dachte sie. Amalthea will mich nur auf die Probe stellen, um herauszufinden, ob ich tatsächlich die Wahrheit wissen will. Die DNA lügt nicht. Ein Abstrich aus ihrem Mund würde genügen, und ich hätte meine Antwort. Und würde vielleicht meine schlimmsten Befürchtungen bestätigt finden.

»Du weißt, wo du mich findest«, sagte Amalthea. »Komm wieder, wenn du bereit bist für die Wahrheit.« Die Fußfessel rasselte am Tischbein, als sie aufstand und zur Videokamera aufblickte. Ein Zeichen für die Aufseherin, dass sie gehen wollte.

»Wenn du meine Mutter bist«, sagte Maura, »dann sag mir, wer mein Vater ist.«

Amalthea wandte sich zu ihr um, und wieder spielte dieses Lächeln um ihre Lippen. »Hast du das noch nicht erraten?«

Die Tür ging auf, und die Aufseherin steckte den Kopf herein. »Alles okay hier drin?«

Die Verwandlung war verblüffend. Noch Sekunden zuvor hatte Amalthea Maura mit kühler Berechnung gemustert. Jetzt war diese Person verschwunden, und geblieben war nur eine leere Hülle, eine verwirrte Frau, die an ihrer Fessel zerrte, als könne sie nicht begreifen, wieso sie sich nicht allein befreien konnte. »Gehen«, stammelte sie. »Will – will gehen.«

»Ja, Schätzchen, wir gehen ja schon.« Die Aufseherin sah Maura an. »Ich nehme an, Sie sind fertig mit ihr?«

»Vorläufig«, antwortete Maura.

Rizzoli hatte nicht mit einem Besuch von Charles Cassell gerechnet, und entsprechend überrascht war sie, als der Dienst habende Beamte anrief und ihr mitteilte, Dr. Cassell warte in der Eingangshalle auf sie. Als sie aus dem Aufzug trat und ihn sah, war sie schockiert über die Veränderung in seinem Aussehen. In nur einer Woche schien er um zehn Jahre gealtert. Er hatte erkennbar abgenommen, und sein Gesicht war jetzt hager und fahl. Sein Jackett, zweifellos eine teure Maßanfertigung, schien viel zu weit für seine hängenden Schultern.

»Ich muss mit Ihnen reden«, sagte er. »Ich muss wissen, was hier läuft.«

Sie nickte dem Beamten am Empfang zu. »Ich gehe mit ihm hoch.«

Als sie mit Cassell den Aufzug betrat, sagte er: »Niemand sagt mir irgendetwas.«

»Ihnen ist doch klar, dass das bei einer noch nicht abgeschlossenen Ermittlung so üblich ist.«

»Werden Sie Anklage gegen mich erheben? Detective Ballard sagt, es sei nur noch eine Frage der Zeit.«

Sie sah ihn erstaunt an. »Wann hat er Ihnen das gesagt?«

»Das sagt er jedes Mal, wenn ich von ihm höre. Ist das Ihre Strategie, Detective? Mir Angst einzujagen, mich so lange einzuschüchtern, bis ich zu einem Deal bereit bin?«

Sie erwiderte nichts. Von Ballards ständigen Anrufen bei Cassell hatte sie nichts gewusst.

Sie traten aus dem Aufzug, und Rizzoli führte ihren Besucher in das Vernehmungszimmer, wo sie an einer Ecke des Tisches Platz nahmen.

»Haben Sie mir irgendetwas Neues zu sagen?«, fragte sie. »Wenn nicht, gibt es meiner Meinung nach keinen Grund für Ihren Besuch.«

»Ich habe sie nicht getötet.«

»Das haben Sie schon einmal gesagt.«

»Ich glaube, beim ersten Mal haben Sie mir nicht richtig zugehört.«

»Gibt es noch etwas, was Sie mir sagen wollen?«

»Sie haben meine Flüge überprüft, nicht wahr? Ich habe Ihnen die Informationen gegeben.«

»Northwest Airlines hat bestätigt, dass Sie mit der Maschine geflogen sind. Aber damit haben Sie noch kein Alibi für den Abend des Mordes an Anna.«

»Und dieser Vorfall mit dem toten Vogel in ihrem Briefkasten? Haben Sie sich eigentlich mal die Mühe gemacht, zu überprüfen, wo ich war, als das passierte? Ich weiß, dass ich damals nicht in der Stadt war. Meine Sekretärin kann Ihnen das bestätigen.«

»Trotzdem müssen Sie verstehen, dass Ihre Unschuld damit noch längst nicht bewiesen ist. Sie könnten jemanden dazu angestiftet haben, einem Vogel den Hals umzudrehen und ihn in Annas Briefkasten zu werfen.«

»Ich gebe ja offen zu, was ich tatsächlich getan habe. Ja, ich bin ihr gefolgt. Ich bin vielleicht ein halbes Dutzend Mal an ihrem Haus vorbeigefahren. Und, ja, ich *habe* sie an diesem einen Abend geschlagen – und ich bin nicht stolz darauf. Aber ich habe nie irgendwelche Todesdrohungen verschickt. Und ich habe auch keinen Vogel getötet.«

»Sind Sie nur gekommen, um mir das zu sagen? Denn wenn das alles ist…« Sie machte Anstalten aufzustehen – und war geschockt, als er urplötzlich die Hand ausstreckte und sie am Arm packte. So fest war sein Griff, dass sie sich instinktiv gegen den Angriff wehrte und sein Handgelenk verdrehte, um sich zu befreien.

Er stöhnte vor Schmerz auf und sank benommen auf seinen Stuhl zurück.

»Wollen Sie, dass ich Ihnen den Arm breche?«, sagte sie. »Nur zu, versuchen Sie's einfach noch mal mit diesem kleinen Trick.«

»Es tut mir Leid«, murmelte er und starrte sie mit weit aufgerissenen Augen an. Aller Groll, der sich während ihres Wortwechsels in ihm aufgestaut hatte, schien mit einem Mal verflogen. »Mein Gott, es tut mir Leid…«

Sie betrachtete ihn, wie er da zusammengesunken auf seinem Stuhl saß, ein Häufchen Elend, und sie dachte: Dieser Kummer ist echt.

»Ich muss einfach wissen, was hier passiert«, sagte er. »Ich muss wissen, dass Sie irgendetwas *tun*.«

»Ich tue meine Arbeit, Dr. Cassell.«

»Alles, was Sie tun, ist, gegen *mich* zu ermitteln.«

»Das ist nicht wahr. Unsere Ermittlungen gehen in alle Richtungen.«

»Ballard hat gesagt…«

»Detective Ballard ist nicht für diesen Fall zuständig. *Ich* leite die Ermittlungen. Und Sie können mir glauben, dass ich jeder einzelnen Spur nachgehe.«

Er nickte, holte tief Luft und straffte die Schultern. »Das war es, was ich hören wollte – dass alles getan wird, was getan werden kann. Dass Sie nichts übersehen haben. Ganz gleich, was Sie von mir halten, die reine Wahrheit ist: Ich habe sie geliebt.« Er fuhr sich mit der Hand durchs Haar. »Es ist furchtbar, von einem geliebten Menschen verlassen zu werden.«

»Ja, das stimmt.«

»Wenn Sie einen Menschen lieben, ist es doch nur natürlich, dass Sie ihn festhalten wollen. Dann tun Sie auch schon mal etwas Verrücktes, aus reiner Verzweiflung…«

»Bis hin zum Mord?«

»Ich habe sie nicht ermordet.« Er sah Rizzoli in die Augen. »Aber Sie haben Recht – *für* sie hätte ich auch gemordet.«

Ihr Handy läutete. Sie stand auf. »Entschuldigen Sie mich«, sagte sie und ging hinaus. Es war Frost. »Das Überwachungsteam hat gerade einen weißen Lieferwagen vor Van Gates' Haus entdeckt«, sagte er. »Er ist vor einer Viertelstunde langsam am Haus vorbeigefahren, hat aber nicht angehalten. Es ist nicht ausgeschlossen, dass der Fahrer unsere Jungs gesehen hat, deshalb sind sie ein paar Häuser weiter gefahren.«

»Wieso glaubt ihr, dass es der richtige Lieferwagen ist?«

»Die Kennzeichen sind gestohlen.«

»Was?«

»Die Jungs haben die Nummer aufgeschrieben. Die Schilder wurden vor drei Wochen von einem Dodge Caravan in Pittsfield abmontiert.«

Pittsfield, dachte sie. Nicht weit von Albany, gleich auf der anderen Seite der Staatsgrenze.

Albany, wo erst letzten Monat eine Frau verschwunden ist.

Sie stand da, das Telefon ans Ohr gepresst, und ihr Puls begann zu rasen. »Wo ist der Lieferwagen jetzt?«

»Unser Team hat die Stellung gehalten und ist ihm nicht gefolgt. Bis sie die Information über die Nummernschilder eingeholt hatten, war er schon weg. Er ist bis jetzt nicht wiedergekommen.«

»Wechseln wir den Wagen aus und verlegen das Team in eine Parallelstraße; dann schicken wir ein zweites los, um das Haus zu überwachen. Wenn der Lieferwagen dann noch mal vorbeikommt, können wir ihn mit zwei Wagen im Wechsel verfolgen.«

»Okay, ich fahre sofort hin.«

Sie legte auf und wandte sich zur offenen Tür des Besprechungsraums um. Charles Cassell saß noch immer am Tisch, das Kinn auf die Brust gesenkt. Ist es Liebe oder Besessenheit, was ich da sehe?, fragte sie sich.

Manchmal war da einfach kein Unterschied zu erkennen.

28

Es dämmerte bereits, als Rizzoli den Dedham Parkway entlangfuhr. Nach einer Weile entdeckte sie Frosts Wagen und parkte dahinter. Sie stieg aus und setzte sich zu ihm ins Auto.

»Und?«, fragte sie. »Gibt's was Neues?«

»Nichts. Tote Hose.«

»Verdammt. Es ist jetzt schon über eine Stunde her. Haben wir ihn verschreckt?«

»Es besteht immer noch die Möglichkeit, dass es nicht Lank war.«

»Weißer Lieferwagen, in Pittsfield gestohlene Kennzeichen?«

»Na ja, er hat schließlich nicht angehalten. Und er ist nicht wiedergekommen.«

»Wann hat Van Gates das letzte Mal sein Haus verlassen?«

»Er und seine Frau sind gegen Mittag zum Einkaufen gefahren. Seitdem sind sie nicht mehr weggegangen.«

»Fahr los. Ich will mir das Haus mal von der Straße aus anschauen.«

Frost startete den Wagen und fuhr im Schritttempo an Van Gates' Haus vorbei, so dass sie genug Zeit hatte, sein Herrenhaus an der Sprague Street zu bewundern. Sie kamen am Wagen des Überwachungsteams vorbei, der am anderen Ende des Blocks parkte, bogen um die Ecke und hielten am Straßenrand.

»Bist du sicher, dass sie zu Hause sind?«, fragte Rizzoli.

»Das Team hat weder ihn noch sie seit heute Mittag aus dem Haus kommen sehen.«

»Es kam mir alles verdammt dunkel vor.«

Sie saßen ein paar Minuten schweigend im Wagen, während draußen die Dunkelheit immer weiter vorrückte. Und Rizzolis Unruhe wuchs. Sie hatte kein Licht brennen sehen. Schliefen die beiden schon? Hatten sie heimlich das Haus verlassen, unbemerkt vom Überwachungsteam?

Was hatte der Lieferwagen in dieser Gegend zu suchen?

Sie sah Frost an. »So, mir reicht's jetzt. Ich will nicht länger warten. Wir statten ihnen jetzt einen Besuch ab.«

Frost fuhr zurück zum Haus und parkte davor. Sie klingelten, klopften an die Tür. Niemand öffnete. Rizzoli ging die Treppe hinunter und ein Stück den Gartenpfad entlang, drehte sich um und betrachtete die Fassade mit ihren phallischen weißen Säulen im Stil einer Südstaatenplantage. Auch oben brannte kein Licht. Der Lieferwagen, dachte sie. Der war nicht ohne Grund hier.

»Was denkst du?«, fragte Frost.

Rizzolis Herz begann heftiger zu pochen, und ein nervöses Kribbeln überlief sie. Sie deutete mit dem Kopf zur Seite, und Frost begriff sofort: *Wir versuchen es von der Rückseite.*

Sie ging im Bogen ums Haus herum und öffnete ein Tor. Dahinter erblickte sie nur einen schmalen Pfad, begrenzt von einem Zaun. Kein Platz für einen Garten – gerade mal genug für die zwei Mülltonnen, die im Durchgang standen. Sie hatten keinen Durchsuchungsbeschluss, aber irgendetwas stimmte hier nicht – irgendetwas hatte dieses Kribbeln in ihren Händen ausgelöst, in den Händen, die noch die Narben von Warren Hoyts Skalpell trugen. Ein Monster wie er hinterlässt Spuren in deinem Fleisch, in deinen Instinkten. Von diesem Moment an wirst du es immer spüren, wenn einer von seiner Sorte vorübergeht.

Frost folgte ihr auf dem Fuß, als sie an dunklen Fenstern vorbeischlich, an einer zentralen Klimaanlage, die warme Luft auf ihre fröstelnde Haut blies. Leise, ganz leise. Sie begingen jetzt offiziell Hausfriedensbruch, aber sie wollte nichts weiter als einen kurzen Blick durch ein Fenster oder die Hintertür werfen.

Sie bog um die Ecke und erblickte einen kleinen Garten,

umschlossen von einem Zaun. Das hintere Tor stand offen. Sie ging über den Rasen darauf zu und warf einen Blick in die Passage dahinter. Niemand zu sehen. Sie ging zurück zum Haus und hatte fast schon die Hintertür erreicht, als sie bemerkte, dass sie nicht ganz geschlossen war.

Rizzoli und Frost tauschten einen Blick. Im nächsten Augenblick hielten sie beide ihre Waffen in der Hand. Es war so schnell, so automatisch gegangen, dass sie sich nicht einmal daran erinnerte, ihre Pistole gezogen zu haben. Frost stieß die Hintertür leicht an, und sie schwang auf. Ein Stück des gefliesten Küchenbodens wurde sichtbar.

Und Blut.

Er schlüpfte hinein und tastete nach dem Lichtschalter. Das Deckenlicht ging an, und noch mehr Blut schrie sie von den Wänden an, von den Möbeln, eine so überwältigende Kakophonie, dass Rizzoli zurücktaumelte, als hätte ihr jemand einen Stoß versetzt. Das Baby in ihrem Bauch strampelte unruhig.

Frost ging hinaus auf den Flur, doch sie blieb wie erstarrt stehen und blickte auf Terence Van Gates hinab, der sie mit glasigen Augen anstarrte, wie ein Ertrunkener in einem See von Blut. *Es ist noch nicht trocken.*

»Rizzoli!«, hörte sie Frost rufen. »Die Frau – sie lebt noch!«

Ihr Leibesumfang machte ihre Bewegungen unbeholfen, und sie wäre fast ausgerutscht, als sie aus der Küche hinausstürmte. Der Flur war ein einziges Dokument des Grauens. Spritzer arteriellen Bluts und vereinzelte kleinere Tropfen überzogen die Wand in pulsierenden Bahnen. Sie folgte der Spur ins Wohnzimmer, wo Frost am Boden kniete und mit hektischer Stimme über Funk einen Krankenwagen rief, während er eine Hand auf Bonnie Van Gates' Hals presste. Zwischen seinen Fingern sickerte Blut hervor.

Rizzoli ließ sich neben der zusammengebrochenen Frau auf die Knie sinken. Bonnies Augen waren weit aufgerissen, in panischer Angst nach oben verdreht, als könne sie schon den Tod sehen, der über ihr schwebte, um sie mitzunehmen.

»Ich kann es nicht stillen!«, rief Frost. Unaufhaltsam sickerte das Blut durch seine Finger.

Rizzoli riss einen Schonbezug von der Armlehne der Couch und knüllte ihn zusammen. Dann beugte sie sich über Bonnie, um ihr den improvisierten Verband auf die Wunde zu legen. Frost zog seine Hand zurück, und eine Blutfontäne schoss hervor, ehe Rizzoli den Stoffballen auf die Stelle drücken konnte. Innerhalb von Sekunden war er völlig durchtränkt.

»Ihre Hand blutet auch!«, sagte Frost.

Rizzoli blickte nach unten und sah einen steten Blutstrom aus Bonnies aufgeschnittener Handfläche fließen. *Wir können nicht alles stillen…*

»Rettungswagen?«, fragte sie.

»Ist unterwegs.«

Bonnies Hand schoss hoch und packte Rizzolis Arm.

»Bleiben Sie liegen! Nicht bewegen!«

Bonnie zuckte, ruderte jetzt mit beiden Händen in der Luft wie ein verängstigtes Tier, das nach einem Angreifer anschlägt.

»Halt sie fest, Frost!«

»Mensch, sie ist ganz schön stark!«

»Bonnie, hören Sie auf damit! Wir versuchen doch nur, Ihnen zu helfen!«

Wieder schlug Bonnie um sich, und Rizzolis Hand rutschte weg. Ein warmer Strahl traf sie im Gesicht, sie schmeckte Blut. Musste würgen, als ihr die warme, metallische Flüssigkeit in die Kehle rann. Bonnie wand sich, drehte sich zur Seite, ihre Beine zuckten wie unter fortgesetzten Stromschlägen.

»Sie hat einen Krampfanfall!«, sagte Frost.

Rizzoli drückte Bonnies Wange mit Gewalt auf den Teppich hinunter und presste den Verband wieder auf die Wunde. Inzwischen war alles voller Blut; Frosts Hemd war damit voll gespritzt, und Rizzoli spürte, wie es ihre Jacke durchtränkte, während sie sich verzweifelt mühte, auf der glitschigen Haut nicht abzurutschen. So viel Blut. Um Himmels willen, wie viel konnte ein einziger Mensch verlieren?

Schwere Schritte kamen von draußen herein. Es waren die Männer vom Überwachungsteam, die ein paar Häuser weiter geparkt hatten. Rizzoli blickte nicht einmal auf, als die zwei ins Zimmer gestürzt kamen. Frost rief ihnen zu, sie sollten Bonnie festhalten. Aber das war kaum noch nötig; der Krampfanfall war vorüber, und ihre Glieder zuckten jetzt schon im Todeskampf.

»Sie atmet nicht mehr«, sagte Frost.

»Dreht sie auf den Rücken! Los, schnell!«

Frost legte die Lippen auf Bonnies Mund und blies. Als er sich wieder aufrichtete, hatte er Blut an den Lippen.

»Kein Puls!«

Einer der Polizisten legte die Handflächen auf den Brustkorb der Frau und begann mit der Herzdruckmassage. Einundzwanzig, zweiundzwanzig. Seine Hände verschwanden ganz zwischen ihren üppigen Hollywood-Brüsten. Mit jedem Stoß quollen nur einige wenige Tropfen aus der Wunde. So wenig Blut war in ihren Adern verblieben, dass es nicht mehr zirkulieren und die lebenswichtigen Organe versorgen konnte. Es war, als versuchte man Wasser aus einem ausgetrockneten Brunnen zu pumpen.

Die Sanitäter kamen mit ihren Schläuchen und Monitoren und Beuteln mit Infusionsflüssigkeit. Rizzoli stand auf, um ihnen Platz zu machen, und plötzlich wurde ihr so schwindlig, dass sie sich setzen musste. Sie ließ sich auf einen Sessel fallen und senkte den Kopf. Ihr fiel auf, dass sie auf weißem Stoff saß, den sie wahrscheinlich gerade mit dem Blut an ihren Kleidern verschmierte. Als sie wieder aufblickte, sah sie, dass die Sanitäter Bonnie inzwischen intubiert hatten. Sie hatten ihre Bluse aufgerissen und den BH aufgeschnitten; EKG-Kabel zogen sich kreuz und quer über ihre Brust. Noch vor einer Woche hatte Rizzoli diese Frau mit ihrer engen pinkfarbenen Bluse und den Stöckelsandalen als hirnloses Barbiepüppchen angesehen, als hohles Plastikgeschöpf. Und jetzt sah sie in der Tat aus wie eine Plastikpuppe, mit ihrer wächsernen Haut und den leeren, seelenlosen Augen. Rizzoli entdeckte eine von Bonnies Sandalen, die ein paar Schritte entfernt am Boden lag, und sie fragte sich, ob sie wohl in diesen unmöglichen Schuhen zu fliehen versucht hatte. Sie malte sich aus, wie sie voller Panik den Flur entlanggestöckelt war und Blutspritzer an der Wand hinterlassen hatte. Die Sanitäter hatten Bonnie schon abtransportiert, da starrte Rizzoli immer noch diese eine nutzlose Sandale an.

»Sie wird nicht durchkommen«, sagte Frost.

»Ich weiß.« Rizzoli sah ihn an. »Du hast Blut am Mund.«

»Du solltest *dich* mal im Spiegel anschauen. Ich würde sagen, wir haben beide ganz schön was abgekriegt.«

Sie dachte an all die schrecklichen Krankheiten, die durch Blut übertragen wurden. HIV, Hepatitis. »Sie schien mir eigentlich ganz gesund zu sein« – das war alles, was ihr in diesem Moment einfiel.

»Trotzdem«, meinte Frost. »Du bist schließlich schwanger.«

Und warum saß sie dann hier, über und über mit dem Blut einer fremden Frau bespritzt? Ich sollte zu Hause vor dem Fernseher hocken, dachte sie, und meine geschwollenen Beine hochlegen. Das ist kein Leben für eine werdende Mutter. Oder für irgendjemanden sonst.

Sie versuchte sich aus dem Sessel zu hieven. Frost streckte die Hand aus, und zum ersten Mal ergriff sie sie, ließ sich freiwillig von ihm aufhelfen. Manchmal, dachte sie, muss man einfach die Hilfe annehmen, die einem angeboten wird. Manchmal muss man einfach zugeben, dass man nicht alles allein hinbekommt. Ihre Bluse war steif, ihre Hände braun und verklebt. Bald würde die Spurensicherung eintreffen, und dann die Presse. Immer die verfluchte Presse.

Zeit, sich das Blut abzuwaschen und an die Arbeit zu gehen.

Als Maura aus ihrem Wagen stieg, sah sie sich einem Meer von Kameraobjektiven gegenüber, und von allen Seiten wurden ihr Mikrofone entgegengestreckt. Das flackernde blauweiße Licht von Streifenwagen fiel auf die Schar der Schaulustigen, die sich um das mit Polizeiband abgesperrte Grundstück drängten. Sie zögerte keine Sekunde, gab der Reporterschar keine Chance, sie einzukreisen, sondern marschierte schnurstracks auf das Haus zu, wo sie dem Polizisten zunickte, der an der Absperrung Wache hielt.

Seine Begrüßung wurde von einem verwirrten Blick begleitet. »Äh – Dr. Costas ist schon hier…«

»Und ich auch«, sagte sie und schlüpfte unter dem Band hindurch.

»Dr. Isles?«

»Er ist im Haus?«

»Ja, aber…«

Sie ging einfach weiter. Sie wusste, dass er sich ihr nicht in den Weg stellen würde. Ihrem souveränen, bestimmten Auftreten hatte sie es zu verdanken, dass kaum ein Polizist es je wagte, ihr den Zutritt zu einem Tatort zu verweigern. Vor der Tür blieb sie kurz stehen, um sich Handschuhe und Überschuhe anzuziehen – der vorgeschriebene Dresscode, wann immer Blut im Spiel war. Dann betrat sie das Haus. Die Beamten der Spurensicherung blickten kaum von ihrer Arbeit auf; sie kannten sie alle und hatten keinen Grund, sich über ihre Anwesenheit zu wundern. Ungehindert ging sie von der Eingangshalle weiter ins Wohnzimmer und sah den blutbefleckten Teppich, den verstreuten medizinischen Abfall, den die Sanitäter hinterlassen hatten. Der Boden war mit Spritzen, aufgerissenen Verpackungen und Fetzen von blutigem Verbandmull übersät. Keine Leiche.

Sie betrat einen Flur, an dessen Wänden die Gewaltorgie ihre Spuren hinterlassen hatte. Auf der einen Seite Spritzer von arteriellem Blut. Auf der anderen, weniger auffallend, die Tropfen, die von der Messerklinge des Verfolgers gefallen waren.

»Doc?« Rizzoli stand am anderen Ende des Flurs.

»Warum haben Sie mich nicht angerufen?«, fragte Maura.

»Costas übernimmt diesen Fall.«

»Das habe ich gerade gehört.«

»Ihre Anwesenheit ist nicht erforderlich.«

»Sie hätten mir Bescheid sagen können, Jane. Sie hätten mich informieren sollen.«

»Das hier ist nicht Ihr Fall.«

»Es betrifft meine Schwester. Also geht es auch *mich* etwas an.«

»Genau deswegen ist es nicht Ihr Fall.« Rizzoli ging auf sie zu und sah sie dabei unverwandt an. »Das muss ich Ihnen nicht erst erklären.«

»Ich verlange ja gar nicht, dass ich offiziell mit der Autopsie betraut werde. Was mich ärgert, ist, dass niemand mich angerufen hat, um es mir zu sagen.«

»Ich bin nicht dazu gekommen, okay?«

»Ist das Ihre Ausrede?«

»Es ist die Wahrheit, verdammt noch mal!« Rizzoli deutete mit einer hektischen Geste auf die blutbespritzte Wand. »Wir haben hier zwei Todesopfer. Ich habe noch nichts gegessen. Ich habe noch keine Zeit gehabt, mir das Blut aus den Haaren zu waschen. Noch nicht mal zum Pinkeln komme ich hier, dass Sie's wissen!« Sie wandte sich ab. »Ich habe Wichtigeres zu tun, als mich vor Ihnen zu rechtfertigen.«

»Jane.«

»Fahren Sie nach Hause, Doc, und lassen Sie mich meine Arbeit machen.«

»Jane! Es tut mir Leid. Ich hätte das alles nicht sagen dürfen.«

Rizzoli drehte sich wieder zu ihr um, und jetzt sah Maura, was ihr bis zu diesem Moment entgangen war: Die Ringe unter den Augen, die hängenden Schultern. *Sie kann sich kaum noch auf den Beinen halten.*

»Mir tut es auch Leid.« Rizzoli blickte auf die blutbespritzte Wand. »Wir haben ihn um Haaresbreite verpasst«, sagte sie. »*So* dicht waren wir dran.« Sie demonstrierte es mit Daumen und Zeigefinger. »Wir haben das Haus von einem Team bewachen lassen. Ich weiß nicht, wie er den Wagen entdeckt hat, aber er ist einfach vorbeigefahren und stattdessen durch den Hintereingang eingedrungen.« Sie schüttelte den Kopf. »Irgendwie hat er es gewusst. Er wusste, dass wir nach ihm suchten. Deshalb stellte Van Gates ein Problem für ihn dar ...«

»*Sie* hat ihn gewarnt.«

»Wer?«

»Amalthea. Sie muss es gewesen sein. Ein Anruf, ein Brief. Ein Kassiber, hinausgeschmuggelt mithilfe einer Aufseherin. Sie schützt ihren Partner.«

»Sie glauben, dass sie zu einer so rationalen Handlung fähig ist?«

»Ja, davon bin ich überzeugt.« Maura zögerte. »Ich habe sie heute besucht.«

»Wann hatten Sie vor, mir das zu sagen?«

»Sie weiß Dinge über mich, die sonst niemand weiß. Sie kennt die Antworten.«

»Sie hört Stimmen, Herrgott noch mal!«

»Nein, das tut sie nicht. Ich bin überzeugt, dass sie vollkommen klar im Kopf ist und haargenau weiß, was sie tut. Sie schützt ihren Partner, Jane. Sie wird ihn nie verraten.«

Rizzoli betrachtete sie eine Weile schweigend. »Vielleicht sollten Sie sich das hier doch besser anschauen. Sie müssen wissen, womit wir es zu tun haben.«

Maura folgte ihr in die Küche und blieb an der Tür stehen, geschockt von dem Blutbad, das sie erblickte. Ihr Kollege Dr. Costas kauerte neben der Leiche. Verwirrt blickte er zu Maura auf.

»Ich wusste gar nicht, dass du für den Fall eingeteilt bist«, sagte er.

»Bin ich auch nicht. Ich musste einfach nur sehen ...« Sie starrte auf Terence Van Gates hinab und schluckte krampfhaft.

Costas stand auf. »Verdammt saubere Arbeit. Keine Abwehrverletzungen, kein Hinweis darauf, dass das Opfer auch nur die geringste Chance hatte, sich zu wehren. Ein einziger Schnitt, fast von einem Ohr bis zum anderen. Der Täter ist von hinten gekommen. Der Schnitt setzt auf der linken Seite ein wenig höher an, zieht sich quer durch die Luftröhre und läuft rechts ein Stückchen tiefer aus.«

»Der Täter ist Rechtshänder.«

»Und auch sehr kräftig.« Costas bückte sich und zog den Kopf der Leiche vorsichtig nach hinten, so dass ein Ring glitzernden weißen Knorpelgewebes sichtbar wurde. »Der Schnitt geht durch bis auf die Wirbelsäule.« Er ließ den Kopf los, worauf dieser wieder nach vorne kippte und die Wundränder sich schlossen.

»Eine Hinrichtung«, murmelte sie.

»Kann man wohl sagen.«

»Das zweite Opfer – im Wohnzimmer ...«

»Die Ehefrau. Sie ist vor einer Stunde in der Notaufnahme verstorben.«

»Aber das war keine so saubere Hinrichtung«, sagte Rizzoli. »Wir glauben, dass der Mörder zuerst den Mann attackiert hat. Vielleicht hat Van Gates den Besucher erwartet. Vielleicht hat er ihn sogar in seine Küche eingelassen, weil er glaubte, es gehe um etwas Geschäftliches. Aber mit dem Angriff hat er nicht gerechnet. Es gibt keine Abwehrverletzungen, keine Spuren eines Kampfes. Er hat seinem Mörder den Rücken zugewandt, und er fiel wie ein Lamm auf der Schlachtbank.«

»Und die Frau?«

»Bei Bonnie lag der Fall anders.« Rizzoli blickte auf Van Gates hinab, auf die gefärbten Büschel transplantierter Haare,

Symbole der Eitelkeit eines alten Mannes. »Ich glaube, dass Bonnie ihn bei der Tat überrascht hat. Sie kommt in die Küche und sieht das Blut. Sieht ihren Mann dort am Boden sitzen, mit fast gänzlich durchschnittenem Hals. Und der Mörder steht daneben, das Messer noch in der Hand. Die Klimaanlage läuft, alle Fenster sind fest geschlossen. Doppelt verglast, wegen der Isolierung. Unser Team, das draußen auf der Straße im Wagen sitzt, kann ihre Schreie also unmöglich hören. Wenn sie überhaupt noch zum Schreien gekommen ist.«

Rizzoli wandte sich zu der Tür um, die auf den Flur führte. Sie hielt inne, als ob sie die tote Frau dort stehen sähe.

»Sie sieht den Mörder auf sich zukommen. Aber anders als ihr Mann versucht sie sich zu wehren. Als er mit dem Messer auf sie einsticht, bleibt ihr nichts anderes übrig, als die Klinge mit der bloßen Hand zu packen. Sie schneidet ihr die Handfläche auf, dringt durch Haut und Sehnen bis auf die Knochen. So tief, dass die Arterie durchtrennt wird.«

Rizzoli wies durch die Tür auf den Flur hinaus. »Sie läuft dort entlang, während das Blut aus ihrer Handwunde spritzt. Er ist nur einen Schritt hinter ihr, und im Wohnzimmer gelingt es ihm, sie in die Enge zu treiben. Selbst dann wehrt sie sich noch, versucht die Klinge mit den Armen abzuwehren. Aber es gelingt ihm, ihr mit einem Schnitt die Kehle aufzuschlitzen. Der Schnitt ist nicht so tief wie bei ihrem Mann, aber tief genug.« Rizzoli sah Maura an. »Sie hat noch gelebt, als wir sie fanden. So dicht waren wir dran.«

Maura betrachtete Terence Van Gates, der zusammengesunken am Küchenschrank lehnte. Sie dachte an das kleine Haus im Wald, wo Cousin und Cousine ihren mörderischen Bund geschmiedet hatten. *Einen Bund, der noch heute besteht.*

»Erinnern Sie sich noch an das, was Amalthea bei Ihrem ersten Besuch zu Ihnen gesagt hat?«, fragte Rizzoli.

Maura nickte. *Jetzt wirst du auch sterben.*

»Wir haben das beide als das wirre Gerede einer Psychotikerin abgetan«, sagte Rizzoli. Wieder fiel ihr Blick auf den toten Van Gates. »Jetzt scheint es ziemlich offensichtlich, dass es eine Warnung war. Eine Drohung.«

»Wieso? Ich weiß auch nicht mehr als Sie.«

»Vielleicht hat es damit zu tun, *wer* Sie sind, Doc. Amaltheas Tochter.«

Ein eisiger Hauch fuhr Maura das Rückgrat entlang. »Mein Vater«, sagte sie leise. »Wenn ich wirklich ihre Tochter bin, wer ist dann mein Vater?«

Rizzoli sprach den Namen Elijah Lank nicht aus. Es war nicht nötig.

»Sie sind der lebende Beweis für ihre Partnerschaft«, sagte Rizzoli. »Sie haben die Hälfte Ihrer DNA von ihm.«

Sie schloss ihre Haustür ab und legte den Riegel vor. Dann hielt sie einen Moment inne und dachte an Anna, an all die Messingriegel und Ketten, die das kleine Haus in Maine zierten. Ich werde immer mehr wie meine Schwester, dachte sie. Bald werde auch ich mich hinter Barrikaden verkriechen, oder ich werde aus meinem eigenen Haus flüchten, in eine neue Stadt, eine neue Identität.

Scheinwerfer streiften die geschlossenen Vorhänge ihres Wohnzimmers. Sie warf einen Blick aus dem Fenster und sah einen Streifenwagen langsam am Haus vorbeifahren. Nicht aus Brookline; diesmal war es ein Wagen mit dem Wappen des Boston Police Department auf der Tür. Das muss Rizzoli veranlasst haben, dachte sie.

Sie ging in die Küche und mixte sich einen Drink. Nichts Kompliziertes heute Abend, nicht ihren üblichen Cosmopolitan, nur einen Wodka-Orange mit Eis. Sie setzte sich an den Küchentisch und nippte daran. Die Eiswürfel klirrten im Glas. Alleine trinken – kein gutes Zeichen, aber das war ihr herzlich egal. Sie brauchte die Betäubung, musste unbedingt aufhören, ständig an das zu denken, was sie an diesem Abend gesehen hatte. Von der Decke wehte der kühle Hauch der Klimaanlage herab. Keine offenen Fenster heute Abend;

alles war verriegelt und gesichert. Das eiskalte Glas ließ ihre Finger taub werden. Sie stellte es ab und betrachtete nachdenklich ihre Handfläche, den blassroten Schimmer der Kapillargefäße. *Fließt das Blut dieser beiden in meinen Adern?*

Es läutete an der Tür.

Ihr Kopf zuckte hoch – sie blickte zur Wohnzimmertür, ihr Herz tanzte einen Quickstepp, jeder Muskel in ihrem Körper wurde starr. Langsam erhob sie sich und schlich lautlos den Flur entlang zur Haustür. Dort verharrte sie reglos, als ihr plötzlich der Gedanke kam, wie leicht eine Kugel das Holz durchschlagen könnte. Sie trat einen Schritt zur Seite, warf einen Blick durch das kleine Fenster und sah Ballard auf der Treppe stehen.

Mit einem Seufzer der Erleichterung schloss sie die Tür auf.

»Ich habe von der Sache mit Van Gates gehört«, sagte er. »Wie geht es Ihnen?«

»Es war ein ziemlicher Schock. Aber mir geht's gut.« *Nein, das stimmt nicht. Ich bin mit den Nerven am Ende, und ich hocke allein in meiner Küche und betrinke mich.* »Kommen Sie doch rein.«

Ballard war noch nie in ihrem Haus gewesen. Er trat ein, schloss die Tür und verriegelte sie. Dabei betrachtete er kritisch den Schließriegel. »Sie müssen sich eine Alarmanlage zulegen, Maura.«

»Das habe ich fest vor.«

»Tun Sie es bald, okay?« Er sah sie an. »Ich kann Ihnen helfen, die beste auszusuchen.«

Sie nickte. »Ich wäre dankbar für jeden Rat. Möchten Sie etwas trinken?«

»Nicht heute Abend, danke.«

Sie gingen ins Wohnzimmer. Er blieb stehen, als sein Blick auf das Klavier in der Ecke fiel. »Ich wusste gar nicht, dass Sie spielen.«

»Seit meiner Kindheit. Aber ich müsste viel mehr üben.«

»Anna hat auch Klavier gespielt …« Er verstummte. »Das wussten Sie vielleicht noch nicht.«

»Nein, das wusste ich nicht. Es ist so seltsam, Rick – jedes Mal, wenn ich etwas Neues über sie erfahre, scheint sie mir noch ein Stück ähnlicher zu werden.«

»Sie hat wunderschön gespielt.« Er ging auf das Klavier zu, klappte es auf und klimperte ein paar Töne. Dann schloss er den Deckel wieder und starrte auf die glänzende schwarze Oberfläche. Er wandte sich zu ihr um. »Ich mache mir Sorgen um Sie, Maura. Ganz besonders nach dem, was heute Abend mit Van Gates passiert ist.«

Sie seufzte und sank auf die Couch. »Ich habe die Kontrolle über mein Leben verloren. Ich kann nicht mehr bei offenem Fenster schlafen.«

Er setzte sich ebenfalls, und er wählte den Sessel direkt gegenüber von ihr, so dass sie ihn ansehen musste, wenn sie den Kopf hob. »Ich finde, Sie sollten heute Nacht nicht allein hier im Haus sein.«

»Das ist mein Haus. Ich werde nicht weggehen.«

»Das müssen Sie ja auch nicht.« Eine Pause. »Möchten Sie, dass ich bei Ihnen bleibe?«

Sie blickte zu ihm auf. »Warum tun Sie das, Rick?«

»Weil ich glaube, dass Sie jemanden brauchen, der über Sie wacht.«

»Und dieser Jemand sind Sie?«

»Wer soll es denn sonst tun? Sehen Sie sich doch an! Sie führen so ein zurückgezogenes Leben, ganz allein in diesem Haus. Ich stelle mir vor, wie Sie hier allein sitzen, und es macht mir Angst, was alles passieren könnte. Als Anna mich brauchte, war ich nicht da. Aber ich kann für Sie da sein.« Er beugte sich vor und ergriff ihre Hände. »Ich kann immer hier sein, wenn Sie mich brauchen.«

Sie sah auf seine Hände hinunter, die auf ihren lagen. »Sie haben sie geliebt, nicht wahr?« Als er nicht antwortete, hob sie den Kopf und sah ihm direkt in die Augen. »Nicht wahr, Rick?«

»Sie brauchte mich.«

»Das war nicht meine Frage.«

»Ich konnte nicht tatenlos zusehen, wie dieser Mann ihr wehtat.«

Ich hätte es von Anfang an sehen müssen, dachte sie. Es war immer deutlich zu erkennen – in der Art, wie er mich angesehen, wie er mich berührt hat.

»Wenn Sie sie gesehen hätten an diesem Abend in der Notaufnahme«, sagte er. »Das blaue Auge, die Blutergüsse. Ich habe dieses Gesicht gesehen, und ich wollte nur eines: den Mann, der das getan hatte, windelweich prügeln. Es gibt nicht viele Dinge, die mich die Beherrschung verlieren lassen, Maura, aber wenn ein Mann einer Frau so etwas antut...« Er atmete hörbar durch. »Ich wollte nicht zulassen, dass ihr so etwas noch einmal passiert. Aber Cassell ließ einfach nicht locker. Er rief sie ständig an, er verfolgte sie – ich musste einfach einschreiten. Ich half ihr, die Sicherheitsschlösser an ihren Türen anzubringen. Bald schaute ich jeden Tag bei ihr vorbei, um nach dem Rechten zu sehen. Und dann, eines Abends, da bat sie mich, zum Essen zu bleiben, und...« Er zuckte resigniert mit den Achseln. »So fing es an. Sie hatte Angst, und sie brauchte mich. Es ist eine Art Instinkt, wissen Sie? Vielleicht typisch für einen Cop.«

Besonders, wenn es sich um eine attraktive Frau handelt.

»Ich habe versucht, sie zu beschützen, das ist alles.« Er sah sie an. »Und, ja, Sie haben Recht. Es endete damit, dass ich mich in sie verliebte.«

»Und was ist das hier, Rick?« Sie betrachtete seine Hände, die immer noch die ihren umfasst hielten. »Was passiert hier? Tun Sie das für mich – oder für sie? Denn ich bin nicht Anna. Ich bin kein Ersatz für sie.«

»Ich bin hier, weil *Sie* mich brauchen.«

»Das ist wie eine Wiederholung. Sie haben wieder Ihre alte Rolle angenommen, die des Beschützers. Und ich bin nur die Zweitbesetzung, die zufällig Annas Part übernehmen darf.«

»Es ist nicht so, wie Sie es darstellen.«

»Was wäre, wenn Sie meine Schwester nie kennen gelernt hätten – wenn Sie und ich nur zwei Menschen wären, die sich zufällig bei einer Party begegnet sind? Wären Sie dann auch hier?«

»Ja, das wäre ich.« Er beugte sich zu ihr vor; immer noch hielt er ihre Hände. »Das weiß ich ganz bestimmt.«

Eine Weile saßen sie schweigend da. Ich will ihm glauben, dachte sie. Es wäre so leicht, ihm einfach zu glauben.

Doch dann sagte sie: »Ich glaube nicht, dass Sie heute Nacht hier bleiben sollten.«

Zögernd richtete er sich auf. Seine Augen waren immer noch auf sie gerichtet, aber jetzt war da plötzlich eine Distanz zwischen ihnen. Und ein Gefühl der Enttäuschung.

Sie stand auf, und er tat es ihr gleich.

Schweigend gingen sie zur Haustür. Dort wandte er sich zu ihr um. Er hob die Hand und strich ihr zärtlich über die Wange, und sie wich seiner Berührung nicht aus.

»Passen Sie gut auf sich auf«, sagte er und ging hinaus.

Sie schloss die Tür hinter ihm ab.

29

Mattie aß den letzten Streifen Trockenfleisch. Sie nagte daran wie ein wildes Tier, das sich an einem vertrockneten Kadaver gütlich tut, und sie dachte dabei: Protein gibt Kraft. Protein für den Sieg! Sie dachte an Sportler, die sich auf Marathonläufe vorbereiteten, ihren Körper auf Höchstleistung trimmten für den Auftritt ihres Lebens. Das würde auch ein Marathon werden. Ihre einzige Chance auf den Sieg.

Wenn du verlierst, bist du tot.

Das Trockenfleisch war wie Leder und blieb ihr beinahe im Hals stecken, doch mit einem Schluck Wasser rutschte es schließlich hinunter. Der zweite Krug war fast leer. Meine Vorräte gehen zur Neige, dachte sie; ich kann nicht mehr allzu lange durchhalten. Und jetzt kam noch eine neue Sorge dazu: Ihre Wehen wurden allmählich unangenehm; wie eine Faust, die sich in ihr ballte. Man konnte es noch nicht als Schmerzen bezeichnen, aber es war ein Vorbote dessen, was sie erwartete.

Wo war er, zum Teufel? Warum ließ er sie so lange allein? Da sie keine Uhr hatte, wusste sie nicht, ob seit seinem letzten Besuch Stunden oder Tage vergangen waren. Sie fragte sich, ob sie ihn wohl wütend gemacht hatte, als sie ihn angeschrien hatte. War das jetzt die Strafe? Versuchte er ihr Angst zu machen, um ihr auf diese Weise beizubringen, dass er von ihr Höflichkeit und ein wenig Respekt erwartete? Ihr ganzes Leben lang war sie immer höflich gewesen, und das hatte sie nun davon. Höfliche Mädchen wurden nur herumgeschubst. Sie wurden in die hinterste Reihe gedrängt, wo niemand sie beachtete. Und sie bekamen die Sorte Männer ab, die nach der Hochzeit prompt vergaßen, dass sie überhaupt existierten. Also, ich bin jedenfalls lange genug höflich gewesen, dachte sie. Wenn ich jemals lebend hier rauskomme, werde ich mir nicht mehr alles bieten lassen.

Aber zuerst muss ich hier rauskommen. Und das bedeutet, dass ich vorerst noch höflich *tun* muss.

Sie nahm einen weiteren kleinen Schluck Wasser. Und fühlte sich erstaunlich gesättigt und gestärkt, als hätte sie gerade ein Festmahl verspeist und dazu Wein getrunken. Nur Geduld, dachte sie. Irgendwann wird er schon kommen.

Sie zog sich die Decke um die Schultern und schloss die Augen.

Und erwachte, als eine neue Wehe sie schüttelte. O nein, dachte sie, das tut jetzt wirklich weh. Das tut verdammt weh. Schwitzend lag sie in der Dunkelheit und versuchte krampfhaft, sich an ihren Geburtsvorbereitungskurs zu erinnern. Doch das schien ein halbes Leben her zu sein. Eine Episode aus dem Leben einer anderen Frau.

Einatmen, ausatmen. Ganz ruhig und entspannt…

»Lady…«

Sie wurde stocksteif. Blickte hinauf in die Dunkelheit, zu dem Luftgitter, aus dem das Flüstern gekommen war. Ihr Puls hämmerte. *Zeit zu handeln, GI Jane.* Aber dann, umgeben von Finsternis, in der Nase den Geruch ihrer eigenen Angst, dachte sie wieder: Nein, ich bin noch nicht so weit. Ich werde nie so weit sein. Wieso habe ich je geglaubt, ich könnte das fertig bringen?

»Lady. Reden Sie mit mir.«

Das ist deine einzige Chance. Tu es.

Sie holte tief Luft. »Ich brauche Hilfe«, wimmerte sie.

»Wieso?«

»Mein Baby…«

»Was? Sagen Sie's schon!«

»Es kommt jeden Moment. Ich habe Schmerzen. Oh, bitte, lassen Sie mich raus! Ich weiß nicht, wie lange es noch…« Sie schluchzte. »Lassen Sie mich raus. Ich muss hier raus. Mein Baby kommt.«

Die Stimme schwieg.

Sie schmiegte sich an die Wolldecke, wagte kaum zu atmen, aus Angst, sein leises Flüstern zu überhören. Warum antwortete er nicht? War er wieder gegangen? Dann hörte sie einen dumpfen Schlag und ein Kratzen.

Eine Schaufel. Er hatte angefangen, zu graben.

Eine Chance, dachte sie. Ich habe nur diese eine Chance.

Wieder dumpfe Schläge. Die Schaufel bewegte sich jetzt in längeren Bahnen, und das schürfende Geräusch, wenn das Blatt sich in die Erde grub und sie aushob, tönte in ihren Ohren wie das Quietschen von Kreide auf einer Schiefertafel. Ihr Atem ging schneller, ihr Herz schlug wie wild in ihrer Brust. Entweder komme ich davon, oder ich sterbe, dachte sie. Jetzt entscheidet sich alles.

Das schürfende Geräusch verstummte.

Ihre Hände waren wie Eis, die Finger, mit denen sie sich die Decke um die Schultern zog, kalt und klamm. Sie hörte das Holz knarren, dann ein Quietschen wie von Scharnieren. Erde rieselte in ihr Gefängnis herab, fiel ihr in die Augen. *O Gott, o Gott, ich werde nichts sehen können. Ich muss sehen können!* Sie wandte sich ab, um ihr Gesicht vor den Erdkrümeln zu schützen, die auf ihren Kopf niederregneten, und blinzelte mehrmals, um ihre Augen von dem körnigen Staub zu befreien. So, mit gesenktem Kopf, konnte sie ihn nicht über ihr stehen sehen. Und was sah er, wenn er in die Grube blickte? Seine Gefangene, in eine Decke verkrochen, verdreckt und ausgemergelt, am Ende ihrer Kräfte. Von Geburtswehen geschüttelt.

»Zeit, herauszukommen«, sagte er. Diesmal nicht durch ein Gitter. Eine ruhige Stimme, vollkommen gewöhnlich. Wie konnte das Böse so normal klingen?

»Helfen Sie mir.« Sie schluchzte auf. »Ich komme da nicht allein raus.«

Sie hörte ein knirschendes Geräusch wie von Holz auf Holz und spürte, wie etwas neben ihr aufschlug. Eine Leiter. Sie schlug die Augen auf und sah nur eine Silhouette vor dem Hintergrund der Sterne. Nach der totalen Finsternis ihres Gefängnisses erschien ihr der Nachthimmel wie von Licht durchflutet.

Er schaltete eine Taschenlampe ein und leuchtete damit die Sprossen an. »Es sind nur ein paar Sprossen«, sagte er.

»Aber es tut so weh.«

»Ich halte Ihre Hand. Aber Sie müssen auf die Leiter steigen.«

Sie schniefte und begann sich langsam aufzurappeln. Einen Moment lang blieb sie schwankend stehen, dann sank sie wieder auf die Knie. Sie hatte seit Tagen nicht mehr gestanden, und jetzt registrierte sie geschockt, wie geschwächt sie trotz all ihrer Übungen war, trotz des Adrenalins, das nun durch ihre Adern strömte.

»Wenn Sie raus wollen«, sagte er, »müssen Sie schon aufstehen.«

Sie stöhnte und richtete sich erneut auf, mit zitternden Knien, unsicher wie ein neugeborenes Kalb. Ihre rechte Hand steckte immer noch unter der Decke, raffte sie vor ihrer Brust zusammen. Mit der Linken griff sie nach der Leiter.

»So ist's gut. Und jetzt steigen Sie rauf.«

Sie setzte den Fuß auf die unterste Sprosse und wartete, bis sie das Gleichgewicht wiedergefunden hatte, ehe sie mit der freien Hand die nächste Sprosse packte. Dann zog sie den Fuß nach. Die Grube war nicht sehr tief; nur noch ein paar Sprossen, und sie würde draußen sein. Schon jetzt war ihr Kopf auf einer Höhe mit seiner Taille.

»Helfen Sie mir«, flehte sie. »Ziehen Sie mich hoch.«

»Lassen Sie die Decke los.«

»Mir ist aber so kalt! Bitte, ziehen Sie mich hoch!«

Er legte seine Taschenlampe auf die Erde. »Geben Sie mir Ihre Hand«, sagte er und beugte sich vor, ein gesichtsloser Schatten, der seinen Fangarm nach ihr ausstreckte.

Das reicht. Jetzt ist er nahe genug.

Sein Kopf war jetzt direkt über ihrem. Einen Sekundenbruchteil zögerte sie noch, scheute zurück vor dem, was sie vorhatte.

»Stehlen Sie mir nicht meine Zeit«, herrschte er sie an. *»Nun machen Sie schon!«*

Plötzlich war es Dwaynes Gesicht, das sie vor Augen hatte. Dwaynes Stimme, die sie ausschimpfte, die sie mit Spott und Hohn überschüttete. *Das Image ist alles, Mattie – schau dich doch bloß mal an.* Mattie, die fette Kuh, wie sie sich an die Leiter klammerte und davor zurückschreckte, sich zu retten. Ihr Baby zu retten. *Du bist einfach nicht mehr gut genug für mich.*

O doch. O DOCH, DAS BIN ICH!

Sie ließ die Decke los. Sie glitt ihr von den Schultern und gab den Blick auf das frei, was sie die ganze Zeit darunter in der Hand gehalten hatte: Ihre Socke, prall gefüllt mit den acht Taschenlampenbatterien. Sie hob den Arm, schwang die Socke wie eine Keule, getrieben von rasender Wut. Ungestüm, unbeholfen schlug sie zu, doch dann spürte sie das satte Krachen, als die Batterien seinen Schädel trafen.

Der Schatten taumelte seitwärts und kippte weg.

Binnen Sekunden hatte sie die Leiter erklommen und krabbelte aus der Grube. Die Todesangst lähmte sie nicht; sie schärfte im Gegenteil die Sinne, machte sie flink wie eine Gazelle. In dem Sekundenbruchteil, nachdem sie wieder festen Boden unter den Füßen hatte, registrierte sie ein Dutzend Details gleichzeitig. Die Mondsichel, die zwischen Ästen hervorschimmerte. Den Geruch von Erde und feuchtem Laub. Und Bäume, überall Bäume, die sie umringten wie riesenhafte Wächter und nur eine kleine Kuppel des Sternenhimmels hoch über ihr frei ließen. *Ich bin in einem Wald.* Mit einem Blick erfasste sie all das, traf in Sekundenschnelle ihre Entscheidung und sprintete los, auf eine Stelle zu, die nach einer Lücke zwischen den Bäumen aussah. Ehe sie recht wusste, wie ihr geschah, stürzte sie eine steile Böschung hinunter, brach in vollem Lauf durch Dorngestrüpp und streifte junge Bäume, deren dünne Äste nicht abknickten, sondern sie wie Peitschen ins Gesicht schlugen.

Sie landete auf allen vieren. Im nächsten Moment hatte sie sich wieder aufgerappelt und rannte weiter, doch sie humpelte nun; ein pochender Schmerz durchzuckte ihren Knöchel. Ich mache zu viel Lärm, dachte sie; ich bin lauter als ein Elefant, der durch den Urwald trampelt! Nicht stehen bleiben, nicht stehen bleiben – er könnte direkt hinter dir sein. Lauf weiter, lauf!

Aber sie war blind in diesem Wald, wo nur die Sterne und dieses erbärmliche Fitzelchen Mond ihr den Weg weisen konnten. Kein Licht, keine Orientierungspunkte. Keine Ahnung, wo sie war oder in welche Richtung sie laufen musste, um Hilfe zu finden. Sie wusste nichts über diesen Ort und war so verloren, als ob sie in einem Albtraum umherirrte. Mühsam bahnte sie sich ihren Weg durchs Unterholz und ging dabei instinktiv immer bergab, ließ die Schwerkraft darüber entscheiden, welche Richtung sie einschlug. Vom Berg gelangt man irgendwann ins Tal. Durch Täler fließen Flüsse, und wo ein Fluss ist, sind auch Menschen. O Gott, es klang fantastisch, aber stimmte es auch? Ihre Knie wurden allmählich steif, eine Folge ihres Sturzes. Wenn sie noch einmal stolperte, würde sie vielleicht gar nicht mehr gehen können.

Und jetzt erfasste ein anderer Schmerz sie. Er zwang sie innezuhalten, verschlug ihr den Atem. Eine Wehe. Sie krümmte sich, konnte nur abwarten, bis es vorbei war. Als sie sich endlich wieder aufrichten konnte, war sie schweißgebadet.

Hinter ihr raschelte etwas. Sie wirbelte herum und blickte auf eine undurchdringliche schwarze Wand. Doch sie spürte das Böse, fühlte, wie es näher rückte. In der nächsten Sekunde floh sie schon wieder in heller Panik, ohne auf die Zweige zu achten, die ihr das Gesicht zerkratzten. *Schneller! Schneller!*

Im abschüssigen Gelände glitt sie aus und kam ins Straucheln, und sie wäre mit dem Bauch voran hingefallen, wenn sie nicht einen jungen Baum zu fassen bekommen hätte.

Armes Baby, fast wäre ich auf dir gelandet! Sie konnte ihren Verfolger nicht hören, doch sie wusste, dass er unmittelbar hinter ihr sein musste. Die Angst trieb sie immer weiter, durch ein Dickicht aus ineinander greifenden Ästen und Zweigen.

Und dann waren die Bäume urplötzlich verschwunden. Sie brach ein letztes Mal durch ein Gewirr von Ranken, und ihre Füße landeten auf hart gewalzter Erde. Wie vor den Kopf geschlagen stand sie da, rang nach Luft und starrte auf eine gekräuselte Fläche, in der sich das Mondlicht spiegelte. Ein See. Eine Straße.

Und im Hintergrund, an der Spitze einer Landzunge, die Umrisse einer kleinen Hütte.

Sie ging ein paar Schritte und blieb stöhnend stehen, als eine neue Wehe sie mit eiserner Faust packte; so fest, dass es ihr den Atem raubte und sie nur hilflos dort auf der Straße kauern konnte. Übelkeit stieg in ihr auf, sie musste würgen. Sie hörte die Wellen ans Ufer schlagen, irgendwo auf dem See schrie ein Vogel. Schwindel erfasste sie, drohte sie in die Knie zu zwingen. *Nicht hier! Bleib nicht hier auf der Straße stehen, wo er dich schon von weitem sehen kann.*

Sie wankte vorwärts, als die Kontraktion langsam schwächer wurde. Zwang sich weiterzugehen, auf die Hütte zu, eine vage Hoffnung. Dann begann sie zu laufen. Ein stechender Schmerz durchzuckte jedes Mal ihr Knie, wenn ihre Sohle auf dem harten Belag der Straße landete. Schneller, dachte sie. Er kann dich sehen, vor dem hellen See. Lauf, sonst holt dich die nächste Wehe ein. Wie viele Minuten noch bis zur nächsten? Fünf, zehn? Die Hütte schien noch so weit weg.

Sie gab jetzt das Letzte; ihre Beine liefen wie von selbst, ihre Lungen arbeiteten wie ein Blasebalg. Die Hoffnung war wie eine unerschöpfliche Energiequelle. *Ich werde leben. Ich werde leben.*

Die Fenster der Hütte waren dunkel. Sie klopfte dennoch an die Tür, wagte aber nicht zu rufen, aus Furcht, ihre

Stimme könnte über die Straße hinweg bis in den Wald hallen. Niemand öffnete.

Sie zögerte nur eine Sekunde. *Zum Teufel mit dem braven Mädchen. Jetzt schlag schon das verdammte Fenster ein.* Sie griff sich einen Stein, der in der Nähe des Eingangs lag, schlug ihn gegen die Scheibe, und das Klirren von Glas zerriss die Stille der Nacht. Mit dem Stein klopfte sie die verbliebenen Splitter heraus, steckte die Hand durch das Loch und entriegelte die Tür.

So, jetzt sind wir schon bei Einbruch angelangt. Nur zu, GI Jane.

Drinnen war die Luft abgestanden, es roch nach Zedernholz. Ein Ferienhaus, das zu lange leer gestanden hatte, zu lange verschlossen gewesen war. Glas knirschte unter ihren Sohlen, als sie nach dem Lichtschalter tastete. Einen Sekundenbruchteil nachdem sie das Licht eingeschaltet hatte, schoss es ihr durch den Kopf: Er wird es sehen. *Zu spät. Sieh lieber zu, dass du ein Telefon findest.*

Sie blickte sich im Zimmer um, sah einen Kamin, einen Stapel Brennholz, Möbel mit karierten Bezügen, aber nirgends ein Telefon.

Sie lief in die Küche und sah auf der Anrichte ein schnurloses Telefon liegen. Sofort stürzte sie sich darauf und hatte schon angefangen, die Notrufnummer zu wählen, als sie merkte, dass kein Amtston zu hören war. Die Leitung war tot.

Im Wohnzimmer klickerten Glassplitter über die Dielen.

Er ist im Haus. Raus hier. Schnell.

Sie schlüpfte zur Küchentür hinaus, machte sie lautlos hinter sich zu und fand sich in einer kleinen Garage. Im schwachen Mondlicht, das durch ein Fenster fiel, konnte sie mit Mühe die Umrisse eines Ruderboots ausmachen, das auf einem Anhänger festgezurrt war. Sonst war hier nichts, was Deckung bot, kein Versteck. Sie wich von der Küchentür zurück, verkroch sich in die hinterste Ecke. Mit der Schulter stieß sie an ein Regal. Metall klirrte, es roch muffig nach aufgewirbeltem Staub. Blind tastete sie im Regal nach einer Waffe, fand nur Farbdosen mit verklebten Deckeln; ein paar Pinsel, die Borsten starr von eingetrocknetem Firnis. Dann schlossen sich ihre Finger um einen Schraubenzieher, und sie riss ihn an sich. Eine erbärmliche Waffe, ungefähr so gefährlich wie eine Nagelfeile. Ein richtiger Bonsai-Schraubenzieher.

Der Lichtstreifen unter der Küchentür erzitterte. Dahinter bewegte sich ein Schatten. Der Schatten hielt an.

Und auch sie hielt den Atem an. Rückwärts schlich sie zum Garagentor, während das Herz ihr bis zum Hals schlug. Sie hatte nur noch eine Wahl.

Sie packte den Griff und zog. Das Tor quietschte, als die Rollen über die Schienen liefen, als wollte es schreien: *Sie ist hier! Sie ist hier!*

Im gleichen Augenblick, als die Küchentür aufgerissen wurde, kroch sie unter dem Tor hindurch und rannte in die Nacht hinaus. Sie wusste, dass er sie sehen konnte, wie sie am Ufer entlanglief, gnadenlos seinen Blicken ausgesetzt. Sie wusste, dass sie ihn nicht abhängen konnte. Aber sie rannte weiter, immer an der mondglänzenden Wasserfläche entlang, durch den Schlamm, der ihre Sohlen schmatzend ansaugte. Sie hörte das Schilf hinter sich rascheln – er kam näher. Schwimm, dachte sie. Spring in den See. Sie lief aufs Wasser zu.

Und klappte plötzlich zusammen wie ein Taschenmesser, als die nächste Wehe sie packte. Das waren Schmerzen, wie sie sie noch nie erlebt hatte. Sie fiel auf die Knie, landete klatschend im knöcheltiefen Wasser, während die Schmerzen sich rasend steigerten und sie packten wie mit glühenden Zangen, bis ihr schwarz vor Augen wurde, bis sie nur noch fühlte, wie sie langsam seitwärts wegkippte. Sie schmeckte Schlamm. Wälzte sich hustend auf den Rücken, hilflos wie eine umgedrehte Schildkröte. Die Wehe ließ nach. Über ihr wurde das Licht der Sterne langsam heller. Sie spürte, wie das Wasser ihr Haar umschmeichelte, wie es sanft gegen ihre Wangen schlug. Überhaupt nicht kalt, nein; warm wie Badewasser. Sie hörte, wie seine Schritte durch das Wasser pflügten, hörte Halme knicken. Sah, wie das Schilf sich teilte.

Und dann war er da, dann stand er vor ihr, wie ein Riese ragte er über ihr auf. Er war gekommen, um sich seine Beute zu holen.

Er kniete neben ihr nieder, und das Mondlicht, das sich im Wasser spiegelte, malte winzige Lichtreflexe in seine Augen. Und dann ein silbrig blitzendes Etwas in seiner Hand: ein Messer. Er schien zu wissen, dass sie am Ende war, als er sich über sie beugte. Dass ihre Seele nur noch darauf wartete, aus ihrer ausgebrannten Hülle befreit zu werden.

Er griff in den Bund ihrer Stretchhose und riss sie herunter, so dass die weiße Kuppel ihres Bauchs freilag. Und immer noch rührte sie sich nicht, immer noch lag sie stocksteif da. Sie hatte sich in ihr Schicksal ergeben, sie war praktisch tot.

Er legte eine Hand auf ihren Bauch; mit der anderen packte er das Messer, senkte die Klinge auf das nackte Fleisch herab, beugte sich noch weiter vor, bereit, den ersten Schnitt zu machen.

Eine silbrige Wasserfontäne spritzte hoch, als ihre Hand urplötzlich aus dem Schlamm emporschoss. Als sie mit der Spitze des Schraubenziehers auf sein Gesicht zielte. Alle Muskeln in ohnmächtiger Wut angespannt, ließ sie ihren Arm nach oben schnellen und rammte ihm ihre armselige kleine Waffe mit tödlicher Präzision mitten ins Auge.

Das ist für mich, du Schwein!

Und das ist für mein Baby!

Mit aller Kraft stach sie zu, trieb die Spitze durch den Knochen ins Gehirn, bis der Griff in der Augenhöhle feststeckte und nicht mehr tiefer eindringen konnte.

Kein Laut kam über seine Lippen, als er leblos zusammensackte.

Im ersten Moment konnte sie sich nicht von der Stelle

rühren. Er war auf ihre Beine gefallen, und sie spürte, wie sein warmes Blut in ihre Kleider sickerte. Die Toten sind schwer, so viel schwerer als die Lebenden. Keuchend vor Anstrengung versuchte sie sich zu befreien, angewidert von seiner Berührung. Endlich konnte sie ihn abwälzen. Das Wasser spritzte auf, als er schlaff auf den Rücken fiel und im Schilf liegen blieb.

Sie rappelte sich mühsam auf und wankte ans Ufer. Weg vom Wasser, weg von dem Blut. Nach wenigen Schritten brach sie zusammen, ließ sich auf ein Bett aus Gras sinken. Dort lag sie, während die nächste Wehe kam und ging. Und die nächste und die nächste. Ihre vom Schmerz getrübten Augen folgten der Mondsichel auf ihrem Weg über den Himmel. Sie sah die Sterne verlöschen, sah, wie ein rosiger Schimmer den Himmel im Osten verfärbte.

Als die Sonne über den Horizont stieg, hieß Mattie Purvis ihre Tochter auf der Erde willkommen.

30

Schwarz gefiederte Truthahngeier zogen am Himmel geduldig ihre Kreise, und wo sie auftauchten, war frisches Aas nicht weit. Die Toten können der Aufmerksamkeit von Mutter Natur nicht lange entgehen. Der Duft der Verwesung lockt Schmeißfliegen und Käfer an, Krähen und Ratten – alle strömen sie an die Festtafel, die der Tod ihnen so reichlich gedeckt hat. Und worin unterscheide ich mich von ihnen?, fragte sich Maura, als sie die mit Gras bewachsene Böschung zum Seeufer hinunterging. Auch sie fühlte sich zu den Toten hingezogen, auch sie stürzte sich gierig auf erkaltetes Fleisch, nicht anders als irgendein Aasfresser. Welch ein idyllischer Schauplatz für so eine makabre Aufgabe! Kein Wölkchen am strahlend blauen Himmel, der See wie ein silbriger Spiegel. Aber dort am Ufer, verhüllt von einer weißen Plane, lag das, worauf die hoch oben kreisenden Geier sich so gerne gestürzt hätten.

Jane Rizzoli, die mit Barry Frost und zwei Beamten der Staatspolizei von Massachusetts eine Gruppe gebildet hatte, kam auf Maura zu, um sie zu begrüßen. »Die Leiche hat dort drüben im Schilf im seichten Wasser gelegen. Wir haben sie ans Ufer gezogen. Nur damit Sie Bescheid wissen, dass sie bewegt wurde.«

Maura starrte auf den verhüllten Leichnam, rührte ihn jedoch nicht an. Noch war sie nicht bereit, sich dem Anblick dessen zu stellen, was sich unter der Plastikplane verbarg. »Wie geht es der Frau?«

»Ich habe Mrs. Purvis in der Notaufnahme gesehen. Sie ist ein bisschen lädiert, aber das wird schon wieder. Und dem Baby geht's prima.« Rizzoli zeigte auf eine Stelle am Ufer, die mit lockeren Grasbüscheln bewachsen war. »Dort drüben hat sie es bekommen. Hat alles ganz allein hingekriegt. Der Ranger, der heute Morgen gegen sieben vorbeikam, hat sie entdeckt – da saß sie am Straßenrand und hat die Kleine gestillt.«

Maura blickte auf die Uferböschung und dachte an die Frau, die hier unter freiem Himmel in den Wehen gelegen hatte, wo niemand ihre Schmerzensschreie hören konnte, während keine zwanzig Meter entfernt eine Leiche allmählich erkaltet und erstarrt war. »Wo hat er sie gefangen gehalten?«

»In einer Grube, ungefähr zwei Meilen von hier.«

Maura runzelte die Stirn. »Sie ist die ganze Strecke zu Fuß gelaufen?«

»Ja. Das muss man sich mal vorstellen – in stockfinsterer Nacht durch diesen Wald zu rennen, und das, nachdem die Wehen schon eingesetzt haben. Dort über den Abhang ist sie aus dem Wald rausgekommen.«

»Ich kann es nicht fassen.«

»Sie sollten mal die Kiste sehen, in der er sie festgehalten hat – wie ein Sarg. Eine Woche lang lebendig begraben – ich weiß nicht, wie sie das überstanden hat, ohne verrückt zu werden.«

Maura dachte an die junge Alice Rose, die vor so vielen Jahren auch in einer Grube gefangen gehalten worden war. Nur eine Nacht in Dunkelheit und Verzweiflung, und diese Nacht hatte sie für den Rest ihres kurzen Lebens verfolgt. Und am Ende war sie daran zugrunde gegangen. Doch Mattie Purvis hatte es nicht nur geschafft, ihre fünf Sinne beisammen zu halten, sie hatte auch noch die Energie und die Willenskraft besessen, sich gegen ihren Peiniger zur Wehr zu setzen. Und zu überleben.

»Wir haben den weißen Lieferwagen gefunden«, sagte Rizzoli.

»Wo?«

»Er steht oben auf dem Berg, ganz am Ende eines Waldwegs, dreißig oder vierzig Meter von der Grube entfernt, in der er sie vergraben hat. Da hätten wir sie niemals gefunden.«

»Haben Sie schon Überreste von anderen Opfern gefunden? Dort in der Nähe sind doch sicher noch mehr Leichen verscharrt.«

»Wir haben gerade erst mit der Suche begonnen. Es ist ein großes Waldgebiet, das wir da durchkämmen müssen. Wird eine Weile dauern, bis wir den ganzen Berg nach Gräbern abgesucht haben.«

»So viele Jahre, so viele vermisste Frauen. Und eine davon könnte meine …« Maura brach ab und blickte zu dem bewaldeten Hang auf. *Eine davon könnte meine Mutter sein. Vielleicht fließt in meinen Adern doch nicht das Blut eines Monsters. Vielleicht ist meine Mutter ja schon seit vielen Jahren tot. Eines von vielen Opfern, verscharrt irgendwo in diesem Wald.*

»Bevor Sie irgendwelche Spekulationen anstellen«, sagte Rizzoli, »sollten Sie sich erst mal die Leiche anschauen.«

Maura sah sie stirnrunzelnd an; dann richtete ihr Blick sich auf die verhüllte Leiche zu ihren Füßen. Sie ging in die Hocke und griff nach einem Zipfel der Plane.

»Warten Sie. Ich sollte Sie vielleicht vorwarnen …«

»Ja?«

»Es ist nicht ganz das, was Sie erwarten.«

Maura hielt inne, die Hand nach dem Laken ausgestreckt. Fliegen summten, als könnten sie es nicht erwarten, sich auf das frische Fleisch zu stürzen. Sie atmete noch einmal durch und zog die Plane zurück.

Beim Anblick des Gesichts, das sie gerade enthüllt hatte, verschlug es ihr die Sprache. Was sie schockte, war nicht das zerstörte linke Auge, nicht der Schraubenzieher, der bis zum Griff in der Augenhöhle steckte. Dieses grausige Detail war nur eines von vielen, die sie registrierte und im Geiste ablegte, wie sie es mit einem diktierten Autopsiebericht tun würde. Nein, es waren die Gesichtszüge, denen ihre ganze Aufmerksamkeit galt, die sie mit Entsetzen erfüllten.

»Er ist zu jung«, murmelte sie. »Dieser Mann ist zu jung, um Elijah Lank zu sein.«

»Ich schätze ihn auf dreißig oder fünfunddreißig.«

Maura ließ den Atem entweichen, den sie vor Entsetzen angehalten hatte. »Ich verstehe nicht…«

»Sie können es doch erkennen, oder nicht?«, fragte Rizzoli leise. »Schwarze Haare, grüne Augen.«

Wie ich.

»Klar, es gibt vielleicht eine Million Männer mit dieser Haar- und Augenfarbe. Aber die Ähnlichkeit…« Sie hielt inne. »Frost hat sie auch gesehen. Wir haben sie alle gesehen.«

Maura deckte die Leiche wieder zu und trat einen Schritt zurück, als wollte sie der Wahrheit ausweichen, die sie so unbestreitbar aus dem Gesicht des toten Mannes angestarrt hatte.

»Dr. Bristol ist schon unterwegs«, sagte Frost. »Wir dachten uns, dass Sie diese Autopsie sicher nicht übernehmen wollen.«

»Und warum haben Sie mich dann angerufen?«

»Weil Sie sagten, dass Sie auf dem Laufenden gehalten werden wollten«, sagte Rizzoli. »Weil ich es Ihnen versprochen habe. Und weil…« Rizzoli blickte auf den verhüllten Körper hinunter. »Weil Sie sowieso früher oder später herausgefunden hätten, wer dieser Mann war.«

»Aber wir wissen doch noch gar nicht, wer er war. Sie glauben eine Ähnlichkeit zu erkennen. Das ist noch kein Beweis.«

»Das ist noch nicht alles. Heute Morgen haben wir noch etwas erfahren.«

Maura sah sie an. »Was?«

»Wir haben versucht, so viel wie möglich über Elijah Lanks Verbleib herauszufinden. Alle Orte, an denen sein Name irgendwann einmal aufgetaucht ist. Verhaftungen, Verwarnungen, was auch immer. Heute Morgen kam dann ein Fax von einem Standesbeamten in North Carolina. Es war eine Sterbeurkunde. Elijah Lank ist vor acht Jahren gestorben.«

»Vor acht Jahren? Dann kann er ja nicht bei Amalthea gewesen sein, als sie Theresa und Nikki Wells tötete.«

»Nein. Zu dieser Zeit hatte Amalthea schon einen neuen Partner – einen, der für Elijah eingesprungen war. Damit das Familienunternehmen weitergeführt werden konnte.«

Maura wandte sich ab und blickte auf den See hinaus. Die Wasserfläche war jetzt blendend hell. Ich will den Rest der Geschichte nicht hören, dachte sie. Ich will es gar nicht wissen.

»Elijah starb vor acht Jahren in einem Krankenhaus in Greenville an einem Herzinfarkt«, sagte Rizzoli. »Er war in die Ambulanz gekommen und hatte über Schmerzen in der Brust geklagt. Den Unterlagen des Krankenhauses zufolge wurde er von seiner Familie in die Notaufnahme gebracht.«

Familie.

»Von seiner Frau Amalthea«, fuhr Rizzoli fort, »und ihrem gemeinsamen Sohn Samuel.«

Maura atmete tief durch, und der Verwesungsgeruch stieg ihr in die Nase. Aber auch ein Hauch von Sommer lag schon in der Luft. Tod und Leben, vermischt in einem einzigen Duft.

»Es tut mir Leid«, sagte Rizzoli. »Es tut mir Leid, dass Sie es erfahren mussten. Es besteht natürlich immer noch die Möglichkeit, dass wir uns geirrt haben, was die Identität dieses Mannes betrifft. Möglich, dass er gar nicht mit Ihnen verwandt ist.«

Aber sie hatten sich nicht geirrt, und Maura wusste es.

Ich wusste es in dem Moment, als ich sein Gesicht sah.

Als Rizzoli und Frost an diesem Abend J. P. Doyle's Bar betraten, wurden sie von den Cops, die sich um die Theke drängten, mit stürmischem Applaus begrüßt. Die Ovationen machten Rizzoli ganz verlegen. Selbst Kerle, die für sie nicht sonderlich viel übrig hatten, gaben ihrer Anerkennung für Rizzolis Erfolg mit kameradschaftlichem Beifall Ausdruck – für den Erfolg, den die Fünf-Uhr-Nachrichten im

Fernseher über der Bar gerade herausposaunten. Als Rizzoli und Frost auf die Theke zukamen, begannen alle wie wild mit den Füßen zu stampfen, und der breit grinsende Barkeeper hatte ihnen auch schon ihre Drinks hingestellt. Einen doppelten Whiskey für Frost, und für Rizzoli – ein großes Glas Milch.

Während alle in schallendes Gelächter ausbrachen, beugte sich Frost zu ihr herüber und flüsterte ihr ins Ohr: »Du, ich hab's ein bisschen im Magen. Könnten wir vielleicht tauschen?«

Das Witzige war, dass Frost tatsächlich auf Milch stand. Sie schob ihm ihr Glas hin und bat den Barkeeper um eine Cola.

Und dann saßen sie da, knabberten Erdnüsse und nippten an ihren jugendfreien Getränken, immer wieder unterbrochen von Kameraden, die ihnen auf die Schulter klopfen oder die Hände schütteln wollten. Sie vermisste ihr gewohntes Adams Ale. Sie vermisste so manches an diesem Abend – nicht nur ihr Bier, sondern auch ihren Mann. Und ihre schlanke Figur. Trotzdem, es war ein guter Tag. Es ist immer ein guter Tag, wenn ein Mörder zur Strecke gebracht wird, dachte sie.

»He, Rizzoli! Die Wetten stehen jetzt bei zweihundert Dollar, dass Sie ein Mädchen kriegen, und bei hundertzwanzig für einen Jungen!«

Sie blickte sich um und sah Detective Vann und seinen Partner Dunleavy neben sich an der Bar stehen. Der dicke und der dünne Hobbit mit ihren identischen Guinnessgläsern in der Hand.

»Und was ist, wenn ich von jeder Sorte eins kriege?«, fragte sie. »Also Zwillinge?«

»Hm«, meinte Dunleavy. »Daran haben wir nicht gedacht.«

»Also, wer gewinnt dann?«

»Niemand, schätze ich.«

»Oder alle?«, meinte Vann.

Die beiden grübelten noch eine Weile über das Problem nach – Sam und Frodo, ratlos vor dem Schicksalsberg des Dilemmas.

»Na ja«, sagte Vann schließlich, »ich denke, wir sollten noch eine dritte Kategorie einführen.«

Rizzoli lachte. »Ja, macht das mal.«

»Fantastische Arbeit übrigens«, sagte Dunleavy. »Wenn das so weitergeht, können wir demnächst Ihre Geschichte im *People Magazine* lesen. Diese Bestie – all die schwangeren Frauen. Mann, was für eine Story.«

»Wollen Sie die reine Wahrheit wissen?« Rizzoli seufzte und stellte ihr Colaglas ab. »Die Lorbeeren stehen uns gar nicht zu.«

»Nein?«

Frost drehte sich zu Vann und Dunleavy um. »Wir haben ihn gar nicht zur Strecke gebracht. Das war das Opfer.«

»Eine einfache Hausfrau«, sagte Rizzoli. »Eine völlig verängstigte, hochschwangere, gewöhnliche Hausfrau. Und sie hat dazu keine Knarre und keinen Schlagstock gebraucht, nur eine olle Socke mit acht Batterien drin.«

Die Lokalnachrichten waren inzwischen zu Ende, und der Barkeeper schaltete um auf den Spielfilmkanal. Eine Szene mit Frauen in kurzen Röcken. Frauen mit Wespentaillen.

»Und was war mit diesem Black-Talon-Geschoss?«, fragte Dunleavy. »Was hatte das mit der ganzen Geschichte zu tun?«

Rizzoli schwieg einen Moment und nippte an ihrer Cola. »Das wissen wir noch nicht.«

»Habt ihr die Waffe gefunden?«

Sie spürte, wie Frost sie von der Seite ansah, und ihr war plötzlich ganz und gar nicht wohl in ihrer Haut. Das war das Detail, das ihnen beiden Kopfzerbrechen bereitete. In dem Lieferwagen hatten sie keine Waffe gefunden. Stattdessen verknotete Stricke und blutverkrustete Messer. Ein penibel geführtes Notizbuch mit den Namen und Adressen von neun weiteren Adoptionsvermittlern aus allen Teilen des Landes. Terence Van Gates war nicht der Einzige gewesen. Und sie hatten Aufzeichnungen über Barzahlungen gefunden, die über all die Jahre an die Lanks gegangen waren; eine Goldader an Informationen, die Scharen von Ermittlern noch lange beschäftigen würde. Aber die Waffe, mit der Anna Leoni getötet worden war, hatten sie nirgends entdecken können.

»Na ja«, meinte Dunleavy. »Vielleicht taucht sie ja noch auf. Oder er hat sie verschwinden lassen.«

Vielleicht. Aber vielleicht übersehen wir auch immer noch etwas.

Es war schon dunkel, als sie und Frost das Lokal verließen. Aber statt nach Hause zu gehen, fuhr sie noch einmal zurück ins Präsidium. Das Gespräch mit Vann und Dunleavy ging ihr nicht aus dem Kopf, und so setzte sie sich zu später Stunde noch an ihren Schreibtisch, der sich unter gewaltigen Stapeln von Akten bog. Obenauf lagen die NCIC-Protokolle, Vermisstenmeldungen aus mehreren Jahrzehnten, zusammengetragen im Zuge ihrer Jagd nach der Bestie. Aber es war Anna Leonis Ermordung gewesen, die diese Fahndung erst ins Rollen gebracht hatte, wie ein ins Wasser geworfener Stein, der immer weitere Kreise zieht. Der Mord an Anna hatte sie zu Amalthea geführt, und über sie schließlich zu der Bestie. Aber Annas Tod selbst war immer noch ein ungelöstes Rätsel.

Rizzoli räumte die NCIC-Unterlagen zur Seite und arbeitete sich zur Akte Anna Leoni durch. Zwar hatte sie jedes einzelne Blatt in diesem Ordner schon zweimal gelesen, doch nun blätterte sie ihn erneut von vorne bis hinten durch, las noch einmal die Zeugenaussagen, die Zusammenfassung der Autopsie, die Laborberichte über Haar- und Faserspuren, Fingerabdrücke und DNA. Als sie zum Ballistikbericht kam, blieb ihr Blick an den Worten *Black Talon* haften. Sie erinnerte sich an den sternförmigen Umriss des Geschosses auf der Röntgenaufnahme von Anna Leonis Schädel. Und sie hatte auch nicht die Verwüstungen vergessen, die dieses Geschoss im Gehirn des Opfers hinterlassen hatte.

Ein Black-Talon-Geschoss. Wo war die Waffe, aus der es abgefeuert worden war?

Sie klappte die Akte zu, und ihr Blick fiel auf den Karton, der schon seit letzter Woche neben ihrem Schreibtisch stand. Er enthielt die Akten über den Mord an Wassily Titow, die Vann und Dunleavy ihr ausgeliehen hatten. Er war das einzige andere Black-Talon-Opfer im Großraum Boston in den letzten fünf Jahren gewesen. Sie nahm die Ordner aus dem Karton und legte sie auf ihren Schreibtisch, und als sie sah, wie hoch der Stapel war, seufzte sie schwer. Selbst ein Fall, der so sonnenklar ist wie dieser, erzeugt Berge von Papier. Vann und Dunleavy hatten ihr schon eine Zusammenfassung gegeben, und sie hatte selbst genug in ihren Akten gelesen, um sich davon zu überzeugen, dass sie in der Tat den Richtigen verhaftet hatten. Der Prozess gegen Antonin Leonow, der auch sehr bald in eine Verurteilung gemündet war, konnte sie nur in dieser Überzeugung bestärken. Und doch saß sie nun hier und nahm sich die Akten noch einmal vor, auch wenn es in diesem Fall nicht den geringsten Zweifel daran gab, dass der wahre Täter verurteilt worden war.

Detective Dunleavys Abschlussbericht war gründlich und überzeugend. Leonow war eine Woche lang von der Polizei beschattet worden, in Erwartung einer Heroinlieferung aus Tadschikistan. Unter den Augen der beiden Detectives, die alles von ihrem Wagen aus beobachtet hatten, war Leonow vor Titows Haus vorgefahren, hatte an die Haustür geklopft und war eingelassen worden. Sekunden später fielen im Haus zwei Schüsse. Als Leonow herauskam und in seinen Wagen stieg, um davonzufahren, ließen Vann und Dunleavy die Falle zuschnappen und verhafteten ihn. Titow wurde in der Küche seines Hauses tot aufgefunden, mit zwei Black-Talon-Geschossen im Kopf. Die Ballistik wies anschließend nach, dass beide Kugeln aus Leonows Waffe abgefeuert worden waren.

Eine sonnenklare Sache. Der Täter verurteilt, die Waffe von der Polizei sichergestellt. Rizzoli konnte keinerlei Verbindung zwischen den Morden an Wassily Titow und Anna Leoni erkennen, bis auf die Verwendung von Black-Talon-Geschossen. Eine Munition, die inzwischen Seltenheitswert besaß, aber das reichte noch nicht aus, um einen echten Zusammenhang zwischen den beiden Fällen herzustellen.

Und dennoch blätterte sie weiter in den Akten, las und las und vergaß darüber das Abendessen. Als sie endlich beim letzten Ordner angelangt war, war sie so müde, dass sie sich kaum noch konzentrieren konnte. Ich bringe die Sache jetzt hinter mich, dachte sie, und dann packe ich die Akten wieder in den Karton und lasse es gut sein für heute.

Sie schlug den Ordner auf und fand einen Bericht über die Durchsuchung von Antonin Leonows Lagerräumen. Auf Detective Vanns Schilderung der Razzia folgte eine Liste der Angestellten Leonows, die dabei verhaftet worden waren, sowie eine Aufstellung sämtlicher konfiszierten Gegenstände, von Kisten mit Waren über Bargeld bis hin zu Geschäftsbüchern. Sie blätterte weiter und stieß auf eine Liste der bei der Razzia anwesenden Beamten. Zehn Cops, alle vom Boston PD. Ihr Blick blieb an einem bestimmten Namen hängen, einem Namen, der ihr nicht aufgefallen war, als sie den Bericht vor einer Woche gelesen hatte. *Ein reiner Zufall. Das muss noch längst nicht bedeuten…*

Doch dann dachte sie noch einmal darüber nach. Sie erinnerte sich an eine Drogenrazzia, an der sie als junge Streifenpolizistin teilgenommen hatte. An den Lärm, die Aufregung. Und das Chaos – wenn ein Dutzend vom Adrenalin aufgeputschte Cops ein Gebäude stürmten, in dem sich vielleicht ein Verdächtiger vesteckt hält, dann ist jeder nervös, dann achtet jeder nur auf sich selbst. Und merkt nicht unbedingt, was sein Nebenmann gerade macht. Was er heimlich in seine Tasche gleiten lässt. Geld, Drogen. Oder eine Schachtel Munition, die kein Mensch je vermissen wird.

Die Versuchung, ein Souvenir mitgehen zu lassen, ist immer da. Ein Souvenir, das man irgendwann später vielleicht gut gebrauchen kann.

Sie nahm den Hörer ab und rief Frost an.

31

Die Toten waren keine angenehme Gesellschaft.

Maura saß vor ihrem Mikroskop und betrachtete Schnitte von Lunge, Leber und Bauchspeicheldrüse – dünne Scheiben, herausgeschnitten aus den sterblichen Überresten eines Selbstmörders, unter Glas konserviert und mit Hämatoxylin-Eosin-Mischung knallig pink und lila eingefärbt. Bis auf das gelegentliche leise Klirren der Objektträger und das dezente Zischen der Klimaanlage war es still im Gebäude. Und doch war es nicht menschenleer; unten im Kühlraum lagen ein Dutzend stumme Besucher in ihren fest verschlossenen Leichensäcken. Stille und unauffällige Gäste; und dennoch hatte jeder von ihnen eine Geschichte zu erzählen – aber nur für diejenigen, die bereit waren, ganz genau hinzusehen.

Das Telefon auf ihrem Schreibtisch läutete; sie ließ den Anrufbeantworter mit der Ansage für die Stunden nach Dienstschluss anspringen. *Zur Zeit ist niemand hier – nur die Toten. Und ich.*

Die Geschichte, die Maura nun durch das Okular ihres Mikroskops erblickte, war keine neue. Junge Organe, gesundes Gewebe. Ein Körper, der dazu geschaffen war, noch viele Jahre zu leben, wenn die Seele es nur gewollt hätte, wenn nur eine innere Stimme dem verzweifelten Mann zugeflüstert hätte: *Augenblick mal, nicht so hastig. Liebeskummer ist vergänglich. Dieser Schmerz wird vorübergehen, und eines Tages wirst du ein anderes Mädchen finden, das deine Liebe erwidert.*

Sie war mit dem letzten Schnitt fertig und steckte den Objektträger in den Kasten. Und dann schweiften ihre Gedanken ab, von den Gewebeproben, die sie gerade begutachtet hatte, zu dem Bild eines jungen Mannes mit dunklen Haaren und grünen Augen. Sie hatte bei seiner Autopsie nicht zugesehen; an diesem Nachmittag war sie oben in ihrem Büro geblieben, während Dr. Bristol ihn obduziert hatte. Sie hatte Berichte diktiert und bis in den Abend hinein Gewebeproben inspiziert, aber die ganze Zeit über hatte sie unentwegt an ihn denken müssen. *Will ich wirklich wissen, wer er ist?* Sie hatte sich immer noch nicht entschieden. Auch als sie von ihrem Schreibtisch aufstand, ihre Handtasche umhängte und einen Stapel Akten unter den Arm klemmte, war sie sich ihrer Antwort noch nicht sicher.

Wieder läutete das Telefon; wieder ignorierte sie es.

Sie ging den stillen Flur entlang, vorbei an geschlossenen Türen und verlassenen Büros. Und sie erinnerte sich an einen anderen Abend, als sie auch als Letzte das leere Gebäude verlassen hatte und diese Kratzspuren an der Tür ihres Wagens vorgefunden hatte. Ihr Herz begann ein wenig schneller zu schlagen.

Aber jetzt ist er weg. Die Bestie ist tot.

Sie trat aus der Hintertür hinaus in die sommerlich milde Abendluft. Unter der Außenlampe blieb sie stehen und ließ ihren Blick über den dämmrigen Parkplatz schweifen. Angezogen vom hellen Lichtschein, kreisten Motten um die Lampe, und sie hörte ihre Flügel gegen die Glühbirne schlagen. Und dann ein anderes Geräusch: Das Schlagen einer Autotür. Eine Silhouette bewegte sich auf sie zu, nahm erkennbare Gestalt an, als sie in den Lichtkegel der Lampe trat.

Maura seufzte erleichtert auf, als sie sah, dass es Ballard war. »Haben Sie auf mich gewartet?«

»Ich habe Ihren Wagen auf dem Parkplatz gesehen. Ich habe versucht, Sie anzurufen.«

»Nach fünf lasse ich es auf den Anrufbeantworter gehen.«

»Sie sind auch nicht an Ihr Handy gegangen.«

»Ich habe es ausgeschaltet. Sie müssen nicht ständig nach mir sehen. Mir geht's gut, Rick.«

»Wirklich?«

Sie seufzte, als sie zusammen zu ihrem Wagen gingen, und blickte zu den Sternen auf, deren Schein von den Lichtern der Großstadt getrübt war. »Ich muss mich entscheiden, was ich wegen der DNA unternehmen will. Ich weiß nicht, ob ich wirklich die Wahrheit erfahren will.«

»Dann lassen Sie es sein. Es ist nicht wichtig, ob Sie mit ihnen verwandt sind. Amalthea hat nichts damit zu tun, was für ein Mensch *Sie* sind.«

»Das hätte ich vorher auch gesagt.« *Bevor ich erfahren habe, wer meine Verwandtschaft ist. Bevor ich wusste, dass ich einer Familie von Monstern entstamme.*

»Das Böse ist nicht erblich.«

»Trotzdem ist es kein sehr angenehmes Gefühl, zu wissen, dass ich möglicherweise ein paar Massenmörder in der Familie habe.«

Sie entriegelte ihren Wagen und setzte sich ans Steuer. Sie hatte gerade den Schlüssel in die Zündung gesteckt, als Ballard sich zum Fenster herunterbeugte.

»Maura«, sagte er. »Gehen Sie mit mir essen.«

Sie schwieg, mied seinen Blick. Starrte nur auf den grünlichen Schimmer der Armaturenbeleuchtung, während sie über seine Einladung nachdachte.

»Gestern Abend«, sagte er, »haben Sie mir eine Frage gestellt. Sie wollten wissen, ob ich mich auch für Sie interessieren würde, wenn ich Ihre Schwester nie geliebt hätte. Ich glaube, Sie haben mir meine Antwort nicht abgenommen.«

Sie drehte sich zu ihm um. »Ich kann es doch gar nicht wirklich wissen, oder? Denn Sie *haben* sie geliebt.«

»Dann geben Sie mir die Chance, *Sie* wirklich kennen zu lernen. Ich habe es mir doch nicht nur eingebildet, dort oben im Wald. Sie haben es gespürt, ich habe es gespürt. Da *war* etwas zwischen uns.« Er lehnte sich noch weiter zu ihr herein. Und sagte leise: »Es ist doch nur ein Essen, Maura.«

Sie dachte an die vielen Stunden, die sie heute in diesem sterilen Gebäude gearbeitet hatte, mit den Toten als einziger Gesellschaft. Heute Abend will ich nicht allein sein, dachte sie. Ich will unter lebenden Menschen sein.

»Chinatown ist gleich hier in der Nähe«, sagte sie. »Lassen Sie uns doch dorthin gehen.«

Er setzte sich neben sie auf den Beifahrersitz, und ihre Blicke trafen sich für einen Moment. Das Licht der Parkplatzlaterne fiel auf sein Gesicht, tauchte es zur Hälfte in Schatten. Er hob die Hand, berührte zart ihre Wange. Dann legte er den Arm um sie, wollte sie näher zu sich ziehen, doch sie schmiegte sich bereits an seine Brust, bereit, ihm auf halbem Weg entgegenzukommen. Mehr als das. Sein Mund fand den ihren, sie hörte sich seufzen. Spürte, wie er sie in die Wärme seiner Umarmung zog.

Die Explosion erschütterte sie bis ins Mark.

Sie zuckte zusammen, als das Fenster auf Ricks Seite zersprang, als Glassplitter auf ihrer Wange prickelten. Sie schlug die Augen auf und starrte ihn an. Oder vielmehr das, was von seinem Gesicht übrig war – eine einzige blutige Masse. Langsam sackte sein Oberkörper zu ihr herüber. Sein Kopf landete auf ihren Oberschenkeln, und sein warmes Blut floss in ihren Schoß.

»Rick. *Rick!*«

Aus dem Augenwinkel erfasste sie eine Bewegung. Sie blickte entsetzt auf und sah eine schwarz gekleidete Gestalt aus der Dunkelheit heraustreten. Und unaufhaltsam, mit robotergleichem Schritt, auf sie zukommen.

Um mich zu töten.

Fahr los. Fahr!

Sie schob Ricks Leiche von sich weg, versuchte krampfhaft, seinen Oberkörper vom Schalthebel herunterzuwälzen, während das Blut aus seinem zerfetzten Gesicht strömte und ihre Hände glitschig machte. Endlich gelang es ihr, den Rückwärtsgang einzulegen. Sie trat aufs Gas.

Der Lexus machte einen Satz nach hinten, aus der Parklücke heraus.

Der Schütze war irgendwo hinter ihr, und er kam näher.

Schluchzend vor Panik und Anstrengung, schob sie Ricks Gesicht vom Schalthebel weg, und ihre Finger versanken in seinem blutigen Fleisch. Erneut riss sie an der Automatikschaltung.

Die Heckscheibe zersprang, und sie zog den Kopf ein, als ein Schauer von Glassplittern auf ihre Haare niederregnete.

Sie trat das Gaspedal durch, und der Lexus schoss mit kreischenden Reifen nach vorne. Der Schütze versperrte ihr den Weg zur Parkplatzausfahrt – es blieb ihr nur noch ein Ausweg: über den angrenzenden Parkplatz des Boston University Medical Center. Beide Parkplätze waren nur durch eine erhöhte Bordkante getrennt. Sie fuhr direkt darauf zu, hielt das Lenkrad fest gepackt in Erwartung des Schlags. Dann spürte sie nur noch, wie ihr die Kinnlade hochklappte und ihre Zähne aufeinander schlugen, als der Wagen vom Asphalt abhob und über die Kante schoss.

Wieder kam eine Kugel geflogen; sie zerschmetterte die Windschutzscheibe.

Maura duckte sich instinktiv, als der Splitterregen auf das Armaturenbrett prasselte und ihr ins Gesicht spritzte, und verlor die Kontrolle über den dahinrasenden Wagen. Als sie aufblickte, sah sie direkt vor sich den Laternenpfahl. Die Kollision war unvermeidlich. Sie schloss die Augen, und im nächsten Augenblick knallte ihr schon der Airbag ins Gesicht. Sie wurde gegen die Rückenlehne geschleudert.

Benommen schlug sie die Augen auf. Die Hupe tönte ununterbrochen. Sie verstummte auch nicht, als Maura sich von dem zusammengesackten Airbag befreite, als sie die Tür aufstieß und hinaustaumelte.

Schwankend stand sie da auf dem Asphalt. Das Kreischen der Hupe dröhnte ihr in den Ohren, während sie hinter dem nächsten geparkten Auto Deckung suchte. Mit zitternden Knien arbeitete sie sich weiter vor, immer im Schutz der Fahrzeuge, bis sie plötzlich innehalten musste.

Vor ihr lag eine weite, offene Asphaltfläche.

Sie kauerte sich hinter das Rad eines Wagens und spähte

an der Stoßstange vorbei. Das Blut gefror ihr in den Adern, als sie eine dunkle Gestalt aus dem Schatten treten und erbarmungslos wie eine Maschine auf den zerknautschten Lexus zustaksen sah. Die Gestalt tauchte in den Lichtkegel der Straßenlaterne ein.

Maura sah einen Schimmer von blondem Haar, die Strähnen eines Pferdeschwanzes.

Die Gestalt riss die Beifahrertür auf und bückte sich, um einen Blick auf Ballards Leiche zu werfen. Plötzlich schoss ihr Kopf wieder hoch, und sie ließ ihren Blick suchend über den Parkplatz schweifen.

Maura verkroch sich hinter dem Rad. In ihren Schläfen hämmerte der Puls, ihr Atem ging in panischen Stößen. Sie blickte auf die leere Asphaltfläche, grell erleuchtet von einer anderen Laterne. Dahinter, auf der anderen Straßenseite, leuchtete in grellem Rot das Schild der Notaufnahme des Medical Center. Sie musste nur diese freie Fläche überqueren – und dann noch die Albany Street. Der Lärm der Autohupe musste doch das Krankenhauspersonal längst alarmiert haben.

So nahe. Die Rettung ist so nahe.

Mit wild pochendem Herzen wippte sie auf den Fußballen auf und ab. Sie wagte nicht loszulaufen, wagte aber auch nicht zu bleiben, wo sie war. Ganz langsam beugte sie sich vor und spähte um die Ecke.

Und blickte auf ein paar schwarze Stiefel, direkt auf der anderen Seite des Autos.

Lauf.

Im nächsten Augenblick sprintete sie los, geradewegs auf die offene Fläche zu. Kein Gedanke an Ausweichmanöver, keine Haken nach links und rechts, nur blinde, panikartige Flucht. Das rote Notaufnahme-Schild leuchtete vor ihren Augen. Ich kann es schaffen, dachte sie. Ich kann …

Die Kugel traf sie wie ein Keulenschlag in die Schulter. Die Wucht des Aufpralls warf sie nach vorne, und sie landete bäuchlings auf dem Asphalt. Sofort versuchte sie sich aufzurappeln, doch ihr linker Arm knickte unter ihr weg. Was ist denn mit meinem Arm los, dachte sie, wieso kann ich meinen Arm nicht bewegen? Stöhnend drehte sie sich auf den Rücken und blickte in das grelle Licht der Straßenlampe direkt über ihr.

Ein Gesicht schob sich zwischen sie und die Lampe – das Gesicht von Carmen Ballard.

»Ich habe dich schon mal getötet«, sagte Carmen. »Und jetzt muss ich es noch einmal tun.«

»Bitte. Rick und ich – wir waren nie ...«

»Du hattest kein Recht, ihn mir wegzunehmen.« Carmen hob ihre Waffe. Der Lauf war ein schwarzes Auge, das Maura anstarrte. »Du dreckige Hure.« Ihre Hand spannte sich an, bereit, den tödlichen Schuss abzufeuern.

Plötzlich eine andere Stimme – die Stimme eines Mannes: »Waffe fallen lassen!«

Carmen blinzelte verdutzt. Blickte zur Seite.

Ein paar Meter von ihnen entfernt stand ein Wachmann des Krankenhauses, die Waffe auf Carmen gerichtet. »Haben Sie nicht gehört, Lady?«, blaffte er. »Lassen Sie sie fallen!«

Carmens Hand schwankte. Sie sah Maura an, dann den Wachmann; ihre Wut, ihre Gier nach Rache lagen im Widerstreit mit dem Wissen um die Folgen.

»Wir hatten nie etwas miteinander«, sagte Maura. Ihre Stimme war so schwach, dass sie sich fragte, ob Carmen sie bei dem fortgesetzten Getöse der Hupe überhaupt hören konnte. »Und er und Anna auch nicht.«

»Lügnerin!« Carmens Kopf schnellte wieder zu Maura herum. »Du bist genau wie sie. Er hat mich wegen ihr verlassen. Er hat mich sitzen lassen.«

»Das war nicht Annas Schuld ...«

»O doch! Und diesmal ist es deine.«

Sie nahm den Blick nicht von Maura, auch nicht, als im Hintergrund Reifen quietschten. Und eine andere Stimme schrie: »Officer Ballard! Lassen Sie die Waffe fallen.«

Rizzoli.

Carmens Augen zuckten zur Seite, ein letzter berechnender Blick, ein Abwägen ihrer Möglichkeiten. Zwei Waffen waren jetzt auf sie gerichtet. Sie hatte verloren; ganz gleich, wie sie sich entschied, ihr Leben war verwirkt. Als Carmen auf sie herabstarrte, konnte Maura die Entscheidung, die sie getroffen hatte, an ihren Augen ablesen. Maura sah ohnmächtig zu, wie Carmen die Arme durchdrückte, um besser zielen zu können. Sie sah, wie Carmens Hände den Griff fester packten, wie ihr Finger sich um den Abzug krümmte, bereit zum entscheidenden, zum tödlichen Schuss.

Der Schuss krachte. Er erschütterte Maura; Carmen warf er zur Seite. Sie taumelte, fiel.

Maura hörte hektisches Getrappel, ein Crescendo von Sirenen. Und eine vertraute Stimme, die murmelte: »O mein Gott, Doc!«

Sie sah Rizzolis Gesicht über sich. Auf der Straße flackerten grelle Lichter. Schemenhafte Gestalten kamen von allen Seiten auf sie zu. Geister, die sie in ihrer Welt willkommen hießen.

32

Jetzt erlebte sie es einmal von der anderen Seite. Als Patientin, nicht als Ärztin. Sie sah die Deckenlampen über sich vorüberhuschen, als die Schwester sie den Flur entlangschob und sich mit bauschiger Haube und besorgter Miene über sie beugte. Die Räder quietschten, und die Schwester keuchte ein wenig, als sie das Bett durch die Doppeltür in den OP schob. Andere Lampen strahlten hier auf sie herab, greller, blendend. Wie die Lampen im Autopsiesaal.

Maura schloss die Augen, um sich vor der schmerzenden Helligkeit zu schützen. Während die OP-Schwestern sie auf den Tisch hoben, musste sie an Anna denken, wie sie nackt unter ebensolchen Lampen gelegen hatte, ihr Leib aufgeschlitzt, den Blicken von Fremden ausgesetzt. Sie hatte das Gefühl, dass Annas Geist über ihr schwebte und auf sie herabschaute, so wie Maura zuvor auf sie. *Meine Schwester,* dachte sie, während das Pentobarbital in ihre Venen floss, während es um sie herum langsam dunkel wurde. *Wartest du schon auf mich?*

Als sie aufwachte, war es jedoch nicht Anna, die sie erblickte, sondern Jane Rizzoli. Das Tageslicht fiel durch die Schlitze der halb geschlossenen Jalousie und malte helle horizontale Streifen auf Rizzolis Gesicht, als sie sich über Maura beugte.

»Hallo, Doc.«

»Hallo«, flüsterte Maura schwach.

»Wie geht's denn so?«

»Nicht so toll. Mein Arm …« Maura verzog das Gesicht.

»Dann wird's höchste Zeit, dass Sie noch mal was gegen die Schmerzen kriegen.« Rizzoli griff über das Bett und drückte auf den Klingelknopf.

»Danke. Danke für alles.«

Sie brachen ab, als die Schwester hereinkam, um eine Dosis Morphium in den Tropf zu injizieren. Das Schweigen hielt an, nachdem die Schwester wieder gegangen war und die Droge ihre magische Wirkung zu entfalten begann.

Dann sagte Maura leise: »Rick…«

»Es tut mir Leid. Sie wissen doch, dass er…«

Ich weiß. Sie kämpfte gegen die Tränen an. »Wir hatten nie eine Chance.«

»Sie wollte mit allen Mitteln verhindern, dass Sie beide eine Chance bekamen. Diese Schrammen an Ihrer Autotür – dabei ging es ihr nur um ihn. Sie sollten die Finger von ihrem Mann lassen. Die zerschnittenen Fliegengitter, der tote Vogel im Briefkasten – all die Drohungen, die Anna Cassell angelastet hat. Ich glaube, dass Carmen dahinter steckte. Sie hat versucht, Anna mit dieser Terrorkampagne aus der Stadt zu jagen. Um sie dazu zu bringen, ihren Mann in Ruhe zu lassen.«

»Aber dann ist Anna nach Boston zurückgekommen.«

Rizzoli nickte. »Sie kehrte zurück, weil sie erfahren hatte, dass sie eine Schwester hatte.«

Mich.

»Carmen kommt also dahinter, dass die Geliebte ihres Mannes wieder in der Stadt ist«, sagte Rizzoli. »Anna hatte eine Nachricht auf Ricks Anrufbeantworter hinterlassen, erinnern Sie sich? Die Tochter hörte die Nachricht und erzählte ihrer Mutter davon. Damit hatten sich Carmens Hoffnungen auf eine Versöhnung endgültig zerschlagen. Die andere Frau machte sich wieder in *ihrem* Revier breit. Drang in *ihre* Familie ein.«

Maura erinnerte sich an Carmens Worte: *Du hattest kein Recht, ihn mir wegzunehmen.*

»Charles Cassell hat etwas zu mir gesagt, über die Liebe«, fuhr Rizzoli fort. »Er sagte, es gibt eine Art von Liebe, die niemals loslässt, ganz gleich, was passiert. Klingt beinahe romantisch, nicht wahr? Bis dass der Tod uns scheidet. Und dann erinnert man sich daran, wie viele Menschen sterben müssen, weil ein Partner sich weigert loszulassen und einfach nicht aufgeben will.«

Inzwischen hatte sich das Morphium durch ihren Blutkreislauf ausgebreitet. Maura schloss die Augen, ließ sich in die sanfte Umarmung der Droge sinken. »Woher wussten Sie es?«, murmelte sie. »Wie sind Sie auf Carmen gekommen?«

»Das Black-Talon-Geschoss. Das war die Spur, der ich von Anfang an hätte nachgehen müssen – die Munition. Aber die Lanks haben mich auf eine falsche Fährte gebracht. Die Bestie.«

»Mich auch«, flüsterte Maura. Sie spürte, wie das Morphium sie in die Tiefen des Schlafs hinabzog. »Ich glaube, ich bin jetzt bereit, Jane. Für die Antwort.«

»Die Antwort worauf?«

»Amalthea. Ich muss es wissen.«

»Ob sie Ihre Mutter ist?«

»Ja.«

»Selbst wenn sie es ist – das hat nichts zu bedeuten. Es ist reine Biologie. Was hätten Sie denn davon, wenn Sie es wüssten?«

»Die Wahrheit.« Maura seufzte. »Wenigstens wüsste ich dann die Wahrheit.«

Die Wahrheit, dachte Rizzoli, als sie zu ihrem Wagen ging, ist selten das, was die Leute hören wollen. Wäre es nicht besser, an dem vagen Hoffnungsschimmer festzuhalten, dass man doch nicht die Brut von Monstern ist? Aber Maura hatte nach Fakten verlangt, und Rizzoli wusste, dass sie brutal sein würden. Die Suchtrupps hatten in dem Waldstück bereits zwei weibliche Skelette gefunden, nicht weit von der Grube, in der Mattie Purvis gefangen gehalten worden war. Wie viele schwangere Frauen hatten noch in dieser Kiste Todesängste ausgestanden? Wie viele waren in der Dunkelheit erwacht und hatten schreiend an diesen undurchdringlichen Wänden gekratzt? Wie viele hatten schließlich, genau wie Mattie, begriffen, dass ihnen ein schreckliches Ende bevorstand, sobald sie ihre Schuldigkeit getan hatten, sobald sie ihre Funktion als lebende Brutkästen erfüllt hatten?

Hätte ich diesen Horror überleben können? Die Antwort werde ich nie erfahren. Nicht, solange ich es nicht selbst bin, die in dieser Kiste liegt.

Als sie in der Tiefgarage zu ihrem Auto kam, ertappte sie sich dabei, wie sie alle vier Reifen inspizierte und sich vergewisserte, dass sie intakt waren, wie sie sich die in der Nähe geparkten Autos ganz genau ansah, um sicherzugehen, dass niemand sie beobachtete. Das ist unsere Berufskrankheit, dachte sie; irgendwann fühlt man sich schon von Bösewichtern umzingelt, selbst wenn gar keine da sind.

Sie stieg in ihren Subaru und drehte den Zündschlüssel um. Dann saß sie eine Weile nur da, während der Motor im Leerlauf tuckerte und die Luft aus dem Gebläse allmählich kühler wurde. Sie griff in ihre Handtasche und nahm das Handy heraus. Ich muss jetzt Gabriels Stimme hören, dachte sie. Ich muss wissen, dass ich nicht Mattie Purvis bin; dass mein Mann mich *wirklich* liebt. So wie ich ihn liebe.

Schon beim ersten Läuten meldete er sich. »Agent Dean.«

»Hallo«, sagte sie.

Gabriel lachte verblüfft auf. »Ich wollte dich gerade anrufen.«

»Du fehlst mir.«

»Ich hatte gehofft, dass du das sagen würdest. Ich bin gerade auf dem Weg zum Flughafen.«

»Zum Flughafen? Heißt das ...«

»Ich nehme die nächste Maschine nach Boston. Also, wie wär's – Lust auf ein Date mit deinem Ehemann heute Abend? Kannst du dir den Termin vormerken?«

»In roter Tinte und doppelt unterstrichen. Hauptsache, du kommst nach Hause. Bitte, komm nach Hause.«

Eine Pause. Dann fragte er leise: »Ist alles in Ordnung, Jane?«

Unerwartete Tränen brannten in ihren Augen. »Ach, das sind bloß die verflixten Hormone.« Sie fuhr sich mit der Hand übers Gesicht und lachte. »Ich glaube, ich brauche dich ganz dringend.«

»Lauf nicht weg. Ich bin schon auf dem Weg.«

Ein Lächeln lag auf Rizzolis Lippen, als sie nach Natick fuhr, zu einem anderen Krankenhaus, einer anderen Patientin. Der anderen Überlebenden in diesem blutigen Drama. Das sind zwei ganz außergewöhnliche Frauen, dachte sie, und ich habe das Glück, sie beide zu kennen.

Nach den Übertragungswagen des Fernsehens auf dem Krankenhausparkplatz und den Scharen von Reportern zu urteilen, die sich um den Eingang herumdrängten, waren auch die Medien schon zu dem Schluss gekommen, dass Mattie Purvis eine Frau war, die man unbedingt kennen lernen sollte. Rizzoli musste einen wahren Spießrutenlauf hinlegen, ehe sie sich in die Eingangshalle durchgekämpft hatte. Die Story von der Frau in der Kiste hatte landesweit für Furore gesorgt. Rizzoli musste nacheinander zwei verschiedenen Sicherheitsbeamten ihre Marke vorzeigen, ehe sie an Matties Zimmertür klopfen durfte. Als sie keine Antwort hörte, ging sie einfach hinein.

Der Fernseher lief, jedoch ohne Ton. Die Bilder flackerten unbeachtet über die Mattscheibe. Mattie lag mit geschlossenen Augen im Bett; nichts an ihr erinnerte an die frisch gestylte und herausgeputzte junge Braut auf dem Hochzeitsfoto. Ihre Lippen waren blau angelaufen und geschwollen, ihr Gesicht war mit Kratzern und Schnittwunden übersät. Die Hand, an der mit Klebeband ein Infusionsschlauch befestigt war, war mit Schorf überzogen, die Nägel eingerissen. Sie sah aus wie die Klaue eines wilden Tiers. Aber Matties Gesichtsausdruck war ruhig und heiter; keine Albträume störten ihren Schlaf.

»Mrs. Purvis?«, sagte Rizzoli leise.

Mattie schlug die Augen auf und blinzelte ein paarmal, bevor sie ihre Besucherin richtig ins Auge fasste. »Oh, Detective Rizzoli, Sie sind wieder da.«

»Ich dachte, ich schaue mal vorbei. Wie geht's Ihnen denn heute?«

Mattie stieß einen tiefen Seufzer aus. »Schon viel besser. Wie viel Uhr ist es?«

»Kurz vor zwölf.«

»Ich habe den ganzen Vormittag durchgeschlafen?«

»Das haben Sie aber auch verdient. Nein, bleiben Sie doch liegen, nur kein Stress.«

»Aber ich habe es satt, immer nur flach auf dem Rücken zu liegen.« Mattie schlug die Decke zurück und setzte sich auf. Das ungekämmte Haar fiel ihr in matten Strähnen in die Stirn.

»Ich habe Ihr Baby gesehen, durch das Fenster in der Säuglingsstation. Sie ist wunderschön.«

»Nicht wahr?« Mattie lächelte. »Ich werde sie Rose nennen. Den Namen habe ich immer schon gemocht.«

Rose. Ein Schauder durchfuhr Rizzoli. Es war doch nur ein Zufall, ein unerklärliches Zusammentreffen, wie es in dieser Welt immer wieder vorkam. *Alice Rose. Rose Purvis.* Ein Mädchen, das längst tot und begraben war; ein anderes, dessen Leben gerade erst anfing. Noch etwas, was diese beiden Mädchen über die Jahrzehnte hinweg verband, so oberflächlich die Gemeinsamkeit auch sein mochte.

»Haben Sie noch mehr Fragen an mich?«, fragte Mattie.

»Nun ja, wissen Sie…« Rizzoli rückte einen Stuhl ans Bett und setzte sich. »Ich habe Sie gestern so viele Sachen gefragt, Mattie. Aber ich habe Sie nicht gefragt, wie Sie es gemacht haben. Wie Sie das geschafft haben.«

»Was geschafft?«

»Nicht den Verstand zu verlieren. Nicht aufzugeben.«

Das Lächeln auf Matties Lippen verflog. Der Ausdruck ihrer weit aufgerissenen Augen war gehetzt, als sie Rizzoli anblickte und murmelte: »Ich weiß nicht, wie ich es gemacht habe. Ich hätte nie geglaubt, dass ich in der Lage wäre …« Sie brach ab. »Ich wollte leben, das ist alles. Ich wollte, dass mein Baby lebt.«

Sie schwiegen eine Weile.

Dann sagte Rizzoli: »Ich sollte Sie vor der Presse warnen. Die werden sich um Sie reißen wie die Wölfe. Ich musste mich draußen schon durch eine ganze Horde von Reportern durchkämpfen. Bis jetzt hat das Krankenhauspersonal es geschafft, sie Ihnen vom Leib zu halten, aber wenn Sie nach Hause kommen, wird die Sache schon anders aussehen. Besonders, da …« Rizzoli hielt inne.

»Ja?«

»Ich will nur, dass Sie vorbereitet sind, das ist alles. Lassen Sie sich von niemandem zu etwas überreden, was Sie nicht wirklich wollen.«

Mattie runzelte die Stirn. Dann hob sie den Blick zum Fernseher, in dem ohne Ton die Zwölf-Uhr-Nachrichten liefen. »Er war auf allen Kanälen«, sagte sie.

Auf dem Bildschirm war Dwayne Purvis zu sehen, der vor einem Meer von Mikrofonen stand. Mattie griff nach der Fernbedienung und schaltete den Apparat laut.

»Heute ist der glücklichste Tag meines Lebens«, sagte Dwayne zu den versammelten Reportern. »Ich habe meine wunderbare Frau und mein Baby wieder. Ich kann Ihnen gar nicht sagen, was wir alle durchgemacht haben. Das ist ein Albtraum, den sich kein Mensch vorstellen kann, der es nicht selbst erlebt hat. Aber Gott sei Dank, *Gott* sei Dank ist es alles gut ausgegangen.«

Mattie schaltete den Fernseher aus, starrte aber weiter die leere Mattscheibe an. »Es kommt mir alles so unwirklich vor«, sagte sie. »Als wäre das alles nie passiert. Deswegen kann ich auch hier sitzen und so seelenruhig darüber reden – weil ich es einfach nicht glauben kann, dass ich wirklich in dieser Kiste eingesperrt war.«

»Aber es ist wahr, Mattie. Sie brauchen einfach Zeit, um

das Ganze zu verarbeiten. Sie werden vielleicht Albträume bekommen. Wenn Sie einen Aufzug betreten oder in einen Wandschrank schauen, kann es sein, dass Sie sich plötzlich wieder in diese Situation zurückversetzt fühlen, als Sie in der Kiste eingesperrt waren. Aber das wird sich legen, das verspreche ich Ihnen. Denken Sie immer daran – es geht vorbei.«

Mattie sah sie mit tränenfeuchten Augen an. »Sie kennen das.«

Ja, ich kenne das, dachte Rizzoli und ballte die Fäuste über ihren Narben. Sie waren die sichtbaren Beweise der Torturen, die sie durchgestanden hatte, des Kampfes, den sie selbst gegen den drohenden Wahnsinn geführt hatte. *Das reine Überleben ist nur der erste Schritt.*

Es klopfte an der Tür. Rizzoli stand auf, als Dwayne Purvis mit einem Arm voller roter Rosen ins Zimmer trat. Er steuerte schnurstracks auf das Krankenbett seiner Frau zu.

»Hallo, Schätzchen. Ich wäre ja schon eher zu dir raufgekommen, aber da unten ist die Hölle los. Jeder will ein Interview.«

»Wir haben Sie im Fernsehen gesehen«, sagte Rizzoli. Sie bemühte sich, neutral zu klingen, obwohl sie ihn nicht ansehen konnte, ohne an die Vernehmung auf dem Polizeirevier in Natick zu denken. Oh, Mattie, dachte sie. Du findest doch allemal was Besseres als diesen Kerl.

Er wandte sich zu Rizzoli um, und sie sah sein elegant geschnittenes Hemd, seine perfekt gebundene Seidenkrawatte. Sein penetrantes Aftershave überlagerte den Duft der Rosen. »Und, wie war ich?«, fragte er.

Sie antwortete wahrheitsgemäß. »Sie sind wie ein richtiger Fernsehprofi rübergekommen.«

»Wirklich? Das ist der Wahnsinn, die ganzen Kameras da draußen. Die Geschichte hat alle von den Socken gehauen.« Er sah seine Frau an. »Das müssen wir alles festhalten, Schatz. Damit wir später eine Erinnerung daran haben.«

»Wie meinst du das?«

»Na, zum Beispiel, hier und jetzt. Wir sollten diesen Augenblick im Bild festhalten. Wie du im Krankenhaus liegst und ich dir Blumen bringe. Von der Kleinen hab ich schon Fotos gemacht. Ich hab der Schwester gesagt, sie soll sie mir ans Fenster bringen. Aber wir brauchen noch Großaufnahmen. Vielleicht, wie du sie im Arm hältst.«

»Sie heißt Rose.«

»Und wir haben auch noch keine Bilder von uns beiden. Da brauchen wir unbedingt ein paar. Ich habe eine Kamera mitgebracht.«

»Meine Haare sind nicht gekämmt, Dwayne. Ich sehe unmöglich aus. Ich will keine Fotos.«

»Ach, komm schon. Sie fragen schon alle danach.«

»Wer? Für wen sollen die Fotos sein?«

»Das können wir doch später noch entscheiden. Wir können uns Zeit lassen und die Angebote in Ruhe vergleichen. Mit Fotos ist die Story doch gleich noch mal so viel wert.« Er zog eine Kamera aus der Tasche und drückte sie Rizzoli in die Hand. »Hier, seien Sie doch so nett und machen Sie ein Bild von uns.«

»Das soll Ihre Frau entscheiden.«

»Das ist schon okay, wirklich«, beharrte er. »Drücken Sie einfach drauf.« Er beugte sich zu Mattie herunter und präsentierte ihr den Blumenstrauß. »Was sagen Sie dazu? Ein Bild von mir, wie ich ihr die Blumen überreiche. Das wird bestimmt fantastisch.« Er lächelte, ließ sein strahlendes Gebiss sehen; der liebende Gatte, der starke Beschützer.

Rizzoli sah Mattie an. In ihrem Blick las sie keinen Protest, nur ein merkwürdiges vulkanisches Glimmen, das sie nicht deuten konnte. Sie hob die Kamera ans Auge, erfasste das Paar mit dem Sucher und drückte auf den Auslöser.

Der Blitz ging los – gerade rechtzeitig, um im Bild festzuhalten, wie Mattie Purvis ihrem Gatten den Strauß Rosen mitten ins Gesicht klatschte.

33

Vier Wochen später

Diesmal gab es keine Verstellung, keinen gespielten Wahnsinn. Amalthea Lank betrat den Besprechungsraum und setzte sich an den Tisch, und aus dem Blick, mit dem sie Maura musterte, sprach ein klarer, scharfer Verstand. Das Haar, das damals so wirr und ungepflegt gewesen war, hatte sie zu einem ordentlichen Pferdeschwanz zurückgebunden, so dass ihre Züge in aller Deutlichkeit hervortraten. Maura starrte die hohen Wangenknochen an, fing Amaltheas direkten Blick auf, und sie fragte sich: Warum habe ich mich bis jetzt geweigert, es zu erkennen? Es ist doch so offensichtlich. Ich schaue in mein eigenes Gesicht, wie es in fünfundzwanzig Jahren aussehen wird.

»Ich wusste, dass du wiederkommen würdest«, sagte Amalthea. »Und du bist gekommen.«

»Weißt du, warum ich hier bin?«

»Du hast die Testergebnisse bekommen, nicht wahr? Jetzt weißt du, dass ich die Wahrheit gesagt habe. Auch wenn du mir nicht glauben wolltest.«

»Ich brauchte einen Beweis. Menschen lügen, die DNA nicht.«

»Trotzdem musst du gewusst haben, wie die Antwort lauten würde. Schon bevor du deine kostbaren Laborergebnisse hattest.« Amalthea beugte sich vor und sah sie an, ein fast vertrauliches Lächeln auf den Lippen. »Du hast den Mund von deinem Vater, Maura. Weißt du das? Und von mir hast du die Augen, die Wangenknochen. Ich kann Elijah und mich sehen, wenn ich dir ins Gesicht schaue. Wir sind eine Familie. Wir sind blutsverwandt. Du, ich, Elijah. Und dein Bruder.« Sie hielt inne. »Du weißt doch, dass er das war?«

Maura schluckte. »Ja.« *Das eine Baby, das du behalten hast. Du hast meine Schwester und mich verkauft, aber deinen Sohn hast du behalten.*

»Du hast mir nie erzählt, wie Samuel gestorben ist«, sagte Amalthea. »Wie diese Frau ihn getötet hat.«

»Es war Notwehr. Mehr brauchst du nicht zu wissen. Sie hatte keine andere Wahl, als sich zur Wehr zu setzen.«

»Und wer ist diese Frau, diese Matilda Purvis? Ich würde gerne mehr über sie erfahren.«

Maura schwieg.

»Ich habe ihr Bild im Fernsehen gesehen. Auf mich hat sie gar nicht so außergewöhnlich gewirkt. Ich frage mich, wie sie das geschafft hat.«

»Wenn es ums Überleben geht, wächst jeder über sich hinaus.«

»Wo wohnt sie? In welcher Straße? Im Fernsehen hieß es, sie stamme aus Natick.«

Maura blickte in die dunklen Augen ihrer Mutter, und es fröstelte sie plötzlich. Aber nicht um sich selbst war ihr bange, sondern um Mattie Purvis. »Warum willst du das wissen?«

»Ich habe ein Recht darauf. Als Mutter.«

»Als Mutter?« Maura musste fast lachen. »Glaubst du wirklich, dass du diese Bezeichnung verdient hast?«

»Aber ich bin seine Mutter. Und du bist Samuels Schwester.« Amalthea beugte sich noch weiter vor. »Wir haben ein Recht darauf, es zu wissen. Wir sind seine Familie, Maura. Es gibt nichts Stärkeres im Leben als die Bande des Blutes.«

Maura starrte in diese Augen, die den ihren so unheimlich ähnlich waren, und sie erkannte darin eine Intelligenz, die der ihren ebenbürtig war, ja einen Funken Genialität. Aber es war eine Intelligenz, die auf Abwege geraten war, eine verzerrte Reflexion in einem zerbrochenen Spiegel.

»Die Blutsverwandtschaft bedeutet gar nichts«, sagte Maura.

»Und warum bist du dann hier?«

»Ich bin gekommen, weil ich mir dich noch einmal genau ansehen wollte. Danach werde ich gehen und nicht mehr wiederkommen. Weil ich zu dem Schluss gekommen bin, dass du nicht meine Mutter bist – ganz gleich, was die DNA sagt.«

»Und wer soll es dann sein?«

»Die Frau, die mich geliebt hat. Du kannst doch gar nicht lieben.«

»Ich habe deinen Bruder geliebt. Ich könnte auch dich lieben.« Amalthea streckte die Hand aus und streichelte Mauras Wange. Eine so zärtliche Berührung, warm wie die Hand einer echten Mutter. »Gib mir eine Chance«, sagte sie.

»Leb wohl, Amalthea.« Maura stand auf und drückte auf den Knopf, um die Aufseherin zu rufen. »Ich bin fertig hier«, sagte sie in die Sprechanlage. »Ich möchte gehen.«

»Du wirst wiederkommen«, sagte Amalthea.

Maura sah sie nicht an, blickte nicht mal über die Schulter, als sie hinausging. Auch nicht, als sie Amalthea rufen hörte: »Maura! Du *wirst* wiederkommen.«

Im Umkleideraum für Besucher nahm Maura ihre persönlichen Gegenstände aus dem Schließfach. Ihre Handtasche, ihren Führerschein, ihre Kreditkarten. All die Nachweise ihrer Identität. Aber ich weiß auch so, wer ich bin, dachte sie.

Und ich weiß, wer ich nicht bin.

Draußen, in der Hitze eines Sommernachmittags, blieb sie stehen und atmete tief durch. Sie spürte, wie die warme Luft ihre Lungen von der vergifteten Gefängnisatmosphäre reinigte. Und sie fühlte sich auch gereinigt von Amalthea Lanks Einfluss, der ihr ganzes Leben zu vergiften gedroht hatte.

In ihrem Gesicht, ihren Augen, trug Maura das Kainsmal ihrer Abstammung. In ihren Adern floss das Blut von Mördern. Doch das Böse war nicht erblich. Sie trug vielleicht die Anlagen dazu in ihren Genen, doch darin unterschied sie sich nicht von jedem anderen Kind, das auf dieser Welt geboren wurde. *Darin bin ich nicht anders als alle anderen. Wir stammen alle von Monstern ab.*

Sie ging weiter, ließ dieses Haus der gefangenen Seelen hinter sich. Da stand ihr Wagen, und vor ihr lag die Straße, die sie nach Hause führen würde. Und sie drehte sich nicht um.

Danksagung

Schreiben ist eine einsame Beschäftigung, aber niemand ist beim Schreiben wirklich allein. Ich hatte das Glück, dass mir folgende Menschen immer mit Rat und Tat zur Seite standen: Linda Marrow und Gina Centrello von Ballantine Books, Meg Ruley, Jane Berkey, Don Cleary und das fantastische Team der Jane Rotrosen Agency, Selina Walker von Transworld und – an allererster Stelle – mein Mann Jacob. Ganz herzlichen Dank euch allen!